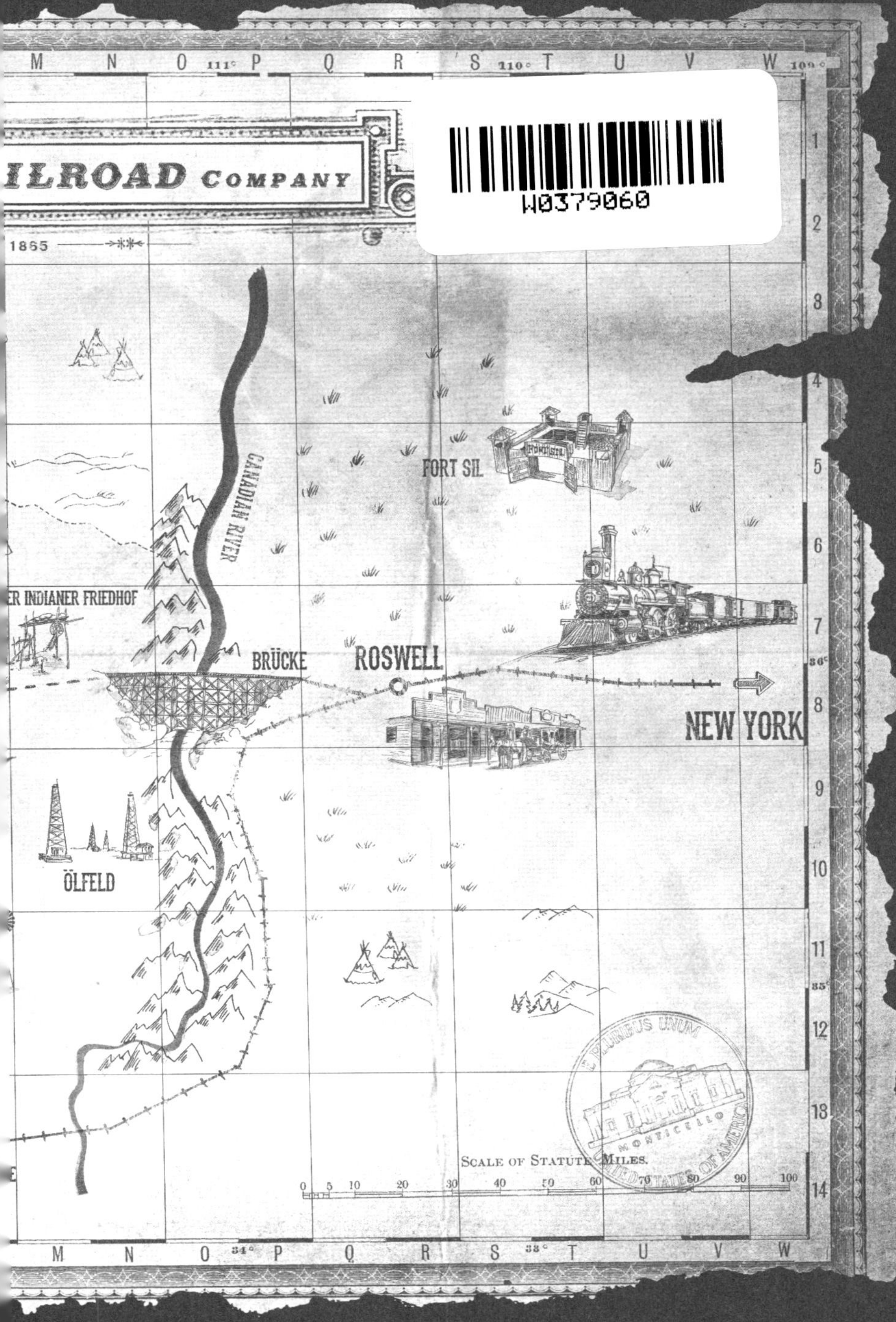
ILROAD COMPANY
1865
CANADIAN RIVER
FORT SIL
ER INDIANER FRIEDHOF
BRÜCKE
ROSWELL
NEW YORK
ÖLFELD
SCALE OF STATUTE MILES.
0 5 10 20 30 40 50 60 70 80 90 100
E PLURIBUS UNUM
MONTICELLO
UNITED STATES OF AMERICA

WINNETOU

DAS GEHEIMNIS VOM SILBERSEE

DER ROMAN ZUM GLEICHNAMIGEN FERNSEH-EVENT

WINNETOU
DAS GEHEIMNIS VOM SILBERSEE

erzählt von Ronja Eppstein

Rat Pack Filmproduktion KOSMOS RTL

Umschlaglayout: Robert Rohde, Hamburg, unter Verwendung der Fotos von

Bildtafeln:
Fotografen: Nikola Predovic/Wolfgang Ennenbach

Basierend auf dem Spielfilm »Winnetou – Das Geheimnis vom Silbersee«
von Philip Stölzl und dem Drehbuch von Jan Berger mit Alexander
M. Rümelin
Eine Rat Pack Filmproduktion im Auftrag von RTL Television

FSC
www.fsc.org
MIX
Papier aus verantwortungsvollen Quellen
FSC® C014496

ISBN 978-3-440-15282-9
Redaktion: Ina Lutterbüse
Lektorat: Sophie Härtling
Produktion: Verena Schmynec
Innenlayout und Satz: DOPPELPUNKT, Stuttgart
Druck und Bindung: GGP Media GmbH, Pößneck
Printed in Germany/Imprimé en Allemagne

PROLOG

Professor Spengler riss die Tür zu seinem Hotelzimmer auf, stolperte hinein und schloss mit zitternder Hand ab. Außer Atem und mit rasendem Herzen ließ er sich gegen die Tür sinken.

Er musste aus dieser Absteige verschwinden. Jetzt sofort. Viel zu lange hatte er sich in Tijuana, diesem Kaff an der mexikanischen Grenze, aufgehalten. Hatte gespielt und wieder einmal verloren. Sein Mitspieler würde ihn hier sicher bald aufspüren.

Eilig warf Spengler Bücher in eine Tasche. Da hörte er die Gitarre. Er hatte sie die letzten drei Stunden eingehend betrachten können. Immer wieder waren seine Blicke von seinen Karten in der Hand zu der Gitarre an der Wand hinter dem Kerl gewandert. Schwarz war sie mit Totenkopfverzierungen darauf. Er hörte wie ein Akkord angeschlagen wurde. Sie hatten ihn. Hastig blickte er sich im Zimmer um. Der große Holzspind! Er würde ihn vor die Tür schieben und aus dem Fenster abhauen. Mit zitternden Beinen stemmte er sich gegen den Spind. Die Schritte schwerer Stiefel kamen die Treppe herauf und blieben vor seiner Tür stehen. Es klopfte. »Moment!«, rief Spengler und versuchte, seine Stimme dabei fest klingen zu lassen, doch da zerriss bereits der Knall eines Gewehrschusses die Luft. Das Türschloss fiel polternd zu Boden.

Panisch vor Angst sah der Professor sich nach einer Waffe um und griff schließlich nach dem Brieföffner auf seinem Tisch.

Mit einem Fußtritt schwang die Zimmertür auf.

»Buenos dias!« Breitbeinig stand Ojo in der Tür und entblößte dabei zwei Reihen gelber, schlecht gepflegter Zähne. Er hielt sein Gewehr, eine mit Silbernieten beschlagene Waffe, schussbereit. Über seine Schultern waren die Mündungen zweier weiterer Gewehre auf den Professor gerichtet. In der Dunkelheit des Flurs konnte Spengler die beiden Männer, die auf ihn zielten, nur schemenhaft erkennen.

Erneut erklang ein Akkord. Ojo und die beiden Männer kamen ins Zimmer und wie aus dem Nichts tauchte der Mann mit der Gitarre im Türrahmen auf: El Más Loco. Der meistgefürchtete Bandenchef Mexikos – und der verrückteste.

»Professor …« El Más Loco trat auf Spengler zu, nicht

im Mindesten beeindruckt von dem Brieföffner, den Spengler immer noch vor sich hielt. »Du hast 300 Dollar Spielschulden bei mir. Normalerweise schneide ich jemand dem schon wegen eines lausigen Pesos die Kehle durch.« Er griff nach dem Brieföffner, den Spengler sich widerstandslos abnehmen ließ, und schnitt damit eine Saite seiner Gitarre ab, deren Enden er sich um beide Hände wickelte. »Ein Dollar sind zwanzig Pesos. Wie oft muss ich dich also umbringen, Professor?«

»6000-Mal«, kam es wie aus der Pistole geschossen von Spengler.

Ojo lachte. Spenglers Blick zu ihm hinüber war eine unverzeihliche Unachtsamkeit. El Más Loco sprang hinter ihn, legte ihm die Gitarrensaite um die Kehle und zog zu.

Augenblicklich spürte der Professor, wie ihm die Luft wegblieb. Verzweifelt wehrte er sich gegen den unnachgiebigen Würgegriff. Vergebens. Schmerzhaft schnitt die Saite in seinen Hals. Mit letzter Kraft stieß er einen Satz hervor, den er bisher keinem Menschen anvertraut hatte: »Ich weiß von einem Schatz!«

Der Griff lockerte sich. Gierig holte Spengler Atem.

»Oh, das ist originell.« Loco ließ Spengler noch einmal durchatmen, dann zog er die Schlinge langsam wieder zu. Hastig sprach der Professor weiter: »Ich kann es beweisen. Da vorn auf dem Tisch … das Buch.« Die Schlinge lockerte sich und gab den Professor frei. Spengler sank zu Boden. Mit tiefen Atemzügen saugte er die staubige Luft ein. Ein Blick in das ungeduldige Gesicht des Bandenchefs genügte jedoch und er rappelte sich mühsam wieder auf.

Zitternd fuhren Spenglers Hände über die vergilbten Seiten eines Notizbuchs. Er wusste, dass er nur diese eine Chance hatte. Schaffte er es nicht, El Más Loco zu überzeugen, war er ein toter Mann.

»Dies ist das Tagebuch von Alexander von Humboldt«, stieß er mit bebender Stimme hervor. »Es sind die Aufzeichnungen seiner Nordamerika-Expedition und er berichtet darin von einer uralten Legende. Es heißt, die Apachen hätten all ihr Gold in einem See versenkt, um es dem schrecklichen Gott Cthulu zu opfern.«

Loco zog an seiner Zigarette und beugte sich über das Tagebuch. »Für mich sieht das eher nach den Kritzeleien an einer Scheißhauswand aus!«

Beschwörend schaute Spengler in die blutunterlaufenen Augen des Mexikaners. »Wenn man es richtig liest, ist es die Wegbeschreibung zum Schatz im Silbersee.«

Loco richtete sich auf und starrte den Professor durchdringend an, schließlich schüttelte er den Kopf. »Das ist doch verrückt!«

Der Professor hörte, wie Ojo den Hahn seiner Silberbüchse spannte.

»Verloren«, schoss es Spengler durch den Kopf, »ich habe verloren.«

Doch plötzlich verzog sich das Gesicht von El Más Loco zu einem breiten Grinsen. »Der Typ ist verrückt!« Mit beiden Händen packte er übermütig den Kopf des Professors und küsste ihn auf die Stirn. »Du gefällst mir, Mann! Du gefällst mir.« Dann wandte er sich an seine Männer: »Los, sattelt die Pferde, wir holen uns den Schatz der Apachen!«

KAPITEL 1

Langsam erhob sich die Sonne hinter der kahlen Bergkuppe am Horizont und tauchte die Prärie in goldenes Licht. Wind strich über die langen Grashalme. Eine Herde wilder Mustangs graste zwischen den Halmen. Es waren prächtige Tiere. Unter ihrem glänzenden Fell sah man das Spiel der Muskeln. Hin und wieder schnaubte eines der Pferde, ging ein paar Schritte und graste weiter. Ein besonders schönes Tier, ein gescheckter Hengst, hob seinen edlen Kopf, stellte die Ohren auf und lauschte. Seine Nüstern weiteten sich. Er witterte.

Karl hielt den Atem an und presste sich auf den noch von der Nacht kühlen Prärieboden. Neben ihm lag Winnetou, der Häuptling der Apachen. Auch er verhielt sich still, um die Pferde nicht aufzuscheuchen. Die Freunde waren bereits seit dem ersten Morgengrauen den Spuren der Herde gefolgt. Der Hengst senkte den Kopf, um weiterzugrasen. Die Mustangs waren allesamt prachtvolle Pferde, doch Karl waren sofort zwei aufgefallen, die die anderen Tiere an Größe und Kraft noch übertrafen.

»Die beiden Gescheckten«, flüsterte Karl.

»Gute Wahl! Zwei Brüder!« Der Apache warf einen prüfenden Blick durch die Grashalme zu der Herde. Dann nickte er und flüsterte: »Old Shatterhand von Osten anschleichen, ich von Westen.«

Karl nickte. Er hatte verstanden. Er lebte jetzt seit acht Wochen im Dorf der Apachen. Seit er ihnen geholfen hatte, die Eisenbahnbrücke, die durch ihr Gebiet gehen sollte, zu sprengen, war er ihr Gast. Die Apachen hatten Karl den Namen Old Shatterhand gegeben, weil er mit einem einzigen Fausthieb selbst den stärksten Mann zur Strecke bringen konnte. Karl war der Name am Anfang ein wenig peinlich gewesen. Er war eher ein zurückhaltender, wenig prahlerischer Mensch. Doch für die Apachen war es der Name eines Kriegers. Und nach und nach hatte Karl sich an den Namen gewöhnt. Ja, auf gewisse Weise erfüllte er ihn sogar mit Stolz.

Jetzt drückte er sich vom Boden hoch, um sich den Tieren zu nähern.

»Old Shatterhand«, warnte Winnetou, ohne den Blick von den Mustangs zu lassen, »langsamer! Ihr Weißen immer in Eile!«

Karl verstand und verlangsamte seine Bewegungen.

»Old Shatterhand!«

Was war jetzt schon wieder? Fragend blickte er seinen Freund Winnetou an.

»Pferde gute Ohren!«

»Sonst noch was?«

»Du weniger reden!« Winnetou drückte sich aus dem Liegen hoch und verschwand erstaunlich leise zwischen den hohen Halmen.

Karl versuchte, es dem Häuptling gleichzutun. Er hatte in den letzten Wochen viel von Winnetou und den anderen Apachen gelernt. Nahezu lautlos konnten sie sich durch die Prärie bewegen. Für ihre Art zu jagen, war das wichtig. In Karls Heimat gehörte Anschleichen nicht zu den Dingen, die man können musste. Seine neuen Freunde hatten ihm gezeigt, wie er sich bewegen sollte. Und mittlerweile war er eigentlich gar nicht mal so schlecht darin.

Vorsichtig schlich er um die Herde herum. Schließlich war er bis auf wenige Meter an die Tiere herangekommen. Er hörte, wie sie mit ihrem Schweif die lästigen Fliegen vertrieben und wie ihre Zähne das frische Gras zermalmten. Er sog die Luft ein. Unter den Geruch warmer Erde, frischen Grases und wilder Präriekräuter hatte sich jetzt auch der Duft der Mustangs gemischt.

Karl atmete tief durch, dann sprang er auf, wirbelte das Lasso über dem Kopf und schrie wild.

Erschrocken blickten die Pferde auf, drehten ab und stoben in die andere Richtung davon. Dort sah Karl seinen Freund. Auch er hatte sich aufgerichtet. Der Häuptling der Apachen war nur mit einer mit Fransen besetzten Hose aus weichem Leder und Mokassins bekleidet. Seine schwarzen Haare fielen lang über die Schultern, eine einzelne Feder eines Adlers schmückte sie. Winnetou behielt den gescheckten Mustang im Auge, hob das Lasso über den Kopf, lief ein paar leicht federnde Schritte neben dem Tier her und warf ihm das Lasso über den Kopf.

Der Hengst bäumte sich laut wiehernd auf und wehrte sich mit aller Kraft gegen das Seil um seinen Hals. Doch der Apache stemmte sich mit beiden Füßen in den Boden und hielt das Lasso fest. Schließlich wurde das Tier ruhiger. Vorsichtig näherte sich Winnetou dem Hengst und streichelte seinen Kopf, während er beruhigend in der Sprache der Apachen auf ihn einredete. Schließlich trat der Häuptling neben das Pferd, drückte sich vom Boden ab und schwang sich auf den Rücken des Tieres. Erschrocken über die unerwartete Last sprang der Mustang mit allen vieren gleichzeitig in die Luft, galoppierte eine paar Schritte und bockte. Aber er wurde den Reiter nicht los. Staunend beobachtete Karl das Schauspiel. Es dauerte nicht lange und der Apache kam zu ihm herübergeritten. Winnetou hatte den Kampf gewonnen.

»Old Shatterhand sehen? Mustang fangen Kinderspiel!«

Er bedeutete Karl mit einer Kopfbewegung, sich hinter ihm aufs Pferd zu setzen. »Steig auf, du nehmen Bruder!«

»Lass mal«, Karl wich Winnetous Blick aus. Er gab nicht gern auf. Aber ein Ritt auf einem ungezähmten Mustang? »Ich werde mir das Genick brechen«, sprach er schließlich laut aus, was ihm durch den Kopf ging.

Doch das ließ Winnetou nicht gelten. Er lachte. »Nscho-tschi machen dich wieder lebendig.«

Unwillkürlich glitt Karls Blick an sich hinunter. Immer noch trug er den zerschlissenen Anzug, mit dem er vor einigen Wochen, die ihm mittlerweile wie eine halbe Ewigkeit vorkamen, sein neues Leben in Amerika begonnen hatte. Das Hemd hatte ein Loch. Es stammte von einem Pfeil, der Karl schwer verletzt hatte. Nscho-tschi, Winnetous Schwester, hatte ihn gesund gepflegt. Sie verfügte über unglaubliches Wissen, was Heilkräuter anging, und hatte offensichtlich auch einen guten Draht zu ihren Göttern. Sie war die Schamanin der Apachen. Karl war sich sicher, dass Nscho-tschi ihm das Leben gerettet hatte. Aber sollte er sein Glück ein zweites Mal herausfordern? Er sah seinen Freund an. Plötzlich erkannte er, dass es hier nicht einfach nur um das Einfangen wilder Mustangs ging. Sein Freund Winnetou forderte ihn heraus. Er wollte wissen, wie er sich schlug. Wildpferde zu fangen und zu zähmen gehörte von jeher zu den wichtigen Fähigkeiten, die ein Krieger beherrschen musste. Winnetou wollte wissen, was in ihm steckte. Karl gab sich einen Ruck, griff nach der ausgestreckten Hand des Apachen und schwang sich hinter ihm auf das Pferd.

Mit dem Druck seiner Schenkel trieb Winnetou den Hengst an. Gemeinsam flogen sie im Galopp über die sanften Hügel der Prärie. Es dauerte nicht lange und sie hatten den zweiten gescheckten Mustang eingeholt. Immer näher schoben sie sich an den wilden Hengst heran. Karl schwang sein Lasso über dem Kopf, ließ es durch die Luft sausen und beobachtete, wie es sich über den Kopf des Pferdes legte. Seite an Seite rasten sie nebeneinanderher. Karl spürte, wie das Pferd an dem Seil riss. Er musste es wagen und im Galopp die Pferde wechseln. Er beugte sich weit hinüber, packte mit beiden Händen in die kurze Mähne, ohne das Lasso dabei loszulassen, und versuchte, sich hinüberzuziehen. Doch er zögerte einen Augenblick zu lang. Das Pferd schwenkte nach rechts, eine Lücke tat sich auf. Karl rutschte zwischen die beiden Tiere. Er landete auf seinen Füßen, rannte ein Stück neben dem Pferd her, stolperte, stürzte, aber behielt das Lasso nach wie vor fest in der Hand. Der Mustang schleifte ihn über den holprigen Boden. Er bekam Erde und Gräser in den Mund, Staub brannte in seinen Augen. Schließlich kam Karl auf die Beine, stemmte sich gegen den Widerstand des rasenden Pferdes und hielt das Seil so, wie er es bei Winnetou beobachtet hatte. Doch was bei dem Apachen wie ein Kinderspiel ausgesehen hatte, war alles andere als das. Der Mustang kämpfte um seine Freiheit. Und Karl hielt dagegen. Seine Finger waren taub von der Anstrengung. Seine Armmuskeln brannten. Immerhin schien auch der Mustang müde zu werden. Langsam ließen die Ausbruchsversuche des Wildpferds nach. Doch gerade als Karl tief Luft holte und Hoffnung schöpfte, warf sich der Mustang ein letztes Mal mit aller Kraft in das Seil. Mit einem Knall zerriss es. Karl fiel rücklings auf den Boden, der Mustang wieherte und galoppierte davon.

Winnetou, der das Spektakel aus einiger Entfernung beobachtet hatte, kam zu seinem Freund geritten, sprang vom Pferd, reichte Karl die Hand und zog ihn auf die Füße. Anerkennend lachte er und sagte: »Nicht schlecht für ersten Versuch.«

»Wie bitte?« Das Dröhnen seines Schädels ließ Karl daran zweifeln, ob er seinen Freund richtig verstanden hatte. »Danke. Mir reicht's! Wenn ich ein Pferd brauche, kaufe ich mir eines beim Pferdehändler.«

Aber der Häuptling der Apachen war unnachgiebig. »Seit wann Shatterhand aufgeben so schnell?«

Karl biss die Zähne zusammen. Drehte den Kopf hin und her. Das Genick schien noch nicht gebrochen. Er atmete tief ein: »Na gut, schlag den Gong zur zweiten Runde!«

Das Lagerfeuer knisterte gemütlich und strahlte wohltuende Wärme ab. Stöhnend ließ sich Karl auf den Boden sinken. Alles an seinem Körper war ein einziger Schmerz. Er konnte nicht einmal sagen, wo dieser Schmerz anfing und wo er aufhörte. Blaue Flecken, Blutergüsse, Schrammen, getrocknetes Blut und brennende Muskeln waren der Lohn dieses Tages. In seiner Heimat hatte Karl im Verein geboxt. Er konnte einiges wegstecken, aber so zerbeult wie heute hatte er sich selbst nach den wildesten Kämpfen nicht gefühlt. Und trotz aller Mühen war ihm der Hengst jedes Mal entwischt.

Hinter ihnen graste friedlich der Mustang, den Winnetou gefangen hatte.

Der Häuptling ließ sich neben seinem Freund am Feuer nieder. »Du hast ehrenvoll gekämpft. Wilder Mustang dich nie vergessen.«

»Ich ihn auch nicht!« Die Freunde blickten sich an und brachen in Gelächter aus. Bis Karl aufstöhnte, weil die geprellten Rippen beim Lachen zu sehr schmerzten.

Winnetou blickte zu den Sternen hinauf. »Herbst nah. Bald wir Sonne verabschieden.«

»Ja, das war ein herrlicher Sommer.« Karl seufzte. Plötzlich wurde ihm das Herz ganz schwer.

»Viele liegen noch vor uns.« Winnetou schob einen Stock ins Feuer. Funken flogen auf. Winnetou spürte, dass sein Freund traurig war, und wollte ihn aufmuntern:

»Fest der Sommergeister wird dir gefallen. Viele junge Apachenfrauen mit dir tanzen. Im Winter Tipi kalt. Zwei Leiber wärmer als einer. Und Kinder großer Reichtum für Mann.«

Wie viel direkter und zwangloser die Apachen in solchen Dingen waren, schoss es Karl durch den Kopf. In Deutschland, wo er herkam, tanzte man nicht einfach mit Frauen. Dort folgte alles strengen Regeln und Gesetzen. Man musste auf einen Ball eingeladen werden, musste vorher einen Tanzkurs absolvieren, musste wissen, wie man eine Frau zum Tanz aufforderte und über was man dann mit ihr reden durfte. Er seufzte. »Bei uns Weißen ist das ein wenig komplizierter.«

»Was bedeutet ›kompliziert‹?«

»Schwierig.«

Winnetou war verblüfft: »Liebe machen für euch Weiße schwierig?«

Karl wand sich. Liebe machen? Das war noch komplizierter als tanzen. Wie sollte er seinem Freund erklären, wie das in seiner Welt ablief? »Wir legen uns nicht einfach so ins Zelt, um unsere … also um unsere Körper zu wärmen. Wir … äh … also … ich … es … ist …«

»Kompliziert?« Winnetou betrachtete seinen Freund verwundert.

Karl nickte. In der Welt, aus der er kam, war es so viel komplizierter. Er seufzte erneut.

»Warum Shatterhands Herz so schwer?«

»Nichts, es ist nichts.« Karl schüttelte den Kopf. Wie sollte er seinem Freund sagen, was ihn seit einigen Tagen bedrückte? Er konnte es ja selbst noch nicht richtig in Worte fassen.

Die Nächte in der Prärie waren in der letzten Woche merklich kälter geworden. Doch die Wolldecke und das Lagerfeuer, das bei Sonnenaufgang immer noch glühte, hatten Karl ausreichend gewärmt. Mittlerweile hatte er sich an das Schlafen unter freiem Himmel gewöhnt. Auch die nächtlichen Geräusche machten ihm nichts mehr aus. Anfangs war er immer wieder aus seinem unruhigen Schlaf hochgeschreckt, weil er etwas gehört hatte, das er nicht zuordnen konnte. Doch seit einiger Zeit waren ihm die Geräusche so vertraut, dass sie ihm vorkamen wie ein Wiegenlied, das ihn in den Schlaf begleitete.

Eine Hand berührte seine Schulter und schüttelte ihn sanft wach. Winnetou deutete nach vorn. Mühsam setzte sich Karl auf, denn ihn schmerzte immer noch jeder Muskel. Der zweite Mustang graste friedlich neben seinem angebundenen Bruder.

»Sie sind von einem Blut, sie werden sich niemals trennen«, erklärte Winnetou und blickte seinen Freund an. »Ich mein Pferd lassen frei oder du deins fangen.«

Karl zögerte nur kurz, dann schnappte er sich ein Lasso

und pirschte sich entschlossen an den wilden Mustang heran. Ganz langsam näherte er sich dem Pferd. Mit einer sanften, fließenden Bewegung legte er dem Tier die Lassoschlinge um den Hals. Er hielt das Seil mit beiden Händen fest und wartete darauf, dass der Hengst erneut um seine Freiheit kämpfen würde. Doch das Tier hob nur kurz den Kopf, sah ihn an und graste weiter. Es war, als habe der Mustang heute Nacht eine Entscheidung getroffen und beschlossen, bei seinem Bruder zu bleiben.

KAPITEL 2

Schon von Weitem erblickte Karl die Tipis der Apachen. In losen Abständen verteilten sie sich in einer grünen Talsenke. Sie waren aus gegerbtem Bisonleder, das über zu einem Kegel zusammengestellten Holzstangen gespannt war. Jedes Tipi schmückten bunte Zeichnungen. In der Mitte des Dorfes stand das Versammlungszelt. Es war um einiges größer als die anderen Zelte. In ihm hatte der ganze Stamm der Apachen Platz. Es wurde für wichtige Zusammenkünfte, aber auch für schamanische Rituale genutzt.

Zwischen den Zelten waren Holzgestänge aufgebaut, an denen die Apachen in Streifen geschnittenes Fleisch trockneten. Auch Fische, die sie im nahen Fluss gefischt hatten, und Mais, den sie im Sommer anbauten, hingen daran. In lockeren Abständen um die Zelte verteilt standen einige aus Ähren zusammengebundene Garben, die nach der Ernte zum Trocknen aufgestellt worden waren.

Kinder rannten zwischen den Zelten umher. Sie jagten einem aus Leder genähten Ball hinterher.

Als Karl die Tipis von Weitem sah, schoss ihm der Gedanke durch den Kopf, wie schnell er sich an das karge Leben gewöhnt hatte. Im Alltag der Apachen gab es keine Tische und Stühle, kein Bad, kein fließendes Wasser und keine Küche. Die Apachen besaßen nur, was sie unmittelbar zum Leben benötigten. Karl musste zugeben, dass ihm diese Einstellung gefiel. Habgier und Neid hatten keinen Platz. Stattdessen strahlten die Apachen eine Friedfertigkeit und Freundlichkeit aus, die Karl so nie zuvor kennengelernt hatte.

Als sie näher kamen, fiel ihm auf, dass die Zelte mit Blumen geschmückt waren. An der Feuerstelle flochten einige Apachen ein großes Gebilde aus Weidenzweigen. Es war noch nicht fertig, doch Karl glaubte einen Hirsch darin zu erkennen. Eine Frau steckte gelb blühende Blumen und Äste mit roten Beeren zwischen die Weidenzweige. Das mussten wohl die Vorbereitungen für das Sommerfest sein, von dem Winnetou erzählt hatte.

Mavi, einer der größeren Jungen unter den Kindern, hatte den Häuptling und dessen Freund als Erster erblickt. Freudig rief er: »Winnetou und Karl sind zurück!« Sofort ließen die Kinder alles stehen und liegen und liefen den beiden Freunden, die stolz auf ihren Mustangs geritten kamen, entgegen.

Als Karl Mavi sah, musste er unwillkürlich lächeln. Es war schön, ihn wieder mit den anderen Kindern zu sehen. Nachdem Mavis Vater in der Schlacht in Roswell ermordet worden war, war der Junge sehr traurig und ernst gewesen. Doch langsam ging es ihm wieder besser. Karl hatte Mavi von Anfang an gemocht. Mit seiner unverkrampften Neugierde ihm gegenüber hatte er es Karl leicht gemacht, die Apachen besser kennenzulernen. Nach dem Tod von Mavis Vater war es ihm deshalb wichtig gewesen, nun seinerseits für den Jungen da zu sein. Sie hatten viel Zeit miteinander verbracht und geredet. Karl hatte Mavi von seinem Leben in Deutschland und von seinem Vater erzählt. Und Mavi hatte ihm mehr über die Apachen beigebracht und von seinem Vater erzählt.

»Brrr, Hatatitla!« Karl brachte sein Pferd zum Stehen.

Ehrfurchtsvoll ließ Mavi seine Hand über den Hals des Pferdes gleiten und blickte Karl fragend an: »Sein Name Wind?«

Karl nickte. »Er war genauso schwer zu fangen wie der Wind.«

Winnetou ließ sich vom Rücken seines Pferdes gleiten. »Sein Bruder heißt Iltschi, Blitz.« Er drückte Mavi die Zügel seines Pferdes in die Hand.

Karl beobachtete, dass der Häuptling zu seiner Schwester Nscho-tschi ging. Sie war mit einem Bund Blumen, den sie zum Schmücken der Zelte im Arm trug, nähergekommen, um mit ihrem Bruder zu sprechen.

»Blitz und Wind!« Die Namen gefielen Mavi. »Welcher von euch beiden ist wohl schneller?«

»Gleich schnell«, antwortete Karl und versuchte dabei, etwas von dem Gespräch zu verstehen, das Winnetou mit Nscho-tschi in der Sprache der Apachen führte. Karl beherrschte mittlerweile einige Brocken der Apachensprache, weshalb ihm auch nicht entgangen war, dass Nscho-tschi sich bei Winnetou nach ihm erkundigte. Verstohlen betrachtete er die Schamanin. Ihre schwarzen, glatten Haare trug sie offen und ganz ohne Schmuck. Über eine Hose aus weichem Leder hatte sie ein langes Kleid mit Fransen gezogen, das ebenfalls aus weichem Leder genäht war und an der schmalen Hüfte von einem Gürtel zusammengehalten wurde. Aber es war nicht nur ihr Äußeres, was Nscho-tschi von allen Frauen, denen er bisher begegnet war, unterschied. Obwohl sie noch jung war, behandelten alle Apachen sie mit großem Respekt. Sie schätzten ihre Klugheit ebenso wie ihre Fähigkeiten als Heilerin. Winnetous Schwester strahlte eine Ruhe und Kraft aus, die Karl sofort in ihren Bann gezogen hatte.

Es gefiel ihm, dass sie sich jetzt dafür interessierte, wie er sich geschlagen hatte.

Doch Winnetou, der mitbekommen hatte, dass Karl

zuhörte, machte sich einen Spaß daraus, den Freund aufzuziehen.

»Old Shatterhand«, erklärte er also seiner Schwester, »macht beim Anschleichen mehr Lärm als eine Büffelherde, und sein Pferd wirft ihn alle zwei Schritte ab.« Er machte eine Pause. »Aber sonst«, fuhr er fort, »ist er auf dem besten Weg, ein Apache zu werden.«

»Hey«, mischte sich Karl mit gespieltem Ernst in der Sprache der Apachen ein: »Ich alles verstehen!« Seine Blicke trafen Nscho-tschis.

»Oh, du verletzt!« Nscho-tschi trat näher und strich vorsichtig einige blutverkrustete Haarsträhnen an Karls Kopf zur Seite, um die Wunde genauer anschauen zu können.

Karls Herz schlug schneller, als er ihre Hand an seinem Kopf spürte. Verlegen winkte er ab. »Ach was, das ist nur ein kleiner Kratzer.«

»Ich gute Salbe haben!«

»Das ist wirklich nicht nötig«, versuchte es Karl erneut.

»Shatterhand lieber Blutvergiftung?« Nscho-tschi wandte sich zum Gehen und befahl mit dem ihr ganz eigenen Lächeln: »Mitkommen.«

Zögernd folgte Karl. Sosehr er die Fürsorge Nscho-tschis genoss, vor Winnetou, Mavi und dem Krieger Neke Bah, der sich zu ihnen gesellt hatte, war ihm die Aufmerksamkeit der Schamanin ein wenig peinlich. Und das wurde auch nicht besser als die drei ihnen feixend nachriefen:

»Schnell, Schwester, bevor er uns wegstirbt!«

»Sollen wir eine Trage holen?«

»Oder ihn gleich zum Friedhof bringen?«

Doch da waren sie bei Nscho-tschi an die Falsche geraten. Wütend funkelte sie die scherzenden Männer an: »Lacht weiter und ihr schneidet euch die nächste Pfeilspitze selber heraus!«

Das saß. Die Krieger schwiegen kleinlaut. Zumindest kurz. Denn gleich darauf hörte Karl sie wieder gut gelaunt spotten. Er seufzte.

Das Zelt der Schamanin war mit Fellen ausgelegt. Es duftete nach einer Mischung aus frischen und getrockneten Kräutern. Einige der trockenen Kräuter hatte Nscho-tschi in eine Schale gelegt und darunter ein Feuer entzündet. Der Rauch verteilte sich im Zelt. Karl fühlte sich angenehm benommen. Er grübelte, ob es an dem Duft der Kräuter lag oder an der Nähe Nscho-tschis. Immer wenn er sie anblickte und die strahlenden dunklen Augen sah, war er auf eine Art glücklich, die er nie zuvor empfunden hatte.

Nscho-tschi kniete sich neben Karl, tauchte einen Schwamm in eine Schale mit abgekochtem Wasser und reinigte vorsichtig seine Wunden. Es brannte und er musste die Zähne zusammenbeißen, um nicht bei jeder Berührung zusammenzuzucken.

»Früher du mehr geschrien. Du langsam Apache.« Sanft legte sie ihre kühle Hand auf seine Stirn und drehte seinen Kopf ein wenig zur Seite, um eine weitere Wunde zu säubern.

Karl atmete tief ein. Er konnte den Duft ihrer Haare riechen. Dann nahm er ihre Hand in seine. Es fühlte sich so richtig an, warum nur wurde sein Herz so schwer? Doch im Grunde wusste er es. Es war ja von Anfang an klar gewesen. Langsam war es an der Zeit, dass er tat, was er tun musste.

Er holte tief Luft: »Ich …«, begann er mit belegter Stimme, räusperte sich, begann noch einmal: »Ich …«

»Überraschung für dich!« Nscho-tschi war aufgesprungen und hielt plötzlich einen Anzug in den Händen. Er war nach Art der Apachen aus feinem Leder genäht und mit Fransen kunstvoll geschmückt. Sicher hatte es viel Mühe gemacht, ihn anzufertigen. »Shatterhand gefallen?«

»Für mich?«, brachte Karl hervor. »Ja, er ist wunderschön!« Das war er wirklich.

»Für Fest der Sommergeister«, erklärte Nscho-tschi. »Alle Männer und Frauen sich schmücken. Ich mit den alten Frauen nächtelang daran gearbeitet.«

Karl wurde das Herz noch schwerer. Es war ein wundervolles Geschenk, doch er hatte es nicht verdient.

»Ich kann es nicht annehmen.«

Nscho-tschi verstand nicht. »Warum?«, wollte sie wissen. »Wie deine alte Jacke. Nur viel schöner.« Lachend streckte sie Karl den Anzug hin. Zögernd nahm er das Geschenk und hielt es vor sich.

»Du darin aussehen wie Apache!« Nscho-tschis Augen leuchteten vor Freude.

»Aber das bin ich nicht«, dachte Karl.

KAPITEL 3

Unerbittlich brannte die Sonne auf die karge Landschaft. In der Ferne kreisten Aasgeier am Himmel. Vereinzelt brachten niedrige Büsche ein wenig Farbe in das braune Einerlei des ausgedörrten Bodens. Der Boden war derart trocken, dass der Staub, der von den Pferdehufen einer Gruppe Reiter aufgewirbelt wurde, schon von Weitem zu sehen war.

Die Gruppe bestand aus etwa einem Dutzend Männern. Zwei Pferde zogen einen Planwagen, in dem sich Spaten, Äxte und Hacken befanden.

Die Cowboyhüte tief ins Gesicht gezogen, ritten die Männer schweigend durch diese Ebene, die kein Ende zu nehmen schien. Der Staub brannte in ihren Augen, die sengende Hitze verdorrte ihre Kehlen. Nur selten wurden Worte gewechselt.

Gestern hatten sie die Grenze von Mexiko passiert. Vor

ihnen lagen zwei weitere Tagesritte, bis sie das Stammesgebiet der Apachen erreichen würden.

Professor Spengler hatte mehrere Bücherkisten auf den Rücken seines Pferdes gebunden. Eines der Bücher hielt er vor sich und las im Reiten. Er war so in seine Lektüre vertieft, dass er erschrocken auffuhr, als eine Stimme die Stille durchbrach.

»El Más Loco, mach uns eine Freude und singe für uns.«

Der Professor blickte auf. Einer der jüngeren Banditen war nach vorn aufgeschlossen und ritt nun neben dem Chef.

Geschmeichelt zog El Más Loco die Gitarre, die er wie ein Gewehr auf dem Rücken trug, vor sich. »Meinetwegen, was möchtest du hören?«

Der junge Bandit musste nicht lange nachdenken. »Wie wär's mit ›Carmen saß am Brunnenrand‹? Das Lied mag ich am liebsten.«

El Más Locos Gesicht verfinsterte sich schlagartig. Er schob die Gitarre zurück auf seinen Rücken.

Professor Spengler registrierte, wie Ojo, der die ganze Zeit neben Loco geritten war, den anderen Banditen ein Zeichen gab, zurückzubleiben. Sofort wurde der Abstand zu Loco und dem Banditen größer. Noch bevor sich der Professor fragen konnte, was dies wohl zu bedeuten hatte, knallte ein Schuss. Ein einziger trockener Schuss. Von El

Más Locos Revolverkugel getroffen, sackte der junge Bandit, ohne einen Laut von sich zu geben, zusammen und kippte vornüber, fiel aber nicht aus dem Sattel.

Der Professor sah einen Revolver in der Hand des Anführers. Er musste ihn blitzschnell gezogen und abgedrückt haben. Rauch stieg daraus auf.

Ungerührt steckte El Más Loco die Waffe wieder in seinen Gürtel. Als wäre der junge Bandit auf dem Pferd neben ihm nicht tot, erklärte er ihm: »Hör auf meinen Rat, erwähne nie wieder ›Carmen saß am Brunnenrand‹ in meiner Nähe.«

Kaum hatte El Más Loco zu Ende gesprochen, rutschte der tote Bandit aus dem Sattel und fiel in den Staub. Keiner der Männer stoppte. Niemand kam auf die Idee, dem Mann ein Grab zu schaufeln oder seinen Leichnam wenigstens mit Steinen zu bedecken.

Dem Professor lief ein eiskalter Schauer den Rücken hinunter. In der Ferne hörte er schon die Schreie der Aasgeier. Der Bandit würde eine Beerdigung bekommen, wie sie zu dieser Einöde passte.

KAPITEL 4

Karl saß mit gekreuzten Beinen auf dem Boden vor seinem Zelt, hielt einen kleinen Reisespiegel in der Hand und rasierte seine Bartstoppeln. Er tauchte das Rasiermesser in die mit Wasser gefüllte Schale, die vor ihm auf dem Boden stand, und wusch es aus. Gerade als er die Klinge an seinem Kinn ansetzte, ertönte eine wohlbekannte Stimme hinter ihm.

»Gib dir keine Mühe, Greenhorn! Du kannst höchstens noch das zweitbestaussehende Mannsbild im Wilden Westen werden!«

»Sam!« Karl freute sich, den alten Freund wiederzusehen. Der Trapper und Fallensteller Sam Hawkens tauchte von Zeit zu Zeit in dem Apachendorf auf. Er handelte mit Fellen, doch vor allem kam er vorbei, weil ihm die Menschen und allen voran Winnetou ans Herz gewachsen waren. Das war nicht immer so gewesen. Vor vielen Sommern hatten die Apachen den Trapper aus Rache skalpiert und seinen Skalp als Trophäe behalten. Damals war Sam klar geworden, dass sein Weg der falsche gewesen war und er den Apachen Schaden zugefügt hatte. Er hatte sich geändert und den Apachen geholfen. Zum Dank bekam er den Skalp zurück. Die Fellmütze, die seine vernarbte Kopfhaut all die Jahre vor neugierigen Blicken geschützt hatte, trug er aber immer noch.

Sam kniete sich zu Karl. Er nestelte einen Moment in einer seiner Jackentaschen und zog schließlich ein kleines Döschen hervor, das er Karl feierlich überreichte. »Ich hab dir etwas mitgebracht!«

Karl nahm das Geschenk, betrachtete es, und als er endlich erkannte, was er da in den Händen hielt, rief er erfreut: »Pomade! Endlich kommt wieder Ordnung in meine Haare! Danke!«

Sam klopfte ihm auf die Schulter und ließ sich neben dem Freund auf dem Boden nieder.

Karl öffnete die Dose, nahm reichlich von dem fettigen Zeug und schmierte es sich in die Haare. Sorgfältig strich er jede einzelne widerborstige Strähne glatt und seufzte: »Wo hast du das her?«

»Aus Roswell. Du würdest staunen, was sich in dem Kaff alles verändert hat. Es gibt öffentliche Latrinen, jede Menge neuer Häuser und die Huren haben jetzt Badewannen.«

»Sag bloß, die Wälder sind dir zu einsam geworden?«

»Ich tausche ab und zu ein paar Felle gegen Kaffee und Munition, mehr nicht, wenn ich mich nicht irre.«

Karl schmunzelte in sich hinein. Diese eigenartige Redewendung gehörte zu dem Trapper wie seine Fellmütze.

Sam griff sich eine Blechtasse mit Henkel, tauchte sie in die große Wasserschale und schöpfte etwas von dem seifigen Rasierwasser. Ehe Karl den Trapper warnen konnte, hatte Sam schon die Tasse angesetzt und einen großen Schluck genommen. Es dauerte einen kleinen Moment, dann allerdings wurden seine Augen groß, und angewidert spuckte er das Seifenwasser aus.

»Bäh! Was …?« Sam blickte in die große Schale, dann auf das Rasiermesser in Karls Hand und endlich dämmerte ihm, was er da gerade getan hatte. Karl konnte nicht länger und lachte lauthals los. Und auch Sam fiel jetzt in Karls Gelächter mit ein.

Als sie sich beruhigt hatten, fiel Karls Blick auf etwas, das aus Sams Umhängetasche hervorlugte.

»Ist das eine Zeitung?«

Sam zog die zusammengerollte Zeitung hervor und reichte sie Karl. »Ja. Kannst sie haben. Ich bin mit den Kreuzworträtseln durch.«

Karl entrollte die Zeitung. Wie lange hatte er keine mehr in den Händen gehalten?! Zu Hause war kein Tag vergangen, an dem er nicht wissbegierig die neuesten

Nachrichten aus aller Welt verschlungen hatte. Begeistert überflog Karl die Schlagzeilen auf der ersten Seite: »Sueskanal eröffnet! New Yorker Hochhaus gebaut! Edisons neueste Erfindung!« Überall auf der Welt wurden technische Meisterleistungen vollbracht. Wie es schien, im Minutentakt! Dieser Fortschritt faszinierte Karl. Das war doch der Grund gewesen, warum er die Reise nach Amerika angetreten hatte. Er wollte dabei sein, wenn sich die Welt in riesigen Schritten veränderte.

»Du liest die Zeitung ja wie ein Verdurstender, der endlich etwas zu trinken bekommt!« Sam Hawkens war nicht entgangen, wie gierig Karl die Nachrichten aus der neuen Welt aufsog. »Du vermisst die Welt da draußen, was?«

Karl blickte auf. Er betrachtete das Dorf der Apachen. Kinder tobten um die Zelte. Einer der Jungs guckte beim Fangen spielen nach hinten und lief in einen Mann, der gerade einen Stapel Holzscheite trug. Alle Scheite purzelten auf den Boden. Sofort entschuldigte sich der Junge und half, die Scheite wieder aufzusammeln. Der Mann schüttelte kurz den Kopf, lachte dann. Er schimpfte nicht. Karl waren die Menschen ans Herz gewachsen. Er mochte ihre freundliche, offene Art, die so anders war als alles, was er bisher kennengelernt hatte.

Dann sah er wieder in die Zeitung und seufzte.

»Was ist los, mein Freund?«

»Erinnerst du dich an die langen Schulferien im Sommer?«

Sam Hawkens spuckte aus. »Mich haben keine zehn Pferde in die Schule gekriegt.«

»Am Anfang wünscht man sich, dass die freie Zeit nie endet, aber nach sechs Wochen ist man doch erleichtert, dass nun der Ernst des Lebens wieder weitergeht.«

Sam schüttelte den Kopf: »Ich versteh kein Wort.«

»Meine großen Ferien gehen zu Ende«, versuchte Karl zu erklären. »Sam, ich brauche einen Sinn, ein Ziel, ich will endlich wieder nützlich sein.«

Sam nickte, doch man konnte ihm ansehen, wie wenig er von dem hielt, was Karl da sagte. »Die Stellenangebote sind ganz hinten, wenn ich mich nicht irre.«

Karl blätterte auf die letzte Seite. Sofort sprang ihm eine Anzeige ins Auge. »Henry Construction.« Für ein Großbauprojekt in Santa Fe wurden Ingenieure gesucht. Er war ein Ingenieur.

Karl fasste einen Entschluss.

KAPITEL 5

In einem großen Steinkreis in der Mitte des Apachenlagers brannten vier Fackeln, die jeweils in eine Himmelsrichtung wiesen. Die Sonne war gerade erst im Westen hinter den Hügeln versunken. Ihre letzten Strahlen ließen das Dorf der Apachen und die Umgebung in sattem Rot erstrahlen.

In der Mitte der Feuerstelle stand die lebensgroße Nachbildung eines Hirschs. Jetzt konnte Karl das Tier gut erkennen. Sogar das Geweih aus Weidenzweigen war der Natur täuschend ähnlich nachgeahmt.

Die Apachen hatten sich im Kreis um das Feuer versammelt. Alle trugen festliche Kleidung, hatten sich mit bunten Farben ihre Gesichter und Oberkörper bemalt und ihr Haar mit Federn geschmückt. Einige Apachen hatten mit Tierhaut bespannte Trommeln in den Händen. Mit Stöcken schlugen sie einen Takt. Die jungen Krieger fielen in den Takt ein und stampften mit ihren Speeren rhythmisch auf den Boden.

Nscho-tschi kam aus ihrem Zelt. Gesicht und Arme hatte sie ganz mit weißer Farbe bemalt. Eine Linie aus roten Punkten ging von ihrer Stirn bis zum Kinn. An Hals, Brustbein und Armen waren Muster in der gleichen roten Farbe zu erkennen. Ihr langes Kleid hatte Fransen aus Leder und aus kunstvoll geflochtenen Pferdehaaren. Sie sprang in die Mitte des Kreises und breitete ihre Arme aus. In der Hand hielt sie ein brennendes Bündel aus Kräutern. Der Rauch verbreitete einen würzigen Duft. In der anderen Hand trug sie mehrere wie zu einem Fächer zusammengebundene Adlerfedern. Sie nahm den Rhythmus der Trommeln auf und tanzte mit zuckenden Bewegungen um die Feuerstelle, in deren Mitte der stolze Hirsch stand.

Karl hatte sich neben Sam Hawkens auf der Erde niedergelassen. Er beobachtete fasziniert, wie Nscho-tschi sich um die Feuerstelle bewegte. Sie schien dabei eins zu werden mit den rhythmischen Schlägen der Trommeln. Auch die ums Feuer versammelten Apachen begannen nun, sich im Takt zu wiegen. Plötzlich warf Nscho-tschi den Kopf zurück und sang mit lauter Stimme in der Sprache des Stammes: »Vater Sonne, wir sagen Dank für dein Licht, deine Wärme, den Tag, der allen Wesen gehört.« Die Apachen streckten ihre Arme zum Himmel und wiederholten den Gesang der Schamanin. Sam Hawkens ließ sich von der berauschenden Stimmung anstecken. Auch er hob die Arme und fiel in den Gesang ein.

Dann nahm Nscho-tschi eine der Fackeln und zündete den aus Ästen geflochtenen Hirsch an. Hell stoben die Funken in den mittlerweile schwarzen Nachthimmel. Die Schamanin tanzte weiter und die Apachen taten es ihr einer nach dem anderen nach. Schließlich bewegten sich alle im Takt der Trommeln um das Feuer.

Karl hatte sich etwas zurückgezogen. Anders als der Trapper konnte er sich nicht auf die ausgelassene Stimmung einlassen. Schweigend beobachtete er die feiernden Menschen. Und plötzlich fühlte er sich einsam zwischen all jenen, die in den letzten Monaten seine Freunde geworden waren.

Später, als die Trommeln verstummt waren und sich die Apachen niedergelassen hatten, um zu essen, kam Winnetou zu seinem Freund. Er hielt ihm ein Stück gebratenes Fleisch entgegen. »Warum du nicht essen?«

»Ich bin nicht hungrig«, erklärte Karl, nahm aber doch von dem Fleisch.

»Du tragen deine alten Kleider.« Winnetou musterte ihn. »Nscho-tschi dir nicht Geschenk gegeben? Kostbarer Anzug, den sie mit Apachenfrauen für dich genäht?«

Beschämt blickte Karl zu Boden. »Doch, aber ich kann ihn unmöglich anziehen.«

Er hatte lange mit sich gerungen, ob er den Anzug tragen sollte oder nicht. Die Frauen hatten viel Arbeit in diesen Anzug gesteckt. Und auch das Leder, aus dem er gefertigt war, war kostbar. In all den Wochen, die er jetzt schon bei den Apachen lebte, hatte er beobachtet, wie sorgsam sie mit allem umgingen, was sie zum Leben brauchten. Töteten sie ein Tier, wurde nicht nur das Fleisch gegessen. Auch das Fell fand Verwendung ebenso wie die Knochen. Sie nahmen aus der Natur nur das, was sie wirklich brauchten. War es nicht Verschwendung, den Anzug nicht zu tragen? Doch andererseits hatte er es nicht verdient. Er würde nicht bei den Apachen bleiben. Seine Zeit hier näherte sich dem Ende, und dort, wo er hinging, würde er diesen Anzug niemals tragen. Und es kam noch etwas hinzu, das ihm erst im Laufe des Abends klar geworden war: In diesem Anzug wäre er sich verkleidet vorgekommen. Er war kein Apache und er würde nie einer sein. Er schätzte und respektierte die Menschen und sie waren seine Freunde geworden. Aber er war in seinem Innersten immer noch Karl May, der Ingenieur aus Deutschland. Nur, wie sollte er das Winnetou und Nscho-tschi erklären?

»Kompliziert?« Winnetou hatte das Zögern Karls bemerkt. Karl nickte erleichtert. Er war seinem Freund dankbar, dass dieser keine Erklärung verlangte. Stattdessen legte ihm der Häuptling die Hand auf die Schulter.

»Shatterhand zu viel in Kopf leben, zu wenig leben in Hier und Jetzt. Schau: Alle lachen, alle feiern, alle glücklich!«

Karl betrachtete die feiernden Apachen. Sie saßen um das Feuer, aßen und unterhielten sich. Alle waren fröhlich und genossen ganz offensichtlich das Beisammensein. Er holte tief Luft und nahm sich vor, sich von ihrer guten Laune anstecken zu lassen.

Winnetou schob Karl zurück zu den Menschen am Feuer und erklärte: »Gut. Dann lass die Augen offen. Du große Überraschung sehen.«

Was konnte das sein? Karl sah sich um, konnte aber nichts entdecken, was ihm einen Hinweis gegeben hätte. Er war neugierig und wollte sich freuen, doch gleichzeitig fürchtete er sich vor dieser weiteren Überraschung.

Die Trommeln hatten wieder eingesetzt. Wildes Kriegsgeschrei ertönte und eine Gruppe junger Apachenfrauen tauchte auf. Ihre Körper waren bunt bemalt, sie trugen Speere und stießen sie mit kräftigen Bewegungen in die Luft, als wären sie auf Büffeljagd.

Plötzlich machte eine der Frauen, Ochina, einen Satz auf Neke Bah zu und stieß den Speer in seine Richtung. Selbst im flackernden Feuerschein konnte Karl erkennen, dass Neke Bah blass wurde.

»Warum guckt Neke Bah so erschrocken?«

Winnetou erklärte: »Im Sommer wir Jäger, im Winter wir Gejagte.«

Neke Bah war aufgestanden und tanzte mit weit ausgebreiteten Armen auf Ochina zu. Sie holte erneut mit dem Speer aus und stieß ihn knapp an Neke Bah vorbei. Der junge Apache tat, als wäre er tödlich getroffen, und ließ sich in die Arme von Ochina sinken. Die Männer und Frauen stießen Freudenschreie aus.

»Ochina Neke Bah erlegt. Sie jetzt Mann und Frau.« Winnetou sah Karl an: »Apache nicht kompliziert.«

Karl nickte.

Neke Bah und Ochina verschwanden in der Dunkelheit. Die Trommeln setzten wieder ein und erneut bewegten sich die Apachenfrauen um das Feuer und schwangen ihre Speere in der Luft. Bevor Karl sich fragen konnte, was als Nächstes passieren würde, sprang Nscho-tschi mit erhobenem Speer aus dem Kreis der Tanzenden. Sie drehte sich, tanzte im Takt der Trommeln und kam dabei auf Winnetou und ihn zu. Suchte Nscho-tschi etwa auch einen Mann? Was, wenn sie ihn auswählte? Und was, wenn sie ihn nicht auswählte?

Karl hatte nicht mehr die Zeit, darüber zu grübeln. Plötzlich stand die Schamanin vor ihm. Mit einem wilden Schrei stieß sie ihren Speer vor ihn in den Boden, drehte sich zu den anderen und hob jubelnd die Arme. Karl wurde heiß und kalt. Panik machte sich in ihm breit. Er hätte sich am liebsten in Luft aufgelöst. Stattdessen stand er regungslos da und hörte, wie die Apachen klatschten und sich freuten. Im selben Augenblick traten einige junge Männer hinter Karl, hoben ihn hoch und trugen ihn in ein Zelt. Es dauerte einen Augenblick bis Karl erkannte, wo er sich befand. Sie hatten ihn in Nscho-tschis Zelt gebracht.

Das Fell, das als Zelteingang diente, wurde beiseitegeschoben und Nscho-tschi kam herein. Strahlend fasste sie Karls Hände.

»Ich …«, stieß Karl hervor, wurde aber sofort von Nscho-tschi unterbrochen. Sie legte den Zeigefinger auf die Lippen und bedeutete ihm zu schweigen.

»Von Geburt bis heute Nscho-tschi hat ihre Geschichte. Von Geburt bis heute Old Shatterhand hat seine Geschichte. Von heute bis Tod wir nicht mehr zwei Geschichten, wir nur noch eine: unsere!«

Nscho-tschi wollte die Arme um Karl legen, doch der griff ihre Hände, hielt sie in seinen und sah Nscho-tschi in die Augen. Sein Herz raste. Das hatte er nicht gewollt. Vielleicht war das bei den Apachen so einfach mit dem Mann-und-Frau-Werden, aber er war keiner von ihnen. Er fühlte sich überrumpelt und gleichzeitig fiel es ihm unendlich schwer, Nscho-tschi zurückzuweisen und zu verletzen. Aber musste sie nicht begreifen, dass es nicht ging? Sicher, er hatte sich in den letzten Wochen so wohl gefühlt wie selten in seinem Leben. Es war eine glückliche Zeit gewesen. Aber das allein reichte doch nicht. Er hatte die lange und gefährliche Reise nach Amerika auf sich genommen, um dem Land sein Können als Ingenieur zur Verfügung zu stellen. Seine Eltern hatten hart dafür gearbeitet, dass er studieren konnte. Er schuldete es ihnen, etwas aus dieser Ausbildung zu machen. Und Karl brauchte eine Aufgabe. Hier bei den Apachen hatte er keine. Er schüttelte den Kopf: »Ich bin kein Apache, Nscho-tschi. Ich kann das nicht annehmen. Nichts von all dem hier.« Nscho-tschi zuckte zurück, als hätte sie einen Schlag bekommen. Karl schmerzte ihr Anblick.

»Es tut mir leid«, brachte er hervor und wusste im gleichen Augenblick, dass dieser Satz nicht annähernd wiedergab, was er empfand. »Ich werde doch nie ein Apache sein! Nie!« Das musste Nscho-tschi verstehen. Und wenn sie es verstand, würde sie ihm verzeihen. Doch Nscho-tschi tat ihm nicht den Gefallen. Sie verstand ihn nicht und sie verzieh ihm auch nicht. Wütend sprang sie auf ihn zu und gab ihm einen heftigen Stoß. Dann rannte sie laut aufschluchzend aus dem Zelt.

Karl blieb mit zitternden Händen zurück. Er holte tief Luft. Er hatte doch richtig gehandelt? Oder doch nicht? Ihm schwirrte der Kopf. Plötzlich verstummte draußen der Gesang und auch die Trommeln schwiegen. Karl trat vor das Zelt. Alle Blicke waren auf ihn gerichtet. Niemand sagte einen Ton. Nur das Schluchzen von Nscho-tschi drang zu ihm.

Schließlich brach einer der Apachen das Schweigen. Leise, aber laut genug, dass Karl es hören konnte, sagte er zu Winnetou: »Bleichgesicht hat große Schamanin beleidigt! Der Große Geist wird ihm nie verzeihen.«

»Schlimmer«, antwortete Winnetou, »Old Shatterhand wird sich selber nie verzeihen.«

KAPITEL 6

Karl hatte die ganze Nacht kein Auge zugemacht. Als sich der erste Silberstreif am Himmel zeigte, war er von seinem Lager aufgestanden. Viel zu packen hatte er nicht. Er trat vor das Zelt. Das Feuer der letzten Nacht schwelte noch. Die Blumen, die als Schmuck gedient hatten, lagen verstreut auf dem Boden. In den Zelten um ihn herum war es still. Karl ging zu dem Pferd, mit dem er damals zu den Apachen gekommen war, und sattelte es. Hatatitla sollte hierbleiben, bei seinem Bruder Iltschi.

Er sah sich noch einmal um, dann packte er sein Pferd am Zügel und führte es zwischen den Zelten hindurch. Auf einmal nahm er eine Bewegung aus dem Augenwinkel wahr. Er blickte sich um und entdeckte Winnetou. Der Häuptling saß vor seinem Zelt. Karl schoss der Gedanke durch den Kopf, dass er auf ihn gewartet hatte. Winnetou stand auf und kam zu Karl herüber.

»Winnetou hofft, Shatterhand findet, wonach er sucht.« In seinem Blick lagen keine Bitterkeit und keine Wut. Karl konnte sehen, dass sein Freund genau das meinte, was er sagte. Es gab darin keinen Vorwurf, dass er sich bei Morgengrauen davonstahl oder dass er Nscho-tschi zurückgewiesen hatte. Winnetou war Karls Freund. Daran hatte sich nichts geändert. Karl war ihm dafür unaussprechlich dankbar und trotzdem nahm es ihm nichts von der Last, die wie ein riesiger Stein seit gestern Abend auf seiner Brust lag. Mit aller Macht musste er sich auf die Aufgaben konzentrieren, die vor ihm lagen, um die Gefühle, die in ihm tobten, in Schach zu halten. Er würde nach Santa Fe reisen und als Ingenieur arbeiten.

Der Häuptling der Apachen streckte ihm den Arm zum Abschied entgegen. Karl nickte und griff wortlos nach Winnetous Arm – so wie es Brauch bei den Apachen war. Sie blickten sich an. Karl spürte, wie es in seinem Hals zu brennen begann. Er schluckte, senkte den Blick und verließ seinen Freund ohne ein weiteres Wort.

Erst außerhalb des Lagers stieg er in den Sattel und ritt davon.

Er hatte gerade die Anhöhe hinter dem Apachendorf erreicht, als er Mavi sah. Es gab wohl noch einen Frühaufsteher unter den Apachen. Mavi trug in der einen Hand einen Speer, in der anderen hielt er zwei Fische, die er gefangen hatte. Leichtfüßig sprang er zwischen den

Steinen den Hang hinunter. Vor Karl blieb er stehen. Er bemerkte das Gepäck und erriet, was der Freund vorhatte.

Tränen schossen dem Jungen in die Augen. Er versuchte, den Schock und die Trauer zu verstecken, indem er Karl wütend anschrie: »Du schleichen davon wie ein Dieb! Du kein Zuhause, keinen Stamm mehr! Du alleine sterben!«

Karl wusste, dass es in den Augen der Apachen keine schlimmere Strafe gab. Es tat ihm unendlich leid, Mavi so zu enttäuschen. Er hatte nicht gemerkt, dass er Mavi so sehr ans Herz gewachsen war. Aber er hätte es merken müssen! Das wurde ihm erst jetzt klar. Und plötzlich fielen ihm wieder all die kleinen Dinge ein, die er mit Mavi erlebt hatte. Wie ihm der Junge mit viel Geduld das Fischen im Fluss beigebracht oder wie er ihm die Spielregeln eines Spiels erklärt hatte. Und wie wissbegierig er von Karl lernen wollte. Nicht nur Winnetou war sein Freund geworden. Auch Mavi war es.

»Ich hoffe, du irrst dich«, gab Karl zurück. Es war ein kläglicher Versuch, den Abschied versöhnlich enden zu lassen, das war ihm klar.

Wütend versuchte Mavi, seine Tränen wegzublinzeln.

»Ich werde dich auch vermissen, Mavi.« Sanft trieb Karl sein Pferd an und ritt an Mavi vorbei.

Der drehte sich nach Karl um und rief: »Ich vermissen

dich kein bisschen! Ich dich längst vergessen! Kommen bloß nie zurück! Ich dich nie wiedersehen wollen!«

Nscho-tschi lag wach in ihrem Zelt. Sie hatte Mavi gehört. Die Schamanin konnte gut nachfühlen, was der Junge empfand. Doch größer als Wut und Enttäuschung war bei ihr die Hoffnung, dass Karl zurückkehren werde.

KAPITEL 7

El Más Loco und seine Männer hatten das Apachendorf bei Sonnenaufgang erreicht. Friedlich lag es zwischen sanften, grünen Hügeln. Offensichtlich fühlten sich die Apachen so sicher, dass sie nicht einmal eine Wache postiert hatten. Der Überfall würde ein Kinderspiel werden. Auf einen Wink des Bosses gab Ojo das Signal zum Angriff. Mit wildem Geschrei preschten die Männer im Galopp auf die Tipis der Apachen zu. Dabei feuerten sie aus ihren Gewehren und Pistolen. Sie hatten die Zelte schon fast erreicht, als die ersten Krieger schlaftrunken und erschrocken vor ihre Zelte taumelten.

In Sekundenschnelle verwandelte sich das Apachendorf in ein wüstes Schlachtfeld. Bewaffnet mit Messern und Tomahawks traten die Apachen den Reitern entgegen, um ihr Dorf und ihre Familien zu verteidigen. Die Hufe der Pferde wirbelten Staub auf, während die Banditen aus ihren Satteln mit Gewehrkolben und Fäusten auf die Krieger einschlugen.

Winnetou lief neben dem Pferd eines Angreifers her, sprang hoch, packte den Reiter und riss ihn zu Boden. Der Kampf in der staubigen Erde dauerte nur kurz, dann stand der Häuptling wieder und hielt nach dem nächsten Gegner Ausschau. Auch Neke Bah traf einen der Banditen mit seinem Tomahawk. Der Mann fiel wie ein gefällter Baum zu Boden.

Doch so tapfer und verzweifelt sich die Apachen gegen ihre Angreifer auch wehrten, sie hatten keine Chance. Zu überraschend war der Angriff gekommen und zu mächtig die Schusswaffen der Männer.

Unter Ojos Kommando kreisten die Banditen die Apachen ein. Immer wieder feuerte er Gewehrsalven in die Luft und schrie die Männer an. Sie sollten alle zusammentreiben und keinen entkommen lassen.

Nscho-tschi stand vor ihrem Zelt und musste mit ansehen, wie ein Krieger nach dem anderen in die Hände der Banditen fiel. Plötzlich spürte sie einen Schlag, der von hinten kam. Es war ein Lasso, das über Nscho-tschis Schultern geworfen wurde. Sie versuchte, sich herauszuwinden, doch das Lasso zog sich zusammen und der Strick schnitt schmerzhaft in ihre Arme. Dann wurde sie mit einem Ruck nach hinten gerissen, stolperte und fiel auf den Boden. Hart schlug sie mit dem Kopf auf den Boden. Kurz wurde ihr schwarz vor Augen. Doch ein erneuter Ruck am Seil verstärkte den Schmerz in ihren Armen und holte sie in die Gegenwart zurück. Der aufgewirbelte Staub brannte in ihren Augen. Durch einen Schleier aus Tränen und Dreck sah sie, dass Neke Bah von zwei Banditen auf die Erde gedrückt wurde. Ein dritter Mann kam hinzu und fesselte dem Krieger die Hände auf den Rücken. Immer wieder fielen Schüsse. Menschen schrien und gingen zu Boden. Nscho-tschi versuchte, ihre Füße in den Boden zu stemmen und sich gegen das Lasso zu wehren. Vergeblich. Mit Gewalt wurde sie in das große Versammlungszelt gezerrt. Dort waren schon einige Apachen hineingetrieben worden. Ängstlich kauerten sie sich in eine Ecke und mussten mit ansehen, wie nach und nach alle Krieger ihres Stammes dort zusammengepfercht wurden.

Einen hatten El Más Locos Leute allerdings übersehen: Mavi. Auch ihn hatten die Hufe der heranpreschenden Pferde, das Geschrei und die Schüsse geweckt. Doch anders als die anderen war Mavi nicht sofort aus dem Zelt gerannt. Durch einen kleinen Schlitz in der Zeltöffnung sah Mavi Pferdehufe, Staub und kämpfende Männer. Gerade als er beschlossen hatte, nicht länger in seinem Versteck abwarten zu wollen, musste er feststellen, dass der Kampf der Apachen verloren war. Wenn er seinen Stamm retten wollte, gab es nur noch eine Möglichkeit: Er musste Hilfe holen. Vorsichtig schlich er aus dem Zelt, packte seinen Speer und rannte geduckt davon. Er lief so schnell er konnte und hielt erst inne, als seine Brust brannte wie Feuer.

KAPITEL 8

Professor Spengler schob die Decke vor dem Eingang des Versammlungszelts zur Seite und trat ein. Neugierig sah er sich in dem großen Zelt um. Dicke mit Schnitzereien verzierte Holzstämme gaben dem Zelt seinen Halt. In der Mitte der Zeltdecke war ein Loch über der Feuerstelle, durch das der Rauch des Feuers abziehen konnte. Professor Spengler entdeckte in der Ecke des Zeltes einen Totempfahl. Neugierig betrachtete er ihn aus der Nähe und fuhr ehrfürchtig mit der Hand an dem fein geschliffenen Holz entlang. Wie gerne hätte er die Schnitzereien in Ruhe studiert. Am liebsten hätte er sein Notizbuch gezückt und alles sorgfältig abgezeichnet. Das hier waren wahre Schätze für einen Wissenschaftler wie ihn. Die Kultur dieser Wilden interessierte ihn brennend. Er hatte schon als Junge mit Begeisterung die Aufzeichnungen Humboldts verschlungen und davon geträumt, selbst einmal fremde Kulturen zu erforschen. Doch ihm war klar, dass seine momentane Bestimmung eine andere war. Er musste diesen Schatz finden, sonst würde El Más Loco ihn töten. Mit dem Mann war nicht zu spaßen. Loco meinte es ernst, todernst.

Während die Banditen die letzten Krieger der Apachen mit Fußtritten und Faustschlägen in einer Ecke des Zeltes zusammentrieben, suchte der Professor das Zelt nach hilfreichen Hinweisen ab. Wenn es stimmte, was Humboldt notiert hatte, dann mussten diese Menschen hier die Legende kennen.

Als Letzter wurde Winnetou von Ojo ins Zelt gestoßen und an einen Pfahl gefesselt.

»Apachen fürchten keine Räuber«, erklärte der Häuptling stolz. »Sie Besitz verachten. Ihr euch nehmen, was ihr wollt, und dann verschwinden!«

Professor Spengler kam hinzu. So leicht würde dieser Wilde ihn nicht hinters Licht führen. Er beugte sich zu Ojo und zischte verschwörerisch: »Fragt ihn nach dem Schamanen.«

Ojo packte Winnetous Kinn und quetschte es mit seinen riesigen Pranken fest zusammen. »Wo ist euer Schamane?«

»Unser Stamm keinen Schamane.« Winnetou starrte Ojo wütend an.

»Wo ist der Schamane?«, wiederholte Ojo drohend,

dann packte er sein Gewehr mit beiden Händen und zielte auf Winnetous Kopf.

El Más Loco trat nun auf den Apachen zu. »Willst du mir sagen, ich bin den ganzen Weg aus Mexiko umsonst hierhergeritten, Häuptling?« Sein Gesicht näherte sich Winnetous bis auf wenige Millimeter.

Winnetou konnte den Alkohol im Atem des Banditen riechen.

»Niemand dich gerufen«, antwortete er und blickte Loco unerschrocken in die Augen.

Loco wandte sich ab und fixierte mit stechendem Blick den Professor. Spengler wusste, was Loco von ihm erwartete.

Er ging zur Feuerstelle, griff nach einem brennenden Holzscheit und zog ihn aus dem Feuer. Er nutzte das Holzstück als Fackel, um die Zeltwände besser erleuchten zu können. Mit zitternder Stimme erklärte er: »Man will euch in die Irre führen. Das hier«, er machte ein paar Schritte und im Schein der Fackel wurden jetzt Zeichnungen sichtbar, »ist zweifellos eine Hütte für schamanistische Zwecke.«

Loco spannte den Hahn seiner Pistole und richtete sie auf Winnetous Brust. Jedes einzelne Wort betonend wiederholte er Ojos Frage: »Wo ist euer Schamane?«

Winnetou hielt dem Blick des Banditen stand: »Winnetou spricht Wahrheit.«

»Winnetou? Ist das dein Name?« El Más Loco prustete los, als hätte er einen guten Witz gehört. Seine Männer lachten mit. Ebenso plötzlich, wie Loco angefangen hatte zu lachen, hörte er auch wieder auf. Seine Männer verstummten sofort. Ihr Boss wandte sich jetzt wieder Spengler zu. Drohend hakte er nach: »Professor?«

Der hatte inzwischen die Zeltwände ausführlicher untersucht und war sich sicher, hier die entscheidenden Hinweise gefunden zu haben. Weniger ängstlich als sonst antwortete er daher: »Verzeihung, aber ich studiere die Stammeskultur der Apachen seit über zwanzig Jahren.«

El Más Loco blickte zwischen Winnetou und dem Professor hin und her und tat so, als wäre er ehrlich verzweifelt. »Wen von euch soll ich denn jetzt erschießen? Winnetou?« Er richtete seinen Revolver auf den Häuptling der Apachen und mit ihm richteten auch die Banditen ihre Gewehrläufe auf Winnetou. Dann drehte sich Loco zu dem Professor und zielte auf ihn. Die Gewehrläufe folgten der Richtung seiner Pistole. »Oder den Professor?«, wollte El Más Loco wissen.

»Augenblick.« Der Professor blieb von der Drohung völlig unbeeindruckt, denn jetzt hatte er eine Zeichnung entdeckt, die endgültig bewies, dass er recht hatte. Er deutete auf die Zeltwand.

El Más Loco steckte seinen Revolver weg, trat hinter den Professor und warf einen Blick über dessen Schulter.

»Entschuldigung. Könntest du mir das Gekrakel erklären?«

Professor Spengler trat vor die Zeichnungen. Für jemanden, der sich mit der Kultur der Apachen nicht auskannte, mochten die Symbole an der Zeltwand unverständlich sein, doch er wusste, was sie bedeuteten. Sie erzählten eine Geschichte. Er begann sie zu übersetzen.

»Vor vielen, vielen Sommern überfiel der spanische Eroberer Cortez mit seinen Soldaten dieses Land. Der große Schamane Achi Noko sprach zu den Apachen: ›Cortez wird uns alle töten wegen unseres Reichtums. Entsagt euren Schätzen.‹ Also gaben die Apachen all ihr Gold Achi Noko, der damit zum Opferstein ritt. Von dort wiesen ihm die Götter den Weg. Erst führte ihn der Wind, dann führte ihn der Adler, bis Achi Noko den verborgenen See erreichte und vor dem furchtbaren Gott stand …«

Der Professor machte eine Kunstpause, er schien die Aufmerksamkeit der Zuhörer zu genießen, schließlich stieß er den Namen hervor: »Cthulu!« Dann fuhr er in seiner Erzählung fort: »Achi Noko opferte ihm das ganze Gold, Cthulu verschlang es gierig und gewährte dafür den Apachen seinen Schutz. Cortez und seine Soldaten fanden nicht ein Staubkorn Gold bei den Apachen, zogen enttäuscht weiter und starben unterwegs alle an Cthulus Fluch.« Triumphierend blickte Professor Spengler in die Runde. »Humboldt hatte recht. Ich hatte recht!«

El Más Loco schob den Professor beiseite, holte ein langes Messer hervor und schnitt damit das bemalte Stück Leder aus der Zeltwand. Er hielt dem Professor den Stoff unter die Nase und drohte: »Ich hoffe, hier steht drauf, wie wir diesen See finden, oder sollen wir auch Wind und Adler fragen?«

Seine Männer lachten über den Witz ihres Anführers.

»Wir nicht«, entgegnete der Professor, hob den Zeigefinger und deutete auf den Apachenhäuptling. »Ihr Schamane!«

El Más Loco hatte genug von den Spielchen. Er ließ seinen Blick über die verängstigten Gesichter der Apachen wandern, dann griff er blitzschnell ein Kind aus der Menge und richtete seinen Revolver auf dessen Kopf. »Zum letzten Mal: Wo ist euer Schamane?«

Nscho-tschi, die bisher alles still und voller Angst beobachtet hatte, konnte nicht länger an sich halten: »Ich weiß, wo er ist.«

El Más Loco blickte sich um. Er entdeckte Nscho-tschi und trat näher. »Keine Angst«, erklärte er und kniete sich zu ihr hinunter. Die langen Haare verdeckten Nscho-tschis Gesicht.

»Wo verkriecht sich euer Schamane?« Mit dem Revolver strich er ihr die Haare aus dem Gesicht. Nscho-tschi blickte ihn an. Als El Más Loco in ihre Augen sah, zuckte er zusammen und wich erschrocken zurück.

»Schamane nicht verkriechen. Schamane spricht zu dir.«

Schwankend erhob sich El Más Loco und starrte Nscho-tschi an, als wäre ihm soeben ein Geist begegnet. »Carmen!«, stieß er hervor und suchte mit der Hand Halt an einem der Holzpfosten. Schweißperlen standen ihm auf der Stirn.

Ojo trat neben seinen Boss. Es war ihm deutlich anzusehen, dass ihn die Schwäche seines Bosses misstrauisch machte. Ein schwacher Boss war so gut wie tot.

»Alles in Ordnung?« Ojo sah El Más Loco eindringlich an.

»Ja«, keuchte der, dann sammelte er sich und bellte: »Worauf wartest du?! Ruf die Männer zusammen, wir reiten los!«

»Ihr habt den Boss gehört«, brüllte Ojo den Banditen zu. Er legte etwas mehr Schärfe als normal in seine Stimme. Es schien, als wollte er so den Zustand Locos überspielen. »Auf geht's! Aguirre, Fernando, Jorge, Pablo! Ihr bleibt hier und bewacht die Gefangenen! Der Rest zu den Pferden!«

Zwei Banditen packten Nscho-tschi, rissen sie hoch und führten sie aus dem Zelt. Gefesselt musste Winnetou mit ansehen, wie sie verschwand.

KAPITEL 9

»Aus dem Weg!«

Eine Peitsche knallte und riss Karl aus seinen Gedanken. Gerade noch rechtzeitig rettete er sich mit einem Sprung vor den Hufen zweier Pferde, die vor eine Kutsche gespannt waren und die staubige Straße entlangtrabten. Karl war vom Trubel und der Lebendigkeit Santa Fes regelrecht erschlagen. Hier herrschte eine Geschäftigkeit, die er seit seiner Ankunft in Amerika nicht mehr erlebt hatte.

Geschäfte und prächtige Häuser säumten die Straßen. Unwillkürlich strich sich Karl durch sein Haar und versuchte, es zu bändigen. Er spürte den Präriesand zwischen den Fingern. Zeit, dass er ihn loswurde.

Neben einer kleinen Kirche, die ein Schild als San-Miguel-Kapelle auswies, entdeckte Karl einen Friseurladen. Hier würde er den Sand und Staub aus den Haaren gewaschen bekommen. Und ein Haarschnitt sowie eine Rasur waren ebenfalls dringend nötig. Danach würde er sich um einen neuen Anzug kümmern müssen.

Der schrille Klang der Türglocke, als Karl den Laden betrat, riss ihn unsanft aus seinen Grübeleien.

Der neue Anzug war ungewohnt steif. Den Kragen des blütenweißen neuen Hemds hatte Karl bis oben zugeknöpft. Immer wieder fuhr er mit den Fingern hinein und versuchte, ihn etwas zu weiten.

Nach seinem Friseurbesuch hatte Karl den neuen Anzug erstanden und sich ein Hotelzimmer gesucht. Anschließend war er zu der Adresse gegangen, die in der Anzeige von Henry Construction angegeben war.

Von Mister Henrys Sekretärin erfuhr er, dass dieser nach wie vor Ingenieure für sein neustes Bauprojekt suchte. Karl gab ihr seine Zeugnisse und nahm dann auf einem der ledergepolsterten Stühle in einem großen Raum Platz. Er sah sich um. Das mehrstöckige Haus, in dem Mister Henrys Büro war, hatte schon von außen keinen Zweifel daran gelassen, dass sein Besitzer mehr als wohlhabend war. Auf den Holzdielen lag ein teurer Teppich. Die dünnen Vorhänge an den großen Fenstern waren zugezogen. Sie ließen genug Licht herein, sorgten aber dafür, dass die trockene Hitze nicht in die Räume kam. Karl schlug ein Bein über das andere. Schon im Zug war ihm aufgefallen, wie lange er nicht mehr auf einem Stuhl gesessen hatte. Bei den Apachen saßen alle auf dem Boden. Es hatte eine Weile gedauert, bis Karl sich an dieses Sitzen mit gekreuzten Beinen gewöhnt hatte. Anfangs hatte er immer wieder sehnsuchtsvoll an Stuhl und Tisch gedacht, doch dann waren diese Gedanken irgendwann verschwunden.

Schließlich geleitete die Sekretärin Karl zu Mister Henrys Büro. Auf dem Weg kamen sie durch einen großen Raum, in dem etwa zehn Zeichentische standen. Alle waren besetzt. Es herrschte eine konzentrierte Betriebsamkeit, die Karl gleich in ihren Bann schlug. Hier wurde die Zukunft geplant. Karl spürte Begeisterung in sich aufsteigen. Das war es, wonach er gesucht hatte.

Mister Henry saß hinter einem mächtigen Schreibtisch. Sein Büro war geräumig. An einem Kleiderständer hingen ein Mantel und ein Hut. In einem Regal lagen zusammengerollte technische Zeichnungen. Von seinem Schreibtisch aus konnte Mister Henry seine Angestellten an den Zeichentischen im Auge behalten. Vor ihm lag Karls Zeugnismappe, daneben befanden sich ein Füllfederhalter und ein Tintenfass. Ein Bilderrahmen war so aufgestellt, dass Karl nicht erkennen konnte, wer auf dem Foto darin zu sehen war. Er nahm aber an, dass es sich um Mister Henrys Familie handelte.

Während Mister Henry Karls Zeugnisse studierte, hatte Karl Zeit, sich den erfolgreichen Geschäftsmann anzusehen. Henrys breiter Schädel war ihm sofort aufgefallen. Der Eindruck verstärkte sich noch durch den Vollbart und das dichte, nur mit Mühe zu bändigende Haar. Allein der kunstvoll gezwirbelte Oberlippenbart gab der Wildheit etwas Gezähmtes. Die Hände waren die eines Mannes, der zupacken konnte. Henry war Respekt einflößend, ein Macher und dazu einer, der es gewohnt war, dass ihm gelang, was er anpackte.

Die imposante Gestalt beeindruckte Karl. Hier war jemand, der an die Zukunft und den Fortschritt glaubte. Mister Henry hielt Karls Zeugnis in der Hand. Schließlich blickte er auf.

»Und was taten Sie, nachdem diese Wilden die Brücke in die Luft gesprengt hatten?«

»Ich verbrachte einige Monate bei den Apachen.«

»Mein Gott, Sie waren ihr Gefangener?«

Karl wand sich. »So ähnlich.« Seine Erfahrungen aus Roswell hatten ihn gelehrt, dass die meisten Weißen wenig Verständnis für seine Freundschaft mit den Apachen hatten. Deshalb wollte er das Thema möglichst auf sich beruhen lassen.

Doch Mister Henry war schon von Karls Kurzversion sichtlich beeindruckt. Er ging zu einem kleinen Tisch, auf dem eine Karaffe mit Whisky und einige Gläser standen.

»Wie konnten Sie den blutrünstigen Bestien so ungeschoren entkommen?« Er schenkte zwei Gläser ein und drückte Karl eines davon in die Hand.

»Ich schlich mich im Morgengrauen aus ihrem Dorf.« Obwohl das keine Lüge war, kam es Karl so vor.

»Was für eine Geschichte!« Mister Henry hob das Glas, um mit Karl anzustoßen, dann kippte er den Whisky in einem Zug hinunter. »Aber seien Sie beruhigt, Mister May, in Santa Fe gibt es zum Glück keine Rothäute. Ihr Martyrium in der Wildnis ist vorbei.« Er legte Karl die Hand auf die Schulter: »Sie sind jetzt zu Hause.«

Karl rang sich ein Lächeln ab und stellte das Glas mit dem Whisky, an dem er nur genippt hatte, auf dem kleinen Tisch ab.

Mister Henry war inzwischen zu einem Zeichentisch gegangen. Er deutete auf den Bauplan eines mehrstöckigen Hauses, der dort ausgebreitet war.

»Ich werde das erste Kaufhaus Amerikas bauen, eine Shopping-Mall, sechs Etagen hoch. Ich würde mich freuen, wenn Sie mich bei diesem Vorhaben als Ingenieur unterstützen könnten.«

Karl war zu Mister Henry getreten und betrachtete die Zeichnung staunend. Er sah die feinen Linien, die Abmessungen und Zahlen. Der am Reißbrett entstandene Entwurf ließ sein Herz schneller schlagen. Sofort erkannte er, worauf es bei dem Bau ankommen und was die Herausforderungen sein würden. Jetzt fühlte er sich wieder sicher. Das war es, was er wollte: Als Ingenieur an großen Projekten mitwirken, die Zukunft gestalten.

»Mit ganzer Kraft, Mister Henry!« Karl schlug in die ausgetreckte Hand ein. Mister Henrys Händedruck war kräftig.

»Unter einer Bedingung: Meine Tochter Daisy hat eine Schwäche für Wildwestgeschichten. Sie müssen unbedingt mit uns zu Abend essen.«

Karl hoffte, dass er seinen neuen Arbeitgeber in Sachen Wildwestgeschichten nicht allzu sehr enttäuschen würde.

KAPITEL 10

Die Sonne stand hoch am Himmel und brannte gnadenlos auf die Reiter herab. Nur wenige stachlige Büsche und hier und da einige Grashalme konnten der extremen Witterung der Prärie standhalten.

Schweigend ritten die bewaffneten Männer seit Stunden in Zweierreihen hinter El Más Loco her.

Nur Professor Spengler schienen die Hitze und die staubtrockene Luft nichts anzuhaben. Er redete begeistert auf Nscho-tschi ein. Wissbegierig versuchte er, ihr in der Sprache der Apachen die Geheimnisse ihres Volkes und ihrer Rituale zu entlocken: »Große Schamanin, mit welchem Ritual beschwörst du den Wind beim Opferstein? Mit dem Opaka- oder dem Ohia-Gesang?«

Doch Nscho-tschi tat ihm nicht den Gefallen, auf seine Fragen zu antworten. Stattdessen erklärte sie finster: »Ihr werdet alle wie Cortez und seine Soldaten enden.«

»Oh nein, bitte!« Der Professor winkte ab. »Ich bin Forscher, ich bin kein Eroberer. Und mit diesem Irren und seiner Bande bin ich auch nur sehr, sehr lose verbunden.«

»Der Fluch macht keinen Unterschied. Ihr reitet alle in euer Verderben. Cthulu wird euch verschlingen.«

Nscho-tschi würdigte Professor Spengler keines weiteren Blickes und war auch nicht bereit, dem Gespräch noch etwas hinzuzufügen. Aber das störte den Professor nicht im Geringsten. Er wusste, dass er dem Ziel, das er so lange verfolgt hatte, ganz nah war. Er würde den sagenumwobenen Schatz der Apachen finden und dafür würde ihn die Welt der Wissenschaft mit Ruhm und Ehre überschütten. Dieser Gedanke beflügelte ihn so sehr, dass Zweifel keinen Platz hatten. Er war zwar beeindruckt von der alten Stammeskultur der Apachen, er hatte ihre Sprache gelernt und die Zeichnungen entziffert, aber dennoch blieben sie für ihn ein Volk, das mit den Errungenschaften der Moderne nicht mithalten konnte. Er war kein Krieger, kein Soldat, er war ein Mann der Wissenschaft. Und das gab ihm das Recht, ja sogar die Pflicht, diesen Schatz zu heben.

Es war bereits Nachmittag, als die kleine Gruppe ihr erstes Ziel erreichte: einen mannshohen Findling mitten in der Prärie. Von Weitem war an ihm nichts Ungewöhnliches zu erkennen. Doch als sie näher kamen, sah der Professor, dass der Stein bearbeitet worden war. In seine glatte Oberfläche waren Linien hineingemeißelt worden. Wenn man sie von oben betrachtete, war eine Sonne mit ihren Strahlen zu erkennen. Das musste der Opferstein sein, der auf der Karte beschrieben war.

Nscho-tschi stieg von ihrem Pferd. Sie suchte trockene Äste zusammen und schichtete sie geschickt auf dem Stein aufeinander. Dann kletterte sie hinauf und entfachte das Holz mit einem Feuerstein. Flammen züngelten empor. Die Schamanin holte aus einem Lederbeutel getrocknete Pflanzen und warf eine Handvoll davon ins Feuer. Qualm stieg auf und ein eigenartiger Duft erfüllte die Luft. Nscho-tschi saß nun mit gekreuzten Beinen vor dem Feuer, die Augen geschlossen, die Hände mit den Handflächen nach oben auf den Knien. Sanft wiegte sie sich hin und her und summte eine Melodie.

Fasziniert beobachtete der Professor das Ritual.

El Más Loco stand neben Spengler, er hatte einen silbernen Anhänger aus seiner Tasche genommen und ihn aufgeklappt. Darin war das Bild einer Frau zu sehen. Sie trug ein rotes Kleid, das mit schwarzen Spitzen verziert war, und ihre langen, dunklen Haare fielen ihr über die Schultern. Sie lächelte scheu.

»Sie beschwört die Luftgeister«, erläuterte der Professor ungefragt. Doch Loco war nach wie vor in das Bild versunken und reagierte nicht.

»Ich verstehe Ihre Skepsis, aber glauben Sie mir, der Schamanismus ist eine alte und bewährte Methode, die Verbindung …«

»Mich musst du nicht bekehren, Professor«, fuhr El Más Loco dazwischen, »ich erkenne ein Wunder, wenn es vor mir sitzt.« Er klappte den Anhänger zu und steckte ihn in seine Hosentasche zurück. Dann starrte er Nscho-tschi an. Er konnte die Augen einfach nicht von ihr abwenden.

Besorgt beobachtete Ojo seinen Boss. Seit er in diesem Apachenzelt die Schamanin entdeckt hatte, war er seltsam abwesend. Ojo gefiel das nicht. Er hoffte nur, dass diese Zauberei sie endlich zu dem Schatz führen würde. Das Gold würde den Boss schon wieder zur Besinnung bringen.

Plötzlich erhob Nscho-tschi sich. Der Professor sprang auf und eilte zu dem Stein. Der aufgekommene Wind drückte den Rauch auf den Stein und ließ ihn über eine der strahlenförmigen Rillen abziehen. Begeistert drehte sich der Professor zu El Más Loco und seinen Leuten um. »Der Wind spricht zu uns!« Er strahlte.

Ojo war aufgestanden und beobachtete das Geschehen über die Schulter seines Chefs. »Der Wind spricht zu uns«, äffte er Spengler nach und legte finster grinsend eine Reihe gelber Zähne frei.

KAPITEL 11

Das Städtchen Roswell war gewachsen. Einige aus Holz gezimmerte einstöckige Häuser standen jetzt rund um den Bahnhof. Der Großteil des Lebens spielte sich jedoch nach wie vor in Zelten oder unter freiem Himmel ab. Feuer brannten und spendeten Licht und Wärme. Hier und da erklang Musik. Es wurde gelacht und gestritten.

Sam Hawkens war nachmittags nach Roswell gekommen und hatte ein paar Felle gegen Munition und Kaffee eingetauscht. Bevor es von der geschäftigen kleinen Stadt wieder zurück in die Wildnis ging, hatte Sam sich vorgenommen, noch ein wenig Gesellschaft zu suchen. Gesellschaft einer ganz besonderen Art.

Er ritt die staubige Straße entlang. Sam hatte nichts gegen sein einsames Leben als Trapper – ganz und gar nicht. Doch heute genoss er das quirlige Treiben. Die ausgelassene Stimmung der Menschen, die hierhergekommen waren, um ein neues Leben zu beginnen, steckte Sam an. Der Pioniergeist, mit dem die Bewohner von Roswell kleine Läden eröffneten und den Ort Tag für Tag ein wenig lebenswerter machten, gefiel dem Trapper.

Schließlich hatte Sam gefunden, was er suchte. Er band sein Pferd an ein Holzgeländer und rückte seine Fellmütze zurecht. Dann gab er sich einen Ruck, schob den als Tür dienenden Vorhang zur Seite und betrat das Zelt. Es war geräumiger, als es von außen aussah, und es duftete herrlich. Gedimmte Öllampen beleuchteten die mit bunten Decken behängten Wände. Der Boden war mit Fellen ausgelegt. Auf einer Holzkommode türmten sich Bücher. Zwei Koffer standen an einer Zeltwand, sie waren wohl als Ersatz für einen richtigen Kleiderschrank gedacht. Den meisten Platz des Raums nahm ein großes Bett ein. Zerwühlte Decken und Laken zeigten an, dass es häufig in Gebrauch war. Neben dem Bett stand eine Wanne. An einer Wand lehnte ein großer Spiegel. Davor hockte eine Frau in knielanger Unterhose und Mieder und wusch sich. Von draußen drangen Stimmen, Gesang und Musik herein.

Sam Hawkens räusperte sich.

Ohne sich umzudrehen, erklärte die Frau: »Mach's dir bequem, Fremder. Hoppe Reiter kostet zwei Dollar, Schweinkram einen Dollar extra.«

»Ja, dann … äh … hätte ich gerne für drei Dollar.« Nervös trat Sam einen Schritt näher.

Endlich drehte die Frau sich um. Sam sah sie an und spürte sofort, wie sein Herz schneller schlug. Diese roten Haare, die Sommersprossen, die blitzenden Augen und dieses kleine spöttische Lächeln um ihre Mundwinkel ließen Sam augenblicklich dahinschmelzen.

»Du musst schon ein bisschen genauer werden, ich kann schlecht Gedanken lesen, Schätzchen.«

»Also …«, Sams Stimme versagte, er räusperte sich und versuchte es noch einmal: »Also, ich hätte es gern heiß.«

Die Frau hatte die Arme in die Seite gestemmt: »Krieg ich hin. Du kannst dich schon mal ausziehen.«

Sam nestelte an seinem Gürtel, da bemerkte er aus dem Augenwinkel, dass sich die Frau ebenfalls auszog. »Äh Miss, Sie müssen sich nicht ausziehen!«

»Wie?« Die Frau verstand nicht.

Heißer Wasserdampf stieg aus der Holzbadewanne auf, in der Sam hockte. Der nach Seife duftende Dampf verteilte sich im Zelt und mischte sich mit dem wunderbaren Parfümgeruch, der Sam sofort aufgefallen war, als er Belles Zelt betreten hatte. Neben der Wanne stand ein Holzschemel, auf dem Belle ein Stück Seife, einen Schwamm und ein Handtuch bereitgelegt hatte. Mit einer Bürste schrubbte sie Sams linkes Schulterblatt, was sich der

Trapper mit einem dankbaren Seufzer gefallen ließ. Nachdem Sams erste Verunsicherung verflogen war, waren die beiden sofort ins Gespräch gekommen. Belle interessierte sich für sein Leben in der Wildnis und er hatte bereitwillig erzählt.

»Braucht sicher Mut, so mit Grizzlys und Klapperschlangen als Nachbarn, oder?« Belle wechselte zu Sams rechtem Schulterblatt.

»Ich wette, Sie haben es in Ihrem Beruf auch oft mit gefährlichen Biestern zu tun?«, gab Sam zurück. Es wäre leicht gewesen, mit ein paar Abenteuergeschichten zu prahlen, aber Sam spürte, dass Belle nicht die Frau war, die er damit beeindrucken musste.

»Oh ja«, antwortete Belle, »und manche von ihnen ziehen nicht mal die Stiefel aus.« Die beiden prusteten los.

Belle mochte Sam. Schon als er ihr Zelt betreten hatte, war ihr aufgefallen, dass er anders war als die meisten Männer, die zu ihr kamen. Er hatte gar nicht erst versucht, seine Unsicherheit mit Unhöflichkeit zu überspielen, wie es viele ihrer Kunden taten. Sam behandelte sie mit Respekt und das gefiel ihr. Und außerdem hatte er Humor, was Belle ebenfalls zu schätzen wusste. Wann hatte sie das letzte Mal mit einem Mann so viel gelacht?

Sie setzte sich neben die Wanne, tauchte ein Tuch in das Wasser und seifte Sams Brust ein. Dabei sah sie ihm tief in die Augen. Ohne den Blick abzuwenden, legte sie das Tuch beiseite, schöpfte mit ihrer hohlen Hand Wasser und wusch die Seife ab.

Dann erhob sie sich, suchte etwas auf der Kommode und kam zu Sam zurück. In der Hand hielt sie ein Parfümfläschchen. Sie besprühte Sams Haare und seinen Bart.

Sam schnupperte: »Das duftet nach Ihnen.«

»Damit du mich in deinen Wäldern nicht vergisst.«

»Keine Sorge, das ist meine tollste Nacht seit Jahren, wenn ich mich nicht irre.« Das war nicht gelogen. Sam konnte sich nicht erinnern, wann er das letzte Mal so glücklich gewesen war.

Belle streckte ihre Hand aus und berührte zärtlich Sams Wange. Sie ließ ihren Blick über seinen struppigen Vollbart wandern. »Gibt es hinter dem Gestrüpp auch ein Gesicht?«

Wenig später bestaunte Sam sein rasiertes Gesicht in einem kleinen Spiegel. So hatte er sich schon lange nicht mehr gesehen. Hinter ihm wischte Belle den Rasierschaum von der Klinge des Rasiermessers.

Sam legte den Spiegel zur Seite und wandte sich um. Er zögerte kurz, dann nahm er all seinen Mut zusammen und fragte: »Sagen Sie mal, Miss Belle, haben Sie zu Weihnachten noch einen Termin in Ihrer Wanne frei?«

»Nee«, kam die Antwort prompt. »Da bin ich schon längst weg.«

»Sie ziehen fort?!« Sam spürte, wie sich sein Magen zusammenkrampfte. Von einer Sekunde zur anderen war die Hochstimmung verflogen.

»Ja, zur nächsten Straßenecke. Ich will da einen Laden aufmachen. Noch zwei, drei Monate, dann habe ich die restlichen 50 Dollar zusammen.«

Sams Herz machte einen Hüpfer. Ein Strahlen lief über sein Gesicht. »Ihr Laden wird bestimmt der beste in ganz Roswell!«

»Ja.« Das sah Belle genauso.

»Ja«, wiederholte Sam, dem vor Glück nichts anderes einfiel. Dann griff er nach seinem Lederbeutel und zog einige Geldscheine hervor.

Belle rechnete laut: »Einmal rasieren, einmal baden … äh … 80 Cent.«

Sam drückte ihr einen Schein in die Hand: »Stimmt so.«

Belle nahm den Schein und wollte ihn gerade wegpacken, als sie erkannte, was Sam ihr da gegeben hatte: 50 Dollar! Das war doch verrückt! Dieser Sam Hawkens war von allen guten Geistern verlassen.

Sam, der sich schon zum Gehen gewandt hatte, drehte sich zu Belle: »Mir gefällt der Gedanke, ich könnte Ihr letzter Kunde im Bordell sein und der erste in Ihrem Laden.«

Mit federnden Schritten lief Sam über die staubige Hauptstraße.

»Belle«, murmelte er vor sich hin. »Belle, Belle, Belle!« Er hätte die ganze Welt umarmen oder mit einem Grizzly Walzer tanzen können, so glücklich war er. Deshalb dauerte es auch einen Moment, bis er dieses ungewöhnliche Geräusch zwischen dem ganzen nächtlichen Trubel um ihn herum wahrnahm.

Es war der Ruf eines Uhus. Plötzlich war Sam wieder hellwach. Ein Uhu hier mitten in der Stadt? Da stimmte etwas nicht, das wusste der erfahrene Trapper sofort. Wer in der Wildnis überleben wollte, brauchte geschärfte Sinne. Und wenn Sam nicht gerade leidenschaftlich entflammt war, waren seine Sinne scharf wie die Schneide eines Messers. Suchend blickte er sich um. Da, unter einer Holztreppe sah er eine Bewegung. Vorsichtig trat er näher und bückte sich.

»Mavi!«, rief Sam erstaunt. Mit dem Apachenjungen hatte er nicht gerechnet. Das konnte nichts Gutes bedeuten.

»Nscho-tschi wurde entführt!«, flüsterte der Junge aufgeregt.

»Nscho-tschi entführt?« Sam richtete sich auf. Das war eine schlimme Nachricht!

KAPITEL 12

Die letzten Sonnenstrahlen des Tages warfen ihr schwaches Licht über die Prärie. Die Männer waren seit Sonnenaufgang im Sattel. Zweimal hatten sie angehalten, um eine kurze Pause zu machen, und einmal mussten sie den Planwagen aus einem Graben herausholen. Ohne den Wagen wären sie deutlich schneller vorangekommen, doch El Más Loco hatte darauf bestanden, das Werkzeug zum Heben des Schatzes in dem Wagen mitzunehmen.

Schweigend ritt die Gruppe. Sie wussten, dass der Chef erst stoppen würde, wenn es zu dunkel war, um weiterzureiten.

Nscho-tschi war das Schweigen nur recht. Auch der Professor hatte sie in den letzten Stunden in Ruhe gelassen.

Doch jetzt hörte die Schamanin, wie sich Hufgetrappel

näherte. Aus den Augenwinkeln konnte sie sehen, dass El Más Loco neben ihr aufschloss. Angestrengt starrte sie geradeaus. Sie hatte natürlich schon bemerkt, dass er sie auf eine ganz besondere Art ansah. Lüstern, ja, das auch. Aber da war noch etwas anderes in seinem Blick. Etwas, das ihr einen eiskalten Schauer über den Rücken laufen ließ.

Jetzt beugte der Bandit sich zu ihr herüber und starrte sie an. »Erinnerst du dich denn gar nicht mehr an mich, mi corazón?«

Nscho-tschi ignorierte die Frage. Doch El Más Loco ließ nicht locker: »Weißt du nicht mehr, wie wir uns heimlich auf den Ball des Gouverneurs schlichen? Ich hatte dir ein rotes Kleid geschenkt. Wir tanzten die ganze Nacht.«

»Ich habe in meinem ganzen Leben noch nie ein rotes Kleid getragen«, gab Nscho-tschi zurück.

Loco lachte: »No, no, no. Ich spreche nicht von diesem Leben, ich spreche von dem Leben davor.«

Nscho-tschi verstand nicht. Was meinte El Más Loco damit? Wieso sprach er von einem Leben vor diesem? Glaubte er daran? Im Glauben ihres Volkes besaß jeder Mensch nur ein Leben.

Loco streckte seine Hand aus und versuchte, Nscho-tschi zärtlich über die Wange zu streicheln. »Wenn jemand an Wiedergeburt glauben sollte, dann du.«

Nscho-tschi schreckte zurück. Loco zog seine Hand weg, gab aber gleichzeitig Ojo ein Zeichen. Der verstand sofort: »Los Männer, ihr habt den Boss gesehen. Einer von euch reitet zurück zu den Rothäuten. Aguirre, Fernando und die anderen sollen alle Krieger erschießen und Frauen und Kinder ans Bordell in Tijuana verkaufen!«

»Nein!«, entfuhr es Nscho-tschi. Sie sah Loco flehend an.

Der hob erneut die Hand und gab Ojo zu verstehen, dass er seinen Befehl vorerst zurücknahm. Dann strich er Nscho-tschi lächelnd über ihre langen Haare. Diesmal ließ sie ihn gewähren. Sanft erklärte er: »Ich habe Geduld. Bald wirst du mich wieder genauso lieben wie vor deinem Tod.« Er ließ seine Hand sinken und ritt schweigend neben Nscho-tschi her.

KAPITEL 13

Es war stickig in dem Raum. Karl zog verzweifelt an dem Knoten seiner Fliege. Schon den ganzen Abend hatte er das Gefühl, dass ihm ein Strick um den Hals gelegt worden war, der sich immer weiter zuzog. Alles hier kam ihm so steif vor wie sein neuer Hemdkragen. Er war nicht der einzige Gast der Familie Henry. Sechs weitere Personen hatten an der großen Tafel Platz genommen. Eine schwere, weiße Tischdecke aus Damast lag auf dem Tisch, eine Vase mit Blumen sorgte für Farbe. Der große Kamin am Ende des Zimmers war wohl mehr Zierde, als dass er tatsächlich genutzt wurde. Über dem Kamin prangte ein gewaltiger ausgestopfter Büffelkopf, darunter hing ein Gewehr, das Karl sofort ins Auge gesprungen war. Es musste ein Einzelstück sein, denn er hatte so etwas noch nie gesehen. Teller und Besteck deuteten darauf hin, dass es mehrere Gänge geben würde.

Kristallgläser standen auf dem Tisch. War eines leer, kam ein Haussklave angesprungen und füllte aus einer Karaffe Rotwein nach.

Karl hatte die Bediensteten zuerst gar nicht gesehen, da sie sich eng an die dunkle Wand gedrückt im Hintergrund hielten. Sie trugen schwarze Anzüge, weiße Hemden, eine schwarze Weste und – das war Karl besonders aufgefallen – weiße Handschuhe. Als würde man sonst vor ihren schwarzen Händen erschrecken. Oder ging man hier etwa davon aus, dass Sklaven immer schmutzige Hände hätten? Die Tatsache, dass Mister Henry Sklaven besaß, erfüllte ihn mit erheblichem Unbehagen. Auch war ihm nicht ganz wohl in dieser feinen Gesellschaft. Karls Eltern hatten nie viel Geld besessen. Es hatte für ein Studium gereicht und natürlich wusste er, wie man sich beim Essen benahm. Doch diese oberflächlichen Plaudereien mit den Tischnachbarn waren nicht sein Ding. Es fiel ihm schwer, sich über Mode oder den neuesten gesellschaftlichen Tratsch zu unterhalten.

Karl bemerkte, dass das Glas seiner Tischnachbarin Daisy, der Tochter des Gastgebers und seines neuen Arbeitgebers, leer war. Er griff nach einer Rotweinkaraffe, die direkt neben ihm stand, und wollte der jungen Dame nachschenken. Doch die stoppte ihn: »Nehmen Sie dem Personal nicht die Arbeit ab! Unsere Sklaven sind faul genug!« Zögernd stellte Karl die Karaffe zurück.

Daisy schnippte mit den Fingern und sofort sprang ein Mann herbei und füllte das Glas.

»Oder wollen Sie mich betrunken machen, Mister May?«, fragte Daisy mit einem neckischen Augenaufschlag. Karl lächelte verlegen und schüttelte den Kopf.

Plötzlich erklang der Ton eines Glases, an das ein Messer geschlagen wurde. Augenblicklich verstummten die Gäste.

Der Gastgeber erhob sich.

»Meine Damen, meine Herren, der Büffel, den wir jetzt gleich verspeisen werden, ist aus Chile importiert. Aber er erinnert mich sehr an meine Jugend. Damals erschoss ich diese Viecher noch eigenhändig.« Dabei wendete sich Mister Henry um und zeigte stolz auf das Gewehr am Kamin hinter ihm.

Einer der Gäste fragte neugierig: »Was ist das für eine Flinte?«

»Das ist das beste Repetiergewehr der Welt. Es kann 25 Schuss abgeben, ohne nachgeladen zu werden. Ich habe es selber entworfen und bescheiden, wie ich bin, nach mir benannt: der Henrystutzen.« Mit einer ausladenden Bewegung zeigte er erneut auf das Gewehr. Die Gäste lachten höflich. »Aber was ich eigentlich sagen wollte«, nahm Mister Henry den Faden wieder auf, »ist, dass das Erinnern, dass die Vergangenheit gut ist, aber die Gegenwart ist wesentlich besser. Entschieden besser. In diesem Sinne: Willkommen zu Hause, Mister May.« Er hob sein Glas und hielt es Karl entgegen.

»Vielen Dank!« Karl hob sein Glas ebenfalls und stieß mit Mister Henry an. »Zum Wohl!«

Überall am Tisch wurde nun applaudiert und angestoßen. Karl lächelte. Mister Henrys Worte hatten ihm zu denken gegeben. Ja, die Vergangenheit war gut, aber das Jetzt und Hier war doch besser. Er musste nach vorn schauen, der Zukunft unbeirrbar entgegensehen. Und er musste endlich dieses beklommene Gefühl abschütteln, das er hatte, seitdem er an diesem Tisch saß. Dies hier war seine Welt, hier gehörte er hin.

Das Essen wurde hereingetragen und aufgetischt. Der Gastgeber wünschte einen guten Appetit.

Karl sah vor sich. Das gegrillte Fleisch lag auf dem weißen Porzellanteller. Er hatte wohl einen Moment zu lange gezögert, denn als er gerade zu seinem Besteck greifen wollte, da fragte Daisy neckend von der Seite: »Haben Sie in der Wildnis vergessen, wie man Messer und Gabel hält?« Und ehe er antworten konnte, wandte sie sich an ihren Vater und rief laut über den Tisch: »Daddy, darf Mister May ausnahmsweise mit den Händen essen?«

Verlegen versuchte Karl abzuwinken. Die Blicke der Anwesenden richteten sich auf ihn. Alle am Tisch schienen das lustig zu finden.

Auch Mister Henry lachte. »Aber natürlich«, erklärte

er, »allerdings nur, wenn er uns eine von diesen spannenden Wilden-Geschichten erzählt.«

»Oh ja, bitte!«, fiel nun auch Daisy ein und griff aufgeregt nach Karls Arm. Erwartungsvolle Blicke richteten sich auf ihn.

Karl zuckte die Schultern. »Ich weiß nicht«, setzte er an, »ich … äh …«

Was sollte er erzählen? Was wollten diese Menschen in ihren feinen Anzügen und Kleidern von ihm hören?

Mister Henry, der Karls Zögern bemerkte, sprang ein: »Sagen Sie, worin sind uns diese Wilden am allermeisten unterlegen?«

Gespannte Gesichter blickten Karl an.

Karl holte tief Luft. Seine Gedanken rasten. Unterlegen? Unterlegen? Worin waren sie ihnen unterlegen? Sein Kopf war leer. »Mir fällt nichts ein«, erklärte er schließlich wahrheitsgetreu.

Ein pikiertes Raunen ging durch den Raum, also beeilte er sich hinzuzufügen: »Ich meine, dass sie uns in manchen Dingen geradezu überlegen sind. Die Apachen brauchen zum Beispiel kein Krankenhaus und keine Apotheke. Sind sie krank oder verletzt, werden sie von ihrer Schamanin geheilt. Mich selbst hat sie vor dem Tod bewahrt.«

Jetzt wollten die Gäste mehr hören.

Bereitwillig fuhr Karl fort: »Sie holte meine Seele

aus dem Jenseits und brachte sie zurück in meinen Körper.«

Gelächter erfüllte den Raum. Alle Anwesenden schienen das Erzählte für einen guten Witz zu halten.

Mister Henry fragte amüsiert: »Aber Sie glauben doch als Ingenieur nicht an einen solchen Hokuspokus?«

»Mein Verstand hat sich dagegen gewehrt«, gab Karl zu, »aber der Zauber der Schamanin hat mir das Leben gerettet.«

Es war seltsam, das auszusprechen. Karl selbst hätte noch vor wenigen Monaten darüber gelacht. Doch jetzt in diesem Augenblick wusste er, dass es genauso gewesen war. Nscho-tschis Zauber hatte ihm das Leben gerettet.

»Und wie sieht diese Schamanin aus?« Daisy rückte näher an Karl heran, fast saß sie schon auf seinem Schoß. »Ist sie verschrumpelt und zahnlos?« Gespannt sah sie Karl an.

Der lachte abwehrend. »Nein«, erklärte er, »nein, sie ist die schönste Frau des Stammes. Wer sie einmal gesehen hat, kann sie nie wieder vergessen.«

Kaum hatte Karl es laut gesagt, wurde ihm klar, dass es stimmte. Er konnte Nscho-tschi nicht mehr vergessen. So sehr war er von dieser Erkenntnis getroffen, dass er kaum die Bemerkung des Gastgebers hörte, der sehr zur Freude seiner Gäste erklärte: »Mister May, nach diesen Schilderungen muss ich wohl meinen Hausarzt wechseln.«

Daisy wollte immer noch nicht von dem Thema ablassen. »Genug von Kräuterhexen, Mister May, schockieren Sie uns mit blutrünstigen Details aus dem Leben dieser Primitiven.«

Karl blickte in die sensationslüsternen Gesichter der Gäste, während Daisy aufzählte, was sie hören wollte: »Erzählen Sie uns von Marterpfählen und skalpierten Siedlern, von geschändeten Frauen und …«

Was sie als Letztes sagen wollte, ging in einem tumultartigen Lärm unter, der von draußen aus der Empfangshalle kam und sich dem Speisezimmer näherte.

Alle blickten zur Tür. Zunächst konnte Karl nur sehen, dass die Haussklaven mit aller Kraft versuchten, jemanden daran zu hindern, in das Speisezimmer zu gelangen. Dann hörte er plötzlich eine Stimme: »Old Shatterhand!«

»Mavi!« Karl war aufgesprungen.

Der Apachenjunge hatte sich bis in das Speisezimmer vorgekämpft. Er trug die typische Kleidung der Apachen, hatte eine Adlerfeder im langen schwarzen Haar und einen Speer in der Hand.

»Wilde!«, kreischte die Hausherrin und schien einer Ohnmacht nahe. Auch die anderen Damen am Tisch schrien, als hätte ihr letztes Stündlein geschlagen.

Karl eilte zu Mavi und entdeckte nun auch Sam Hawkens, der sich heftig gegen die Haussklaven zur Wehr setzte.

»Was tust du hier?«, fragte Karl Mavi in der Sprache der Apachen.

»Nscho-tschi! Sie haben sie mitgenommen!«

Karls Herzschlag setzte kurz aus. »Wer?«

»Banditen!«

»Du wolltest nützlich sein, wenn ich mich nicht irre. Das ist deine Gelegenheit.« Sam blickte Karl ernst an.

Auf einmal ertönte die schneidende Stimme von Mister Henry: »Kennen Sie diesen kleinen Wilden und diesen Waldschrat etwa, Mister May?«

Karl drehte sich um und sah in die aggressiven Gesichter der Herren dieser Runde.

»Ich habe Sie etwas gefragt, Mister May!«, rief Mister Henry über den Tisch hinweg. Sein Gesicht war vor Wut rot angelaufen.

Auf einmal wusste Karl, was er zu tun hatte. Mit ruhigen Schritten ging er auf Mister Henry zu, blieb vor ihm stehen, sah ihm direkt in die Augen und antwortete: »Ich heiße Old Shatterhand!« Dann trat er an dem verdutzten Hausherrn vorbei, ergriff das Gewehr und nahm es vom Haken an der Wand. »Und ich brauche Ihr Gewehr.«

Mit diesen Worten verließ er den Speisesaal.

KAPITEL 14

Bereits bevor die Sonne den höchsten Punkt am Himmel erreicht hatte, waren El Más Loco und seine Männer am Fuß des Weißen Bergs angekommen. Wie ein riesiger Finger erhob sich der Fels aus hellem Stein am Ende des Tals. Nscho-tschi hatte ihn sofort erkannt. Auch Professor Spengler bemerkte die Ähnlichkeit mit der Zeichnung aus Humboldts Tagebuch. Sein Herz schlug schneller. Stück für Stück kamen sie dem Ziel näher, das er schon so lange verfolgte.

El Más Loco ließ ein Lager am Fuß des Felsens aufschlagen. Nscho-tschi hatte ihm erklärt, dass sie bis oben auf den Felsen klettern musste, um dort den Adler herbeizurufen. Der Wind hatte sie zum Weißen Berg gebracht. Der Adler würde sie zum See führen.

Nscho-tschi erklomm die steile Felswand, ohne nach unten zu sehen und ohne zu zögern. El Más Loco und

Professor Spengler beobachteten sie mit angehaltenem Atem. Ojo hingegen zielte mit seiner Silberbüchse auf Nscho-tschi und ließ sie keine Sekunde aus den Augen. Sollte sie fliehen, würde er nicht zögern abzudrücken.

Als Loco Ojo bemerkte, drückte er den Gewehrlauf zu Boden und trat dann neben den Professor. Nscho-tschi hatte die Spitze des Felsens fast erklommen. »Vorsicht, mi amor, Vorsicht!«, flüsterte Loco beschwörend. Schließlich erreichte Nscho-tschi den höchsten Punkt. Sie sah sich um, konnte den Adler aber nirgends am blauen Himmel entdecken. Sie ließ sich im Schneidersitz nieder, schloss die Augen, hob die Arme an und bewegte sie langsam wie die Schwingen eines Adlers. Die Klänge einer schamanischen Beschwörungsformel wehten von der Spitze des Felsens zu den Männern herunter.

Stunden später war der Adler immer noch nicht aufgetaucht. Der Professor hatte die Zeit genutzt und endlich einmal wieder in Ruhe seine Karten studiert. Er konnte sich gar nicht sattsehen an den Zeichnungen. Und jetzt, da er sicher wusste, dass sie wahre Geschichten erzählten, wurden sie noch kostbarer. Dieses Gekritzel, wie es seine Kollegen in Deutschland nicht müde wurden zu nennen, war der Grundstein seines Ruhms. Und ein reicher Mann wäre er außerdem. Er machte sich nichts vor, natürlich würden die Banditen ihm nicht den Schatz überlassen – auch wenn er der Besitzer der Schatzkarte war. Doch etwas würde sicher für ihn abfallen. Und wenn der Schatz der Apachen wirklich so groß war, wie es Humboldts Aufzeichnungen vermuten ließen, dann würde auch ein kleiner Teil reichen. Gegen Reichtum war nichts einzuwenden, aber der Ruhm war ihm wichtiger.

Der Professor war so in seinen Gedanken und Tagträumen versunken, dass es etwas dauerte, bis er den unangenehm hohen Ton der Gitarrensaite wahrnahm. El Más Loco saß im Schatten seines Zelts und zupfte ungeduldig auf seiner Gitarre.

Der Professor ging zu ihm hinüber. Dieser Bandit musste Ruhe bewahren. Sie waren so kurz vor dem Ziel, wenn Loco jetzt einen Fehler machte, wäre womöglich alles zerstört.

»Haben Sie Geduld, Mister Loco, Wunder brauchen Zeit.«

Loco blickte von seiner schwarzen Gitarre auf und grinste finster. »Geduld ist eine meiner größten Tugenden. Neben Demut, Keuschheit und Mildtätigkeit.«

Nervös suchte der Professor den Himmel ab. Doch von dem Adler war nach wie vor nichts zu sehen. Der Vogel ließ sich Zeit. Sehr viel Zeit.

Nscho-tschi war die ganze Nacht oben auf dem Felsen geblieben. Irgendwann war sie eingeschlafen. Im ersten Morgengrauen wurde sie plötzlich von einem Geräusch geweckt. Es war der Schrei eines Adlers. Die Schamanin öffnete die Augen. Vor ihr war ein Weißkopfadler gelandet und sah sie aus seinen großen, braunen Augen an. Vorsichtig richtete sich Nscho-tschi auf. Sie streckte dem majestätischen Tier die Hand entgegen und sagte: »Bruder Adler. Die Apachen brauchen deine Hilfe. Zeige mir den Weg zum See.«

Der Adler stieß sich vom Boden ab und schraubte sich mit wenigen kräftigen Flügelschlägen hoch in die Luft.

Das Lager der Banditen war schnell geräumt. Erleichtert darüber, dass das langweilige Nichtstun ein Ende hatte, und voller Vorfreude, weil sie dem Schatz nun näher kamen, waren alle Männer bereitwillig auf ihre Pferde gestiegen.

Der Professor strahlte. Seit er heute früh den Adler am Himmel gesehen hatte, bekam er dieses Grinsen nicht mehr aus dem Gesicht.

Loco hingegen hatte nur Augen für Nscho-tschi. Wie gebannt starrte er sie an, während er einige Meter hinter ihr ritt. Nscho-tschi spürte seine Blicke in ihrem Rücken. Drehte sie sich um, lächelte er sie an.

KAPITEL 15

Es war bereits dunkel, als Old Shatterhand, Mavi und Sam das Apachenlager erreichten. In sicherer Entfernung banden sie ihre Pferde an einen Baum und liefen zu Fuß weiter. Geduckt schlichen sie an die Zelte heran, bis sie die Stimmen der Banditen hören konnten, und kauerten sich hinter einen zum Trocknen aufgetürmten Heuberg. Zwei Männer hielten vor dem Eingang des Versammlungszelts Wache. Doch sie schienen ihren Job nicht besonders ernst zu nehmen. Sie standen an einem Lagerfeuer, unterhielten sich, rauchten, lachten und ließen nur von Zeit zu Zeit ihre Blicke umherschweifen.

Old Shatterhand formte seine Hände zu einem Trichter, legte sie an den Mund und rief: »Huhu huhu huhu.«

Irritiert sahen Mavi und Sam zu Old Shatterhand. »Ich warne Winnetou, damit er weiß, dass wir kommen.« Wieder legte er die Hände an seinen Mund: »Huhu.«

»Was für ein Tier Old Shatterhand sein?«, wollte Mavi wissen.

»Na, eine Eule. Was denn sonst?«, gab Old Shatterhand zurück.

Die ungläubigen Blicke, die sich Sam Hawkens und Mavi hinter seinem Rücken zuwarfen, bemerkte er nicht.

Im großen Versammlungszelt brannte ein weiteres Lagerfeuer. El Más Locos Männer hatten es sich neben dem Feuer bequem gemacht. Die Gewehre lagen auf ihren Knien, die Patronengürtel hingen um ihre Schultern. Eine Flasche Tequila machte die Runde. Die Stimmung war ausgelassen. Ganz anders bei den Gefangenen im Hintergrund. Still saßen sie da und ertrugen die Schikanen der betrunkenen Männer. Winnetou und Neke Bah waren mit Stricken Rücken an Rücken an einen der Holzpfosten gefesselt. Sie hörten als Erste diesen merkwürdig ungelenken Vogelruf von draußen. Es hatte einen Moment gedauert, bis sie ihn zwischen den lärmenden Stimmen der Banditen wahrnahmen.

»Das ist der schlechteste Vogelruf, den ich je gehört habe.« Neke Bah lachte und ahmte ihn leise nach.

»Wer kann das sein?«, fragte Winnetou.

»Jedenfalls kein Apache.«

Auch die Banditen horchten jetzt auf.

»So klingt doch kein Vogel«, sagte Aguirre. »Jorge,

guck nach, wer sich da draußen rumtreibt! Erschieß ihn und frag ihn, was er will!«

Die Banditen johlten. Jorge nahm sein Gewehr, rückte grinsend seinen Hut zurecht und trat hinaus vor das Zelt. Weit konnte er nicht gekommen sein, da hörten alle einen dumpfen Schlag und ein kurzes Stöhnen. Alarmiert packte Aguirre sein Gewehr. »Fernando, nimm Pablo mit und sieh nach.«

Auch Winnetou und Neke Bah war der Schlag nicht entgangen. »Das Geräusch kommt mir bekannt vor«, flüsterte Winnetou. Ein Lächeln huschte über sein Gesicht.

»Wie eine Faust, die mit großer Wucht ihr Ziel trifft.« Auch Neke Bah hatte sofort erkannt, wer da Jorge ins Land der Träume geschickt hatte.

Fernando und Pablo waren kaum vor das Zelt getreten, als kurz hintereinander zwei weitere dumpfe Schläge erklangen.

Aguirre sprang auf. Er hielt sein Gewehr schussbereit im Anschlag, zielte auf den Zelteingang und schrie: »Wer immer da draußen ist, zeigt euch mit erhobenen Händen. Oder ich knall alle Frauen und Kinder ab!«

»Tu das nicht«, antwortete eine ruhige Stimme von draußen. »Bitte, ich komme rein. Unbewaffnet.«

Während sich die Aufmerksamkeit aller auf den Zelteingang richtete, war es Mavi gelungen, auf der Zeltrückseite unter der Zeltwand hindurchzuschlüpfen. Vorsichtig pirschte er sich an Winnetou und Neke Bah heran. Er wagte kaum zu atmen. Geschickt und ohne ein Geräusch zu machen, öffnete er den Knoten der Fesseln.

Die Decke vor dem Eingang des Zelts wurde beiseitegeschoben und Old Shatterhand trat unbewaffnet und mit erhobenen Händen ins Zelt. Aguirre zielte mit dem Lauf seines Gewehrs auf Old Shatterhands Kopf und spannte den Gewehrhahn. »Wo sind deine Freunde, Gringo?«

»Einer von ihnen steht hinter dir.«

Aguirre drehte sich um. Doch bevor er mit dem Finger den Abzug seines Gewehrs berührte, hatte ihn die Faust des Apachenhäuptlings getroffen. Ohne einen Laut von sich zu geben, sank Aguirre auf den Boden. Die Apachen jubelten.

»Deine Rechte wird immer besser«, lobte Old Shatterhand Winnetou. Der grinste: »Dein Anschleichen auch.«

Aguirre und seine Männer waren jetzt die Gefangenen der Apachen. Sie hatten die gefesselten Banditen aus dem Versammlungszelt gezerrt und sie auf dem Vorplatz erst einmal sich selbst überlassen. Im Lager wurde geschäftig aufgeräumt und wieder aufgebaut, was zu Schaden gekommen war.

Winnetou legte Iltschi Zaumzeug an. Als er Neke Bah mit Tomahawk und Pfeil und Bogen sah, gab er dem

Professor Spengler schuldet dem mexikanischen Bandenchef El Más Loco Geld.

Karl übt das Anschleichen an die wilden Mustangs.

Winnetou hat seinen Mustang schnell gezähmt.

Am nächsten Morgen entdecken beide, dass der andere Hengst seinen Bruder nicht verlässt.

Ein letzter Versuch, auch Karls Mustang zu fangen.

Nscho-tschi beschwört den großen Geist, ihr bei der Wahl eines Mannes zu helfen.

Die Apachen hören verdächtige Geräusche.

El Más Loco und seine Banditen haben alle Apachen in ihrer Gewalt.

Sie sind auf der Suche nach dem legendären Goldschatz der Apachen.

Um die Apachen zum Reden zu bringen, bedrohen sie ein Kind.

Nscho-tschi gibt sich als Schamanin zu erkennen.

Professor Spengler entdeckt die Zeichnungen auf der Zeltwand.

Karl bewirbt sich in Santa Fe als Ingenieur, nachdem er die Apachen verlassen hat.

Mister Henrys Dinner-Runde ist schockiert.

Sam Hawkens und Mavi brauchen Karls Hilfe.

Karl muss sich entscheiden – er wählt Old Shatterhand.

Der Treck der Mexikaner mit Nscho-tschi auf dem Weg zum Silbersee.

Winnetou, Old Shatterhand und Sam Hawkens verfolgen den Treck.

Nscho-tschi bittet den Adler um Hilfe.

Nscho-tschi wird von El Más Loco als Carmen verkleidet.

Am Silbersee suchen Winnetou und Old Shatterhand den Schatz mithilfe einer Tauchglocke.

El Más Loco ist berauscht vom Goldschatz.

Winnetou und Old Shatterhand sehen ihre Möglichkeit zur Flucht …

… während die Männer immer mehr dem Goldrausch erliegen.

Sie können Ojo überwältigen und fliehen.

Showdown zwischen El Más Loco und Old Shatterhand.

Winnetou und Nscho-tschi bangen um das Leben ihres Freundes Old Shatterhand.

Alle kehren unversehrt zurück.

Old Shatterhand hält um Nscho-tschis Hand an.

Winnetou zeigt Old Shatterhand ein Stück Land auf dem die Beiden zukünftig leben sollen.

Freund ein Zeichen, zu ihm zu kommen. »Neke Bah«, sagte er vertrauensvoll. »Pass auf das Dorf auf.«

Der Krieger nickte stolz. Winnetou, sein Häuptling, überließ ihm den Schutz ihres Stammes.

Dann fiel ihr Blick auf Old Shatterhand. Er hatte den Sattel von seinem Pferd genommen und trug ihn zu Hatatitla. Als Old Shatterhand bemerkte, dass er beobachtet wurde, erklärte er: »Hatatitla ist schneller.«

»Deine weißen Brüder in Santa Fe auf dich warten?«, wollte der Apachenhäuptling wissen.

Old Shatterhand blickte Winnetou an: »Ich habe keine weißen Brüder.« Dann steckte er den Henrystutzen neben seinen Sattel.

Winnetou verstand. Old Shatterhand würde ihn begleiten. Ein Gefühl tiefer Dankbarkeit durchfuhr ihn. Er konnte einen Freund an seiner Seite gut brauchen.

»Worauf warten wir?« Sam saß bereits im Sattel. »Die Spuren führen nach Westen, wenn ich mich nicht irre.« Als Sam die fragenden Gesichter seiner Freunde erblickte, lehnte er sich im Sattel vor: »Als wenn ihr zwei Greenhorns ohne mich auch nur den Hauch einer Chance hättet.«

Winnetou sprang auf sein Pferd, hängte sich Pfeil und Bogen über die Schulter und nahm den Tomahawk, den Neke Bah ihm reichte.

Old Shatterhand wollte ebenfalls gerade in den Sattel

steigen, als ihm etwas einfiel. Er drückte Mavi die Zügel Hatatitlas in die Hand und eilte zurück zu Nscho-tschis Zelt.

»Old Shatterhand«, rief Sam irritiert. »Zu Nscho-tschi geht es in die andere Richtung!«

»Reitet schon vor, ich habe etwas Wichtiges vergessen«, warf Old Shatterhand über die Schulter zurück.

Sam Hawkens und Winnetou waren noch nicht weit gekommen, als Old Shatterhand zu ihnen aufschloss. Er trug den Anzug, dem Nscho-tschi ihm geschenkt hatte.

KAPITEL 16

»Nscho-tschi Zauber machen.« Winnetou hatte den Findling als Erster entdeckt.

Die drei Männer waren von ihren Pferden gestiegen, um den Opferstein genauer zu betrachten. Ein Berg aus kleinen Kieseln war darauf aufgetürmt. Aus dem Kieselberg ging eine Linie kleiner Steine hervor. Winnetou erkannte das Zeichen seiner Schwester. »Banditen da lang.« Er wies mit dem Finger in die Himmelsrichtung, in die die Linie zeigte.

Old Shatterhand wandte sich zum Gehen, doch Winnetou hielt ihn zurück. »Tiere brauchen Rast.« Er sah sich nach einem geeigneten Platz um.

»Aber die Banditen!«

»Reiten auch nicht weiter in Nacht.«

Widerwillig gab Old Shatterhand seinem Freund recht. Sosehr er auch darauf brannte, Nscho-tschi aus den Fängen der Banditen zu retten, sie mussten den Pferden eine Ruhepause gönnen. Sie waren ohne Rast den ganzen Tag geritten. Außerdem wurde es bereits dunkel.

Wenig später brannte ein Lagerfeuer. Sam und Winnetou hatten es sich gemütlich gemacht. Ein Hase briet über dem Feuer. In einem Kessel kochte Kaffee und verbreitete einen angenehmen Duft. Doch Old Shatterhand war viel zu unruhig, um sich zu seinen Freunden ans Feuer zu setzen. Ungeduldig starrte er in die Nacht, als könnte er allein durch pure Willenskraft die Sonne im Osten wieder heraufbeschwören, obwohl sie im Westen gerade erst untergegangen war.

Winnetou drehte sich zu seinem Freund um: »Bevor Banditen nicht Schatz finden, sie Nscho-tschi nichts tun.«

»Nichts tun?« Das reichte Old Shatterhand nicht. Allein, dass sie ganz auf sich gestellt mit diesem Haufen Banditen unterwegs war, war schon zu viel. »Wie lange dauert es noch bis Sonnenaufgang?«

»Knapp sechs Stunden«, kam es von Sam Hawkens.

»Verdammt.«

Sam und Winnetou lachten.

»Shatterhand ein Rätsel«, wunderte sich Winnetou. »Erst nicht wollen meine Schwester zur Frau, jetzt er nicht kann still sitzen vor Sorge.«

»Ich wollte sie schon, nur ...« Old Shatterhand verstummte.

»Du Hornochse hast sie vor ihren Leuten wie ein Glas schales Bier stehen lassen, wenn ich mich nicht irre!«

Betreten blickte Old Shatterhand zu Boden. »Ich war halt nicht sicher.«

»Liebe wie Speer. Wenn er dich treffen, du spüren! Du wissen. Kein Zweifel. Kein Zögern. Du sicher.«

Old Shatterhand stellte seinen Henrystutzen zur Seite und setzte sich ans Feuer. »Woher weißt du das? Warst du je verliebt? Ich habe dich noch nie mit einer Frau gesehen.« Er nahm einen Schluck Kaffee aus seiner Tasse.

Der Apache sah ins Feuer. »Winnetou nicht darüber sprechen.«

Old Shatterhand wollte schon etwas entgegnen, doch ein Blick zu dem Freund reichte, um zu wissen, dass Winnetou die Erinnerung schmerzte. Auch Sam war das aufgefallen. Und so saßen die Männer schweigend um das Feuer. Schließlich brach der Häuptling das Schweigen.

»Ihr Name war Ribanna vom Stamm der Hohé. Sie Tochter von Häuptling. Bei erster Begegnung Speer mich treffen, Speer sie treffen. Aber ihr Vater Apachen hassen. Ich ihn anflehen, ich ihm bringe Felle und Pferde, ich besiege seinen beste Krieger in Zweikampf. Aber Ribannas Vater blind vor Stolz. Er schenkt Tochter an Häuptling der Jakota.«

»So ein Mistkerl«, fluchte Sam, während Old Shatterhand Winnetou abwartend ansah.

»Ich Stamm der Jakota und Ribanna viele Monde suchen. Von großem Wasser im Osten bis großem Wasser im Westen. Ich sie finden.«

Winnetou machte eine Pause, schluckte, dann erzählte er weiter: »Aber zu spät. Ribanna trug Sohn von Winnetou unter Herzen. Stamm der Jakota nicht kennen Schamane, Geburt schwer, zu schwer. Mutter und Kind tot.«

Bedrückt sahen die Freunde dem Spiel der Flammen ihres Lagerfeuers zu. Schließlich legte Winnetou Old Shatterhand die Hand auf die Schulter: »Mein Freund, wenn du Liebe finden, du sie fest packen und nie mehr lassen los, verstanden?«

Old Shatterhand nickte still.

»Was ist das für komische Geruch?« Winnetou schnupperte. Sie hatten sich bald nach Winnetous trauriger Geschichte in ihre Wolldecken eingerollt und neben dem Feuer ausgestreckt.

Old Shatterhand schnupperte ebenfalls. »Ja, ich rieche das auch schon seit Santa Fe.«

»Das bin ich«, gab Sam Hawkens zu und korrigierte sich, »also Belle.«

»Belle?«, fragte Old Shatterhand.

»Hm.«

»Aus Roswell?«, hakte Old Shatterhand verwundert nach.

»Sam Hawkens wurde vom Speer der Liebe durchbohrt, wenn ich mich nicht irre.« Sam machte eine kurze Pause, dann fuhr er fort: »Ich für meinen Teil halte mich an Winnetou. Sobald ich nicht mehr auf euch Greenhorns aufpassen muss, galoppiere ich nach Roswell, schnapp mir Belle und lass sie nie wieder los. Ich will ja nicht so enden wie du, Shatterhand.«

»Danke für die aufmunternden Worte.«

»Wozu sind Freunde da!?« Sam kicherte und auch von Winnetou kam ein Glucksen.

Old Shatterhand schwieg und zog die Wolldecke enger um sich. Wie Nscho-tschi reagieren würde, wenn sie sich wiedersahen?

Mit dem ersten Sonnenstrahl saßen die Freunde wieder im Sattel.

So schnell es das Lesen der Spuren zuließ, folgten sie den Banditen. Ohne dass sie es selbst bemerkten, wich das sanfte Grün der Prärie einem kargen, felsigen Gebiet. Gegen Mittag erreichten sie ein verlassenes Lager. Den Spuren nach musste es das der Banditen sein. Die Asche der Feuerstelle war noch warm. Winnetou war von seinem Pferd gesprungen und hielt vorsichtig seine Hand darüber. »Vorsprung nicht größer als halber Tag.«

Sam Hawkens, der ebenfalls aus dem Sattel gesprungen war, hielt seinen Finger in den Topf, der über der Feuerstelle hing. »Weniger. Das Chili ist noch warm.« Er nahm eine Kelle voll aus dem Topf. Dann sah er kurz zu Old Shatterhand hinüber. Der war nicht von seinem Pferd abgestiegen, sondern ritt ungeduldig kleine Kreise. »Selten habe ich einen Mann gesehen, der es so eilig hat, sich von einer Frau den Kopf abreißen zu lassen.« Sam probierte etwas von dem Chili aus der Kelle und schmatzte genüsslich. »Also kochen können sie, diese mexikanischen Halunken.«

Winnetou war mittlerweile zu seinem Pferd zurückgegangen und aufgesessen. Ungeduldig drehte er sich zu dem Trapper um: »Sam Hawkens, komm!«

Sam nahm noch eine letzte Portion, dann schwang er sich auf sein Pferd und galoppierte den Freunden hinterher.

KAPITEL 17

Die Banditen ritten nun schon seit einigen Stunden hinter dem Adler her. Er führte sie durch wenig abwechslungsreiche Berglandschaft.

El Más Loco hatte schlechte Laune. Seine Geduld war am Ende. »Was für eine öde Gegend«, maulte er, »hier möchte man nicht begraben liegen, was, Professor?«

Der Professor hatte den Wink mit dem Zaunpfahl verstanden. Er wischte sich den Schweiß von der Stirn. »Es kann nicht mehr weit sein!«, rief er lauter, als er beabsichtigt hatte.

»Boss«, auch Ojos Geduld war am Ende, er nickte mit dem Kopf Richtung Himmel. »Das Vieh fliegt nur noch im Kreis. Es will nicht mehr weiter.«

El Más Loco atmete hörbar genervt aus.

Professor Spenglers gute Laune war panischer Angst gewichen. Er drehte sich im Sattel und sah in die Gesichter der Banditen. Sie machten ihn dafür verantwortlich, dass der Adler nicht weiterflog, das konnte er deutlich erkennen. »Der Schatz muss ganz in der Nähe sein. Ich bin mir vollkommen sicher«, stieß der Professor hervor. Doch seine zitternden Hände straften ihn Lügen.

»Schamanin«, rief er Nscho-tschi verzweifelt in der Sprache der Apachen an. »Sag es ihnen!«

»Ich weiß nicht, warum der Adler nicht mehr weiterfliegt.«

»Sprich Spanisch!«, befahl El Más Loco gereizt.

»Ich nicht spanisch, ich Apache!«, entgegnete Nscho-tschi wütend.

Loco lächelte nachsichtig. »Du hast es nur vergessen.« Dann wurde sein Gesichtsausdruck wieder hart. »Ich sehe hier keinen See.« Er drehte sich in seinem Sattel hin und her: »Und da sehe ich keinen See und da sehe ich auch keinen See!«

Ojo war neben den Professor geritten und zielte mit dem Lauf der Silberbüchse auf seinen Kopf. »Boss sieht keinen See.« Die Worte Locos klangen aus seinem Mund noch bedrohlicher.

Professor Spengler zitterte am ganzen Körper. Tränen schossen ihm in die Augen.

»Gnade, Mister Loco«, flehte der Professor.

Ojo spannte den Hahn.

»Adler verschwunden!«, rief Nscho-tschi und suchte

den Horizont mit den Augen ab. In ihrer Stimme schwang Angst mit. Sie hoffte, dass El Más Loco diese Nachricht davon abhielt, auszuführen, was er gerade vorhatte. Ojo hielt den Lauf seines Gewehrs auf Professor Spenglers Kopf gerichtet, bereit, auf ein Zeichen seines Bosses abzudrücken.

»Wo ist der Scheißvogel?« Loco hielt ebenfalls Ausschau nach dem Tier. Es war nicht auszumachen, ob er sauer war, weil er unterbrochen wurde, oder erfreut, weil es doch noch die Chance gab, einen Schatz zu finden. Die Hoffnung auf den Schatz siegte. Loco gab das Zeichen weiterzureiten. Der Trupp setzte sich wieder in Bewegung. Professor Spenglers Herz raste. Schweiß rann ihm über das Gesicht.

Schließlich kamen sie zu einer Reihe Felsen. Hier konnten sie nicht weiterreiten. Nscho-tschi und Professor Spengler waren als Erste aus den Sätteln gesprungen und liefen zu Fuß weiter. Loco folgte ihnen.

Aus der Entfernung hatte man die gewaltige Schlucht nicht sehen können. Tief hatte sie sich in den massiven Felsen hineingegraben. Und dort war er! Silbrig glänzend schimmerte die Oberfläche des Sees siebzig Meter unter ihnen. Der Adler kreiste mit ausgebreiteten Schwingen über dem See. Dann ließ er zum letzten Mal seinen Ruf erklingen und verschwand.

Nscho-tschi stellte sich auf einen Felsen, hob beide

Hände wie zum Gruß, sah dem Vogel hinterher und bedankte sich bei dem majestätischen Tier für seine Hilfe.

Professor Spengler kletterte neben Nscho-tschi. Durch sein Fernglas betrachtete er die gegenüberliegenden Felswände. Schließlich ließ er die Hände sinken. »Cthulu!«, stieß er hervor. Auf einer der Felswände hatte er die Zeichnung des Gottes entdeckt.

»Was meinst du, Professor, sind wir am Ziel?« El Más Locos Stimmung hatte sich sichtlich gebessert.

Mit Tränen der Freude und der Erleichterung in den Augen drehte sich der Professor zu Loco um: »Ich habe nicht den allergeringsten Zweifel.« Strahlend erklomm er einen kleinen Stein und wandte sich an Loco und die Banditen, als wären sie ein gelehrtes Publikum.

»Man hat mich verlacht«, erklärte Spengler triumphierend. »Man hat mich von der Universität geworfen, weil ich an diese Legende glaubte. ›Spinner‹, ›Fantast‹, ›Professor Münchhausen‹ – das waren noch die harmlosesten Beleidigungen. Aber nun werde ich mein Buch zu Ende schreiben und die Fachwelt in Erstaunen versetzen!« Er breitete die Arme aus und lachte laut. »Hier und heute wird ein neues Kapitel in der Geschichte der Ethnologie geschrieben. Und Sie alle können sagen: ›Ich bin dabei gewesen!‹«

Seine Begeisterung sprang nicht auf die Männer über. Regungslos sahen sie ihn an.

El Más Loco war der Einzige, der applaudierte. »Wir sind quitt«, sagte er gespielt gönnerhaft. »Ich erlasse dir deine Spielschulden.«

Erleichtert und dankbar packte der Professor seine Hand und schüttelte sie kräftig. »Das ist sehr großzügig von Ihnen, Mister Loco.«

»So hat mich meine Mutter erzogen.«

El Más Loco hatte den Satz kaum ausgesprochen, als er mit einer blitzschnellen Bewegung seinen Revolver zog und dem Professor eine Kugel in die Brust schoss.

Nscho-tschi schrie erschrocken auf. Mit einem Ausdruck der Verwunderung in den Augen machte Professor Spengler einen Schritt nach hinten und stürzte in die Schlucht.

»Du kannst stolz auf dich sein, Professor.« El Más Loco steckte seinen Revolver zurück.

Dann drehte er sich um. Seine Männer standen im Halbkreis. Einige grinsten boshaft. Nscho-tschi allerdings starrte ihn entsetzt und angewidert an. Von einer plötzlichen Scham befallen, wandte Loco den Blick ab und sah stattdessen Ojo an, der ihn aufmerksam beobachtete. Ojo war nicht entgangen, dass sein Chef gerade erneut einen Moment der Schwäche gezeigt hatte. Wütend ging er zu einem der Banditen, packte ihn an der Kehle und zischte: »Was glotzt du so? Noch nie gesehen, wie der große El Más Loco einen abknallt!?« Dann drehte er sich zu den anderen und brüllte: »Was? Bewegt eure Ärsche, ihr Hunde! Los!«

Es dauerte einen halben Tag bis die Banditen einen Pfad hinab zum See gefunden und die gesamte Ausrüstung an das Ufer des Sees gebracht hatten. Das Antlitz des großen Gottes Cthulu schien sie dabei von seinem Felsen aus die ganze Zeit zu beobachten. Sein weit aufgerissener Mund und seine gewaltigen Zähne waren Furcht einflößend. Doch außer Nscho-tschi wollte niemand an die Macht des Gottes glauben.

Das Ufer des Sees war von Bäumen gesäumt. Ojo fand schnell eine Stelle, die sich als Lager eignete, und gab Befehl, die Zelte aufzubauen. Die Männer machten sich, ohne zu murren, ans Werk. Die Vorfreude auf den sagenhaften Schatz sorgte für beste Stimmung. Und daran konnte nicht einmal die Erkenntnis etwas ändern, dass sie den Schatz im Silbersee erst finden mussten. Immerhin war der See tief und keiner der Banditen konnte schwimmen.

KAPITEL 18

Eilig schlugen die Banditen das Lager am Ufer des Sees auf. Sie schleppten Feuerholz zusammen und entzündeten ein Lagerfeuer. Etwas abseits stand ein großes Zelt. Es war das von El Más Loco.

Der Banditenchef hatte für diesen Abend etwas Besonderes für Nscho-tschi vorbereitet. Aufgeregt führte er die Apachin in sein Zelt. Sie folgte ihm nur widerwillig, wagte es aber nicht, sich zu widersetzen.

Das Zelt war überraschend geräumig. Über dem Eingang hing ein gewaltiger Büffelschädel. Im Schein einer Öllampe sah Nscho-tschi, dass es sogar spärlich möbliert war. Ein Holztischchen, ein Stuhl und eine Kommode standen auf einem bunten Teppich. Eine Hängematte war aufgespannt. Über einer der Zeltstangen hingen Locos Satteltaschen und das Zaumzeug.

»Ich habe eine Überraschung für dich.« Er zeigte auf

eine mit kunstvollen Schnitzereien verzierte Holzkiste, die auf dem Tischchen stand. »In der Kiste. Los, mach sie auf!«

Zögernd öffnete Nscho-tschi den knarrenden Holzdeckel und spähte vorsichtig über den Rand. Sie erkannte roten Stoff, griff hinein und zog ein Stück dieses glatten, seltsam kühlen Tuchs hervor.

Loco strahlte erwartungsvoll. »Erinnerst du dich?«

Nscho-tschi wagte es nicht, den Kopf zu schütteln. Es gab nichts, woran sie sich erinnern konnte. Nichts, was mit diesem roten Stoff oder El Más Loco zu tun hatte. Aber sie wusste, dass ein falsches Wort oder eine falsche Geste von ihr Loco in rasende Wut versetzen konnte. Und davor fürchtete sie sich.

Eilig kam El Más Loco näher: »Es gehörte dir.« Er griff in die Kiste und zog den Stoff hervor. Es war ein raffiniert genähtes, wunderschönes rotes Kleid mit schwarzen Spitzen.

Die Idee dazu war ihm schon gestern gekommen. Doch er hatte noch auf den richtigen Moment gewartet. Und der war jetzt da. Das spürte er. Das Kleid würde die Erinnerungen zurückbringen, die der Tod ihr geraubt hatte. Sie würde dieses Kleid lieben, wie sie es in ihrem vorherigen Leben geliebt hatte, und dann musste sie sich an ihn erinnern. Erwartungsvoll sah er sie an. Doch sie schien immer noch nichts zu begreifen. Wo blieb das Strahlen?

Warum war sie nicht endlich glücklich? Plötzlich schlug seine Stimmung um. Wütend schrie er: »Zieh es an! Zieh das Kleid an!«

Erschrocken griff Nscho-tschi nach dem Kleid.

»Entschuldige«, stieß El Más Loco hervor. Er war selber über seinen Wutausbruch erschrocken. Es sollte doch ein schöner Abend werden, das war es doch, was er wollte.

Nscho-tschi zögerte noch einen Moment, dann begann sie zaghaft, sich auszuziehen.

El Más Loco drehte ihr den Rücken zu. »Ich war 15 als ich dich das erste Mal sah«, fing er an zu erzählen und seine sonst so harte Stimme bekam einen schwärmerischen, geradezu weichen Klang. »Du warst heller als die anderen Sklaven auf unserer Plantage. Du kamst von der Ernte. Ich saß auf der Veranda und spielte Gitarre.«

Als Nscho-tschi sich ihr Kleid über den Kopf zog, zückte El Más Loco sein Messer. Er hielt es so, dass sich ihr nackter Körper darin spiegelte.

»Es war, als schaute mich ein Engel an. Ein Jahr lang lebten wir wie im Paradies. Dann, eines Nachts, erwischte uns mein Stiefvater im Pferdestall. Ich bekam Hausarrest. Dich peitschte er zu Tode.« Ein Schluchzen schüttelte Loco. Mit tränenerstickter Stimme fuhr er fort: »Am nächsten Morgen schnitt ich ihm und meiner Mutter mit einer Gitarrensaite die Kehle durch. Ich brannte die Hazienda nieder und begrub dich im Zuckerrohrfeld.«

Nscho-tschi hatte das rote Kleid übergestreift und versuchte, die Knöpfe an ihrem Rücken zu schließen. Loco wandte sich zu ihr. »Soll ich dir helfen?« Er legte das Messer auf die Kommode und kam auf Nscho-tschi zu. Ängstlich trat sie einen Schritt zurück. Doch El Más Loco ignorierte diese Geste. Sie war so wunderschön in dem roten Kleid. Er knöpfte es zu und schob sie sanft zu dem Stuhl. Dann ging er zurück zu der Holzkiste, aus der er einen Kamm und Haarnadeln nahm.

Nscho-tschi ließ Loco nicht aus den Augen. Sie verstand nicht, was er vorhatte, und sie traute seiner sanften Stimme nicht. Alles, was hier geschah, war falsch. Glaubte dieser Bandit wirklich, sie sei seine wiedergeborene Liebe? Als hätte Loco ihre Gedanken gelesen, fuhr er fort: »Ich verfluchte Gott«, er hatte sich hinter Nscho-tschi gestellt, kämmte ihr Haar und steckte es mit Haarnadeln fest, »und versprach dem Teufel meine Seele, wenn er mir den einzigen Wunsch erfüllen würde, den ich in diesem elenden Leben noch hatte.«

Loco kniete sich vor Nscho-tschi, die kerzengerade und völlig bewegungslos auf dem Stuhl saß, öffnete einen Lippenstift und malte ihre Lippen rot an. »Mein einziger Wunsch war, dich noch einmal wiederzusehen.«

Zufrieden richtete sich Loco auf und betrachtete sein Werk. Es war als ob er in einer anderen Welt wäre. »Er hat sein Versprechen gehalten«, seufzte er.

Ängstlich hielt Nscho-tschi die Augen auf den Boden gerichtet, während sie sich von ihrem Stuhl erhob.

»Mi amor! Mi corazón! Mi Carmen!« El Más Loco war hingerissen von der Frau, die vor ihm stand. Er konnte dem Drang endgültig nicht mehr widerstehen, sie in die Arme zu nehmen und an sich zu drücken. Doch Nscho-tschi wehrte ihn ab. Sie wollte nur weg von ihm. So schnell sie konnte, rannte sie zum Zeltausgang.

Loco stürzte hinterher.

KAPITEL 19

Es war noch hell, als Old Shatterhand, Winnetou und Sam Hawkens nach einem wilden Ritt ihr Ziel erreichten. Sie hatten ihre Pferde gut versteckt an einen Baum gebunden und sich vorsichtig an den Rand der Schlucht herangepirscht.

Als Old Shatterhand den See erblickte, wollte er sofort weiter. Doch Winnetou hielt ihn zurück. »Erst wenn dunkel.«

Nur zögernd ließ Old Shatterhand sich neben seinen Freunden nieder.

»Du mich einst gelehrt: Verstand, nicht Zorn, besiegt Feinde«, erklärte der Häuptling.

Die Minuten verstrichen unendlich langsam. Für Old Shatterhand war es eine Qual tatenlos auszuharren. Doch er wusste, dass Winnetou recht hatte.

Dann, endlich, ging die Sonne unter. Winnetou kletterte voraus. Old Shatterhand folgte. Sam Hawkens bildete die Nachhut.

Lautlos und ohne zu zögern, stieg der Häuptling der Apachen die Felsen hinab. Auch Old Shatterhands Augen hatten sich bald an das fahle Licht des Vollmonds gewöhnt, sodass er erkannte, wohin er seine Füße setzen musste. Weiter unten am Hang war der Felsen weniger schroff. Bäume säumten das Ufer und boten ausreichend Sichtschutz. Mit Erstaunen beobachtete Old Shatterhand, wie Winnetou sich nahezu geräuschlos zwischen den trockenen Zweigen und Blättern auf dem Boden fortbewegte. Auch Sam Hawkens gelang es, Winnetou unhörbar zu folgen. Old Shatterhand konzentrierte sich darauf, seine Füße an dieselben Stellen wie der Apache zu setzen und sich im gleichen Tempo zu bewegen. Je näher sie den Banditen kamen, umso wichtiger war es, Geräusche zu vermeiden. Jeder knackende Zweig unter Old Shatterhands Füßen konnte ihre Mission und somit auch Nschotschis Leben gefährden.

Schließlich hatten sie das Lager der Banditen erreicht. Gebückt schlichen sie näher heran und versteckten sich hinter einem großen Stein. Im Schutz der Dunkelheit spähten sie hinüber zu dem großen Lagerfeuer, um das Locos Männer im Kreis saßen. Niemand schien sie bemerkt zu haben. Einer der Banditen spielte Gitarre. Eine Flasche Tequila machte die Runde. Die Stimmung war ausgelassen. Auch die beiden zur Wache aufgestellten Männer beteiligten sich an den Gesprächen und vernachlässigten dabei ihre Aufgabe.

Old Shatterhand ließ seinen Blick schweifen. Wo war Nscho-tschi? Er konnte sie nirgends entdecken. Die Schamanin der Apachen hatte die Banditen zum See geführt. Reichte ihnen das? Hatte sie ihre Aufgabe erfüllt? Konnte es sein, dass sie sie getötet hatten?

Doch dann entdeckte Old Shatterhand sie. Sie trug ein rotes Kleid und kam aus dem großen Zelt gestürzt. Old Shatterhands Herz machte einen Satz. Nscho-tschi lebte! Er wollte schon aufspringen, doch da tauchte ein Mann hinter ihr auf. Er packte sie am Arm und riss sie zurück ins Zelt. Old Shatterhand zögerte nicht. Nscho-tschi war in höchster Gefahr! Er gab Winnetou und Sam Hawkens ein Zeichen und schlich davon.

KAPITEL 20

»Komm, hab keine Angst!« El Más Loco hielt Nscho-tschi an beiden Händen und zog sie mit sich zurück in sein Zelt. »Wenn ich den Schatz gefunden habe, dann heiraten wir in der Kathedrale von Mexiko-City. Ich baue uns ein Schloss am Rande der Stadt und ich werde nie wieder von deiner Seite weichen. Ich verschließe alle Türen. Ich vermauere alle Fenster. Ich werde dich vor dieser fürchterlichen Welt beschützen. Das verspreche ich dir. Meine Liebe ist stärker als der Tod. Nicht einmal die Ewigkeit konnte uns trennen.«

Mit beiden Händen umfasste Loco zärtlich Nscho-tschis Gesicht. Er zog sie nah an sich heran und versuchte, sie zu küssen, doch Nscho-tschi drehte den Kopf weg.

Gekränkt wich Loco einen Schritt zurück. »Aber ich bin es doch! Ich bin es doch!«, rief er flehend. Plötzlich verzerrte sich sein Gesicht vor Wut und Schmerz. »Ich bin es doch!«, brüllte er. Wieder packte er mit beiden Händen ihren Kopf, doch dieses Mal war die Geste nicht zärtlich. Voll roher Gewalt zog er Nscho-tschi zu sich und presste seine Lippen auf ihre. Nscho-tschi wand sich, schrie und wehrte sich verzweifelt.

»Rühr sie nicht an!« Old Shatterhand zielte mit seinem Gewehr auf Loco. Unbemerkt von dem Banditen und Nscho-tschi war er ins Zelt geschlichen.

El Más Loco fuhr erschrocken herum, fing sich aber sogleich wieder. Blitzschnell griff er nach seinem Messer, das auf der Kommode lag, und stieß damit zu. Old Shatterhand war auf den Angriff nicht vorbereitet. Er konnte gerade noch einen Schritt zurückweichen, sodass ihn das Messer nur an der Hand traf. Ein heißer Schmerz durchzuckte ihn, er schrie auf und ließ das Gewehr fallen. Loco packte ihn am Kragen, hielt ihm die Klinge des Messers an die Kehle und schob ihn hinüber zu Nscho-tschi. »Wer bist du denn, hombre?«

Doch Old Shatterhand hatte nur Augen für Winnetous Schwester. »Nscho-tschi«, flüsterte er. Sie lebte und war unverletzt. Er wollte sie sofort in die Arme nehmen, doch El Más Loco riss sie zu sich.

Er richtete drohend sein Messer auf Old Shatterhand, während er Nscho-tschi wütend festhielt. »Kennst du diesen Kerl etwa?«

»Ich hätte deinen Antrag nicht ablehnen dürfen!« Old

Shatterhand sprach einfach weiter, als gäbe es El Más Loco und das auf ihn gerichtete Messer nicht.

Nscho-tschi wagte es nicht, etwas zu sagen. El Más Loco war außer sich vor Wut und er war mit einem Messer bewaffnet, während Old Shatterhands Waffe hinter ihnen auf dem Boden lag.

Zornig schrie der Bandit Nscho-tschi an: »Was für ein Antrag, Carmen?«

Sie antwortete nicht. Fieberhaft überlegte sie, was sie tun konnte.

El Más Loco packte Nscho-tschi hart an der Schulter, während er seine Frage wiederholte. Nscho-tschi zuckte vor Schmerz zusammen.

Wütend sprang Old Shatterhand auf Loco zu: »Das geht dich nichts an!« Es war ihm egal, dass der Bandit ein Messer auf ihn gerichtet hatte.

»Ich bin ihr Verlobter«, zischte Loco und hob sein Messer, bereit zuzustoßen. Er ließ Nscho-tschis Schulter los und trat einen Schritt auf Old Shatterhand zu. »Und du bist ein toter …«

Weiter kam El Más Loco nicht. Mit voller Wucht traf ihn der Griff des Henrystutzens am Kopf. Er stieß einen Schmerzensschrei aus und stürzte ohnmächtig zu Boden. Dabei streifte sein Kopf die Petroleumlampe, die mit einem Klirren umfiel. Öl lief aus und fing Feuer.

Nscho-tschi hielt Old Shatterhands Gewehr in den

Händen. »Du auch verdienen Schlag auf Kopf«, stieß sie wütend hervor.

»Ich weiß. Es tut mir leid und …«, setzte Old Shatterhand an und trat auf Nscho-tschi zu. Doch die Schamanin unterbrach ihn: »Du später um Verzeihung bitten! Jetzt fliehen!« Sie drückte ihm den Henrystutzen in die Hand und stürzte aus dem Zelt. Old Shatterhand folgte.

Die Männer am Feuer waren hochgefahren. War das ihr Chef, der da geschrien hatte? Doch bevor einer von ihnen nachsehen konnte, sprang Winnetou hinter einem Busch hervor. Er stieß einen wilden Schrei aus und schleuderte seinen Tomahawk in die Menge. Er blieb im Stamm eines Baums stecken. Erschrocken fuhren die Männer herum, doch der Häuptling der Apachen war schon wieder verschwunden. Stattdessen knallte nun aus der anderen Richtung ein Schuss. Mit einem doppelten Salto flog der durchlöcherte Sombrero eines Banditen von dessen Kopf. Aus dem dunklen Schatten der Bäume erklang das Lachen von Sam Hawkens.

Wie aufgescheuchte Hühner stürzten Locos Männer in die Dunkelheit des Lagers und schossen wild auf alles, was sie für einen Angreifer hielten. Nur Ojo hatte den hellen Schein der Flammen in Locos Zelt bemerkt und war direkt hingelaufen, um nach seinem Chef zu suchen.

»Boss!« Er packte den am Boden liegenden Loco, drehte ihn auf den Rücken und schlug ihm mit der flachen Hand ins Gesicht: »Boss! Boss!«

Loco kam zu sich. Wild blickte er sich um. Mit einem Wutschrei sprang er auf die Beine, packte seinen Revolver und zischte Ojo an: »Wo ist sie? Wo ist sie?« Er taumelte aus dem Zelt und brüllte aus Leibeskräften: »Carmen!« Dann wandte er sich zu Ojo: »Bring sie mir zurück.«

Ojo wusste, dass keiner von ihnen ungeschoren davonkommen würde, wenn es ihnen nicht gelänge, Carmen wieder herzubringen.

»Los, holt sie zurück«, schrie er die Männer an. Und als wollten die zeigen, dass sie wirklich alles gaben, diesen Befehl zu erfüllen, peitschten ihre Schüsse nur noch stärker durch die Dunkelheit.

Im Schutz der Nacht flohen Old Shatterhand und Nscho-tschi aus dem Lager der Banditen. Old Shatterhand lief voraus. Er fand den Weg, auf dem er Winnetou vorhin gefolgt war. Sie mussten sich beeilen, um rechtzeitig vor den Banditen zu ihren Pferden zu kommen. Und bis dorthin lag noch eine gewaltige Kletterpartie vor ihnen. Old Shatterhand drehte sich nach Nscho-tschi um. Sie war nur einige Schritte hinter ihm. Plötzlich stieß sie einen spitzen Schrei aus und verschwand vor seinen Augen im Waldboden.

KAPITEL 21

Erschrocken eilte Old Shatterhand zurück zu der Stelle, an der er Nscho-tschi gerade noch gesehen hatte. Fast wäre auch er in die tiefe Grube gefallen, die sich vor ihm im Waldboden auftat. Es dauerte einen Augenblick, bis er Nscho-tschi auf dem Boden erkannte.

Sie schien unverletzt zu sein, doch sie gab keinen Laut von sich und starrte Old Shatterhand nur mit vor Entsetzen weit aufgerissenen Augen an. Erst jetzt bemerkte Old Shatterhand, dass sich der Boden um Nscho-tschi herum zu bewegen schien. Und nun hörte er auch das unverkennbare Zischen und Züngeln. In der Grube befand sich ein Schlangennest.

Old Shatterhand wusste, was das bedeutete: Ein Biss und Nscho-tschi wäre tot.

»Warte!« Er versuchte, seine Stimme ruhig klingen zu lassen. Vorsichtig legte er sein Gewehr auf den Boden und ließ sich in die Grube gleiten. Sorgsam achtete er darauf, jede plötzliche und ruckartige Bewegung zu vermeiden. Im fahlen Mondlicht erkannte er die oberarmdicken Körper der Schlangen. Lautlos glitten sie über Nscho-tschis Beine und Arme.

»Darf ich?«, flüsterte Old Shatterhand und griff nach einem besonders großen Exemplar, das sich gerade auf Nscho-tschis Bauch schlängelte.

Nscho-tschi nickte. Mit einer langsamen fließenden Bewegung packte er die erste Schlange direkt hinter ihrem Kopf und schleuderte sie aus der Grube. Er griff nach der zweiten Schlange. »Dein altes Kleid gefiel mir viel besser!« Er hatte das zweite Tier in der Hand und warf es, so weit er konnte.

»Ich nicht aussehen wie weiße Frauen in Santa Fe?«, wollte Nscho-tschi wissen, während sie reglos zwischen den Schlangen lag.

»Weiße Frauen in Santa Fe sind dumme Hühner mit falschen Federn. Und Nscho-tschi ist ein Adler.«

»Du mein Geschenk tragen.«

Eine weitere Schlange flog aus der Grube.

»Ja.« Old Shatterhand griff nach der nächsten Schlange. Da hörte er plötzlich eilige Schritte.

»Old Shatterhand!« Es war Winnetou. »Sie gleich da sind! Schnell!«

»Nicht zu eng?«, wollte Nscho-tschi wissen.

»Ich würde es am liebsten nicht mehr ausziehen.« Er hatte die sich windende Schlange in der Hand und schleuderte sie weg. Dann reichte er Nscho-tschi die Hand und half ihr auf. Winnetou beugte sich über den Rand der Grube, um den beiden herauszuhelfen.

Doch es war zu spät. Sie hörten wie die Hähne von Gewehren gespannt wurden. Mehrere Läufe funkelten im Schein der Fackeln. Aus der Dunkelheit tauchte El Más Loco auf. Ohne zu zögern, schritt er auf die Grube zu, hob den Henrystutzen auf, der immer noch auf dem Boden lag, und schlug Winnetou mit dem Griff des Gewehrs nieder.

»Nimm die Finger von meiner Braut!«, knurrte er Old Shatterhand an, während er Nscho-tschi die Hand reichte: »Komm, Carmen!«

Nscho-tschi ließ sich von ihm aus der Grube ziehen. Er betrachtete sie, wurde bleich und griff langsam nach einer Schlange, die sich hinten aus Nscho-tschis Kleid herauswand. Mit einer nachlässigen Bewegung warf er die Schlange in die Grube zurück.

»Ich habe dir geschworen, dich ewig zu beschützen.« Er zog seinen Revolver und richtete ihn auf Old Shatterhand. »Hat er dir was angetan?«

Nicht weit entfernt schlich Ojo durch das Unterholz. Er hatte Äste knacken gehört und war sich sicher, dass das

Geräusch nicht von einem Tier gekommen war. Wenn hier noch einer dieser Burschen frei herumlief, wollte er ihn sich schnappen. Da! Jetzt sah er den Kerl. Er blieb stehen, atmete tief und hob sein mit silbernen Nieten beschlagenes Gewehr. Er zielte. Dann setzte er wieder ab, richtete den Blick zum Himmel und flehte: »Heilige Mutter Gottes, schenk mir einen Kopfschuss!« Er hob das Gewehr wieder an, zielte, spannte den Hahn und drückte ab. Der Schuss hallte durch die Nacht. Der Getroffene wankte und stürzte zwischen die Büsche. Dankbar richtete Ojo den Blick wieder zum Himmel. »Gracias!« Dann nahm er das Megafon, das er immer an seinem Gürtel trug und brüllte glücklich hinein: »Boss, ich habe einen erwischt!«

Als El Más Loco Ojos Worte hörte, stieß er ein lautes Lachen aus. Old Shatterhands Herz krampfte sich zusammen. Auch er hatte verstanden, was der Schuss bedeutete. Ojo hatte Sam Hawkens erschossen! Der treue und stets gut gelaunte Kauz, der seinen Skalp verloren und später als Auszeichnung für seine Tapferkeit zurückbekommen hatte, war tot. Sam Hawkens war der einzige anständige Weiße, den Old Shatterhand bisher in der Neuen Welt getroffen hatte. Wut und Verzweiflung flammten in ihm auf. Doch ehe er sich auf den lachenden Loco stürzen konnte, waren alle Schusswaffen auf ihn gerichtet. »Spar dir deine Kraft!« Loco hob drohend den Finger, dann wandte er sich zu Winnetou, der langsam wieder zu sich kam. »Ich brauche euch beide noch. Ihr holt mir den Schatz aus dem See hoch.«

Die Banditen packten Old Shatterhand und Winnetou und brachten sie zurück ins Lager.

El Más Loco hatte Nscho-tschi mit eisernem Griff am Arm gefasst. Noch einmal sollte sie ihm nicht entkommen.

KAPITEL 22

Das Wasser des Sees war trüb. Kleine Fische schwammen in Schwärmen umher. Auf dem felsigen Grund wuchsen Seepflanzen. Kleine Luftblasen drängten nach oben an die Wasseroberfläche, als Old Shatterhand ausatmete. Mit weiten Arm- und Beinbewegungen tauchte er immer tiefer, bis er den Grund des Sees erreicht hatte. Eilig tastete er den Boden ab. Winnetou war nur wenige Meter entfernt. Auch er ließ suchend seine Blicke schweifen. Schließlich gab Old Shatterhand seinem Freund ein Zeichen. Er hatte keine Luft mehr und musste auftauchen. Winnetou nickte und schloss sich Old Shatterhand an. Die beiden stießen sich mit den Füßen vom Boden ab und schwammen mit kräftigen Bewegungen zurück an die Oberfläche.

Um Atem ringend paddelten sie erschöpft ans Ufer. Dort war der Lauf von Ojos Gewehr schon auf sie gerichtet. El Más Loco saß einige Meter entfernt und gab Ojo ein Zeichen.

»Boss hat gesagt: noch mal«, gab Ojo den Befehl an Old Shatterhand und Winnetou weiter.

Doch die beiden rührten sich nicht. Immer noch schlugen ihre Herzen wild und ihr Atem ging schnell.

»Seid ihr taub?« Ojo legte den Finger auf den Abzug seines Gewehrs. »Ich habe 98 Silbernieten an meinem Gewehr.« Er richtete den Lauf auf Old Shatterhands Kopf, zählte: »99«, um dann auf Winnetou zu schwenken: »100!«

Schwer atmend rief Old Shatterhand: »Der See ist zu tief! Und die Sicht ist zu schlecht! Unsere Luft ist weg, bevor wir am Grund sind.«

El Más Loco beugte sich vor und sah die beiden betroffen an: »Oh.« Er schien kurz zu überlegen, bevor er fortfuhr: »Vielleicht könnt ihr euch das Atmen abgewöhnen.«

Ojo gluckste vor Freude über den guten Witz.

Loco wandte sich an Nscho-tschi, die neben ihm saß: »Ich frag mich, was du an dem Verlierer gefunden hast? Er ist weder hübsch noch reich noch besonders mutig.« Zärtlich streichelte er Nscho-tschi über den Kopf. Mit durchgedrücktem Rücken ertrug sie stoisch seine Berührung. Ihr war klar, dass andernfalls Old Shatterhand Locos Wut zu spüren bekäme.

Doch Old Shatterhand konnte nicht länger zusehen,

wie Nscho-tschi unter Locos Annäherungen litt. Wütend schnellte er aus dem Wasser. Alle Müdigkeit war wie verflogen. Mit geballten Fäusten wollte er sich auf Loco stürzen. Winnetous verzweifelte Versuche, ihn zurückzuhalten, schüttelte er ärgerlich ab.

»Du willst kämpfen?« Loco zückte sein Messer und grinste auffordernd.

»Ich hab keine Angst vor dir!«, presste Old Shatterhand hervor.

Loco leckte sich über die Lippen. »Ich graviere dir meinen Namen auf die Leber. Ich schnitze mir eine Flöte aus deinen Rippen.«

»Loco«, kam da plötzlich die sanfte Stimme von Nscho-tschi. Er drehte sich zu ihr. Sie lächelte und legte zögernd ihre Hand auf seine. Es war das erste Mal, dass sie das tat, und El Más Loco war sofort besänftigt.

Auch auf Old Shatterhand hatte die kleine Geste Wirkung. Er ließ die Arme sinken. Und obwohl er wusste, warum Nscho-tschi tat, was sie tat, versetzte ihm der Anblick einen Stich. Plötzlich war alle Kraft aus ihm gewichen. Ojo stieß ihn und Winnetou mit den Gewehrkolben zurück ins Wasser, wo sie wieder und wieder tauchen mussten.

Doch ohne Erfolg. Bis es dunkel wurde, fanden sie weder einen Schatz noch eine Höhle.

Winnetou und Old Shatterhand saßen Rücken an Rücken an einen Baum gefesselt. Einer der Banditen spielte ein Lied auf der Gitarre, während Loco Nscho-tschi eng umschlungen hielt und mit ihr zu der Musik tanzte. Old Shatterhand konnte den Blick nicht von den beiden lassen. Er konnte es nicht ertragen, tatenlos mit ansehen zu müssen, was dieser Bandit Nscho-tschi antat. Und obwohl er wusste, dass Nscho-tschi nicht freiwillig mit Loco tanzte, spürte er etwas wie Eifersucht. Auch Winnetou beobachtete die Tanzenden.

»Welt stehen kopf.«

»Wie meinst du das?«

»Ehrloser Häuptling von Banditen weniger kompliziert als mein Freund Shatterhand. Loco will Nscho-tschi zur Frau, ohne Grübeln, ohne Denken.«

Old Shatterhand versuchte, seinen Freund anzusehen. »Du redest von einem Verrückten!«

»Vielleicht Shatterhand zu wenig verrückt? Oder zu wenig verliebt?«

Old Shatterhand sah wieder hinüber zu Nscho-tschi und Loco. »Mein Herz will. Aber mein Kopf sagt, ich werde nie ein Apache sein!«

»Niemand zwingen dich, Apache zu werden. Sie dich lieben so oder so. Shatterhand, du nur Angst. Ihr Weißen haben ein schönes Wort. Wenn zwei Mann müde von Streit und reichen sich Hand?«

»Friedensvertrag?«

»Ja. Du Friedensvertrag zwischen dein Kopf und dein Herz. Deine rote und deine weiße Seele.«

Old Shatterhand lachte. Das hörte sich gut an. Dann verließ ihn der Mut wieder: »Aber wie soll das gehen?«

»Du Stück von unserem Land. Du bauen Hütte. Mit Tür. Und Fenstern. Bleiben bei uns, aber bleiben auch Shatterhand. Dann du mit Nscho-tschi glücklich.«

»Ja.« Old Shatterhand dachte nach. Das war eine Lösung, auf die er nicht gekommen war. Er musste kein Apache werden, um mit Nscho-tschi zusammenzuleben. Es gab nicht nur ein Entweder-oder. Das Leben hielt mehr Möglichkeiten bereit und er hatte es nicht erkannt.

Er sah wieder hinüber zu Nscho-tschi und Loco. Sie tanzten immer noch. Wie sehr sehnte er sich danach, an Locos Stelle zu sein. Doch stattdessen saßen er und Winnetou gefesselt an diesen Baum.

Morgen mussten sie weiter nach dem Schatz tauchen. Und was würde passieren, wenn sie das Gold hätten? Konnte er dann mit Nscho-tschi glücklich werden?

»Wenn wir das hier überleben«, flüsterte er mehr zu sich selbst.

KAPITEL 23

Als Junge hatte Old Shatterhand ein Buch besessen, in dem allerlei verrückte Konstruktionen vorgestellt wurden. Er hatte dieses Buch wie einen Schatz gehütet und immer und immer wieder gelesen. Die Entwürfe hatten ihn so fasziniert, dass er davon träumte, sie nachzubauen und weiterzuentwickeln.

Bei einer dieser Konstruktionen handelte es sich um eine Taucherglocke. Bei ihren schier endlosen Tauchgängen war Old Shatterhand dieses eigentlich einfache Prinzip wieder in den Kopf gekommen.

Als Kind hatte Old Shatterhand den Versuch mit einem Glas nachgestellt. Tauchte man es senkrecht mit der offenen Seite nach unten in eine Schüssel mit Wasser, konnte man sehen, wie sich in dem Glas eine Luftblase bildete. Und diese Luftblase wollte er jetzt beim Tauchen nutzen.

Es war nicht leicht gewesen El Más Loco zu überreden, es mit einer solchen Konstruktion zu versuchen. Doch schließlich hatte die Gier des Bösewichts gesiegt.

Unter der strengen Aufsicht der Banditen bauten Winnetou und Old Shatterhand ein Floß und eine Seilwinde aus grob geschlagenen Stämmen. Die Taucherglocke bestand aus einem großen hölzernen Fass. Als Beschwerung wuchteten Winnetou und Old Shatterhand einen großen Felsbrocken auf das Fass und banden ihn fest. Für die Seilwinde hatten sie mehrere Stämme eingekerbt und zu einem mannshohen Gestell zusammengesteckt. Oben auf dem Gestell war ein dicker Stamm so eingepasst, dass man ihn mit einer Kurbel drehen konnte. Daran wurde das Seil mit dem Fass befestigt.

Loco bemerkte sehr wohl, dass einige seiner Männer Bewunderung für die Konstruktion übrig hatten. Und er sah auch, dass Nscho-tschi und Old Shatterhand immer wieder Blicke austauschten. Er ging zu Nscho-tschi, die in ihrem roten Kleid auf einem Stuhl vor seinem Zelt saß. »Was für ein albernes Gerät, oder?«

Im gleichen Augenblick wandte sich einer seiner Männer, nachdem er die Seilwinde in Augenschein genommen hatte, an einen der anderen und erklärte beeindruckt: »Sieht gut aus.«

Loco wirbelte herum. »Wer war das?«

Alle leise geführten Gespräche verstummten augenblicklich. Die Männer wussten, was jetzt kommen würde. Ojo deutete mit dem Kopf auf den Abtrünnigen. Loco zog seinen Revolver, spannte den Hahn und zielte. Dann wandte er den Kopf und sah zu Nscho-tschi hinüber. Sie hielt seinem Blick stand. Loco nahm sein Ziel wieder ins Visier, zögerte und ließ den Revolver sinken. Bevor er es sich anders überlegen konnte, trat Old Shatterhand vor ihn und erklärte: »Wir brauchen Baumharz zum Abdichten für das Fass.«

Loco starrte Old Shatterhand an. Auch wenn er nicht abgedrückt hatte, er war hier der Boss.

Es war nur ein winziges Kopfnicken, aber Ojo verstand.

»Habt ihr den großen El Más Loco nicht gehört?! Bewegt eure Ärsche!« Er versetzte einem den Banditen einen Tritt mit dem Stiefel. »Na los, du auch!« Drohend hob Ojo sein Gewehr. Er würde nicht zögern, es zu benutzen.

KAPITEL 24

Das Floß schaukelte sanft auf der Wasseroberfläche. Es bot genug Platz für das Holzfass, einen Mann, der die Winde bediente, Ojo, der sein Gewehr im Anschlag hatte, und einen Tisch mit zwei Stühlen, auf die sich El Más Loco und Nscho-tschi setzten.

Loco hatte Nscho-tschi besitzergreifend den Arm um die Schulter gelegt. Old Shatterhand versuchte, die provozierende Geste, so gut es ging zu ignorieren und sich auf seine Arbeit zu konzentrieren. Er prüfte noch mal jedes Seil und jeden Knoten. Schließlich erklärte er: »Wir können.«

Winnetou und Old Shatterhand sprangen ins Wasser. Old Shatterhand gab dem Mann an der Winde ein Zeichen, das Fass nach unten zu lassen. Langsam senkte es sich über die Köpfe von Winnetou und Old Shatterhand.

»Du sicher?« Winnetou blickte seinen Freund fragend

an. Old Shatterhand sah, dass ihm die Konstruktion nicht ganz geheuer war.

»Wir werden sehen«, gab er zurück. Ob es wirklich klappte, würde sich gleich zeigen.

Old Shatterhand warf Nscho-tschi, die besorgt aufgesprungen war, einen Blick zu, dann senkte sich das Fass endgültig über die beiden und tauchte mit ihnen ab. Auch Loco war aufgestanden und sah dem Fass nach. In seinem Gesicht war keine Regung auszumachen. Würden die beiden da unten sterben – gut. Würden sie den Schatz finden – auch gut. Dann würden sie eben etwas später sterben.

Wie Old Shatterhand es berechnet hatte, bildete sich in der oberen Hälfte des Fasses eine Luftblase. Die Wände des Fasses knarrten und ächzten unter dem zunehmenden Wasserdruck. An einigen nicht gut abgedichteten Stellen sprudelte Wasser durch winzige Löcher. Aber die Taucherglocke hielt.

Winnetou ließ die Wände nicht aus den Augen. Seine Sorge war deutlich zu spüren.

»Die Taucherglocke kenne ich aus diesem Buch, das ich als Kind gelesen habe. Es hieß ›Fantastische Maschinen und Erfindungen‹«, versuchte Old Shatterhand ihn zu beruhigen.

»Was bedeutet ›fantastische‹?«

Old Shatterhand zögerte. »So was wie … zuverlässig.«

Kurz darauf spürten die Freunde Boden unter den Füßen. Sie waren am Grund des Sees angelangt.

»Fertig?«, wollte Old Shatterhand wissen.

»Fertig«, bestätigte Winnetou.

Sie holten tief Luft und tauchten unter dem Fass heraus.

Quadratmeter für Quadratmeter suchten sie den Grund des Sees ab. Ging ihnen die Luft aus, tauchten sie zu dem Fass zurück und atmeten durch. An der Decke des Fasses hatte Old Shatterhand einen Zettel angeheftet. Darauf war eine Skizze des Sees zu sehen, die er angefertigt und in Planquadrate unterteilt hatte. Jedes Mal wenn Winnetou und er in dem Fass waren, strich er die Stelle aus, die sie abgesucht hatten.

Immer wieder stießen sie auf dunkle Spalten zwischen den mit Wasserpflanzen bewachsenen Felsen, in denen sie den Eingang zu der Höhle vermuteten. Doch immer wieder entpuppten sich die vermeintlichen Höhleneingänge als geschlossene Felsspalten.

Quadrat für Quadrat strich Old Shatterhand aus seinem Plan. Den Schatz zu finden bedeutete ihren Tod, denn El Más Loco würde sie nicht laufen lassen – das war ihm klar. Doch den Schatz nicht zu finden bedeutete ebenfalls ihren Tod. Je weniger Tauchgänge übrig blieben, umso unruhiger wurde Old Shatterhand.

Oben auf dem Floß machte sich ebenfalls Unruhe breit. Nscho-tschi, die angespannt auf ihrem Stuhl auf dem schwankenden Floß saß, beobachtete, wie Locos Laune schlechter wurde. Die Langeweile war der Ungeduld gewichen. Loco leerte eine Flasche Tequila, warf sie hoch in die Luft, zog seinen Revolver und schoss. Die Flasche zersprang in tausende kleine Glasscherben. Locos Männer lachten, als hätte ihr Chef eine lustige Zirkusnummer vollbracht. Loco warf Nscho-tschi einen Blick zu. Besonders sie hatte er mit seinem Kunststück beeindrucken wollen. Nscho-tschi rang sich ein Lächeln ab. Sie fürchtete sich vor Locos schlechter Laune – nicht nur um ihretwillen. Sie wartete auf den Moment, an dem Winnetou und Old Shatterhand auftauchten. Endlos verstrichen die Minuten. Aber ihre Angst wurde ihr nicht genommen, wenn die beiden auftauchten, denn mit jeder schlechten Nachricht sank Locos Laune nur noch mehr.

Old Shatterhand fand sich als Erster wieder in der Taucherglocke ein. Er rang nach Luft. Dann nahm er den Stift und kreuzte ein weiteres Quadrat aus. Gerade als er sich fragte, wo Winnetou blieb, tauchte der Häuptling auf. Auch er brauchte einige Sekunden, bis er wieder genug Sauerstoff in den Lungen hatte. »Nichts«, brachte er zwischen zwei Atemstößen heraus. Old Shatterhand strich das nächste Quadrat aus.

»Ich befürchte, den Schatz gibt es überhaupt nicht.«

»Meine Väter und Vätersväter glauben.«

Old Shatterhand zog kurz an einem Seil. Das war das Signal an die Männer auf dem Floß, dass die Taucherglocke hochgezogen werden sollte. Langsam bewegte sich das abgedichtete Fass mit den beiden nach oben. Schon bevor sie unter dem Fass aufgetaucht waren, hörten sie Ojos Stimme: »Geduld von Boss ist am Ende!«

Erschöpft und klitschnass kletterten sie auf das Floß.

El Más Loco konnte an ihren Gesichtern problemlos ablesen, dass sie wieder nichts gefunden hatten. Er erhob sich und zielte mit seinem Revolver auf sie. »Schluss.«

»Wir müssen noch den östlichen Teil des Sees absuchen«, versuchte es Old Shatterhand.

Doch als Antwort spannte Loco den Hahn des Revolvers. »Nein!« Er schüttelte den Kopf. Seine Geduld war ein für alle Mal am Ende.

»Vielleicht gibt es das Gold nur in dieser Legende, Boss.« Einer von Locos Banditen, der bisher schweigend neben Nscho-tschi gesessen und einen Sonnenschirm über sie gehalten hatte, war aufgestanden und machte den Fehler, laut zu denken.

»Endlich einer, der seinen Kopf einsetzt.« Mit diesen Worten drehte sich Loco zu dem Banditen und drückte ab. Mit einem Schmerzensschrei stürzte der von der Kugel getroffene Mann ins Wasser. Auch Nscho-tschi hatte einen erschrockenen Schrei ausgestoßen. Sie zitterte am ganzen Leib.

Doch diesmal blieb Loco unberührt von Nscho-tschis Reaktion. Er verhöhnte den tot auf dem Wasser treibenden Banditen: »Bist ein guter Mann, Jesús. Du bist intelligent, du bist loyal, ich werde dich in Zukunft öfter um deinen Rat bitten.« Dann wandte er sich mit gezogenem Revolver an Old Shatterhand und Winnetou: »Ihr Rothäute habt mich mit eurem Märchen reingelegt. Aber damit ist jetzt Schluss.« Er drückte Old Shatterhand den Lauf seiner Waffe auf die Brust. »Ich knall euch beide ab. Und dann reite ich mit meiner Braut in die Kathedrale von Mexico-City. Wir treten vor den Altar wie Gott uns schuf, arm aber glücklich.«

Ojo lachte sein dreckiges Lachen. Locos Finger zuckte am Abzug.

»Warte!«, rief Nscho-tschi mit zitternder Stimme. »Liebster!« Sie griff nach dem Sonnenschirm, legte ihn über die Schulter, drehte ihn mit der Hand und versuchte ein kokettes Lächeln. Mit festerer Stimme fuhr sie fort: »Du mir versprechen großes Haus mit hundert Zimmern und goldenen Schmuck für meinen Hals.«

Loco drehte ihr immer noch den Rücken zu und zielte auf Old Shatterhand.

Vorsichtig kam Nscho-tschi näher. »Wie sollen mich Leute in Heimat von dir nennen? Die arme Carmen?«

Loco zögerte. »Was verlangst du von mir?«

»Lass sie weitertauchen!«, flehte sie.

Loco zögerte. Schließlich steckte er den Revolver weg. »Einen Tag noch!« Er ging zu Nscho-tschi: »Es ist erschreckend, wie sehr ich dich liebe.«

»Ja«, Nscho-tschi sah ihm in die Augen, »es ist schrecklich.« Sie machte eine Pause und fügte hinzu: »Wie du mich lieben.«

»Das habe ich doch gerade gesagt!« In Locos Stimme schwang Missbilligung mit.

Nscho-tschi spürte, dass seine Stimmung jeden Moment wieder umschlagen konnte. Deshalb trat sie auf ihn zu, kam mit ihrem Mund ganz nah an sein Ohr und flüsterte: »Ich dich auch lieben.«

Loco durchlief ein Zittern, er trat einen Schritt zurück und brüllte: »Warum flüsterst du? Das kann doch die ganze Welt hören!«

Nscho-tschi blickte zu Boden und wiederholte: »Ich dich auch lieben!« Das letzte Wort schrie sie laut hinaus. Die Felswände schleuderten es als Echo zurück. Old Shatterhand zuckte, als hätte ihn ein Messer getroffen. Triumphierend drehte sich Loco zu Old Shatterhand. Der konnte seinen Schmerz nicht verbergen. Doch das reichte Loco noch nicht. Er trat zu Nscho-tschi, küsste sie auf die Wange, nahm sie in den Arm und forderte: »Dann beweise es!«

Vor dem entsetzten Blick Old Shatterhands schloss Nscho-tschi die Augen und presste ihre Lippen auf Locos Mund. Loco küsste Nscho-tschi leidenschaftlich und ließ dabei Old Shatterhand nicht aus den Augen.

KAPITEL 25

Ein weiterer Tag war erfolglos verstrichen. Winnetou und Old Shatterhand hatten einen winzigen Aufschub erhalten. Schweigend dichteten sie das Fass für den nächsten Tag mit Baumharz ab.

Loco hatte sich mit Nscho-tschi am Ufer des Sees niedergelassen. Der Mond stand am Himmel und ließ den See silbern glänzen. Loco spielte für seine Liebste auf der Gitarre. Dann hielt er kurz inne und blickte verträumt über das Wasser: »Schau«, sagte er lächelnd, »mi corazón, der See. Wie schön er glitzert. So silbern. Für uns.« Er stimmte ein weiteres Lied an, das schön und traurig zugleich klang. Nscho-tschi tat so, als würde sie andächtig lauschen, doch in Wahrheit war sie von Angst und Verzweiflung erfüllt. Noch einmal würde sie Loco nicht daran hindern können, Old Shatterhand und Winnetou zu erschießen. Sie fürchtete sich vor dem kommenden Tag.

»Wenn wir den Schatz morgen nicht finden, sind wir morgen tot.« Old Shatterhand strich das Baumharz über eine undichte Stelle. »Und wenn wir den Schatz morgen finden, sind wir übermorgen tot.«

»Zwei Tage besser als einer!«, gab Winnetou zurück und strich ebenfalls etwas Baumharz auf das Fass. »Solange noch atmen, so lange noch kämpfen.«

»Wir haben den ganzen See durchwühlt. Wo sollen wir denn noch suchen?« Von der Taucherei war Old Shatterhand erschöpft, doch das war nicht der wirkliche Grund seiner Verzweiflung. Mit ansehen zu müssen, wie dieser Verrückte Nscho-tschi berührte, wie sie ihn geküsst hatte, und die Sorge, dass Loco seine Worte wahrmachen und Nscho-tschi heiraten könnte, raubte ihm fast die letzten Kräfte. Hatte die Wut ihn anfangs noch angetrieben, war sie in den letzten Stunden fast komplett hinter dieser tiefen Verzweiflung verschwunden. Wie gut, dass Winnetou noch Mut und Hoffnung hatte. Es half ihm, sich an seinen Freund zu halten.

Müde saß Old Shatterhand am nächsten Morgen auf dem Floß und starrte auf seine Karte. Eigentlich brauchte er nicht daraufzuschauen. Schon während seiner schlaflosen Nacht war er sie hunderte Male durchgegangen. Sie hatten alles abgesucht. Nichts war ihnen entgangen, nichts hatten sie ausgelassen oder übersehen.

Ojo sah ungeduldig von Old Shatterhand zu Winnetou und zurück. »Wohin jetzt?«, blaffte er.

Ratlos faltete Old Shatterhand die Karte zwischen seinen Fingern auf und zu.

»Ojo hat euch eine Frage gestellt«, bellte El Más Loco vom Ufer, den Arm wie immer um Nscho-tschis Schulter.

Winnetou blickte seinen Freund fragend an. Unmerklich schüttelte Old Shatterhand den Kopf. Es gab keinen Ort am Grund des Sees, den sie noch nicht abgesucht hatten. Es war zwecklos. Doch bevor Old Shatterhand die Niederlage aussprechen konnte, die ihren sicheren Tod bedeutete, leuchteten Winnetous Augen plötzlich auf. Der Häuptling der Apachen hatte eine Idee. Er wandte sich an Nscho-tschi: »Schwester, erzählen uns, wie Legende von Achi Noko enden.«

Überrascht von Winnetous Bitte sprang Nscho-tschi auf. Auch ihr war klar, dass sie jetzt nur durch ein Wunder gerettet werden konnten. Nscho-tschi musste überlegen. Sie war so voller Furcht, dass sie Schwierigkeiten hatte, sich zu konzentrieren.

Stockend begann sie die Erzählung: »Achi Noko findet verborgenen See, findet Cthulu. Achi Noko opfert ihm Gold, Cthulu es fressen. Cortez und …«

»Cthulu verschlingt den Schatz?« Aufgeregt unterbrach Old Shatterhand Nscho-tschi. Jetzt verstand er, worauf Winnetou hinauswollte.

»Ja, er gieriger Gott!«

»Dann Gold in seinem Bauch!« Winnetou blickte von Nscho-tschi zu Old Shatterhand.

»Aber der See kann nicht der Bauch sein«, führte Old Shatterhand den Gedanken fort.

Nscho-tschi blickte auf. Vor ihr am anderen Ufer prangte das Bild des Gottes Cthulu. »Fels sein Bauch!«

Das war die Lösung! Sie hatten die ganze Zeit am Grund des Sees gesucht, doch die Legende verriet ihnen, wo der Schatz wirklich versteckt war: im Felsen, der steil über dem See aufragte und von dem aus ihnen Cthulu die ganze Zeit aus zugesehen hatte. Aber wo sollte in der glatten Felswand der Eingang einer Höhle sein? Es gab nur eine Möglichkeit: Der Zugang musste unter Wasser liegen.

Loco und seine Männer brachten Winnetou und Old Shatterhand auf dem Floß hinüber zu der Felswand, die hoch aus dem Wasser ragte. Das war ihre letzte Chance.

Die Freunde holten Luft für den letzten Tauchgang. Dann ließen sie sich hinabgleiten. Die Sonne stand günstig am Himmel, ihre Strahlen fielen ins Wasser und beleuchteten die Felswand unter der Wasseroberfläche. Der Fels war glatt und wies nur wenige Vorsprünge auf. Zwei hatte Old Shatterhand schon abgesucht. Zwei hatten sich als einfache Felsspalten entpuppt. Gerade wollte er zu einem dritten Vorsprung tauchen, da sah er, dass ihm Winnetou ein Zeichen gab. Der Häuptling der Apachen hatte etwas gefunden. Old Shatterhand sah, wie er zwischen den Felsen verschwand.

Mit zwei kräftigen Zügen war Old Shatterhand an die Stelle getaucht, an der Winnetou verschwunden war. Er suchte die Felswand ab. Beinah hätte er die kleine dunkle Öffnung im Felsen übersehen. Das musste der Eingang sein. Old Shatterhands Luft wurde knapp. Kurz dachte er daran, noch einmal zur Oberfläche zu schwimmen, doch dann biss er die Zähne zusammen und tauchte hinter Winnetou her. Die Öffnung wurde zu einem schmalen Gang. Immer noch kam genug Sonnenlicht herein. Dann wurde der Gang plötzlich breiter, öffnete sich zu einem großen Becken. Old Shatterhand kämpfte. Seine Muskeln in Armen und Beinen fühlten sich taub an. Seine Lunge schien gleich zu platzen. Noch zwei Züge. Noch einer. Er tauchte auf und schnappte gierig nach Luft.

Erschöpft und nach Atem ringend watete Old Shatterhand aus dem Wasser. Er blickte sich um. Über dem Becken wölbte sich hoch oben die Decke einer Höhle. Irgendwo dort musste ein Spalt im Felsen sein, der die Strahlen der Sonne hineinließ.

Winnetou war bereits aus dem Wasser gestiegen. Im fahlen Licht sahen sich die beiden Freunde um. Es dauerte etwas, bis sich ihre Augen an das Dämmerlicht gewöhnt hatten. Die Höhle war nicht groß. Und ein Schatz war nirgends zu sehen. Dafür entdeckte Old Shatterhand etwas anderes.

»Da!«, aufgeregt zeigte er auf eine Zeichnung an der Felswand. »Cthulu!« Das musste tatsächlich die Höhle sein, nach der sie gesucht hatten! Hinten in den Felsspalten fanden sie schließlich einen Gang, der tiefer in die Höhle hineinführte. Hier würden sie den Schatz der Apachen finden.

KAPITEL 26

Wie versteinert saß Nscho-tschi auf dem Floß neben El Más Loco. Winnetou und Old Shatterhand waren atemlos wieder aufgetaucht und hatten erklärt, dass sie die Höhle gefunden hatten. Jetzt ruderten sie das Floß zurück zum Lager der Banditen.

Ojo ließ die beiden nicht aus den Augen. Es war klar, dass Loco sie nicht laufen lassen würde. Sosehr sich Nscho-tschi die ganze Zeit gewünscht hatte, dass sie den Schatz finden würden, so sehr hatte sie sich vor dem Moment gefürchtet. Was würde El Más Loco jetzt tun? Da Loco die beiden nicht sofort erschossen hatte, vermutete Nscho-tschi, dass sie noch einen Aufschub bekämen, bis sie den Schatz wirklich in den Händen hielten.

Als sie sich dem Ufer näherten, ergriff Ojo sein Megafon und brüllte hinein: »Unser Boss hat den Schatz gefunden! El Más Loco, er lebe hoch!«

Wildes Freudengeschrei drang vom Ufer zu ihnen herüber.

»Nehmt Schaufeln und Spitzhacken!«, rief Ojo, noch ehe sie angelegt hatten. »Wer ertrinkt, verliert seinen Anteil.«

Loco wandte sich zu Nscho-tschi: »Bist du auch so aufgeregt?«

Nscho-tschi antwortete nicht. Sie wagte es nicht einmal, Loco anzusehen. Das machte ihn wütend. Er packte Nscho-tschi am Nacken, drehte sie mit Gewalt zu sich und küsste sie. »Ich werde meine Frau mit Gold überschütten. Welcher Mann kann das schon von sich behaupten?«

Unter der Führung von Winnetou und Old Shatterhand waren El Más Loco, Ojo, Nscho-tschi und einige von Locos Männern auf dem Floß zum Felsen zurückgekehrt und von dort in die Höhle getaucht. Sie hatten Fackeln, Werkzeuge und natürlich ihre Waffen in Wachsdecken gewickelt und mitgenommen. Die so bepackten Männer durch den schmalen Eingang zu bekommen war nicht einfach gewesen. Einer von ihnen war mit seinem Fuß in einen Felsspalt geraten und hätte Winnetou nicht kehrtgemacht und ihm geholfen, wäre der Mann ertrunken.

In der Höhle angekommen, wurden die Fackeln entzündet und die Waffen unter den Banditen aufgeteilt. El

Más Loco leuchtete mit seiner Fackel an den Wänden entlang. Als er die Zeichnungen entdeckte, nickte er Ojo zu.

»Na los!« Ojo schubste Winnetou. Er und Old Shatterhand sollten vorausgehen. Der anfangs noch recht hohe Gang wurde immer niedriger und enger. Bald schon mussten alle gebückt hintereinanderher laufen. Immer tiefer drangen sie in den Berg ein. Dann endete der Gang. Winnetou stoppte und sah sich um. Er bückte sich und entdeckte einen schmalen Durchgang. Er war so eng und niedrig, dass man auf dem Bauch hineinkriechen musste. Winnetou zögerte.

»Weiter! Rein da!« Ojo stieß Winnetou den Lauf seines Gewehrs in den Rücken.

Auf dem Bauch liegend, schob Winnetou sich vorsichtig in den engen Gang. Mühsam hielt er die Fackel vor sich und konnte nur mithilfe seiner Ellbogen und Füße über den felsigen Boden robben. Das Licht der Fackel beleuchtete den Gang nur spärlich. Hinter Winnetou folgte Old Shatterhand. Langsam zwängte er sich zwischen den Felsen hindurch. Als er mit seinem Kopf an die Decke stieß, schien der Felsen über ihm nachzugeben. Sand rieselte herab. Old Shatterhand hielt inne und versuchte, im Schein der Fackel etwas zu erkennen. Die Höhle war alles andere als sicher. Er hatte lange genug als Ingenieur gearbeitet, um zu erkennen, dass die Decke jeden Augenblick über ihnen einstürzen konnte. Vielleicht sollte man sie erst mit Stützen absichern? Er wollte gerade seine Bedenken äußern, da spürte er Ojos Gewehr an seinem Bein. Er robbte weiter.

Nach und nach kamen alle durch den schmalen Spalt, an dessen Ende der Gang plötzlich wieder so hoch wurde, dass sie aufrecht weitergehen konnten. Endlos schien der Weg sich über Felsen und zwischen riesigen Tropfsteinen, die von der Decke hingen, zu winden. Dann hörten sie es: Wasser. Tropfen, die vom Echo der Wände zu einem wahren Wasserfall anschwollen. Der Gang machte eine Biegung, der sie folgten, und auf einmal öffnete sich vor ihnen eine gewaltige Höhle. Darin erstreckte sich ein klarer, nicht sehr tiefer See unter der massiven Felsendecke und in ihm türmte sich der sagenhafte Schatz der Apachen. Im Schein der Fackeln funkelte das Gold und tauchte die Höhle in ein warmes Licht. In der Mitte des Sees, umgeben von dem unermesslichen Goldschatz, thronte die gewaltige Statue Cthulus. Der Gott der Apachen wachte über die Reichtümer, die ihm Achi Noko einst im Tausch gegen das Leben seines Stammes überlassen hatte.

Überwältigt starrten alle auf den Schatz und die Statue. El Más Loco war der Erste, der sich wieder fing. Er packte Nscho-tschi am Arm und schob sie zwischen den staunenden Männern hindurch nach vorn in die erste Reihe.

»Niemand rührt sich! Dieser Moment gehört nur mir

und meiner Verlobten!« An der Hand zog er Nscho-tschi hinter sich her in den See hinein. Er watete mit ihr durch das knietiefe Wasser bis vor die Statue des mächtigen Gottes. Mit der Fackel leuchtete er Cthulu an. Der Gott aus Stein starrte mit weit aufgerissenem grinsendem Mund auf sie herab.

El Más Loco brach in wildes Gelächter aus. Er ließ Nscho-tschis Hand los und bückte sich nach den Goldmünzen, die auf dem Grund des Sees verteilt waren. Er nahm eine Handvoll, warf sie in die Luft und schrie: »Gold für dich, Carmen! Das ist Gold für dich! Carmen, meine Königin! Ich lege dir die Welt zu Füßen.« Aus einem Berg voller Münzen und Gegenstände aus Gold zog er eine prächtige Kette. Wieder lachte er wild, drehte sich zu Nscho-tschi und legte ihr die Kette um. Wie versteinert ließ Nscho-tschi die Geste über sich ergehen.

Die Banditen konnten nicht länger zusehen. Einer nach dem anderen stürzten sie sich in den See, um ebenfalls etwas von dem Schatz zu ergattern. Nur Ojo blieb zurück. Er hatte seine Silberbüchse im Anschlag und bewachte Winnetou und Old Shatterhand. Doch immer wieder wanderte sein Blick zu seinen Kumpanen. Wie von Sinnen griffen sie nach allem, was glänzte und funkelte. Nicht lange und der erste Streit entbrannte zwischen den Männern. Ojo trat unruhig von einem Fuß auf den anderen.

Winnetou bemerkte das und wandte sich an den Mann: »Für dich nichts bleiben übrig.«

Loco steckte Nscho-tschi einen Ring an den Finger.

»Ojo nicht mögen Gold?«, bohrte Winnetou weiter. Er sah die gierigen Blicke Ojos.

»Still!«, zischte Ojo und hielt dem Häuptling der Apachen sein Gewehr an die Schläfe.

»Was ist mit deinem Anteil?«, sprang Old Shatterhand Winnetou bei. Wütend zielte Ojo nun auf Old Shatterhand.

Der fuhr gelassen fort: »Bevor alles weg ist.«

Ojo presste die Lippen aufeinander.

»Schau deine Freunde«, provozierte Winnetou, »nichts bleiben übrig für dich.«

Unterdessen füllten sich die Banditen die Taschen mit Gold. Einige hatten schon Stiefel und Hüte ausgezogen, um auch hier Gold und Schmuck hineinzufüllen.

Erst als eine wilde Schlägerei unter den Banditen ausbrach, schreckte El Más Loco auf und ließ von Nscho-tschi ab. Er erkannte, dass seine Männer dabei waren, sich den Schatz unter den Nagel zu reißen. Voller Wut stürzte er sich auf sie.

»Halt!«, brüllte er. »Halt, das ist mein Gold!« Doch niemand hörte mehr auf ihn. Fassungslos starrte Ojo auf das Geschehen. In seinem Gesicht spiegelte sich, wie er mit sich rang. Er musste dem Chef beistehen. Und er musste die Gefangenen bewachen. Er wusste nicht, was er tun sollte. Und bevor er eine Entscheidung treffen konnte, wurde sie ihm abgenommen. Winnetou und Old Shatterhand nutzten seine Unaufmerksamkeit. Winnetou packte das Gewehr, und Old Shatterhand schlug Ojo mit einem einzigen Fausthieb nieder.

Keiner der Banditen hatte etwas von dem Geschehen am Ufer des Sees mitbekommen.

»Nscho-tschi!« Old Shatterhand hatte ein paar Schritte in Nscho-tschis Richtung gemacht und winkte ihr zu.

Vorsichtig bewegte sie sich rückwärts, den Blick auf El Más Loco gerichtet. Doch der hatte nur Augen für die Banditen und den Goldschatz und bemerkte nicht, dass seine Carmen sich Schritt für Schritt von ihm wegschlich. Schließlich hatte sie das Ufer erreicht und stolperte zu Old Shatterhand.

»Nimm die Fackel!« Old Shatterhand zeigte auf die am Boden liegende Fackel, die Nscho-tschi aufhob und mit der sie voraneilte. Winnetou griff sich Ojos Silberbüchse, während Old Shatterhand den Revolver aus dem Gürtel des Banditen zog. Dann folgten sie Nscho-tschi.

Ojo schlug die Augen auf und betrachtete verwundert die Felsdecke über ihm. Sein Kopf dröhnte. Dann durchfuhr ihn die Erinnerung wie ein Blitz. Mühsam richtete er sich auf und rief, so laut er konnte: »Boss!«

Loco drehte sich zu ihm. Als er entdeckte, dass Nscho-tschi, Winnetou und Old Shatterhand geflohen waren, packte ihn der kalte Zorn. »Carmen!«, brüllte er. »Carmen! Haltet sie auf!«

Die Tatsache, dass die Gefangenen geflohen waren, brachte die Männer zur Besinnung. Laut schreiend und fluchend wateten sie aus dem See und nahmen die Verfolgung auf. Ojo kam auf die Beine, riss einem der Banditen das Gewehr aus den Händen und stürmte voran. Wild brüllend trieb El Más Loco seine Männer an.

Old Shatterhand, Winnetou und Nscho-tschi hörten das Geschrei und liefen schneller. Die ersten Schüsse peitschten durch die Luft und wurden durch das Echo in der Höhle zu einem ohrenbetäubenden Lärm.

Ihnen war klar, dass sie ihre Verfolger nicht einfach würden abschütteln können. Winnetou und Old Shatterhand kauerten sich hinter einen Felsen und schossen. Zwei Banditen fielen getroffen zu Boden. Die Freunde liefen weiter, doch ihre Verfolger waren ihnen auf den Fersen. Erneut blieben sie stehen und schossen. Wieder gingen Banditen zu Boden.

Old Shatterhand gab ein Zeichen und sie rannten weiter, als plötzlich eine siegessichere Stimme erklang: »Häuptling!«, schrie Ojo.

Winnetou wirbelte mit der Silberbüchse in der Hand herum und drückte, ohne zu zielen, ab. Damit hatte Ojo nicht gerechnet. Überhastet feuerte er zurück, doch seine Kugel schoss am Ziel vorbei und schlug in der Decke ein.

Winnetous Schuss aber hatte sein Ziel getroffen. Ojo sank zu Boden und blickte erstaunt auf das Blut, das aus seiner Brust kam. »Dios mio«, stieß er hervor, »erschossen mit dem eigenen Gewehr.« Dann kippte er tot nach hinten um.

Mit einem Mal war es still in der Höhle. Winnetou, Nscho-tschi und Old Shatterhand liefen weiter. Endlich hatten sie den schmalen Durchgang erreicht. Außer Atem ließ sich Nscho-tschi auf alle viere nieder und kroch in den Spalt.

Winnetou und Old Shatterhand behielten den Gang hinter ihnen im Auge. Dann zwängte Winnetou sich als Nächster in den engen Durchgang.

Old Shatterhand warf einen letzten Blick in die dunkle Höhle. Alles war still. Er ließ sich auf die Knie nieder, um ebenfalls in den Felsspalt zu kriechen. Sand und kleine Steine rieselten auf ihn herab, als er sich mit den Füßen voran in den Spalt schob.

Auf einmal zuckte ein heller Blitz auf und der Knall einer Kugel peitschte durch die Luft.

»Weiter!«, schrie Old Shatterhand Winnetou und Nscho-tschi zu und gab eine Reihe von Schüssen aus seinem Revolver ab. Doch alle verfehlten ihr Ziel. Er sah das Leuchten der Fackel hinter einem Felsvorsprung. Wieder drückte er den Abzug des Revolvers. Ein leises Klicken erklang. Er hatte sämtliche Munition verschossen.

Auch El Más Loco, der hinter dem Felsvorsprung kauerte, hörte das Klicken. Es ließ ein Grinsen über sein Gesicht huschen. Mit einem Schrei sprang er hinter dem Felsen hervor und kroch mit gezückter Waffe und Fackel in der anderen Hand in den engen Durchgang.

»Sie gehört mir!«, sagte er triumphierend und richtete die Waffe auf Old Shatterhand.

Doch Old Shatterhand gab gelassen zurück: »Tot versperre ich dir genauso den Weg.«

»Dann schneide ich dich in kleine Stücke«, presste Loco zwischen zusammengebissenen Zähnen hervor.

Doch so weit würde Old Shatterhand es nicht kommen lassen. Als er die letzte Patrone verschossen hatte, ohne sein Ziel zu treffen, wusste er, dass er verloren hatte. Aber er würde dafür sorgen, dass auch El Más Loco nicht bekam, was er wollte. Hier an dieser Stelle, in diesem engen Gang würde ihre Geschichte enden – die von Winnetou und Nscho-tschi aber nicht. Old Shatterhand begann, mit der Faust an die Decke zu schlagen.

Sand rieselte herab, in den sich kleine Steine mischten. Dann kam der erste größere Brocken von der Decke.

Als El Más Locos endlich verstand, was Old Shatterhand tat, weiteten sich seine Augen. »Hör auf!«, brüllte er voller Angst. »Hör auf!«

Doch Old Shatterhand schlug wie ein Besessener auf die Decke und die Wände ein. Plötzlich erfüllte ein gewaltiges Grollen die Höhle, und riesige Felsbrocken stürzten herunter. Sie begruben Old Shatterhand unter sich. Der schmale Durchgang nach draußen war für immer verschlossen.

KAPITEL 27

Das Grollen und das Getöse waren auch Winnetou und Nscho-tschi nicht entgangen. Sie hatten es durch den engen Gang geschafft und warteten besorgt auf Old Shatterhand. Plötzlich schoss eine Staubwolke aus dem schmalen Felsspalt. Schützend hielten sie sich die Hände vor die Augen. Schließlich legte sich der Staub. In der Höhle war es jetzt still.

»Old Shatterhand!«, rief Winnetou nach seinem Freund. Aber er bekam keine Antwort. Mit bloßen Händen räumte Winnetou die Steine und Felsbrocken, die den Eingang zu dem schmalen Gang versperrten, zur Seite. Immer tiefer grub er sich nach vorn. Der Staub machte ihm das Atmen schwer. Er tastete sich weiter, schob ächzend den nächsten Gesteinsbrocken zur Seite und plötzlich stieß seine Hand an den Fuß des Freundes. Er bekam ihn zu fassen und zog mit aller Kraft. Old Shatterhand rührte sich nicht. Verzweifelt räumte Winnetou weitere Felsbrocken aus dem Weg. Dann packte er wieder nach dem Fuß und zog. Diesmal gelang es ihm, Old Shatterhand zu bewegen. Zentimeter für Zentimeter schleifte er den reglosen Freund durch den engen Gang.

Mit Staub und Sand bedeckt lag Old Shatterhand schließlich reglos vor dem schmalen Zugang. Zitternd kniete sich Nscho-tschi neben ihn und beugte sich tief über sein Gesicht. Sie lauschte. »Er atmet noch!«

Old Shatterhands Augenlider flackerten. Winnetou und Nscho-tschi packten ihn und setzten ihn auf. Hustend und stöhnend kam er wieder zu sich. Im Schein der Fackel sah Nscho-tschi, dass Old Shatterhand einige Schnitte und Kratzer am Kopf und an den Händen hatte. Doch keine der Wunden schien lebensgefährlich.

»No! No! No!« Gedämpftes Schreien drang plötzlich zu ihnen. Es war El Más Loco. Offensichtlich hatte auch er den Einsturz des Gangs überlebt. Aber der Weg nach draußen wurde von massiven Felsbrocken versperrt. Auch wenn er es noch so versuchte, El Más Loco würde die schweren Steine nicht bewegen können. Er war gefangen.

Winnetou und Nscho-tschi halfen Old Shatterhand auf die Beine. Sie stützten ihn rechts und links. Winnetou wollte nicht darauf warten, dass der Freund richtig zu sich kam. Die Höhle war auch hier einsturzgefährdet. Als sie den Höhlenausgang erreichten, war Old Shatterhand immerhin schon wieder so weit bei Kräften, dass er es sich zutraute, nach oben zu tauchen.

Bevor sie die Höhle verließen, drehte sich Nscho-tschi zu der Zeichnung von Cthulu, die die Felswand zierte. Sie legte ihren Schmuck ab und erklärte feierlich: »Niemand wird je wieder deinen Frieden stören, Cthulu.«

So leise wie möglich tauchten die Freunde an der Wasseroberfläche auf. Nicht weit von ihnen schwamm das Floß, auf dem immer noch einer von Locos Männern saß. Auch an Land befanden sich Banditen, die das Lager bewachten.

Winnetou bedeutete Nscho-tschi und Old Shatterhand, sich an einem Felsvorsprung festzuhalten und zu warten. Dann glitt er lautlos durchs Wasser zu dem Floß. Locos Mann saß mit dem Rücken zu ihm und schaute auf das gegenüberliegende Ufer. Winnetou griff mit der einen Hand das Floß, in der anderen hielt er die Silberbüchse. Schnell zog er sich aus dem Wasser auf das schwimmende Holz. Das Floß schaukelte. Winnetou zögerte nicht, sprang auf die Beine, packte sein Gewehr und stürzte sich auf den Mann. Gerade wollte er ihn mit dem Kolben seiner Waffe niederschlagen, als er den Pfeil in dessen Brust sah.

Erst jetzt fiel ihm auf, dass ein zweiter Mann auf dem Floß lag. Auch er war tot.

»Häuptling!« Am Ufer stand Neke Bah mit weiteren Kriegern. Erleichtert winkten sie zu Winnetou herüber. Sie hatten El Más Locos Männer überwältigt und gefesselt.

»Dieser Anblick ist eine Freude für meine Augen!«, grüßte Winnetou seine Männer in der Sprache der Apachen.

»Bedank dich bei diesem übel riechenden Waldschrat mit dem locker sitzenden Haarschopf!«, rief Neke Bah zurück.

Es dauerte einen Augenblick, bis Winnetou Neke Bahs Worte richtig verstanden hatte. »Sam Hawkens?!«, schrie er. »Sam Hawkens, er lebt! Wo ist er?«

»Winnetou muss nur dem Geruch des mexikanischen Bohneneintopfs folgen!«

Neke Bah deutete auf das Lager der Banditen.

Winnetous Herz machte einen Sprung. Ojo hatte sich getäuscht. Er hatte ihren Freund nicht erschossen.

KAPITEL 28

Wenn diese mexikanischen Banditen eins konnten, dann Bohneneintopf kochen! Sam Hawkens hockte mit gekreuzten Beinen auf dem Boden vor dem Lagerfeuer und schaufelte gierig einen Löffel nach dem anderen in den Mund. Er hatte sich den Teller schon zum dritten Mal gefüllt. Und in dem Topf über dem Feuer war noch mehr. Wer in der Wildnis unterwegs war, der musste zuschlagen, wenn sich die Gelegenheit bot. Zumindest, wenn es ums Essen ging. Plötzlich wurde es laut im Lager der Banditen. Schnell schob Sam noch einen Löffel in den Mund. Gleich wäre es vorbei mit seiner kurzen Mittagspause.

»Sam Hawkens!«, ertönte da auch schon eine ihm wohlbekannte Stimme. »Freund der Apachen!« Winnetou streckte zum Zeichen seines Siegs über die Banditen Ojos Silberbüchse in die Luft.

»Ich war schon kurz davor, meine langen Unterhosen auszuziehen und zu euch ins kalte Wasser zu springen!«, begrüßte der Trapper seine Freunde. Winnetou umarmte Sam Hawkens.

Und auch Old Shatterhand hatte sich mittlerweile so weit erholt, dass er Sam an sich drücken konnte. »Du lebst!«, war das Einzige, was er hervorbrachte.

»Schon gut, schon gut!«, beschwichtigte Sam die Freunde. Zu viel Rührseligkeit war noch nie sein Ding gewesen. »Ich habe euch auch vermisst!« Dann zeigte er auf den Topf über dem Feuer. »Seid ihr hungrig?«

Und ob sie das waren!

Winnetou, Old Shatterhand und Nscho-tschi ließen sich nun ebenfalls am Feuer nieder. In dem Topf war noch genug Chili für alle. Und die Banditen waren sogar so nett gewesen, genug abgewaschenes Geschirr bereitzustellen, bevor sie von den Apachen überfallen worden waren.

Erst jetzt, als Old Shatterhand den Teller voll mit dem duftenden Bohneneintopf in den Händen hielt, merkte er, wie hungrig er war! Den anderen schien es genauso zu gehen. Schweigend leerten die Freunde die Teller.

Sam Hawkens stocherte indessen nachdenklich in seinem Chili herum. Es gab da etwas, das ihn schon eine Weile beschäftigte. Schließlich gab er sich einen Ruck. »Ist der Schatz wirklich so groß, wie ich ihn mir in meinen wildesten Träumen vorstelle?« Die Frage sollte eher wie nebenbei gefragt klingen, doch bei dem Gedanken an den großen Goldschatz leuchteten Sams Augen.

Winnetou kaute, schluckte und erklärte: »Größer.«

»Sehr groß«, ergänzte Old Shatterhand mit vollem Mund.

»Riesig viel Gold!«, bestätigte nun auch Nscho-tschi.

Sam war beeindruckt. So viel Gold lag dort in dem Felsen versteckt! Schließlich platzte es aus ihm heraus: »Verdammt!« Er stellte den Teller vor sich auf den Boden und blickte einen nach dem anderen an: »Wir könnten alle seidene Socken tragen und unseren Kaffee aus goldenen Tassen schlürfen!« Er wandte sich an Winnetou: »Komm schon, Häuptling, lass uns die verdammte Höhle sprengen!«

»Nein!« Winnetou sah ihn nur kurz an, dann widmete er sich wieder dem Bohneneintopf auf seinem Teller.

Fassungslos starrte Sam ihn an: »Nein? Mehr nicht?«

Winnetou hob den Kopf, blickte Sam Hawkens in die Augen und wiederholte: »Nein!«

Doch so schnell ließ der Freund sich nicht abschütteln. »Old Shatterhand, hilf mir, den Häuptling zu überzeugen!«

Old Shatterhand musste nicht überlegen. Auch seine Antwort kam prompt und klar: »Nein!«

Sam gab immer noch nicht auf. Er beugte sich zu Winnetous Schwester und flüsterte verschwörerisch: »Nscho-tschi, weise Schamanin …«

»Nein!«, schnitt Nscho-tschi ihm das Wort ab.

»Bitte, nur so viel, wie in meine Felltasche passt!«

»Nein!«, kam es nun von allen drei Angesprochenen gleichzeitig.

»Apachen reich ohne Gold!«, erklärte Nscho-tschi.

Sam Hawkens schüttelte den Kopf, zuckte mit den Schultern und nickte dann: »Okay, verzichten wir eben auf sagenhaften Reichtum!« Er schaute in die Runde. Wartete, dass seine Worte Wirkung zeigten, doch alle aßen unbeeindruckt weiter.

»Bitte sehr«, erklärte er pathetisch, »ich habe mich jahrelang von Regenwürmern und meinen eigenen Fußnägeln ernährt. Ich brauche keinen Luxus!«

»Winnetou weiß«, kam es von dem Apachenhäuptling zurück.

»Ich weiß, dass Winnetou weiß«, entgegnete Sam Hawkens, der in diesem Gespräch unbedingt das letzte Wort behalten wollte.

Doch da hatte er nicht mit Winnetou gerechnet, der sofort entgegnete: »Winnetou das weiß auch.«

»Ja, das wusste ich schon vorher!« Sam Hawkens grinste.

»Winnetou das weiß auch!«

Die Runde brach in Gelächter aus.

»Ja, aber Sam Hawkens weiß, dass Winnetou weiß, dass Sam Hawkens weiß, dass …« Weiter kam Sam nicht, denn nun musste er auch lachen.

KAPITEL 29

Lange würden die Fackeln nicht mehr brennen. El Más Loco fürchtete sich vor dem Moment, wenn die Höhle in völliger Dunkelheit liegen würde. Er saß auf einem Stein am Rand des Sees. Vor ihm lag der größte Schatz, den er je gesehen hatte. Unermessliche Reichtümer. Doch was nutzten sie ihm jetzt? Gold konnte man nicht essen, es würde ihm kein Licht spenden und es räumte ihm auch nicht den Weg nach draußen frei. Er war unglaublich reich und gleichzeitig bitterarm.

Verzweifelt heulte Loco auf. Dann ging sein Heulen in ein irres Lachen über. Er starrte zu der Statue Cthulus hinüber. Der unbarmherzige Gott starrte zurück.

»Ich mach dir ein Angebot!«, erklärte Loco der steinernen Fratze. »Ein Viertel für dich, drei Viertel für mich.« Fragend sah er den regungslosen steinernen Gott an. »Hälfte-Hälfte?«

Doch Cthulu schien sich auf den Vorschlag nicht einlassen zu wollen. El Más Loco holte seine letzte Patrone aus dem Gürtel und betrachtete sie nachdenklich im fahlen Licht der Fackeln. »Gut«, erklärte er schließlich, »dann spielen wir.«

Er steckte die Patrone in seinen Revolver, drehte die Trommel, ließ sie einrasten und spannte den Hahn. Dann hielt er sich den Lauf der Waffe an seine Schläfe. Er atmete tief ein und drückte ab.

Klick.

Erleichtert lachte Loco auf.

»Du bist dran«, ließ er die Statue wissen. Er drehte die Trommel seines Revolvers erneut, zielte auf Cthulu und drückte ab.

Klick.

»Hijo de puta«, fluchte er. »Du brauchst gar nicht so blöd zu grinsen, amigo.«

Wieder drehte er die Trommel seines Revolvers, spannte den Hahn und hielt sich den Lauf an seine Schläfe.

Klick.

Locos irres Lachen schallte durch die Höhle. Jetzt war wieder die Statue dran. Loco zielte, drückte ab und wieder erklang das Klick.

Der Zug war wieder an ihm. Er hielt sich die Mündung seines Revolvers an die Schläfe und drückte ab.

Winnetou, Old Shatterhand, Sam Hawkens, Nscho-tschi und die Krieger der Apachen waren kurz nach dem Essen aufgebrochen. Vor ihnen lag noch ein weiter Weg.

Als sie oben am Rand des Kraters ankamen, drehten sie sich noch einmal um. Von hier sah der See friedlich aus. Nur das Bildnis Cthulus hatte nichts von seinem Furcht einflößenden Aussehen verloren. Im Gegenteil, jetzt da sie wussten, dass im Bauch des gierigen Gottes mehr als nur ein Schatz versteckt war.

Nachdenklich betrachtete Old Shatterhand den Felsen. »Wir hätten ihn vor ein ordentliches Gericht stellen sollen«, erklärte er. »So ein Ende hat keiner verdient.«

»Shatterhand zu gnädig mit seinen Feinden.« Winnetou legte seinem Freund die Hand auf die Schulter.

»Old Shatterhand … Greenhorn!« Sam Hawkens kicherte. Auch er hatte wenig übrig für Old Shatterhands Ideen zum Thema Recht und Strafe.

»Er war verrückt«, versuchte Old Shatterhand zu erklären, was El Más Loco angetrieben hatte. »Verrückt vor Liebe.« Er sah Nscho-tschi in die Augen. Sie lächelte. Es war dieses wunderbare tiefgründige Lächeln, das ihn so sehr fesselte, aber das er nicht immer zu deuten vermochte. Er wusste nicht, ob sie ihn verstand. Womöglich war er allein mit seiner Auffassung.

KAPITEL 30

Im Dorf der Apachen wurden die Heimkehrer begeistert begrüßt. Alle, die bei den Zelten zurückgeblieben waren, kamen herbeigestürmt und empfingen die Krieger jubelnd. Old Shatterhand sprang vom Rücken seines Pferdes und rief laut in der Sprache der Apachen: »Ich euch bitten! Geben mir Stille!«

Neugierig bildete sich ein Kreis um Old Shatterhand. Es wurde still. Der hatte Nscho-tschi an der Hand gefasst. »Ich wichtige Rede zu Nscho-tschi.«

Dann sank er vor der Schamanin auf die Knie, ergriff ihre beiden Hände und blickte ihr in die Augen.

Nscho-tschi lächelte irritiert. »Was tust du da?«

»So hält man bei mir zu Hause um die Hand seiner Verlobten an.«

Nscho-tschi runzelte die Stirn: »Ich nicht verstehen. Was bedeuten: anhalten Hand?«

Ein wenig verlegen räusperte sich Old Shatterhand, dann fragte er feierlich: »Möchten Sie, Fräulein Nscho-tschi, meine Frau werden?«

Nscho-tschi lachte, endlich hatte sie verstanden. »Was ich muss machen jetzt?«

»Du musst einfach nur Ja sagen.«

Nscho-tschi sah Old Shatterhand an. Ihre Augen funkelten und sie strahlte genauso wie Old Shatterhand. »Ja«, sagt sie.

Old Shatterhand sprang auf und schloss sie in die Arme und hielt sie fest. Er wusste, er wollte nie wieder ohne sie sein. Wie hatte er sie verlassen können? Wie war er auf die Idee gekommen, ein Leben ohne sie zu führen? Er konnte es sich nicht mehr erklären und er war unendlich dankbar, dass er eine zweite Chance bekommen hatte. Die Apachen, die das Ganze bisher staunend verfolgt hatten, verstanden nun endlich, was da vor sich ging, und brachen in Jubelrufe aus.

Winnetou hatte das Ganze vom Rücken seines Pferdes aus beobachtet. Als er sah, wie sein Freund Old Shatterhand seine Schwester in die Arme schloss, füllten sich seine Augen mit Tränen. Verlegen blickte er zur Seite und bemerkte, dass Neke Bah ihn beobachtete. Stolz streckte er das Kinn nach vorn und erklärte: »Der Wind!«

»Sicher«, erwiderte Neke Bah.

Nicht weit entfernt war das Städtchen Roswell um einige weitere Holzhäuser gewachsen. Eines davon war ein Gemischtwarenladen. In seinem frisch geputzten Fenster hing ein Schild. »Neu eröffnet« war darauf zu lesen.

Ein kleines Glöckchen bimmelte hell, als Sam Hawkens den Laden betrat. Durch die Gardinen an den Fenstern fiel schwach die Nachmittagssonne. Er schloss die Tür hinter sich. Von irgendwo aus den dunklen Tiefen des hinteren Ladengeschäfts ertönte eine Frauenstimme: »Bin gleich bei Ihnen!«

Wie sehr hatte sich Sam nach dieser Stimme gesehnt. »Keine Sorge, ich renne nicht weg!« Er sah sich staunend um. In diesem Geschäft gab es alles, was man brauchte. In den Regalen, die bis unter die Decke reichten, reihten sich Gläser, randvoll gefüllt mit eingelegtem Obst und Gemüse. Kartoffeln, Mais, Chili, harte Bohnen, Kaffee und Tee, getrocknetes Fleisch und Haushaltsgeräte standen zum Verkauf bereit. Und über all dies legte sich der Duft von Kräutern und Gewürzen.

Sam sog die Luft ein. Das hier war ein wundervoller Ort.

Er wurde von Schritten, die sich näherten, aus seinen Gedanken aufgeschreckt. Und plötzlich stand sie hinter der Ladentheke: Belle! Sie trug einen karierten Rock, eine hellgrüne Bluse und darüber eine Strickjacke. Das rote Haar hatte sie zu einem Zopf geflochten. Ihren wundervollen Hals zierte ein einfaches schwarzes Band. Kein Goldschmuck der Welt hätte diese Frau schöner machen können! In den Händen hielt sie eine Holzkiste mit Deckchen in verschiedenen Mustern.

Jetzt erkannte auch Belle, wen sie da vor sich hatte. Wie versteinert blieb sie stehen, ein Strahlen breitete sich über ihr Gesicht aus. »Sam Hawkens!« Dann blickte sie plötzlich ernst, um schließlich mit einem verschmitzten Lächeln zu erklären: »Du hast mich ganz schön warten lassen!«

Als wäre es keine große Sache gewesen, erzählte Sam Hawkens: »Ich musste nur ein paar Freunde aus den Klauen eines mexikanischen Banditenbosses befreien.« Dann hob er die Arme und zeigte beeindruckt auf all die Dinge in den Regalen: »Das muss der schönste Gemischtwarenladen zwischen Albuquerque und Nantucket sein!«

Belle lachte stolz. »Du hast 50 Dollar in ihn investiert. Dir gehören 12,5 Prozent vom Laden.«

Sam trat näher, ohne die Augen von ihr abzuwenden.

»Und von mir«, fügte Belle schelmisch hinzu.

»Dann bin ich ein sehr reicher Mann!«

»Hast du die zwei Schaukelstühle vor der Tür gesehen?«

Sam nickte.

»Einer ist für dich.« Belle sah ihn an und ergänzte: »Wenn du willst.«

»Und ob ich will, Miss Belle«, brach es aus Sam hervor. Dann stieg er mit einem großen Schritt auf den Stuhl, der vor der Ladentheke stand, von dort auf die Theke, packte Belle, zog sie sanft, aber entschlossen an sich und küsste sie.

KAPITEL 31

Winnetou machte sein Versprechen wahr. Schon bald nach ihrer Rückkehr bat er Nscho-tschi und Old Shatterhand, mit ihm auszureiten. Sie waren nicht weit geritten, als sich vor ihnen ein Tal öffnete. Saftige grüne Wiesen wurden von Wald gesäumt. Die Luft war klar. Der Wasserlauf eines kleinen Bachs war zu hören.

Old Shatterhand staunte. Er war jetzt schon so lange bei den Apachen, aber dieses Tal hatte er noch nie gesehen. »Es ist sehr schön hier!«

Winnetou lächelte. »Dort ein Mann könnte schließen Frieden zwischen seine Kopf und seine Herz?«

Es dauerte einen Augenblick, bis Old Shatterhand verstand, was ihm sein Freund anbot. »Ja«, antwortete er schließlich glücklich, »ja, das könnte er.«

Er ließ seinen Blick über die Wiesen schweifen. Das

hier war ein guter Ort. Der Boden war fruchtbar, es gab genug Holz, um ein Haus zu bauen, und das Beste war, Nscho-tschi und er würden nicht weit entfernt vom Dorf der Apachen leben. Old Shatterhand spürte, er war angekommen. Er musste keine Eisenbahnlinie bauen und kein Kaufhaus errichten, um sich nützlich zu fühlen. Er hatte eine Frau und er hatte Freunde gefunden. Das machte ihn zu einem glücklichen und zufriedenen Mann. Winnetou, der weise Häuptling der Apachen, hatte recht gehabt: Es war möglich, Frieden zu schließen zwischen Kopf und Herz!

WINNETOU
DER LETZTE KAMPF

Leseprobe

208 Seiten., €/D 9,99

Bei dem Bau eines Brunnens finden Winnetou und Old Shatterhand auf dem Land der Apachen eine Ölquelle. Der Gangster Santer junior, der sie heimlich beobachtet, schreckt vor nichts zurück, um das Öl in seinen Besitz zu bringen. Wird es den Freunden gelingen, die verfeindeten Stämme der Apachen und Komantschen im Kampf gegen die grausamen Ölbarone zu vereinen?

Begleite Winnetou auf den folgenden Seiten ...

KAPITEL 1

Es war ein sonniger Morgen, doch die Luft war klirrend kalt. Seit Tagen lag der Geruch von Schnee darin. Jetzt tanzten die ersten Flocken durch die Luft, Vorboten des Winters.

Vor den Nüstern Hatatitlas, des Mustangs, den Old Shatterhand mit Winnetous Hilfe gefangen und selbst zugeritten hatte, bildeten sich Atemwolken. Old Shatterhand machte die Kälte nichts aus. Er trug einen warmen Mantel aus braunem Bisonfell. Seine Haare, die länger geworden waren, hatte er teilweise zurückgebunden und mit einer Adlerfeder geschmückt. Langsam ritt er nach Roswell hinein. Dabei sah er, dass das Schild der Central Pacific Railroad abmontiert und gegen eines mit der Aufschrift Sheriff ausgetauscht wurde.

Old Shatterhand musste daran denken, wie er hier vor über zwei Jahren aus dem Zug gestiegen war. Ein echtes

Greenhorn, voller Neugierde auf all die Herausforderungen und Erfahrungen, die vor ihm lagen. Herausforderungen hatte es viele gegeben und er hatte jede Menge neue Erfahrungen gemacht, gute und schlechte. Eines aber war ihnen gemeinsam: Sie unterschieden sich völlig von dem, was er sich in seiner Fantasie ausgemalt hatte.

Als der junge, aufstrebende Ingenieur, der er damals war, hatte er davon geträumt, Brücken und Tunnel zu planen, daran beteiligt zu sein, eine Eisenbahnstrecke durch das riesige, unerschlossene Land zu verlegen. Er hatte an den Fortschritt geglaubt und war überzeugt gewesen, dass dieser Gutes bewirken würde. Aber er hatte schnell gelernt, dass der Fortschritt sehr einseitig war und nur den Einwanderern Vorteile brachte. Den Menschen, die hier seit Generationen lebten, den Cheyenne, den Kiowas, den Sioux und vielen anderen, brachte er vor allem Zerstörung. Die Zerstörung ihres Lebensraumes, ihrer Jagdgründe, ihrer Lebensweise. Viele Stämme waren angegriffen, versprengt oder vertrieben worden.

Ein Schicksal, das auch die Apachen hätte treffen können. Nur mit knapper Not hatten Old Shatterhand und Winnetou verhindert, dass die Eisenbahnstrecke quer durch ihr Land gebaut wurde. Jetzt verlief sie außen herum. Dennoch war Roswell, vor nicht allzu langer Zeit letzter Halt irgendwo im Nirgendwo, eine wichtige Station auf dem Weg nach Los Angeles. Der Ort war in den letzten Jahren stark gewachsen. Neue Häuser und bessere Straßen waren entstanden, auf denen sich Einwanderer aus aller Welt drängten. Aber ob gut gekleidete Herren und Damen aus der gehobenen Schicht, Handwerker oder Tagelöhner, irische Katholiken, niederländische Protestanten oder osteuropäische Juden – sie alle musterten Old Shatterhands Kleidung und die langen, mit einer Feder und einem Ring aus Horn geschmückten Haare.

»Da ist wieder der Indianerfreund.«

»Eine Schande.«

»Der sieht ja schon selber aus wie eine stinkende Rothaut.«

Old Shatterhand bemerkte die Blicke und das Gerede zwar, kümmerte sich aber nicht weiter darum, er war es gewohnt. Es schoss ihm nur kurz der Gedanke durch den Kopf, dass er angesichts seiner Abneigung gegen Kopfschmuck nie geglaubt hätte, einmal selbst welchen zu tragen. Aber die Steinadlerfeder war für die Apachen ein Zeichen der Tapferkeit und wies Old Shatterhand als einen von ihnen aus. Das war eine große Ehre.

Dass er es vorzog, bei den Apachen zu leben statt in Roswell, verstanden die wenigsten. Sam Hawkens und Belle, auf deren Gemischtwarenladen Old Shatterhand zuritt, gehörten zu dieser Minderheit. Angesichts der Tatsache, dass Sam vor Jahren seinen Skalp an die Apachen verloren hatte, war das besonders bemerkenswert. Aber der Trapper und die ehemalige Chefin der Amüsierdamen von Roswell waren nicht nur in dieser Hinsicht außergewöhnliche Menschen.

»Ho, ho, ho!«, wurde Old Shatterhand aus seinen Überlegungen gerissen. Tangua, der vor der Brauerei auf einem Leiterwagen saß, prostete ihm mit einer fast leeren Whiskeyflasche zu. Unter einem kurzen Pelzumhang, der Tangua halbwegs gegen die Kälte schützte, trug er denselben zerschlissenen Anzug und dieselbe speckige Melone, die er schon bei Old Shatterhands Ankunft getragen hatte. Die Federn, die in dem tabakfarbenen Hutband steckten, waren etwas schäbiger, Tanguas Zöpfe dünner und grauer und sein Gesicht eingefallener als damals. Old Shatterhand tat es leid zu sehen, wie sehr der Alkohol Tangua zusetzte. Den beiden Kiowas, die bei ihrem Häuptling saßen, erging es ähnlich. Old Shatterhand saß ab und band Hatatitla fest. »Ich grüße Tangua, den tapferen Häuptling der Kiowas!«, rief er in der Sprache der Apachen, die er immer besser beherrschte.

»Tangua grüßt Old Shatterhand, den ruhmreichen Krieger der Apachen!«

Beide verbeugten sich respektvoll voreinander, dann schulterte Old Shatterhand den leeren Lederbeutel, den er von Hatatitlas Sattel gelöst hatte, und betrat Belles Laden.

KAPITEL 2

Eine Glocke bimmelte hell. Old Shatterhand schloss die Tür und die Kälte aus. Die Sonne schien durch die weißen Gardinen und tauchte den Laden in ein weiches Licht.

Vom Angelhaken bis zur Zange war hier alles zu finden. In den Regalen, die bis zur Decke reichten, stapelten sich Konserven mit Fisch und Fleisch, Gläser mit eingelegtem Obst und Gemüse. An den Stützbalken hingen Besen, Kochtöpfe, Schirme und andere Haushaltsgegenstände. Äxte, Sägeblätter, Nägel und sogar Dynamit gab es hier, sicher verwahrt auf dem obersten Regalfach. Aber auch die darunterliegenden Fächer waren nur mit einer Leiter zu erreichen. Belle war gerade hinaufgestiegen, um für einen Kunden die gewünschte Ware zu holen.

Sam Hawkens stand hinter der Theke und bediente eine ältere Dame. Ihn in Hemd, Weste und Lederschürze zu sehen, war ungewohnt, doch die Biberfellmütze, sein Markenzeichen, glich das etwas aus. Jahrelang hatte sie Sams vernarbte Kopfhaut vor neugierigen Blicken geschützt, und er blieb ihr treu. Dabei hatten die Apachen ihm seinen Skalp als Zeichen des Dankes und des Respekts zurückgegeben.

»Hallo, Belle, hallo, Sam«, grüßte Old Shatterhand herzlich, was ebenso erwidert wurde.

»Wo finde ich denn die großen Zimmermannsnägel?«, wollte Old Shatterhand wissen.

»Im linken Regal, ganz unten.« Sam wies in eine Ecke des Ladens.

»Was macht die Farm? Wie geht's der Familie? Wann werde ich endlich Patenonkel?«, fragte er neugierig.

Old Shatterhand musste lächeln. »Nscho-tschi und ich denken an nichts anderes.«

»Ich hoffe, ihr macht mehr als nur denken«, sagte Sam.

Belle lachte. »Lass ihn in Frieden und steck deine Nase nicht in anderer Leute Ehebetten, Sam Hawkens.«

Sam kassierte bei einer Kundin, und Belle wandte sich verschwörerisch an Old Shatterhand, der die Neckerei gut gelaunt über sich hatte ergehen lassen. »Ich hab was für dich.« Belle reichte ihm eine Konserve aus dem Regal. »Made in Germany.«

Old Shatterhand traute seinen Augen nicht. »Kassler mit Sauerkraut!«, rief er begeistert.

Binnen Sekunden fühlte er sich in sein achtjähriges Ich zurückversetzt. Er war nicht mehr Old Shatterhand, der mit den Apachen lebte, sondern der kleine Karl aus Sachsen. Er trug kurze Hosen und sein Vater lebte noch. Die Abende, an denen die ganze Familie zusammengesessen hatte, waren immer etwas Besonderes gewesen. Wenn es dazu noch Kassler und Sauerkraut gegeben hatte, war das das pure Glück! Old Shatterhand erinnerte sich an den Geruch von Nelken und Wachholderbeeren, durchmischt mit dem nach Kernseife und Tabak, der zu seinem Vater gehört hatte. Karl hatte es gemocht, wenn die kratzige Wange seines Vaters bei einer der seltenen Begrüßungen nach einer langen Schicht sein Gesicht gestreift hatte.

Old Shatterhand hob die Konservendose. »Wie viel habt ihr davon?«

»Sechs Stück.«

»Ich nehm sie alle.« Er lächelte Belle an. »Du bist ein Schatz, komm her.«

Belle freute sich sehr, dass ihr die Überraschung gelungen war, und beugte sich zu Old Shatterhand. Er drückte ihr einen dicken Kuss auf die Lippen. Sam protestierte. »Hey, hey, hey! Bezahl mal lieber deine Nägel!«

Als Old Shatterhand ein paar Minuten später aus dem Laden trat, wurde er auf drei jüngere Männer aufmerksam, die die auf einer Tafel angeschlagenen Stellenanzeigen durchgingen. Da die drei Polnisch sprachen, verstand

Old Shatterhand zwar nicht, was sie sagten, aber er konnte es sich denken. Nach ihrer Kleidung zu urteilen, waren die drei Handwerker. Sie trugen schlichte Jacken aus grobem Stoff, der älteste einen abgegriffenen Hut, die anderen beiden Schieber- und Schirmmütze.

»Guten Tag, die Herren«, grüßte Old Shatterhand. »Sind Sie Zimmerleute?«

Die drei beäugten Old Shatterhand misstrauisch und wichen einen Schritt zurück.

»Ich brauche da draußen Hilfe bei meiner Scheune«, sagte Old Shatterhand. »Ich zahle zwei Dollar pro Tag.«

Der Mann mit der Schirmmütze, der der Jüngste der drei zu sein schien, wagte sich schließlich vor. »Sind Sie Old Shatterhand? Der, der bei den Rothäuten lebt?«

Old Shatterhand seufzte. Die drei sahen nicht so aus, als seien sie schon lange in Amerika, aber die abfällige Haltung gegenüber den Ureinwohnern hatten sie bereits angenommen. Sie waren sicher gute Menschen, hatten auf der Suche nach einem besseren Leben ihre Heimat verlassen und sich in das Land der unendlichen Möglichkeiten aufgemacht. Wo sie herkamen, hatten sie keine Zukunft. Sie glaubten, die Neue Welt würde ihnen eine Chance bieten, und so beanspruchten sie ganz selbstverständlich das Recht, sich hier etwas aufzubauen – ohne auch nur einen Gedanken daran zu verschwenden, dass SIE die Eindringlinge waren, dass dieses Land nicht ihnen gehörte. Diese Ignoranz begegnete Old Shatterhand täglich, einfach so stehen lassen wollte er sie nicht. »Die Apachen dulden mich auf ihrem Land, ja.«

Die drei Männer schauten sich an. Würden sie das Arbeitsangebot annehmen? Der mit dem runden Hut schüttelte den Kopf. Doch die beiden anderen schienen unschlüssig. Der Jüngste, anscheinend auch der Mutigste, brachte auf den Punkt, was alle dachten. »Zwei Dollar sind viel, aber unseren Skalp riskieren wir dafür nicht.«

Da war sie wieder, die engstirnige Voreingenommenheit, die, genährt durch Gerüchte, in Ablehnung und sogar Hass umschlagen konnte.

»Sie sind Polen, ja?«

Die drei Männer nickten.

»Ich komme aus Sachsen, nah der Grenze.« Old Shatterhands Stimme war ruhig. »Bei uns warnt man Reisende, die nach Polen wollen, sie sollen auf ihre Koffer achten. Man hält euch für ein Volk von Dieben.«

In ihrer Ehre beleidigt, strafften die drei Polen die Schultern und machten einen Schritt auf Old Shatterhand zu. Er hielt ihren Blicken stand: »Vorurteile.«

Die drei Männer sahen sich an, seine Worte gaben ihnen zu denken.

Old Shatterhand merkte, dass sie überlegten. Er beschloss, sein Angebot zu erhöhen: »Drei Dollar pro Tag!«

CENTRAL PACIFIC
ESTA
SILBERSEE
HIMMELSLEITER
APACHEN
SANTA FE
WINNETOUS DORF
EISENBAHN
WASSERFALL
RIO GRANDE
RIO PECOS
OLD SHATTERHA
ALTERNATIVE BAHNROUTE NACH ZERSTÖ
UNITED WE STAND
Map of New Mexico
AND
ARIZONA

W0379047

DROEMER

Über die Autorin:
Nicole Heinrichs wurde 1971 in Rheydt geboren und wuchs in Leverkusen auf, wo sie heute noch zusammen mit ihrem Mann wohnt. Als Kommunikationswirtin und Mitinhaberin einer Kölner Eventagentur spielen Worte und Texte eine große Rolle in ihrem täglichen Leben. Zur Autorin wurde Nicole Heinrichs aber erst, als sie anfing, ein rückblickendes Tagebuch über die langjährige Erkrankung ihrer Tochter Helen zu führen.

NICOLE HEINRICHS

Konfetti & Tränen

Vom Verlust meiner Tochter und dem Wunsch nach Leben

DROEMER

Besuchen Sie uns im Internet:
www.droemer.de

FSC
www.fsc.org
MIX
Papier aus verantwortungsvollen Quellen
FSC® C083411

Originalausgabe Mai 2016
Droemer Taschenbuch

Ein Imprint der Verlagsgruppe
Droemer Knaur GmbH & Co. KG, München

Redaktion: Nadine Lipp
Covergestaltung: NETWORK! Werbeagentur GmbH, München
Coverabbildung: Heike Herden, Stempel auf S. 4: Kabuki Country
Satz: Adobe InDesign im Verlag
Druck und Bindung: CPI books GmbH, Leck
ISBN 978-3-426-30111-1

2 4 5 3 1

Für Helen

2013

23.06 Uhr. Stille. Das war der letzte Atemzug meiner Tochter. Ich schaue extra auf die Uhr. Ich will Fakten schaffen. Einen greifbaren Gedanken formulieren. Das ist die Uhrzeit, an der du deine Tochter verloren hast. Wirst du jetzt immer zu dieser Zeit an genau diesen Moment denken? Ich werde überrollt von Gedanken und will doch nur hier und jetzt bei ihr sein. Ich möchte die Wärme spüren, solange sie noch da ist. Aber das geht so schnell. Ich spüre das Herz unter meiner flachen Hand auf ihrem Brustkorb nicht mehr schlagen. So sehr habe ich mir gewünscht, dass sie genau so friedlich in meinen Armen einschlafen kann, und jetzt weiß ich nicht, was ich tun soll. Die Gedanken brauchen ein paar Sekunden, bis sie sich durch den Nebel meines Verstandes einen Weg gesucht haben. Dann folgen die Tränen. Es tut nicht weh, aber ich kann sie nicht aufhalten. Alles ist so unwirklich. Acht Stunden habe ich Helen im Arm gehalten, ihr den Weg in den Tod bereitet, zusammen mit Frank. Er weiß, dass ich diese Nähe gebraucht habe, dass alles, was passiert ist, wichtig ist für unser Leben danach. Aber jetzt darf er sie halten. Ein letztes Mal drücke ich sie fest an mich, drücke mein Gesicht in ihre Haare und versuche, dieses Gefühl für immer zu konservieren. Dann gebe ich sie in die Arme ihres Papas. Sie dort zu sehen, so leblos und – tot –, sprengt mein Korsett, das ich bisher sorgsam um mein Herz geschnürt hatte. Ihre Hände werden langsam kalt, ich kann sehen, wie sie sich verändert. Ihre Lippen werden blass, alles geht so viel schneller, als ich es erwartet habe. Frank schmiegt sie an sich und lächelt.

Auf seltsame Art und Weise sind wir glücklich. Sie konnte sterben, ohne Angst zu haben, ohne Schmerzen, zu Hause bei uns. Wie oft habe ich diesen Moment in den letzten Tagen gedanklich durchgespielt. Was macht man, was machen wir, wenn das eigene Kind stirbt? In mir kommt die Werberin durch. Ich weiß, Bilder prägen sich ein. Das hier wird sich für immer auf unsere Festplatte brennen. Und ich kann beeinflussen, welche Bilder das sind. Das Kerzenlicht auf ihrem Nachttisch macht ein schönes Licht. Es nimmt der Blässe ihres Gesichtes die Bedrohlichkeit. Es schmeichelt.

Ich gehe in den Keller und hole ihr Kommunionskleid. Sie wird darin aussehen wie ein Engel. Unterwäsche, eine weiße Strumpfhose und die Strickjacke liegen schon bereit. Wir haben vereinbart, dass Frank sie umziehen wird.

Er geht genauso liebevoll mit ihr um wie am Tag ihrer Geburt, als er sie zum ersten Mal anziehen durfte. Damals trug sie einen weißen Strampelanzug mit bunten Punkten. Das war vor nicht einmal zehn Jahren. Bevor er sie ganz auszieht, verlasse ich das Zimmer. Ich will flüchten vor dem Bild ihres nackten Körpers, der in den letzten Wochen so schrecklich abgemagert ist. Die Bilder, die Bilder in meinem Kopf – ich muss sie kontrollieren!

Was mache ich jetzt? Im Keller finde ich Windlichter und Kerzen und stelle sie im ganzen Haus auf. In der Diele suche ich Helens weiße Schuhe, die sie zur Kommunion bekommen hat. Die soll sie auf jeden Fall tragen, wenn sie … ich breche den Gedanken ab.

Frank ruft mich. Er ist fertig. Ich gehe in ihr Zimmer und sehe sie dort wunderschön auf dem Bett liegen. Der weite Tüllrock liegt bauschig über ihren Beinen. Sie sieht aus wie eine Ballerina. Er hat ihre Haare perfekt drapiert und bittet mich, sie nicht anzufassen.

Wie immer will er es mir leicht machen. Die dunkelblonden Locken verdecken den Bereich ihres Kopfes, an dem seit der Operation ein Stück Schädeldecke fehlt. Jetzt ist er eingefallen, aber ich muss es nicht sehen. Wie in den letzten vier Jahren macht er einfach alles richtig.

Ich sitze neben ihr auf der Bettkante und betrachte sie im Kerzenlicht. Ihre Augen lassen sich nicht schließen, und es scheint, als würde sie uns ansehen. Ihr Mund ist leicht geöffnet. Ich nehme ihre Hand, aber sie ist schon viel kälter und fühlt sich nicht mehr lebendig an.

Frank streichelt sie ununterbrochen und lächelt seine Tochter so voller Liebe an, als wäre sie nicht tot, sondern als würde sie einen kurzen Mittagsschlaf halten. Um Helen herum hat er fast alle ihre Kuscheltiere versammelt. Ihr kleiner Körper ist umringt von Bären, Hasen und all den anderen Stofftieren, die sie so innig geliebt hat. Ein bisschen erinnert sie mich an Schneewittchen, in ihrem weißen Kleid, umgeben von den Tieren des Waldes.

Ich lasse die beiden allein und rufe die Ärztin des Hospizdienstes an. Sie muss den Tod amtlich feststellen. Danach wähle ich die Nummer meiner Eltern. Sie haben den Anruf erwartet und machen sich auf den Weg zu uns.

Ich lege die Sachen zusammen, die Helen auf dem letzten Weg begleiten sollen. Eine türkisfarbene Decke. Sie soll es kuschelig haben und ein Stück ihres Zimmers mitnehmen. Das haben wir gerade vor ein paar Monaten neu gestaltet. Rosa musste Türkis und Lila weichen. Die ersten Anzeichen eines Jugendzimmers wurden da sichtbar und ließen eine Zukunft erahnen, die Helen nicht vergönnt war. Ein buntes Kissen. Das Freundschaftskissen ihrer besten Freundin Shirley, mit einem kleinen Einhorn darauf und einem rosa Filzherz als Anhänger. Ein Steiff-Teddy. Eines von vielen Geschenken ihrer stofftierverrückten Patentante. Ein kleiner weißer Porzellanengel von Oma und Opa. Das Mäh-Mäh hält sie im Arm. Ein kleines Schmusetier, das sie zur Geburt bekommen hat. Zum Glück gibt es noch Wolli, den Bruder von Mäh-Mäh. Ganz die gewissenhafte Mutter, habe ich ein zweites Lieblingstier gekauft und im Wechsel gewaschen. Bei plötzlichem Schmusetierverlust wären wir perfekt vorbereitet gewesen. Jetzt bleibt uns zum Glück ein original abgeliebtes Exemplar für immer erhalten.

Zurück in ihrem Zimmer, suche ich im Nachttischschränkchen. Der Duft von Döschen mit Geheimnissen, Haarlocken und Milchzähnen strömt aus dem kleinen Kästchen. Ich fühle mich fast wie ein Eindringling in diesem ganz persönlichen Reich meiner Tochter. Endlich finde ich in einer der zahlreichen Schachteln das Gesuchte. Meine goldene Kette, die Helen zu ihrer Kommunion getragen hat. Daran hängen noch ein Kreuz und ein Herz. Das Kreuz ist filigran mit einem kleinen Brillanten und schon ziemlich angelaufen. Ich habe es zu meiner Kommunion geschenkt bekommen und habe es meiner Tochter vor ein paar Monaten ganz gerührt für ihren großen Tag geliehen. Das goldene Herz mit dem kleinen blauen Stein hat sie von ihrer Oma zur Taufe erhalten. Es begleitet unsere Familie seit ein paar Generationen und sollte eigentlich noch einen langen Weg vor sich haben.

Nun endet es am zarten Hals einer Neunjährigen, die an einer unberechenbaren Krankheit gestorben ist.

Es klingelt. Meine Eltern sind da. Nach all den Monaten und Jahren des Bangens und Hoffens können sie ihre grenzenlose Traurigkeit nicht länger verbergen. Sie wirken seltsam klein, wie sie da stehen in unserem Hausflur. Wir nehmen uns fest in die Arme und lassen unserer Trauer freien Lauf.

Nach ein paar Minuten übernehme ich wieder die Rolle, die mir liegt. Ich organisiere und bestimme das Geschehen. Besser so, als wenn das Geschehen mich bestimmt.

Meine Eltern folgen mir nach oben in Helens Zimmer. Beide brechen in Tränen aus. Meinen Vater so weinen zu sehen ist fast unerträglich.

Sie versuchen uns zu trösten, und doch sind wir es, die Trost spenden. Ich sehe den inneren Konflikt in ihren Gesichtern. Eigentlich wollen sie nur noch zusammenbrechen und das Schicksal verfluchen, das ihnen ihr einziges Enkelkind genommen hat. Gleichzeitig fühlen sie sich für Frank und mich verantwortlich. In diesem Moment sind wir die Kinder, die getröstet werden sollten. Aber wir brauchen es nicht.

Eine große Ruhe ist bei uns beiden eingekehrt. Wir teilen diesen Moment mit meinen Eltern und lassen sie dann mit Helen alleine. Ich höre sie weinen und mit ihr sprechen, aber es macht mich nicht traurig. Der Wunsch meiner Mutter, mich zu trösten, ihre stumme Aufforderung, mich doch einfach fallen zu lassen, bewirkt bei mir genau das Gegenteil. Ich bin die starke Tochter, und ich werde das auch bleiben. Sie sollen nicht auch noch die Sorge um mich aufgebürdet bekommen.

Als es diesmal klingelt, wissen wir, dass es jetzt formal wird. Die Ärztin ist da. Wir haben sie bisher nicht kennengelernt, der Dienstplan der letzten zwei Wochen hat uns kein vorheriges Treffen beschert.

Sie wirkt kantig und groß und wird von einer Krankenschwester begleitet. Ich stelle mir die Frage, wer so einen Job freiwillig macht. Wer möchte nachts um ein Uhr in ein fremdes Haus kommen, um ein totes Mädchen zu untersuchen? Kann man danach wieder ins Bett schlüpfen und sich auf den Milchkaffee zum Frühstück freuen? Was erzählt man seinem Partner über die Arbeit?

Wie oft haben Frank und ich uns beim Abendessen über aufwendige Angebote, unfaire Kunden und lange Lieferzeiten aufgeregt. Wie banal ist das angesichts der Aufgabe, die diese Frau erfüllt. Wir sind zutiefst dankbar dafür, dass es Menschen wie sie gibt.

Sie schüttelt uns die Hand und spricht uns ihr Beileid aus. Das erste Mal hören wir diesen Ausspruch. Er ist so abgedroschen und wird bei jedem Mal, den wir ihn noch hören werden, einen schalen Beigeschmack hinterlassen. Aber es ist eine gelernte Floskel für eine außerplanmäßige Situation. Eine Brücke hin zu mehr oder zum Schweigen. Sie fordert den Angesprochenen auf zu reagieren und schafft erst einmal einen kurzen Moment Raum für den Ansprechenden. Noch oft werden wir diese grausamen Sekunden erleben, wenn wir jemandem zum ersten Mal »danach« begegnen. Das hier gibt uns einen Vorgeschmack darauf.

Meine Eltern gehen. Sie sind dankbar dafür, von Helen so Abschied genommen zu haben. Auch ihre Bilder im Kopf habe ich gestaltet. Sie haben ihr Enkelkind friedlich und wunderschön gesehen. Das Haus war in Kerzenschein getränkt und strahlte eine surreale Perfektion aus. Sie haben Frank und mich traurig, aber nicht verzweifelt erlebt. Sie wissen, dass wir weiterleben wollen und werden. Mit diesem Gefühl schicke ich sie nach Hause.

Bei der Untersuchung durch die Ärztin bin ich nicht dabei. Ich möchte nicht sehen, wie die unmissverständlichen Anzeichen des Todes fachkundig betrachtet und auf Listen abgehakt werden.

Jetzt ist es Zeit, meine beste Freundin, Helens Patentante, anzurufen. Sie ist mir so nah wie niemand sonst, wenn es um Helens Krankheit geht. Bei ihr habe ich Gedanken ausgesprochen, die sonst meinen Mund nicht verlassen haben. Ihr habe ich die Bürde auferlegt, meine pure Angst und Verzweiflung um Helen zu ertragen. Sie habe ich nie geschont. Susanne meldet sich traurig, mit der Gewissheit, dass dieser Anruf nur das eine bedeuten kann.

Die Ärztin ist fertig und sucht das Gespräch mit uns. Wir stehen am Totenbett unserer Tochter und werden gefragt, ob wir Hilfe brauchen. Zum Hospizservice gehört auch die professionelle Betreuung der Hinterbliebenen. Nein danke.

Wir wollen keinen Psychologen, der uns aufwendig selbst erarbeiten lässt, dass das Leben doch noch schön ist. Wir brauchen das nicht. Mit einem kurzen Blick verständigen Frank und ich uns zu dieser Frage und lehnen dankend ab. Schon jetzt wissen wir, dass wir nicht zusammenbrechen werden. Dass wir nicht verzweifeln an dem Gedanken, warum ausgerechnet unsere Tochter diesen so seltenen Weg gehen musste. Wir spüren genau, dass wir beide uns Trost und Lebensglück sein werden. Das reicht.

Wir lehnen auch dankend ab, dass Mitarbeiter des Hospizdienstes zur Beerdigung kommen oder zu Helens nicht stattfindendem zehnten Geburtstag anrufen. Offensichtlich gibt es sehr unterschiedliche Bedürfnisse von verwaisten Eltern. Einmal mehr bin ich dankbar, dass Frank und ich uns so einig sind bei diesen elementaren Entscheidungen.

Frank und die Ärztin sitzen an unserem großen Esstisch und füllen diverse Formulare aus. Ich bleibe bei Helen und streichele ihre Hand. Es ist seltsam, aber ich muss nicht weinen. Ich will es nur schön machen, für sie und damit auch für mich. Zwischendurch höre ich immer wieder Wortfetzen, Todesstatistik und Pflegematerialien, die wir zurückgeben sollen.

Die Morphinpumpe, an die Helen seit der Entlassung aus dem Krankenhaus angeschlossen war, geben wir genauso schnell weg wie den Infusionsständer, den wir nicht gebraucht haben, und diverse Schläuche und andere Zeugnisse der Krankheit. Nichts soll uns daran erinnern, und doch wird auch das immer ein Teil unserer Erinnerung bleiben.

Die Ärztin geht, und Susanne kommt. Genau wie meine Eltern weint sie bitterlich. Die Rücksichtnahme der letzten vier Jahre, nicht durch ihre Tränen meine Verzweiflung heraufzubeschwören, ist nicht mehr notwendig. Jetzt darf geweint werden.

Nichts kann mehr beschönigt und herbeigehofft werden. Aber schnell schlüpft auch meine große Freundin wieder in ihre gewohnte Rolle. Sie ist unsere Stütze und ausführender Arm in allen Belangen, die man Eltern eines kranken Kindes nicht auferlegen möchte. Dankbar haben wir das alles angenommen. Dankbar sind wir für einen Menschen an unserer Seite, der uns tatkräftig immer Gutes wollte und uns nicht durch Sentimentalität erdrückt hat. Der den Mut hatte, auch mal einen Witz auf Kosten der Situation zu machen, und nicht erstarrt ist vor Angst, etwas Falsches zu sagen. Das ist eine seltene Gabe, Mitgefühl und Liebe zu schenken, ohne Schwäche einzufordern.

Auch Susanne nimmt von Helen Abschied, und es erfüllt mein Herz mit großer Traurigkeit, die beiden so zu sehen. Wie sehr habe ich ihnen eine unbeschwerte Zeit gewünscht. Ein tolles Mädchen und seine tolle Patentante.

Wir fangen an, über den weiteren Ablauf zu sprechen. Wann rufen wir den Bestatter, wann soll er kommen? Auf jeden Fall erst, wenn die Nachbarskinder in der Schule sind. Niemand weiß, dass wir zum Sterben nach Hause gegangen sind. Auch die Verbreitung dieser Nachricht will gründlich geplant werden. Alles, was wir steuern können, überrennt uns nicht.

Ich erschrecke selbst bei dem Gedanken. Darf ich so denken? Bin ich herzlos? Bin ich nicht normal? Auch dieser Gedanke wird mich in Zukunft häufig begleiten und zweifeln lassen. Ich merke schon jetzt, dass wir nicht dem Bild der trauernden Eltern entsprechen, das in den Köpfen aller – und auch in meinem eigenen – fest verankert ist.

Noch vor Tagen war es unser Wunsch, aus Helens Asche zwei Diamanten zu pressen, die uns immer begleiten werden. Jetzt äußert Frank Bedenken. Irgendwie finde ich es unangemessen, so etwas vor Helen zu besprechen. Wir gehen in unser Schlafzimmer.

Er befürchtet, Helen könne sich eingesperrt fühlen. So wie Tinkerbell im verschlossenen Marmeladenglas. Ein bittersüßer Schmerz durchfährt mich beim Gedanken daran, wie gerne wir die Filme zusammen gesehen haben und dass wir das jetzt nie wieder machen können. Vielleicht hat er recht. So abwegig und kitschig das klingt, so beschreibt es doch ganz treffend seine Gefühle. Wir entscheiden uns kurzerhand dagegen. Ich bin irgendwie auch erleichtert, diesem ganzen technischen Wissen zu entkommen. Stattdessen werde ich den Herzanhänger, den Helen mir zu meinem letzten Geburtstag geschenkt hat, ab jetzt immer tragen. Er ist bestimmt sogar noch wertvoller für mich, schließlich hat sie ihn ausgesucht, als sie lebendig und fröhlich war. Da steckt eindeutig mehr Liebe und Freude darin als in einem Diamanten aus mechanisch gepresster Asche.

Ich wickele mich in eine große Decke und ziehe mich in diese

Höhle zurück. Jetzt erst merke ich, wie erschöpft ich bin. Erschöpft ist der falsche Ausdruck. Es fühlt sich an, als wenn die Sicherungen meines Bewusstseins kurz vor dem Herausspringen sind, um das System vor dem Überhitzen zu schützen.

Frank hat bisher noch keine einzige Träne vergossen. Er ist erfüllt von dem innigen Bedürfnis, es seinen beiden »Frauen« so gut wie eben möglich zu machen. Die Liebe zu uns quillt aus allen Poren seines Handelns. Das macht mich sprachlos. Und ich lasse zu, dass ich mich einfach fallen lasse.

Ich schicke Frank zurück zu unserer Tochter und gestatte mir das Herunterfahren meines Betriebssystems. Er wird mich rechtzeitig wecken, damit ich endgültig Abschied nehmen kann von Helen. Bevor die Bestatter kommen.

Als ich drei Stunden später aufwache, ist Susanne gegangen und Frank ist bei Helen. Ich habe unvorstellbare Angst, zurück in das Kinderzimmer zu gehen. Bisher habe ich es geschafft, bei aller Grausamkeit der Ereignisse, mir meinen Seelenfrieden zu erhalten.

Ich will zu ihr, aber ich habe Angst vor dem Bild, das sich mir bieten wird. Wie wird sie sich verändert haben? Will ich das sehen? Kann ich dieses Bild aus meinem Gedächtnis löschen, wenn es mich erschreckt? Ich habe solche Angst, ich weine und zittere. Aber Frank, mein Held in jeder Situation, nimmt mich an die Hand und führt mich in das Kinderzimmer. Er sagt, dass ich mich auf Helen freuen kann. Dass sie schön ist und ich sie auf jeden Fall so sehen soll. Ich folge ihm.

Sie liegt da wie vor ein paar Stunden. Aber ihr Gesicht hat sich verändert. Sie lächelt. Sie lächelt tatsächlich. Das bilden wir uns nicht ein, es ist so. Ein Auge ist geschlossen, das andere ist leicht geöffnet, als würde sie uns zuzwinkern.

Ich setze mich erst auf den Boden vor das Bett, danach auf die Bettkante. Dann traue ich mich, mich über sie zu beugen und sie von Nahem zu betrachten. Ihr Gesichtsausdruck ist so friedlich und gleichzeitig so fröhlich. Ihr Gesicht wirkt schmal. Ihre Pausbacken, die sie trotz der Krankheit nie verloren hat, sind irgendwie weg. Helen wirkt auf einmal erwachsener. Sie gestattet uns einen Blick auf das Mädchen, das uns in ein paar Jahren begegnet wäre.

Mich durchflutet in diesem Moment so viel Dankbarkeit dafür, dass mir dieser Abschied vergönnt ist. Ich frage Frank, ob ich Helens Hand anfassen kann. Wie sie sich anfühlt. Er ist der Seismograph meiner Seele. Er sagt, sie sei kalt, und ich beschließe, es bei einem Kuss auf ihre Stirn zu belassen. Es fühlt sich an, als würde ich eine Porzellanfigur berühren. Seltsamerweise ängstigt mich das nicht. Wir sitzen still bei unserer Tochter und halten uns an den Händen, erfüllt von der glückseligen Gewissheit, dass wir für Helen und uns alles richtig gemacht haben.

Ich frage Frank, was er in den letzten drei Stunden gemacht hat, wie er sich gefühlt hat. Mich beschleicht das schlechte Gewissen, ihn alleine gelassen zu haben. Aber es war seine ganz eigene Zeit, von unserer Tochter Abschied zu nehmen. Ich bin mir sicher, er hat den Tränen freien Lauf gelassen, die er in den letzten vier Jahren unterdrückt hat.

In zwei Stunden kommt der Bestatter. Das sind die letzten zwei Stunden, die uns mit Helen bleiben. Kurz flammt in mir der Gedanke auf, sie so zu fotografieren. Dieses wundervolle Gesicht, das ich schon tausendfach abgelichtet habe, möchte ich erneut für meine Ewigkeit festhalten. Aber es fühlt sich falsch an. Ich bin mir sicher, dass ich bei Betrachtung des Bildes in naher Zukunft Details entdecken würde, die den bestehenden Zauber verfliegen lassen würden. Nein, dieses Bild von Helen soll nur in unseren Köpfen existieren. Das ist unantastbar.

Die zwei Stunden vergehen, und ich weiß nicht mehr, wie. Ich habe Frank gebeten, nicht dabei sein zu müssen, wenn Helen abgeholt wird. Das zu erleben würde alles zunichtemachen, was dieser friedvolle Abschied mir beschert hat.

Ich fühle mich feige, weiß aber gleichzeitig aus tiefster Überzeugung, dass ich das Richtige tue. Als es klingelt, erstarre ich und weiß, dass es jetzt kein Zurück mehr gibt. Frank geht nach unten zur Tür. Ich hauche Helen einen weiteren Kuss auf ihre Stirn und flüchte nahezu panisch in unser Schlafzimmer. Ich will die Stimmen der Männer nicht hören, ihre Fragen, das Quietschen des Transportmittels, mit dem sie Helen wegfahren werden.

Ich stecke mir Ohropax in die Ohren, flüchte mich wieder in meine Höhle unter der Bettdecke und bin dankbar dafür, dass meine Sicherungen erneut rausfliegen.

Ich erwache mittags aus einem traumlosen Schlaf, der sich anfühlt wie eine Ohnmacht. Ich gehe in Helens Zimmer und erwarte, sie dort liegen zu sehen wie jeden Morgen. Die Realität ist noch nicht angekommen in meinem Bewusstsein. Die Erkenntnis über das Unausweichliche der vergangenen Nacht bricht jedoch brutal über mich herein. Das Bett ist leer. Ihr grünes Kissen liegt da, genauso wie die Decke. Die Tiere stehen im Halbkreis auf dem Bett. Wenn ich die Augen schließe, sehe ich Helen noch genauso dort liegen wie vor ein paar Stunden. Wenn ich die Augen wieder öffne, scheint das Bild für ein paar wertvolle Sekunden nicht zu verschwinden.

Ich nehme die Sachen in die Hand, die sie zuletzt getragen hat. Geringelte Socken, eine blaue Leggins, ein pinkfarbenes Shirt. Ohne nachzudenken, rieche ich an ihrer Kleidung. Aber der Geruch von Helen hat sich schon verflüchtigt. Dennoch entscheide ich sofort, diese Sachen niemals zu waschen.

Mir wird bewusst, wie viele solcher Entscheidungen uns noch bevorstehen. Wann mache ich das Bett? Räume ich die Tiere weg, oder soll das ganze Zimmer unverändert Zeugnis davon ablegen, was hier letzte Nacht passiert ist? Was geschieht mit all den Spielsachen und ihrer Kleidung? Ich muss das jetzt nicht entscheiden, aber ich habe Angst davor, mich dem irgendwann einmal stellen zu müssen. Wie soll ich es schaffen, die Erinnerung zu bewahren und gleichzeitig Veränderung zuzulassen?

Ich gehe zu Frank und lasse mich in seine Arme fallen. Seine Nähe gibt mir Zuversicht und Stärke. Wir haben unser Kind verloren, aber wir haben uns. Dieses besondere Geschenk möchte ich nicht verprellen.

Was mache ich jetzt eigentlich? Ich fühle mich seltsam leer und ziellos. Nach der langen und intensiven Zeit während Helens Krankheit gibt es erst einmal keinen Plan. Doch! Die Maschinerie muss anlaufen. Alle müssen informiert werden. Heute gibt es für mich einen Anruf und einen Besuch, vor denen ich schreckliche Angst habe.

Zuerst rufe ich in der Schule an und spreche diesen grausamen Satz zum ersten Mal in meinem Leben aus: »Helen ist letzte Nacht gestorben.« Mein Hals ist wie zugeschnürt. Es tut mir körperlich weh, diese Worte aus meinem eigenen Mund zu hören. Ich kann nicht viel sagen. Die Lehrerin weint und ist fassungslos.

Die beiden hatten eine ganz besondere Beziehung, geprägt von großem Respekt und liebevoller Zuneigung. Sie soll Zeit haben, sich vorzubereiten, und nicht morgen von einem Kind mit der grausamen Nachricht überrumpelt werden. Schon wieder fühle ich mich verantwortlich, es den anderen so leicht wie möglich zu machen.

Frank macht mir ein spätes Frühstück. Brötchen. Milchkaffee. Ein Ei. Ich kann alles essen. Es schlägt mir nicht auf den Magen. Bei jeder Kleinigkeit habe ich sonst Bauchschmerzen, jetzt geht es mir gut.

Wir sitzen am großen Tisch, neben uns der Kinderstuhl von Helen. In der Schublade finde ich durch Zufall drei Tischkärtchen, die Helen gebastelt hat. Mama. Papa. Helen. Ich lege sie an unsere Plätze. Das tut weh, ist aber auch irgendwie schön. Eine Gefühlskombination, die ich in nächster Zeit sehr häufig erleben werde.

Ich nehme mein Handy und verschicke eine Nachricht. »Willst Du mich gleich mal besuchen kommen?« Es klingt harmlos und ist an einen lieben Menschen gerichtet. Die Mutter von Helens bester Freundin. Sie ist vollkommen ahnungslos. Seitdem wir zum letzten Mal ins Krankenhaus gefahren sind, habe ich sie mit Bruchstücken von Informationen hingehalten. Sie weiß, die Lage ist kritisch, aber das hatten wir schon oft. Sie geht davon aus, dass die Mädchen in ein paar Tagen wieder zusammen spielen werden.

Ich weiß, sie ist emotional und wird hemmungslos reagieren. Auch sie soll es rechtzeitig erfahren. Sie soll die Chance haben, ihrer Tochter die Nachricht vom Tod ihrer Freundin zu Hause zu übermitteln. Sie soll Shirley auffangen und schützen.

Es klingelt. Ich reiße mich zusammen und öffne die Tür. Da steht meine Freundin und ist voller Neugierde auf das, was ich zu erzählen habe. Ich kann die Besorgnis in ihren Augen aufflackern sehen, aber nichts spiegelt das Entsetzen wider, das die schreckliche Nachricht gleich auslösen wird.

Wir setzen uns, und erneut sage ich diesen grausamen Satz. Sie schreit. Sie schreit und hört nicht auf. Vier Jahre hat auch sie die Realität so angepasst, dass sie erträglich wurde. Vier Jahre haben sie und ihre gesamte Familie gehofft und in der stillen Zuversicht gelebt, dass alles gut werden wird. Sie hört nicht auf zu schreien und drückt mich so fest an sich, dass es weh tut. Ihr Körper wird geschüttelt vom Schluchzen.

Ich beginne zu erzählen, was in den letzten vierzehn Tagen passiert ist. Meine Stimme ist ganz ruhig. Ich kann es nicht fassen. Wessen Kind ist hier eigentlich gestorben? Und wieder die Frage: Bin ich normal? Sie will gar nichts hören von dem, was ich zu sagen habe, sondern wird immer wieder von ihrem eigenen Klagen geschüttelt.

Dann kommen die Worte, die ich vermutlich niemals vergessen werde: »Ihr bringt euch doch jetzt aber nicht um, oder?« Dieser Satz zeigt mir glasklar auf, was man von mir – von uns – erwartet. Nicht, dass wir Selbstmord begehen. Nein, das nicht. Aber, dass wir vollkommen verzweifelt sind. Dass wir uns eingestehen, den Lebenssinn verloren zu haben, und unser Weiterleben unerträglich finden.

Wie bei meinen Eltern schlüpfe ich in die Rolle der Trösterin, obwohl ich doch diejenige sein sollte, die bittere Tränen vergießt. Mich beschleicht der Gedanke, dass die Gewissheit um Helens Tod auch etwas Beruhigendes haben kann. Es gibt keine Zweifel mehr, keine aufrechtzuerhaltende Hoffnung, nichts, was nicht gedacht oder ausgesprochen werden darf. Ungewissheit erzeugt die größte Angst. Gewissheit – auch wenn sie noch so grausam ist – schafft Ruhe. Jedenfalls bei mir.

An diesem Abend bekommen wir noch Besuch. Franks Bruder, Helens Patenonkel Carsten, hat all seinen Mut zusammengenommen und ist gekommen. Wir rechnen ihm das hoch an. Denn niemand weiß, er ebenso wenig, was ihn bei uns erwartet. Niemand kann ahnen, in welchem Zustand wir uns befinden. Sind wir dem Wahnsinn nahe? Weinen wir ununterbrochen? Sind wir entfesselt und wütend auf dieses verdammte Schicksal? Und was soll man überhaupt sagen? Es gibt ja keine Worte des Trostes. Kein einziges Wort. Kinder sollen nicht sterben. Punkt.

***

Tatsächlich können wir in dieser Nacht schlafen. Ich weine mich leise in den Halbschlaf und erwache erst am nächsten Morgen. Wir haben um neun Uhr einen Termin beim Pfarrer. Mein Mann und ich sind nicht gläubig. Aber wir verstehen den christlichen Glauben als einen Teil unserer Kultur. Helen sollte das unvoreingenommen kennenlernen und sich dann ihre eigene Meinung bilden. Eigentlich wollen wir keinen Geistlichen bei Helens Beerdigung. Die Floskeln, die die Kirche in solchen Fällen vorsieht, sind hohl und bewirken vielleicht nur das Gegenteil bei uns.

Ich glaube nicht, dass es einen Sinn geben kann für das, was geschehen ist. Und ich glaube auch nicht, dass Helen jetzt im Paradies ist. Ihr Paradies war hier – bei Mama und Papa.

Aber wir schätzen den Pfarrer als Menschen. Er ist ein charakterstarker Typ, der seinen Glauben hat, ohne ihn anderen aufzwingen zu müssen. Er nimmt kein Blatt vor den Mund und spricht Dinge aus, die sich in den nächsten Wochen kaum jemand trauen wird zu sagen. Dass sich die meisten Paare in so einer Situation trennen. Dass andere uns seltsam finden werden. Dass wir nicht dem Klischee entsprechen. Dass andere ihre eigenen Verluste und Ängste in unsere Situation hineinprojizieren. Dass Menschen sich von uns abwenden werden, weil sie überfordert sind. Dass man uns ungefragt umarmen wird. Dass wir für immer die mit dem toten Kind sein werden.

Im Gespräch werden wir in unserer eigenen Haltung bestärkt. Unsere Liebe zu Helen können wir konservieren. Aber wir müssen nicht aufhören, ein glückliches Leben zu führen. Es wird immer jemand fehlen. Unser Glück wird nie wieder so vollkommen sein wie mit Helen. Aber dennoch ist uns die Liebe zueinander geblieben, die alleine es schon wert ist, dankbar zu sein.

***

Ich empfinde eine überwältigende Sehnsucht, etwas zu machen, das mit Helen zu tun hat. Spontan suche ich die Kiste mit den Filmkassetten von ihr. Zum Glück haben wir bei einem Fotowettbewerb eine Videokamera gewonnen. Helen war das *Bild*-Sommerbaby 2004! Das nenne ich mal Schicksal. Entgegen meiner natürlichen Abneigung, die schönsten Momente nur durch das Objektiv einer Kamera zu sehen, habe ich stundenlang Filmaufnahmen von ihr und uns gemacht. Der kleine Karton mit den Videobändern gehört ab jetzt zu meinen größten Schätzen.

Aber diese süße Droge muss vernünftig eingeteilt werden. Am liebsten würden wir alle Filme hintereinander schauen und uns an Helens Lebendigkeit berauschen. Der Plan steht schnell.

Jeden Tag einen Film. Dann kommen wir genau hin bis zu ihrer Beerdigung in neun Tagen. Ich schaffe mir in diesen neun leeren und planlosen Tagen ein Highlight, auf das ich mich täglich freuen kann.

Jeden Nachmittag machen wir es uns im Wohnzimmer gemütlich, als würden wir eine private Kinovorstellung erleben. Meine Freude, sie so zu sehen, ist ungetrübt. Die Aufnahmen aus ihrer Baby- und Kleinkindzeit hatte ich schon fast vergessen. Sie sind das Zeugnis einer unbeschwerten und vollkommenen Zeit. Wir lachen und haben gleichzeitig Tränen in den Augen beim Anblick ihrer Lebendigkeit. Aber diese Zeit ist Vergangenheit und wäre es auch immer gewesen. Helen war schon lange kein Baby mehr. So behält die Freude täglich Oberhand über den aufkeimenden Schmerz.

***

Susanne kommt und bringt die Trauerkarten mit. Sind gut geworden. Ich betrachte sie professionell und frage mich, wie die Empfänger sie finden werden. Unsere Familie und Freunde laden wir zur Beerdigung ein. Den Rest bitten wir, davon abzusehen, uns anzurufen oder zu besuchen. Ich kann mir momentan nichts Schlimmeres vorstellen als das Schweigen am Telefon oder an der Tür, das ich durchbrechen müsste, wenn ich den Zustand nicht länger ertragen könnte.

Ich will nicht reden. Ich will nichts erzählen, und ich will auch nicht getröstet werden.

***

Ich erinnere mich an einen Moment vor einem Jahr. Da starb ein Mädchen aus unserer Stadt ebenfalls an einem Knochentumor. Wir kannten die Familie gut. Als das Mädchen starb, waren wir in der zweiten Reha. Ich schnappte dort auf dem Flur nur einen

Wortfetzen auf, aber der reichte, um meine innersten Ängste zu schüren. Wenn dieses Kind gestorben ist, dann könnte der Tod auch ganz nah an uns heranrücken. Das durfte einfach nicht wahr sein.

Zurück aus der Reha, habe ich mich noch zwei Wochen gequält, um dann im Internet die Todesanzeige zu finden. Verzweiflung machte sich damals in mir breit, mein Hoffnungspanzer bekam dicke Risse. Und ich stand vor der Frage, ob ich der Mutter des Kindes eine Beileidskarte schicken sollte.

Ich habe es nicht getan. Denn ich wusste schon damals, dass es keine Worte des Trostes gibt. Ich hatte außerdem das Gefühl, den Text der Karte an mich selbst zu richten. Jedes dieser Worte würde vielleicht in naher Zukunft jemand anderes an mich schreiben. Heute weiß ich es besser. Ich hätte schreiben sollen, und ich werde ab jetzt immer schreiben.

***

Wir bekommen fast hundert Karten, Briefe, Päckchen und Geschenke. Die erste Karte steckt schon am Nachmittag nach Helens Tod im Briefkasten. Die letzte werden wir viele Wochen danach bekommen. Jeden Tag leeren wir voller Erwartung und Freude den Briefkasten. Noch nie habe ich mich so auf den gelben Kastenwagen vor unserem Haus gefreut.

Wir legen diese wundervollen Zeichen der Zuneigung und Anteilnahme in Helens Zimmer wie auf einen Altar. Nach unserem täglichen Spaziergang zünden wir die Kerze an, die in Helens letzter Nacht gebrannt hat, und lesen uns die Texte gegenseitig vor. Ich muss häufig weinen …, vor Traurigkeit, Rührung und auch vor Dankbarkeit.

Leute, die wir kaum kennen, schütten uns ihr Herz aus. Dafür finden gute Freunde manchmal nur ein paar belanglose Worte. Nach ein paar Karten sind wir schon verwöhnt. Die erste Frage ist immer: »Steht viel drin?«

Wir laben uns an den kleinen Geschichten über Helen, an Erlebnissen, die die Absender mit unserer Tochter verbinden. Wir freuen uns über wundervolle Texte und – ja – passende Worte. Nichts davon kann uns trösten, nichts nimmt auch nur ansatzweise den Schmerz, aber trotzdem versüßen uns diese Nachrichten die erste leere Zeit.

***

Wir laufen und laufen und laufen. Schon immer bin ich gerne spazieren gegangen, aber jetzt nimmt das Ganze olympische Ausmaße an. Den Kinderwagen- und späteren Roller-Radius erweitern wir umgehend. Völlig unbekannte Wege und Wälder entdecken wir.

Ich habe keine Ahnung, warum, aber es tut mir gut. Am schlimmsten sind die Momente, wenn wir unterwegs Menschen treffen, die uns kennen. Es ist immer dasselbe Muster: Ich schaue auf die betreffende Person und checke innerlich die Liste ab, ob wir denjenigen oder diejenige schon einmal getroffen haben. Also »danach« getroffen. Wenn ja, ist der Grad des Unangenehmen deutlich geringer als wenn nein.

Dann steht immer die Frage im Raum: Grüßen und schnell vorbeigehen, oder werden wir angesprochen und zu einem Gespräch aufgefordert? Meistens werden wir gedrückt und mitleidig angeschaut. Dann kommt die unvermeidbare Frage: »Wie geht es euch?«

Ich hasse das! Was sollen wir dazu sagen? Dass wir tieftraurig, aber einigermaßen gefasst und lebensfähig sind? Am einfachsten wäre die Antwort, die scheinbar jeden beglücken würde: »Ohne Helen können wir nicht mehr leben.« Gekrönt von bitterlichen Tränen, könnte dann der Tröster-Aktionismus starten. So aber haben wir das Gefühl, uns dafür rechtfertigen zu müssen, dass wir gerade nicht zusammenbrechen.

Einmal antwortet Frank auf die Frage, wie wir das aushalten

können: »Wir haben uns ja noch, und das tut gut.« Das aus seinem Munde zu hören ist wundervoll und zutiefst tröstlich für mich.

Der Grad des unerträglichen Schicksals steigt darüber hinaus noch an, wenn bekannt wird, dass wir unser einziges Kind verloren haben. Die Vorstellung, schlagartig mit dem Partner alleine sein zu müssen, scheint eine besondere Sorge auszulösen.

Natürlich habe ich mich in den letzten vier Jahren häufig selbst bei dem Gedanken ertappt. Bei aller Perfektion des Verdrängens gab es doch gelegentlich diese grausamen Gedankenspiele: Was wäre, wenn wir Helen verlören? Was passiert dann mit uns? Werden wir uns noch etwas zu sagen haben? Wird dann wieder alles so, wie es vor Helen war? Werden wir noch in unserem Haus wohnen können? Sollten wir diesen Ort der geballten Erinnerung behalten? Was wird mit uns – mit mir – passieren, wenn ich im Sommer die Nachbarskinder auf der Straße spielen sehe? Werde ich mir die Kindergeschichten meiner Freundinnen anhören können? Will ich dann überhaupt noch Freundinnen mit Kindern haben?

***

Mit einem Schlag sind wir also keine Eltern mehr, sondern ein kinderloses Ehepaar. Dinks. Alle Möglichkeiten stehen uns offen. Wir können in eine andere Stadt ziehen, wir können uns beruflich verändern, wir können reisen und verrückte Hobbys haben. Alles steht auf Neuanfang, oder nicht? Aber schon jetzt weiß ich, dass ich unbedingt in unserem Haus bleiben möchte. Hier fühle ich mich Helen so nah. In ihrem Zimmer bin ich gerne. Hier rede ich laut mit ihr, und es fühlt sich nicht seltsam an. Der Rest wird sich zeigen.

***

Am Abend wollen wir einen Film sehen. »Der Hobbit«. Nach unserer täglichen Helen-Filmvorführung machen wir es uns bequem und starten in den Kinoabend. Als der Vorspann läuft, durchzuckt mich ein unfassbarer Schreck. Es ist so laut. Ich habe mich erschrocken in dem Bewusstsein, Helen nicht wecken zu wollen, und bin gleichzeitig in die Realität katapultiert worden, dass sie nicht mehr geweckt werden kann.

Eine simple Sache. Ein lauter Fernseher, und ich drehe durch. Die Beerdigungsvorbereitungen, ihr leeres Zimmer, ihre letzte Wäsche im Korb – alles gut verkraftet, und nun das!

Ich kann nicht länger und weine und weine. Die Verzweiflung macht sich in mir breit und schmerzt so sehr. Ich gehe hoch in ihr Zimmer. Ihr Kissen liegt unverändert da, die Stofftiere auf dem Bett. Ich lege mich neben die Stelle, auf der Helen noch vor ein paar Tagen gelegen hat, bemüht, sie nicht zu berühren, als wäre sie noch neben mir. So viele Tränen, so viel Schmerz. Es gibt mir einen Vorgeschmack auf das, was kommen wird. Rückblickend sind es immer genau diese kleinen, unvorbereiteten Momente, die mich aus der Bahn werfen. Vor dem Erwarteten kann ich mich wappnen, der Überraschung bin ich schutzlos ausgeliefert.

***

Der Tag der Beerdigung. Die Sonne scheint von einem strahlend blauen Himmel. Unter normalen Umständen wäre ich glücklich, würde mich an einem kalten Dezembertag über das helle Licht freuen. Heute finde ich es irgendwie unpassend. Es gaukelt mir so eine Leichtigkeit und Unbekümmertheit vor, die der Anblick von Sonne sofort bei mir auslöst. Dabei ist heute der Tag, an dem wir die Asche unserer Tochter beerdigen werden. Die Zeremonie findet um 14.00 Uhr statt. Zeit genug bis dahin.

Frank und ich sitzen am Frühstückstisch. Das surreale Gefühl, dass das alles nicht wirklich passiert, beschleicht uns erneut. Ich habe keine Angst vor der Beerdigung. Verloren haben wir unsere Tochter schon vor zehn Tagen. Heute ist es meine Aufgabe, für Helen den bestmöglichen Abschied zu zelebrieren.

Ich weiß, dass meine Eltern ganz anders damit umgehen und dass auch unsere Freunde den Tag heute nicht wie wir erleben werden. Mir ist nur wichtig, all unsere Liebe zu ihr zu dokumentieren und in dieses gelernte Ritual zu pressen. Gestern habe ich mir noch Gedanken gemacht, was wir anziehen sollen. Eigentlich hätte Helen es furchtbar gefunden, dass alle in Schwarz rumlaufen. Immer wenn ich diese Farbe getragen habe, hat sie mich gefragt, ob ich an diesem Tag einen besonderen Termin hätte, weil ich so anders aussehen würde. Aber ich wehre mich nicht dagegen. Es ist einfacher, der Konvention zu folgen, als erneut die Regeln selbst zu machen. Aber was ziehe ich an? Werde ich die Sachen danach jemals wieder anziehen können?

Die Kleidung, die ich am Tag der Erstdiagnose trug, habe ich erst monatelang im Schrank ignoriert, um sie dann endgültig wegzuwerfen. Sie war für mich immer mit diesem schrecklichen Tag verbunden. Darin konnte ich mich nicht mehr unbefangen fühlen. Ich ziehe also eine schicke Hose, einen Rollpulli und einen Wollmantel an. Auch an diesem Tag schminke ich mich und mache mir die Haare. Kein Mitleid will ich für mein trauriges Aussehen. Ich will überhaupt kein Mitleid.

***

Wir werden abgeholt und fahren zur Kapelle. Dort stehen schon alle, die uns lieb und wichtig sind. Ein kleiner Kreis. Einige sehe ich heute zum ersten Mal »danach«. Wir drücken uns. Viele weinen. Ich sage, dass wir zuerst alleine in der Kapelle mit Helen sein wollen. Ich wappne mich davor, emotional überwältigt zu werden.

Frank und ich gehen Hand in Hand hinein. Es läuft Musik,

»I don't believe you« von Pink in der Instrumentalversion. Wir haben den ruhigen Song gemeinsam ausgesucht. Er passt perfekt und füllt den Raum. So müssen wir keine Stille ertragen. Die Kapelle ist geschmückt mit Hunderten Kerzen. Vorne steht ein lebensgroßes Foto von Helen, das ich von ihr gemacht habe. Darauf sieht sie unheimlich selbstbewusst und lebendig aus. Sie hat Haare und lächelt. Das Motiv ist entstanden, als der Rückfall kam. Ich wusste, dass sie wieder ihre Haare verlieren würde, und wollte den schönen Moment für uns festhalten.

Auf Holzsäulen sind Windlichter mit grauen Kerzen dekoriert. Alle Blumen sind weiß. Vor Helens Bild liegt ein großes Herz aus weißen Rosen von Frank und mir. In jedem Rosenkopf steckt eine weiße Perle. Die Urne steht auf dem Altar hinter dem Bild. Das Bild ist so groß, dass wir die Urne nicht sehen müssen. Das habe ich mir gewünscht.

Den Anblick ertragen zu müssen, dass alles, was von unserem Kind geblieben ist, in einer kleinen Metalldose Platz findet, wollte ich während der Abschiedsfeier vermeiden.

Wir haben alles richtig gemacht! Ein weißer Kindersarg in Helens Größe hätte mich vermutlich um den Verstand gebracht. Zu wissen, sie liegt darin, mit ihrem zarten Körper, wäre mir unerträglich gewesen.

Als die Geigen ansetzen, ist es um Frank geschehen. Er weint. Wir stehen fest umarmt in dieser kleinen Kapelle. Ich versuche, ihm Kraft zu geben. Es ist das einzige Mal in den gesamten vier Jahren, dass ich die Stärkere von uns beiden bin. Ich will ihn mit meiner Liebe aufrichten und trösten. Gleich kommt der Teil mit der Gitarre, der so viel Leichtigkeit hat und uns an Helens Gitarrenspiel erinnern soll. Dann wird es ihm bessergehen.

Ich weiß nicht, wie lange wir dort stehen, das Lied immer wieder hören. Es ist ein Moment absoluter Liebe zu Frank. Ich fühle mich ihm nah und verbunden wie nie zuvor. Mich durchströmt so viel Dankbarkeit, Kraft und Zuversicht, dass ich mich dem Rest stellen kann.

Wir gehen raus und bitten alle in die Kapelle. Ich fühle mich paradoxerweise wie ein Gastgeber.

Zum ersten Mal »danach« treffe ich auf Helens beste Freundin. Die Vorstellung hatte mir große Angst bereitet. Was würde ich in ihr sehen? Würde ich wütend, neidisch oder voller Bitterkeit sein? Ich sehe sie herzzerreißend weinen und verstehe, dass auch sie leidet. Sie hat ihre beste Freundin verloren. Helens Tod hat sie völlig überrumpelt. Es war nie ein Thema, dass das passieren könnte, und überhaupt, Kinder sterben nicht einfach so. Sie ist neun Jahre alt, und vermutlich wird sie diese Erfahrung auch für immer prägen.

Die Feier ist schön. Wenn man das so sagen kann, über den Abschied vom eigenen Kind. Der Pfarrer hält sich an unseren Deal. Er schafft es, ein Minimum an Glauben mit einem Maximum an liebevoller Erinnerung zu kombinieren. Ich lächle ihn die ganze Zeit an, aus Dankbarkeit, dass er den richtigen Ton trifft.

Helens Lehrerin hält eine bezaubernde Rede. Sie beschreibt ihre besondere Schülerin so genau richtig, dass es mich mehr freut, als dass es weh tut. Sie erzählt von Helens Liebe zu den kleinen Details. Ihren Lieblingsfarben Pink und Grün. Ihren besonderen Schätzen, den Muscheln und Steinen. Ihrer gemeinsamen Vorliebe für Parmesan. Von ihrem Einsatz als Klimabotschafterin und ihrem Amt als Klassenrätin. Als sie fertig ist, gehe ich zu ihr und drücke sie fest als stummen Dank.

Es ist gut, dass wir hier im kleinen Kreis sind. Wir müssen keine Regeln einhalten und können machen, wonach uns ist. Außerdem sind wir hier keine öffentlichen Personen, wie es bei einer großen Gedenkfeier mit allen Kindern, Eltern und sonstigen Fremden der Fall gewesen wäre. Im Kreise unserer Freunde und Familie fühle ich mich verstanden und sicher.

Susanne spricht über Helen. Die Wehmut über den Verlust ihres geliebten Patenkindes spricht aus jeder Zeile. Ich bewundere ihre Stärke, uns diesen Gefallen zu tun. All die kleinen Geschichten über Helen tun mir unendlich gut. Sie sind mein Überlebenselixier.

Zum Schluss spielen wir ein Lied, das Helen ganz toll fand. Ein Junge hat es über den Tod seines Großvaters geschrieben. Ich vermute, sie fand in erster Linie den Jungen und die eingängige Musik beeindruckend. Als wir das Lied vor knapp einem Jahr in der Sendung »Mein Song« auf Kika hörten, wusste ich sofort, dass wir es für Helen spielen würden, falls »es« passieren sollte. »Bei Dir«, gesungen von Tom Hengelbrock und Andreas Bourani, ist ein kraftvoller Appell, dass wir immer für Helen da sind, dass sie immer ihren Platz in unserem Leben behalten wird. Ich bewege die Lippen stumm mit. Will am liebsten jedes Wort des Liedes herausschreien, damit jeder hört, dass Helen niemals alleine sein wird.

Frank und ich bleiben in der Kapelle zurück und schicken die anderen schon vor zum Friedhof. Der Bestatter fragt, ob er die Urne transportieren soll. Frank schaut ihn an, als würde er die Frage nicht verstehen. Niemand außer uns wird unser Kind anfassen. Ob wir denn eine Tragetasche benötigen. Ich kann es nicht fassen. Sie ist doch kein Leergut.

Alle sind weg. Wir sind alleine. Ich möchte mich hier – zusammen mit Frank – dem Anblick der Urne stellen. Ich bitte ihn, als Erster hinter das Bild zu blicken und mir zu sagen, was er sieht. Natürlich weiß ich es eigentlich selbst. Ich habe die Urne ja beim Bestatter ausgesucht. Aber Franks Worte lassen wie immer die Realität in bekömmlichen Häppchen in mein Bewusstsein sickern. Er nimmt Helen auf den Arm. Er lächelt und führt sie zu mir. Wir stehen mitten in der Kapelle, eng umschlungen mit der Urne unserer Tochter.

Die letzte familiäre Knutschrunde findet statt. Nur dass wir anstelle eines spitzen Kindermundes jetzt kaltes Metall küssen.

***

Auf dem Parkplatz des Friedhofes warten alle auf uns. Ich sehe in den Gesichtern meiner Freundinnen große Trauer und Verzweiflung. Alle sehen uns mitleidig an.

Ich gehe zu Shirley und frage, ob sie mich zu Helens Grab begleiten möchte. Sie nickt, und ich nehme sie an die Hand. Wie wunderschön das ist, so eine kleine Hand halten zu können. Frank trägt Helen, und ich gehe mit der Freundin meiner Tochter den Berg hinauf zu diesem schönen und ruhigen Platz unterhalb eines jungen Baumes. Wir müssen nicht weinen, wir lächeln, als wären wir auf Drogen. Uns berauscht das Gefühl, es für Helen schön zu machen.

Am Grab spricht der Pfarrer noch ein paar Worte. Jetzt müssen wir uns endgültig von ihr trennen. Wir zögern den Moment hinaus, halten uns fest umschlungen, die Urne zwischen uns. Dann versenken wir gemeinsam die Urne in der Erde. Ich bücke mich und werfe weiße Rosenblätter in das dunkle Loch. In meinem Inneren spreche ich mit Helen und bin ganz nah bei ihr. Frank und ich umarmen einander und machen den anderen Platz.

Ich sehe das große Leid meiner Eltern. Meine Mutter klammert sich an ihr Blumensträußchen und will die schreckliche Gewissheit nicht Realität werden lassen. Ich führe sie zum Grab und helfe ihr. Mit meiner Stärke möchte ich sie stützen. Wenn ich es schaffe zu überleben, dann kann sie das auch! Nacheinander nehmen alle Abschied von Helen und dann auch von uns.

Von Helens Mitschülern haben wir uns Muscheln und schöne Steine als Grabbeigabe gewünscht. Diese kleinen Gesten der Zuneigung legen wir auch zu ihr. Sie soll umgeben sein von ihren Klassenkameraden. Das Eurostück unter der Urne hat zum Glück niemand gesehen. Der Lohn für den »Fährmann« war Franks Idee. Ich habe keine Ahnung, was ihn da angetrieben hat. Seiner Meinung nach ist Helen weder im Himmel noch im Tierreich, noch wird sie wiedergeboren. Aber die Maut ins Jenseits muss trotzdem bezahlt werden. So hat eben jeder seine besondere Art, diesem Tag zu begegnen.

Als alle gegangen sind, bleiben wir zurück bei Helen. Im Schoß habe ich 28 Briefe, die die Kinder aus ihrer Klasse an sie geschrieben haben. Also sitzen wir hier an diesem schönen Platz und lesen einen Brief nach dem anderen. Wir erfreuen uns an den kindlichen Worten. Helen war lustig und schön und konnte toll spielen, und sie war mutig und tapfer. Wir beschließen den Tag mit dem Gefühl stolzer Eltern.

2009

Ein ganz normaler Mittwoch. Als ich am Abend aus der Agentur komme, sehe ich sofort eine dicke Beule an Helens linker Schläfe. Ich erschrecke mich und frage, was passiert ist. Sie wurde auf dem Kindergartenhof vom Laufrad gestoßen, erklärt sie mir. Papa und sie waren im Krankenhaus, aber da haben die Ärzte nichts gesehen. Die Beule ist nicht blau, und es tut Helen nicht weh. Ich bin beruhigt. Der Vorgang hat Frank nicht einmal dazu bewogen, mich im Büro anzurufen. Okay. Kinder fallen und bekommen Beulen. Das ist ja nicht die erste, die wir in den letzten fünf Jahren zu Gesicht bekommen haben.

***

Ein paar Tage später ist die Beule noch unverändert da. Das macht mich langsam nervös. Normalerweise müsste sie jetzt gelb oder lila sein, aber sie schaut unverändert rosig aus. Der Kinderarzt spricht von einem eingeschlossenen Hämatom. So etwas kann dauern oder aber auch für immer bleiben. Am Abend google ich das. Mir laufen die Tränen über das Gesicht. Es kann sein, dass unsere Tochter für immer mit dieser Beule rumlaufen muss. So etwas gibt es. Meine von Perfektion verwöhnte Vorstellung bekommt einen Riss. Ich sehe Kinder, die Helen hänseln, und lange Ponyfrisuren, die den Makel verdecken. Wenn ich heute an diesen Moment denke, schäme ich mich meiner Oberflächlichkeit. Jetzt, da Helen tot ist, erscheint mir ein Leben mit dieser Beule das Paradies auf Erden zu sein. Diese Lektion habe ich gelernt. Mit jedem Grad der Beeinträchtigung wird man kompromissfähiger mit dem Schicksal. Hauptsache überleben, um jeden Preis. Aber mit jedem kleinen

Schritt der Verbesserung kehrt auch das Zweifeln unwiderruflich zurück.

***

Die Beule bleibt und tickt für uns wie eine Zeitbombe. Nach zwei Wochen beschließen wir, erneut ins Krankenhaus zu fahren. Wir haben großes Glück. Der diensthabende Oberarzt der Notaufnahme ist ein alter Klassenkamerad von mir. Ich habe ihn seit dem Abitur nicht gesehen und ihn in dem weißen Kittel zuerst gar nicht erkannt. Mein Gott, sind wir erwachsen geworden.

Er ordnet eine Untersuchung per Ultraschall an und schaut sich danach die Bilder an. Ich erwarte eine beruhigende Aussage: Alles in Ordnung, keine Auffälligkeiten, die Beule wird in ein paar Tagen verschwunden sein. Aber er schaut mich professionell an, rät uns zu einem MRT. Der Kollege wirft ein, dass die Krankenkasse das nicht übernehmen wird, aber mein Klassenkamerad entgegnet, das würden sie schon intern regeln. Ich frage nicht weiter nach, denn ich bin noch immer in meinem »Es ist nichts Schlimmes«-Programm fest verankert.

Wie unglaublich naiv wir waren. Aber der kausale Zusammenhang zwischen Sturz und Beule war so eindeutig, dass er keinen Raum für Spekulationen zuließ.

***

Meine Sorgen kreisen um die bevorstehende Untersuchung von Helen. Ein MRT ist laut und lang. Man hat uns gefragt, ob wir eine Narkose für unsere Tochter wollen, aber mir war sonnenklar, dass wir das irgendwie ohne hinbekommen. Helen ist genau fünfeinhalb Jahre alt, und die Untersuchung soll dreißig Minuten dauern, in denen sie sich praktisch nicht bewegen darf. Wie so oft in den folgenden vier Jahren liegt unsere Lösung in bunten Geschichten. Zunächst recherchiere ich nach Kinderbüchern über eine Untersuchung im MRT. Es gibt ja zu allen unvorstellbaren Themen die passenden Bücher, warum nicht auch hierzu. Dank Amazon liegt am kommenden Tag die passende Literatur auf unserem Tisch. Aha. In einem MRT leben kleine Magnettierchen, die Geräusche machen, wenn sie sich unterhalten. Und wenn man ganz ruhig liegt, dann hat man vielleicht das Glück, eines dieser seltenen Tierchen zu sehen. Genau unser Ding. So und ähnlich haben wir viele der Untersuchungen überstanden. Und auch wenn Helen häufig wusste, dass die Realität doch irgendwie anders sein musste, so haben die Geschichten sie immer wieder verzaubert.

Nach dem MRT warten wir auf dem Flur der Chirurgie. Mich beschleicht ein ungutes Gefühl. Was, wenn es doch etwas Schlimmes ist? Die Tür öffnet sich, und ich gehe hinein. Ich setze mich, und mir gegenüber sitzt mein Klassenkamerad. Vor gefühlt nicht allzu langer Zeit haben wir beim Abiball auf eine glorreiche Zukunft angestoßen – und jetzt? Ich kann seinem Blick entnehmen, dass etwas nicht stimmt. Er zeigt mir das Bild von Helens Schädel. Das erste Mal sehe ich diesen hellen Fleck, der nur auf einer Seite ist und damit definitiv fehl am Platz. Er sagt etwas von Raumforderung, und ich frage ihn: »Du meinst, Helen hat …?« Ich kann das Wort nicht aussprechen.

Vier Jahre lang werden mein Mann und ich uns weigern, dieses Wort zu sagen. Krebs bedeutet Tod und keine Chance. Das wollen wir nicht sagen und auch unsere eigenen Stimmen nicht sagen hören. Er nickt nur und schaut mich mitfühlend an. Ich bekomme ein Glas Wasser, und er ruft in der Uniklinik an, ob wir schon am gleichen Nachmittag mit unseren Bildern in die Tumorkonferenz können.

Wir haben erneut Glück – ha, welche Ironie – und bekommen einen sofortigen Passierschein nach Köln. Ich informiere Frank auf dem Flur in wenigen, für Helen unverständlichen Worten. Schon jetzt ist unser oberstes Gebot, Ruhe zu bewahren und für Helen so viel Normalität und Selbstverständlichkeit wie nur möglich auszustrahlen. Mama und Papa haben alles im Griff! Das ist eine sichere Bank für unsere Tochter, und die wird auch in den kommenden vier Jahren ihr Fundament nie verlieren.

Auf dem Weg zum Parkplatz springt und tanzt Helen und möchte unbedingt in den Irrgarten auf dem Krankenhausgelände. Sie pflückt Gänseblümchen und ist einfach nur ein normales, glückliches fünfjähriges Mädchen. Die Sonne scheint, die Welt dreht sich einfach weiter. Nur wir wissen, dass sich ab heute alles verändern wird.

In der Uniklinik folgen wir der Ausschilderung »Kinderonkologie und Hämatologie«. Ich fühle mich wie in Trance, als wenn das hier ein böser Traum ist. So etwas kennt man aus tragischen Filmen, aber das passiert doch nicht tatsächlich in meinem Leben. Ich will dringend die Chips beiseitestellen und umschalten, aber hier gibt es keinen Ausweg für uns. Der Krankenhausgang scheint unendlich. Wir werden ihn noch viele Hundert Mal entlanggehen. Aber an diesem Tag, dem ersten Tag im Krankenhaus, fühle ich mich wie im Windkanal eines Autoherstellers. Oder wie in einem Aufzug, im Bewusstsein, dass jeden Moment das Seil reißen wird.

Wir führen ein erstes Gespräch und übergeben die Bilder. Der Arzt bestätigt den Eindruck seines Kollegen aus dem örtlichen Krankenhaus. Ich kann meine Tränen nicht mehr zurückhalten. Es ist also doch kein Versehen, keine Inkompetenz meines auf gebrochene Beine spezialisierten Klassenkameraden. Irgendwie habe ich das noch fest geglaubt.

Bisher war Helen fröhlich und überhaupt nicht ängstlich. Sie hat uneingeschränktes Vertrauen zu uns. Ganz im Gegensatz zu Frank und mir hat ihr kindliches Bewusstsein noch keine Vorstellung von dem, was sie hier erwarten wird. Aber ihre ganze Unbekümmertheit bricht von einer Sekunde auf die andere zusammen, als sie mich weinen sieht. Sie spürt sofort, dass hier etwas Wichtiges passiert und dass das nichts Gutes sein kann.

Helen wird uns später immer wieder von zwei Momenten berichten, die sich ihr ganz tief eingeprägt haben müssen. Meine Tränen an unserem ersten Tag im Krankenhaus. Und Franks ungebändigte Wut, als sie sich einmal weigerte, die für sie lebenswichtigen Medikamente zu nehmen. Beide Momente gehörten zu den ganz wenigen, in denen Angst und Verzweiflung stärker waren als unsere fest zementierte Selbstbeherrschung.

Die Besprechung wird drei Stunden dauern. Man diskutiert dort nicht nur über Helens Fall, sondern auch über andere Kinder der Station. Der Arzt rät uns, so lange spazieren zu gehen. Also schlendern wir durch die Straßen Kölns, als wären wir eine normale Familie. Wir kaufen süße Teilchen und essen.

Das Ergebnis ist eindeutig. Wir müssen davon ausgehen, dass Helen einen Tumor im Kopf hat. Sie hat keine Schmerzen und keine Ausfallerscheinungen. Das ist ungewöhnlich. Die Beule wurde erst nach dem Sturz sichtbar? Wir werden immer wieder gefragt, ob wir uns da ganz sicher seien. Vielleicht haben wir dieses hühnereigroße Etwas in den letzten Wochen schlichtweg übersehen? Ich werde sauer und beteuere, jedes einzelne Pickelchen an Helen zu kennen. Es scheint einfach höchst unnormal zu sein, dass ein Tumor durch einen Sturz so plötzlich sichtbar wird. Ein zartes Pflänzchen der Hoffnung keimt auf. Vielleicht täuschen die sich ja doch. Was stand noch mal auf der Ausschilderung: »Kinderonkologie und Hämatologie«. Nicht wissend, was genau Hämatologie bedeutet, beschließen wir einvernehmlich, dass wir zu dieser Patientengruppe gehören müssen. Noch ist schließlich nichts bewiesen!

Man empfiehlt uns, direkt im Krankenhaus zu bleiben. Ein Tumor solcher Größe ist unkalkulierbar in seinen Folgen, und Helen muss unter Beobachtung bleiben. Sie bekommt direkt in diesem Besprechungszimmer einen intravenösen Zugang gelegt. Das erste Mal erleben wir die Qual, dem eigenen Kind die Schmerzen nicht abnehmen zu können und hilflos zuschauen zu müssen. Bei allem Leid, das wir noch erfahren werden, ist das bei weitem die schlimmste Erkenntnis.

Zwei Etagen höher befindet sich die Station der Kinderonkologie. Wir fahren mit dem Aufzug hoch und betreten die Räume, in denen wir zukünftig sehr viel Zeit verbringen werden. Der erste Eindruck ist positiv. Alles ist hell und weitläufig. Überall hängen gemalte Bilder von Kindern oder gebastelte Sachen. Eine riesige Schaltzentrale dominiert die Station. Wir sehen ein Spielzimmer, das an den Kindergarten erinnert. Eine Schwester nimmt uns in Empfang und führt uns aufs Zimmer. Zum Glück ein Einzelzimmer. Aber all das gehört zum Standardprogramm der Erstversorgung. Irgendwie muss der Schock ja abgefangen werden. Kurze Zeit später steht schon ein Vertreter des Elternhauses in der Tür und bietet Hilfe an. Wir blocken alles ab, sind völlig überrollt von den Ereignissen. Heute Morgen noch waren wir völlig unbedarft. Wir hatten Pläne für das Wochenende, und jetzt sind wir hier.

Erst einmal sollen wir zwei Wochen Aufenthalt einplanen, dann wird man weitersehen können, wie der Therapieplan aussieht. Mittlerweile ist es früher Abend. Es ist Dezember und daher schon dunkel. Wir bekommen ein Zustellbett, damit ein Elternteil bei Helen schlafen kann. Aber es ist uns unmöglich, uns zu trennen. Ohne zu fragen, bleiben wir alle zusammen und schlafen zusammengerückt die erste von vielen weiteren Nächten im Krankenhaus.

***

Den nächsten Tag verbringen wir meistens im Spielzimmer. Helen findet es im Krankenhaus irgendwie spannend. Den Zugang in ihrer Vene hat sie schon vergessen, und ansonsten ist noch nichts Beängstigendes für sie passiert. Ich habe den Eindruck, sie erlebt das hier wie eine Art Hotel. Alle schlafen in einem Zimmer, es gibt dreimal am Tag Buffet, und im Spielzimmer sind andere Kinder. Es scheint sie nicht zu irritieren, dass die anderen Kinder alle keine Haare haben. Sie hier zu sehen, mit ihren langen blonden Zöpfen, umgeben von dünnen, blassen Kindern mit kahlen Köpfen, verlangt mir viel ab.

Während ich Helens Haare kämme, laufen mir stumm die Tränen über das Gesicht. Ich weiß, Haare wachsen nach und alles andere ist wichtiger. Aber diese Glatzen sind so ein furchterregender Anblick für mich, sie sind die schreckliche Fratze dieser Krankheit.

Die anderen Kinder sind angeschlossen an Infusionsständer mit mehr oder weniger Medikamentenbatterien. Mich überrascht die Selbstverständlichkeit, mit der diese kleinen Patienten ihr Handicap akzeptieren. Sie fahren trotz Ständer mit dem Bobbycar über den Stationsflur oder spielen mit den Vätern Fußball.

Überhaupt ist die Stimmung weder traurig noch angespannt. Auch die Eltern lächeln ihre Kinder glücklich an, liebkosen sie mit ihren Blicken. Viel später haben wir erkannt, dass die eigentlichen Dramen hinter den verschlossenen Zimmertüren stattfinden. Wer gut drauf ist, geht auf den Flur. Und wenn die Kinder gut drauf sind, dann strahlen die Eltern, egal, was noch kommen mag.

***

Eine Mutter berichtet mir lächelnd, ihr Sohn sei drei Stunden ohne Atemhilfe ausgekommen. Ein paar Tage später stirbt das Kind. Aber genau in diesem Moment war sie einfach nur glücklich. Das ist also unsere neue Welt.

***

Eine Biopsie des Tumors muss gemacht werden. Damit soll bestimmt werden, was da genau in Helens Kopf unkontrolliert gewachsen ist. Wir erklären ihr die OP in einfachen Worten. Sie ist so tapfer und hat kaum Angst. Mir dagegen knicken die Beine weg, als wir sie an der OP-Schleuse den Ärzten übergeben. Jetzt kann ich meiner Angst freien Lauf lassen. Die aufgestaute Panik der letzten Tage bricht aus mir heraus, ich kann mich kaum beruhigen.

Im Wartezimmer sitzt neben uns eine Mutter völlig entspannt und wartet auf ihren kleinen Sohn, der gerade operiert wird. Sie liest Zeitungen und telefoniert. Dem Gespräch entnehmen wir, dass der Junge ebenfalls einen Tumor hat und schon vielfach operiert wurde. Ich wundere mich über die Abgeklärtheit dieser Frau. Aber auch wir werden im Verlauf der Zeit viele OPs hinter uns bringen und mit jedem Mal gelassener sein. Das bedeutet nicht, dass man sich weniger Sorgen um sein Kind macht. Nein. Aber jede OP birgt eine Chance auf Besserung. Und dieser Preis ist es immer wert und überlagert die akute Angst.

Wir glauben noch immer fest daran, dass sich alles als Missverständnis entpuppen wird. Vor meinem geistigen Auge sehe ich den weißhaarigen Professor der Kinderonkologie uns mit sanfter Stimme erklären, dass es sich bei Helens Beule um eine ganz seltene Form eines gutartigen Hämatoms handelt. Wir würden dann unsere Klamotten packen und zurück in unser altes Leben gehen.

Aber leider erfüllt sich dieser Wunschtraum nicht. Schon kurz nach der OP ist man sich einig, dass es sich um bösartiges Tumorgewebe handelt. Jetzt müssen wir noch die genaue Spezifikation abwarten, um den Behandlungsplan erstellt zu bekommen.

Es muss außerdem überprüft werden, ob der Tumor schon gestreut hat. Ist der Wahnsinn bisher noch nicht ausreichend?

Gibt es noch eine Steigerung von völliger Panik? Ja, die gibt es. Einen der schlimmsten Momente erlebe ich bei der Ultraschalluntersuchung. Ganze fünfundvierzig Minuten wird jedes Organ untersucht auf der Suche nach Auffälligkeiten. Helen ekelt sich vor der kalten Glibbermasse, die auf ihrem Bauch verteilt wird. Ich scherze mit ihr und erzähle, wie das gewesen ist, als sie noch in meinem Bauch war. Wie ich mich immer genau auf diesen Moment mit der Glibbermasse gefreut habe, denn dann wusste ich, dass wir sie bald auf dem Monitor sehen werden. Und während ich mit Helen spaße, um sie von der Untersuchung abzulenken, bin ich innerlich so angespannt wie noch nie in meinem Leben.

Wenn man Angst riechen kann, dann müssen sich die Leute draußen auf dem Flur schnüffelnd umdrehen, so eine Panik habe ich. Ich versuche, auf dem Monitor etwas zu erkennen. Aber das ist mir selbst bei Helen erst gelungen, als die Schwangerschaft schon deutlich fortgeschritten war.

Jeder Schatten scheint mir verdächtig. Frank lächelt völlig entspannt und lässt sich alles erklären. Er ruht felsenfest in seiner Sicherheit, dass Helen keine Metastasen hat und dass letztendlich alles gut wird.

Wir müssen auch noch ein CT und ein PET über uns bzw. Helen über sich ergehen lassen. Wir schaffen es, mit erfundenen Geschichten und lustigen Spielen die langen Wartezeiten und die ungewohnten Behandlungen für Helen angstfrei und kurzweilig zu gestalten. Ich fühle mich geradezu zweigeteilt. Auf der einen Seite bin ich eine liebevolle Mutter, lustig und voller Ideen, wie ich es für Helen schön machen kann. Und auf der anderen Seite bin ich eine von Angst gelähmte Frau. Aber alles, was ich vermeintlich für Helen mache, damit sie sich wohl fühlt, kommt auch mir zugute. Ich kann mich fallen lassen in unsere Parallelwelt und die Angst zeitweise perfekt draußen vor der Tür stehen lassen.

Nach diesem Untersuchungsmarathon breche ich dennoch zusammen. Meine Eltern und Susanne sind da und kümmern sich um Helen. Frank ist bei mir. Ich schreie so laut, dass es vermutlich alle auf der Station hören. So muss es sich anfühlen, wenn man den Verstand verliert. Es wurden zwar keine Metastasen festgestellt, aber den ungeheuren Wert dieser Nachricht kann ich in diesem Moment nicht würdigen.

Es fällt alles über mir zusammen. Wir werden nie wieder eine normale Familie sein! Doch, sagt Frank. Helen wird gesund, und dann wird alles wieder gut.

Aber was macht das mit uns? Werden wir diese Zeit zusammen überstehen können? Sind wir danach noch immer ein glückliches Paar, oder verlieren wir uns unterwegs?

Ja, auch diese Gedanken gehen mir durch den Kopf. Die Tatsache, dass wir Helen verlieren könnten, ist eine so absurde Vorstellung, dass sie keinen Platz in meinem Hirn findet. Ich bin bereits völlig ausgelastet mit den Sorgen um die ganzen Begleiterscheinungen der Krankheit.

***

Wir beschließen, bis zum Ergebnis der Biopsie nach Hause zu fahren. Das Krankenhaus ist keine dreißig Minuten von uns entfernt. Sollte sich Helens Zustand tatsächlich verändern, wären wir umgehend zurück.

Helen freut sich auf zu Hause. Sie ist sofort mit ihrer besten Freundin verabredet. Es ist erstaunlich, mit welcher Lässigkeit sie das Geschehen abschütteln kann.

Ich erwarte, dass sich etwas verändert hat. Unser Leben hat sich auf den Kopf gestellt. Selbst wenn Helen gesund wird, werden wir ein Leben lang eine große Sorge mit uns herumtragen. Aber es sieht alles aus wie immer. In den Vorgärten sehe ich die Weihnachtsbeleuchtung. An den Fenstern hängt Dekoration. Vermutlich werden irgendwo in der Nachbarschaft gerade Plätzchen gebacken oder Päckchen eingepackt. Nichts hat sich verändert – nur wir.

Ich gehe direkt ins Schlafzimmer, krieche unter die Decke,

weine und falle sofort in einen Tiefschlaf, der meinen Kopf vor Schlimmerem bewahrt.

***

Zwei Tage später bekommen wir telefonisch die Auskunft, dass es sich bei Helens Beule tatsächlich um einen bösartigen Tumor handelt. Die Bestimmung war schwierig, aber jetzt sei man sich sicher. Ewing-Sarkom. Ein Knochentumor. Extrem selten bei Kindern und noch dazu im Kopf. Kommt normalerweise in den Beinen oder im Becken vor.

Ich frage den Arzt ganz naiv, ob es sich denn wenigstens um eine gut zu behandelnde Krankheit handelt. Ich möchte zumindest das Gefühl haben, bei aller Grausamkeit noch Glück gehabt zu haben. Ich brauche eine Brücke für mich, um mich mit dem Schicksal zu versöhnen. Er antwortet mit Bedacht, dass es sich zumindest um eine gut erforschte Tumorart handele. Unerwähnt bleibt an der Stelle, dass die Behandlung immer mit einer einschneidenden Operation, meist sogar einer Amputation einhergeht. Dass die Chemo die längste und schlimmste ist, die es in der Krebsbehandlung gibt. Dass die Nebenwirkungen fatal und die Rückfallquote sehr hoch ist. So bleibe ich mit meiner selbst definierten Wahrheit zurück, in der ich mich in der kommenden Zeit komfortabel einrichten werde.

***

Unsere Wiederkehr in die Klinik gleicht einem Umzug. Wenn schon Krankenhaus, dann aber schön. Wir bringen einen bunten Teppich, Decken, Kissen und eine gemütliche Lampe mit, um dem Neonlicht des Zimmers zu entfliehen. Ja. So lässt es sich aushalten. Noch völlig unbelastet von dem Wissen um Hygiene, Raumpflege und sogar mögliche Mitbewohner, machen wir es uns hier nett. Ich beschließe sogar, den grünen Sessel von zu

Hause zu holen. Die Ecke da rechts würde sich hervorragend dafür eignen!

Die Oberschwester zieht uns schnell den Zahn. Auch als Privatpatienten würde man uns nicht dauerhaft ein Einzelzimmer sicherstellen können. Außerdem wäre es ab jetzt nicht mehr gestattet, dass wir alle drei in Helens Zimmer übernachten.

Die Schonfrist ist abgelaufen! Die Samthandschuhe werden für die nächsten Neuankömmlinge in der Schublade verstaut.

Den Sessel lassen wir dann also zu Hause. Und auch den Teppich bringen wir beim nächsten Aufenthalt nicht mehr mit. Aber während der gesamten Zeit reisen wir immer mit bunten Decken, passenden Kissen und der rosa Lampe an, die so ein herrlich kuscheliges Licht macht. So etwas gab es hier noch nie. Schnell werden wir zum Stationsgespräch.

***

Und das ist erst der Anfang. Wir werden im Laufe der Zeit Karnevals- und Weihnachtsdekorationen, Waffeleisen und Silvesterböller einschleusen. Im Sommer werden wir in den Tiefen des Klinikkellers Gartenmöbel finden und diese auf dem Balkon vor unserem Zimmer plazieren. Das sonnige Frühstück an der frischen Luft wird uns dreien Glücksmomente bescheren, als wären wir in südlichen Gefilden und nicht in der Kölner Kinderonkologie.

***

Und tatsächlich endet mit der Schonfrist auch der Einzelzimmerluxus. Wir bekommen Zimmergenossen. Ein kleines Mädchen in Helens Alter, ebenfalls mit einem Tumor im Kopf. Der ist allerdings gutartig. Ich spüre blanken Neid in mir. Warum ist Helen nicht wenigstens das vergönnt?

Schnell weicht unser abgestimmtes Wohninterieur dem Chaos zweier Familien, die sich fünfzehn Quadratmeter teilen müssen. Keine Ablage bleibt ungenutzt. Freie Flächen verschwinden vor unseren Augen unter Süßigkeiten und Nippes.

Es fällt mir schwer, diese Enge zu ertragen. Ich würde mich lieber mit meiner Familie einigeln. Und selbst bestimmen, was wir noch bestimmen können.

***

Die Therapie steht, und Frank und ich müssen uns dem großen Aufklärungsgespräch stellen. Hier sollen wir erfahren, was genau passieren wird. Wir sitzen in einem Besprechungsraum, den wir danach nie wieder betreten. Der Oberarzt ist dabei und eine Dame vom Psychosozialen Dienst, die Protokoll führt. Es scheint also ernst zu werden.

Ich weiß, wir werden gleich Dinge erfahren, die schmerzhaft sind und kaum vorstellbar, aber im Moment kreisen meine Gedanken paradoxerweise nur um ein einziges Thema. Wie lange wird die Therapie wohl dauern? Wann sind wir durch und Helen wieder gesund?

Es ist Ende Dezember, und der wichtigste Termin im kommenden Jahr ist ihre Einschulung. Das sind noch acht Monate bis dahin. Wir rechnen mit sechs Monaten Chemotherapie, danach eine Reha, und dann kann Helen eingeschult werden. Dann haben wir zwar einen kleinen Schlenker gemacht, aber danach läuft wieder alles in der Spur.

Nach fünf Minuten wissen wir, dass dieser Plan ein rosarotes Wolkenschloss ist. Helens Therapie beinhaltet vierzehn Chemoeinheiten, eine Kopf-OP und Bestrahlung. Mir raubt es den Atem.

Erfahrungsgemäß dauert diese Behandlung eineinhalb Jahre und geht einher mit diversen Infektionen parallel zu den planmäßigen Klinikaufenthalten. Man legt uns nahe, dass einer von uns seinen Job aufgeben sollte. Ansonsten sei das Programm nicht zu bewerkstelligen. Wir bekommen Therapiepläne gezeigt. Schemata von unterschiedlichen Behandlungsformen, je nach Ansprechen des Tumors.

Wir fragen die Ärzte alles, was uns in den Sinn kommt. Alles, was wir uns vorstellen können. Und das ist zu dem Zeitpunkt ziemlich wenig. Denn wir sind noch nie mit dieser Krankheit in Berührung gekommen, kennen niemanden, der eine Chemo machen musste. Man verliert die Haare, hat ständig mit Übelkeit zu kämpfen und ist dünn und blass. Das ist so ziemlich unser gesamtes Wissen zu dem Thema. Welchen Einfluss die Therapie auf den Alltag hat, davon haben wir auch nach dem Gespräch nur eine sehr vage Vorstellung. Listen mit verbotenen Speisen, Hygienevorschriften und Erklärungen zu Medikamenten halten wir nun in Händen. Nur wie schwer es tatsächlich werden wird, ekelhaft schmeckende Säfte zu verabreichen oder jedem Schnupfen im Freundeskreis auszuweichen, das erleben wir erst einige Zeit später.

Wonach wir nicht fragen, ist Helens Überlebenschance, ihre persönliche Prognose. Niemand drängt uns ungefragt die Information auf. Die Ärzte sprechen allgemein von guten Heilungschancen bei Kindern und dass sich in den letzten Jahren unheimlich viel verbessert hat. Vier Jahre werde ich diese Quote nicht erfragen und auch nicht im Internet recherchieren. Ein Satz unseres behandelnden Professors wird mir jedoch für immer im Gedächtnis bleiben: »Es ist egal, was die Statistik sagt. Man muss nur in der richtigen Gruppe sein.«

Am Ende des Aufklärungsgesprächs pulsiert nur ein Gedanke in meinem Kopf. Vielleicht, weil diese Information eine unausweichliche Konsequenz beinhaltet, die ich auch jetzt und hier schon verstehe: Helen kann nicht eingeschult werden. Unter einer Chemotherapie ist der Umgang mit anderen Kindern zu riskant. Jeder Schnupfen kann zu einer Infektion führen, an Windpocken darf man gar nicht erst denken. Kein Kindergarten, keine Schule, kein Spielplatz, kein Kino, keine Geschäfte. Als würde das irgendetwas an ihrem Schicksal ändern, ist das für mich heute die grausamste Wahrheit. Wie sollen wir ihr das erklären? Da kann man nichts schönreden. Die Tatsache, dass sie ihre Haare verlieren wird, hatte ich bereits akzeptieren müssen. Ja, die wachsen wieder, aber die Einschulung findet nur einmal statt.

Es gibt zwar eine Krankenhausschule, die den Unterricht während der Klinikaufenthalte übernimmt, und diese würde dann die Einschulung formal ausrichten. Aber das lasse ich nicht gelten. Ich will eine rosa Schultüte für Helen, blonde Zöpfe, ein stolzes Lächeln meiner Tochter und ein unbeschwertes Familienfest!

Nachdem wir den Therapieplan wenige Tage später verinnerlicht haben, überschlagen wir die Zeiten und erstellen unsere internen Etappenziele. Im Sommer die OP und die Bestrahlung. In dieser Zeit wird sie keine Chemo machen dürfen, und ihre Blutwerte werden dann vermutlich gut genug sein, um zumindest den Tag der Einschulung in der Klasse zu erleben. Und wenn es wirklich gut läuft, dann ist Helen im zweiten Halbjahr regulär in der Schule.

Schon jetzt beginnen wir, was immer uns möglich ist, so optimal es geht zu gestalten. Wir stellen uns den Dingen, die wir nicht ändern können, aber alles andere packen wir beherzt an und drücken der Situation unseren ganz persönlichen Stempel auf.

Wir geben Helen das mehrstündige Gespräch in kurzen Worten wieder. Lassen alles weg, was hier und jetzt noch keine Relevanz hat.

Die Beule nennen wir Tumor und erklären, dass das ein Haufen Zellen ist, die nicht in ihren Kopf gehören. Keiner weiß, woher sie kommen, aber dass sie Schaden anrichten können, weil sie ja Platz wegnehmen. Nein, der Sturz hat die Zellen nicht gemacht. Wir müssen froh sein, dass sie gefallen ist. Denn jetzt haben wir entdeckt, was sich da in ihrem Kopf versteckt hat, und können schnell etwas dagegen unternehmen. Ja, das ist eine schlimme Krankheit, weil die Behandlung so lange dauert und wir ganz viel Geduld brauchen werden. Einmal Frühling, Sommer, Herbst und Winter, und alles ist wieder gut. Zusammen schaffen wir drei das.

Aber mit fünf ist man nicht dumm und kann eins und eins zusammenrechnen, und so versteht auch sie ganz schnell, dass der Weg in die Schule gefährdet ist. Das trifft sie genauso hart wie die Vorstellung, ab jetzt nicht mehr in den Kindergarten gehen zu können. Zu allem fallen uns gute Kompromisse ein, mit denen wir ihr und uns eine erträgliche Zukunft ausmalen.

***

Nachdem der Behandlungsplan steht, fehlt noch eine entscheidende Operation. Helen muss einen Zugang implantiert bekommen, durch den die Medikamente verabreicht werden können. Die Chemomittel sind so aggressiv, dass die Venen das nicht über den Therapiezeitraum aushalten würden. Noch so eine grausame Information, die ich lieber nicht wüsste. Der Zugang wird direkt an eine Vene in der Nähe des Herzens genäht. Damit müssen die Mittel keinen Umweg nehmen, sondern sind sofort im Verteilerzentrum.

Noch keine zwei Wochen vorher haben wir die Biopsie überstanden, jetzt müssen wir Helen schon wieder an der OP-Schleuse in die Hände der Chirurgen übergeben. Jede Mandelentfernung hätte mir schon schlaflose Nächte bereitet, und jetzt folgen die grausamen Ereignisse Schlag auf Schlag.

Helen übersteht alles gut. Sie ist so unfassbar tapfer und lässt sich von Geschichten, Spielen und Mitbringseln trösten. Am Nachmittag wird das erste Mal das große Pflaster gewechselt, um die Wunde zu begutachten. Ich sehe aus dem Brustkorb meiner kleinen Tochter eine Art Schlauch raushängen. Ein dünner, weißer Schlauch, wie das Kabel unseres Mixers in der Küche. Der Anblick stößt mich ab. Der Fremdkörper zerstört die zarte, weiche Brust von Helen! Die nächsten zwölf Monate werde ich immer versuchen, davor die Augen zu verschließen.

***

Das wöchentliche Wechseln des Pflasters wird zu einer quälenden Belastung für Helen. Sie wird diesen Vorgang so sehr hassen, dass sie eine persönliche Ranking-Liste erstellt, welche der Schwestern und Pfleger den Wechsel gut und welche ihn schlecht machen. Mit Engelszungen werden wir sie jedes Mal davon überzeugen müssen, die Pflegekräfte ihre Arbeit tun zu lassen. Helen wird die Kunst perfektionieren, bei markerschütterndem Schreien gleichzeitig völlig bewegungslos jegliche Behandlungen über sich ergehen zu lassen. Einerseits dankbar für ihre grundsätzliche Kooperation, erlebe ich jedes Mal reine Folter beim Hören ihrer Schreie.

***

Alle Vorbereitungen sind abgeschlossen. Wir haben unterschrieben, dass wir mit dem Therapieplan einverstanden sind. Als mögliche Nebenwirkung ist der Tod nicht ausgeschlossen. Jetzt soll es losgehen. Die Ärzte schlagen den 24. Dezember als ersten Chemotag vor. Heiligabend! Nein, das wollen wir nicht. Diesen Tag wollen wir nicht für immer verbrennen. Der 25. Dezember muss auch reichen.

***

Weihnachten im Krankenhaus. Wir werden gefragt, ob wir für einen Beitrag des WDR als Protagonisten herhalten wollen. Es wird ein Bericht über eine Kinderkrebsstation an Weihnachten gedreht. Wir sind doch so eine nette Familie. Sicher. Ja, wir wären echte Quotenbringer. Mit uns kann man so herrlich mitleiden und sich dann gemütlich den Festtagsbraten einverleiben.

Ich muss ehrlich gestehen, dass ich solche Beiträge auch schon gesehen habe. Nicht voyeuristisch, sondern immer beeindruckt davon, wie die Leute so ein Schicksal meistern. Jetzt sind wir also solche Leute. Wir lehnen die Anfrage kategorisch ab. Auch später weigern wir uns, bei Aufnahmen für einen neuen Klinikprospekt mitzumachen. Bei sämtlichen Besuchen von Promis mit Herz und reichlich Presse im Schlepptau halten wir uns ebenfalls unbemerkt im Hintergrund. Helen hätte das alles sicherlich spannend und aufregend gefunden, aber ich möchte auf keinen Fall, dass Bilder von uns irgendwo erscheinen. Mitleid ist das Allerletzte, das ich erzeugen möchte.

Nach dem Hinweis durch die Oberschwester haben wir jetzt auch ein Zimmer im benachbarten Elternhaus. Frank und ich übernachten hier abwechselnd, während der jeweils andere bei Helen schlafen darf. Hier wollen wir nun unseren »Heiligen Abend« feiern. Nein, hier müssen wir nun den Abend verbringen, den wir normalerweise glücklich und sorgenfrei in unserem festlich geschmückten Haus verbringen würden. Wenn schon nicht glücklich und sorgenfrei, so soll es doch auch hier wenigstens festlich geschmückt sein. Frank überrascht uns mit einer echten kleine Tanne und Baumschmuck von zu Hause. Das kleine Zimmer ist in Kerzenschein gehüllt, und unter dem glitzernden Baum liegen Geschenke.

Meine Eltern sind da. In der Kühltasche wartet ein Sauerbraten auf seinen Einsatz als Festmahl. Wir alle bemühen uns um Normalität im Strudel des ganzen Wahnsinns.

Die letzten zwei Wochen haben auch meine Eltern an den Rand der Verzweiflung gebracht. Und jetzt hier im Krankenhaus unser sonst so wunderschönes Fest feiern zu müssen, fühlt sich für uns alle seltsam fremd an.

Nur Helen scheint unbefangen zu sein. Sie findet es aufregend, einmal ganz woanders zu feiern, und verbucht den Abend eher als großes Abenteuer denn als schlechten Ersatz. Mama, Papa, Oma und Opa sind doch da, genau wie immer. Was soll dann schon Schlimmes sein?

Sie packt begeistert ihre Geschenke aus. Als hätte mir das Schicksal, dieser miese Verräter, hier zur Seite stehen wollen, hatte ich bereits vor unserem Klinikaufenthalt alle Geschenke eingekauft und sogar verpackt. Normalerweise bin ich gut organisiert, aber vier Wochen vor Weihnachten habe ich sonst nicht alles zusammen.

Helen bekommt eine Puppe, die sie sich gewünscht hat. Mit langen blonden Haaren! Meine Mutter und ich tauschen einen traurigen Blick. Wir beide wissen, es dauert keine zwei Wochen mehr, und Helen wird ihre geliebten Haare verlieren.

Der Gedanke daran treibt mich um. Das mit den Haaren haben wir ihr noch nicht gesagt. Ich habe schreckliche Angst vor ihrer Reaktion auf diese furchtbare Neuigkeit.

Ich beschließe, mir ebenfalls meine schulterlangen Haare abschneiden zu lassen. Sie soll mir nicht dabei zusehen müssen, wie ich mich kämme oder mir einen Zopf machen kann. Sie soll außerdem wissen, dass man auch mit kurzen Haaren schön ist.

Den Besuch beim Friseur erlebe ich völlig unemotional. Einmal beschlossen, setze ich mein Vorhaben schnell in die Tat um. Helen soll keinen Zusammenhang zwischen meiner neuen Frisur und ihrem anstehenden Haarverlust erkennen. Sie wird nie erfahren, dass sie der eigentliche Anstoß für meine Typveränderung war.

***

Die erste Chemo. Ein Arzt kommt mit dicken blauen Gummihandschuhen in unser Zimmer. Die Injektionsspritzen sind leuchtend gelb und mit Warnaufklebern versehen. Frank und ich tauschen ein stummes und zuversichtliches Nicken aus. Wir drei halten uns fest an den Händen und sind uns sicher, dass wir diesen Kampf gewinnen werden.

Ein halber Tag ist vorbei. Noch geht es ihr gut. Keine Nebenwirkungen bisher. Ein Käfer unter der Lupe wäre nicht weniger unter Beobachtung wie Helen durch meine Linse. Unsere Zimmernachbarn packen, dem weihnachtlichen Anlass entsprechend, einen Schokoladenbrunnen aus. Wir sitzen mit vier Erwachsenen und drei Kindern auf zwei Krankenhausbetten und tunken Ananasstückchen, Bananen und Trauben in das flüssige Braun. Ungelüftete Schwere und zuckersüße Leichtigkeit erfüllen den Raum. Helen stopft die Leckereien mit strahlendem Gesicht in sich hinein. Ja. Unserer Tochter geht es gut. Sie wird es schaffen. Sie wird gesund! Noch häufig werden uns solche kleinen Glücksmomente zu euphorischen Höhenflügen bewegen. Es dauert aber nicht lange, und Obst und Schokolade finden ihren Weg aus Helen hinaus und hinein in die erste von tausend Brechschalen.

****

Fünf Tage zieht sich der erste Block. Schnell lernen wir das Muster kennen. Frank findet seinen Halt in der Kontrolle der Abläufe. Jede Spritze wird geprüft, alles wird hinterfragt. Verstehen bedeutet für ihn Sicherheit. Und Sicherheit beruhigt ihn. Für mich aber bedeutet zu viel Wissen nur zu viel Angst. Ab jetzt definieren wir unbewusst unsere Rollenverteilung für die kommenden vier Jahre. Frank kümmert sich um Fakten, Arztgespräche, Anträge, Kosten, Krankenkasse. Er recherchiert im Internet. Sucht Alternativen. Ich bin für Soziales, Bildung, Organisation und alles, was schön ist und Spaß macht, zuständig. Gemeinsam decken wir die Themenfelder Liebe, Zuversicht und Hoffnung ab.

***

Der erste Block ist vorbei. Helen hat es den Umständen entsprechend gut überstanden. Trotzdem hat sie furchtbar abgenommen und sieht abgeschlagen und blass aus. Zu Hause angekommen, ändert sich vieles für die kommenden Monate. Wir halten uns ab jetzt streng an die Empfehlungen zu Ernährung und Hygiene. Nichts, was Helen isst, darf länger als vierundzwanzig Stunden geöffnet sein. Nichts darf irgendwie mit Keimen besiedelt sein. Nüsse, Rosinen und alle Früchte, die nicht geschält werden können, werden vom Speiseplan gestrichen. Vor allem Erdbeeren vermissen wir schrecklich. Dicht gefolgt von Speiseeis aus öffentlichem Verkauf. Dies scheint ein besonders beliebter Treffpunkt für Keime zu sein.

Getränke wie Milch und Säfte werden mit Uhrzeit gekennzeichnet. Wurst und Käse gibt es nicht mehr von der Frischetheke, sondern nur noch abgepackt und dann ausschließlich für einen Tag nach dem ersten Verzehr. Brot und Müsli sind kritisch wegen der Verpackungseinheiten, aber wir steigen schnell auf Minipackungen um. Eier und vor allem frisches Fleisch betrachte ich von nun an wie Testobjekte aus der Ebola-Forschung. Beim Zubereiten dieser Speisen trage ich Handschuhe, achte peinlich genau darauf, nichts unbedacht zu berühren, und reinige Spüle und Schneidebretter mit Desinfektionsmittel. Alles wird durchgebraten, und weiche Eier gehören ab jetzt der Vergangenheit an. Zunächst scheint mir die Umstellung unfassbar kompliziert und einschränkend, aber wir werden uns sehr schnell daran gewöhnen.

Nicht gewöhnen werden wir uns allerdings an die Medikamenteneinnahme. Im Krankenhaus bekommt sie bisher alles Notwendige intravenös verabreicht, was dank des Zugangs für Helen keine Beeinträchtigung darstellt. Ab jetzt muss sie aber regelmäßig zwei Präparate oral einnehmen. Sie schützen vor einer Lungenentzündung und einem schmerzhaften Pilz, der Rachen und Speiseröhre befallen kann.

Das eine wird als Tabletten verabreicht, das andere ist ein

übelschmeckender Saft. Und so unglaublich stark Helen bisher alle Eingriffe und Maßnahmen über sich hat ergehen lassen, so beharrlich weigert sie sich, diesen Saft zu nehmen.

Es scheint, als würde sich ihre ganze Abneigung gegen die Krankheit und alle damit verbundenen Unannehmlichkeiten in diese Abwehr kanalisieren. Der Tag der ersten Medikamenteneinnahme zu Hause wird ein Alptraum.

Ganze drei Stunden diskutieren wir mit Helen, flehen sie an, appellieren an ihre Vernunft, erklären ihr die Notwendigkeit des Medikaments, aber sie will es einfach nicht nehmen. Wir mischen den Saft mit Sirup, Joghurt, einfach allem. Wir bieten ihn auf Löffeln, in Spritzen und kleinen Gläschen an, nichts. Unsere ganze bisherige Ruhe und Kraft bröselt mit jeder Minute und jedem gescheiterten Versuch. Noch niemals war das Bedürfnis, mein Kind zu schütteln und auch zu schlagen, so groß wie in diesem Moment. Die nackte Wut mischt sich mit der Angst, an diesem Punkt zu scheitern. Helen muss das Mittel nehmen, die gesamte Therapie lang, also mindestens zwölf Monate. Bisher haben wir doch alles gut verkraftet, bei allem einen Weg für unsere Tochter und uns gefunden.

Wir schreien, weinen und resignieren. Helen sagt, sie könne das nicht nehmen. Sie probiert es immer wieder und spuckt alles aus. Und dann geschieht etwas, das wir noch nie zuvor erlebt hatten. Frank verliert seine Beherrschung. Mein ansonsten immer ruhiger, positiver und besonnener Mann knallt den Joghurtbecher mit dem Medikament mit aller Wucht in das Spülbecken. Die dickflüssige Masse spritzt durch die ganze Küche, landet an Schränken, Wänden und an der Decke. Helen beginnt zu schreien. Sie hat ihren Papa so noch nie erlebt und fühlt sich schuldig. Ich bin wie gelähmt und betrachte die Szene von außen. Eine Familie am Rande des Wahnsinns. Eine völlig aus der Kontrolle geratene Situation. Wie sollen wir das wieder hinbekommen? Wie sollen wir Helen die Angst nehmen? Das Gefühl, dass sie mit ihrer Krankheit dafür verantwortlich ist? Und gleichzeitig haben wir noch immer keine Lösung für die Medikamenteneinnahme.

Wie so oft in den nächsten Monaten blieb auch an jenem Tag das Thema schwierig und belastete uns mehr als alles andere in unserem Alltag. Es gab damals und im Anschluss kein Patentrezept für uns. Viele Stunden haben wir zwischen Flehen, Betteln, Verführen und Ignorieren geschwankt. Nie haben wir uns aber käuflich gemacht. Denn uns war klar, dass sich jeder Anreiz – aber auch jede Strafe – über einen langen Zeitraum abnutzen würde.

Am Ende hat immer Helen die Entscheidung getroffen, wann und wie sie sich überwinden würde. Es war keine Machtfrage für sie. Nein, es hat sie wirklich jedes Mal grenzenlose Überwindung gekostet. Getrieben von ihrem Pflichtbewusstsein und dem Wunsch, es gut zu machen, hat sie diese Hürde aber immer genommen.

Vergessen hat sie diesen Tag nie. So wie sie meine Tränen bei der Diagnose immer wieder erwähnte, so erzählte sie noch häufig die Geschichte vom Joghurt an der Küchendecke. Beide Male hat sie uns und unsere Verzweiflung ungeschützt und direkt erlebt, und das hat sich ihr offensichtlich nachhaltig eingeprägt.

***

Aber noch haben wir nicht einmal alle negativen Begleiterscheinungen der Therapie auf dem Schirm. Ja, es geht noch schlimmer. In der Zeit, die wir zu Hause verbringen, müssen wir zweimal pro Woche zur Blutwertkontrolle. Der Allgemeinzustand von Helen wird dabei überprüft und der Zeitpunkt ermittelt, wann man dem kleinen Körper die nächste Gift-Dröhnung zumuten kann. Anfangs noch unbedarft, fahren wir später voller Skepsis in die Klinik. Wissend, dass schlechte Blutwerte unangenehme Begleiterscheinungen mit sich bringen werden. Kontakte zu Helens Freundinnen werden damit noch schwieriger. Schon der Husten einer großen Schwester oder eine möglicherweise sich anbahnende Triefnase verhageln dann den ohnehin schon eingeschränkten Spielnachmittag.

Bei Unterschreiten von Mindestwerten werden Bluttransfusionen fällig. Diese dauern mehrere Stunden und zwingen uns zu langen Aufenthalten in der Tagesklinik.

Aber der Gipfel unseres Schreckens sind die Aufbauspritzen, die das Ansteigen der Leukozyten im Blut vorantreiben. Am Tiefpunkt der Blutwerte bekommen wir ein Rezept für das Medikament und Frank eine kurze Einweisung in die Darreichung per Spritze. Schon wieder etwas, das für ein fünfjähriges Kind – und vermutlich auch viele Erwachsene – ein Graus ist.

Aber wir werden PR-Profis in eigener Sache. Wir verkaufen miese Tatsachen wie Zuckerwatte. Leicht und süß, aber leider immer auch ein bisschen klebrig.

Frank wird ab jetzt zu unserem persönlichen Arzt stilisiert. Papa kann alles! Getragen von dem Willen, es für Helen so leicht wie möglich zu machen, eignet er sich vieles an, was uns den Umgang mit der Krankheit erleichtert. Er beherrscht die Spritzengabe besser als die Ärzte, kann bald schmerzfrei Pflaster wechseln und desinfizieren. Die Aufgabe stärkt das Verhältnis der beiden. Ich bin nur die händchenhaltende Pflegekraft und Assistentin und werde bei unangenehmen Behandlungen aus dem Zimmer geschickt.

Die Spritzentherapie stellt sich bei Durchsicht des Beipackzettels als »Extrakte chinesischer Meerschweinchen« dar. Kann das mehr schaden als all das Gift, das wir Helen sowieso schon zumuten?

Ich erinnere mich gut an unsere ausführlichen Diskussionen, ob wir Helen als Baby impfen lassen sollten. Ich habe mich damals quer durch die gesamte Fachliteratur gelesen und lange Gespräche mit unserem Kinderarzt geführt. Wir haben dann einen für uns guten Kompromiss gefunden. Und jetzt? Da zögere ich nicht eine Sekunde und stimme allem zu, das Helens Leben retten kann.

***

Der Spaß der ersten Tage ist bei Helen schnell verflogen angesichts der unangenehmen Begleitumstände der Therapie. So langsam erahnen wir, was es tatsächlich heißt, ein Kind in Chemotherapie zu begleiten.

***

Nachdem wir Weihnachten im Krankenhaus waren, möchten wir wenigstens Silvester zu Hause feiern. Traditionell findet das bei Freunden in der Nachbarschaft statt.

Wir freuen uns und sehnen uns nach einem Beweis der Normalität. Aber ich bin so besorgt um Helens Zustand, dass ich mich nicht eine Sekunde entspannen kann. Einer der Jungs ist leicht erkältet und hustet immer wieder. Wir möchten Helen den Abend nicht nehmen, haben aber panische Angst vor einer Ansteckung. Wir wissen: 38,5 Grad heißt Fieber und fünf Tage stationäre Aufnahme mit Antibiotikum und Verschiebung des nächsten Chemoblocks.

Dieses Abwägen wird ab jetzt unser neuer Begleiter. Was können wir gestatten, was wollen wir gestatten, und was müssen wir definitiv verbieten? Es wird so häufig noch schmerzhafte Momente geben, in denen wir Helen etwas vorenthalten müssen, was wir ihr eigentlich von ganzem Herzen gegönnt hätten. Aber zu ihrem Schutz haben wir uns dem immer wieder gestellt und sind dafür mit wenigen Infektionen und vielen schönen Tagen außerhalb der Klinik belohnt worden.

Die Silvesterparty endet vorzeitig. Kein Bleigießen. Keine vorgezogenen Kinderböller, um die Wartezeit zu überbrücken.

Flotte Bienen und Brummkreisel bleiben unberührt in den farbenfrohen Packungen. Helen ist erschöpft. Meine Nerven sind zum Zerreißen gespannt. Wir sind alle froh, als Helen zu Hause im Bett liegt. Um Mitternacht schauen Frank und ich das Feuerwerk durch das Fenster an. Wir haben nur einen einzigen Wunsch für das neue Jahr, und den müssen wir nicht aussprechen.

2010

Etwa vierzehn Tage nach der Chemo fallen die ersten Haare aus. Eine meiner größten Herausforderungen kommt auf mich zu. Ich will Helen unterstützen, trösten, will ihr gut zureden und könnte mich doch selber heulend verkriechen. Am liebsten möchte ich die Augen verschließen, wie vor dem Schlauch in ihrer Brust.

Jeden Morgen sammele ich die verlorenen Haare der Nacht unbemerkt von ihrem Kissen. Ich habe keine Vorstellung, wie genau der Haarverlust abläuft. Fallen die alle zack raus, oder geht das schleichend über mehrere Blöcke? Im Krankenhaus hatte man uns angeboten, prophylaktisch alle Haare abzurasieren. Aber das kommt für uns nicht in Frage. Wir retten, was zu retten ist. Auch drei Haare können eine Spange tragen!

Wir erklären Helen, was da vorgeht. Sie ist zutiefst traurig. Gerade hatte sie lange Haare gehabt, nachdem ich sie als Kleinkind immer zu Pagenschnitten genötigt hatte. Aber mit fünf Jahren ist die Vorstellungskraft für das, was kommt, noch nicht so ausgeprägt. Helen lebt sehr im Hier und Jetzt. Die Zeitspanne, bis die Haare wieder so lang sind wie heute, ist für sie einfach nicht greifbar. So gelingt es uns tatsächlich, ihr auch diese Nachricht gut zu verkaufen. Ein Stein fällt mir vom Herzen, als ich diese Sorge auf meiner endlosen Liste abhaken kann.

Eines Morgens entdecke ich, dass die Haare am Hinterkopf beginnen zu verfilzen. Ausgefallene Haare verwickeln sich hier zu einem Knäuel. Außerdem hinterlassen sie überall kitzelnde Spuren. Jetzt wird es also ernst.

Ich schlage Helen vor, die langen Haare doch zu einem kurzen Bob zu schneiden. Sie will eigentlich nichts davon wissen. Ich aber möchte unbedingt diesen Zwischenschritt zwischen

Traummähne und Glatze. Sie soll ein Etappenziel vor Augen haben auf dem Weg zurück zur Frisur nach Ende der Therapie.

Mit der Aussicht auf einen Besuch bei meinem Friseur lässt sie sich überreden.

Wir nehmen im Salon Platz. Mit einem Schnipp ist der Zopf weg. Nie wieder wird Helen so lange Haare haben wie heute. Nie wieder wird sie hellblonde Haare haben. Die Haare, die in einem Jahr wiederkommen, werden dunkelblond, fast braun sein.

Zu Hause machen wir Bilder. Sie sieht wirklich toll aus. Der hellblonde, kinnlange Pagenschnitt lässt sie für diesen Moment reifer und größer wirken. Ihre blauen Augen leuchten intensiv. Sie findet sich schön, trauert aber dennoch schon jetzt jedem verlorenen Zentimeter nach.

Nicht sehen kann Helen, dass am Hinterkopf praktisch keine Haare mehr vorhanden sind und nur die geschickten Hände meines Friseurs eine vorübergehende Pracht gezaubert haben.

Nur einen Tag hat sie diese Frisur. Dann kommt Lummerland. Über Nacht haben sich die restlichen Haare zu einer Art Akkupads verfilzt, der wie ein steiler Dutt – eben Lummerland – auf Helens Kopf thront.

Es ist wieder einer jener skurrilen Momente, an denen wir alle drei lachen und Spaß haben, obwohl die Situation doch eigentlich grausam traurig ist.

Helens Freundinnen gehen ganz unbefangen mit ihrem veränderten Aussehen um. Sie wollen die neue Frisur anfassen, und dann ist es auch schon Schnee von gestern. Überhaupt gehen ihre Freunde mit großer Selbstverständlichkeit mit ihren Veränderungen um. Auch das Schläuchlein in der Brust findet stets nur kurze Beachtung und wird dann als gegeben akzeptiert.

Lummerland bleibt uns ein paar Tage erhalten, bis Frank es abschneiden darf. Jetzt wird ihr Kopf noch von einigen hellen Flusen bedeckt, die mit einem Haarreif zur Frisur ernannt werden. Sie widersteht jedem Angebot von Frank, doch diesen traurigen Rest zu entfernen. Erst ein halbes Jahr später werden auch diese Haare ausfallen.

***

Unser persönliches Wunder passiert nach dem zweiten Chemoblock. Die Beule ist weg. Fast so plötzlich, wie sie kam, verschwindet sie. Innerhalb von ein paar Tagen ist sie äußerlich nicht mehr sichtbar. Man sagt uns, dass diese Chemo noch nie so schnell bei einem Kind hier in der Klink gewirkt hat. Das verleiht uns Flügel. Sie sind groß genug, um uns zuversichtlich die weitere Therapie angehen zu lassen. Sie sind aber nicht ausreichend groß, um die dunklen Gedanken im Hinterstübchen meines Kopfes zu vertreiben.

Als das nächste MRT-Ergebnis auch noch eine deutliche Reduktion des Tumors im Inneren von Helens Schädel zeigt, verfalle ich fast in Übermut.

Aber nein, ich halte mich bedeckt. Ich erlaube mir aber eine Nachricht an alle unsere Freunde und Bekannte und verkünde unsere frohe Botschaft. Ich will damit auch deren düstere Gedanken um uns vertreiben, die Zuversicht auch auf unser Umfeld übertragen.

Die Vorgehensweise gestatte ich mir nur dieses eine Mal. Danach betreiben wir eine Informationspolitik wie ein Rüstungskonzern. Nur handverlesene Infobrocken verteilen wir. Wir möchten als Familie wahrgenommen werden, mit der man gerne zusammen ist. Nicht die Krankheit soll das zentrale Thema sein, sondern wir.

Wir gaukeln uns und allen anderen keine Scheinwelt vor, wir lügen nicht und erfinden auch keine Ausreden. Allerdings bestimmen wir Zeit und Raum für alles. Jede gute und jede schlechte Nachricht plazieren wir wohldosiert bei Helen, unserer Familie und unseren Freunden. Wir feiern nicht und klagen auch nicht in großer Runde.

Zwischen Frank und mir gibt es dagegen keine Geheimnisse. In unserer Zweisamkeit ist Platz für Angst, Panik, Sorge, aber auch Zuversicht und grenzenlose Freude.

***

Nach außen hin machen wir es allen leicht. Man kann gut mit uns umgehen. Wann immer es geht, nehmen wir am normalen Leben teil. Und wir fordern unsere Freunde auf, auch uns an deren Alltagsleben teilnehmen zu lassen. Anfangs ist es schwierig für meine Freundinnen, von deren Sorgen und Freuden zu berichten. Kann man von einer guten Note des Sohns berichten, wenn das Kind der Freundin todkrank ist? Wie bedeutend sind der Streit mit dem Nachbarn, die Überstunden des Partners oder das kaputte Auto? Häufig höre ich den Satz: »Aber das ist ja alles nicht so wichtig, wenn ich das mit euch vergleiche.«

Ich bemühe mich darum, meinen Freundinnen das Gefühl zu nehmen, stets abwägen zu müssen, was geht und was nicht. Letztlich sind wir selber große Nutznießer einer ungezwungenen Umgangsform.

***

Wir entwickeln eine gewisse Routine in der Therapie. Man kann es kaum glauben, aber auch in dieser Ausnahmesituation kommt so etwas wie Alltag auf. Alle drei Wochen sind wir zur Chemo stationär im Krankenhaus. Wir planen den Aufenthalt so, dass er unseren Bedürfnissen möglichst optimal entspricht.

Unter der Woche schlafe ich bei Helen, am Wochenende Frank. Wir verlagern unser komplettes Familienleben in dieser Zeit ins Krankenhaus. Schnell bringen wir auch hier Struktur in den Tag. Essen, Spielen, Besuche, Highlights, später auch Vorschule und Schule.

Unser Gepäck gleicht noch immer einem mehrwöchigen Einzug. Neben den Interieurartikeln nehmen wir Kinderliteratur mit, als wenn wir dort eine Buchhandlung eröffnen wollten. Egal, wo wir sind, wir lesen. Wartezeiten vor Untersuchungen, Überbrückung von Übelkeit, Animation zum Essen, egal, wir lesen. Ärzte und Schwestern begrüßen uns lachend und werden häufig Zuhörer unserer Geschichten, während sie Helen Blut abnehmen oder an Infusionen anschließen.

Wir staunen, denn um uns herum haben die Kinder schon im Alter von drei Jahren ein Tablet, ein Smartphone oder zumindest einen Nintendo. So verstreicht die Zeit, und Eltern und Kinder starren jeweils auf ihre eigenen technischen Geräte. Wir aber lieben unsere Bücher und empfinden die gemeinsame lesende Zeit als sehr wertvoll.

***

Essen ist ein brisantes Thema. Ganz schnell wird Helen sehr einseitig in ihrer Auswahl. Ganz eindeutig ist sie allerdings in der kompletten Verweigerung der Krankenhauskost. Dem unkalkulierbaren Appetit der Kinder entgegenkommend, werden auf Station schon Buffets zu allen Mahlzeiten angeboten. Aber selbst die stationäre Milch oder den Toast verweigert sie. Also importieren wir neben Kissen, Lampen und Büchern auch noch Lebensmittel für die sechs Tage vor Ort. Bei jeder Chemophase kommt es zu monostrukturierten Essgewohnheiten. Toast mit Butter und Salz, Pfefferbeißer, Hühnerfrikassee und mein persönlicher Favorit: Speckscheiben mit kleinen Tomaten in Olivenöl gebraten. Gerne zubereitet dreimal täglich in der Elternküche der Station. Auch im Sommer bei 33 Grad und geschlossenen Fenstern.

Diese Küche ist Fluch und Segen für mich. Hier zaubere ich nicht nur Helens aktuelle Leibspeisen, sondern bekomme auch ungefragt Patientenzustände, Therapiemaßnahmen und Todesmeldungen mitgeteilt. Trotz offensiver Verweigerung von Kommunikation und unterlassener Interessensbekundung erfahre ich hier Dinge, die ich nicht wissen möchte. Ich höre immer wieder von Operationen, Rückfällen und Hospizaufenthalten und will das doch gar nicht hören.

Nein, ich bin nicht dumm und naiv, aber ich schütze mich vor zu viel Information und Emotion. Häufig muss Frank mich aufbauen, wenn ich wieder weinend aus der Küche komme. An ihm perlt das einfach ab. »Das sind nicht wir« ist seine Standardantwort. Interessanterweise wird er nie angesprochen. In dieser Elternwelt des Krankenhauses spielen Männer nur eine untergeordnete Rolle. Sie kommen nach der Arbeit, bringen eine Tüte von McDonalds mit und gehen pünktlich wieder. Ganz selten treffen wir hier auf Väter, die gleichberechtigt die schwere Aufgabe übernehmen und sich nicht nur zum Besucher degradieren.

***

Zu Hause hängt jetzt unser Chemo-Kalender. Vierzehn Päckchen warten darauf, ausgepackt zu werden. Nach jedem Block im Krankenhaus ist Helen voller Neugierde und streift die Abneigung gegen die Station und all die ungeliebten Maßnahmen schnell ab. Der Kalender ziert unsere Galerie über dem großen Esstisch. Und sosehr sich Helen für die Inhalte begeistern lässt, so sehr ist mir der Kalender ein Zeichen dafür, dass die Zeit vorangeht. Ich kann zusehen, wie die Pakete weniger werden. Ich stecke mir Teilziele – bis zum ersten Pfosten, das erste Drittel, die Hälfte. Eigentlich als Motivation für Helen gedacht, hilft mir der Kalender unendlich viel mehr.

***

Nach kurzer Zeit schon gehe ich wieder arbeiten. Nur sporadische Tage, immer dann, wenn es Helen gutgeht und ich sie in der Obhut meiner Eltern lassen kann. Das Büro ist mein neutraler Ort. Ein Platz der Entspannung wie ein Wellnesstempel. Nach eindeutiger Ansage an die Kollegen werde ich nicht nach Helens Befinden befragt. Wenn ich zur Arbeit komme, dann geht es ihr gut, sonst wäre ich ja bei ihr.

Natürlich kann ich meine Aufgaben nicht mal im Ansatz erledigen. Meine sprunghafte und nicht planbare Anwesenheit lässt sich nicht mit Kundenkontakten vereinbaren. Aber ich bin dankbar, wenn ich den Kollegen zuarbeiten kann. Exceltabellen werden meine neuen Freunde. Versunken in den Tiefen von Kalkulationen, kann ich unsere Situation für kurze Momente vergessen. Es tut mir so gut, dort ein bisschen Abstand zu gewinnen. Morgens etwas Schönes – nichts Praktisches – anzuziehen, in der Mittagspause essen zu gehen und über völlig unwichtige Dinge meines Jobs nachzudenken ist einfach göttlich.

Zerrissen werde ich von dem, was ich leisten möchte, und dem, was meine Situation zulässt. Oft genug kann ich an Terminen nicht teilnehmen, weil mit Helen etwas Unvorhergesehenes passiert ist. Alle sind verständnisvoll und unterstützen mich. Aber ich selber verzweifele oft an der völligen Unplanbarkeit meiner Zeit.

Es ist mir nicht möglich, über zwölf Stunden hinaus etwas mit Sicherheit zuzusagen. So schnell kann Fieber kommen, und wir sind für fünf Tage im Krankenhaus.

Frank reduziert daher ebenfalls seine Arbeitszeit. Jetzt hat er freitags immer frei. Und ich habe einen SICHEREN TAG gewonnen, auf den ich Arzttermine, Friseurbesuche, Kundentermine und Freundinnentreffen legen kann. An diesem Tag kann ich mich auch von Helen trennen, wenn es ihr nicht gutgeht. Es zerreißt mir jedes Mal das Herz, wenn sie darum bittet, dass ich auch bei ihr bin, aber ich bleibe standhaft. Ich weiß sie ja in den besten Händen.

Dieser sichere Tag ist mein Anker und rettet mich häufig vor der Verzweiflung. Mein Naturell ist auf Organisation und Kontrolle angelegt. Den passenden Job zu dieser Charaktereigenschaft habe ich auch gefunden. Meine Selbstbestimmung und die Planbarkeit meiner Zukunft aufzugeben, fällt mir immens schwer. Dieser eine Tag jedoch ist mir so wertvoll und hilft mir über jede Woche hinweg. Ein Glück habe ich einen Partner an meiner Seite, mit dem ich mir die Anforderungen an unser Leben gerecht teilen kann.

***

Zu meinem bisherigen Leben gehörte Karneval ganz entschieden dazu. Schon immer habe ich es geliebt, in den jecken Tagen all meine Ordnung und Struktur für kurze Zeit gegen Übermut und Spontaneität zu tauschen. Seit Helen auf der Welt ist, gibt es noch einen Jecken mehr in unserer Familie. Aber wie gehen wir dieses Jahr damit um? Ignorieren wir dieses fröhliche Fest und freuen uns einfach auf das nächste Jahr? Ich vertage die Entscheidung und beschließe, erst einmal zu einer Karnevalssitzung zu gehen, die Karte dafür habe ich schon seit letztem Jahr. Helen geht es gut, und wann immer mich der allgemeine Frohsinn zu erdrücken droht, kann ich ja einfach wieder gehen. Am Morgen müssen wir allerdings noch kurz zur Blutkontrolle ins Krankenhaus, und danach passen meine Eltern auf sie auf.

Im Krankenhaus kommt es dann wieder einmal ganz anders. Völlig unerwartet sind Helens Blutwerte schlecht, und sie muss eine erste Transfusion bekommen. Das bedeutet einen Aufenthalt in der Tagesklinik von mindestens sieben zusätzlichen Stunden. Mist. Scheiße. Ja, ich erlaube mir einen innerlichen Fluch. Nach Tagen des Abwägens hatte ich mich entschieden, heute auf diese Sitzung zu gehen, und jetzt klappt es nicht. Natürlich lasse ich mir nichts anmerken. Helen ist sehr sensibel und spürt sofort, wenn etwas nicht stimmt bei mir. Unter keinen Umständen soll sie sich dafür verantwortlich fühlen, dass meine Pläne sich geändert haben.

Meine Eltern springen kurzfristig ein und lösen mich für die letzten beiden Stunden bei Helen ab. Nach genauer Unterweisung haben sie alle Bestandteile meines Kostüms bei uns zu Hause zusammengesucht. In diesem Jahr gehe ich als Mozart. Zum Glück ein sehr unkompliziertes Kostüm. Kniebundhose, weiße Strümpfe, Bluse, Samtjacke – die Perücke auf, und ich bin schon fertig. Umgeben von Kindern, die angeschlossen an Infusionsständer, und ohne Haare sind, Ärzten und Schwestern, also in der schlimmsten Umgebung, die ich mir jemals hätte vorstellen können, stehe ich im Karnevalskostüm.

Ich horche kurz in mich hinein, zweifelnd, ob das alles so richtig ist. Ist das nicht anmaßend, in so einer Situation an den eigenen Spaß zu denken? Ist das nicht eine sinnlose Banalität angesichts dessen, dass unsere Tochter eine lebensbedrohliche Krankheit hat?

Wie ein nasser Hund schüttele ich diese Gedanken ab. In den letzten Wochen und Monaten habe ich gelernt, dass mir Ablenkung guttut. Die kleinen Nischen für mich halten mich im Gleichgewicht. Ich nehme Helen nichts weg, lasse sie nicht im Stich. Sie ist bestens versorgt und liebevoll umsorgt von meinen Eltern.

Auf dem Weg zur Karnevalssitzung überkommt mich jedoch erneut Skepsis. Gleich bin ich umgeben von 2000 jecken Weibern, die alle lustig sind und alberne Sachen machen. Auf der Bühne werden Redner Dinge erzählen, die mir doch völlig egal sind. Bands werden vom Dom und der Stadt am Rhein singen, und alle werden glückselig Arm in Arm schunkeln. Kann ich das ertragen, oder kommt gerade dann alles hoch? Aber jetzt ist alles in die Wege geleitet, und jetzt wird das auch gemacht. Kurz vor Beginn der Veranstaltung schlüpfe ich in den Saal. Die Kindertanzgruppe habe ich glücklicherweise schon verpasst. Ich schalte mein Hirn auf Hier-und-Jetzt und habe tatsächlich ein paar nette Stunden.

***

Da Helen sich nicht in größeren Menschengruppen aufhalten darf, entfällt der reguläre Kinderkarneval komplett. Aber auch ihr möchte ich das fröhliche Fest nicht vollständig nehmen. Wir organisieren also eine eigene Karnevalsparty. Ein wunderbares Projekt, das uns viele Stunden Ablenkung verschafft. Die Gästeliste muss erstellt, die Einladungen gebastelt und der Keller dekoriert werden. Am Tag der Feier läuft bereits zum Frühstück ununterbrochen Karnevalsmusik in unserem Haus. Wir drei sind kostümiert und voller Freude. Weggewischt sind die Gedanken, warum wir das eigentlich hier machen müssen. Wir lassen uns einfach fallen in das herrliche Gefühl, einen tollen Tag zusammen als Familie erleben zu können.

Zu beobachten, mit welcher unfassbaren Energie und Lebensfreude Helen den Nachmittag durchtanzt und spielt, ist Glück pur. Ausgelaugt von den ersten Chemoblöcken und erschlagen von den vielen Eingriffen in ihrem neuen Leben, hätte ich alles andere bei ihr erwartet. Aber wie ein kleiner Schwamm saugt sie heute alles auf, was nicht mit Krankheit zu tun hat.

Am Ende des Tages sind wir drei uns einig, dass wir diese Party ab jetzt zur Tradition erklären. Komme, was wolle, wir werden jedes Jahr Karneval feiern!

***

Wann immer wir wollen, bekommen wir Besuch in der Klinik. Beide Omas, Opa und Tante sind immer da, wenn es für Helen passt. Ansonsten schieben wir einen Riegel vor den Krankenhaustourismus. Wir wollen hier nicht zwangsbesucht werden, nur weil es sich so gehört.

Uns ist ja auch nie langweilig. Wir malen, basteln, lackieren Fußnägel, lesen und schauen uns täglich einen Kinderfilm an. Haben wir bisher Helen vor zu viel Fernsehen geschützt, holen wir das Defizit nun rasant auf. Zwischen unseren Freizeitaktivitäten bekommt Helen ihre Chemo, bricht viel und ist schlapp.

Aber auch das unterwirft sich bald einer gewissen Routine. Alles, was vorhersehbar ist, erschreckt uns nicht wirklich, wir stellen uns darauf ein.

So auch leider die nächtlichen Beinschmerzen, die zwischen dem zweiten und vierten Tag der Behandlung planmäßig auftreten, ausgelöst durch einen der Chemobestandteile. Das kann sogar so weit führen, dass sie während der Therapie nicht mehr laufen kann.

Ich gehe also stets mit dem ängstlichen Gefühl schlafen, dass mein Kind in ein paar Stunden vor Schmerzen aufwachen wird. Die Hilflosigkeit, dem zusehen zu müssen, ohne etwas machen zu können, ist das Schlimmste. Wie gerne würde ich ihr das abnehmen können.

Doch auch hier gibt es neben dem intravenösen Schmerzmittel, das leider immer dreißig Minuten bis zur Wirkung benötigt, ein Allheilmittel. Nachts um zwei erzähle ich Prinzessinnen-Geschichten mit einer Begeisterung, als lägen wir auf einer Sommerwiese und nicht im Krankenhaus. In meinen Geschichten ist die kleine Heldin Nele mal tapfer, mutig, neugierig oder schlau. Ihr Zimmer, ihre Kleidung und das Schloss müssen jedes Mal aufs Neue ausgestattet werden mit Farben, Mustern und Geräuschen. Helen ist dann meine Kreativ-Assistentin, die mir die Details liefert. Die Farben von Neles Badeanzug bestimmt sie, und das Knarzen der alten Treppen vertont sie stimmlich. Gemeinsam legen wir die Gästeliste zum großen Schlossball fest und lachen über Neles kleinen Bruder. Arm im Arm liegen wir zwei dann nachts im Krankenbett und erzählen die Schmerzen weg. Wann immer es Helen schlechtgeht, bittet sie um Geschichten. Wann immer ich es schaffe, erzähle ich welche. Zu sehen, dass sie sich augenblicklich entspannt und es ihr bessergeht, zwingt mich über bleierne Müdigkeit und luftleeren Raum in meinem Hirn hinweg.

***

Mit Passieren der Krankenhausschranke wird Helen stets ein anderes Kind. Sie ist still und bedacht, sehr schüchtern. Ihre ansonsten selbstbewusste und fröhliche Art schlägt ins Gegenteil um. Es scheint, als durchlaufe sie diese Aufenthalte in ihrem speziellen Klinik-Modus, so eine Art Stand-by-Betrieb. So wenig wie möglich, so viel wie notwendig.

Nur zwei Frauen schaffen es, dies gelegentlich zu durchbrechen. Der Klinikclown und die Kunsttherapeutin der Station. Der Clown heißt Wonne und besucht die Station einmal wöchentlich. Mit ungeheurem Geschick setzt sie sich über hier geltende Regeln und Gewohnheiten hinweg und verzaubert die Kinder für kurze Zeit. Da wird auf dem Bett gesprungen, Seifenblasen werden versprüht, oder es wird einfach nur sinnloser Quatsch veranstaltet.

Helen freut sich immer auf diese Besuche und schaltet nach kurzer Zeit von Stand-by auf normal. Schon häufig hatte ich über die Arbeit von Klinikclowns gehört, konnte dem aber keine wirkliche Bedeutung beimessen. Aber nun erlebe ich diese pure Freude für den Moment. Ich selber fiebere dem Termin entgegen, weil Helens Glück meinen Akku schlagartig auflädt.

Die Kunsttherapeutin beherrscht dagegen die leisen Töne. Sie kommt mit ihrem Materialwagen von Zimmer zu Zimmer und findet für alle Kinder das geeignete Projekt. Auch hier öffnet sich Helen und erzählt von sich, ihrer Freundin und vielem mehr.

Ich nutze die Zeit der beiden als Auszeit für mich. Auf dem Flur sitzend, lese ich nicht mehr »Die fünf Freunde«, sondern versinke in meinen eigenen Geschichten. Überhaupt nutze ich jede Gelegenheit für eine Pause von hier. Sobald Besuch da ist und es Helen gutgeht, flüchte ich von der Station. Ich gehe spazieren oder einkaufen. Gerne besorge ich Spontan-Appetit-Wünsche von Helen wie Vanillehörnchen oder Berliner. Die kurzen Auszeiten halten mich bei der Stange. Körperliche Bewegung tut gut. Die bewusste Abgrenzung von der ganzen Station, von Zimmergenossen, von den Gerüchen des Zimmers und auch der Angst sind Teil meiner Überlebensstrategie. Stets komme ich gestärkt zurück und bin wieder voll und ganz für Helen da. Rücken-, Kopf- und Bauchschmerzen, als Folge von Dauerangst und unbequemen Sitz- und Schlafpositionen kann ich damit ganz gut im Griff halten.

***

Die planmäßige Operation steht an. Nach den ersten sechs Chemos des Therapieplans ist der Tumor bildlich nicht mehr nachweisbar.

Naiv, wie wir sind, fragen wir, ob wir die OP nicht durch zwei weitere der Hammer-Chemos ersetzen können, um Helen den Eingriff zu ersparen. Weg ist schließlich weg. Und auf dem Plan stehen noch vier Wochen Bestrahlung und acht weitere, wenn auch etwas schwächere Chemos. Das sollte unserer Meinung nach reichen.

Aber nein. Es muss trotz der guten Ausgangslage ein Eingriff erfolgen. Alle Bereiche, die vom bösartigen Gewebe berührt wurden, müssen radikal entfernt werden. Außerdem gilt so ein Therapie-Protokoll als der Weg, der sich, auf alle Fälle bezogen, als der beste herausstellte. Noch sind wir an einem Punkt, an dem wir dem Glauben schenken, und folgen dem ärztlichen Rat.

Der Eingriff ist schwierig und muss bestens vorbereitet werden. In einem Schädel hat jeder Millimeter eine Bedeutung. Das sähe in einer Pobacke natürlich deutlich entspannter aus, aber wir konnten uns das ja leider nicht aussuchen.

Unser erster Termin führt uns zum Aufklärungsgespräch des operierenden Neurochirurgen. Ein kompetenter Mann, der sein Handwerk sicherlich sehr gut versteht. Was er dagegen nicht so perfekt beherrscht, ist die Kunst, die anstehende Operation für die Mutter der sechsjährigen Patientin erträglich zu beschreiben.

Getragen von dem Wissen um seine besondere Kunstfertigkeit, muss ich mir Details anhören, die ich nie wieder aus meinem Gedächtnis löschen kann. Schädelknochen müssen gespalten, Muskeln und Rippen verpflanzt und die Gesichtshaut »komplett mobilisiert werden«. In meinem Kopfkino läuft ein Film hochauflösend in 3-D.

Irgendwann kann ich das nicht mehr ertragen und verlasse den Raum unter dem überraschten Blick des Chirurgen. Frank bespricht alle Nuancen. Ganz Ingenieur, interessieren ihn die Feinheiten, er möchte sogar eine Animation der Operation sehen. Er kann sich völlig davon losmachen, dass hier über Helens Kopf und ihr Gesicht gesprochen wird. Mein Mann sieht nur die technische Kompetenz des Operateurs und die Heilung für Helen.

Die gute Nachricht ist, dass eine Operation überhaupt möglich ist. Helen wird aber in jedem Fall eine Delle an der Schläfe behalten. Mir ist noch nicht klar, dass diese Delle ein fehlendes Stück Schädelknochen sein wird. Und dass wir unter der Haut an dieser Stelle immer das Gehirn pochen sehen werden. All diese Informationen tröpfeln in den nächsten Wochen auf mich ein, und ich bin dankbar dafür, sie Schritt für Schritt verarbeiten zu können. Das Wissen um die Delle als optischen Makel reicht aus, um mich in Verzweiflung zu bringen. Wie dumm, angesichts der Gefahren und funktionellen Einschränkungen, die als Folge des Eingriffs passieren können. Aber mein Verstand beschränkt sich auf eine kleine Information und blendet den Rest aus. Und an dieser Information baue ich mich wieder auf, finde Wege und Strategien, um mit diesem Wissen und seinen Folgen umzugehen.

Wir besprechen die Operation im vertrauten Umfeld unseres Hauses und entscheiden uns gemeinsam für den notwendigen Eingriff.

Ich unterschreibe blind Einverständniserklärungen für alles Mögliche. Nach diesem Gespräch mit dem Neurochirurgen verweigere ich kategorisch die Teilnahme an allen weiteren Arztgesprächen. Ich muss mich schützen, denn sonst habe ich unkontrollierbare Bilder in meinem Kopf.

Frank erledigt das von nun an für uns und übersetzt mir stets die Fakten in verdauliche Häppchen. Ich habe volles Vertrauen zu ihm, dass er mir nichts vorenthält.

Wir erklären Helen den Zusammenhang in kindgerechten Worten. Dass der Tumor weg ist, wir aber dafür sorgen müssen, dass er nicht wiederkommt. Und dass in einer Operation alles gemacht wird, damit auch ja alle kranken Zellen entfernt werden. Dass wir drei Wochen im Krankenhaus bleiben und Papa in der Zeit Urlaub hat. Dass wir alle zusammen sind und es uns auf jeden Fall nett machen werden.

Wir lügen nicht, wir untertreiben nur maßlos. Wir verschweigen, dass die OP vermutlich mehr als acht Stunden dauern wird, dass sie danach auf die Intensivstation kommt, im künstlichen Koma liegen wird und wir erst mal nicht wissen werden, ob sie noch kauen oder laufen kann.

Warum auch? Macht dieses Wissen irgendeinen Unterschied für Helen? Würde sie nicht genau wie ich von zu viel Wissen erschreckt? Sie kann ja nicht einmal die Dringlichkeit begreifen, mit der wir gegen den Tumor vorgehen müssen. Warum ihr also unnötig Angst machen?

Die Ärzte sprechen uns mehrfach darauf an. Sprechen von Vertrauen und Helens Recht auf Information. Ihrer Meinung nach sollten wir unserer Tochter nichts vorenthalten. Kein noch so grausames Detail.

Wir wanken nicht eine Sekunde. Helen ist sechs Jahre alt. Noch nicht einmal ein Schulkind. Aufgewachsen in der behüteten Umgebung einer liebevollen Familie ohne Konflikte, Not und Sorgen. Sie hat völliges Vertrauen zu uns. Wir folgen unserer Intuition. Übersetzen die Fakten in kindgerechte Häppchen. Wir bleiben unserer Linie treu.

***

Helen wird an einem Dienstag operiert. Der Neurochirurg und der Kiefer- und Gesichtsspezialist haben endlich einen gemeinsamen Termin gefunden. Glücklicherweise praktizieren beide Koryphäen in Köln. Zwischenzeitig hatte mich der Verdacht beschlichen, dass man die einträglichen Einnahmen durch eine Privatpatientin nicht außer Haus gehen lassen möchte. Aber wir haben auch erleben können, dass andere Kinder der Station immer dort operiert wurden, wo die jeweiligen Spezialisten waren.

Unser gemeinsamer Weg führt uns erneut an eine OP-Schleuse. Vor Helen bemühen wir uns um Gelassenheit. Umgeben von Ärzten und Schwestern, praktizieren wir unser Gute-Nacht-Ritual »Stirn, Nase, Kinn, Backe, Backe, Ohr, Ohr, Ballen, Bogen, Kinn, Kuss«. Ich will sie gar nicht hergeben. Wir bestehen darauf, dass ihr ein leichtes Narkosemittel gespritzt wird und sie noch in unseren Armen eindämmern darf. »Wenn du wach wirst, Mäuslein, dann sind Papa und Mama da«, verspreche ich ihr und kämpfe mit meinen Tränen. Wer weiß, wie wir sie heute Abend zurückbekommen werden?

Trotz aller Angst und Sorge werden wir aber auch getragen von dem Gedanken, diesem verdammten Tumor den Garaus zu machen. Wir sind uns sicher: Danach ist alles weg und Helen ist für immer gesund. Nur ein paar Stunden trennen uns von diesem Glück.

Man will uns keine Auskunft darüber geben, wie lange die OP dauern wird. Weniger als acht Stunden werden es aber auf keinen Fall sein. Wir notieren unsere Handynummer und stehen da, vor einer geschlossenen OP-Tür.

Diese ewig scheinende Zeit kann man nicht – kann ich nicht – dem Zufall überlassen. Nichtstun führt zwangsläufig zu Wahnsinn, und außerdem müssen wir fit sein, wenn Helen wach wird.

In ein paar Wochen wird Helen eingeschult, und wir haben uns vorgenommen, alle notwendigen Bastelsachen für die Schultüte zu besorgen. In fußläufiger Nähe zur Klinik befinden sich viele kleine Geschäfte, und wir schauen uns jedes einzelne sehr genau an. Wir entdecken ein Spielwarengeschäft und suchen in Zeitlupe das schönste Puppenkleid aus. Das soll sie nach der OP bekommen. Für Lilly, die Puppe, die sie hierher begleitet.

Gegen Mittag gehen wir essen. Es scheint mir unfassbar, aber tatsächlich sitzen wir keine 1000 Meter vom Operationssaal entfernt in einem Biergarten und essen Pizza. Ich schäme mich und zwinge mich gleichzeitig zu jedem Bissen. Die nächsten Tage werden hart für uns, wer weiß, wann wir da zum Essen kommen. Niemand, der uns beobachtet, kann ahnen, was gerade mit uns und unserer Tochter geschieht. Wir sehen aus wie ganz gewöhnliche Leute in ihrer Mittagspause.

Nach dem Essen spazieren wir zum Weiher. Wir setzen uns an diesem sommerlich schönen Tag auf die Wiese und zählen die Stunden. Vor 18.00 Uhr können wir mit keiner Info rechnen. Am späten Nachmittag ziehen sich die Minuten wie Kaugummi. Wir reden uns ein, dass alles nach Plan läuft. Sonst würden wir ja angerufen. Das Handy ist an. Immer wieder überprüfe ich Akku und Lautstärke.

Wir gehen zurück zur Station. Es gibt noch keine Info. Ich habe eine Idee. Auf der Dachterrasse der Kinderonkologie stehen doch zwei Liegestühle. Wir gehen also hoch und nehmen hier Platz. Es ist der schönste Ort im Krankenhaus. Das seichte Licht des frühen Sommerabends senkt sich über die Klinik und erzeugt eine beruhigende Atmosphäre. Wir sind keinen Steinwurf von Helen entfernt und haben den perfekten Platz für uns gefunden.

Das Handy klingelt. Ich zucke vor Schreck zusammen. Frank nimmt das Gespräch an, und ich sehe ihn kurze Zeit später lächeln. Helen geht es gut. Das Tumorgewebe ist planmäßig weg. Jetzt geht es ans Rekonstruieren. Das kann weitere Stunden dauern. Für den Moment sind wir erleichtert. Wir holen uns in der Klinikküche ein Abendessen und genießen diesen Moment in aller Stille auf dem Dach über Köln.

Um zwei Uhr nachts bekommen wir Helen endlich zurück. Zwei grausam lange Stunden müssen wir nach dem erlösenden Anruf auf der Intensivstation warten. Dann. Endlich, endlich sehen wir sie wieder.

Ihr Gesicht ist geschwollen, und über dem Kopf klebt ein Pflasterstreifen. Ich habe mit einer Art Verbandsturban gerechnet, das überrascht mich sehr. Sie ist intubiert, wird also künstlich beatmet. Am Rücken und ihrer Seite sind ebenfalls große Pflaster und Drainagen. Wir sind so erleichtert. Ich weine vor Glück.

Der Arzt fasst zusammen, wie die OP gelaufen ist und wie es ihr jetzt geht. Ich höre nur mit halbem Ohr zu und streichele ununterbrochen meine süße Tochter. Ausnahmsweise dürfen wir bis zum Schichtwechsel am nächsten Tag bei Helen bleiben.

Hier herrschen andere Regeln. Es gelten Besuchszeiten. Als wir am nächsten Morgen weggeschickt werden, bin ich verzweifelt. Ich will doch nur bei meinem Kind sein! Man erklärt uns, dass sie noch im Koma liege und wir uns ausruhen sollen, der harte Teil käme, sobald Helen wach wird. Also fiebern wir den beiden Besuchsblöcken entgegen und freuen uns wie Kinder, wenn wir zu Helen dürfen.

Drei Tage liegt sie im Koma. Das Gesicht schwillt weiter zu.

Der Neurochirurg beglückt uns mit seinem Besuch und lässt uns erneut zusammen mit dem Stationsarzt an den Operationsdetails teilhaben. Erneut kämpfe ich gegen die Panik beim Übersetzen seiner Worte in für mich grausame Bilder.

Helens Temperatur steigt. Wir machen Wadenwickel, streicheln sie und erzählen Geschichten. Unser Blick klebt an den Anzeigen auf den Monitoren. Sauerstoffgehalt, Puls, Temperatur. Sie schafft es tatsächlich, keine Infektion zu bekommen. Alles läuft nach Plan.

Auf die Intensivstation lassen wir keine Besucher kommen, nicht einmal meine Eltern oder Susanne. Dieses Bild von Helen, angeschlossen an diverse Schläuche und Apparate, müssen sie nicht sehen. Es würde sie erschrecken. Würde der Bedrohlichkeit der Situation einen handfesten Beweis liefern. So kann ich mit meinen ausgewählten Worten am Telefon und meiner demonstrierten Zuversicht die Wahrheit nebulös halten. Außer uns wird niemand die Details dieser Operation erfahren müssen.

Frank möchte ein paar Bilder von Helen auf der Intensivstation machen. Ich finde das irgendwie geschmacklos. Aber er sagt, das gehört nun mal alles zu unserer Geschichte. Und wenn Helen gesund und alt ist, dann möchte sie bestimmt sehen, wie das hier so war. Wie es ihr ergangen ist und wie sie aussah. Ich lasse mich überzeugen. Er hat recht. Bestimmt wird sie eines Tages danach fragen. Wir machen ein paar Bilder, und durch die Distanz der Kamera sieht sie für mich noch hilfloser aus. Ihr kleiner Körper in dem großen Bett. Das ganze Zimmer voller Geräte, die ständig piepen.

Alle paar Stunden betten wir sie um, damit sie sich nicht wundliegt. Wenn Helen wüsste, dass sie Windeln trägt, würde sie vor Scham weinen.

Am dritten Tag beginnt die Aufwachphase. Man sagt uns, dies sei ein kritischer Moment, denn jetzt sehen wir, ob tatsächlich alles okay ist bei ihr. Ob sie dauerhaften Schaden genommen hat. Ob vielleicht nicht mehr alles funktioniert wie vorher.

Glücklicherweise finden diese Möglichkeiten keinen Halt in meinem Kopf. Der Gedanke daran flackert kurz auf, weicht aber dem festen Wissen, dass mit Helen alles gut sein wird.

Zunächst wird der Beatmungsschlauch gezogen. Sie atmet alleine. Felsbrocken fallen von unseren Herzen. Über Stunden bekommt sie nun weniger Medikamente, die sie bisher im Schlaf hielten. Wir sitzen rechts und links von ihr und streicheln, erzählen, singen, hören Musik, damit sie langsam wach wird. Aber auch hier zeigt Helen ihren ausgeprägten Hang zum Langschlafen. Alle Werte stimmen, aber sie wird einfach nicht wach. Die Ärzte beruhigen uns. Das ist von Patient zu Patient anders. Die Besuchszeit endet, und wir wollen sie auf keinen Fall alleine lassen. Wir haben ihr versprochen, dass wir da sind, wenn sie nach der OP aufwacht. Und das wollen wir unter allen Umständen einhalten. Trotzdem werden wir weggeschickt. Man versichert uns, dass wir sofort angerufen werden, wenn sie sich meldet. Da wir nur knappe 200 Meter entfernt im Elternhaus wohnen, fügen wir uns. Eine andere Wahl haben wir nicht.

In den frühen Morgenstunden kommt dann der ersehnte Anruf. Helen zeigt erste Anzeichen des Erwachens. Sie fragt nach ihren Eltern. Zwei Sprintläufern gleich rennen wir in das Gebäude gegenüber. Ich lächele und sehe Helen in ihrem Bett ihre Arme nach mir ausstrecken und lächelnd Mama sagen. Aber die Realität ist leider völlig ernüchternd. Als wir bei ihr sind, ist sie noch unruhig und nicht ganz da. Und sie sagt einen Satz, der mir die Kehle zuschnürt: »Das sind nicht meine Eltern.« Ich bin fassungslos. Sie erkennt uns nicht! Aber die Schwestern beruhigen uns, sprechen von einem Zwischenstadium. Sie ist noch nicht ganz da, aber auch nicht mehr im Koma. Es ist alles völlig normal. Helen durchlebt eine Art Entzug von den Medikamenten, die sie bisher bekam. Das mache verwirrt und aggressiv. Außerdem werde sie sich an das alles nicht mehr erinnern können.

Egal, wir haben unser Kind zurück. Sie kann sprechen, schlucken, alles bewegen. Der erste Check sieht gut aus.

Nach wenigen Minuten der völligen Erleichterung pendele ich mein neues Sorgenfeld aus. Mal wieder steht die Frage nach dem Essen im Raum. Sie wird nun nicht mehr künstlich ernährt und soll langsam auf normale Kost umsteigen. Mit einem Ersatzkiefergelenk, gefertigt aus der eigenen Rippe, wissen wir noch nicht genau, wie das funktionieren wird.

Ich habe eine Aufgabe! Kaufe ein großes Sortiment Kleinkindnahrung. Spaghetti mit Tomatensauce für Einjährige. Kommt nicht gut an. Das Gericht erzielt keinen Erfolg. Es schmeckt ihr nicht. Im Verlauf des Tages probieren wir neben Hühnchen in Reis auch noch Grießbrei und diverse Joghurts.

Die Probierhappen aller Gerichte zusammen reichen als kleine Mahlzeit. Aber wie immer verfalle ich diesem Problem und mache mir große Sorgen. Kaum eine Sechzehn-Stunden-OP geschafft und aus dem Koma ohne sichtbare Schäden erwacht, hake ich dieses große Sorgenfeld ab und stürze mich auf ein momentan unwichtiges Detail.

Jetzt dürfen wir rund um die Uhr bei ihr bleiben. Die Intensivstation ist jedoch nicht ausgelegt für Übernachtungsgäste. Also wachen wir auf einer alten Gartenliege neben Helen in unserem persönlichen Schichtdienst. Einer bleibt bei ihr, der andere kann sich kurz im Elternhaus ausruhen. Das klappt wunderbar, und wir sind dankbar für die Möglichkeit, bei unserer Tochter sein zu dürfen.

Nach weiteren drei Tagen geht plötzlich alles ganz schnell. Ein Unfallopfer wird per Hubschrauber zur Uniklinik gebracht, und unser Zimmer wird benötigt. Wir wechseln auf unsere bekannte Station.

Eine gewisse Spannung liegt in der Luft. Deutschland ist im WM-Fieber, und auch wir spüren die Ausläufer der allgemeinen Aufregung. Um 16.00 Uhr beginnt das WM-Spiel Deutschland gegen England. Dann wollen wir unbedingt auf unserem Zimmer sein. Das ist unser Etappenziel!

Eigentlich ist mir Fußball völlig egal. Aber aus irgendeinem Grund ist es mir heute sehr wichtig, diesen Anpfiff zusammen mit Helen und Frank auf der normalen Station zu sehen. Das wird sich später einmal als herrliche Anekdote erzählen lassen.

Tatsächlich sitzen wir drei pünktlich zur Nationalhymne in unserem Zimmer. Wir lachen darüber, wie klein Philipp Lahm ist, und tippen auf ein Ergebnis. Als wäre die ganze Woche nicht gewesen, jetzt fühlt sich alles sicher und schön an.

Meine Eltern kommen und sehen Helen das erste Mal nach der großen Operation. Ich hatte sie vorbereitet und ihnen ein Bild geschickt. Sie sind erleichtert, dass es ihr schon so gut geht. Dennoch ist ihr Anblick nicht einfach für die beiden zu ertragen. Der Kopf ist jetzt völlig kahl und geschwollen. Sie hat ein blaues Auge, aus dem sie kaum schauen kann. Alles wirkt ein wenig wie bei einem schwer misshandelten Kind. Wir wissen, dass es bald besser sein wird, aber in diesem Moment schmerzt ihr Anblick uns alle.

Helen jedoch zeigt sich völlig unbeeindruckt von der ganzen Aufregung. Sie beschließt, dass ab jetzt Schluss ist mit Pflegefall. Den bereitgestellten Toilettenstuhl missachtet sie und möchte nur auf das richtige WC. Gestützt von Frank, geht sie ihre ersten unsicheren Schritte. Ich kann nicht glauben, dass sie so tapfer und zäh ist.

Ihr Hunger kehrt zurück und der Appetit nach etwas Herzhaftem. Ich brate die erste von unzähligen Portionen Speck mit kleinen Tomaten in Olivenöl. Unser Tag ist perfekt. Deutschland gewinnt mit 4:1, aber das ist mir völlig egal.

***

Von Tag zu Tag geht es Helen besser. Sie kommt wieder zu Kräften, kann tatsächlich kauen und über den Flur laufen. Als Nächstes müssen die unzähligen Fäden gezogen werden. Nach einem traumatischen Erlebnis mit dem langen Pflaster an ihrer Seite beschließen wir, ihr das nicht noch einmal zuzumuten. Pflaster und Fäden sollen in einer leichten Betäubung entfernt werden. Im Vorraum des Behandlungszimmers treffen wir auf einen der Ärzte aus dem Operationsteam. Wir bedanken uns und sonnen uns in unserem Glück, dass alles nach Plan gelaufen ist. Zwischen Tür und Angel und vor Helen lässt er aber unser Kartenhaus zusammenbrechen. Im umliegenden Gewebe seien noch diverse Zellnester gefunden worden. Ob uns das noch keiner gesagt hätte? Wir stehen da und verstehen die Welt nicht mehr. Das kann nicht sein. Wie immer vor Helen bewahren wir die Fassung, und ich gestatte mir erst einen kleinen Zusammenbruch, als sie im Behandlungszimmer ist.

Man entschuldigt sich für den unglücklichen Verlauf der Informationsübermittlung. Tatsächlich konnte nicht ausreichend Gewebe entfernt werden, so dass noch Tumorzellen vorhanden sind. Es sind jedoch unter zehn Prozent, was als guter Wert gilt. Eben noch war ich taumelnd vor Glück und Zuversicht, jetzt bin ich hoffnungslos am Boden zerstört.

Es dauert ein paar Tage, bis ich die Neuigkeiten verdaut habe und mir eine neue Situationsbetrachtung zurechtgebastelt habe. Unter zehn Prozent ist ein guter Wert. Wir haben noch die Bestrahlung vor uns und acht Chemos. Das wird reichen, und alles wird gut.

Wir bleiben weitere zwei Wochen im Krankenhaus. Statt Sommerurlaub am Strand sind wir bei ähnlichen Temperaturen auf Station. Hier gibt es keine Klimaanlage. Mobile Ventilatoren pusten die stickige Luft von hier nach da. Wir sind ständig nass geschwitzt und auf der Hut vor Durchzug. Gegenüber dem Klinikgebäude wird gebaut. Und da die Erdarbeiten für die Patienten hier schädliche Keime freisetzen können, sind die Fenster und Türen tagsüber zugeklebt. Erst gegen 18.00 Uhr hören wir das wundervoll ratschende Geräusch von Klebeband, das abgezogen wird. Dann reißen wir die Fenster auf und lassen die warme, aber immerhin sauerstoffhaltige Luft in unser Zimmer. Frisch postoperativ mit geschwollenem Gesicht und Kopf sind 35 Grad sicherlich nicht die beste Umgebung. Die tägliche Visite aus dem klimatisierten Gebäude der Chirurgie klagt über die Wärme bei uns und begibt sich stets schnell zurück in das benachbarte entspannte Raumklima von 21 Grad.

Immerhin müssen wir uns in dieser Zeit mit keinem Zimmernachbarn arrangieren. Wir können die Geruchskulisse selber bestimmen und essen und dösen, wann immer uns danach ist.

Es ist unvorstellbar, was so ein kleiner Körper wegstecken kann. Häufig kommt mir der Gedanke, wie es mir ginge nach so einer großen OP. Aber die kindliche Psyche ist auf »Aufstehen und weitermachen« programmiert. Es kommt Helen gar nicht in den Sinn, sich zu schonen, wie ich es vermutlich tun würde.

Der Heilungsprozess geht rasant voran. Die Wunden schließen sich, die Schmerzmedikamente werden schrittweise runtergefahren. Als einzige Beeinträchtigung müssen wir im Moment die eingeschränkte Kieferbewegung akzeptieren. Helen kann den Mund nur einen kleinen Spalt breit öffnen. Es reicht zum Essen, aber ein Bonbon am Stück kann sie nicht in den Mund nehmen. Man versichert uns, dass wir das mit speziellem Training verbessern werden. Wir sind zuversichtlich. Mal wieder leben wir nur im Hier und Jetzt und stellen keine Fragen an die Zukunft. Ob sie jemals wieder einen dicken Lolli in den Mund stecken oder mit sechzehn genüsslich Zungenküsse austauschen kann, das wissen wir nicht. Aber wenn das Leben auf dem Spiel steht, dann ist man verdammt kompromissbereit.

***

Zurück zu Hause, sind wir dankbar dafür, dass es Helen so gut geht. Wir genießen die Großzügigkeit und Kühle unseres Hauses. Helen ist munter und agil und möchte sofort mit ihren Freundinnen spielen. Der Vergleich mit gesunden Kindern ist unfassbar schmerzhaft für mich. Es fällt mir unendlich schwer, sie unbefangen anzusehen. Sie ist dünn und blass. Der Kopf und die linke Gesichtshälfte sind noch immer stark geschwollen. Die Augen eingefallen über dunklen Ringen. Über den gesamten Kopf und den Hals herunter zieht sich eine Narbe. Die Krusten sind dunkel, und jeder Stich ist sichtbar. Ich liebe mein Kind über alles, aber ihr Anblick ängstigt mich. Verdammter Tumor. Warum ausgerechnet ein Knochentumor am Kopf. Wenn schon, dann lieber am Arm oder Bein, da würde ich die Narben nicht ständig sehen müssen. Oder lieber Leukämie. Da muss man überhaupt nicht operieren.

Ich verzweifele nicht an den optischen Makeln, nein, das ist es nicht. Aber mit all den Narben und Einschränkungen zeigt sich mir die Krankheit in ihrer ganzen Gemeinheit und Boshaftigkeit. Davor kann ich nicht die Augen verschließen. Es tut mir so weh, dass ausgerechnet Helen das ertragen muss. Jetzt hat sie schon so unvorstellbar viel mitmachen müssen und hat nicht einmal die Hälfte der Therapie hinter sich. Und dann? Dann haben wir trotzdem keine Sicherheit, dass sie gesund ist, und alles kann jederzeit von vorne anfangen. Das ist einfach so unfassbar ungerecht.

***

Die Wunden werden regelmäßig kontrolliert und der nächste Schritt im Therapieplan eingeleitet. Die Bestrahlung steht als Nächstes an. Vier Wochen wird Helen von Montag bis Freitag für ein paar Minuten den gefährlichen, aber hoffentlich erfolgreichen Strahlungen ausgesetzt. Die Vorarbeiten sind aufwendig.

Zunächst muss eine Maske angepasst werden, die Helen in einer bestimmten und unverrückbaren Position fixiert. Normalerweise werden die Bestrahlungsfelder mit Edding auf der Haut markiert. Bei einer Bestrahlung am Kopf geht das verständlicherweise nicht. Nach Aufnahmen am CT und weiteren Röntgenbildern wird die Maske angepasst. Sie erinnert mich an den Schutzhelm von Fechtern. Zunächst ist das Gittermaterial weich und warm. Nach der Anpassung am Kopf erhärtet es und bildet einen eng sitzenden Käfig. Augen und Mund werden glücklicherweise freigelegt. Dennoch ist die Maske für mich furchteinflößend. Sie wird rechts und links an der Liege fixiert, damit Helen den Kopf nicht unbeabsichtigt bewegt. Sie lässt diese ganze Prozedur wieder erstaunlich gut über sich ergehen.

Zur Festlegung der Bestrahlungsfelder müssen wir Helen alleine im Raum lassen, und eine Schwester markiert die Flächen. Ich sehe meine Tochter unter dieser riesigen Apparatur liegen und kann mich nur dank meiner Hoffnung auf ihre Heilung zusammenreißen. Helen ruft nach uns und beklagt sich bitterlich, dass der Stift zu schrecklich riechen würde. Als würde sie die ganzen Begleitumstände hier völlig ausblenden, vergessen, dass sie eigentlich im Kindergarten sein sollte und sicherlich nicht hier in so einem Behandlungszimmer, stört sie jetzt einfach nur der fiese Geruch. Ich versage in den Augen von Helen kläglich, denn ich bin nicht in der Lage, einen nichtriechenden Stift zu finden.

Wir bekommen noch eine Art Ausweis und einen Parkschein, und ab morgen geht es los.

Ich bin aufgeregt und mache mir Sorgen, ob Helen es tatsächlich schaffen kann, die paar Minuten alleine ohne mich, fixiert von der Maske, im Bestrahlungsraum zu liegen.

Zur Not habe ich Plan B. Aus der Schaltstelle können die Ärzte mit dem Patienten im Raum über eine Mikrofonanlage kommunizieren. Falls Helen Angst bekommen sollte, werde ich ihr über diese Anlage ganz einfach Geschichten erzählen.

Bei unserer ersten Ankunft nehmen wir im Wartebereich Platz. Wir sind umgeben von alten Menschen oder zumindest Menschen, die schon einen Teil ihres Lebens gelebt haben. Wie falsch ist hier ein sechsjähriges Kind. Alle sind freundlich und zuvorkommend. In den Augen der Leute sehe ich das Mitleid. Wie immer verschanzen wir uns hinter Büchern und verbringen so die Zeit, bis wir dran sind.

Ich begleite Helen in den Bestrahlungsraum, suche ihre Maske heraus. Mit einem Kloß im Hals erkenne ich neben den vielen großen Masken auch diverse in Kinderkopfgröße. Sie legt sich auf die Liege und lässt alles über sich ergehen. Ich frage, ob sie den Hasen halten möchte. Nein, auf den soll ich lieber aufpassen. Meine Nervosität lasse ich mir nicht anmerken, und wir plaudern mit den Schwestern über Belanglosigkeiten. Ich glaube, Helen möchte mir zeigen, wie gut sie das hier kann. Sie quengelt nicht, sie weint nicht, sie zeigt nicht einmal Furcht. Mir dagegen schlägt das Herz bis zum Hals, als ich den Raum verlassen muss.

Über einen Monitor sehe ich sie dort so winzig auf der großen Liege. Ein roter Knopf leuchtet auf, das Gerät bewegt sich und fährt um Helen herum. Mir laufen Tränen über das Gesicht. Wieder einmal erschlägt mich der Moment.

Es dauert wenige Minuten, und der Arzt sagt, jetzt könne ich zu ihr. Ich laufe die paar Schritte zur Tür und stürze mich auf Helen. Die Schwestern nehmen die Maske ab. Das Gitternetz hat Abdrücke auf Stirn und Nase hinterlassen. Wie eng muss das für Helen sein. Ich schließe meine Arme so fest um sie und drücke sie ganz fest an mich. Einmal geschafft, weiß ich, dass Helen die vier Wochen gut überstehen kann.

Ich finde die Behandlung unheimlich, weil ich nichts sehen kann. Dennoch weiß ich, dass die Strahlen eine tödliche Wirkung haben. Für den Tumor, so die Hoffnung, aber nur ein bisschen zu viel davon hat bereits schlimme Folgen. Das ganze Gebäude ist mir unheimlich, als wären die Strahlen überall. Helen beschwert sich über den Geruch. Tatsächlich sagen die Ärzte, dass Kinder bei der Behandlung einen speziellen Geruch wahrnehmen.

Wir kommen jetzt täglich hierher. Nach jeder Bestrahlung müssen wir zu »unserer Station«. Die tägliche Nachkontrolle nimmt eine bis zwei Stunden in Anspruch. Danach fahren wir nach Hause, als wäre nichts gewesen.

Wenn ich die Gedanken an die potenziellen Nebenwirkungen der Behandlung einmal außen vor lasse, dann haben wir vier schöne Wochen. Helen hat keine Nebenwirkungen. Die bestrahlte Fläche wird irgendwann tiefrot, tut aber nicht weh. Sie macht in der Zeit keine Chemo und fühlt sich wohl. Helen isst endlich mal wieder mit Genuss und nimmt zu meinem allergrößten Glück zu. Die Wimpern und Haare wachsen, mit Ausnahme der Bestrahlungsfläche.

***

Unser Plan ist aufgegangen. Das Timing perfekt. Die Einschulung von Helen fällt wie erhofft in die Phase der Bestrahlung. Die Blutwerte und ihr Allgemeinzustand sind so gut, dass wir an der allgemeinen Feier der Grundschule teilnehmen können. Sie wird danach zwar Hausunterricht erhalten, aber den einen wichtigen Tag wird Helen dabei sein können.

Alle sind da. Die beiden Omas und der Opa, Tanten und Onkel. Mit gemischten Gefühlen kommen wir zusammen. Wir alle sind glücklich, dass es Helen heute so gut geht. Gleichzeitig betrübt uns das Wissen darum, was Helen entgeht. Dass heute nur eine große Ausnahme ist und ab morgen wieder ein Alltag fern von dieser Bilderbuchatmosphäre herrschen wird.

Davon völlig unbeeindruckt, genießt Helen den Tag in vollen Zügen. Sie sieht in ihrer Jeans und der Bluse so groß aus. Die rosa Ballonmütze kaschiert die kaum vorhandenen Haare. Und ihre wieder erblühten Pausbacken täuschen über den eigentlichen Zustand perfekt hinweg.

Sie ist glücklich über die Schultüte, die Frank und ich aus den Materialien gebastelt haben, die wir am Tag ihrer OP gekauft haben. Sie sitzt in der Aula ganz vorne und springt als Erste auf, als es gemeinsam in die Klassenräume geht.

Wir sehen heute einfach ein strahlendes Kind unter anderen aufgeregten Kindern. Wie schön nur wäre der Tag, wenn sie gesund wäre? Wie einfach wäre dann unser Leben? Ich will diese Gedanken nicht haben, aber sie drängen sich mir dennoch ungefragt auf. Nie habe ich die Frage gestellt »Warum Helen?«, und das will ich unter allen Umständen auch weiterhin vermeiden.

Zu Hause angekommen, werden die Einschulungsgeschenke ausgepackt. Von meinen Eltern bekommt sie ein kleines Modellauto, verbunden mit der Zusage, ihr zum 18. Geburtstag den Führerschein zu bezahlen. Da muss ich schlucken. Ein Gedanke will in mir aufkeimen, den ich partout nicht in meinem Bewusstsein haben möchte. Ich definiere das Geschenk meiner Eltern lieber als optimistischen Wegweiser in die Zukunft.

Ihre ungebremste Freude steckt uns aber wieder einmal an. Sie ist einfach nur begeistert, jetzt auch eine Große zu sein, und fiebert dem baldigen Unterricht entgegen. Den Kuchen lässt sie links liegen und genießt die herzhaften Würstchen und Oliven – ein Tribut an den veränderten Geschmack.

Frank und ich sind zufrieden. Mit Planung, Glück und Helens guter Konstitution haben wir es geschafft, dass sie heute hier und nicht in der Krankenhausschule ist. Die Sonne lacht, die ganze Familie ist da. Helen ist stolz und rundum glücklich. Nur die blonden Zöpfe vermisse ich schmerzlich in diesem Moment.

Ungeachtet des außergewöhnlichen Tages geht auch heute die Bestrahlung weiter. Statt neun Uhr morgens haben wir um vier Uhr nachmittags einen Termin. Vorbei die Pause.

***

Ab dem nächsten Tag bekommt Helen Hausunterricht. Schon beim Aufklärungsgespräch haben wir erfahren, dass chronisch kranken Kindern dies per Gesetz zusteht. In Helens Fall sind das fünf Unterrichtsstunden wöchentlich. Berücksichtigung finden dabei nur die Hauptfächer Deutsch, Mathematik und Sachkunde.

Wir haben das große Glück, dass Helens Klassenlehrerin sich dieser Aufgabe annimmt. Zusätzlich zu ihren normalen Klassenstunden unterrichtet sie freiwillig auch Helen.

Von Anfang an stellt sie Helen der Klasse möglichst gleich. Sie kommt täglich zu uns und bearbeitet mit ihr den Stoff des Tages in 45 Minuten. Neben den eigentlich zu vermittelnden Hauptfächern unterrichtet sie auch Kunst und Musik. Wenn Helen nachmittags mit ihren Freundinnen spielt, dann ist sie immer auf dem gleichen Stand wie die anderen. Dann singen die Kinder zusammen die neuesten Lieder, machen Hausaufgaben oder tauschen sich über die aktuellen Schulhighlights aus. Dank ihrer Lehrerin weiß Helen genau, wer am Morgen vom Stuhl gefallen ist oder das Wasser beim Malen umgestoßen hat. Das alles sind Kleinigkeiten, die aber so wichtig sind für ihr Zugehörigkeitsgefühl gegenüber ihren Klassenkameraden, die sie hoffentlich zum zweiten Halbjahr täglich sehen kann.

Natürlich ersetzen alle Bemühungen nicht das soziale Umfeld der Klasse, aber den gleichen Wissensstand wie alle anderen zu haben, stärkt zumindest Helens Selbstvertrauen. Es fällt ihr ohnehin sehr leicht zu lernen. Selbst mit Unterbrechungen durch Klinikaufenthalte schafft sie das Pensum in fünf statt der in der Klasse gehaltenen zwanzig Unterrichtsstunden. Für Frank und mich ist es erstaunlich zu sehen, wie munter und wissbegierig Helen trotz der ganzen Belastung ist.

Mit dem Schulbeginn lernen wir eine neue Facette der besonderen Herausforderungen an Eltern eines Kindes in der Chemotherapie kennen. Neben den eigentlichen Behandlungsterminen muss jetzt auch noch der Hausunterricht präzise geplant werden. Dank einer über die Maßen engagierten Lehrerin schaffen wir das gut. Denn immer wieder müssen Termine geändert und an neue Gegebenheiten angepasst werden. Wir stimmen uns über die Lehrinhalte ab und ich trage diese der Krankenhauslehrerin an, die Helen bei stationären Aufenthalten unterrichtet.

Falls eine der beiden ausfällt, springe ich als Ersatzlehrerin ein. Der Stoff ist denkbar einfach, und die größte Herausforderung besteht in der Motivation von Helen. Fiebert sie mit leuchtenden Augen dem Unterricht bei ihrer Klassenlehrerin entgegen, so muss ich alle Künste aufbringen, um meine Schülerin überhaupt zum Mitmachen zu bewegen.

Das dreiköpfige Kollegium um Helen funktioniert dank meiner beharrlichen Organisation perfekt. Es wäre leicht, Helens Zustand als Vorwand zu nehmen, fünfe gerade sein zu lassen und nicht so verbissen am Plan festzuhalten. Aber zu sehen, welchen Stolz und welches Selbstbewusstsein bei Helen durch gute Leistungen ausgelöst werden, ist alle Mühen wert.

In dieser Zeit sehe ich im Fernsehen einen Gast bei Bettina Böttingers »Kölner Treff«. Es ist ein an der Glasknochenkrankheit erkrankter Mann, der als Arzt an der Uniklinik Köln tätig ist. Tatsächlich haben wir diesen außergewöhnlichen Mann schön häufiger im Krankenhaus gesehen. Sein Büro liegt unmittelbar neben dem Labor, das wir immer wieder zur Blutabnahme aufsuchen müssen.

Das Interview mit ihm berührt mich sehr. Er berichtet, dass seine Eltern ihm schon sehr früh vermittelt haben, dass Bildung sein Schlüssel für eine unabhängige Zukunft sei. Da er sich aufgrund seiner eingeschränkten körperlichen Möglichkeiten alleine auf seinen Geist verlassen könne, haben sie alles möglich gemacht, um ihm Wissen zu vermitteln.

Zum ersten Mal fühle ich mich solidarisch mit Eltern behinderter Kinder. Noch nie habe ich dieses Gefühl zugelassen. Helen hat seit Anbeginn der Krankheit einen Behindertenausweis, der uns vor allem steuerliche Vorteile gewährt. Dieser liegt aber für mich nicht sichtbar in unserem Aktenschrank und hat keine Bedeutung für mich. Meine Tochter ist nicht behindert. Sie ist jetzt krank und bald wieder gesund.

Aber ich weiß auch, dass die Operation schon jetzt körperliche Einschränkungen hinterlassen hat, und wir wissen noch gar nicht, was die Bestrahlung bewirkt.

Das Interview wühlt mich auf und bestärkt mich vor allem darin, Helen keinen Nachteil hinsichtlich ihrer Bildungschancen entstehen zu lassen.

***

Endlich. Die Bestrahlung ist vorbei. Zum Abschied fragen uns die Schwestern allen Ernstes, ob wir die Maske zur Erinnerung mit nach Hause nehmen möchten. Wollen wir natürlich nicht! Was soll das für eine Erinnerung sein? Wieder einmal merke ich, dass wir offensichtlich ganz anders mit diesen Themen umgehen. Wir möchten zu Hause nicht Krankenhaus spielen, der Tumor hat keinen lustigen Namen bei uns, und Helen plappert auch nicht fröhlich darüber, dass sie Krebs hat.

Wir schaffen uns lieber eine Parallelwelt, in der wir normal leben und in der all dies möglichst wenig Bedeutung hat. Wir biegen die Realität so zurecht, dass sie auch mit den neuen Rahmenbedingungen so nah wie möglich an unserem alten Leben bleibt.

Vielleicht drücken wir uns vor der Wahrheit? Vielleicht flüchten wir in eine »heile Welt«, die es ja gar nicht mehr gibt. Egal. Wir haben für uns einen guten Weg gefunden.

***

Nach Chemo, Operation und Bestrahlung ist von dem Tumor nichts mehr zu sehen. Natürlich wissen wir nicht, ob er auch wirklich weg ist. Aber das werden wir wohl erst dann erfahren, wenn wir mit der kompletten Therapie fertig sind.

Alle acht bis zwölf Wochen haben wir ein MRT. Dazwischen leben wir in unserer neugewonnenen Routine. Die Zeit rauscht an uns vorbei. Schien zu Beginn die Aussicht auf zwölf bis vierzehn Monate Behandlung fast unerträglich, so stellen wir jetzt erleichtert fest, dass wir uns schon fast auf der Zielgeraden bewegen.

Helen geht es gut. Nein, sehr gut im Rahmen der Therapie. Statt der Anfangschemo, die zu den schwersten überhaupt gehört, machen wir jetzt eine Erhaltungschemo. Die Infusionen werden ebenfalls stationär verabreicht, aber wir müssen nur noch drei Nächte auf Station bleiben. Die Nebenwirkungen sind geringer. Vor allem das Blutbild wird nicht so in Mitleidenschaft gezogen, so dass wir langsam unsere Fühler Richtung Höhlenausgang strecken.

***

Jetzt darf Helen in der Phase guten Blutes sogar in die Schule gehen. Ein Tag in der Woche ist nun richtiger Schultag. Trotz unbändiger Vorfreude beginnt jeder Mittwoch – der eine Schultag in der Woche – mit Zweifeln und großer Schüchternheit. Alle Kinder freuen sich, Helen zu sehen. Ihre Freundinnen bestürmen und umarmen sie. Sie aber möchte gar nicht im Mittelpunkt der Aufmerksamkeit stehen. Niemand soll sie fragen, was sie für eine Krankheit hat und warum sie so oft nicht da ist. Auch die Fragen, wann sie endlich wieder ganz in die Schule kommt und Sport mitmachen kann, bedrängen Helen. Trotzdem scheut sie sich nicht, ganz ohne Kopfbedeckung in der Klasse zu sitzen und damit ungewollt alle Blicke auf sich zu ziehen.

Mit Ertönen des Schulgongs taucht sie stets unter in der Gemeinschaft der Klasse und ist einfach nur froh, dabei zu sein. Ich beobachte sie und ziehe meinen Hut vor ihrer unfassbaren Stärke.

***

Der Preis der neugewonnenen Freiheit ist jedoch der Hoheitsverlust über Helens Kommunikation. Jetzt ist sie 250 Kindern ausgesetzt, die vielleicht kein Blatt vor den Mund nehmen. Ihr mit Absicht oder aus Versehen weh tun mit dem, was sie sagen. Ich fürchte mich vor dem Moment, wenn sie hinterfragt, was wir ihr bisher nur zaghaft angedeutet haben.

***

Wir befinden uns nun in der Phase des offenen Vollzuges. Die Regeln werden gelockert. Die Freiheit wohldosiert vergrößert. Wie bei Kriminellen ist aber auch bei uns ein Rückfall niemals ausgeschlossen.

***

Immer öfter überfällt mich diese Angst. Ohne Ankündigung schleicht sie in mein Bewusstsein und setzt sich dort ungefragt fest. Ich ertappe mich bei dem Gedanken, ob ich den momentanen Zustand der vermeintlichen Sicherheit dem der baldigen immerwährenden Ungewissheit vorziehen möchte.

Was würde ich wählen, wenn die gute Fee käme? So zu leben wie jetzt? Also alle paar Wochen für ein paar Tage ins Krankenhaus und ansonsten relative Normalität? Oder Ende der Therapie mit allen Konsequenzen? Lieber schlecht leben als sterben?

Ich zweifele mehr als in den letzten Monaten. Da hatte ich immer ein Ziel vor Augen. Die nächste Chemo, die OP, die Bestrahlung. Die schwindende Anzahl der Päckchen über unserem Esstisch hat mich über die Zeit getragen, und jetzt sehe ich da oben nur noch zwei einsame Pakete hängen.

***

»Mama, habe ich Krebs?«, fragt Helen mich nach einem ihrer Schulbesuche. Da ist es. Es kommt wie befürchtet, und doch überfällt es mich mit unheimlicher Wucht. »Ja«, sage ich mit fester Stimme und füge hinzu, »manche Leute nennen das so. Wir sagen aber immer Tumor zu deiner Beule.«

»Kann man davon sterben?«, fragt sie weiter und schaut mich interessiert an. Ich wünschte, sie würde mich das nicht fragen. Wünschte, wir wären niemals in diese furchtbare Situation gekommen, dass meine Tochter sich über so etwas Gedanken machen muss. Mein Magen krampft sich zusammen. Am liebsten würde ich lügen. Einfach sagen: »Nein, daran kann man nicht sterben. DU wirst nicht daran sterben.« Aber ich weiß, dass diese Lüge zu gefährlich ist. Wenn Helen sie entlarvt, dann wird sie alles in Frage stellen. Wird uns ihr Vertrauen zu Recht entziehen. Dabei will ich doch nur, dass sie keine Angst haben muss!

Ich zögere offensichtlich zu lange, denn ich höre sie schon fortfahren: »Ein Junge in der Schule hat gesagt, dass sein Opa auch Medikamente genommen hat, von denen die Haare ausgefallen sind, und dass der Opa gestorben ist.«

Ich habe keine Wahl. Hole Luft und höre meine Stimme ganz zuversichtlich sagen: »Ja, man kann daran sterben. Aber mit den richtigen Medikamenten wird man gesund, und du nimmst ja die Chemo. Die hat den Tumor doch schon verschwinden lassen.« Ich lächele, als hätte ich gerade etwas Interessantes erklärt, das zwar spannend, aber für uns völlig unwichtig ist. Nehme es ernst, aber will dem Thema unter keinen Umständen Tragik und Schwere aufbürden.

Aber bitte, bitte frag jetzt nicht weiter, mein Schatz, flehe ich stumm. Frag mich bitte nicht, ob der Tumor wiederkommen kann. Das willst du jetzt nicht wissen. Einundzwanzig, zweiundzwanzig, dreiundzwanzig. Als der kritische Moment vorbei ist und keine weiteren Fragen kommen, setzen wir unser Mittagessen fort und plaudern über belanglosen Schulalltag. Offensichtlich ist Helens Wissensdurst zu diesem Thema für den Moment gestillt.

Unter Tränen berichte ich Frank abends von dem aufwühlenden Gespräch und bin froh, dass Helen mich dafür ausgewählt hat. Denn Frank ist sich nicht sicher, wie er reagiert hätte. Ob er tatsächlich eingeräumt hätte, dass man an dieser Krankheit sterben kann. Er findet, sie muss das eigentlich nicht wissen.

Ich aber kaue seit Wochen auf dem Gedanken herum, erwarte jeden Schulmittwoch diese Frage und bin froh, es hinter mich gebracht zu haben. Im Rahmen meiner Möglichkeiten habe ich Helen die Wahrheit so schonend wie möglich gesagt. Habe nicht gelogen, aber auch nicht alles offenbart. Ja, man kann daran sterben, aber du mein Schatz nicht, weil du diese ganzen fiesen Medikamente nimmst.

Bei genauer Betrachtung steht die Argumentation zwar auf wackeligen Beinen, warum der Opa wohl seine Medikamente nicht genommen hat. Aber zum Glück ist Helen dann doch erst sechs Jahre alt und offensichtlich mit meiner einfachen Erklärung zufrieden.

***

Die letzte Behandlung steht an. Wir beginnen zu rechnen. Wenn das klappt, dann sind wir zwischen Weihnachten und Neujahr fertig. Unfassbar! Helen hat das Protokoll in zwölf Monaten erfolgreich geschafft.

Im Kopf überschlage ich, ab wann die Haare wieder wachsen. Ich google schnell, wie lange Wimpern für ihre vollständige Rückkehr benötigen.

Aber ich zwinge mich auch, nicht überschwenglich zu werden. Noch kann alles passieren. Also weiterhin nur von Tag zu Tag denken …

Frank und ich sind uns darüber einig, dass wir das Ende der Behandlung ohne Hintertürchen planen. Wenn wir fertig sind, dann warten wir auf das Wiedererlangen alter Blutwerte, und dann kommt der Zugang von Helen sofort raus.

Natürlich könnten wir ihn auch weitere zwölf Wochen drinlassen und das nächste MRT abwarten. Und dann? Wartet man dann auf das nächste? Und das nächste? Nein, wir wollen so schnell wie möglich die ganz große Freiheit mit Sport und Schwimmen und keinen Terminen im Krankenhaus zur Pflege des Zugangs. Sollte der Tumor zurückkommen, wird unsere kleinste Sorge eine erneute Implantation sein.

***

Eigentlich ist mir nach einer großen Feier mit allen Freunden zumute. Ich möchte mich bei allen bedanken, die uns so sehr geholfen haben in den letzten Monaten. Aber ich bin unfassbar abergläubisch geworden. Ich habe Angst davor, das Schicksal herauszufordern. So als würde ein Rückfall durch mein Handeln heraufbeschworen. Diese verdammte Krankheit ist so unfair. Ich finde, Helen hat mehr als genug dafür getan, gesund zu sein, und hat alles Recht darauf, das nun auch für immer zu sein. Aber Hochmut kommt vor dem Fall. Nein, lieber unauffällig das Leben wieder aufnehmen und sich ducken unter den Radarschirm des Schicksals.

***

Wir verlassen die Kinderonkologie. Hoffentlich zum allerletzten Mal. Heute ist sogar Wonne hier. Der Stationsclown hat Dienst. Helen bekommt einen ganz besonderen Ballon von ihr. Den Wunschballon. Was Helen sich wünscht? Lange Zöpfe. Sonst nichts.

Dem kann ich mich nur anschließen. Das bedeutet in meiner Rechnung mindestens sechsunddreißig Monate ohne Rückfall. Da kratzen wir schon fast an der Fünfjahresmarke. Ein guter Wunsch.

***

Zu Hause öffnet Helen das allerletzte Päckchen. Die Galerie ist nun leer. Was für ein wunderschöner Anblick. Aber noch stehen uns ein letztes Mal die Übelkeit, das Brechen und die schlechten Blutwerte bevor. Noch sind wir nur Freigänger und nicht ganz draußen.

***

Weihnachten sind wir zu Hause. In unserem festlich geschmückten Haus. Mit Oma und Opa und Gans und Rotkohl. Sogar Schnee haben wir. Weiße Weihnacht. Eine perfekte Kulisse für unsere Glückseligkeit. Genau so, wie es sein soll.

Nicht einen Moment ist Helen müde oder geschwächt. Als würde sie die verlorene Zeit zurückerobern wollen, stürzt sie sich in das Vergnügen dieses besonderen Abends.

***

Silvester feiern wir deutlich entspannter als im letzten Jahr. Wir haben für alle Papierlampions gekauft, die um Mitternacht mit Wünschen versehen in den Himmel aufsteigen. Vielleicht können wir unseren größten Wunsch so noch direkter plazieren. Wer auch immer dafür zuständig sein mag.

2011

Mitte Januar sind die Blutwerte auf dem besten Weg zurück zur Normalität. Glücklicherweise hat weder Helens Hörvermögen noch ihre Herzfunktion unter der Therapie gelitten.

Jetzt beginnt unser »After-Chemo-Programm«. Muskelaufbau an den Beinen, Zahnspange und Physiotherapie zur Weitung der Mundöffnung. Und natürlich startet das Mama-kocht-das-Beste-das-so-richtig-schön-ansetzt-Programm. Ich möchte endlich wieder ein kleines Kugelbäuchlein sehen oder in einen Popo kneifen, der nicht nur aus Haut und Knochen besteht.

***

Vor langer Zeit haben Helen und ich schon eine Liste angelegt mit allem, was wir machen werden, sobald die Chemo vorbei ist. Zoobesuche, Erdbeeren essen, ins Kino gehen. Wir fangen mit Wurst von der Frischetheke an, und Helen genießt die erste Scheibe auf der Hand in einem Supermarkt. Niemand um uns herum kann ahnen, welche Bedeutung diese Scheibe Wurst für uns hat.

***

Wir entsorgen die letzten Medikamente. Helen öffnet das Fläschchen des übel schmeckenden Saftes und lässt es genussvoll in den Abfluss laufen. Ich fotografiere die Szene und möchte mir den kleinen Moment der Erleichterung und Freude für immer bewahren.

***

Eine weitere Operation steht an. Hoffentlich die letzte für immer. Nachdem die Blutwerte sich erholt haben und wir nun praktisch aus der Therapie entlassen sind, brauchen wir den Zugang nicht mehr. In Zukunft wird Helen alle drei Monate zur Kontrolle ins MRT müssen. Später dann alle sechs Monate und danach nur noch einmal im Jahr. Zur Verabreichung des Kontrastmittels wird sie für die jeweilige Untersuchung einen Zugang in ihren Handrücken gelegt bekommen. Schon jetzt weiß ich, dass diese Termine niemals leicht sein werden. Für Helen wegen des Piksens, für mich wegen der lauernden Gefahr eines Rückfalls.

Jetzt kommt aber der Zugang raus. Es ist eine ambulante Operation. Wir dürfen Helen nach einer Erholungsphase gleich wieder mit nach Hause nehmen.

Frank überzeugt die Ärzte mit leidenschaftlicher Ansprache, dass sie den temporären Zugang für den Eingriff erst dann legen, wenn Helen schon im leichten Dämmerschlaf ist. Das ist natürlich alles kompliziert und entspricht nicht dem Standard, aber Helen soll so wenig wie möglich leiden oder Angst vor etwas haben müssen.

Also halte ich unsere Tochter wieder einmal im Arm, und sie bekommt ein leichtes Narkosemittel über ihren implantierten Zugang gespritzt. Sie döst schnell ein, und hoffentlich zum letzten Mal geben wir unser Kind in die Hände der Operateure.

Im Wartezimmer sitzen wir umgeben von anderen Menschen, die zur Anmeldung einer Operation hier sind oder zur Anästhesie-Aufklärung. Alles Routine, nur für uns bedeutet dieser Tag etwas ganz Besonderes. Aber dieser immerwährende Gedanke an einen möglichen Rückfall dämpft unsere Freude darüber, dass unsere Tochter wieder frei von Dingen sein wird, die nicht zu ihr gehören.

Ich beobachte an der Anmeldung eine Familie mit einem Jungen in Helens Alter. Die Mutter hat exakt den Karton unter ihrem Arm, den wir auch vor über einem Jahr getragen haben. Die

Umverpackung des Proviaks, also des Zugangs, der Helen gerade entfernt wird. Ich betrachte die Familie. Der Junge hat noch Haare. Entweder am Anfang der Therapie oder ein Rückfall. Aber nein, die Eltern sehen so zuversichtlich aus, so überzeugt davon, dass alles gut wird. Dieses jungfräuliche Gefühl gibt es nur am Anfang, also Neulinge. »Behaltet den Optimismus, so lange es geht«, schicke ich in Gedanken einen Gruß an die Familie. Ich drücke euch die Daumen für euer Kind.

Die Zeit scheint stillzustehen. Die alte Wanduhr an der pistaziengrünen Wand ist bestimmt defekt. Die Zeiger gehen definitiv langsamer. Eine knappe Stunde haben die Ärzte gesagt. Mittlerweile wissen wir ja eigentlich, dass sie damit nur die reine OP-Zeit meinen und Vor- und Nachbereitung gerne noch mal so lange dauern können. Nach sechzig Minuten werde ich unruhig. Vielleicht hat ja doch etwas nicht geklappt. Gerade jetzt könnte ja auch mit der Narkose etwas schiefgehen. Meine Gedanken formieren sich mal wieder zu einem Strudel, der alle Vernunft mit sich reißt. Nach außen ganz ruhig, tobt innerlich ein Orkan. Ich kann das einfach nicht kontrollieren. Da, dieser Arzt. War der nicht eben noch im OP bei Helen? Sieht er nicht besonders ernst aus? Kommt er jetzt zu uns?

Natürlich kommt irgendwann auch jemand zu uns, aber nur um zu sagen, dass es Helen gutgeht und wir zu ihr in den Aufwachraum dürfen. Wieder einmal schlinge ich meine Arme um Helen und lasse mir meine Erleichterung nicht anmerken. Brust, Arme und Hals, ein Teil ihrer Pausbacken sind orange von der Jodtinktur, die bei jeder Operation großflächig aufgetragen wird. Na, da wird sie gleich meckern, das mag Helen gar nicht.

Sie kommt langsam zu sich und fängt direkt an, sich zu beschweren. Es ist warm, es ist kalt, es riecht, es tut weh, sie will schlafen, sie will sofort nach Hause. Nein, trinken möchte sie auf gar keinen Fall. Das Wasser schmeckt nicht. Das hier im Klinikum verwendete Narkosemittel verwandelt unsere Tochter zuverlässig von einer freundlichen, unbekümmerten kleinen Person in eine zickige Diva. Mittlerweile sind wir uns dessen bewusst und lassen die ersten Stunden unkommentiert verstreichen.

Als wir gehen, nehme ich Helen auf den Arm. Meine Hand streicht über ihren Rücken. Ich schließe die Augen und genieße es, dort nichts mehr zu spüren. Über ein Jahr hat Helen jeden Tag eine Art Netzschlauch um ihren Bauch getragen, in dem das Endstück des Zugangs verstaut war. Ich freue mich schon irre darauf, sie ganz nackt sehen zu können, nur mit einem kleinen Pflaster über der Brust.

***

Ein Highlight jagt das nächste. Nach ein Paar Tagen wird das Pflaster entfernt, und Helen darf wieder duschen. So richtig duschen mit dem Kopf unter dem Wasserstrahl. Bisher haben wir sie nur unterhalb des Zugangs vorsichtig abgebraust. Haare hatte sie ja keine, die gewaschen werden mussten, da reichte ein feuchter Waschlappen zur Reinigung.

Aber ab jetzt gibt es kein Halten mehr. Helen steht unter der Dusche und lässt das Wasser über ihren Kopf laufen, als hätte sie eine mehrmonatige Expedition in der Wüste hinter sich. Sie quietscht vor Vergnügen und kann ihre neu gewonnene Freiheit vollends genießen.

Bei allem Glück sehe ich aber auch die Narben an ihrem Körper, die die Therapie hinterlassen hat. Die letzten an der Brust leuchten noch ganz rot. Sie werden immer sichtbar sein. Und wenn Helen mal eine junge Frau ist, dann wird sie sich sicherlich immer darüber ärgern, dass die Narben ihr Dekolleté verunschönen. Im Krankenhaus hatte man uns gesagt, dass wir vor Helens 18. Geburtstag Operationen zur Narbenverkleinerung durchführen können. Das wären noch Nacharbeiten der Therapie und würden von der Krankenkasse übernommen. Okay.

Habe ich im Hinterkopf. 18. Geburtstag … eine Vorstellung, die unendlich weit weg zu sein scheint.

***

Aber neben den sichtbaren Narben beeinträchtigen die eher unsichtbaren Nebenwirkungen der Therapie unseren Alltag.

Täglich arbeiten wir zu Hause an der Erweiterung der Mundöffnung. Mit Holzstäbchen, die einem Eisstil gleichen, bauen wir eine Art Keil, den wir zwischen den kleinen Abstand der hinteren Zähne schieben. Es verursacht keine Schmerzen, ist aber unangenehm und raubt Zeit. Wir verlagern diese Heimtherapie auf die halbstündige Fernsehzeit am Abend, in der ihre Aufmerksamkeit den Akteuren ihrer Kinderserien gilt. Unsere Bemühungen zeigen schnell Erfolg. Bald können wir einen weiteren Holzstab einführen und dann noch einen. Mich beflügelt die Vorstellung, dass unser Fleiß belohnt wird. Dass es doch irgendwie gerecht zugeht. Dass der, der was tut, auch belohnt wird.

Neben unserem Heimtraining gehen wir zweimal die Woche zur Physiotherapie. Hier wird Helens ausgetauschter und verhärteter Kaumuskel bearbeitet, um ihn geschmeidiger zu machen und damit auch die Öffnung weiter zu optimieren.

Diese Behandlung gefällt Helen zum Glück. Es ist eine sanfte Stimulation mit den Händen, gekrönt von einer leichten Massage des Körpers. Hier muss ich wie ein Papagei auf sie einplappern, damit sie mir nicht unter den Händen der Therapeutin einschläft. So schön die Behandlung für Helen auch ist, bedeutet es doch auch zusätzlichen Stress. Die Praxis liegt mitten in der Stadt, und Parkplätze sind Mangelware. Die Termine reißen uns aus der besten Spielzeit oder finden so spät statt, dass ich Mühe habe, Helen wach nach Hause zu bekommen.

***

Zusätzlich werden wir beim Kieferorthopäden der Uniklink vorstellig. Der Arzt ist eine Koryphäe auf seinem Gebiet und stellt uns in Aussicht, mittels Zahnspange die Mundöffnung und die Schrägstellung des Kiefers zu verbessern. Er scheint sich seiner Möglichkeiten sehr sicher zu sein. Im Wartezimmer treffen wir eine erwachsene Frau, die innerhalb weniger Wochen eine ähnliche Entwicklung erlebt hat.

Das gefällt mir. Eine klare Perspektive. Kein »vielleicht« und »möglicherweise«. Der Zeitplan steht. Neben Haustherapie und Physio haben wir jetzt auch noch den Kieferorthopäden im festen Wochenprogramm.

Darüber hinaus nutze ich jede Gelegenheit, um Helens körperliche Kräfte zu mobilisieren. Kein Spielplatz ist vor uns sicher. Klettern und Rutschen hat therapeutischen Mehrwert. Es fällt Helen tatsächlich sehr schwer, längere Strecken zu laufen. Auch Springen ist für sie nicht einfach. Zum einen hat sie eine mentale Sperre, da wir ihr während der Therapie das Springen verboten haben. Die fragile Knochensituation in Helens Kopf wollten wir nicht durch einen unüberlegten Sprung von einem Mäuerchen gefährden. Und dieses einmal verinnerlichte »Springen ist nicht gut« bekommen wir auch durch eindringliches Zureden nicht weg.

Wenn ich sie im Kreise ihrer Freunde laufen sehe, dann bemerke ich den Unterschied zu gesunden Kindern. Sie läuft staksiger und hat kaum Ausdauer. Mit ihrem Willen, dabei zu sein, macht sie vieles wett, aber es strengt sie sehr an. In solchen Momenten führe ich mir immer vor Augen, was dieser kleine Körper alles weggesteckt hat. Welches Gift durch ihren Körper gepumpt worden ist, welche Operationen und Eingriffe er mitgemacht hat. Meine Güte, dafür geht es ihr so gut! Sie hätte auch schwerhörig, mit Herzfehler und im Rollstuhl sitzend aus der Sache rauskommen können. Und alles, was sie jetzt noch einschränkt, können wir verbessern.

Dafür planen wir in den Osterferien die Teilnahme an einer

Familientherapie. Dort kann vier Wochen lang von morgens bis abends etwas für Helens Regeneration getan werden.

***

Aber das ist noch ein paar Wochen hin, und zunächst steht das allerwichtigste Highlight für Helen an: die vollständige Rückkehr in die Schule. Wobei Rückkehr ja eigentlich falsch ist. Außer dem Einschulungstag und einigen Einzelschultagen war sie ja noch nie richtig da.

Für diesen glorreichen Tag haben wir den besten aller denkbaren Tage ausgeschaut. Karneval. Alleine das ist ein Tag zum Feiern, und gemeinsam mit dem Start in eine normale Schulzeit erhebt er sich zu meinem persönlichen höchsten Feiertag.

Schon am Abend vorher legen wir Helens Kostüm raus. Sie wird eine Elfe werden mit grünem Kleid, Flügeln und Blumenschmuck. Eine lila Perücke ziert ihren Kopf. Sie sieht zum Anbeißen süß und in meinen Augen gesund aus.

Ich bringe sie in die Schule. Hier herrscht sowieso Ausnahmezustand, so dass Helens Rückkehr zwar freudig bemerkt wird, aber auch im allgemeinen Trubel untergeht. Schnell mache ich noch ein paar Fotos. Eine lila-grüne Elfe, umringt von lachenden Kindern. Mein perfektes Glück.

Diesen Karneval feiern wir jeden Tag. Wir gehen zur Kindersitzung, auf die Umzüge, und natürlich zelebrieren wir unsere eigene Kinder-Karnevalsparty, die wir ja seit dem letzten Jahr zur Tradition erhoben haben. Das Motto ist »Piraten«, und dementsprechend dekorieren und maskieren wir das Haus und uns. Wir strotzen vor Zufriedenheit und laden meine Eltern ein, sich Helen im Kreis ihrer Freunde so ausgelassen und munter anzusehen. Sie saugen die Lebensfreude ihres Enkelkindes mit Blicken auf und tragen sie wie Balsam auf ihre geschundenen Herzen auf.

***

Die Zeit vergeht wieder einmal im Fluge. Ich darf mich so wundervoll normalen Dingen widmen wie Elternsprechtagen und kann wieder relativ regelmäßig arbeiten gehen. Alles scheint seinen ehemals gewohnten Gang zu nehmen.

***

Alle sechs Wochen müssen wir zur Überprüfung des Allgemeinzustandes in die Uniklink. Dabei wird Helen untersucht und ihr Blutbild kontrolliert. Aber anders als bei vielen anderen Tumorarten kann ein Rückfall nicht anhand des Blutes erkannt werden. Tumormarker funktionieren bei Knochenkrebs nicht. Daher sind die Termine eigentlich nicht wirklich aufschlussreich und bergen aus meiner Sicht kein Gefahrenpotenzial. Schwierig sind sie dennoch für mich. Schon Tage vorher beschäftigt mich der Gedanke daran, ins Krankenhaus zu müssen. Der mir wohlbekannte Durchfall setzt ein, und mein Herz schlägt in einer höheren Taktzahl. Das Krankenhaus macht mir einfach Angst. Der Parkplatz, das Wartezimmer, der Geruch, die Schwestern. Aber das Schlimmste sind für mich die anderen Patienten. Ich möchte möglichst niemanden treffen. Mich nicht unterhalten müssen. Ich möchte von niemandem über einen Rückfall oder den Tod eines Kindes hören. Damit gleicht der Besuch im Krankenhaus für mich einem Spießrutenlauf. Schnell rein. Einen Platz weit weg vom allgemeinen Geschehen suchen und sofort ein Buch rausholen. Dann verschanze ich mich dahinter und lese Helen vor. Wenn ich Glück habe, komme ich so durch. Wenn nicht, treffe ich eine Mutter (meistens eine Mutter) mit einem traurigen, aber gefassten Gesichtsausdruck und der Information »Wir wissen noch nicht so richtig, wie es weitergeht«. Schon damals hat mir der Satz Unwohlsein beschert, heute weiß ich um die wahre Bedeutung.

***

Ich mache mir Gedanken über die anstehende Reha. Wir freuen uns sehr auf die gemeinsame Zeit. Auf die Möglichkeiten für Helen, rund um die Uhr etwas für ihre Fitness und Mundöffnung zu tun. Und, ja, auch darauf, dass wir an unserer Fitness arbeiten. Denn Sport stand in den letzten Monaten ganz unten auf unserer Prioritätenliste. Aber wie ist das so in einer Reha-Klinik? Ist das von uns so sorgsam vermiedene Thema Krebs allgegenwärtig? Spricht man dort locker in großer Runde darüber, und noch schlimmer, sprechen die Kinder darüber? Bei dem Gedanken wird mir ganz schummrig.

***

Zunächst aber müssen wir noch mal richtig zittern. Denn das zweite MRT nach Ende der Chemotherapie steht an und soll kurz vor unserer Abreise in die Reha gemacht werden. Unsere Anträge für die Maßnahme sind genehmigt, die Freistellungen unserer Arbeitgeber erfolgt.

Alle Ängste und Befürchtungen, die ich in den letzten Wochen zu verdrängen versucht habe, stürzen erneut auf mich ein. Was wäre, wenn? Was wäre, wenn sie etwas finden? Was bedeutet das für uns? Fängt dann alles von vorne an? Soll ich lieber noch nicht die Koffer für die vier Wochen Reha packen?

Nächsten Dienstag soll die Reise losgehen, und neun Tage vorher haben wir den MRT-Termin. Das sollte eigentlich locker reichen, um rechtzeitig ein Ergebnis zu bekommen.

***

Helen schreit wie immer herzzerreißend, als sie den lokalen Zugang für das Kontrastmittel gesetzt bekommt. Daran werde ich mich niemals gewöhnen können.

Die neue Bibi-Blocksberg-CD wartet auf ihren Einsatz für die knapp dreißigminütige Untersuchung. Aber vor Ort teilt man uns kurzerhand mit, dass das Gerät, das über eine CD-Zuspielung verfügt, heute nicht einsatzfähig ist. Ein Schock! Wieder einmal appelliere ich an die Vernunft unserer sechsjährigen Tochter und bestärke ihr Selbstvertrauen, dass sie das auf jeden Fall schaffen kann.

Dreißig Minuten darf sie sich keinen Millimeter bewegen, darf nicht niesen und sich schon gar nicht kratzen. Angst bekommen und weinen ist in der Kalkulation überhaupt nicht vorgesehen. Wieder einmal verschwindet meine Angst und Sorge mit der anstehenden Aufgabe, Helen zu begleiten. Ich strahle Zuversicht aus allen Poren aus und verspreche eine phantastische Geschichte.

Wir entledigen uns aller Metallgegenstände und gehen zu dem MRT-Gerät. Die Mitarbeiter der Abteilung kennen uns schon, und ich ahne in ihren Blicken, dass sie schon zu viel gesehen haben. Zu viele Kinder, auf deren Bildern sie erneut die verdächtigen Flecken gefunden haben.

Wir bekommen beide Kopfhörer, um uns vor den klopfenden Geräuschen zu schützen. Helen wird auf der Liege in das Gerät gefahren, und ich nehme meine Position ein. Halb vorgebeugt, fasse ich ihre Hand und kann über einen Spiegel an ihrem Kopf Blickkontakt halten. In Bruchteilen von Sekunden lege ich mir eine Geschichte zurecht, deren Inhalt ich über die gesamte Behandlungszeit ausdehnen kann. Hinter der Glasscheibe sehe ich die Ärzte und Schwestern, die das Programm starten. Über das ohrenbetäubende Geräusch hinweg erzähle ich meine Geschichte. Zum Glück muss ich nicht nachdenken. Die Worte formen sich einfach in meinem Mund und sprudeln aus mir heraus. Meine Beine schlafen bei dieser ungünstigen Position ein, mein Rücken schmerzt. Dreißig Minuten sind sehr lang. Während ich rede, läuft parallel meine Sorgenhotline auf Hochtouren. Sehen die da draußen schon etwas auf den Bildern? Jetzt bedarf es ja keiner Vergleichsbilder mehr, ob etwas kleiner oder größer geworden ist. Jetzt ist es klar. Wenn da ein weißer Fleck ist, dann sind wir wieder zurück auf null. Oder schlechter noch als null, ich weiß es nicht.

Helen vollbringt diese unglaubliche Leistung erneut mit Bravour. Was sie wohl für Gedanken hat, wenn sie so daliegt? Oder kann sie das alles einfach ausblenden und ganz in die Geschichte eintauchen?

Endlich sind wir fertig und können gehen. In jedem Lächeln oder Nichtlächeln, in der Art der Verabschiedung sehe ich ein Zeichen von Mitleid, weil sie schon etwas auf den Bildern gesehen haben könnten. Frank ist wie immer voller Zuversicht und albert mit Helen herum. Zurück in der Tagesklinik, legen wir dem Arzt nochmals nahe, uns das Ergebnis bitte schnell zukommen zu lassen, da wir praktisch auf gepackten Koffern sitzen. Was de facto nicht stimmt, weil ich irgendwie abergläubisch bin. Nicht, dass das Schicksal sich herausgefordert fühlt angesichts meiner Siegessicherheit.

***

Bis Freitag gibt es noch kein Ergebnis. In vier Tagen wollen wir zu einer vierwöchigen Reise starten. Aberglaube hin oder her, ich suche einen schicksalskompatiblen Kompromiss. Alle Sachen werden zurechtgelegt, aber NICHT eingepackt, bis wir das Ergebnis kennen.

Einmal mehr zerreißt mich der Gegensatz zwischen meiner inneren Befindlichkeit und dem, was ich Helen vorlebe. Zusammen schwelgen wir in ungetrübter Vorfreude. Wir schauen uns die Bilder der Rehaklinik täglich an und träumen vom Schwimmbad und dem Reitstall. Wir malen uns in den schönsten Farben aus, wie das Zimmer aussehen wird und wie wir im Ort Eis essen und ins Kino gehen.

Am Sonntagvormittag – zwei Tage vor der Abreise – bekommen wir einen Anruf aus der Klinik. Der Anblick der Kölner Vorwahl reicht, um mich kurzzeitig um den Verstand zu bringen. Warum rufen die sonntags an, schießt es mir durch den Kopf. Das kann doch nur heißen, dass Helens kompletter Kopf voller Metastasen ist und wir sofort kommen müssen.

Natürlich gehe ich nicht an den Hörer. Das ist vorbei seit dem wenig feinfühligen Aufklärungsgespräch des Neurochirurgen.

Frank nimmt das Telefon, und ich höre am anderen Ende die sonore Stimme des Professors. Nach wenigen Sekunden kann ich Franks Miene entnehmen, dass wir gerade ein paar Wochen Leben gewonnen haben. Sie haben nichts gefunden. Wir können fahren.

***

Ähnelten wir bisher einem Umzugsunternehmen beim Einzug auf die Kinderstation, so könnte man uns jetzt mit den Gewinnern des Wettbewerbes »Wer verstaut am meisten Sachen in einem Kombi« verwechseln. Außer den drei notwendigen Sitzen gibt es keine freien Flächen in unserem Wagen. Neben der kompletten Garnitur für alle Wettereventualitäten haben wir eine Kaffeemaschine, einen Milchschäumer und selbstverständlich Tagesdecken dabei, damit es auch so richtig schön gemütlich wird.

Allein mit den eingepackten Schuhen könnten wir ein kleines Geschäft eröffnen. Aber, nun ja, vier Wochen sind eine lange Zeit, und im April weiß man ja bekanntlich nie, wie das Wetter wird.

In unserem alten Leben waren wir begeisterte Reisende und haben auch mit Helen schon viel erlebt. Und so fühlt es sich nach knapp eineinhalb Jahren für uns wie das ganz große Abenteuer an. Tatsächlich sind wir nur drei Fahrstunden von zu Hause entfernt, in Bad Oeynhausen, aber egal. Für uns könnte ein Strand auf den Malediven momentan nicht reizvoller sein.

Die Erleichterung nach dem erlösenden Anruf aus dem Krankenhaus setzt in mir Endorphine in verschreibungspflichtigen

Mengen frei. Ich bin berauscht von der Aussicht auf vier Wochen Familienglück ohne Zweifel und Sorgen. Und wenn der Tumor ab heute wieder wachsen sollte, dann werde ich es nicht vor dem nächsten MRT erfahren. Bis dahin kann ich mich frei und glücklich fühlen. Heute ist das Leben schön und morgen auch, und darüber hinaus geht mein Horizont nicht. Das ist mein neues Credo.

Angekommen an der Rehaklinik, sind wir begeistert. Ein kleines Dorf aus Fachwerkhäusern wird für einen ganzen Monat unser Zuhause sein. Angegliedert an eine Rehabilitation für Erwachsene, ist hier die Einrichtung für kranke Kinder und deren Familien.

Nicht alle Betroffenen haben die Möglichkeiten und den Elan, trotz Krankheit des Kindes ein schönes Familienleben aufrechtzuerhalten. Geldsorgen, Geschwisterkinder, die sich vernachlässigt fühlen, Sprachlosigkeit oder Unstimmigkeiten zwischen den Eltern, all das belastet Familien über die eigentliche Sorge um das Kind hinaus. Nicht selten zerbrechen Ehen an dieser großen Herausforderung. Aber selbst so banale Begleiterscheinungen wie mangelnde Bewegung, Rückenschmerzen, Übergewicht durch falsche Ernährung oder einfach der Verlust von Zuversicht und Lebensfreude belasten die ganze Familie. Der Ansatz hier schließt alle Familienmitglieder ein. Der Patient ist das kranke Kind, aber Geschwister und Eltern werden ebenfalls in alle Maßnahmen einbezogen.

Auf dem Vorplatz herrscht ein großer Trubel. Mit uns kommen dreißig Familien an, die alle vier Wochen hier verbringen werden. Gefühlte fünfzig Kinder, viele Mütter und einige Väter sind auf dem Platz. Mit geübtem Auge scanne ich die Menge auf der Suche nach einem netten Mädchen in Helens Alter. Aber zunächst geht die Organisation los. Wir müssen uns anmelden und bekommen einen Leitfaden. Wir saugen die neuen Informationen auf und freuen uns wie Kinder vor der Bescherung. Dann endlich führt uns eine Schwester auf das Zimmer. Unser neues Zuhause ist ein zweigeschossiger offener Raum mit einer schmalen Treppe hinauf in ein Kinderzimmer. Unten stehen ein großes Bett, Schrank, Tisch und zwei Stühle. Ganz nett alles. Wir fühlen uns sofort wohl. Helen begeistert sich für ihr Etagenbett und richtet sich genussvoll ein.

Wieder einmal sind wir glücklich auf engstem Raum. Zu Hause können wir uns verlaufen, hier werden wir zusammenkletten. Was für herrliche Aussichten!

Wir haben noch nicht ganz ausgepackt, da haben wir den ersten Termin. Das Vorstellungs-, nein Aufnahmegespräch beim Kinderarzt. Mit unserer Krankenhausakte beladen, stellen wir uns dieser ersten Herausforderung.

Bisher haben wir größten Wert darauf gelegt, dass Helen nur durch uns Informationen zu ihrer Erkrankung und deren Behandlung erfährt. Die Ärzte in Köln waren trotz anderer Meinung darauf eingestellt und haben unsere Linie respektiert. Hier jedoch haben wir keinen Vorlauf und kein Vieraugengespräch mit dem Arzt.

Und dieser stellt sich als äußerst engagiert, aber auch freimütig in seinen Äußerungen dar. Wir schildern in kurzen Worten den Krankheitsverlauf und bremsen ihn immer wieder dezent aus, wenn er unsere Linie überschreitet.

Er macht das seit vielen Jahren, für ihn ist das alles ganz normal. Und diese Normalität trägt er nach außen. Vermutlich denkt auch er, dass unser Umgang mit dem Thema nicht richtig ist, aber das soll uns egal sein.

Als die gefährlichen Themen umschifft und es um die für uns unkritischen geht, mache ich mich locker.

***

Wir haben straff organisierte Tagespläne und nehmen jeden Kurs mit, der angeboten wird. Von der Rückengruppe über Bauch-Beine-Po, Krafttraining bis zu Autogenem Training. Da allerdings steige ich sofort nach der ersten Schnupperstunde aus. Das ist nichts für mich. Zusammen mit zwanzig anderen Leuten in einem Stuhlkreis sitzen und mich zu einer Geschichte entspannen. Und wenn es ganz dicke kommt, dann löst sich der Knoten bei einem, und er fängt an zu weinen. Nein, das brauche ich nicht. Ich bin hier völlig tiefenentspannt, ohne dafür etwas tun zu müssen. Wenn ich Helen morgens zur Reittherapie begleite, dann ist das meine schönste Form von Erholung. Der Pferdegeruch, die tollen Tiere und Helens Begeisterung sind ein Genuss. Wenn sie dann noch ihre Runden dreht und auf dem Pferd ihre Übungen macht, dann strahle ich wie ein Weihnachtsbaum. Da fühle ich mich leicht und unbeschwert und kann völlig ausblenden, warum wir eigentlich hier sind. Es ist für mich auch eine große Erleichterung, vier Wochen lang nichts planen zu müssen. Vier Wochen. Das ist ein Zeitraum, den wir ansonsten nie überschauen konnten. Da fiel immer eine Chemo rein, unbekannte Blutwerte, ein Infekt.

Und jetzt wird mir über eine so lange Zeit das Planen und Handeln völlig abgenommen. Ich muss weder über Essen, soziale Kontakte, Freizeitaktivitäten noch irgendwelche Krankengymnastik oder Kieferorthopäden nachdenken. Ein Blick auf meinen gelben Tagesplan reicht aus, und im Minutentakt wird mir vorgegeben, was ich zu tun habe. Ich habe mein Hirn an der Eingangspforte der Rehaklinik abgegeben und kann die Lücken im Programm so füllen, wie es mir und uns gefällt.

Und dazu gehört für mich vor allem unlimitiertes Lesen. Wir haben mehrere Kilo Literatur in unserem überfüllten Kombi mitgebracht. Zwischen Helens und meinen Behandlungen gibt es immer wieder Lücken, die ich lesend auf einer Parkbank im Rehagarten verbringe. Daraus ziehe ich so viel Kraft und Ruhe.

Helen hat ein straffes Programm und fühlt sich trotzdem pudelwohl. Die ersten beiden Wochen findet vormittags noch Unterricht statt. Aber Therapie geht hier stets vor Lernen. Und so werden die Schulstunden zwischen die Behandlungseinheiten gepackt und lassen uns manchmal nur laufend das jeweilige Ziel erreichen.

Jeder hat seinen Plan, und auch als Familie haben wir Kurse. Gemeinsam lernen wir die hiesigen Pferde zu pflegen und streifen im Auftrag der DVD-Gruppe mit Kameras über das Gelände. In den wenigen Pausen, die Helen hat, besucht sie die »Drachenhöhle«, quasi das Jugendzentrum für ihre Altersgruppe. Nach kurzer Eingewöhnungszeit findet Helen diesen Ort magisch. Sie beschwert sich darüber, dass sie dort zu wenig Zeit verbringen darf. Das liegt zum einen daran, dass sie wirklich viele Therapieangebote wahrnimmt, und zum anderen verbringen wir auch sehr gerne Zeit mit ihr. Endlich können wir machen, wonach uns ist, und wir saugen jede Sekunde mit Helen gierig auf.

Aber sie soll ja auch wieder unabhängig von uns werden, sich altersgemäß von uns lösen. Und so bringen wir sie so oft es geht in die Drachenhöhle, um dann selber spazieren zu gehen oder zu lesen.

Ähnlich wie im Krankenhaus sind wir auch hier meistens unter uns. Wir reden natürlich mit anderen, aber wir gehören zu keiner festen Gruppe, wie es sie in jeder Einrichtung gibt. Ich bedauere das nicht, hinterfrage mich aber kritisch, warum wir so sind. Vermutlich liegt es daran, dass wir uns selbst genug sind. Nicht mehr und nicht weniger.

Wir lernen Familien kennen, die bereits mehrfach hier waren. Manche nach einem Rückfall oder als Erholungsphase während einer niedrig dosierten Chemo. Und dann gibt es noch die Familien, deren Kinder eine kardiologische Erkrankung oder ein neues Organ bekommen haben.

Meine Vorstellung, dass wir hier ausschließlich kahlköpfigen Kindern begegnen, war völlig falsch. Eigentlich ist Helen mit ihren zentimeterkurzen Haaren eher die Ausnahme.

Somit spielt das Thema Krebs zwar eine große Rolle, es ist aber nicht so präsent, wie ich das befürchtet habe. Man scannt die Kinder nach Auffälligkeiten ab, stellt eine innere Vermutung an, und im zufälligen Gespräch mit den Eltern wird die Krankengeschichte kurz abgehandelt. In die Tiefe gehen die Gespräche nur, wenn der Raum dafür da ist. Und dann entziehen wir uns meistens.

Die Kinder untereinander gehen völlig unbefangen miteinander um. Das Thema Krankheit ist nicht wichtig. Vielleicht habe ich schon einen völlig verklärten Blick auf die Dinge, aber ich finde die Kinder alle ganz normal hier. Da gibt es keinen Erfahrungsaustausch oder Vieraugengespräche über Krebs. Die Dialoge sind inhaltlich vielleicht andere, aber im Prinzip ähnlich, wie auf jedem Schulhof. »Du siehst aus wie ein Junge. Warum hast du kurze Haare?« – »Ich habe eine Chemo gemacht.« – »Ach, wie die Katharina. Ich habe ein neues Herz. Möchtest du jetzt rutschen?«

Neben Sport und Familienzusammenführung steht hier natürlich auch der psychologische Aspekt im Vordergrund. Es werden Einzel-, Paar- und Gruppensitzungen angeboten. Beim Aufnahmegespräch haben wir gleich deutlich gemacht, dass wir daran nicht teilnehmen möchten. Wir sind der Meinung, dass wir für uns einen guten Weg gefunden haben, mit der Situation umzugehen.

Die Angst um Helen habe ich wie ein wildes Tier in einen Käfig gesperrt. Alle drei Monate zum MRT faucht es angriffslustig und will befreit werden, aber ich bekomme es bisher auch ohne fremde Hilfe immer wieder unter Kontrolle. Und meine Hoffnung ist, je älter das Tier wird, desto mehr verliert es seine Wildheit. Es wird immer da sein, aber wenn ich Glück habe nur noch als handzahmes Haustier.

Darüber hinaus haben wir während der langen Behandlung und der Zeit danach das Leben immer geliebt. Wir haben uns nie in der Frage nach dem »Warum« verloren, sondern uns für alles gefreut, was wir erleben können. Darauf bin ich stolz.

Umso überraschender schlägt Frank doch vor, ein Gespräch

bei der Therapeutin auszumachen. Eine Paar-Sitzung. Mir schwant Übles. Ich halte mich aber bedeckt und lasse mir nichts anmerken. Kurz vorher frage ich dennoch nach, was der Grund für sein Anliegen sei. Er sagt, er möchte, dass wir als Paar besser mit meiner Angst vor den Untersuchungen umgehen lernen. Er fühlt sich nicht in der Lage, mich zu trösten.

Damit habe ich nicht gerechnet. Es stimmt, ich fühle mich schlecht getröstet und spreche Frank häufig ab, sich meiner Situation bewusst zu sein: meiner lähmenden und schmerzenden Angst vor jedem neuen MRT-Ergebnis. Meiner Panik vor der Möglichkeit, dass wieder alles von vorne beginnen könnte. Dabei bin ich eigentlich eine anspruchslose Trostsuchende. Finde ich. Eine feste Umarmung und das Mantra »Alles wird gut« reichen häufig schon aus, damit es mir bessergeht. Seine Meinung ist für mich heilig. Er ist der lebende Arztbrief. Und wenn er sagt, er glaubt, dass alles gut wird, dann will ich das auch in diesem Moment glauben.

Entscheidend ist aber das Timing in dieser Angelegenheit. Das Mantra muss genau dann kommen, wenn das wilde Tier Angst zum Vorschein kommt. Wenn es meine ansonsten positive Betrachtung der Situation überlagert. Nicht erst, wenn ich mich schon drei Tage zurückgezogen habe und mir jedes Wort schwerfällt. Dann kanalisiert sich meine Angst in bodenlose Wut auf Frank. Dafür, dass er meine Befindlichkeiten nicht wahrnimmt. Dass er nichts sagt. Nicht fragt, wie es mir geht. Einfach so tut, als sei nichts Besonderes. Manchmal keimt in mir der Gedanke, dass er meine Sorge nicht hören will. Sich sein eigenes Hoffnungsgerüst zusammenzimmert, das ich nicht durch meine Ängste zerstören soll.

Das Gespräch mit der Therapeutin zerlegt die Angstsituation in alle Einzelheiten und gibt uns vor allem Gelegenheit, das Thema außerhalb der kritischen Situation zu besprechen. Ich bin völlig überrascht, wie viel Frank erzählt. Er schüttet sein Herz aus und präsentiert mir Gedanken, die ich nicht bei ihm vermutet habe. Sein zentrales Anliegen ist jedoch, dass es mir gutgehen soll. Er möchte besser für mich da sein. Ich werde überflutet von Zuneigung zu ihm.

Mir war nicht klar, welche Belastung es für ihn darstellt, meine Erwartungen zu erfüllen. Dass er das Mantra »Alles wird gut« für ausgehöhlt hält und jedes Mal etwas Besseres, Überzeugenderes plazieren möchte und dann mangels Alternativen lieber schweigt. Die Therapeutin legt ihm nahe, dass genau das aber für mich ausreicht. Dass seine Zuversicht mein Trost ist und ich keine kreativen Extra-Argumente benötige.

Wir halten uns an den Händen und fühlen uns nahe und verbunden. Eigentlich hat die Therapeutin nur einen Raum geschaffen, in dem wir sehr offen gesprochen haben. Die Offenheit hat dabei solch eine Nähe ausgelöst, dass wir gestärkt den Raum verlassen.

Inhaltlich sind keine Überraschungen zu Tage gefördert worden, dennoch hat die Stunde große Wirkung auf uns gehabt.

***

Die Wochentage sind prall gefüllt mit Reha-Terminen. Und die Wochenenden gestalten wir uns nach unserem Geschmack. Wir bekommen Besuch, fahren in den Hannoveraner Zoo und zu einem Kleinkunst-Abend im wunderschönen Kurhaus von Bad Oeynhausen. Jede Minute ist pralles Leben und Genuss. Der Höhepunkt für Helen ist jedoch die Erfüllung eines langgehegten Wunsches: Ohrringe. Viele ihrer Freundinnen haben welche, und sie gelten für Helen nicht nur als Zeichen des Großseins, sondern auch als eindeutiges Merkmal eines Mädchens. Mit ihren raspelkurzen Haaren wird sie trotz eindeutiger Kleiderfarben immer wieder gefragt, ob sie ein Junge sei, also lassen wir das inniglich herbeigesehnte weibliche Attribut »Ohrringe« Realität werden.

Wir fahren zu einem seriösen Juwelier in den Nachbarort und

sind alle drei ganz aufgeregt. Es ist so schön, Helen einen solchen Wunsch nicht länger verweigern zu müssen. Sie sucht sich kleine silberne Stecker mit weißen Perlen aus. Ganz tapfer nimmt sie Platz und lässt sich den Schmerz kaum anmerken.

Wieder einmal frage ich mich, was die anderen denken. Sehen sie hier oft Mädchen, die offensichtlich eine Chemo hinter sich haben? Sind sie im Thema, da nur wenige Kilometer entfernt eine Kinderreha ist? Eigentlich kann es mir egal sein. Aber jede Höflichkeit und jede besondere Zuwendung betrachte ich unter diesem Aspekt. Ich wünsche mir so sehr, dass Helen um ihrer selbst willen zuvorkommend behandelt wird, weil sie ein süßes Mädchen ist, ein tolles Lachen hat oder einfach nur niedlich ist. Egal. Nur Mitleid möchte ich unter allen Umständen vermeiden.

Wir gehen aus dem Juweliergeschäft mit drei strahlenden Gesichtern und zwei rotglühenden Ohren. Helen kämpft noch zwischen Stolz, Glück und dem leichten Schmerz. Immer wieder halten wir an Schaufenstern und Spiegeln inne und bewundern das glitzernde Resultat.

Genau heute ziehen wir einen imaginären Schlussstrich unter das Kapitel Krankheit. Wir haben Helen immer gesagt: »Wenn du wieder gesund bist, dann kannst du Ohrringe haben.« Heute ist es so weit. Ob diese vollmundige Ankündigung allerdings auch den Weg in jede einzelne von Helens Körperzellen findet und ob sich da alle dran halten werden, weiß ich nicht.

Wie Kriegshelden nach einer gewonnenen Schlacht ziehen wir auf das Rehagelände ein. Allen Kindern wird die neue Errungenschaft umgehend präsentiert. Selbst bei der kommenden Untersuchung beim Kinderarzt weist Helen glücklich darauf hin. Die wohlgemeinten Komplimente verlieren allerdings umgehend ihre Wirkung, als uns mitgeteilt wird, dass Helen ab jetzt nicht mehr schwimmen kann. Die Ohrlöcher seien eine offene Wunde und dürften daher nicht mit möglicherweise verunreinigtem Wasser in Kontakt kommen.

O nein. Wie konnten wir nur so unüberlegt sein? Helen weint bitterlich ob der Aussicht, auf das über alles geliebte Nass verzichten zu müssen. Während der gesamten Therapie waren Frank und ich besonnen und haben alle Entscheidungen gut geprüft. Kaum fühlen wir uns auf der halbwegs sicheren Seite, passiert uns so eine Dummheit. Wir entschuldigen uns bei Helen und trösten sie inniglich. Getragen von dem Glück der Ohrringe und erprobt in der Überwindung von Enttäuschungen, fängt sie sich bald wieder. Zum Glück sind wir nur noch wenige Tage hier, und in Kürze können wir zu Hause ins Schwimmbad fahren, wann immer uns danach ist.

***

Die letzten Tage der Reha. Wie schnell können vier Wochen vergehen? Einfach unglaublich. Es schleicht sich dieses Gefühl wie am Ende einer Klassenfahrt ein. Wir bearbeiten voller Eifer die erstellten Bilder und planen die Präsentation der DVD-Gruppe. Wirklich. So heißt das hier! Ich komme mir wie im Büro vor. Der Gedanke an meine Arbeit erschreckt mich fast ein wenig. So losgelöst von der Realität, umhüllt von unserer Wohlfühl-Wolke, habe ich wenig Gedanken an zu Hause und das Leben »danach« verschwendet. Ich sehne mich nach Normalität für uns alle, fürchte mich aber auch vor dem Alltag, der wie ein ICE durch unser Leben rasen wird. Hier ist die Zeit für uns stehengeblieben, und das war einfach wunderschön.

Zu Lady Gagas Lied »Paparazzi« zieht die Fotogruppe in die Arena ein. Wobei die Arena hier die große Turnhalle ist, in der alle Familien, Ärzte und Therapeuten versammelt sind. Wir zeigen eine Bilderanimation, einem Film ähnlich, und werden für ein paar Minuten durch die letzten vier Wochen gelotst. Lachende Kindergesichter, glückliche Eltern, Pferde, Spielplätze, Therapien. Natürlich bin ich fest davon überzeugt, dass wir die beste DVD aller Zeiten produziert haben. Tatsächlich wird an den richtigen Stellen gelacht, und am Ende haben alle einen Kloß im Hals und tränenfeuchte Augen. Aber vermutlich ist nicht die herausragende Qualität des Films dafür verantwortlich, sondern das kollektive Gefühl aller Eltern beim Anblick ihrer Kinder auf der Leinwand. Diese geballte Lebensfreude strahlt so viel Kraft und Zuversicht aus, dass der Gedanke, warum wir eigentlich alle hier sind, schmerzlich ins Bewusstsein gerückt wird.

Der emotionale Höhepunkt steht uns jedoch noch bevor. Alle dreißig Familien versammeln sich auf dem Kinderspielplatz und bekommen Ballons, um sie in den Himmel aufsteigen zu lassen. An jedem Ballon hängt ein Zettel, auf dem wir gute Wünsche für unser Kind aufschreiben sollen. Was gibt es da zu überlegen? Gesundheit. Für immer. Das ist das Einzige, was wichtig ist. Ich kämpfe mit den Tränen. Ich hätte nicht gedacht, dass mich das hier so erwischen würde.

Wir drei halten uns an den Händen und lassen den Ballon in den Himmel steigen. So viele Ballons sind am Himmel zu sehen. So viele Kinder, die krank sind oder waren. So viele Familien, die um das Leben des Kindes bangen und immer bangen werden. Ganz sicher trägt jeder Zettel exakt den gleichen Wunsch. Nachdem wir unseren Ballon nicht mehr sehen können, steigen wir ins Auto und fahren nach Hause. Wir möchten nicht noch eine Nacht bleiben. So ist es ein guter Abschluss.

***

Nach einem Tag Schonfrist mit Ausschlafen und Wäschewaschen geht der Alltag los. Ich darf Helen zur Schule bringen, abholen, kochen, mit ihr Hausaufgaben machen, Freunde treffen und tatsächlich auch wieder regulär ins Büro fahren.

Und Helen kann endlich am Sportunterricht der Schule teilnehmen. Es fällt ihr zwar sehr schwer, dem Tempo und der Geschicklichkeit der anderen zu folgen, aber sie macht alles mit und erntet Lob von Schülern und Lehrern für ihr Engagement.

Von außen betrachtet sind wir jetzt wieder eine ganz gewöhnliche Familie. Für mich fühlt sich das aber noch ganz anders an. Ich erlebe viel mehr Freude und Glück, packe soviel es geht in unsere Freizeit. Gleichzeitig bin ich auf der Hut, habe immer das Gefühl, alles jetzt machen zu wollen, da wir nicht wissen, was morgen sein wird.

***

Mitte Mai überstehen wir erneut ein MRT, das glücklicherweise unauffällig ist. Wieder acht Wochen gewonnen. Sofort definiere ich das Zeitfenster, das sich für uns geöffnet hat. Das Wichtigste ist, dass Helens siebter Geburtstag damit unbelastet gefeiert werden kann.

***

Eines Tages entnehme ich dem Briefkasten einen knallgelben Umschlag des Elternhauses der Uniklinik, der an Helen adressiert ist. Sie steht neben mir, und ich hoffe, sie hat den Umschlag nicht gesehen. Unzensiert gelangt hier nichts in ihre Hände. Während sie nach dem Essen Hausaufgaben macht, lese ich heimlich den Brief. Helen wird zu einer Reiterfreizeit eingeladen. Begleitet von sechs Mitarbeitern der Kinderonkologie bzw. des Elternhauses fahren sechzehn ehemalige Patienten und deren Geschwister aus Köln und Bonn auf einen Reiterhof. Gesponsert wird das Ganze von einem Pharmaunternehmen. Ich bin sprachlos und habe mir nach drei Sekunden eine Meinung dazu gebildet. Helen wird gerade mal sieben Jahre alt. Sie ist einfach zu jung.

Ich rufe im Elternhaus an und bedanke mich für die Einladung. Meine Bedenken werden jedoch nicht geteilt. Die Reiterferien finden seit vielen Jahren statt, und die Teilnehmer waren schon jünger als Helen. Der Prozess des Abnabelns und des Loslassens seitens der Eltern soll mit der Teilnahme gefördert werden. Das leuchtet mir ein. Trotzdem bitte ich um ein paar Tage Bedenkzeit.

Frank und ich schwanken in unserer Beurteilung. Einerseits gönnen wir ihr die Teilnahme von Herzen, andererseits können wir nicht einschätzen, ob sie der Selbständigkeit schon gewachsen ist.

Helen nimmt uns die Entscheidung ab. Am Tag nach der Briefkastenleerung fragt sie mich ganz unschuldig, was denn in dem gelben Umschlag gewesen sei. Ich erzähle ihr von den Reiterferien und werde völlig überrascht von ihrer Antwort. »Da möchte ich unbedingt mitfahren«, sagt sie. »Aber du kennst da kein anderes Kind«, entgegne ich und will dem Gespräch eine gewisse Richtung geben. »Das macht nichts, dann lerne ich die eben kennen.« Mit dieser Antwort hat sie alle unsere Bedenken weggewischt. Wer so mutig ist, der soll auch belohnt werden. Wir sagen zu.

***

Vor der abenteuerlichen Reise feiern wir Helens Geburtstag. Sie bekommt ein neues Fahrrad. Endlich darf sie wieder radeln. Und der riesige Kuscheldelphin, den sie sich schon immer gewünscht hat, befindet sich auch unter den Überraschungen. Anders als im letzten Jahr ist Helen nicht blass, dünn und krank, sondern pustet mit roten Pausbacken ihre sieben Kerzen aus. Ich halte jeden Moment mit der Kamera fest. Durch das Objektiv betrachtet, sieht Helens Lächeln irgendwie ungewöhnlich schief aus, so als könne sie den einen Mundwinkel nicht richtig bewegen. Mich durchzuckt Angst. Frank meint, das wäre nicht schlimm, ihr Gesicht wäre sicherlich nur etwas angestrengt. Ich lasse diesem Gedanken nur zu gerne Vortritt und genieße den Tag. Die ganze Familie kommt zu Besuch. Niemand muss zu Hause bleiben, weil er erkältet ist oder einen kennt, der gerade

Magen-Darm hat. Im Kreise aller führt Helen ihre neuen Reitsachen vor, die sie für die große Reise geschenkt bekommen hat. Sie sieht so bezaubernd aus in dieser kleinen Reithose und den schwarzen Stiefeln, deren Schaft weit von ihren noch immer dünnen Beinen absteht.

Am Abend, als alles aufgeräumt und das Geburtstagskind eingeschlafen ist, kommen meine Zweifel wieder. Ich schaue mir meine Fotos an. Ja, ich habe mir das nicht eingebildet. Helens Lächeln ist etwas schief. Da kann doch etwas nicht stimmen. »Vielleicht drückt das Narbengewebe der Operation auf einen Nerv«, sagt Frank. Das letzte MRT ist nicht lange her, und es wurde nichts gesehen, also muss eigentlich alles gut sein. Ich klammere mich an den Gedanken und schiebe alles andere ganz weit nach hinten in meinen imaginären Sorgenkasten.

Am nächsten Tag feiern wir Kindergeburtstag mit Helens Freunden. Es ist ein wundervolles Fest. Das Motto ist »Gartenparty«, und zum Glück werden wir mit strahlendem Sonnenschein beschenkt. Neun Kinder haben wir eingeladen, und alle können kommen. Die Kinder feiern im buntgeschmückten Garten, essen Erdbeerspieße (die Helen ja lange verwehrt waren) und springen anschließend in das gefüllte Planschbecken. Der Höhepunkt der Party erscheint in Form des Eiswagens, den wir eigens bestellt haben. Der Wagen steht auf der Straße vor unserem Haus, und alle dürfen ihr Lieblingseis bestellen. Die Nachbarskinder werden natürlich eingeladen, wer möchte, bekommt ein Eis. Im letzten Sommer durfte Helen nicht zu diesem Eiswagen gehen, der jeden Abend in unser Wohngebiet kommt. Das Salmonellenrisiko war zu groß.

Und heute steht der Wagen bei uns, nur für Helen und ihre Freunde. Das ist ein tolles Gefühl.

***

Ein paar Tage später bekommt Helen das erste Mal Ohrenschmerzen. Das hatte sie bisher noch nie. Eine Mittelohrentzündung kennen wir nur von Erzählungen. Aber es kann ja sein, dass sie jetzt auch mal eine bekommt. Es muss ja nicht immer gleich das Schlimmste sein, vor dem ich mich so sehr fürchte.

Die Ärzte der Kinderonkologie verweisen uns an die Kollegen der HNO. Man untersucht Helen und findet nichts. Wir bekommen ein leichtes Schmerzmittel, das man in solchen Fällen verabreicht.

***

Am Wochenende fahren wir nach Holland. Wir haben meine engste Vertraute, Geschäftspartnerin und Helens Patentante Susanne zu dieser Reise eingeladen. Es soll ein kleines Dankeschön sein für die intensive Unterstützung, die wir in den letzten Monaten erfahren haben. Und ich wünsche mir so sehr, dass Susanne an Helens momentanem Glück und ihrer Lebensfreude teilhaben kann. Sie hat Helen so oft in wirklich erschreckendem Zustand gesehen, dass ich diese Bilder jetzt gerne mit ein paar tollen Urlaubserinnerungen übertünchen möchte.

Wir haben zusammen ein Haus und genießen das unbeschwerte Leben. Wir spielen am Strand, gehen mit Susannes Hund spazieren, füttern die Möwen und tanken unsere Glückskanister auf.

Nachdem Helen eingeschlafen ist, gehen Frank und ich eines Abends am Strand spazieren. Wir nehmen Susannes Hund mit und genießen einen wundervollen Moment voller Leichtigkeit und Ruhe. Zurück im Haus, kommt Susanne uns entgegen und berichtet, dass Helen mit starken Schmerzen wach geworden ist und bitterlich nach uns ruft. Vergessen ist alles Glück, und sofort werden wir in die Zeit zurückgeworfen, die wir für überwunden hielten. Die Schmerzen sind schlimm, und Helens Weinen trifft mich ins Mark.

Mit Hilfe von Schmerzzäpfchen gelingt es uns, den Anfall zu entkräften. Am nächsten Tag geht es ihr wieder gut. Mit jeder Minute ihres Lachens scheint der gestrige Abend weit entfernt und doch nicht real gewesen zu sein.

Ich kämpfe die aufkommenden Sorgen nieder und stelle mich den düsteren Gedanken in den Weg. Die restliche Zeit in Holland machen wir uns so schön wie möglich. Wie immer eben. Wir sind ja geübt darin.

Die Ohrenschmerzen kommen und gehen. Es gibt keine zufriedenstellende Antwort auf die unausgesprochene Frage, ob das der Anfang eines Rückfalls ist.

***

Wir sehen uns schon mit der Tatsache konfrontiert, dass Helen doch nicht an der Reiterfreizeit teilnehmen kann. Nicht schon wieder möchten wir ihr etwas verbieten, auf das sie sich so freut. Nicht schon wieder soll sie die Erfahrung machen, dass die Krankheit sie einschränkt. Bis zum letzten Tag ringen wir mit uns. Die Schmerzen kommen immer nur abends oder nachts. Was, wenn das dort passiert? Wir beschließen trotzdem, Helen reisen zu lassen. Der Reiterhof ist keine vier Stunden entfernt, und im Notfall holen wir sie einfach ab. Ihr diesen Traum jetzt zu nehmen wäre schlimmer, als es darauf ankommen zu lassen. Wir wissen sie in guten und professionellen Händen von Krankenpflegern und Schwestern, die uns umgehend Bescheid geben würden. Einmal beschlossen, löst die Entscheidung große Euphorie bei uns aus. Anziehsachen müssen ausgewählt, Spiele und Kuscheltiere verpackt werden. Was für ein Abenteuer!

Am Abend vor der Abreise erfahren wir, dass das einzige Mädchen, das Helen zumindest ein bisschen kennt, aus gesundheitlichen Gründen zunächst nicht mitfahren kann. Sie wird vermutlich in ein paar Tagen nachreisen. Jetzt ist Helen tatsächlich völlig auf sich gestellt. Am Bus angekommen, bleibt uns wenig Zeit. Ein letzter Kuss und eine dicke Umarmung, und schon sitzt Helen auf der Rückbank des Busses. Da, wo die Coolen immer sitzen. Da, wo die Party abgeht. Ich wünsche ihr so sehr eine tolle Zeit.

Sie winkt ganz tapfer und ist weg.

Da stehen wir also an einem Sonntag ganz alleine in Köln und haben Zeit. Ehe sich unschöne Gedanken breitmachen, beschließen wir, die gewonnene Freiheit zu zweit ebenfalls zu genießen. Es geht Helen ja gut. Sie wird Spaß haben, und sollte sich das ändern, wird man uns rechtzeitig informieren.

So lange machen wir es uns auch nett. Wir fangen mit einem Spaziergang im Rheinauhafen an und lassen den köstlichsten Kakao auf der Terrasse des Schokoladenmuseums folgen. Natürlich denken wir immer wieder an Helen. Sind sie schon da? Hat sie nette Kinder kennengelernt? Hoffentlich isst und trinkt sie …

Wir bekommen eine kurze Info, dass alle gut angekommen sind. Im Vorfeld haben wir Helen gesagt, dass sie jederzeit mit uns telefonieren kann. Es gibt auf dem Hof ein Münztelefon. Nachdem wir ihr erklärt haben, was ein Münztelefon überhaupt ist – sie kennt ja nicht einmal mehr ein Kabeltelefon –, hat sie uns mitgeteilt, dass sie dafür nichts von ihrem Taschengeld ausgeben würde. Typisch Helen. Wenn sie durch die Tür ist, dann ist sie völlig autonom. Und Geld ausgeben für etwas, das nicht kuschelig und niedlich ist, das kommt ihr nicht in den Sinn. Natürlich haben wir ihr extra Telefongeld mitgegeben und hoffen nun Abend für Abend auf einen Anruf.

Drei Tage lang kommt aber keiner. Wir gehen davon aus, dass es Helen offenbar sehr gutgeht und sie keine Sehnsucht nach einem Gespräch mit ihren Eltern verspürt. Wahrscheinlich möchte sie das Telefongeld aufheben, um es alsbald in ein Kuscheltier zu investieren.

Frank und ich nutzen die Zeit für uns. Gehen ins Kino und lecker essen. Am vierten Tag simse ich das Handy einer Betreuerin an und bitte um kurze Bestätigung, dass es Helen gutgeht und sie sich wohl fühlt. Am Abend dann meldet sich unsere Tochter. Als Erstes erfahren wir, dass sie nicht freiwillig anruft, sondern von der Betreuung dazu aufgefordert wurde. Außerdem muss sie das Gespräch nicht bezahlen, was, glaube ich, das überzeugendste Argument für sie ist. Sie sprudelt los und berichtet von den Pferden, Ausflügen, Hasen im Stall, dem Essen und dass sie jeden Tag duschen geht und sich etwas Frisches anzieht. Heute würde die sogenannte »Haus-Chaos-Party« stattfinden. Sie sei dafür an den Augen geschminkt worden und hätte jetzt eigentlich auch keine Zeit mehr. Nein, Schmerzen habe sie keine.

Ich komme praktisch nicht zu Wort und könnte sie durch den Hörer knutschen. Das Ziel der schrittweisen Abnabelung von den Eltern hat sie innerhalb der wenigen Tage bravourös erreicht. Mit einem Lächeln auf dem Gesicht lege ich den Hörer zurück und gönne Helen das Glück von ganzem Herzen. Bis zu ihrer Ankunft ein paar Tage später hören wir tatsächlich nichts mehr von ihr.

Als wir sie am Ankunftstag zum ersten Mal nach knapp einer Woche sehen, fällt es mir sofort auf. Der Mund ist deutlich schiefer, wenn sie lacht. Hatte ich die Gedanken diesbezüglich für die letzte Woche weit von mir geschoben, trifft mich die Erkenntnis jetzt wie ein Schlag: Irgendetwas stimmt nicht bei Helen. Aber zunächst freuen wir uns einfach nur, unsere Tochter wieder in den Armen halten zu können. Sie bekommt noch eine Urkunde mit dem Titel »Bester Weiche-Eier-Esser« und ihr Liederbuch vom Reiterhof.

Im Auto singt sie uns strahlend die neugelernten Lieder vor und bekommt sich nicht mehr ein über die eine oder andere unanständige Strophe, über die ich mich erwartungsgemäß aufrege. Sie hat so einen Sprung gemacht. Ich finde sie mit einem Mal wirklich groß.

Sie berichtet uns in allen Einzelheiten von der Woche, und ich bewundere ihre Eigenständigkeit. Die Kinder konnten dort den ganzen Tag frei rumlaufen und mussten nur zu den angekündigten Programmpunkten erscheinen. Da Helen nicht einmal die Uhr lesen kann, bin ich umso überraschter, wie sie das alles hinbekommen hat. Auf ihrer Kinderkamera zeigt sie uns das Zimmer mit den vielen Kuscheltieren, den Ausflug in einen Freizeitpark und ihr Lieblingsvideo: Helen auf einem großen schwarzen Pferd an der Longe im schnellen Galopp.

Es ist das erste Mal nach der Diagnose, dass Helen so viel ohne uns erlebt hat. Ich freue mich so sehr, dass wir der Reise trotz großer Bedenken zugestimmt haben.

Auf die Frage, ob sie dort Schmerzen hatte, berichtet sie von einer Nacht, in der es ihr nicht gutging und die Betreuer sie trösten mussten. Sie habe aber keine Medikamente nehmen wollen, es wäre auch so wieder gegangen.

Ein fader Beigeschmack überlagert mein soeben erlangtes Glücksgefühl. Also ausgestanden haben wir gar nichts.

Und genau in dieser ersten Nacht zu Hause kommen die Schmerzen geballt zurück. Als hätte das Schicksal uns oder vielmehr Helen eine kleine Auszeit gegönnt, um diesen Ausflug zu genießen. Sie weint und wir können ihr ansehen, dass es ihr wirklich schlechtgeht.

***

Am nächsten Tag fahren wir ins Krankenhaus. Es ist Sonntag, und natürlich kann uns nicht wirklich geholfen werden. Wir bekommen stärkere Schmerzmittel und fahren nach Hause.

In dieser Nacht beginnt alles von vorne. Haben wir uns bisher noch erfolgreich selbst überzeugen können, dass es wahrscheinlich nur normale Ohrenschmerzen sind, so wissen wir es jetzt besser. Helen schreit vor Schmerzen. Selbst meine Geschichten können sie nicht ablenken. Ihre Gesichtszüge sind verändert, als würde ihr eine Hälfte nicht mehr gehorchen. Der Mund ist ganz verzogen. Die Medikamente helfen nicht, und sie weint bitterlich. Und dann sagt sie diesen einen Satz, der sich mir für immer ins Gedächtnis einbrennen wird: »Mama, aus dem einen Auge kommen gar keine Tränen.«

Tatsächlich, keine einzige Träne ist dort zu sehen. Die linke Gesichtshälfte scheint wie eingefroren zu sein. Frank und ich sehen uns an, und unsere Befürchtungen spiegeln sich in den Augen des anderen. Vor Helen sind wir tapfer wie immer. Nach außen geben wir uns ruhig und wollen ihr Sicherheit geben. Wir beruhigen sie mit dem, an das wir selbst nur zu gerne glauben möchten. Das wird ein eingeklemmter Nerv sein. Bei der Operation sind Narben entstanden, und wahrscheinlich stören die jetzt irgendwo. Sie fragt zum Glück nicht, ob der Tumor wieder da ist.

Vor ein paar Wochen hatte ich beschlossen, dass wir ab jetzt keinen Notkoffer mehr für nächtliche Reisen ins Krankenhaus benötigen. Ich habe damals lange gehadert, ob ich damit nicht voreilig bin. Aber nach dem zweiten guten MRT-Ergebnis und dem stabilen Allgemeinzustand von Helen habe ich es mich dennoch getraut. Jetzt heißt es also, auf die Schnelle ein paar Sachen zusammensuchen, um wieder einmal nachts in die Notaufnahme der Kölner Uniklinik zu fahren.

Dort angekommen, fassen wir unsere aktuelle Krankengeschichte kurz zusammen. Helen wird angeschlossen und bekommt intravenös Schmerzmittel. Das hilft deutlich besser. Es bleibt die unbewegliche Gesichtshälfte. Eine Fazialisparese, wie wir jetzt wissen. Das kann viele Gründe haben, und hier in der nächtlichen Notaufnahme gehen wir nicht näher darauf ein.

Man teilt uns mit, dass auf der Kinderonkologie kein Bett frei ist und wir auf die normale Kinderstation müssen. Ich verkünde meine Absicht, keinen Schritt auf die Kinderonkologie zu setzen, solange wir keine onkologische Erkrankung haben. Der behandelnde Arzt kann das nicht nachvollziehen. Schließlich wäre dort der Personalschlüssel besser und die Ärzte und Schwestern würden uns kennen. Er kann nicht verstehen, was es für mich bedeutet, dort wieder hinzumüssen. Solange es noch irgendeine Erklärung für Helens Befinden gibt, die keinen Rückschluss auf einen Tumor zulässt, will ich da partout nicht mehr hin. Und wenn ich auf einem Dreibettzimmer schlafen muss, das Essen schlechter ist und weder eine Wonne noch die Kunsttherapeutin vorbeikommen. Außerdem ist es mein deutliches Signal an Helen, dass alles noch gut werden kann. Der Rückfall ist in ihrem Kopf noch keine Option, und so soll es auch so lange wie möglich bleiben.

Tief im Inneren weiß ich um die Gefahr, und selbst wenn es »nur« ein eingeklemmter Nerv ist, bedeutet das wieder Schmerzen, Einschränkungen und Behandlungen. Knappe sechs Monate himmlischer Ruhe waren uns vergönnt, und jetzt scheint es damit vorbei zu sein.

Am nächsten Morgen kommt ein mir unbekannter Arzt der normalen Kinderstation in unser Zimmer. Helen schläft noch, und wir gehen auf den Balkon. Ohne Umschweife und ungefragt teilt er mir seine Meinung mit. Dass ich mich darauf einstellen soll, dass der Tumor wieder da ist. Alle Anzeichen sprechen eindeutig für einen Rückfall. Ich führe die Argumente der Kinderonkologen hinsichtlich der Operationsnarben an. Aber davon hält er nichts. Der Rückfall steht für ihn fest.

Ich bin am Boden zerstört. Helen schläft ein paar Meter hinter mir im Zimmer. Frank hat zu Hause übernachtet und kommt später. Und ich stehe hier mit einem völlig Fremden, der mir unausweichlich die schlimmste Nachricht meines Lebens überbringt. Er heuchelt Mitgefühl. Anders kann ich das nicht beschreiben. Empathie hat er im Studium definitiv nicht belegt. Warum nur lehnt er sich so ungefragt aus dem Fenster, nichts ist bewiesen. Er ist weder mein Ansprechpartner, noch hat er Helen jemals untersucht. Ich werde wütend und schicke ihn aus dem Zimmer.

Haben Ärzte keine Vorstellung davon, was sie den Patienten oder den Eltern mit solchen ungefilterten Aussagen antun? Es geht hier nicht um eine Gehirnerschütterung oder einen gebrochenen Fuß. In seiner Einschätzung schwingt für mich das Todesurteil von Helen mit. Hat der keine Kinder?

Niemand soll etwas beschönigen oder falsche Hoffnungen schüren. Nein, das erwarte ich nicht. Aber solange nichts definitiv geklärt ist, erwarte ich eine neutrale Haltung. Ich bin ja nicht naiv, ich kenne die Optionen. Aber ich brauche Zeit, um mich zu arrangieren. Und ich brauche Vertrauen zum Arzt. Und dieser sollte sich auf Untersuchungen und nicht auf bloße Vermutungen stützen.

Am nächsten Tag stehen ebendiese an. Um den Grund für Helens Gesichtslähmung und die Schmerzen im Ohr herauszufinden, soll ein MRT gemacht werden. Das kommt ohne große Ankündigung. Die Ärzte der Kinderonkologie sind froh, einen schnellen Termin bekommen zu haben. Ich bin alleine und muss mich der Situation stellen. Frank ist im Büro. Ich erkläre Helen, was passieren wird, und sie ist wie immer ruhig und voller Vertrauen in mich.

Der Weg zum MRT ist grausam. Wieder einmal lache ich mit Helen und schreie innerlich vor Angst. Was werden sie gleich in Helens Kopf sehen?

Es soll nur eine kurze Untersuchung sein. Helen liegt im Gerät, und ich gehe mit den Ärzten in das vorgelagerte Zimmer mit Blick auf Helen und den Monitor, der zeitgleich die Bilder aus ihrem Kopf liefert. Ich starre auf den Bildschirm, unwissend, was ich dort eigentlich sehe, nicht sehen soll und was überhaupt normal wäre.

Die Anspannung zerreißt mich. Ich frage immer wieder, ob sie irgendetwas sehen. Nach einer Ewigkeit, die eigentlich nur wenige Minuten dauerte, ist die Untersuchung zu Ende. Der Kinderarzt der Onkologie dreht sich zu mir und sagt: »Auf den ersten Blick sehe ich keine Auffälligkeiten.«

Ein Zittern überfällt mich, ich bebe am ganzen Körper. Die Kraft scheint aus mir zu weichen, ich habe das Gefühl, in Ohnmacht zu fallen. Sofort schiebt mir eine Schwester einen Stuhl unter, ich bekomme ein Glas Wasser. Ich will vor Glück schreien und weinen und bin nicht mehr Herrin meiner Sinne. So muss sich ein Schock anfühlen. In diesem Moment öffnet die Schwester die Tür zum Untersuchungsraum, und ich höre Helen nach mir rufen. Im Bruchteil einer Sekunde fällt alles von mir ab. Ich spüre keine Angst mehr, kein Zittern, keine Schwäche. Ich stehe auf und gehe zu Helen, als wäre nichts gewesen. Ich lache sie an, drücke sie ganz fest an mich und sage, wir haben ein gutes Ergebnis bekommen. Mehr möchte sie gar nicht wissen. Ich bin wieder ganz Mama.

Zurück auf der Kinderstation, kann ich mir bei der nächsten Gelegenheit nicht verkneifen, dem mir verhassten Arzt das aktuelle Ergebnis kundzutun. Ein bittersüßer kleiner Sieg für mich an diesem Tag.

Aber noch immer ist ja nichts geklärt. Noch immer hat Helen Schmerzen, und das halbe Gesicht ist gelähmt.

Wir führen ein Gespräch mit unserem Professor. In einem Arztzimmer der normalen Kinderstation. Man respektiert meinen Wunsch, mich von der Kinderonkologie bewusst abzugrenzen. Er empfiehlt uns eine Biopsie. Es soll durch den Gehörgang eine Probe genommen werden.

Von was, frage ich. Es gäbe auf dem Bild ungeklärte Flächen, die man nicht eindeutig zuordnen könne. Er vermutet, dass es sich dabei um Wucherungen der Narben handelt, aber das sollte man überprüfen. Also kann man auf den Bildern doch etwas sehen? Man hatte uns bisher in dem Glauben gelassen, dass alles gut wäre. Zumindest dass es keine Anzeichen für einen erneuten Tumor gäbe. Davon gingen sie auch aus, meint der Professor, dennoch müsse es überprüft werden.

Wieder einmal werden wir von einer scheinbaren Sicherheit in das völlige Gegenteil katapultiert. Ähnlich der Situation, als der Arzt uns kurz vor Entfernen der Fäden mitteilte, während der großen Kopf-OP seien noch diverse Tumorzellnester gefunden worden. Auch damals hatte man uns in dem Glauben gelassen, die OP sei ein voller Erfolg gewesen, um dann Tage später per Zufall zu erfahren, dass die Gefahr nur eingeschränkt gebannt worden war.

Wir bauen uns an der Zuversicht und der Einschätzung des Professors auf und schmieden unsere eigene Theorie, an die wir fest glauben wollen.

Helen erneut von einer Operation zu berichten, fällt uns sehr schwer. Sie möchte eigentlich nur weg von hier, wieder in die Schule gehen und all das für immer hinter sich lassen.

Wir beschreiben ihr den Eingriff und erklären, dass wir sehen müssen, was da auf ihren Nerv drückt, damit das wieder weggeht. Sie bekommt keine Narbe, es werden keine Fäden gezogen und auch keine Haare abrasiert. Das überzeugt und beruhigt sie.

***

In den Tagen bis zur Operation haben wir einen Termin in der gegenüberliegenden Hals-Nasen-Ohren-Klinik. Die Operation wird uns erklärt, diverse Unterschriften werden eingefordert, und wir sprechen mit einer Spezialistin für Gesichtslähmungen.

Sie erklärt uns vieles zu dieser Einschränkung und macht dann einen Test mit Helen. Hierbei wird geprüft, ob der betroffene Nerv für immer geschädigt oder nur momentan beeinträchtigt ist. Wieder einmal heißt es alles oder nichts. Wird sie uns gleich sagen, dass man nichts tun kann und Helen für alle Zeiten mit dieser Einschränkung leben muss?

Aber zum Glück gibt es elektrische Impulse. Das heißt, der Nerv ist aktiv, wird aber beeinträchtigt. Gut, darauf können wir aufbauen. Das lässt Platz für Hoffnung. Sie erklärt uns darüber hinaus diverse Übungen, die wir zweimal täglich mit Helen machen sollen. Tut nicht weh, ist nur lästig.

Ich glaube, auch Helen schöpft Zuversicht aus dem Ergebnis, das wir ihr natürlich nicht vorenthalten. Sie spürt, dass etwas in ihrem Gesicht nicht so funktioniert, wie sie es gerne hätte. Das macht ihr zu Recht Angst. Vor allem hat sie Sorge, was die Kinder in der Schule dazu sagen. Besonders Angst hat sie vor Marcel, der ihr schon wegen der Haare zu nahe getreten ist. Mit Engelszungen beruhige ich sie und stärke sie in dem Glauben, dass wir das mit viel Fleiß und Geduld wieder hinbekommen.

Die Ärztin hatte uns gesagt, dass eine vollständige Wiederherstellung möglich wäre. Dass wir aber von mindestens zehn Wochen ausgehen müssten, bis sich etwas tut. »Nerven sind die Diven des Körpers«, sagt sie. Man braucht Geduld mit Ihnen. Sollten wir bis dahin allerdings keinerlei Änderung feststellen, ist die Wahrscheinlichkeit sehr gering, dass sich noch eine Besserung einstellt.

Zehn Wochen. Ab jetzt betrachte ich Helens Gesicht so genau wie nie zuvor. Ist es heute besser? Frank, es sieht heute doch schlimmer aus, was meinst du?

Hat mir der Anblick von Helens angestrengtem Lächeln bisher schon großen Schmerz bereitet, so gleicht der Anblick für mich jetzt einer tickenden Bombe.

Sehr schnell stellen wir fest, dass die Ausprägungen der Gesichtslähmung unterschiedlich ausfallen. Je nach Tagesform, Grad der Müdigkeit oder aber Entspannung geht es ihrem Gesicht besser oder schlechter. Wieder einmal wünsche ich mir, wir hätten den Tumor an einer weniger auffälligen Stelle gehabt. Mir zu wünschen, den Tumor niemals bekommen zu haben, traue ich mich nicht. Das ist schon fast zu nah an der Frage nach dem »Warum« oder »Warum Helen« und wird mich nur in eine Krise stürzen.

***

Wieder eine OP. Unfassbar, was Helen alles ertragen muss. Wieder legen wir sie in die Arme von Ärzten und hoffen auf das

Beste. Es ist ein sonniger Sommertag. Wir sitzen vor dem Aufwachzimmer auf dem Balkon und blicken auf das Gebäude der Kinderonkologie. Wie viel Zeit haben wir schon dort verbracht? Wie oft sind wir schon auf dem Gelände rumgefahren, hektisch, in letzter Minute vor einem Termin, panisch Ausschau haltend nach einem freien Parkplatz? Passiert das tatsächlich alles uns?

Als mittlerweile erfahrene OP-Eltern wissen wir, dass der Eingriff ein paar Stunden dauern wird. Man hat uns gesagt, dass während der OP von der Biopsie ein Schnellschnitt gemacht wird. Das entnommene Gewebe wird noch während der OP in der Pathologie untersucht. Über dieses Zwischenergebnis will man uns sofort informieren.

Schon wieder bleibt die Zeit für uns stehen, die Welt dreht sich nicht mehr.

Als der Arzt auf unserem Balkon erscheint, versuche ich wie immer zuerst in seinem Gesicht die Nachricht zu lesen. Will den Bruchteil einer Sekunde mehr Zeit haben, bis mich die Information mit voller Wucht trifft.

Er scheint unentschlossen. Sie haben etwas gefunden, können es aber nicht klassifizieren. Wie? Es ist diffuses Gewebe. Zellmatsch, den man nicht definieren kann. Vielleicht abgestorbenes Tumorgewebe, man weiß es nicht. Aber das heißt, es sind keine aktiven Tumorzellen festzustellen? Ja, im ersten Schnitt nicht. Eine weitere Untersuchung der Probe folgt. Auf dieses Ergebnis müssen wir allerdings ein paar Tage warten.

Ich weiß nicht, was ich fühlen soll. Einerseits sind wir gerade an der Katastrophe vorbeigeschrappt, aber so richtig gut ist das Ergebnis auch nicht. Frank muss mich in meiner Verwirrung trösten und stützen. Nach kurzer Zeit habe ich mich gefangen. Keine Tumorzellen. Es ist nicht mein Wunschergebnis, hätte aber deutlich schlimmer sein können. Noch ist alles offen.

Drei Tage später dürfen wir die Klinik verlassen. Helen geht es erstaunlich gut. Die Schmerzen haben wir im Griff. Nur manchmal braucht sie entsprechende Mittel. Das Gesicht ist unverändert.

Noch auf dem Parkplatz des Krankenhauses klingelt Franks Handy. Der Professor. Gerade wären die Ergebnisse der ausführlichen Gewebeuntersuchungen auf seinen Tisch gekommen. Nach wie vor kann die Probe nicht eindeutig spezifiziert werden. Sicher ist jedoch, dass es keine aktiven Tumorzellen sind. Er sagt, wir können zufrieden sein. Das wäre ein gutes Ergebnis.

***

Helen will unbedingt zurück in die Schule. In drei Wochen steht dort das große Zirkusprojekt an, und sie möchte unter allen Umständen teilnehmen. Die Schüler der Grundschule arbeiten dabei eine Woche lang an einem Programm, das sie dann den Eltern, Großeltern und Geschwistern vorführen. Helen ist so aufgeregt, und ich drücke ihr die Daumen, dass bis dahin alles so bleibt.

Diese drei Wochen pendeln wir zwischen wunderschönen – ganz normalen – Tagen und nächtlichen Schmerzen. Fast immer läuft es gleich ab. Helen geht ins Bett und schläft gut ein. Nach einer knappen Stunde wird sie weinend wach und hat schlimme Schmerzen. Manchmal reichen meine Geschichten und endloses Streicheln, manchmal helfen nur die Medikamente. Es gibt keine Regelmäßigkeiten, wir können ihr nichts prophylaktisch geben. Jeden Abend sitze ich unter Vollspannung auf dem Sofa, in Erwartung des Schlimmsten. Beim leisesten Geräusch springe ich auf und laufe zu ihr nach oben.

Immer wieder fahren wir morgens statt in die Schule in die Klinik. Immer wieder untersuchen die HNOler Helens Ohr. Aber es gibt keine neuen Erkenntnisse, und so arrangieren wir uns mit diesem Zustand.

***

Es ist Sommer. Die Ferien stehen vor der Tür, und wir haben es tatsächlich vor ein paar Wochen gewagt, einen Urlaub auf Mallorca zu buchen. Dem fiebern wir entgegen, unwissend, ob wir ihn tatsächlich realisieren können.

***

Die Zirkuswoche ist für Helen und mich ein Traum. Es werden helfende Mütter gebraucht, und ich melde mich ganz spontan dazu an.

Wir trainieren vier Tage mit den Kindern. Helen hat sich für die Seiltanzgruppe entschieden. Begeistert erzählt sie uns täglich von ihrem neuen Können. Die Schmerzen halten sich in dieser Woche zurück. Fast scheint es, als hätte das Schicksal ein Fünkchen Restanstand, immer dann für ein gutes Befinden zu sorgen, wenn Helen etwas Besonderes unternimmt.

Am Samstag findet dann die große Vorstellung statt. Oma und Opa sind natürlich vor Ort, und Frank und ich ebenfalls. Helen ist aufgeregt und flattert herum. Sie bekommt ein Kostüm und wird geschminkt. Mittlerweile sind ihre Haare schon zu einer bezaubernden Kurzhaarfrisur gewachsen, so dass sie unter den vielen Kindern nicht als augenscheinlich krank auffällt. Die Beeinträchtigung des Gesichts erkennt man nur, wenn sie lacht oder einen schlechten Tag hat. Heute hat sie definitiv keinen schlechten Tag.

Unvorstellbar, dass sie noch vor knapp vier Wochen auf dem Operationstisch lag und jetzt hier inmitten ihrer Freunde dabei ist. Könnte ich das auch? Und wie selbstbewusst sie sich in den Mittelpunkt der Arena stellt und sich ihre Sorgen nicht anmerken lässt. Ich weiß, dass sie sehr mit ihrem Lachen hadert und dem schwer zu öffnenden Mund. Aber anstatt sich einzuigeln, macht sie das Beste daraus und zieht aus jeder Minute Freude und Glück.

Ihren Auftritt schafft sie mit Bravour. Sie ist die Einzige der

Gruppe, die tatsächlich die einstudierte Choreographie beibehält. Alle anderen lassen sich ablenken oder machen ihr eigenes Ding. Helen aber hat genau aufgepasst und will zeigen, was sie gelernt hat.

Verstohlen schlucke ich den aufkommenden Neid runter angesichts der vielen Eltern, deren Sorgen mir so banal erscheinen. Ich wische die Wut weg, die mich übermannt, wenn ich in gelangweilte Gesichter blicke, deren Besitzer lieber das Auto putzen würden, statt den Samstagvormittag in der Schule zu verbringen.

Für uns ist das heute ein Meilenstein. Und am Ende überwiegt das unbeschreiblich leichte Gefühl, dass wir alle drei an dieser Schulaufführung teilnehmen konnten.

***

Ein unerwarteter Anruf lässt meine mühsam erlangte Zuversicht zusammenbrechen. Die Kölner Vorwahl löst die mir bekannten Stresssymptome aus. Mein Herz rast, ich friere und schwitze gleichzeitig. Ich erwarte keinen Anruf aus der Klinik. Es stehen keine Ergebnisse offen.

Es meldet sich ein Arzt aus der HNO. Er stellt sich vor als einer der Operateure des letzten Eingriffs. Sein Oberarzt würde empfehlen, erneut eine Biopsie zu machen. Er wäre davon überzeugt, an einer benachbarten Stelle ein eindeutiges Ergebnis zu erlangen. Man würde von einer Rückkehr des Tumors ausgehen und könne das sicher mit einem wiederholten Eingriff nachweisen.

Ich bin wie versteinert. Kann nicht reagieren. Unser Professor hat doch gesagt, das letzte Ergebnis wäre gut, wir könnten zufrieden sein. Warum rufen die mich eigentlich an? Müssten die das nicht interdisziplinär mit der Kinderonkologie besprechen? Mein Kopf ist leer, mir fehlen die Worte für eine adäquate Antwort.

Ich habe nicht mal den Namen des Arztes behalten und wähle schon Franks Handynummer. Helen ist in der Schule. Ich stehe allein in der Küche und werde von einer unaufhaltsamen Angstwelle überrollt.

Frank beschimpft einmal mehr die Ärzte, die ungefragt mit uns – dabei meint er eher mit mir – kommunizieren. Er beruhigt mich, wiederholt die Einschätzung des Professors mit seiner großen Erfahrung. Nur zu gerne möchte ich mich in den warmen Wortmantel hüllen, alles soeben Gehörte aus meinem Bewusstsein streichen und die sein, die ich vor zehn Minuten noch sein konnte.

Ich weiß nicht, wo ich Frank erreicht habe: im Büro, auf einer Baustelle im Kundentermin. Aber sofort ruft er im Krankenhaus an. Zum Glück bekommt er unseren behandelnden Arzt persönlich ans Telefon. Nein, er teile nicht die Ansicht des Kollegen von der HNO. Eine weitere Biopsie sei nicht sinnvoll und notwendig. Ja, eine koordinierte Ansprache der Eltern sei sicherlich angebrachter, man nehme die Kritik gerne auf.

Ich weiß nicht, ob er tatsächlich davon ausgeht, keine Tumorzellen ein paar Millimeter weiter rechts oder links zu finden. Oder ob er nur keinen Nutzen daran sieht, es jetzt auf diese Art schon zu wissen oder erst in zwei Wochen, wenn wir das nächste MRT haben. Möchte er Helen vor dem Eingriff bewahren, weil der mögliche Nutzen angesichts des Aufwandes nur gering ist? Ich klammere mich ganz fest an die Hoffnung, dass er tatsächlich noch daran glaubt, dass es für all diese Schmerzen und Ungereimtheiten eine andere Erklärung als das Offensichtliche gibt.

***

Das Ende des ersten Schuljahres naht, und wir zelebrieren Familienglück. Helens Zeugnis ist unfassbar gut. Trotz unzähliger Fehlstunden und körperlicher Belastungen gehört sie zu den

Besten ihrer Klasse. Ich frage mich, wie sie durch die Schulzeit marschieren würde, wenn sie nicht diese Einschränkungen hätte. Wäre, hätte, immer wieder gedachte Wörter …

***

Zu Beginn der schulfreien Zeit fahren wir mit ihrer Freundin Shirley in den Zoo. Auch wenn die Ferien sechs Wochen dauern, so lassen wir keinen Tag ungenutzt. Wer weiß, wie lange wir noch in Freiheit sind. Ja, tatsächlich, so empfinde ich das. Die Freiheit, zu tun, was wir möchten. In dem Glauben zu leben, dass es immer ein Morgen für uns gibt.

Es ist nicht die Angst vor dem Verlust von Helen als schlimmste aller Konsequenzen. Den Gedanken lasse ich nicht zu. Es ist der Verlust der gelebten Sorglosigkeit.

Jeder weiß, dass Autofahren gefährlich ist, dennoch tun wir es mit dem Selbstbewusstsein, dass wir niemals das Opfer sein werden. Jeder weiß, dass man sein Kind verlieren kann, dennoch spüren wir die Angst normalerweise nur in bedrohlichen Situationen. Manchmal flackert sie vielleicht auf, wenn im Umfeld etwas Schlimmes passiert, aber dann verschwindet sie bis zum nächsten Fieber oder dem Sturz vom Baum.

Ich bin mir ganz sicher, dass meine Freundinnen jetzt abends ihren Kindern einen umso liebevolleren Blick zuwerfen, da der Stachel der Ungewissheit durch unser Schicksal für sie öfter spürbar ist.

Auch wenn wir die jetzt empfundene Sorglosigkeit nur mühsam aufrechterhalten, um der Resignation keinen Platz zu lassen, so ist dieser Zustand für uns dennoch überaus begehrenswert, und der drohende Verlust macht mir Angst.

Den beiden Mädchen zuzusehen, wie sie durch den Zoo schlendern, den Parkplan entziffern und die Informationsschilder studieren, ist reines Glück. Gefühlte Stunden verbringen sie an der Goldwäsche-Station des Themenbereiches Alaska. Mit großen Sieben schürfen sie goldglänzende Steinsplitter aus dem nassen Sand und strahlen, als hätten sie tatsächliche wertvolle Nuggets gefunden. Sie tuscheln und kichern und erobern den Spielplatz. Wenn das Leben doch nur so einfach wäre wie der Tag im Zoo. Vor dem Haupteingang machen wir zum Abschied noch ein Bild vor dem kleinen steinernen Elefanten. Zusammen mit den anderen unzähligen Aufnahmen lade ich die Bilder auf meinen Laptop. Der Beweis eines wieder einmal schönen Tages. Den kann mir keiner mehr nehmen.

Das letzte Foto mit dem Elefanten zeigt Helen ungeschönt. Ein Passant hat es gemacht, und natürlich fehlt ihm mein geübter Blick, Helen ins beste Licht zu setzten.

Ihr Gesicht ist angespannt, das Lächeln fällt ihr schwer. Auch Glück kann offensichtlich anstrengend sein.

***

Immer wieder fahren wir in die Klinik und lassen Helens Ohr untersuchen. Es wird ausgesaugt, wir bekommen Tropfen. Zeitweise geht es gut, dann kommen die nächtlichen Schmerzen wieder. Immer näher rückt das nächste MRT und ebenso der Urlaub. Wäre es nicht klug, ihn jetzt schon abzusagen? Wir sind so unsicher wie selten bei einer Entscheidung. Vermutlich wollen wir uns und Helen nicht mit der Stornierung des Urlaubs eingestehen, dass die Normalität ein Ende hat. Wir klammern uns an die Hoffnung, dass es noch immer eine andere Erklärung gibt, und die Aufrechterhaltung unserer Urlaubspläne ist der gelebte Beweis für uns.

Natürlich haben wir schon die Adressen der einschlägigen Kliniken auf Mallorca recherchiert und sind alle Möglichkeiten eines vorzeitigen Abbruchs durchgegangen. Vorbereitet sind wir, aber wir verharren noch in Lauerstellung. Trotz meiner völligen Abneigung gegenüber Ungewissheit ertrage ich diesen Zustand. Auch weil es mir schwerfällt, Helen zu enttäuschen.

Sie liebt es, in Urlaub zu fahren, etwas Neues zu erleben und sich woanders einzurichten. Der Verzicht darauf in den letzten eineinhalb Jahren war sehr schwer für sie. Und die Aussicht auf zwei Wochen Sonne, Schwimmen und Kinderdisco ist jetzt endlich wieder zum Greifen nah. Solange es noch einen winzigen Funken Hoffnung gibt, dass wir diese Reise antreten können, möchte ich weiterhin mit ihr in Urlaubsträumen schwelgen.

***

Das Warten auf das Ergebnis des MRT ist grauenvoll. Einerseits bin ich dankbar für jeden Tag der Ungewissheit, den ich noch im Glauben verbringen kann, dass Helen keinen Rückfall hat. Andererseits ist die quälende Zeit bis zum ersehnten oder gefürchteten Anruf unerträglich. Jedes Klingeln lässt mich aufschrecken.

Wenn Frank nach der Arbeit nach Hause kommt, scanne ich sein Gesicht auf der Suche nach einer Regung, die mir über das Ergebnis Aufschluss geben kann. Wir haben die Ärzte angewiesen, ausschließlich Frank zu kontaktieren, und so ist er wieder einmal mein Objekt der Angst. Während ich in der Zeit des Wartens mit Helen die Ferienzeit genieße, im Garten spiele und tolle Sachen mache, geistern mir ununterbrochen Gedanken über das »Wie« im Kopf herum.

Nicht der Gedanke, was die Ärzte uns sagen werden und welche Konsequenzen das hat, sondern »wie« ich »es« erfahren werde, verfolgen mich. Würde Frank mich anrufen? Wenn es ein gutes Ergebnis ist, dann ja. Heißt das also, dass er heute vielleicht schon ein schlechtes bekommen hat?

Kurz bevor er nach Hause kommt, überfällt mich Panik. Wenn sein Schatten über das kleine Fenster neben der Tür huscht und ich das Klappern der Schlüssel höre, fühle ich eine explosive Leere in mir, die meinen Kopf zu sprengen droht. Ich renne zur Tür und überfalle Frank mit der immergleichen Frage, ob er schon etwas gehört habe. Er verneint, und meine Beine sacken unter mir zusammen. Ich will erleichtert sein, heute keine Endgültigkeit hören zu müssen, und werde gleichzeitig skeptisch. Vielleicht sagt Frank mir nicht die Wahrheit, weil er weiß, dass Helen in zwei Minuten vor der Tür steht oder sie oben lacht. Er will mir die schlechten Nachrichten bestimmt erst dann sagen, wenn Helen im Bett ist. Ich halte ihn an den Händen, schaue ihm fest in die Augen und frage, ob es tatsächlich stimmt. Er schüttelt ungläubig den Kopf. Verdammt, was verlange ich eigentlich von ihm?

Nach kurzer Zeit schwindet die Panik, und ich widme mich dem geschenkten Abend, den wir nochmals in wohliger Unwissenheit verbringen können. Es ist kaum vorstellbar, wie schnell sich meine Stimmung wandeln kann. Eben noch lag meine Welt in allen Einzelheiten vor mir, und mein Innerstes ähnelte einer toten Wüste. Jetzt bin ich nur noch eine ganz gewöhnliche Mutter, die mit Mann und Kind zu Abend isst. Wir lachen, erzählen von Schule, Freunden und Arbeit und sind ausgelassen. Nichts ist jedoch aufgesetzt oder erzwungen, um eine gute Stimmung zu erzielen, nein, das empfinde ich tatsächlich so. Das Leben am emotionalen Abgrund ändert mich stündlich und zwingt mich zu ungewollten Achterbahnfahrten, die ich schon in der Realität verabscheue. Wahrscheinlich sind es genau diese Glücksinseln, die uns am Leben erhalten. Nicht am Leben um des Überlebens willen, sondern um Spaß, Genuss und pure Lebensfreude fühlen zu können. Damit speisen wir unsere Durchhalte-Akkus.

Die Verweildauer auf der Glücksinsel ist jedoch begrenzt, und so kommt es zu dem Freitag im August, der die Unwissenheit verjagt und uns mit der unausweichlichen Wahrheit konfrontiert. Frank hat sich im Keller in das einzige Zimmer zurückgezogen, in dem man in unserem offenen Haus ungestört telefonieren kann. Ich sitze mit Herzrasen im Wohnzimmer und warte auf seine Erklärung. Wir wissen, dass wir nach der Tumorkonferenz am Nachmittag ein Ergebnis bekommen werden. Helen ist bei meinen Eltern. Wir haben kinderfrei, um uns den Nachrichten zu stellen.

Frank kommt hoch und schüttelt traurig den Kopf.

Auf den aktuellen Bildern ist wieder etwas zu sehen. Geschönt nennen die Ärzte das Raumforderung. Nicht an der alten Stelle, aber in der nahen Umgebung, hinter dem Ohr. Das erklärt die Schmerzen und die Gesichtslähmung. Wir müssen davon ausgehen, dass der Tumor wieder da ist. Der befürchtete Rückfall ist eingetreten.

Einen Strohhalm lässt der Rasenmäher der schlechten Nachricht jedoch stehen. Das Kontrastmittel hat keine eindeutigen Hinweise auf einen Tumor hinterlassen. Wie bei der Biopsie am Ohr wissen wir nur, dass dort Gewebe ist, jedoch nicht, um was es sich genau handelt.

Man lässt uns allerdings nicht in der Hoffnung schwelgen, dass es sich nur um ein Missverständnis oder gar die Bilder eines anderen Patienten handelt. Sehenden Auges müssen wir uns den Tatsachen stellen. Eine erneute Biopsie an der durch die Bilder lokalisierten Stelle soll endgültige Sicherheit – welche Ironie in diesem Zusammenhang – bringen.

Wir berichten von unseren anstehenden Urlaubsplänen in knapp einer Woche und werden bestärkt, diese wie geplant durchzuführen. So ein offensichtliches Entgegenkommen schürt meine Befürchtungen ob der Aussichtslosigkeit von Helens Zustand. Wenn bisher peinlich genau auf die Einhaltung von noch so kleinen Untersuchungsterminen geachtet wurde, dann scheint mir diese plötzliche Großzügigkeit verdächtig und besiegelt endgültig meine Einschätzung hinsichtlich Helens Chancen.

Der Professor schickt uns in Urlaub, und danach soll die Biopsie erfolgen. Heißt für mich: »Genießen Sie die Zeit, die Sie noch haben.«

Zusammengekauert sitzen Frank und ich auf der kleinen

Treppe, die von unserem Wohnzimmer auf die Terrasse führt. Als wir das Haus planten, war diese Treppe für mich ein Platz wie in Bullerbü. In meinen Träumen sah ich mich dort sitzen und bei den ersten Sonnenstrahlen lachen, lesen oder telefonieren. Jetzt wird dieser Ort für immer mit dem Freitag im August verbunden sein.

Wieder einmal falle ich in ein Loch. Gleichzeitig aber verspüre ich eine gewisse Erleichterung, dass die Ungewissheit ein Ende hat. Ich möchte mir das nicht eingestehen, aber ich merke, dass ich ruhiger werde. Meine Rückenschmerzen werden besser, das Herzrasen pendelt sich ein. Hatte ich vorher insgeheim schon mit diesem Ergebnis gerechnet, aber mich mit allen Möglichkeiten gegen die Gewissheit gewehrt, so kapituliere ich jetzt einfach vor der neuen Situation.

***

Helens Ohr schmerzt weiterhin, und Flüssigkeit läuft heraus. Niemand weiß genau, was da vor sich geht. Ohne unsere Vorgeschichte würde das als gewöhnlich entzündetes Ohr durchgehen.

Man rät uns zur Legung eines Paukenröhrchens, um die Flüssigkeit abzutransportieren und damit den Druck auf das Trommelfeld zu mindern. Vielleicht hilft es, vielleicht auch nicht. Im Rahmen unserer Gesamtsituation scheint der Eingriff nahezu lächerlich klein. Tausende Kinder bekommen ihn gemacht. Wenn es hilft, wäre für Helen eine wesentlich angenehmere Situation geschaffen. Nur schwimmen würde damit schwierig, und auch das Tauchen fiele flach.

Aber wir haben uns zu Königen der Kompromisse entwickelt und finden auch hier eine Lösung: Das Röhrchen wird gelegt, ein Schwimmschutz für den Gehörgang wird angefertigt, und am Freitag fliegen wir in Urlaub.

***

Das Legen des Paukenröhrchens erfolgt in Vollnarkose. Aber dieses Mal bin ich so entspannt, als würde ich nur einen lästigen Termin beim Zahnarzt über mich ergehen lassen. Es steht keine Entscheidung an. Niemand wird aus dem OP kommen und uns etwas sagen, das unser ganzes Leben verändert. Dass Helen den Eingriff gut übersteht, bezweifele ich keine Sekunde.

***

Unser Plan, trotz allem in Urlaub zu fahren, steht und gibt mir eine Marschroute vor, der ich jetzt einfach gerne folge. Wäsche waschen, Koffer packen, Sonnencreme kaufen. Es ist so schön unkompliziert, wenn man einmal eine Entscheidung getroffen hat.

Natürlich ist uns klar, dass es vor Ort nicht einfach wird. Tatsächlich habe ich Angst vor dem, was uns erwartet. Nicht wegen der potenziellen Gefahren. Sondern vor der Reaktion der anderen Kinder. Sie hat kurze Haare, auffällige Narben am ganzen Körper und kann das Gesicht nicht vollständig bewegen. Zum Schwimmen muss sie eine Taucherbrille tragen, da sie das linke Auge nicht richtig schließen kann, und jetzt auch noch einen Schutz ins Ohr stecken. Hier bei uns empfinde ich Helen als weitestgehend »normal«. Alles, was anders ist, wird irgendwann auch wieder weg sein. Die Haare wachsen, die Narben lassen wir entfernen, der Gesichtsnerv wird wieder voll funktionsfähig und das Ohr gleich mit. Und alles, was wieder weggeht, ist in meinen Augen nicht so schlimm.

Trete ich aber einen Schritt zurück, dann sehe ich ein kleines Mädchen, das doch irgendwie anders ist. Ich bin mir sicher, dass sie damit gut umgehen wird, wie immer halt. Aber wie immer muss sie vernünftig sein und Kompromisse eingehen und kann sich im wahrsten Sinne nicht einfach kopfüber ins Vergnügen stürzen. Diese Erkenntnis schmerzt mich einmal mehr.

***

Auch dieser Eingriff ist geschafft. Uns bleiben noch zwei Tage bis zur Abreise. Die Koffer sind gepackt. Trotz Angst sind Frank und ich voller Vorfreude. Vermutlich halten uns alle für verrückt, so an diesem Urlaub festzuhalten. Tatsächlich weiß niemand von dem Rückfall, der zwar noch nicht durch eine Biopsie bestätigt, aber dennoch für uns real ist.

Ich selbst empfinde die Reise nicht als »letzte Reise«. Aber ich möchte uns einen vierzehntägigen Aufenthalt auf unserer imaginären Glücksinsel schenken, um richtig Energie in uns einzuspeisen. Bevor der ganze Scheiß von vorne losgeht, wünsche ich mir einfach zwei Wochen Unbeschwertheit. Ja, ich werde Unbeschwertheit empfinden können. Ungeachtet aller Schwierigkeiten vor Ort, für die wir immer gute Lösungen finden werden.

***

Die erste Nacht mit Paukenröhrchen ist unruhig. Helen hat leichte Schmerzen.

Die letzte Nacht vor unserer Abreise werden die Schmerzen richtig schlimm. Trotz Schmerzmittel und Geschichten weint Helen stundenlang. Ohne dass wir etwas sagen müssen, weiß sie, dass wir nicht in Urlaub fahren werden. Es tut mir so unendlich weh, diese Erkenntnis nicht entkräften zu können. Ich will sie in den Arm nehmen und sagen können, klar fahren wir. Morgen ist alles gut, und wir fliegen in die Sonne. Der Urlaub ist für uns drei mehr als Sonne und Spaß. Er ist die verheißungsvolle Fata Morgana, nach der wir lechzen. Wenn sie sich als Trugbild herausstellt, bleibt nichts als die Monotonie dessen, was uns erwartet.

Aber ich darf nicht in Selbstmitleid zergehen. Auch wenn ich nichts lieber täte, als endlos zu weinen darüber, dass wir unsere Tochter wieder nicht vor einer bitteren Enttäuschung bewahren konnten. Dass ausgerechnet wir diese miese Krankheit haben und Helen so viel ertragen muss. In den letzten eineinhalb Jahren habe ich jedoch gelernt, dass es mir nicht guttut, mich dieser Verzweiflung hinzugeben.

Ein neuer Plan muss her, an dem ich mich aufrichten kann. Wir werden eine Alternative finden, aus diesen Ferien etwas ganz Besonderes zu machen. Im Rahmen unserer Möglichkeiten stehen uns alle Türen offen.

***

Mit meiner mir auferlegten Begeisterung stelle ich mich Helen am nächsten Morgen. Sie ist am Boden zerstört, dass wir nicht fliegen können, und gibt sich wieder einmal die Schuld. Ich gestatte uns beiden Zeit, richtig enttäuscht und wütend zu sein. Sie darf wissen, dass wir ebenfalls traurig sind. Das wir ihr den Urlaub so sehr gegönnt haben und selbst auch gerne gefahren wären. Jetzt den Spaßfrosch zu machen und ein neues Programm vorzustellen, wäre ganz falsch und unglaubwürdig. Und nichts ist momentan so wertvoll wie Glaubwürdigkeit und Vertrauen zwischen Helen und uns.

Erstaunlicherweise ist sie mir aber bei der Abarbeitung von Enttäuschungen sehr ähnlich (geworden?). Auch sie kann das Unvermeidliche schnell abstreifen und sich Neuem öffnen.

Behutsam lenke ich sie in die Richtung »Was machen wir mit drei Wochen Mama-Papa-Helen-Ferien?«. Sie springt auf den Zug auf, und wir schmieden Pläne, was alles möglich wäre. Wir ziehen einen Radius von drei Autostunden um Leverkusen und finden plötzlich, dass Holland und Belgien doch auch ganz tolle Reiseziele sind. Ein Ferienpark soll es sein, mit Strand, aber auch Schwimmbad, falls es mal schlechtes Wetter gibt.

Helen und ich surfen im Internet. Begeisterungslaute ertönen von meiner kleinen Reisebüroassistentin, wenn ihr etwas gefällt. Wir entscheiden uns für ein tolles Haus in Belgien, direkt an einem Gewässer gelegen, so dass wir beim Frühstück die Enten füttern können.

Wir haben alle drei nicht vergessen, dass wir jetzt eigentlich am Strand spielen oder Eis leckend durch einen spanischen Ort flanieren wollten. Aber dennoch können wir uns mit ganzer Vorfreude auf das neue Abenteuer in Belgien stürzen. Wir sind uns sicher, dass wir es uns auch da nett machen werden.

Bis zu unserer Abreise vergeht noch eine Woche, in der die Schmerzen nachts kommen und gehen. Jeden Tag nehmen wir uns etwas ganz Besonderes vor: gehen ins Museum, in den Tierpark oder erfreuen uns auf dem Reiterhof an Helens Fortschritten und den wundervollen Pferden.

***

Zunächst aber starten wir in den Urlaub. Angekommen in unserem Ferienparadies, stellen wir uns in die lange Schlange der ankommenden Gäste, um unseren Schlüssel zu bekommen. Bisher habe ich den organisierten Ferienwahnsinn für Familien kategorisch abgelehnt. Eigentlich finde ich kleine Ferienhäuschen, gruppiert um ein Aktionscenter mit Schwimmbad, Bowling, Plastikstühlen und Systemgastronomie, wirklich schrecklich. Aber heute fühlt es sich gut an. Während Frank für die Anmeldung ansteht, stöbern Helen und ich durch die ausliegenden Touristeninformationen und schwelgen bereits in Plänen. Weder Helen noch ich trauern in diesem Moment dem nach, was wir nicht haben können, sondern stürzen uns voller Begeisterung in das, was uns möglich ist.

Mit dem Parkplan ausgestattet, suchen wir den Weg zu unserem Haus. Helen darf es aufschließen und als Erste reingehen. Es ist herrlich zu sehen, mit welcher Freude sie die neuen Räume erkundet und sich ihr Schlafzimmer aussucht. Ich sehe großzügig über Spinnweben und andere Unannehmlichkeiten hinweg. Eine halbe Flasche Sagrotan und Franks Kammerjägereinsatz später sind wir richtig angekommen.

Tagsüber scheint unsere Welt so normal, dass ich kaum glauben kann, was eigentlich los ist. Der Ortswechsel stimmt mich außerdem so positiv, dass ich fast erwarte, dass Helen hier keine Schmerzen haben wird.

Bei aller Glückseligkeit ist uns das aber leider nicht vergönnt. Nach einem aufregenden Tag fällt Helen umringt von ihren unzählbaren Stofftieren, die alle mit in Urlaub mussten, sofort in Schlaf. Aber wie zu Hause wird sie auch hier mitten in der Nacht mit Schmerzen wach, und das immer gleiche Procedere beginnt.

Sie verabscheut die Schmerztropfen. Wir versuchen es mit Massage und Geschichten. Die Schmerzen werden nicht besser. Irgendwann nimmt sie doch die Tropfen voller Ekel. Die Wirkung ist fragwürdig. Ob Helen nach Stunden aus Erschöpfung einschläft oder die Schmerzen weg sind, können wir nicht herausfinden.

Nach durchgemachter Nacht fangen unsere Tage stets spät an. Beim Brötchenholen treffen wir fast auf die frühen Mittagseinkäufer. Aber was soll's. Wir passen unser Leben einfach in allem den Möglichkeiten an, die wir haben, und machen das Beste daraus.

Würden nicht die schlimmen Erinnerungen der Nacht wie eingemeißelt in meinem Kopf bleiben, könnte ich tagsüber fast zweifeln, ob das tatsächlich nachts passiert ist. Morgens wird Helen einfach spät wach und kommt schmerzfrei in den Tag. Sie kann sich zwar daran erinnern, dass es irgendwie schlimm war, aber auch ihr scheint das Erlebte unendlich weit weg zu sein. Es ist für uns alle absolut surreal und nicht greifbar.

Jeden Tag aufs Neue beginnen wir an der Tatsache zu zweifeln, ob es sich wirklich um einen Rückfall handelt. Haben nicht gesunde Kinder auch besonders nachts Ohrenschmerzen? Warum sollte ein Tumor nur im Schlaf Beschwerden hervorrufen? Es ist alles verwirrend. Aber die Tatsache, dass wir unserer Hoffnung einen kleinen Spalt offen stehen lassen, gibt uns Auftrieb. Und die Dramatik der nächtlichen Anfälle zerbröselt bei Tageslicht, wenn wir ein vermeintlich »gesundes« Kind aufwecken.

So packen wir all unsere Sehnsüchte nach Normalität und Freude in diese Tage und schaffen wahres Familienglück. Alles ist kompromissbehaftet, aber wir ziehen maximalen Nutzen daraus. Beim Schwimmen sehe ich nur Helens strahlendes Gesicht und versuche meine Sorge um das Ohr zu unterdrücken. Helen ist ein Kind, das voller Vertrauen auf Frank und mich hört. Niemals würde sie sich unbedacht ins Wasser stürzen und zwei Meter tief tauchen, jetzt, wo sie weiß, dass sie es nicht darf. Aber gerade diese grenzenlose Disziplin treibt mir Tränen in die Augen. Ein Kind in ihrem Alter sollte nicht über so etwas nachdenken müssen.

Noch weiß sie gar nicht, dass aller Voraussicht nach der Tumor zurück ist. Dass alles von vorne beginnt. Die Haare werden ausfallen. Ein dauerhafter Zugang wird gelegt werden. Sie wird wieder nicht alles essen können. Hausunterricht statt Schule und Freunde. Sosehr ich mich darum bemühe, mir diese Gedanken vom Leib zu halten, so schnell kann ich in diese düstere Welt abdriften.

Wir lügen Helen nicht an und werden das auch in Zukunft nicht tun. Zum Glück fragt sie nicht, ob der Tumor wieder da ist, und macht es Frank und mir damit einfach. Ich hingegen bin so sensibilisiert auf ihr Verhalten, dass ich schon zusammenzucke, als sie mich fragt, ob sie mit der Kamera den Krebs im Sand fotografieren darf. Sie ist völlig begeistert von dieser toten Hülle, die sie unbedingt mitnehmen möchte. Alleine das Wort löst in mir so eine heftige Reaktion aus, dass ich hinter ihrem Rücken die Bilder sofort lösche.

Abgesehen von den nächtlichen Schmerzen und den für mich stressigen Schwimmbadbesuchen verleben wir wirklich tolle Tage und beschließen, den Aufenthalt zu verlängern. Da der Park jedoch ausgebucht ist, wird Holland unser nächstes Ziel. Liegt noch näher am Krankenhaus und vermittelt uns damit ein Gefühl von Sicherheit.

Hier gilt das gleiche Prinzip wie in Belgien. Wir sind jetzt erfahrene Center-Parc-Urlauber. Anders als in Belgien reicht hier jedoch kein Sagrotan, um das Haus bewohnbar zu machen. Es ist feucht und riecht auch so. Während ich noch mit spitzen Fingern die Dinge hin und her schiebe, läuft Helen schon über die Terrasse zum See. Sie sammelt Tannenzapfen und erkundet die Gegend. Sie hat recht. Loslassen und genießen. Wir haben keine Zeit für schlechte Stimmung.

In der Nacht erleben wir den bisherigen Höhepunkt der Schmerzen. In ihrer Verzweiflung nimmt Helen alles, was wir an Schmerzmitteln zu bieten haben. Nichts scheint zu helfen. Es ist kaum auszuhalten, nichts tun zu können. Ich will nur weg hier, der ganze Urlaubszirkus fühlt sich vollkommen falsch an. Aber welche Alternative haben wir? Am nächsten Tag ruft Frank im Krankenhaus an und vereinbart einen Gesprächstermin. Wir wollen, nein, wir brauchen einen Plan. Momentan hangeln wir uns von Nacht zu Nacht, und am Tag verblasst die Angst angesichts unseres Ferienprogramms.

Und während Helen und ich lange ausschlafen und im warmen Tropenbad planschen, fährt Frank mal eben nach Köln zum Termin mit unserem Professor. Zweieinhalb Stunden je Fahrt. Verrückt. Aber da haben wir mit Stau von Leverkusen aus manchmal schon länger gebraucht.

Zurück kommt Frank mit Morphintropfen und einem Termin für ein MRT am kommenden Freitag. Das heißt, auf unserer Rückfahrt aus Holland machen wir einen Zwischenstopp in der Uniklinik. So viel zum Thema Urlaub. Einerseits bin ich froh, dass wir einen Plan haben, andererseits versetzt mich das anstehende MRT in meinen bekannten emotionalen Ausnahmezustand.

Uns bleiben noch zwei Ferientage, und die wollen wir nutzen. Wir sind uns sicher, dass wir auf die nächste Gelegenheit sehr lange warten müssen.

Tagsüber ist Helen ein fröhliches und unbeschwertes Mädchen, und wir lassen ihr maximale Freiheit. Die Nächte sind katastrophal. Auch Morphin hilft nicht weiter. Fast sehne ich den Freitag herbei.

Am letzten Abend bekommen wir den Ferienblues. Wir wollen nicht weg. Obwohl wir nicht konkret wissen, was uns erwartet, haben wir eine diffuse Vorstellung davon, dass es nicht gut sein wird.

***

Um neun Uhr haben wir den Termin in Köln. Wir sind pünktlich. Verflogen ist alle Leichtigkeit, wir sind zurück in unserem eigentlichen Alltag.

Noch am gleichen Abend ruft uns der Professor an. Es ist bestätigt. Der Tumor ist wieder da. In den drei Wochen hat sich die Form verändert. Es ist also endgültig ausgeschlossen, dass es sich nur um Narbengewebe handelt. Die letzte klitzekleine Hoffnung ist uns genommen worden.

Für Dienstag haben wir einen Termin zur stationären Aufnahme. Dann werden wir erfahren, wie es weitergeht.

Noch erzählen wir niemandem, was wir wissen. Wir brauchen Zeit für uns, um das Unfassbare aussprechen zu können. Außerdem wollen wir Antworten liefern können, auf die Frage nach dem weiteren Vorgehen. Erwartungsgemäß wird genau das immer die erste Frage sein, wenn die schlechte Nachricht im Raum schmerzhafte Stille verbreitet. Man möchte sich dann an konkrete Aussagen klammern. Etwas äußern können, vielleicht tröstende Worte zur Art der Therapie sagen, wenn aller Trost eigentlich wie Hohn klingt.

Selbst meinen Eltern sagen wir nichts, obwohl wir sie am Wochenende treffen. Sie machen sich einen schönen Tag mit ihrem über alles geliebten Enkelkind – warum soll ich diese zerbrechliche Idylle vorzeitig zerstören? Sie werden es früh genug erfahren.

Noch immer haben wir auch Helen nicht erzählt, was in ihrem Kopf vor sich geht und was ihr in nächster Zeit bevorsteht.

Diesmal haben wir wirklich Angst davor, es ihr zu sagen. Konnten wir beim ersten Mal noch auf ihre kindliche Naivität setzen und ihr die schlechten Nachrichten häppchenweise beichten, so wird sie dieses Mal mit einem Schlag alles verstehen. Alle Konsequenzen werden ihr im Bruchteil einer Sekunde klar sein. Und genau wie wir untröstlich sind, gibt es auch für Helen keine Worte des Trostes. Das ist tatsächlich das Schlimmste.

***

Das Wochenende rauscht an uns vorbei, und schon ist Dienstag. Wir fahren in die Klinik. Ich spüre die traurigen Blicke der Schwestern. Während wir noch im Hier und Jetzt sind und uns Gedanken machen über das, was morgen kommt, wissen sie schon, wie es wahrscheinlich enden wird. Dafür haben sie schon zu viele Kinder gesehen, die genau wie Helen die erste Chance nicht nutzen konnten.

Ich möchte mich erklären, möchte rausschreien, dass genau wir anders sind, und verfalle stattdessen in mein gewohnt freundliches Mutter-einer-Patientin-Lächeln.

Wir beziehen ironischerweise das gleiche Zimmer, das wir bei unserem ersten Aufenthalt bewohnt hatten. Mit welchen Ängsten wurden wir hier konfrontiert, und welche Hoffnung haben wir für uns gefunden. Wie sicher wir waren, dass Helen gesund und alles irgendwann wie ein böser Alptraum hinter uns liegen wird.

Jetzt muss uns niemand mehr die Station erläutern, die Schwestern vorstellen und die Regeln erklären. In acht Monaten hat sich nichts verändert außer den Patienten. Wer nicht mehr hier ist, hat entweder gerade keine Chemo, ist fertig mit der Therapie oder lebt nicht mehr. Aber nichts liegt mir ferner, als mich hier mit Müttern unterhalten zu wollen und im Zeitraffer die letzten Monate aufgedrängt zu bekommen. Für jeden Einzelnen wünsche ich nur das Beste. Ich will es nur nicht wissen.

Am frühen Abend führt Frank ein Gespräch mit dem Oberarzt. Als Helen schläft, tauschen wir alle Details aus. Zunächst einmal müssen wir wieder den Horror der Metastasen-Untersuchungen über uns ergehen lassen. Hat der Tumor gestreut? Davon müssen wir fast ausgehen. Zu erwarten sind Ableger in der Lunge. Zur Klärung steht eine baldige Röntgenuntersuchung an. Um auch den Rest von Helens kleinem Körper zu durchleuchten, muss sie erneut eine PET-Untersuchung machen. Dabei wird ihr eine radioaktive Flüssigkeit gespritzt, die sich an möglichen Tumoren im Körper anreichert und diese per Bildaufnahme sichtbar werden lässt.

Schon jetzt ist klar, dass Helen erneut einen Katheter bekommen wird. Mit siebeneinhalb Jahren ist sie für einen Port unter der Haut noch zu klein. Das würde ihr zwar deutlich mehr Freiheit bescheren, aber auch jeden Anschluss zu einer schmerzhaften Prozedur machen.

Erst wenn die Ergebnisse der Untersuchungen feststehen, werden wir erfahren, welche Therapie wir machen.

Meiner grenzenlosen Informationsverweigerung geschuldet, war ich davon ausgegangen, dass wir das gesamte Ewing-Protokoll erneut durchziehen würden. Also wieder vierzehn Chemos in, wenn es gut läuft, zwölf Monaten. Aber, das wissen wir nun, das steht uns nicht mehr im Arzneimittelschränkchen der Klinik zur Verfügung. Diese Chemo können wir als abgehakt betrachten und uns hoffungsvoll auf den kleiner werdenden Rest stürzen. Man erklärt uns, dass von einer Immunität der Tumorzellen gegen diese Wirkstoffkombination auszugehen ist.

Einerseits bin ich froh, diesem Wahnsinn der unendlichen Therapie entkommen zu sein, spüre aber schlagartig das dünne Eis, auf dem wir uns ab diesem Zeitpunkt bewegen.

Gab es bei der Ersterkrankung noch einen standardisierten Therapieplan, so verlassen wir nun den erforschten Weg und springen von Stein zu Stein. Zwei nach vorne, einen zur Seite, vielleicht auch mal wieder zurück. Ab jetzt gibt es einfach keinen Plan mehr. Nicht nur für unseren Alltag und unser Leben nicht, sondern auch nicht für Helens Heilung.

Die Erkenntnis trifft mich wie ein Schlag. Wir sind doch nicht die Ersten, die einen Rückfall haben! Aber tatsächlich befinden wir uns nun in einer Art experimenteller Therapie. Der Arzt verfügt über einen Köcher voll Mittelchen und setzt diese je nach Zustand der Patienten in dieser oder jener Kombination und Dosis ein.

Diese scheinbare Willkür und offen eingestandene Ahnungslosigkeit der Krankheit gegenüber machen mich fassungslos. Nur Frank in seinem grenzenlosen Optimismus kann mir einen Hauch von Hoffnung einflößen. Es gäbe so viele Mittel, wir finden auf jeden Fall das eine, das Helen helfen wird. Er glaubt das wirklich aus ganzem Herzen. Ich will mich einigeln in diesem Glauben, will winzig kleine Hoffnungsdioden in mein Hirn implantieren, die mich auch etwas Positives sehen lassen.

Wie durch ein Wunder kommen keine Metastasen zum Vorschein. Scheißwunder! Hätte sich auch ein bisschen mehr Mühe geben können, dann wären wir erst gar nicht wieder hier gelandet.

Aber wie immer bin ich dem Schicksal so dankbar, dass nicht die schlimmste aller Möglichkeiten eingetroffen ist, dass ich über die Erleichterung den Ärger vergesse.

Helen hat also erneut einen Knochentumor, der wenige Zentimeter entfernt von der alten Stelle wieder aufgetaucht ist. Keine sichtbaren Metastasen. Wir sind unter den Blinden der Einäugige mit Sehhilfe. Ein lokaler Tumor. Ein Feind an einer Stelle. Das scheint die Aussichten zu verbessern. Operation, Bestrahlung, Chemo, der Korb der Möglichkeiten ist nicht prall, aber dennoch gut gefüllt. Wie immer schöpfe ich neue Kraft aus der bestmöglichen Ausgangssituation, die wir unter den gegebenen Umständen antreffen konnten. Noch habe ich weder eine Einschätzung zu Helens Chancen erbeten noch irgendein aufbauendes Wort seitens eines Arztes gehört.

Wie werden wir es Helen sagen, und wie wird sie reagieren?

Und nicht nur ihr müssen wir es sagen, sondern auch meinen Eltern und allen Verwandten und Freunden. Wir machen keinen Rundumschlag, sondern konzentrieren uns zunächst auf die uns Nahestehenden. Wie sage ich es meinen Eltern?

Ich kann nicht schon wieder Frank vorschicken, wie ich es beim ersten Mal getan habe. Dieses Mal bin ich dran. Ich beschließe, sie anzurufen und nicht hinzufahren. Als Trösterin stehe ich sowieso nicht zur Verfügung, denn ich habe kein einziges tröstendes Wort anzubieten. Und ich will mich unbedingt davor schützen, mir das Leid meiner Eltern aufzuladen. Ich habe mir fest vorgenommen, ab jetzt die Dinge beim Namen zu nennen. Keine Halbwahrheiten, keine Schongang-Erzählungen. Damit habe ich mich bisher zusätzlich gestresst. Um ihnen die nervenaufreibende Zeit kurz vor einem MRT und bis zu dessen Ergebnis zu ersparen, habe ich Termine verheimlicht oder Tatsachen verschleiert. Das will ich nicht mehr, und das kann ich auch nicht mehr.

Meine Mutter ist alleine zu Hause, und ich berichte ihr von den neuesten Ergebnissen. Sie fällt aus allen Wolken. Meiner bisherigen Kommunikationsstrategie geschuldet, konnte sie sich weiterhin im Verdrängen üben. Und nun spreche ich das am meisten Befürchtete aus: »Helen hat einen Rückfall.« Meine Mutter weint fürchterlich, sie will es einfach nicht glauben. Wie kann das sein? Ihr Enkelkind? Ihr Sonnenschein? Warum, warum? Ich weine auch angesichts der ausgesprochenen Angst und Wut. Normalerweise bin ich gegen die Emotionen meiner Mutter gut gepanzert. Ihre Tränen und ihre Befürchtungen sollen mich nicht berühren. Sie sollen mich nicht von meiner auferlegten Sichtweise ablenken, die ich brauche, um den Alltag zu bestehen. Aber in diesem Moment kann ich mich nicht mehr zusammenreißen. Eine Welle der Traurigkeit und des Selbstmitleids überkommt mich. Die Verzweiflung will mich endgültig an sich reißen. Wenn ich hier kapituliere, dann fällt mein Kartenhaus zusammen. Wie soll ich dann Helen gegenübertreten?

Frank und ich beschließen, am nächsten Tag mit Helen zu sprechen. Am Abend soll noch der Anästhesist kommen, um den Eingriff für die Verlegung des neuen Zugangs zu besprechen.

Wie immer soll das Gespräch mit dem Arzt außerhalb von Helens Hörweite stattfinden und nur die kurze Begutachtung der Patientin beinhalten. Aber dieser Arzt hält sich nicht an die Regel, die uns heilig ist. Als säße vor ihm ein Erwachsener, berichtet er von der anstehenden OP und wie fürsorglich und nett er das machen würde – Helen bräuchte keine Angst zu haben.

In dieser Sekunde weiß Helen Bescheid. Sie bekommt einen neuen Zugang. Der Tumor ist wieder da. Wir bugsieren den überraschten Arzt aus dem Zimmer und stellen uns dem anklagenden und ängstlichen Blick unserer Tochter. Jetzt erklären wir ihr alles. Sie weint und tobt und sagt genau die schlimmen Sachen, die ich insgeheim befürchtet habe. Und ich habe keinen Trost. Ich habe keinen Trost für sie. Ich muss mit ihr weinen und lasse sie sehen, wie sehr auch mich die Situation ängstigt. Ich will sie festhalten und mit meinen Armen den Trost spenden, den meine Worte nicht geben können.

Wir appellieren an ihre Vernunft, daran, dass wir alle zusammenhalten und auch diese Zeit wieder gut schaffen werden. Plötzlich sieht sie uns direkt an und fragt: »Und wenn der Tumor dann weg ist, kann er wiederkommen?«

Ja, verdammt, und das ist die größte Gemeinheit. Wie soll ich sie motivieren, die Schmerzen, die Einschränkungen und die Angst auszuhalten, wenn es immer und immer wieder von vorne losgehen kann?

Wir sagen ihr die Wahrheit, und Helen dreht sich einfach um. Sie will nicht umarmt und auch nicht mehr von uns angesprochen werden.

Vierundzwanzig Stunden lang spricht sie kein Wort mit uns. Sie liegt einfach nur da mit geschlossenen Augen und bewegt sich nicht. Keine Tränen sind zu sehen, keine Beschwerden. Ihr Schweigen ist viel schlimmer.

Haben wir ihr Vertrauen missbraucht? Wird sie uns jemals wieder glauben, jetzt, da sie weiß, dass wir etwas vor ihr zurückgehalten haben? Ich bin so verzweifelt und außer Fassung. Frank dagegen ist voller Wut auf den Arzt, der sich nicht an die Absprachen gehalten hat.

Wenn sie jetzt beschließt, nicht mehr mitzumachen, was sollen wir dann tun? Wir sind auf ihre Unterstützung angewiesen. Wenn sie keinen Sinn darin sieht, die Strapazen auf sich zu nehmen, dann werden wir keine Therapie machen können. Sie muss essen, Tabletten nehmen, leben wollen.

Die Tragweite der Diagnose ist ihr nicht bewusst. Sterben wird für sie keine bedrohliche Aussicht sein, da ihr die Option nicht präsent ist. Wenn, dann kapituliert sie nicht vor dem Leben, sondern vor den zu erwartenden Lebensumständen. Wenn sie sich nicht nur vierundzwanzig Stunden, sondern für immer abkapselt …?

Noch am selben Abend erfahren wir, wie die Therapie weitergehen wird. Helen wird stationär Chemo erhalten. Wir werden dafür immer drei Nächste im Krankenhaus bleiben müssen – aber nur wenn das Mittel nach der ersten Gabe Wirkung zeigt. Wie oft wir diese Chemo machen, welche Pausen dazwischen sein werden, niemand kann es uns sagen. Ab jetzt leben wir von der Hand in den Mund. Von Woche zu Woche.

Es gibt einen ganz kleinen Hoffnungsschimmer. Es kann sein, dass Helen diesmal ihre Haare nicht verliert. Auch wenn ich schon lange nicht mehr an die Aussagen der Ärzte glaube, so ist es dennoch ein gutes Argument für Helen.

Und so schaffen wir es tatsächlich am nächsten Tag, wieder zu ihr durchzudringen. Sie zu motivieren. Ihr den Spaß an unserem gemeinsamen Leben zu zeigen, auch wenn wir wieder in Therapie sind.

Sie interessiert vor allem die Frage nach den Haaren und die

Anzahl der Nächte, die wir im Krankenhaus verbringen müssen. Es beruhigt sie, zu erfahren, dass sie zwischen den Chemoeinheiten in die Schule kann, sofern es ihr gutgeht.

***

Meine Eltern kommen ins Krankenhaus. Sie bemühen sich um Haltung. Helen gegenüber dokumentieren wir alle Traurigkeit, aber keine Verzweiflung. Mit meiner Mutter und ein anderes Mal mit Susanne thematisiert Helen die Ereignisse. Sie checkt ab, welche Reaktionen sie auslöst. Sie sucht den Riss in der Fassade. Naiv ist sie jedenfalls nicht mehr.

Shirley und ihre Familie kommen auch zu Besuch. Als die beiden Mädchen nach langer Zeit wiedervereint sind, erkläre ich dem Rest der Familie die neue Situation. Alle beherrschen sich, um nicht in Tränen auszubrechen. Bedingungslos wollen sie nur an das fast Unmögliche glauben. Ich bin ihnen so dankbar für ihren Optimismus und ihre Unterstützung. Würde ich Helen das Leid einer so kranken Freundin in diesem Maße miterleben lassen? Für uns ist Shirley ein Quell ungetrübter Freude und Normalität. Aber was macht das alles mit ihr? Ich weiß es nicht und bin nur froh, dass wir diese Familie kennen.

Und tatsächlich nimmt die Anwesenheit Shirleys dem Krankenhaus den Schrecken. Die beiden machen Quatsch und kichern. Sie fahren das Elektrobett hoch und runter, essen mitgebrachte Himbeeren. Auf dem Balkon sitzend und Eis schleckend, rufen sie den Bauarbeitern gegenüber Frechheiten zu. Mal wieder spüre ich das kleine Glück. Ich bin mir jetzt sicher, dass wir auch diese Runde schaffen werden.

***

Wieder eine Operation. Ich kann sie schon nicht mehr ohne nachzudenken zählen. Danach liegt Helen im Bett und klagt über Schmerzen an der Stelle, an der das »Kabel«, wie ich es nenne, aus ihrer Brust kommt. Wie sehr hasse ich diesen Anblick! Dieses dicke weiße Kabel, das sich durch die zarte Haut meiner Tochter bohrt, gehalten von einem blauen Faden, der ein Verrutschen verhindern soll. Verdammt, wie weh es tun muss, so etwas im Körper stecken zu haben. Mich kann nur der Gedanke beruhigen, dass es beim letzten Mal auch irgendwann aufgehört hat zu schmerzen.

Wie sollen wir Helen eigentlich zukünftig waschen? Meine Gedanken kreisen um dieses banale Problem. Bisher haben wir den Schlauch hochgebunden, und sie konnte bis zum Bauch und am Rücken abgebraust werden. Für die nicht vorhandenen Haare reichte ein nasser Waschlappen. Jetzt hat Helen aber schon eine beachtliche Frisur mit wundervoll dicken Haaren, die zwar viel dunkler, aber dafür kräftiger zurückgekommen sind. Wir bräuchten so etwas wie ein Friseurwaschbecken. Denn vornübergebeugt über der Wanne wird es ihr nicht gefallen und außerdem dem Ohr keinen Schutz bieten. Vor meinem geistigen Auge sehe ich Helen in der Küche auf der Arbeitsplatte liegen mit dem Kopf im Spülbecken. Was für ein Umstand, aber vermutlich eine Möglichkeit.

Worüber ich mir Gedanken mache! Vielleicht will ich einfach meinen Kopf beschäftigen, um bloß kein Vakuum für unerträgliche Überlegungen entstehen zu lassen.

***

Zum ersten Mal kratzt sich Helen das Ohr während des Mittagsschlafs blutig. Im Gehörgang hat sich mittlerweile eine Geschwulst gebildet. Auf dieser Seite kann Helen nichts mehr hören.

***

Am nächsten Tag beginnt die neue Chemo. Im Elternhaus findet das jährliche Sommerfest statt, und Helen möchte unbedingt hin. Noch hat sie gute Blutwerte und ist nicht ansteckungsgefährdet, also spricht eigentlich nichts dagegen.

Ich wehre mich jedoch innerlich mit Händen und Füßen dagegen. Dort werden wir ehemalige Patienten und Eltern von toten Kindern treffen, und jeder wird bei unserem Anblick Bescheid wissen. Die Realität mit mir selber auszumachen ist das eine, mit Fremden darüber reden zu müssen etwas ganz anderes.

Aber Helen freut sich unheimlich. Sie will das tolle Osterkleid anziehen, das wir vor wenigen Monaten in der Reha gekauft haben. Das ist erst ein paar Monate her und scheint mir schon aus einem anderen Leben. Und dass wir bis vor zwei Jahren mal ein Leben ganz ohne Krankheit und Angst hatten, scheint mir fast nicht mehr vorstellbar.

In ihrem Kleid sieht Helen bezaubernd aus. Wie ein kleines Mädchen, das an einem Sommertag zu einem schönen Fest geht. Im Bild stört lediglich der portable Diffusor, aus dem Chemo, Schmerzmittel und Kochsalzlösung in ihre Venen gepumpt wird.

Ich ertrage die Fragen der anderen Eltern. Beneide die, deren Kinder gesund sind, und frage mich ernsthaft, welchen Trost Eltern eines toten Kindes hier finden. Die Atmosphäre ist sonnig, fröhlich und leicht. Vereint scheinen alle in dem Gedanken, dass das gerade ein guter Moment ist.

An einem Stand gewinnt Helen eine kitschige, kleine Handtasche, die sie zu ihrem großen Schatz erklärt. Zurück auf Station, zehrt sie so von diesem Fest, noch bei der nächsten Visite am kommenden Tag trägt sie stolz die Tasche und strahlt eine Zufriedenheit aus, die der Realität eigentlich völlig unangemessen ist.

***

Ein paar Tage später werden wir entlassen und schlüpfen zurück in unser vermeintlich altes Leben, das jetzt immer nur noch auf

Stand-by stattfinden wird. Helen geht es gut. Die Chemo zeigt keine Nebenwirkungen, wie wir sie vom ersten Zyklus kennen. Ob sie dann überhaupt etwas taugt? Es gibt zwar keinen kausalen Zusammenhang wischen Wirkung und Nebenwirkung, aber irgendwie drängt sich mir der Gedanke auf. Was nicht fies schmeckt, das hilft auch nicht richtig. So ist das doch auch bei Hustensaft.

***

Sie geht wieder zur Schule. Ich hingegen werde vorerst nicht mehr ins Büro gehen. Nichts ist mir so wertvoll, wie Zeit mit Helen verbringen zu können. Das gestehe ich mir zwar nicht so richtig ein, aber ich möchte einfach nichts mehr verpassen. Arbeiten kann ich in meinem Leben noch genug.

***

Mein 40. Geburtstag. Vor wenigen Wochen, in der Zeit, da ich noch daran glaubte, dass alles gut werden würde, habe ich ein Café gemietet. Wollte mit allen Freunden feiern. Keine wilde Party, aber ein herzliches Zusammensein mit allen, die mir wichtig sind. Jetzt sage ich das Fest ab. Es gibt einfach nichts zu feiern.

***

Drei Wochen später steht ein MRT an. Es soll zeigen, ob die Chemo wirkt. Mal wieder heißt es alles oder nichts. Wenn das nicht hilft, dann ist unwiderruflich ein Mittel von der Liste gestrichen, und ich weiß nicht, wie viele Alternativen wir noch haben.

****

Noch bevor das Ergebnis des MRT da ist, haben wir den nächsten Termin zur Chemo. Wir stehen zur Aufnahme in der Tagesklinik, als wir erfahren, dass wir natürlich nur dann weitermachen können, wenn die Chemo nachweisbar angeschlagen hat.

Da noch keine Auswertungen vorliegen, gehen Frank und Helen auf den Spielplatz vor der Klinik. Ich warte auf dem Gang. Nach einer gefühlten Ewigkeit kommt eine Schwester und sagt: »Sie können weitermachen. Der Oberarzt hat einen schnellen Blick auf die Bilder geworfen, und der Tumor ist mit bloßem Auge erkennbar deutlich kleiner geworden.« Ich falle Schwester Claudia ungestüm um den Hals. Sofort laufe ich, nein, schwebe ich zum Spielplatz. Frank und ich fallen uns in die Arme, taumelnd vor Erleichterung. Dann kniet sich Frank vor Helen und sagt: »Du hast es wieder mal geschafft, Süße!« Er reißt sie so fest an sich, dass ich schon Angst um die zarte, kleine Person bekomme.

***

Wir verleben wundervolle Tage. Den Rückfall und die eigentliche Gefahr blenden wir völlig aus und genießen das Leben. Ein warmer Spätsommer unterstreicht unsere Stimmung.

Ich beschließe, für Helen und mich ein neues Projekt ins Leben zu rufen, um den Besuchen im Krankenhaus eine positive Aufladung zu bescheren. Auf Station und in der Tagesklinik gibt es kleine Tapferkeitskisten. Zwei Schuhkartons, die mit allerlei Kleinigkeiten wie Aufklebern und Werbepräsenten von Pharmafirmen gefüllt sind. Wenn Kinder eine besonders unangenehme Untersuchung über sich haben ergehen lassen müssen, dürfen sie in den Kisten wühlen und sich etwas aussuchen. Das Ganze ist eine nette Idee, wurde in der Umsetzung aber schwer vernachlässigt. Aber jetzt kommen wir!

Helen und ich gestalten zwei neue Kartons mit buntem Papier

und unzähligen Glitzersteinen. Wir studieren sämtliche Versandkataloge und bestellen eine große Auswahl an kleinen Überraschungen. Fingerpuppen, Holz-Jo-Jos, Tattoos, all die wunderbaren Dinge, die zumindest das Herz meiner Tochter höherschlagen lassen. Ab jetzt sind wir zwei dafür verantwortlich, dass die Kisten ausreichend gefüllt sind. Das bedeutet eine eingehende Überprüfung der Lagerbestände bei jedem Besuch und ausgiebige Diskussionen darüber, welche Artikel gut ankommen bei den Kindern.

Helen springt sofort auf den Zug auf und lässt sich von der Sache begeistern. Wann immer sie selber etwas Unangenehmes erdulden muss, fragt sie zaghaft, ob sie jetzt auch in die Kiste greifen kann. Nichts kann die schlimmen Eingriffe wegzaubern. Ängste können nicht durch einen bunten Radiergummi verschwinden, aber immerhin können wir unseren notwendigen Besuchen und Aufenthalten im Krankenhaus einen positiven Abschluss verleihen. Der Griff in die Tapferkeitskiste schließt das Thema Krankenhaus für dieses eine Mal ab, und die Gedanken können sich vom Erlebten auf die kleine Überraschung in der Hand verlagern.

***

Die nächtlichen Schmerzen sind weg. Dafür entwickelt sich hinter Helens Ohr eine Entzündung. Es sieht aus wie ein mit Flüssigkeit gefülltes Säckchen, das Helen weder weh tut noch sonstige Einschränkungen verursacht.

Nach einem ausgedehnten Sonntagsfrühstück platzt das Säckchen und leert sich. Es bleibt eine offene, mit Haaren verklebte Wunde zurück. Helen hat keine Schmerzen, ist aber völlig schockiert und weint. Unser gemütlicher Sonntag endet abrupt und wird in die Uniklinik verlegt.

Wir werden aufgenommen, der dritte Chemoblock steht Anfang der Woche sowieso an, dann sind wir halt schon mal hier.

Aber keiner weiß so recht, was er mit der Wunde tun soll. Kein Arzt und keine Schwester traut sich, sie zu reinigen. Wie immer platzt die Station aus allen Nähten, und kein Einzelzimmer ist verfügbar. Wir kommen auf ein Zimmer, auf dem bereits ein vierzehnjähriges Mädchen liegt. Schon nach kurzer Zeit wissen wir, dass auch dieses Kind einen Knochentumor hat. Im Oberschenkel. Die Familie hat die Diagnose gerade erst bekommen. Die Ärzte und Krankenhauslehrer geben sich die Türklinke in die Hand – wir kennen den Taubenschlageffekt am Anfang.

Sie sind noch in dem Zustand kurz nach dem Schock, wenn Trotz und grenzenlose Zuversicht einsetzen. Wir aber sind der lebende Beweis für das, was man definitiv nicht wahrhaben will. Wir bemühen uns um Neutralität. Reduzieren unsere Aussage auf den Zustand der aktuellen Wunde und der anstehenden Chemo. Sagen nichts zum Rückfall. Auf der Suche nach Informationen saugen uns die Eltern jedoch aus und erfahren es irgendwann. Wir strahlen aber Zuversicht aus, beschreiben den Ablauf des ersten Blocks und geben Tipps.

Auf dem Flur raunt Frank mir zu: »Am besten lassen sie gleich das ganze Bein amputieren, dann können sie sicher sein, dass ihre Tochter überlebt.« Ich muss schlucken. »Lieber nur ein Bein als tot«, meint Frank. Was für grausame Gedanken. Was für eine grausame Krankheit.

So ertragen wir erneut nicht nur die Sorge um Helen, sondern auch die räumliche und psychische Nähe unserer Zimmernachbarn. Noch immer weiß niemand, was mit Helens Wunde zu tun ist. Einer der Pfleger hat eine Fortbildung zum Wundpfleger gemacht, hat aber auch keine Idee. Man beschließt, die Wunde einfach offen zu lassen. So läuft Helen über die Station, fährt mit dem dortigen Fahrrad auf dem Gang und hat dabei eine Art Tropflappen auf der Schulter, den wir improvisiert befestigen und alle paar Minuten auswechseln. Das Ungewisse macht mir Angst, und die Planlosigkeit der Ärzte fördert sie ungemein.

Nach der ersten Nacht klebt ein ganzes Bündel Haare in der

Wunde, das sich nicht mehr entfernen lässt. Ich organisiere Haargummis, um ein weiteres Verkleben zu verhindern. Dilettantisch stümpern wir rum.

Am nächsten Tag entdecke ich auf Helens Kuscheldecke das, was mich im Mark erschüttert. Haare. Viele Haare. Zu viele Haare für eine normale Nacht. Mir ist sofort klar, was das bedeutet. Schon einmal hat das genauso angefangen.

Ich gehe auf den Flur hinaus und muss voller Wut und Trauer weinen. Es schüttelt mich, ich kann nicht aufhören. Eine Mitarbeiterin vom Psychosozialen Dienst kommt zu mir. Man hat mich bisher noch nie auf dem Flur so unkontrolliert gesehen.

Ich erkläre unter Schluchzen, dass Helen erneut ihre Haare verlieren wird. Dass das für mich fast unerträglich ist. Zu wissen, wie traurig Helen darüber sein wird und wie schrecklich ich selber den Anblick finden werde. Nicht noch einmal möchte ich die Haarsträhnen morgens büschelweise ausbürsten und Helen dabei tapfer zur Seite stehen, während ich selber nur schreien will. Nicht noch einmal möchte ich über ihren kahlen Kopf streicheln statt über die weichen Locken. Ich will mich austoben mit Spangen und Haarreifen, will Zöpfe flechten und einfach nur ein gesundes Kind!

Hilflos versucht sie, mich zu trösten. Mit dem schlappsten Argument, das es nur gibt: »Wenn Helen die Haare verliert, dann wirkt die Chemo vielleicht bei ihr besonders gut.« Dieser dämliche Spruch mobilisiert in mir sofort Wut und Rebellion gegen die Frau, deren sinnlosem Psychogeschwätz ich mich die letzten Monate erfolgreich entwunden habe. Wut tut mir gut. Sie entfesselt in mir sofort Kräfte und vertreibt die alles erdrückende Traurigkeit. Gestärkt gehe ich in Helens Krankenzimmer zurück und warte, bis Frank nach der Arbeit zu uns kommt. Als Helen schläft, lasse ich meinen Gefühlen freien Lauf und trauere jedem einzelnen Haar nach, das meine Tochter verlieren wird.

Nach kurzer Zeit hat sich Helens dicke, glänzende Haarpracht verabschiedet. Zurück bleibt eine auf das halbe Volumen reduzierte Frisur, die an Leute erinnert, die mit sehr, sehr dünnem Haar gestraft sind. Es lässt sie wieder krank und verletzlich wirken. So wollte ich sie eigentlich nie mehr sehen müssen. Da wir nicht wissen, ob uns der Rest erhalten bleibt, beschließe ich, besondere Fotos von ihr zu machen. An einem sonnigen Nachmittag bauen wir unser »Studio« auf und knipsen unzählige Bilder. Helen ist begeistert und verkleidet sich für jedes Bild neu. Mit coolen Kappen, Brillen, Schals und den verrücktesten Posen setzt sie sich in Szene. Bittersüß erlebe ich den Moment. Will festhalten, was uns vielleicht genommen wird.

***

Das prophezeite Haaropfer hat keinen Einfluss auf die Tumorbekämpfung gehabt. Trotz anfänglicher Euphorie zeigt die Chemo keine Wirkung mehr. Der Tumor stagniert, was in der jetzigen Situation das Streichen des nächsten Wirkstoffs bedeutet.

***

Frank vereinbart einen Termin zur Sprechstunde in der Klinik. Es ist ein Mittwoch, und Helen ist nach der Schule bei meinen Eltern. Als Frank nach Hause kommt, weiß ich, dass er mir nichts Gutes mitteilen wird. »Es sieht nicht gut für Helen aus« ist alles, was er sagt. Ich schreie. Ich schreie wie eine Verrückte. Hier muss ich auf niemanden Rücksicht nehmen. Zum ersten Mal spreche ich die Worte aus, die schon lange in meinem Kopf lauern: »Unser Kind wird sterben.« Ich brülle die Worte immer wieder und bebe am ganzen Körper. Zum ersten Mal bestätigen uns die Ärzte, dass die Behandlung gescheitert ist und ab jetzt wirklich kein Plan mehr besteht. Frank nimmt mich in den Arm, versucht meinen Ausbruch durch seinen Körper abzufedern.

»Wir haben noch viele Möglichkeiten«, sagt er. »Glauben die Ärzte, dass Helen sterben wird?«, frage ich. »Nein, das haben sie nicht gesagt.« Er habe aber auch nicht danach gefragt. Solange es noch ein einziges Mittel auf der Welt gibt, gibt er die Hoffnung nicht auf. Wie sehr beneide ich ihn um diese Zuversicht.

Wir beschließen, die Chemokombination aus dem ersten Protokoll zu wiederholen. Das Mittel hatte bereits nach nur einer Gabe den Tumor verschwinden lassen. Scheiß auf die Erfahrung, dass man die Chemo nicht wiederholen sollte. Vielleicht hilft es bei Helen.

Die Ärzte stimmen uns zu. Vielleicht, weil sie gespannt auf den Ausgang sind, vielleicht hoffen sie tatsächlich auch auf ein kleines Wunder oder wollen uns einfach nicht die Möglichkeit verwehren, auf die wir so viel Hoffnung setzen.

***

Das Jahr nähert sich dem Ende. Weihnachten steht vor der Tür. Ich habe keine Ahnung, wie lange Helen noch bei uns sein kann. Wird das unser letztes gemeinsames Fest? Der Gedanke ist so unerträglich, und dennoch kann ich ihn kaum abstreifen.

***

Wir sind uns einig, mit dem nächsten Chemoblock nach Silvester zu beginnen. Mit der Klinik vereinbaren wir, dass wir auch schon vor Weihnachten kommen würden, sobald sich die Wunde hinter Helens Ohr verändert.

Frank hat sich in die Wundversorgung einweisen lassen. Zu unserer abendlichen Routine hat sich somit, neben dem Einnehmen der Tabletten, nun auch noch der Pflasterwechsel eingeschlichen.

So ganz genau wissen die Ärzte nicht, ob die Wunde oder das, was dort sichtbar ist, Teil des Tumors ist oder was es sonst sein könnte. Aber es scheint ein Gradmesser für die Tumorentwicklung zu sein. Quasi ein optisches Warnsystem.

Jeden Abend lasse ich die beiden alleine im Zimmer, um mich diesem Anblick zu entziehen. Unter dem Pflaster verborgen, kann ich die Tatsache besser verdrängen. Mit unfassbarer Geduld und Präzision versorgt Frank die Wunde. Was würde ich nur ohne ihn machen? Ich müsste täglich nach Köln fahren und würde unsere beschränkte Freiheit noch mehr dezimieren. Manchmal schreit Helen vor Schmerz, und das führt mir den Wahnsinn, den wir erleben, ungeschönt vor Augen.

Wenn Helen nach der Versorgung entspannt Kika schaut und Frank die Utensilien in der Küche entsorgt, folge ich ihm. »Und, wie sieht es aus?«, ist meine immer gleiche Frage. »Gut, gut« oder »So weit gut« ist das Spektrum seiner Antworten und stellt mich für den Abend zufrieden. Mehr will ich auch gar nicht wissen.

***

Ich werde dieses Weihnachtsfest genießen! Das nehme ich mir fest vor. Helen und ich lieben die wundervolle Atmosphäre eines geschmückten Hauses, den Tannenbaum und all die kleinen Rituale, die zu unserem Fest dazugehören.

Von den Fotos, die ich vor einigen Wochen gemacht habe, habe ich eines ausgewählt und in Übergröße produzieren lassen. Das ist mein Weihnachtsgeschenk für Frank. Helen, in Jeans, weißem T-Shirt und mit lila Mütze, sitzt ganz lässig auf einem Hocker. Ihr Mund ist leicht verzogen, und die sichtbaren Haare sind dünn, aber sie wirkt unglaublich stark und strahlt Freude und Zufriedenheit aus. Sie ist vor weißem Hintergrund am linken Rand des Bildes plaziert. Auf meiner Karte für Frank habe ich geschrieben: »Unser Eckenhocker wird es schaffen!«

Er hat Tränen in den Augen und erinnert sich in diesem Moment an die sechste Schwangerschaftswoche, in der ich Blutungen bekam. Nach ein paar Tagen war die Gefahr gebannt, und mein Frauenarzt sagte uns: »Sie haben hier einen richtigen

Eckenhocker, der sich nicht vertreiben lässt. Das sind meist die ganz Zähen.«

Wir ahnen nicht, dass genau dieses Bild bei ihrer Beerdigung vor dem Altar stehen wird.

***

Kurz nach Weihnachten sagt Frank nach dem abendlichen Pflasterwechsel: »Es hat sich etwas verändert.« Wir beschließen, den Chemostart vorzuziehen und umgehend anzufangen.

***

Niemand möchte freiwillig über Silvester auf der Kinderonkologie sein. Wer konnte, ist nach Hause gegangen. Unter diesen Umständen, haben wir wenigstens ein Einzelzimmer. Helen trauert der verpassten Party mit unseren Nachbarn nach, und wir statten uns mit dem adäquaten Zubehör aus, um auch in der Klinik angemessen feiern zu können.

Heimlich schleusen wir ein Böllerarsenal in unser Zimmer und breiten unsere Schätze auf dem Tisch aus. Schon gegen zehn Uhr beschließen wir, die ersten Kinderknaller auf dem Balkon zu testen. Helen und ich stehen eingekuschelt an der Balkontür, und Frank zündet »Wirbelwind« und »Flotte Biene«. Die Knaller hinterlassen schwarze Flecken auf den Bodenfliesen, und wir hören schon die Oberschwester schimpfen. Wir lachen, und es fühlt sich an wie Jugendherberge ohne Aufsicht.

Zwei Videofilme später hängen wir müde in den Seilen, als wir auf die große Silvestershow eines Privatsenders zappen. Dort spielen sie poppige Partymusik, und wir drehen den Tonregler bis zum Anschlag auf. Helen und ich springen aus dem Bett und tanzen wie die Wilden. Wir sind in einem Zimmer der Uniklinik, Helen bekommt über ihre Infusion die stärkste Chemo, die es gibt, aber wir tanzen ausgelassen.

Kurz vor Mitternacht gehen wir auf die Dachterrasse. Genau hier haben Frank und ich vor eineinhalb Jahren auf den erlösenden Anruf aus dem OP gewartet, der uns bestätigen sollte, dass Helen den großen Eingriff am Kopf gut überstanden hat. Damals waren wir voller Sorge und gleichzeitiger Zuversicht. An einem anderen Punkt wie heute Abend und dennoch ganz ähnlich.

Mit Blick auf den Kölner Dom versammeln sich eine kleine Schar Patienten und Schwestern und die Ärzte, die heute Dienst haben. Wir treffen einen jungen Arzt wieder, der mittlerweile schon in einem anderen Fachgebiet tätig ist, und erschrecken angesichts der Erkenntnis, wie verwachsen wir bereits mit dem Klinikleben sind.

Um Mitternacht drücken wir drei uns ganz fest und legen all unsere Wünsche in diese Umarmung.

2012

Das Warten beginnt. Auf die Nebenwirkungen, auf die schlechten Blutwerte, auf das endgültige Ausfallen aller Haare und auf das nächste MRT. Die Behandlung katapultiert uns zurück in die harte Zeit der ersten Therapie. Wir müssen ganz genau aufpassen mit dem Essen und dem Kontakt zu anderen. Hustengeräusche versetzen uns in Lauerstellung, der Unterricht findet wieder zu Hause statt.

***

Frank recherchiert. Vielleicht gibt es irgendwo auf der Welt ein wirksames Medikament für Helen. Wir vertrauen den Ärzten, aber bemängeln das Engagement, über den Tellerrand zu blicken. Die Uniklinik Münster, das Kompetenzzentrum für Knochentumore, berichtet von einem Medikament, das in einer Studie sehr erfolgreich lief, aber eingestellt wurde. Es gibt glücklicherweise nur sehr wenige Kinder mit dieser Erkrankung, und die Zulassung eines Medikamentes steht bei der kleinen Zielgruppe nicht im Verhältnis zu den Kosten.

Münster berichtet von diesem Mittel, einem Antikörper, das auch nach Ablauf der Studie noch von dortigen Patienten weitergenommen wird. Angeblich kommen die Kinder aus allen Ecken Deutschlands, um den Wirkstoff zu erhalten. Nein, leider ist es nicht möglich, Helen damit behandeln zu lassen, da die Studie bereits abgeschlossen ist.

Frank ist voller Tatendrang und recherchiert stundenlang. Er leiert unserem Professor die Namen der Pharmafirmen aus dem Kreuz, die diesen Wirkstoff herstellen. Er überzeugt unsere Apothekerin, deren beste Kunden wir mittlerweile vermutlich sind, und bekniet sie, das Mittel für Helen zu besorgen. Er schreibt Briefe an die Vorstände der Unternehmen und widmet sich voller Inbrunst der Aufgabe, dieses Mittel für seine Tochter zugänglich zu machen. Er tut etwas. Er legt nicht die Hände schicksalsergeben in den Schoß, sondern macht alles in seiner Macht Stehende, um Helen zu retten.

Ich weiß nicht, was ich davon halten soll. Es scheint mir irgendwie illegal oder zumindest unseriös. Würden uns nicht die Ärzte davon berichten, und würden nicht alle Patienten damit behandelt, wenn es wirklich sinnvoll wäre? Anders als Frank folge ich noch passiv dem ausgetretenen Pfad und glaube an das System.

***

Das nächste MRT zeigt ein Wachstum des Tumors. Alles war umsonst. Die Haare, die Nebenwirkungen, alles umsonst. Wieder ein Mittel von der Liste gestrichen.

***

Der nächste Versuch. Eine Kombination aus Bestrahlung und Chemo. Wieder steht uns eine vierwöchige Prozedur aus täglicher Behandlung bevor. Wieder muss eine Maske angefertigt werden. Alles zurück auf Los. Alles schon gehabt.

***

Einmal mehr muss ich meine Tochter blass, zart und mit Glatze sehen. Die fehlenden Wimpern geben ihrem Blick etwas Nacktes und Verletzliches. Sämtliche mühsam nach der ersten Therapie angefutterten Pfunde sind mittlerweile geschwunden. Wenn sie abends auf meinen Rücken springt, trage ich sie ohne Mühe wie eine Affenmutter die Treppe hoch. Wie schön waren die wenigen Monate nach der vermeintlichen Heilung, als ich dieses abendliche Ritual nur unter Aufbringung aller Kräfte ausführen konnte. Wie schön war der Anblick ihres kleinen Kinderpopos, der prall und rund von einer Jeans bedeckt wurde. Jetzt muss ich nach extra engen Hosen Ausschau halten, die die Bezeichnung »skinny« mehr als verdienen. Unter allen Umständen soll Helen aber bestmöglich aussehen, und wenn ich ihr jeden Monat neue Klamotten kaufen muss. An ihr runterhängende, viel zu weite Sachen verstärken nur den Eindruck von Krankheit. Das will ich auf gar keinen Fall zulassen.

Trotz aller optischen Zerbrechlichkeit geht es ihr unfassbar gut. Für ein Kind unter Therapie. Nach mittlerweile knapp zwanzig Chemos. Ihr Körper hat auch diesen erneuten brutalen Angriff auf alle Systeme und Organe überstanden. Hat sich der Tumor auch nicht davon beeindrucken lassen, so ist zumindest ihre sonstige Konstitution nicht in Mitleidenschaft gezogen worden. Nach relativ kurzer Zeit hat sie schon wieder ganz akzeptable Blutwerte, die keine Nervosität bei den wöchentlichen Kontrollen verursachen und den Besuch der Schule gestatten.

Mal wieder muss sie sich den neugierigen Blicken stellen, den Fragen der anderen Kinder aussetzen. Der erste Tag nach langer Abwesenheit beginnt für sie mit großer Aufregung und Sorge. In Sichtweite der Schule klammert sie sich an meine Hand und gesteht mir ihre Angst vor dem geballten Interesse der Mitschüler. Sie will einfach nur eine unter vielen sein und nicht durch ihr Aussehen und die ständige Abwesenheit ins Zentrum der Neugierde rücken.

Tatsächlich kommen die ersten Kinder bei Helens Erscheinen auf dem Schulhof angestürmt. Umarmen sie. Erdrücken sie fast mit ihrer unbändigen Freude, dass sie wieder da ist. Mich berührt ihre offene Art. Gleichzeitig weiß ich, wie sehr Helen sich genau davor ängstigt. Ich begleite sie bis zu ihrer Klasse, helfe ihr bei Schuhen und Jacke. Frage sie, ob sie ihre Kappe anlassen möchte. Nein, das wäre ihr zu warm. Unfassbar, wie zerbrechlich und gleichzeitig stark meine Tochter ist.

***

Helens Blutwerte bleiben weiterhin gut, und sie kann das Karnevalsfest in ihrer Klasse miterleben. Kaum trauen wir uns, solche Termine zu verkünden, und zittern dann dem Tag entgegen, hoffend, dass keine Überraschung dazwischenkommt. Jedes Ereignis, dem Helen beiwohnen kann, ist pures Lebensglück für Frank und mich und pumpt Energie und Zuversicht in unsere Adern.

Als ich sie nach der Schulfeier abhole, sagt eine Klassenkameradin zu mir: »Helens Haare sind aber wieder ganz schnell gewachsen.« Sie zeigt auf Helens blonde Traummähne, die zu einer barocken Lockenpracht frisiert ist und selbst unter gesunden Umständen niemals auf Helens Kopf gesichtet worden wäre. Sie meint das ernst. Ironie ist in der zweiten Klasse noch nicht verbreitet. Ihre Aussage gestattet mir einen kurzen Einblick in und Freude über die kindliche Wahrnehmung. Für sie existiert die Möglichkeit, dass Haare einfach mal schneller wachsen als normalerweise üblich. Wie in einem Märchen.

***

An einem Abend sitzen wir zusammen mit Franks Bruder im Esszimmer. Helen schläft. Franks Handy klingelt. Am Apparat ist der Leiter eines Forschungslabors von einem der beiden deutschen Pharmaunternehmen, die den begehrten Wirkstoff herstellen. Frank wirkt überrascht. Er springt auf und geht ins Nebenzimmer. Er wirkt hellwach, und seine Augen leuchten. Ich höre nur Bruchstücke, entnehme aber Franks Gesten, dass hier etwas Besonderes passiert.

Nach dem Telefonat berichtet er, dass Helen womöglich in

eine der laufenden Studien aufgenommen wird. Der Stein ist ins Rollen gebracht.

***

Das alles passiert nicht jetzt und gleich, und so beschreiten wir auch weiter den bisherigen Weg mit einer Behandlung in der Uniklinik Köln. Das nächste Mittel erweist sich erfreulicherweise als gut verträglich und lässt auch den ersehnten zarten Flaum wieder auf ihrem kahlen Kopf wachsen. Auch die Bestrahlung folgt einer bekannten Routine. Da der Tumor an einer anderen Stelle sitzt, ist eine weitere Behandlung dieser Art möglich. Dennoch erinnere ich mich lebhaft an die erläuterten Nebenwirkungen der ersten Behandlung. Jetzt macht Helen das schon zum zweiten Mal. Das kann doch nicht schadlos an ihr vorübergehen.

Aber diese unsichtbaren Strahlen, die nur den seltsamen Geruch verströmen, kann man so herrlich verdrängen. Es ist nicht wie die gelbe Infusionsspritze, die mit dem Warnhinweis »Chemo« versehen ist. Die flößt mir beim bloßen Anblick schon Angst ein.

Wir können uns den Luxus nicht erlauben, diese Behandlung nicht zu machen. Wir haben einfach keinen Spielraum. Selbst wenn wir mit einem der Chemomittelchen den Tumor vertreiben, wann wird er dann wiederkommen? Müssen wir nicht alles nutzen, was uns angeboten wird? Bei der verzweifelten Suche nach dem richtigen Mittel denke ich immer häufiger darüber nach, was danach passiert. Wir sind noch nicht einmal in Sichtweite einer Heilung, und mich beschleicht schon die Sorge um einen weiteren Rückfall. Wie sollen wir diese Zellen jemals für alle Zeiten vertreiben?

Immer wieder lese ich darüber, wie gefährlich übermäßiges Röntgen ist, und muss daran denken, wie häufig Helen schon im CT lag. Kann das jemals gut enden, oder machen wir uns alle etwas vor? Heißt Heilung eigentlich gesund für immer oder nur der Zeit ein Schnippchen schlagen? Ich will es wissen und auch wieder nicht. Weiß jetzt schon, wenn ich einen Arzt fragen würde, dass ich zur Antwort bekäme: »Jeder Patient ist anders, das kann man nie genau sagen.«

***

An einem besonderen Tiefpunkt meiner Motivation, an das Gute glauben zu können, stoße ich im Elternhaus auf eine Fotoausstellung. Es sind Bilder von Herzen, die in natürlicher Umgebung entstanden sind. Steine, zufällige Konstellationen von Dingen, so etwas. Eigentlich Grußkartenmotive aus einer Bahnhofsbuchhandlung. Aber neben dem Bild des Künstlers steht eine knappe Information zu seinem Leben. Insgesamt fünf Jahre hat er als Jugendlicher gegen seine Leukämie gekämpft, hatte immer wieder Rückfälle und kaum Hoffnung. Er hat es geschafft.

Und auf dem Bild sieht er wie mindestens Mitte dreißig aus. Ich bin zu Tränen gerührt. Das gibt mir Kraft. Es gibt Leute, die auch nach Rückfällen überlebt haben. Und nicht nur um die Statistik über die Fünfjahresmarke zu ziehen, sondern um wirklich alt zu werden. Hier ist einer, den ich sehen kann.

Helen mit Mitte dreißig erleben zu können, scheint mir das größte Glück auf Erden zu sein. Ob sie jemals mit weißen Haaren im Schaukelstuhl sitzen wird, weiß ich nicht. Aber: Mitte dreißig! Das heißt Schule, Studium, eine eigene Wohnung, Reisen, ein Partner, vielleicht auch ein Kind …

Mehr als fünfundzwanzig Jahre in die Zukunft blicken – das fühlt sich an wie die Vorstellung, man gewinne den Jackpot im Lotto. Unwahrscheinlich, aber möglich. Einer knackt den doch auch immer.

***

Frank steht jetzt im regen Kontakt mit einem der Pharmaunternehmen. Helens Krankenbrief liegt dort bereits vor. Ein Rückfall mit noch immer lokalem Tumor scheint eine gute Ausgangsbasis zu sein. Es besteht tatsächlich Hoffnung, irgendwo an einer Studie teilnehmen zu können.

Das von uns begehrte Mittel wird momentan an drei Orten an Kindern erforscht: England, Südfrankreich und Paris. In Deutschland wird es in absehbarer Zeit keine Testreihen mit dem Mittel geben.

Noch immer halte ich die ganze Aktion für eher fragwürdig. Ich kann mich intellektuell und auch emotional nicht darauf einlassen. Ist das Verlassen des bekannten Weges nicht ein Eingeständnis der absoluten Aussichtslosigkeit? Und auch wenn mir bisher die Reaktionen von Freunden und Familie egal waren, so fürchte ich mich dennoch vor dem Moment, sagen zu müssen, dass wir zur Behandlung ins Ausland gehen. Würde mir eine Freundin das Gleiche erzählen, ich würde ihr Kind sofort in die Kategorie »unheilbar krank« einordnen. Ich würde ihren Mut bewundern und natürlich auf das ersehnte Wunder hoffen, aber das Abwenden von der deutschen Schulmedizin wäre für mich ein klares Signal. Wenn hier noch was geht, dann geht man doch nicht woanders hin!

Aber es tut uns gut, etwas zu machen. Das Schicksal ein wenig in die eigenen Hände nehmen zu können.

Wie wäre das wohl, wenn man eine Behandlung im Ausland macht? Zahlt das die Krankenkasse? Und falls nicht, haben wir genug Geld? Wie lange müssen wir weg, und kündigt man dann seinen Job? Wie sind wohl die medizinischen Standards dort? Und wie kommen wir sprachlich zurecht? Mein Englisch reicht für eine kleine Firmenpräsentation, aber verstehe ich auch nur ein Wort im medizinischen Bereich? Was heißt wohl »Zugang reinigen«, »Pflaster wechseln« und überhaupt »Tumor«?

***

Kurz vor Ende der Strahlentherapie spricht mich der Oberarzt der Strahlenklinik an. In einem Nebensatz erwähnt er, dass auf dem aktuellen CT der Tumor fast um die Hälfte reduziert sei und sie nach umfangreichen Berechnungen noch ein Schippchen von drei Sitzungen drauflegen wollen. Die Nachricht bahnt sich ihren Weg von meinem Ohr ins Zentrum für die Krankeninformationen und von dort direkt in den Bereich der unkontrollierbaren Emotionen.

Habe ich das richtig gehört? Um die Hälfte reduziert? Und die Bestrahlung wirkt bis zu sechs Monate nach, das heißt, eine weitere Verbesserung ist sogar noch möglich!

Wieder einmal erfahre ich auf einem Flur eine unfassbare Nachricht. Dieses Mal zum Glück eine gute. Als Minuten später die grüne Lampe leuchtet, warte ich ungeduldig die wenigen Sekunden, bis die Schwester die Tür zum Behandlungsraum aufschiebt. Das unbändige Glück lässt es mich kaum schaffen, der Information für Helen die gleiche Gelassenheit zukommen zu lassen, mit der wir auch schlechte Nachrichten verkünden.

Wir wollen Helen nicht das High-and-Fly unserer Hoffnungen vorleben, alles soll möglichst ruhig und verlässlich für sie ablaufen. Das ist unser oberstes Gebot, und bisher haben wir uns fast immer daran halten können. Aber natürlich explodiert das Glück in meinem ganzen Körper und straft die kontrollierte Stimme Lügen.

Wir verkünden jedem in der Kinderklinik das Ergebnis und lassen es auf dem Rückweg so richtig krachen. Ein Zwischenstopp bei »unserem« Büdchen, ein armtiefes Stöbern in der Tiefkühltruhe, und anschließend genießt jede ihre Packung Eiskonfekt im Auto. Nicht, dass wir uns das nicht jedes Mal gönnen würden, aber heute, da schmeckt es nach Sieger-Eis!

***

Mal wieder ein Streif am Horizont. Mal wieder ein Rückgang des Tumors. Fast wie ein Jo-Jo-Effekt bei einer Diät. Wenn wir den Mistkerl schon nicht endgültig loswerden, so halten wir ihn immerhin gut in Schach.

***

Und ganz plötzlich wird auch die Behandlung im Ausland konkret. Es könnte einen Platz für Helen in Paris geben.

Wir bekommen einen Kontakt zur Leitung der Studie und erfahren, dass es sich um eine ehemalige Ärztin der Uniklinik Köln handelt, eine Deutsche, die in der Vergangenheit bereits mit unserem Professor gearbeitet hatte. Wenn das kein Zeichen ist, dann weiß ich es auch nicht! Die ganzen Tagträume nehmen ganz plötzlich Formen an und scheinen zum Greifen nah.

Die Uniklinik unterstützt unsere Bemühungen und tauscht sich mit Paris aus. Helen scheint die ideale Kandidatin zu sein. Ihre Konstellation ist sehr gut. Die Blutwerte weit über dem geforderten Niveau. Einschränkungen macht noch die zuletzt erfolgte Bestrahlungstherapie. Da sie insgesamt sechs Monate nachwirken kann, ist die Teilnahme noch nicht final gesichert. Bei gutem Ansprechen auf das Medikament könnte möglicherweise der Ursprung nicht eindeutig nachweisbar sein. Jetzt, da die Chance zum Greifen nah ist, wollen und können Frank und ich nicht mehr zurück. Wir müssen dieses Mittel unbedingt für Helen bekommen.

Die Zusammenarbeit mit unserer Klinik und der deutsche Hintergrund der Ärztin lassen mich die meisten Bedenken vergessen. Wir können uns verständigen. Wir werden alle Details verstehen. Es klingt verrückt, aber ich freue mich auf das neue Abenteuer, das uns erwartet. Noch kennen wir nur grobe Rahmenbedingungen, aber die klingen verheißungsvoll.

Das Mittel ist ein Antikörper und soll die Nährstoffzufuhr des Tumors unterbinden. Es gäbe Kinder, bei denen der Tumor nicht nur gestoppt wurde, sondern ganz verschwunden ist. Die Infusion erfolgt alle drei Wochen. Relativ schnell wird sich herausstellen, ob das Mittel bei Helen wirkt. Dann können wir weitermachen. Und zwar auf unbestimmte Zeit. Es gibt kein definiertes Therapieende, außer wenn der Tumor wächst. Ansonsten weiß noch niemand, was passiert, wenn man irgendwann mit der regelmäßigen Gabe aufhört. Bleibt der Tumor dann weg, oder kommt er wieder?

Aber den Gedanken verdrängen wir angesichts der phantastischen Tatsache, dass die Therapie keine Nebenwirkungen hat. Wir können das kaum glauben. Keine Nebenwirkungen! Kein schlechtes Blutbild, keine Infekte, kein Haarausfall, keine Übelkeit.

Das magische Zauberreich mit Schule, Freunden und langen Haaren scheint zum Greifen nah. Immer wieder muss ich mich vergewissern, ob ich die Parameter richtig verstanden habe. Warum gibt es dieses unglaubliche Mittel dann nicht einfach für jedes Kind?

Fast fühle ich mich, als hätten wir einen dubiosen Wunderheiler aus dem Internet aufgetan, aber die Ärzte versichern uns, dass es für Helen eine reale Chance bedeutet. Das Mittel befindet sich in der Studienphase, d.h. es wird an Personen getestet. In abgewandelter Form hat es sein Können bei zahlreichen Patienten bereits bewiesen. Es kann also DAS Mittel für Helen sein, vielleicht ist auch nur ein weiterer Versuch auf unserem Weg. Aber wir haben ja nichts zu verlieren, warum sollen wir die Chance nicht nutzen?

Werden wir in vielen Jahren nach unzähligen Auslandstouren lächelnd von diesen unglaublichen Zufällen berichten, die unsere Tochter gerettet haben? Wie schön wäre das.

Aber noch befinden wir uns in der Konkretisierungsphase, in der auch die Finanzierung eine große Rolle spielt. Wir sollen ein spezielles Formular bei unserer Krankenkasse einreichen und die Übernahme der Kosten bestätigen lassen. Das ist die Grundvoraussetzung, um die Behandlung überhaupt antreten zu können. Das Formular wird aber nur von den gesetzlichen Krankenkassen anerkannt und ausgefüllt, und Helen ist privat versichert. Telefonschlacht zwischen der Krankenkasse, der Uniklinik und der deutschen Ärztin in Paris. Fast fürchten wir, die Behandlung scheitert noch an diesem einen Formular.

Wir stecken in einem Dilemma. Das französische Krankenhaus benötigt eine Kostenübernahmebestätigung seitens der deutschen Krankenkasse. Anerkannt wird nur dieses eine Formular. Unsere private Kasse kann das Formular aber nicht ausfüllen. Wir dokumentieren, dass wir im Zweifel die Kosten privat tragen werden, aber das reicht auch nicht aus. Letztlich schafft Frank es, die Franzosen mit einem von unserer Kasse aufgesetzten Dokument zu überzeugen, dass die Kosten übernommen werden.

Unfassbar, aber wahr: Die Behandlung im Ausland wird tatsächlich bezahlt, da wir währenddessen keine Kosten im hiesigen System verursachen. Ein Schreiben unseres Professors hat der Kasse bestätigt, dass die Behandlung nun in Paris erfolgt. De facto halten wir aber nur einen Dreizeiler in den Händen, der die Übernahme der NOTWENDIGEN Behandlungskosten bestätigt. Was genau das beinhaltet, lässt sich nicht in Erfahrung bringen. Wir wissen also nicht, was finanziell auf uns zukommt.

Bleiben wir am Ende doch auf den Kosten sitzen? Und wenn ja, über welche Summen reden wir hier eigentlich? Zu Beginn der Therapie in Köln bezifferte der dortige Oberarzt die Kosten auf rund 180 000 Euro. Damals bin ich vor Dankbarkeit zerflossen, nicht über die Finanzierung nachdenken zu müssen, so wie die Patienten aus dem Ausland. Jetzt sind wir die Ausländer. Was wird uns erwarten? Aber was können schon so ein paar Infusionen alle drei Wochen kosten? Ich überschlage im Kopf: Bei einem Tagessatz von 1500 Euro pro Behandlung alle drei Wochen liegen wir bei rund 2000 Euro im Monat. Sollte das tatsächlich an uns hängen bleiben, werden wir das auch irgendwie zusammenbekommen.

***

Während wir auf das endgültige »Go« für Paris warten, wird Helen weiterhin in der Uniklinik betreut. Wir sind regelmäßig dort zur Reinigung ihres Zugangs und Überprüfung der Blutwerte. Bei einem dieser Besuche treffen wir auf eine Patientin, die ebenfalls einen Knochentumor hat. Das Mädchen ist schon fünfzehn, und ich tausche mich gelegentlich mit der Mutter aus. Sie kommen ebenfalls aus Leverkusen, das verbindet uns zusätzlich. Ihrer Tochter geht es deutlich schlechter als Helen. Der Tumor ist schon bei der Basistherapie nicht weggegangen und hat außerdem gestreut. Das Mädchen leidet unter den schlechten Blutwerten und bekommt unzählige Konserven. Die Mutter spricht es nicht aus, aber wir wissen beide, dass es nicht gut aussieht für ihr Kind. Ich kann nicht anders und berichte von unseren Recherchen und der anstehenden Behandlung in Paris, die so unendlich verlockend klingt, dass man es kaum glauben kann. Mit Tränen in den Augen greift diese Mutter nach dem Strohhalm, inhaliert die Infos zu dieser neuentdeckten Möglichkeit und wird für ihre Tochter ebenfalls einen Platz in der Studie zu ergattern versuchen.

Zu Hause berichte ich Frank von der Begegnung und werde mit Ungläubigkeit ob meines unbedachten Handelns konfrontiert. Was, wenn sie und nicht Helen den Platz bekommt? Wir haben schließlich noch nichts Endgültiges in der Hand. Außerdem geht es dem anderen Kind sehr viel schlechter, vielleicht wird sie deswegen bevorzugt, und wir müssen warten oder kommen gar nicht mehr in die Studie. Ich bin völlig verwirrt, habe über die Konsequenzen meines Handelns einfach nicht nachgedacht. Ich konnte die Hilflosigkeit der anderen Mutter nicht ertragen, wollte ihr die gleiche Hoffnung schenken, die wir mit der neuen Therapie verbinden. Was, wenn Frank recht hat? Bin ich dann schuld, wenn Helen nie mehr gesund wird?

Wenn ich jetzt entscheiden müsste: Helen oder das andere Mädchen. Was würde ich tun? Haben wir mehr Zeit und noch mehr Chancen? Wäre ich bereit, einem anderen Kind den Vortritt zu lassen in der Hoffnung, es ergibt sich schon wieder irgendetwas?

Ich muss nicht eine Sekunde nachdenken. Nein, ich würde den Platz in der Studie nicht abgeben. Selbst wenn es den Tod des anderen Mädchens bedeuten würde. Ich denke nur an Helen und würde alles für ihre Heilung in Kauf nehmen. Das ganze Dilemma ist natürlich rein theoretischer Natur, aber es führt mich an einen moralischen Abgrund. Ich spüre, dass ich tatsächlich zu allem bereit wäre, wenn es Helen helfen würde. Ich wäre bereit, mein ganzes Leben ein schlechtes Gewissen zu ertragen. Mich selber zu verachten. Wenn mich der große Unbekannte fragen würde, ob ich Helens Krankheit an ein anderes Kind – vielleicht sogar eines von Freunden – übergeben möchte, ich würde nicht mal mit der Wimper zucken und in den Deal einschlagen.

Den großen Unbekannten gibt es aber nicht, und ich muss zum Glück auch keine Entscheidungen über Leben und Tod anderer Menschen fällen. Aber wieder einmal taumele ich in ungeahnten Gemütsverfassungen, die ich mir vor eineinhalb Jahren nicht einmal in meinen schlimmsten Alpträumen hätte ausmalen können.

***

Bei seinem nächsten Telefonat mit der Studienleiterin erhält Frank tatsächlich ein direktes Feedback auf mein unbedachtes Handeln. Wir würden in Köln ordentlich die Werbetrommel rühren. Jetzt hätte sich schon die nächste Patientin gemeldet. Eigentlich wären wir schon eine Ausnahme gewesen. Man wolle dort nicht überrollt werden mit Anfragen. Aber diesem Mädchen könnten sie die Teilnahme nicht verweigern, die Mutter hätte sich sehr eindringlich um die Aufnahme in die Studie bemüht.

***

Aber endlich, endlich bekommen auch wir die finale Zusage, dass Helen dabei ist. Wir müssen noch einige Tests in Köln machen und in drei Wochen zur Aufklärung und der anschließenden ersten Infusion nach Paris fahren.

Vielleicht wird unser Traum wahr, und wir haben das eine Mittel für unser Kind gefunden.

***

Haben wir uns bisher davor gescheut, uns zu intensiv mit den Rahmenbedingungen zu beschäftigen, so stürzen wir uns jetzt mit Haut und Haaren in die Vorbereitung.

Das Haus in Paris ist auf die Behandlung von Krebspatienten spezialisiert. Etwas anderes wird dort nicht behandelt. Außerdem ist es ein Studienzentrum, Forschung wird dort sehr intensiv betrieben. Klingt gut und vielversprechend. Wir denken, dass wir uns im Zentrum des Wissens auf jeden Fall tummeln sollten.

Was uns besonders gut gefällt, ist das angrenzende Elternhaus. Dort werden wir während unserer Behandlungen in Paris übernachten. So ganz genau wissen wir nicht, wie viel Zeit wir dort tatsächlich verbringen werden, aber klar ist, dass wir alle drei Wochen mindestens eine Nacht bleiben werden. Es ist ein Ronald-McDonald-Haus und befindet sich auf dem Gelände des Krankenhauses.

Wie wollen wir eigentlich immer nach Paris fahren? Mein erster Gedanke galt der guten Bahnverbindung zwischen den beiden Städten. Aber mit der Fahrt nach Köln und vom Hauptbahnhof in Paris zum Krankenhaus sind wir über fünf Stunden unterwegs. Außerdem wissen wir nicht, wie es Helen nach den Behandlungen gehen wird. Wir hoffen zwar auf das Ausbleiben von Nebenwirkungen, können aber ja nicht davon ausgehen.

Fliegen ist auch nicht sinnvoll. Bleibt das Auto. Während Frank fährt, können Helen und ich schlafen, Hörspiele hören oder Filme sehen. Wir müssen nur unseren eigenen Mief ertragen und können Pause machen, wann immer uns danach ist. In meiner Vorstellung entwickelt sich die Reise zu einem munteren Ausflug und nimmt dem Ganzen die noch immer gefühlte Befremdlichkeit.

***

Wir weihen Helen in die anstehende Behandlung in Paris ein. Erläutern alles in ruhigen und für sie verständlichen Worten. Dass die Strahlentherapie in Köln erfolgreich war, aber wir dort in Paris ein noch besseres Mittel gefunden hätten. Schon viele Kinder wären damit gesund geworden, und wir wünschen uns das Gleiche für sie. Da das Mittel keine Nebenwirkungen hat, wäre es doch einen Versuch wert. Wir zeigen ihr in ihrem Kinderatlas, wo Frankreich liegt und dass Paris die Hauptstadt ist. Ja, dort steht der Eiffelturm, den kennt sie von den Felix-Büchern. Warum es das Mittel nicht auch hier gibt? Ganz offen erklären wir ihr, dass es das Medikament im Moment nur dort gäbe und wir ganz glücklich sind, es überhaupt bekommen zu können.

Nachdem Helen zu dem Schluss gekommen ist, dass sich die neue Situation wesentlich besser darstellt – sie hat sofort Schule, Haare und die Anzahl der Krankenhausübernachtungen gecheckt –, lässt sie sich von unserer aufkeimenden Abenteuerlust anstecken.

Wir zeigen ihr das Elternhaus, in dem wir wohnen werden, und schauen uns Bilder vom Eiffelturm bei Nacht an. Wir erzählen ihr von Disneyland Paris. Wir albern ausgelassen herum und plappern erste französische Wörter.

***

Die andere Familie aus Leverkusen war mittlerweile zum Aufklärungsgespräch in Paris. Alle Informationen, die uns bruchstückhaft vorlagen, fügen sich jetzt zusammen. Wenn das Mittel bei Helen wirken sollte, dann würden tatsächlich alle Träume wahr. Heilung ohne Nebenwirkungen, eine fast unglaubliche Vorstellung. Die Zahlen klingen gut, die bisherigen Erkenntnisse, die aus den laufenden Studien gewonnen wurden, bestärken die Hoffnungen.

Alle Rahmenbedingungen sind perfekt, so berichten sie uns. Die Klinik wirke ganz »normal«. Die Verständigung wäre, dank der deutschen Ärztin, kein Problem. Die Familie wird, wenn die Blutwerte des Mädchens ausreichend sind, zur ersten Infusion in einer Woche nach Paris reisen. Genau dann werden wir auch da sein. Welch ein Zufall. Zwei Familien aus Leverkusen treffen sich in Paris zur Behandlung ihrer Töchter. Das klingt gleich noch ein bisschen irrer, als es ohnehin schon alles ist. Wir verabreden uns für kommende Woche im Elternhaus.

***

Und dann geht die Reise los. Es ist ein Dienstag im Juni, und wir reisen unserem Glück entgegen. Um 14.00 Uhr haben wir den Aufklärungstermin mit der deutschen Ärztin, und wenn alles gut ist, dann starten wir am nächsten Morgen mit der Therapie. Vierundzwanzig und achtundvierzig Stunden nach der ersten Infusion werden die Ärzte Helen Blut abnehmen, und am Freitag geht es wieder zurück nach Deutschland.

Wir starten am frühen Morgen und sind bestens ausgestattet

mit Filmen und Leckereien für die lange Fahrt. Noch kommen uns die zu erwartenden fünf Stunden bis Paris lang und dennoch nur einen Steinwurf entfernt vor. Würde die Studie in München laufen, wäre der Weg vermutlich länger.

Oberflächlich fühlt sich die Reise wie eine Fahrt in den Urlaub an. In meinem Inneren bin ich aufgeregt, gespannt und ängstlich vor dem, was uns dort erwartet.

Die Berichte der anderen Familie haben mir etwas Ruhe und Sicherheit gegeben, aber noch immer ist vieles einfach offen. Haben wir ein Zimmer im Elternhaus? Was genau unterschrieben wir da eigentlich und wie wird Helen das Mittel vertragen? Noch immer wissen wir nicht genau, welche Kosten auf uns zukommen. Im Grunde haben wir nur einen Namen, einen Termin und einen Koffer voller Fragen.

Am frühen Vormittag schicke ich der anderen Leverkusener Familie eine Nachricht und frage, ob sie schon in Paris angekommen sind. Ich bekomme eine erschütternde Antwort. Die Blutwerte des Mädchens sind nicht besser geworden. Sie hat die Therapie nicht anfangen können. Sie wird sie überhaupt nicht mehr anfangen können.

Ich schlucke, denn ich weiß, was das bedeutet. Wie gerne möchte ich mit der Mutter gemeinsam den Traum erleben, dass unsere Töchter dank dieser wunderbaren Medizin gesund werden. Wie sehr hatte ich mich gefreut, die anderen dort zu treffen. Es hätte dieses besondere Gefühl, dass hier etwas Außergewöhnliches passiert, für mich noch verstärkt. Noch immer fühle ich mich wie in einem Film, so unwirklich erscheint mir die ganze Sache.

Ich scheue mich vor der Antwort. Was soll ich nur sagen? Kaum ein anderer wird wissen, was diese versagte Chance bedeutet. Ich verfalle in die gleiche Banalität wie alle anderen auch. Versuche, Zuversicht zu zeigen. Will Mut machen, dass die Blutwerte wieder besser werden, wohl wissend, dass es vermutlich nicht klappen wird. Aber ich will genauso blind daran glauben, dass es immer noch ein Schlupfloch gibt, dass es nie ein »Niemals« geben wird.

Ich berichte Frank von den Neuigkeiten, lasse der Angst und Traurigkeit aber keinen Platz in meiner Stimme. Helen hört ja auf der Rückbank mit. Ihn interessiert das aber gar nicht. Sein Credo ist nach wie vor: »Wir sind nicht die anderen.« Bei ihm ist einfach kein Platz für Gedanken an fremde Kinder. Er ist völlig auf uns fokussiert.

***

Wir fahren das erste Mal über die Grenze nach Frankreich, zahlen das erste Mal die Maut für die Autobahn. Wie oft werden wir herfahren dürfen? Wird Helen vielleicht irgendwann alleine in die Klinik fahren, wenn sie groß geworden ist. Alles ist möglich, und alles ist irgendwie unvorstellbar.

Wir kommen in Villejuif an, dem Vorort von Paris, in dem sich die Klinik befindet. Laut Navigationsgerät sind es nur noch wenige Kilometer. Mein Herz schlägt schon bis zum Hals. Nur wenige Stunden von zu Hause entfernt, sieht es hier doch ganz anders aus. Irgendwie südländisch. Die Häuser sind anders, die Pflanzen auch.

Wir fahren durch einen kleinen Ort und biegen um eine letzte Ecke. Dann sehen wir das Krankenhaus. Ein riesiges Gebäude, zehnstöckig. Am Eingang erwartet uns das typische Bild aller Klinikeingänge. Krank aussehende Menschen, an Infusionsständer angeschlossen, gekleidet in Bademäntel und Jogginghosen, stehen rauchend herum. Wir schlendern Hand in Hand hinter Helen her, die lachend auf ihrem Roller vor uns hersaust. Es fühlt sich an, als würden wir jemanden besuchen gehen, der aber schon auf dem Weg der Besserung ist, und ihm frischen Erdbeerkuchen vorbeibringen.

Im Foyer gibt es eine kleine Cafeteria und einen Souvenirshop, dahinter eine Art Empfang. »Nous avons une rendez-vous avec le Dr. Geörger«, höre ich mich sagen und bin froh, mir im Vorfeld einen Spickzettel mit allen wichtigen Sätzen und Fachbegriffen gemacht zu haben. Meine Güte, wie lange ist die letzte Französischstunde her!

In der besagten Etage angekommen, tauchen wir sofort in die gewohnte Welt einer Kinderonkologie ein. Kleine Patienten an Infusionsständern, Schwestern und Ärzte, Mütter und Väter. Es ist wie in Köln und doch anders. Vielleicht wegen der Plastikmöbel und Pastellfarben und ganz sicher wegen der fremden Sprache. Alles ist vertraut und dennoch fremd.

Wir blicken in das Bastelzimmer der Station, das einer kleinen Werkstatt gleicht. Vier Kinder werkeln bei lauter Musik an unterschiedlichen Arbeiten. Es wird gemalt, gebastelt und an großen Skulpturen gearbeitet. Unsere Kunsttherapeutin würde es Tränen in die Augen treiben, wenn sie die Materialvielfalt und die räumlichen Gegebenheiten sehen könnte. Auffällig ist, dass die Stimmung lebhafter und lauter ist.

Frau Dr. Geörger begrüßt uns und stellt uns ihre Assistentin vor. Eine gemütlich aussehende Frau, die an Whoopi Goldberg erinnert, lächelt uns an und gibt mir sofort ein gutes Gefühl.

Die Ärztin schaut sich Helen an und bittet um die Unterlagen der Kölner Klinik. Sie informiert uns darüber, dass das komplette Gespräch auf Deutsch stattfinden würde. Ihre Assistentin sei als Zeugin anwesend, dass wir über alles informiert und die Formalien eingehalten wurden. Die Papiere, die wir unterschreiben müssen und mit denen wir unser Einverständnis erteilen, dass Helen ein Mittel bekommt, dessen Wirkung nicht bekannt ist, werden dagegen auf Französisch sein.

Es war nicht möglich, sie im Vorfeld zur Übersetzung zu bekommen. Im Bewusstsein, sowieso nichts ändern zu können und diese Chance für Helen unter allen Umständen nutzen zu wollen, haben wir uns dem gebeugt. Was soll schon anderes drinstehen als in den Unterlagen, die wir in Köln unterschrieben haben? Keiner weiß, was passiert, und sollte Helen sterben, trägt niemand Schuld. Darauf läuft es doch immer hinaus.

Helen schläft schon in den ersten Minuten des Gespräches in Franks Armen ein, und ich bin froh, dass wir frei mit der Ärztin sprechen können. Bin froh, dabei zu sein und alles aus erster Hand zu erfahren und nicht mit Helen auf dem Flur zu sitzen. Ich will all die guten Fakten und die Hoffnung stiftenden Infos mit eigenen Ohren hören. Und sie liefert mir genau die Infos, die ich um jeden Preis haben will. Heilung ist denkbar, Nebenwirkungen bisher nicht bekannt. Bewiesen ist nichts, aber die bisherigen Ergebnisse sind vielversprechend.

Sie spricht pragmatisch, ohne Emotionen aufblitzen zu lassen. Dennoch spüre ich ihren Respekt vor unserem Engagement, unserem unbedingten Willen, alles für Helen zu ermöglichen. Sie wirkt sehr kompetent, und ich bin froh, dass sie fachlich versiert ist und nicht gefühlsduselig agiert. Eine kühle, strebsame Wissenschaftlerin ist gut, vielleicht weiß sie mehr als unsere Ärzte zu Hause.

Neben den therapeutischen Rahmenbedingungen erklärt sie uns den Ablauf. Nächsten Mittwoch müssen wir zur Blutabnahme kommen und dann erneut eine Woche später. Nein, die Blutabnahme sei in Köln nicht möglich. Die Studienvorgaben akzeptieren nur eine Entnahme durch das Studienteam. Gut, dann fahren wir in ein paar Tagen also mal eben zur Blutabnahme tausend Kilometer hin und zurück. Wir sind zu allem bereit.

Nach dem Gespräch mit der Ärztin gehen wir zurück ins Elternhaus. Es ist mittlerweile später Nachmittag, und dort erwartet uns die angekündigte Mitarbeiterin, die uns einweisen soll. Glücklicherweise spricht sie Deutsch, und wir erfahren, dass die Einarbeitung neuer Familien eineinhalb Stunden dauert. O je, nach einem anstrengenden Tag ist unsere Geduld für die Kleinstinterpretationen der Hausregeln erschöpft. Aber egal, wir sind dankbar für die Unterkunft, die wir hoffentlich bald und lange sehr regelmäßig nutzen werden.

In dieser ersten Woche würden wir nach zwei Nächten aber in ein umliegendes Hotel umquartiert werden, da im Haus die alljährliche Grundreinigung stattfindet. Damit haben wir natürlich überhaupt kein Problem, denn das klingt nach Abenteuer! Und außerdem lieben wir Hotels.

Dann erfahren wir alles über die Geschichte und Entstehung des Elternhauses sowie die einschlägigen Regeln. Am besten gefällt uns die riesige Küche, der Mittelpunkt des ganzen Hauses. Ganz im Stil einer modernen McDonalds-Filiale steht hier eine Kochinsel mit sechs Herden, Backöfen und Spülen, umgeben von weiteren hochmodernen Kücheneinrichtungen. Eine begehbare Kühl- und Gefrierkammer sowie Tische und Bänke runden den Eindruck einer perfekten Kochschule ab.

Der Zimmernummer zugeordnet erhält jede Familie eine Kühl- und Gefrierbox sowie einen abschließbaren Schrank für alle anderen Vorräte. Super durchdacht, ich bin beeindruckt. Dann endlich sehen wir unser Zimmer und sind nach der prachtvollen Küche etwas enttäuscht. Oranger Linoleumboden, alte Kiefernmöbel, die ihre beste Zeit schon vor einigen Jahren hinter sich hatten. Das sieht im Kölner Haus tatsächlich besser aus. Aber egal. Alles ist sauber und zweckdienlich.

Als wir endlich alleine im Zimmer sind, schmeißen wir uns auf das schmale französische Doppelbett und starten eine Runde Familienknutschen. Nach kurzer Zeit treibt uns aber Tatendrang an. Wir holen unsere Sachen aus dem Auto und richten uns ein. Helen erkundet den Hof vor unserem Zimmer und ruft zu Hause bei Oma und Opa an, die sich glücklich die aufgeregten Schilderungen ihrer kosmopoliten Enkelin anhören.

Als wir am frühen Abend die Küche betreten, um unser Abendessen zu bereiten, ist von der nachmittäglichen Ruhe nichts mehr zu spüren. Jetzt wird hier gekocht, gelacht und in vielen fremden Sprachen erzählt. Es ist, als wäre man zu Gast in einer multikulturellen Jugendherberge. Nur dass hier viele

Kinder ohne Haare herumlaufen, passt nicht ganz in das idyllische Bild.

***

Nach einem ausgiebigen Frühstück gehen wir am nächsten Morgen zur ersten Infusion. Man führt uns in ein kleines Behandlungszimmer – und wir sind völlig überwältigt von dem atemberaubenden Ausblick über Paris. Sogar den Eiffelturm können wir sehen.

Der Turm ist für uns nicht nur ein weltberühmtes Wahrzeichen der Stadt, sondern unser Symbol der Hoffnung. Als Frau Dr. Geörger eintritt, starren wir noch immer grinsend und berauscht aus dem Fenster.

Helen wird gewogen, gemessen und an eine Kochsalzlösung angeschlossen. Dann warten wir auf das Wundermittel. Wie sieht es wohl aus? Wir haben diesem Medikament so intensiv entgegengefiebert, dass es mich nicht wundern würde, wenn es neongrün wäre und in der Dunkelheit leuchten könnte.

Als es endlich da ist, ist es doch nur eine klare Flüssigkeit, die sich in nichts von der Kochsalzlösung unterscheidet, die seit Stunden in Helens Zugang hineintröpfelt.

Die Infusion wird eineinhalb Stunden dauern, und nach einem minutiös vorgegebenen Zeitplan werden Blutdruck und Puls überprüft. Frank und ich müssen uns zügeln, Helen nicht alle paar Minuten nach ihrem Befinden zu fragen. Während sie entspannt eine DVD schaut, starren wir sie aus den Augenwinkeln an, um nur ja keine Reaktion ihres Körpers zu verpassen. Als endlich die Infusion und die Nachspülung durchgelaufen sind, machen wir uns ohne sichtbare Veränderung auf den Weg zum Elternhaus.

Kurze Zeit darauf wird Helens Ohr dick und rot. Als hätte das Mittel den Kriegsschauplatz in ihrem Körper entdeckt und sich dort gesammelt positioniert. Die Antikörper bringen sich in

Stellung! Wir sind völlig aus dem Häuschen. Natürlich wissen wir, dass das alles und nichts bedeuten kann, aber wir sind froh, dass überhaupt etwas passiert, und deuten es für uns als sichtbaren Beweis dafür, dass wir hier auf dem richtigen Weg sind.

Am nächsten Tag ist das Ohr noch immer unverändert geschwollen und leuchtet pulsierend im Behandlungszimmer der Klinik. Die Ärztin reagiert verhalten, bestärkt jedoch unseren Gedanken, dass das Mittel offensichtlich angekommen ist. Ähnlich wie bei der ersten Chemotherapie hören wir auch hier von einer noch nie da gewesenen sichtbaren Reaktion und suhlen uns in der Gewissheit, Helen sei eben ganz besonders.

Nach kurzer Untersuchung und Überprüfung aller Werte sind wir fertig im Krankenhaus und haben frei. Wie herrlich! Helen geht es gut, und wir sind in Paris. Am Nachmittag müssen wir aus dem Elternhaus aus- und in das benachbarte Hotel einziehen. Wir bekommen ein schönes Zimmer mit Küchenzeile und, das Allerbeste, mit Blick auf den Eiffelturm. Er ist zwar in weiter Ferne, aber dennoch gut sichtbar. Berauscht von meinen Emotionen, verspreche ich Helen, am Abend das Glitzern des Turms zusammen mit ihr vom Balkon aus zu verfolgen. Es fühlt sich an wie Silvester.

Zunächst aber suchen wir einen Supermarkt in der Nähe auf. Wie immer im Ausland, stellt ein Supermarkt ein kulinarisches und optisches Neuland dar, das es zu entdecken gilt. Zu Helens großer Begeisterung finden wir hier Toastbrot ohne Rand, die, wie ich finde, sinnloseste Erfindung schlechthin. Als hätte sie den Heiligen Gral entdeckt, trägt Helen ihren Fund zur Kasse und genießt fortan dieses für sie unschlagbare Produkt.

Wir kochen im Zimmer, lesen und spielen und machen uns fertig für den Eiffelturm-Abend. Langsam schleicht sich mein vertrauter Realitätssinn ein. Wann geht die große Show am Turm eigentlich los? Schließlich müssen wir morgen wieder früh raus. Im Netz gibt es dazu nur unzureichende Angaben. Bei Einbruch der Dunkelheit ist dort zu lesen. Na ja, im Juni ist das ziemlich spät. Wir beschließen, dieses spektakuläre Ereignis zu verschieben und lieber zu schlafen. Während Frank und Helen schon fast im Reich der Träume angekommen sind, gehe ich noch mal auf den Balkon, und tatsächlich tut sich um halb zwölf etwas in der Ferne. Eine Art Scheinwerfer ist angegangen, und sofort wecke ich meine Lieben.

Wir packen Helen in meine Strickjacke und kuscheln uns zusammen in unsere grüne Krankenhausdecke. Wir stehen dicht zusammengekuschelt in Paris auf einem Balkon und lassen uns von dem fernen Glitzern begeistern. Der Turm erinnert mit seinen Tausenden Lampen an ein kitschiges Dekostück aus dem Swarowski-Laden. Frank kann dem fernen Leuchten nicht viel abgewinnen, und auch Helen scheint etwas enttäuscht über die Darbietung, freut sich jedoch sichtlich über die ungewöhnlich späte Uhrzeit, zu der sie noch auf sein darf. Mich jedoch überrollt eine sentimentale Welle des Glücks. Ich halte Helen ganz fest und reserviere diesem kitschigen Moment einen besonderen Platz in meinem Gedächtnis.

***

Das Ohr ist am nächsten Tag noch immer rot und geschwollen, und die ohnehin schon stark beanspruchte Haut unter dem Pflaster kapituliert. Trotz seiner mittlerweile hoch spezialisierten Klebetechnik findet Frank kaum noch unbelastete Fläche um das Ohr. Während der Routineüberprüfung wendet sich Frank an das Wundmanagement und bittet um eine alternative Verbandsart. Während ich auf dem Gang vor dem winzigen Behandlungszimmer der Tagesklinik warte, verschwinden immer mehr Ärzte und Schwestern im Zimmer. Mittlerweile dürfte die gesamte knapp bemessene Fläche um das Bett voller Leute sein.

Wie immer fühle ich mich ausgeschlossen und will doch um keinen Preis der Welt dabei sein. Ich weiß, es geht hier nur um ein neues Pflaster, aber die Situation macht mir Angst. Zwischendurch höre ich Helen meckern. Dann kann es ja nicht so schlimm sein. Weinen und schreien sind schlimm, meckern ist eigentlich ein gutes Zeichen.

Nachdem die weiße Garde das Zimmer verlassen hat, betrete ich den Raum und sehe eine schmollende und sichtlich unzufriedene Helen. »So gehe ich nicht raus«, sagt sie mit Bestimmtheit. Ich muss innerlich grinsen. Ein riesiges beiges Pflaster deckt ihre halbe Wange, den Hals und natürlich das Ohr ab. Weit entfernt von der filigranen Kunst meines Mannes, haben die Schwestern hier einfach mal das halbe Kind zugepflastert.

»So gehe ich nirgendwo hin«, bekräftigt Helen ihre Meinung zum Thema. Als wäre ein kahler Kopf nicht wesentlich auffälliger als dieses überdimensionale Stück braunen Klebers. Nach einer Weile lässt sie sich von der Kappe überzeugen, die sie auch bisher getragen hat, und wir machen uns auf den Weg ins Centre Commercial »La vache noire«. Helen und ich können uns wegen des lustigen Namens gar nicht mehr einkriegen. »Die schwarze Kuh«. Wie kann man ein Einkaufszentrum nur so nennen?

Wieder einmal verschafft mir das Eintauchen in die Banalität großes Glück. Ich kann mich treiben lassen und loslösen von der großen Bedrohung, die weiterhin ungebremst über unserm Leben pendelt. Stunden später verlassen wir das Einkaufszentrum mit einem kleinen batteriebetriebenen Hamster und einer wunderschönen, typisch französisch-raffinierten Kappe für Helen.

***

Noch einmal werden die Werte überprüft, und dann geht es zurück nach Deutschland. Farbe und Schwellung des Ohrs nehmen allmählich ab, und auch das riesige Pflaster findet seinen Weg in unsere Erinnerungsabteilung Kategorie »Lachen & lustig«.

***

Keine fünf Tage später fahren wir erneut mitten in der Nacht Richtung Paris los, um besagte Blutprobe entnehmen zu lassen. Viele Stunden, Hörspiele und DVDs später sind wir erschöpft wieder zu Hause. Am nächsten Tag geht es gleich weiter mit Arbeit und Schule. Es scheint, als hätten wir einen neuen Alltag gefunden.

***

Noch einmal müssen wir genau eine Woche später nach Paris zur Blutentnahme. Mittlerweile sind wir schon eingespielt und gehen die Reise routiniert an. Die Kontrolle geht schnell vonstatten, und wir laufen beschwingt zurück zu unserem Auto, wohl wissend, dass wir in ein paar Stunden schon zu Hause sind.

Und da wir uns an die ewige Fahrerei so gewöhnt haben, geht es schon in der kommenden Woche erneut nach Paris. In Absprache mit der Ärztin haben wir die Darreichung des Mittels auf Freitag terminiert, so dass wir zukünftig alle drei Wochen freitagmorgens hinfahren und samstags nach dem Frühstück zurück. Damit lässt sich doch gut leben.

Seit der ersten Einnahme hat sich Helens Entzündung hinter dem Ohr deutlich verbessert. Der Knubbel, der Wulst, der Tumor, was auch immer es ist, scheint abzuheilen. Die Haut unter dem Pflaster erholt sich. Helen nimmt zu, ihre Haare und Wimpern wachsen. Sie wirkt rosiger, und das Beste von allem: Sie hat wieder einen Wackelzahn. Unter der Chemo schien dieser Prozess zu stagnieren, und Helen war es peinlich, noch immer mit fast allen Milchzähnen ausgestattet zu sein. Knapp sechs Wochen ohne Chemo bringen also vieles wieder ins Lot.

Bei aller wohligen Atmosphäre bringen wir den Klinikbetrieb bei unserem nächsten Aufenthalt kurz in helle Aufregung, als Helens Überwachungsgeräte während der Infusion Alarm geben. Das plötzliche Fehlen eines Zahnes, der sich nun in einer dunkelroten Kirsche statt in Helens Mund befindet, lässt ihr Herz vor Glück rasen. Mit Händen und Füßen erklären wir der französischen Schwester, was passiert ist, und stellen uns schmunzelnd vor, wie diese Abweichung im Studienprotokoll wohl erläutert wird.

Noch einmal genießen wir die Leichtigkeit, bevor wir den Termin in zwei Wochen für das erste MRT unter der neuen Behandlung festmachen. Wir wissen, was das Ergebnis bedeutet. Stagnation oder im besten Fall eine Verkleinerung des Tumors ist unser Freifahrtschein für die weitere Behandlung. Eine progressive Entwicklung hieße das sofortige Aus für uns.

***

Verdrängung beherrsche ich mittlerweile perfekt, so dass ich die kommenden zwei Wochen äußerlich unbeeindruckt überstehen kann. Innerlich tobt der mir bekannte Aufstand zwischen Hoffnung und Pessimismus.

***

Das MRT machen wir in der Uniklinik Köln. Wir kennen die Abläufe, wir kennen alle Beteiligten. Ich fühle, man wünscht uns nur das Beste. Es ist ein Mittwoch, und Freitag soll in Paris die nächste Behandlung erfolgen. Ohne positives Ergebnis dürfen wir aber nicht weitermachen. Da wir die Trägheit des hiesigen Systems so häufig erlebt haben, schicken wir auch eine CD mit den Daten nach Paris. Der Umschlag käme Donnerstagmorgen an, und schon am Nachmittag würden wir erfahren, ob wir am nächsten Tag losfahren können.

***

Wie immer ist ein Anruf bei Frank vereinbart. Wie immer meistere ich unseren Alltag und stehe gleichzeitig unter kaum erträglicher Spannung.

Ich verfolge den Weg des Päckchens im Internet. Jetzt! Es ist angekommen. Wie lange wird es dauern, bis wir eine Nachricht bekommen? Minuten fühlen sich wie Jahrhunderte an.

Dann, endlich, mein Telefon klingelt. Wie durch ein Wunder kann ich den Hörer überhaupt in die Hand nehmen. Frank sagt: »Es wirkt! Es wirkt! Der Tumor ist um die Hälfte kleiner geworden.« Ich bin erleichtert, aber auch irgendwie tot. Ich fühle keine Euphorie in mir, nur Leere. Am ganzen Leib zitternd, rufe ich zunächst meine Eltern und dann Susanne an. Ich freue mich über die Reaktionen, bin selbst aber seltsam unberührt. Mein Kopf weiß um die ungeheure Nachricht, das langersehnte Wunder. Aber ich kann es nicht fühlen. Als hätte ich meine Emotionen so sehr unter einer Schutzschicht vergraben, dass sie auch jetzt im positiven Fall den Weg nach draußen nicht finden.

Egal, auch wenn in meinem Kopfkino die Party anders ausgesehen hat, so zählt doch nur eins: weitermachen. Und das Wichtigste: Helen kann gesund werden. Am nächsten Tag machen wir uns wieder auf nach Paris.

***

Als wir abends im Zimmer des Elternhauses liegen und Frank und Helen bereits schlafen, überrollt mich eine Woge der Erleichterung. Als wären diverse Synapsen plötzlich freigeschaltet worden, rasen völlig neue Gedanken durch meinen Kopf. Meine Arbeit. Der Sommerurlaub. Die Kommunion im nächsten Jahr. Alles, was in naher Zukunft liegt, darf jetzt in mein Bewusstsein dringen. Über alles, was ich verdrängt habe, darf ich genüsslich nachdenken. Ich bin hellwach und muss mich bewegen. Über den Schlafanzug ziehe ich eine Jacke und schlüpfe in meine Schuhe. Leise schließe ich die Tür unseres Zimmers und gehe in den Garten des Elternhauses. Ich stehe ganz alleine neben dem Klettergerüst und blicke auf den Eiffelturm, der zu meinem Glück gerade wie wild funkelt. Die Realität hat mir zwar die große Hollywood-Produktion meines Kopfkinos vorenthalten, aber dieser kleine französische Arthouse-Film gefällt mir auch ganz gut.

***

Wieder haben wir sechs Wochen Zeit gewonnen. Zeit, in der es Helen wahrscheinlich sehr gutgehen wird. Die chemofreie Zeit wirkt sich immer sichtbarer auf ihren Zustand aus. Nicht nur Haare wachsen, sondern das komplette Kind und die einseitige Gesichtslähmung werden immer besser. Lächeln klappt wieder ohne Beeinträchtigung.

***

Es kommt der Tag, an dem Frank mich zur abendlichen Wundversorgung ruft. Seit einem dreiviertel Jahr habe ich den Anblick verweigert. Nur einmal habe ich gesehen, was sich unter dem Pflaster befindet, durch Zufall. In der Bestrahlungsklinik lag Helens Krankenakte offen auf dem Tisch. Mein Blick streifte ein darin liegendes Foto der Wunde. Auch wenn ich mich schnell abgewendet habe, hat sich mir der Anblick unauslöschlich ins Gedächtnis eingebrannt. Seitdem konnte ich nur noch die durch Frank gefilterte Zustandsbeschreibung der Wunde an mich heranlassen.

Jetzt also soll ich schauen. Ich vertraue Frank, denn ich weiß, er will mich vor allem schützen, das mir weh tun könnte. Dennoch habe ich Angst. Was werde ich sehen?

Als ich um die Ecke des Wohnzimmers biege, grinsen mich die beiden an und machen sich über meine Zurückhaltung lustig. »Ab jetzt braucht Helen kein Pflaster mehr«, sagt Frank und bittet mich neben sich. Wie immer liegt Helen auf der rechten Seite. Das linke Ohr ist frei. Kein Pflaster verdeckt die Haut. Dennoch sehe ich keine erschreckende Wunde. Ein kleiner Hautwulst unterhalb ihres Ohrläppchens und ein dunkler Knubbel sind zu sehen. Klein wie eine Erbse. Wie die Warze auf der Nase einer Hexe. Alles ist trocken, verheilt. Kein Blut, kein Eiter, kein rohes Fleisch. Mich überrollt eine Welle der Emotionen. Ich kann gar nicht sagen, ob Glück, Erleichterung, beides oder gar nichts davon. Ich weine. Aber nur so viel, dass Helen keine Angst bekommt. Genau so viel, dass sie sich um mich kümmern und verschmitzt lachend voller Stolz mit der Neuigkeit spielen kann. Ihr Papa und sie sind ein Team und haben es schon immer gewusst. Und die Mama ist ein Schisser.

Für Helen zählt, dass sie jetzt diese lästigen Wundversorgungen los ist. Dass sie ein bisschen mehr wie alle anderen ist. Vielleicht ist die Besserung für sie auch ein Zeichen, dass sie ganz gesund wird. Ich weiß es nicht. Wir halten den Ball wie immer flach. Sagen, dass es ein gutes Zeichen ist und die neue Medizin wirkt. Wir bauen keine Luftschlösser und machen im Strudel der Glückseligkeit keine Zusagen, die wir nicht halten können.

Aber natürlich surfen Frank und ich auf der Glückswelle. Abends träumen wir uns die Zukunft herbei, die wir uns so sehr wünschen. Blenden alle Nebenwirkungen, Folgeschäden und Rückfälle aus. Einen Schritt vor dem Abgrund greifen wir nur nach dem Strohhalm und sonnen uns in der Vorstellung des vollkommenen Glücks. Bestärkt dadurch, dieses Mittel selber gefunden zu haben, potenziert sich das Gefühl, dass wir hier einen richtigen Weg eingeschlagen haben.

***

Jetzt erlauben wir uns, die nahe Zukunft zu planen. In vier Wochen fangen die Sommerferien an. Wir können verreisen! Kurz entschlossen buchen wir ein kleines Haus in Holland für die zweite Ferienhälfte. Holland ist unter den gegebenen Umständen noch immer unser Las Vegas. Quasi um die Ecke von der Uniklinik in Köln, aber dennoch am Meer.

Und dann stöbert Helen im Ferienprogramm der Stadt Leverkusen und entscheidet sich spontan, an einem Tanzcamp teilzunehmen: eine Woche täglich je eine Stunde Ballett und eine Stunde Hip-Hop. Sie möchte auch eine dritte Stunde belegen, aber davon kann ich sie gerade noch abhalten. Ich will ihr maximale Freiheit gewähren und habe doch jeden Moment Angst, dass es viel zu viel für sie ist.

Als Shirleys Mutter auch noch kundtut, zwei schwer begehrte Plätze beim Ferienreiten für Kinder ergattert zu haben, zerreißen mich die anstehenden Entscheidungen fast. Helen soll so viel Freude und Glück in sich aufsaugen, wie es nur geht. Allen Möglichkeiten haften Vergänglichkeit und Einmaligkeit an. Zu glauben, wenn nicht jetzt, dann kann sie es mal später machen, fällt mir schwer. Jetzt. Jetzt kann sie. Wer weiß, was morgen ist.

Also melden wir sie zum Tanzcamp an und stimmen auch der Reitwoche zu. Wir feiern zusammen mit Shirley das phantastische Abschlusszeugnis der zweiten Klasse, und zwei Tage später stehen wir das erste Mal in der Tanzhalle.

Ich hatte die Trainerin vorher informiert und darum gebeten, dabei bleiben zu können. Mein Herz schlägt bis zum Hals, und ich bin aufgeregter als Helen, die keins der Kinder kennt und sich mit ihren raspelkurzen Haaren deutlich von allen unterscheidet. Sie hat seit über zwei Jahren kaum Sport machen können und hat weder Kondition noch einen gesunden Gleichgewichtssinn.

Aber das scheint sie überhaupt nicht zu stören. Im Gegenteil, sie bittet mich, sofort zu gehen und sie in der Gruppe allein zu lassen. Ich lasse mich auf den Kompromiss runterhandeln, nur am ersten Tag zu bleiben und sie danach nur noch bis zur Tür zu begleiten. Ich will mein Kind beschützen – gleichzeitig platze ich fast vor Stolz über ihren Willen nach Unabhängigkeit.

So sitzt sie in der ersten Stunde im Kreis mit den anderen Mädchen und ignoriert alle Blicke. Sie erzählt, dass sie schon lange Ballett tanzt, und klammert die letzten zwei Jahre galant aus. Perfekt und bewundernswert.

Beim Kräftemessen der Mädchen um die Gunst der Lehrerin muss Helen bei Radschlag und Spagat ihre Grenzen erkennen, aber es entmutigt sie nicht. Sie liebt den Moment und lässt sich von der Aussicht auf die große Abschlussshow begeistern.

Am Ende der Woche führen die Mädchen vor, was sie gelernt haben. Zuerst in lieblicher Ballettkleidung und im Anschluss mit cooler Kapuzenjacke und Sonnenbrille. Als Helen aufgerufen wird, ihre Teilnahmeurkunde abzuholen, geht sie stolz und zufrieden mit sich auf die Bühne.

Im Anschluss feiern wir das Erlebnis mit einem lange verwehrten Genuss. In einer Eisdiele schlagen wir schlemmerhaft zu. Auf das potenzielle Salmonellen-Bollwerk hatten wir seit dem Rückfall verzichten müssen, jetzt sind Helens Blutwerte aber so gut, dass sie einer möglichen Infektion genug entgegensetzen könnte.

***

Ein Erlebnis jagt das nächste, und schon sind wir erneut auf dem Weg nach Paris. Natürlich wegen der Infusion, aber auch wie tausend andere Familien, um Disneyland Paris zu besuchen. Wie immer starten wir um fünf Uhr morgens in dieses besondere Wochenende, kuscheln uns zunächst in unsere Kissen und Decken, während Frank uns Richtung Frankreich kutschiert.

Als wir nach der Behandlung auf dem Weg zum Park sind, lassen wir das Krankenhaus und alle Sorgen hinter uns. Hin zu normalem Familienglück, zu Karussell und Minnie Mouse.

Im Netz waren wir auf die besonders zuvorkommende Behandlung behinderter Menschen in Disneyland aufmerksam geworden. Auch wenn ich diesen Aspekt von Helens Krankheit gewissenhaft ignoriere, so nehme ich doch heute gerne alles in Anspruch, was den Tag für sie besonders unkompliziert macht. Wir erklären ihr, dass wir vom Krankenhaus ein Schreiben erhalten haben, in dem steht, dass sie sich nicht so doll anstrengen soll. Und, wenn es geht, sich nicht überall anstellen muss. Sie schluckt die Notlüge und findet die Sache grundsätzlich praktisch. Typisch meine Tochter!

Wir bekommen einen Sonderausweis, der Helen und einer Begleitperson an jedem Fahrgerät und uns dreien an jeder Show sofortigen Einlass gewährt. Nirgendwo müssen wir anstehen, überall sind die besten Plätzen für uns und viele andere Familien reserviert. Dieses unkomplizierte und zuvorkommende Verhalten haben wir noch nirgendwo in Deutschland erlebt. Ob es die französische Mentalität oder der amerikanische Kundenservice ist, wir wissen es nicht, aber wir nehmen es dankbar an.

Zeigen wir den Ausweis am ersten Karussell noch zaghaft vor, so werden wir im Laufe des Tages immer mutiger. Helen gewöhnt sich so schnell an die Sonderbehandlung, dass sie, wo immer wir zwei Minuten stehen, darum bittet, doch mit dem Ausweis die Wartezeit zu beschleunigen.

Einen dicken Kloß habe ich im Hals, als wir zu einer persönlichen Audienz von Belle aus »Die Schöne und das Biest« gebeten werden. Eigentlich hasse ich diesen inszenierten Kitsch. Aber als Helen sich ganz aufgeregt an meine Hand klammert, werde auch ich seltsam berührt.

Mal wieder frage ich mich, was die Darstellerin jetzt wohl denkt. Hinter dem perfekten Lächeln kann ich nichts anderes erkennen als professionelle Freundlichkeit, aber was denkt sie wirklich beim Anblick des Mädchens mit den viel zu kurzen Haaren und dem Behindertenausweis? Nur deshalb sind wir hier. Sonst wären wir niemals hierhergefahren, und wir hätten uns niemals zwei Stunden für ein Foto mit einer verkleideten Schauspielerin angestellt.

Helens Schüchternheit nimmt mich aber so gefangen, dass ich meine Befindlichkeiten vergesse. Ich ebne ihr den Weg zu diesem Moment. Ich weiß, sie würde sich hinterher unfassbar über sich selbst ärgern, wenn sie jetzt vor lauter Nervosität wie ein Häufchen Elend in der Ecke stünde. Locker ist anders, aber sie beantwortet Belles Fragen und lacht für ein Foto, das sie nachher begeistert betrachtet.

Meinen ganz besonderen Moment habe ich beim Anblick von Frank und Helen in einem etwas abseits gelegenen Fahrgeschäft. Hier fährt man in kleinen Sportwagen über einen festgelegten Parcours. Helen ist tatsächlich groß genug, um selber lenken und Gas geben zu können. Von einer Brücke aus beobachte ich die beiden mit einem wehmütigen Lächeln. Vater und Tochter in einem gelben Cabrio. Werde ich das jemals in der Realität erleben dürfen? Werde ich Helen in zehn Jahren hinter dem Steuer eines Wagens sitzen sehen können?

Danach gehen wir zur großen Parade aller Disney-Charaktere. Wir wissen, dass für uns und alle anderen Menschen mit Handicap eine besonders gute Fläche direkt am Zugweg reserviert ist. Noch nie habe ich so viele Eltern mit behinderten Kindern gesehen. Noch nie habe ich mich als Teil dieser Gruppe gefühlt. Kinder in Rollstühlen, mit geistiger und körperlicher Beeinträchtigung und auch Familien, denen man das besondere Familienmitglied nicht direkt ansieht.

Wir finden einen Platz neben einer Mutter mit zwei Kindern. Eines hat keine Haare. Sie fragt mich ganz direkt und offen, woher wir kommen, und erklärt, dass sie eigentlich aus den Staaten seien, aber jetzt hier in Paris arbeiten würden.

Die Welt fühlt sich in diesem Moment so klein für mich an. Verbunden sind wir alle über die Krankheit oder Besonderheit unserer Kinder. Als ich mich umblicke, sehe ich nur lachende und entspannte Gesichter. Auch wenn uns eine dünne, orange Schnur diesen schicksalhaften und doch für heute privilegierten Platz sichert, sind wir Teil der normalen Welt. Alle, die hier sind, haben es geschafft, heute so fit zu sein, den Spaß erleben zu können – und strahlen um die Wette.

***

Der ganze Sommer ist so prall gefüllt mit schönen Momenten. Wir liegen im Planschbecken bei Sonnenschein, treffen Freunde und könnten die ganze Welt umarmen. Wenn es möglich wäre, würden wir die Zeit einfach anhalten.

Unser Urlaub in Holland verfliegt genauso schnell wie Helens Reitwoche. All meine Sorgen bezüglich Knochenbrüchen, Hygiene, Sonnenbrand und Mangelernährung erweisen sich als genauso haltlos wie meine ständige Befürchtung, dass Helen zu wenig trinkt. Alltägliche Sorgen nehmen schleichend den Platz der ganz großen Ängste ein und füllen die Lücke erstaunlich schnell.

***

Bald sind die Ferien vorbei, und die Schule beginnt. Zum allerersten Mal kann Helen nach den Sommerferien wie alle anderen Kinder auch hingehen. Sie kann mit allen ihre Urlaubserlebnisse teilen und die neuen Lehrer begutachten. Ihre bisherige Klassenlehrerin hat sich in ein einjähriges Sabbatical verabschiedet, und nun müssen wir uns den neuen Lehrern stellen. Solange Helen am normalen Unterricht in der Schule teilnehmen kann, sehe ich keine Probleme. Sollten wir jedoch wieder auf Hausunterricht angewiesen sein, werden wir ganz sicher nicht mehr dieses außergewöhnliche Engagement erleben.

***

Eine weitere große Entscheidung steht vor der Tür. Im kommenden April würde Helen regulär zur Kommunion gehen. Schon in Kürze fangen die Vorbereitungen dafür an: Kommunionsunterricht und jeden Sonntag früh in die Messe.

Jetzt ist sie fit, ja. Aber wird sie die zusätzliche Belastung womöglich schwächen? Und was ist, wenn sie mit dem Unterricht beginnt und dann doch nicht zur Kommunion gehen kann? Mit welcher Entscheidung können wir sie am besten vor Enttäuschungen schützen?

Nach langen Überlegungen entscheiden wir uns für die Anmeldung. Im Pfarrbüro erwartet mich eine erzkonservative Dame mit den Worten: »Sie wissen, dass die Kinder bei der Anmeldung dabei sein sollten?« Ja, auch einen schönen guten Tag. Ich habe meine Gründe. Auszusprechen, dass Helen Krebs hat, sich in Behandlung befindet und wir wahrscheinlich nicht alle Aktivitäten mitmachen können, fällt mir schwer. Ich wappne mich innerlich gegen die hohlen Worte, die Kirchenvertreter bestimmt gerne zur Hand haben bei solchen »unergründlichen Wegen«. Ich darf unter keinen Umständen durchblicken lassen, dass es für mich keinen Gott gibt.

Mein Ziel ist, die strengen Regeln ein bisschen zu lockern, so dass Helen möglichst viel mitmachen kann, aber immer dann aussteigen kann, wenn es ihr zu viel wird. Dabei ist Vorsicht geboten, denn man kann nicht auf Verständnis hoffen, nur weil die Nächstenliebe in den Firmenleitlinien steht. Ich muss mich aber zum Glück in keiner religiösen Diskussion verbiegen und darf sogar das Foto zwei Monate später einreichen. Helen wird für diese zwei zusätzlichen Zentimeter Haar sehr dankbar sein.

Jetzt haben wir zum ersten Mal ein mittelfristiges Ziel. Bis zur Kommunion sind es noch sieben Monate. In der Zeit darf einfach nichts passieren.

***

Ein weiteres positives MRT-Ergebnis bestätigt unseren Weg und lässt uns die Behandlung fortführen. Jetzt denken Frank und ich darüber nach, Helen einen neuen Zugang legen zu lassen. Sie hat immer noch den Proviak, der wie ein Kabel aus ihrer Brust ragt und unangenehmer Pflege bedarf. Außerdem hindert er Helen am Duschen, Baden und Schwimmen. Zunächst dachten wir, man könne die Infusion über einen temporären Zugang geben, der jedes Mal in Paris gelegt werden würde. Aber man hat uns schnell klargemacht, dass die Venen dieser Beanspruchung auf Dauer nicht standhalten würden.

Die Alternative ist ein Zugang unter der Haut. Ein Port in der Kuhle am Schlüsselbein, den Erwachsene und größere Kinder bekommen. Das Anstechen alle drei Wochen wäre für Helen sicherlich auch schmerzhaft und von Angst besetzt, aber die übrige Zeit könnte sie große Freiheit genießen. Sport wäre kein Problem mehr, und sie könnte auch wieder enge Oberteile tragen, ohne dass die Kabel in ihrem speziellen Bauchnetz zu sehen wären. Alles nicht lebenswichtig und dennoch wichtig für ein kleines Mädchen, wie vermutlich für jeden anderen.

Aber auch hier müssen Frank und ich wieder eine große Entscheidung treffen. Wann ist der Weg sicher? Wann ist absehbar, dass Helen das Medikament lange Zeit bekommen wird? Nach dem dritten oder vierten positiven Ergebnis? Nach einem halben Jahr oder einem ganzen? Wir wissen es nicht, und niemand kann es uns sagen.

Wir schwanken zwischen Vorsicht und der Optimierung des Ist-Zustandes. Ein drittes positives MRT-Ergebnis wollen wir abwarten. Das wäre Anfang September. Kurz vor den Herbstferien, in denen wir erneut eine Familienreha in Bad Oeynhausen planen. Da könnte Helen wieder Kräfte und Kondition sammeln und ohne störenden Zugang schwimmen.

Entscheidung getroffen. Abgehakt. Das Gedankenkarussell kann kurz Pause machen.

***

Aber zunächst haben wir wieder ein Highlight auf unserer Familienevent-Agenda. Das nächste Paris-Wochenende wird ein Sightseeing-Trip. Schließlich haben wir großes Glück, in dieser tollen Stadt die Behandlung durchführen zu können.

So gerne wir Ziele vor Augen haben und auch die Erlebnisse gerne gleichmäßiger über das Jahr verteilen würden, so sehr sind wir getrieben von dem Gedanken, die Gunst der Stunde nutzen zu müssen. Wird sich das irgendwann einmal legen? Werden wir irgendwann sagen können, schön, das machen wir in einem halben Jahr? Im Moment kann ich es mir genauso wenig vorstellen wie die Tatsache, niemals mehr ein Krankenhaus von innen sehen zu müssen.

Freitag fahren wir den mittlerweile bekannten Weg, stehen an den bekannten Mautstellen und biegen in die Straße zum Krankenhaus, als wären wir hier zu Hause, und Helen bekommt ihre Behandlung.

***

Am nächsten Morgen starten wir unsere Erkundungstour der Metropole. In der U-Bahn-Station erklärt Frank dem Landkind mit großer Begeisterung und Geduld das U-Bahn-Netz. In Leverkusen gibt es keine U-Bahn, und als eingefleischte Autofahrer nutzen wir normalerweise weder Bus noch Bahn. Also ist alles hier ein großes Abenteuer, schon auf der ersten Etappe. Die zwei planen unseren Weg. Das Ziel ist der Eiffelturm. Klar, den müssen wir aus der Nähe gesehen haben. Und rauf wollen wir natürlich auch, wenn man dort nicht zu lange anstehen muss.

Wir fahren mit der Métro, lauschen Straßenmusikanten in den Unterführungen und in unserem Waggon und kommen mit einem Schwall anderer Touristen am Wahrzeichen der Stadt an. Als wir den Turm zwischen den Häuserschluchten sehen, sind wir berauscht. Zumindest Frank und ich. Helen findet vielleicht, dass das hier ein ganz normaler Ausflug ist. So wie früher eben, als noch alles anders bei uns war. Ohne das Wissen um die volle Bedeutung der Krankheit und die mögliche Verknappung von Zeit, erlebt sie die Tragweite nicht in dem Maß wie wir.

Als wir den Platz unter den massiven Stützen überblicken können, erschrecken wir vor den Menschenmassen. Wir schlängeln uns durch die Leute, um einen Eindruck von der Wartezeit zu bekommen. Von zwei Stunden ist da die Rede. Mist. Das ist eindeutig zu viel für Helen. Frank spricht eine Hostess an, die die Menge koordiniert. Er zeigt ihr den Behindertenausweis und fragt, ob es Möglichkeiten gäbe, schneller hochzukommen.

Ähnlich wie in Disneyland werden wir sofort zuvorkommend behandelt. Der Eintrittspreis ist minimal, und wir können mit dem nächsten Aufzug auf die mittlere Plattform fahren. Wir sind richtig aufgeregt. Oben angekommen, schauen wir über ganz Paris. Entdecken in der Ferne die Klinik und lachen über die kleinen Autos und Menschen in der Tiefe. Wir machen Fotos von Helen mit wehendem Tuch und der Turmspitze, die sich über ihrem Kopf emporreckt. Machen ein Familienfoto mit Helen in der Mitte. Drei strahlende Menschen im Sonnenschein in unglaublicher Höhe. Sehr glücklich in diesem besonderen Moment.

Der Tag ist herrlich. Die Sonne scheint, und wir buchen ein Kombiticket für eine Stadtrundfahrt per Schiff und Bus. Helen ist an allem interessiert und sehr aufmerksam. Besonders die Enthauptung von Marie Antoinette müssen wir mehrfach durchsprechen. Sie sitzt neben uns mit dem Kopfhörer und lauscht den Erläuterungen des Stadtführers. Was für ein kluges und tolles Mädchen sie ist. Scheiße, ist das alles ungerecht.

Während der Schiffstour macht sie unglaublich gute Bilder. Sie hat wirklich ein Auge für spannende Motive, kleine Details und beherrscht noch dazu die Technik.

Zurück im Elternhaus, machen wir uns in der dortigen Küche etwas zu essen. Die mitgebrachten und natürlich speziell auf

Helens Wünsche abgestimmten Speisen haben immer noch die größten Erfolgsaussichten, von ihr gegessen zu werden.

Der anfänglich wiedergekehrte Hunger nach Beendigung der klassischen Chemo hat sich leider verflüchtigt. Essen ist ein schwieriges Thema. Trotz Zunahme von ein paar Pfund ist Helen immer noch spindeldürr. Ein Crêpe auf die Hand, ein Würstchen zwischendurch ist kaum möglich. Für jede Mahlzeit bin ich dankbar. Die kalorienreichsten Süßigkeiten der Welt könnte sie von mir aus den ganzen Tag essen. Aber das ist nicht ihr Ding. Mir eröffnen diese winzigen Portionen ein großes Feld für immerwährende Sorgen. Woher soll die Kraft zur Regeneration kommen, woher das Futter für starke Muskeln?

Auch wenn ich Helen gegenüber noch so kontrolliert bin und sie nie meine Angst oder Sorge spüren lasse, so geht beim Thema Essen alles mit mir durch. Manchmal greife ich sie wirklich spitz an, wenn sie wieder einmal die Gabel auf dem Teller hin und her schiebt und nach ewiger Zeit kaum etwas den Weg in ihren Magen gefunden hat. Schon wenn mein gereizter Satz meine Lippen verlassen hat, bereue ich ihn. Schäme mich dafür. Noch mehr, wenn ich ihre zusammengekniffenen Lippen und ihre traurigen Augen sehe. Ich weiß, sie will doch alles gut machen und mich ganz sicher nicht ärgern. Aber ich fühle mich so hilflos, weiß, dass es nicht gut sein kann, so wenig zu essen.

Immer wieder schließen wir Kompromisse hinsichtlich der zu bewältigenden Portionen. Ja, das halbe Spiegelei noch, die kleine Kartoffel, das Eckchen Gemüse. Am Ende ist meist nur die kalte Hälfte des Kompromisses geschafft. Mit wissenden Augen schaut sie mich angesichts der folgenden Enttäuschung an: »Ich kann nicht mehr«, sagt sie dann und blickt stumm auf den Teller.

Am liebsten würde ich das Essen einfach in sie hineinschieben, nur damit es drin ist. Damit die herrlichen Vitamine und Fette und alles andere ihren Dienst in Helens Körper aufnehmen können. Ich hasse mich so sehr dafür und kann es doch nicht sein lassen. Versuche, mit Vorlesen die Mahlzeiten zu vereinfachen. Wenn der Preis für drei zusätzliche Bissen eine halbe Stunde Geschichten sind – so what?

Manchmal gelingt es mir, Ruhe zu bewahren, manchmal hat sie auch einfach Hunger und Spaß am Essen und Appetit, und dann ist das Essen für mich ein Festmahl.

Heute, nach dem langen Tag unterwegs, ist so ein Festmahl. Helen deckt unseren Tisch, zieht uns Getränke am Automat und futtert anschließend für ihre Verhältnisse unfassbar viel.

Perfekter Tag!

***

Zurück zu Hause, empfängt uns herrliche Normalität. Helen kann in die Schule gehen. Themen wie Matheaufgaben, Englischvokabeln und die anstehende Kommunion bestimmen unsere Gedanken. Wie sehr genieße ich es, mit anderen Eltern über die neuen Lehrer zu sprechen, zuzuhören, wie gut oder schlecht sie sind und welche katastrophalen Auswirkungen dieser Unterricht in der dritten Klasse wohl für unsere Kinder haben wird. Ich sauge diese Belanglosigkeiten auf und möchte zu gerne in dem See der Nichtigkeiten untertauchen können. Möchte eine schwierige Mathearbeit als mein zentrales Problem im Leben unseres Kindes erleben. Ich schaffe es, mich ganz auf diese Welt einzulassen, und errichte eine Distanz zu unserem nicht zu übertreffenden Schicksal.

Auch die Kommunionsstunden finde ich toll. Das Beste ist: Wir sind dabei. Das zählt. Auch wenn ich gelegentlich schlucken muss, wenn Helen davon erzählt, dass Jesus allen kranken und armen Menschen hilft.

Die Zeit vergeht in einem einzigen Glücksstrudel. Helen ist fit und gesund, wenn man das so sagen darf. Sie hat tolle Blutwerte und widersteht den meisten Infekten in ihrer Klasse. Dem Ohr geht es gut. Wir brauchen weiterhin kein Pflaster.

Auch wenn mich der Anblick hinter dem Ohr immer wieder in den Wahnsinn treibt. Konnte ich alles unter dem Pflaster gut ausblenden, so starre ich jetzt immer wieder auf den kleinen Knubbel. Wird er größer? Sieht er heute nicht doch anders aus? Wenn Franks Blick die kritische Stelle betrachtet, fängt mein Herz unkontrolliert an zu schlagen. Sieht er etwas? Sofort will ich seinen Blick einfangen und deute mit zusammengekniffenen Augen stumm meine allerwichtigste Frage an. Was ist? Was siehst du? Los, sag es mir, und zwar sofort, aber ohne dass Helen irgendetwas merkt.

Je schneller wir uns dem dritten MRT nähern, umso mehr steigere ich mich in die Betrachtung von Helens Ohr. Wenn wir zwei zusammengekuschelt auf dem Sofa sitzen, betrachte ich nicht den Film im Fernsehen, sondern diese paar Zentimeter Haut, die meinen persönlichen Zukunftsindikator darstellen.

***

Das dritte MRT zeigt eine Stagnation des Tumors. Vielleicht eine ganz kleine Reduktion, so genau kann man das nicht sagen. Ich weiß nicht, wie ich darauf reagieren soll.

Natürlich ist es nicht die erhoffte Nachricht, dass wir wieder ein weiteres Stückchen von dem miesen Zellhaufen verbannt haben. Es ist aber auch nicht die von allen am meisten befürchtete Information, dass das Mittel nicht mehr wirkt und wir aufhören müssen. Soll ich am Boden zerstört sein oder dankbar für das, was ist? Helen geht es gut. Sollte das Medikament diesen Zustand auf ewig halten können, dann ist doch eigentlich alles prima, oder? Aber wenn es jetzt stagniert, dann ist der nächste Rückschritt doch Wachstum. Frank meint, alles ist super. Gleich oder vielleicht ein bisschen kleiner ist doch gut. Alles läuft bestens, wir sind weiterhin auf dem richtigen Weg.

Es braucht meine klassischen zwei Tage, bis ich mich auf die neue Situation eingestellt habe. Mir meine Argumente zur internen Überzeugung zurechtgerückt habe. Der Dankbarkeit so viel Platz lasse, dass die Enttäuschung keinen mehr findet.

***

Wir bleiben unserer Entscheidung treu, dass wir Helen erneut operieren lassen, um ihr den anderen Zugang legen zu lassen. In vier Wochen starten wir in unsere zweite Familienreha, die uns ganz unkompliziert genehmigt wurde. Zwei Wochen muss die OP-Wunde abheilen, dann kann Helen wieder schwimmen. Und das ist das erklärte Ziel in der Reha. Deshalb geben wir jetzt Gas mit unserer Entscheidung. Wieder ins Wasser gehen zu können bedeutet Helen so viel, dass wir ihr diesen Wunsch schnell ermöglichen möchten.

Der Eingriff ist unkompliziert, für unsere Verhältnisse. Allerdings wussten wir nicht, dass der Zugang sofort nach der OP auf seine Funktion hin getestet werden muss. Wir hatten uns vorgestellt, dass bis zur ersten Benutzung in Paris zehn Tage vergehen und die Heilung bis dahin vorangeschritten ist.

Als Helen erfährt, dass sie noch heute in die frische, pochende Wunde gestochen werden soll, wird sie panisch, und das kann ich nur zu gut verstehen. Ich verfluche unsere Entscheidung, will Helen diese Angst und den Schmerz nicht ertragen lassen, bin aber mal wieder völlig hilflos. Ich will ihr alles abnehmen, würde mich von Kopf bis Fuß stechen lassen, um ihr das zu ersparen. Der Anblick von Helens tränennassem und angstvollem Gesicht ist kaum zu ertragen.

Aber Frank ebnet mir einmal mehr ungefragt die Flucht aus dem Zimmer und steht den schlimmen Eingriff mit Helen durch. Ich gehe sehr weit weg, um ihre Schreie nicht zu hören, und komme mir wie eine Verräterin vor.

Viele Monate schon konnten wir den Nächten auf Station fernbleiben, nun mussten wir eine einplanen. Aber wir sind nur auf Stippvisite, richten uns nicht ein (keine grüne Decke) und dokumentieren anschaulich, dass wir nicht wie die anderen sind.

Die meisten kenne ich gar nicht mehr. So viele neue Gesichter. Aber neben uns liegt ein Mädchen, das wir nur zu gut kennen. Das Mädchen aus Leverkusen, das auch in Paris behandelt werden sollte. Ausgerechnet sie treffen wir jetzt. Und ihre Mutter.

Während Helen sich von der OP erholt, die ihr ein Stück weit mehr Freiheit bringen soll, geht es dem anderen Mädchen nur eine Tür weiter unglaublich schlecht. Ich sitze mit der Mutter auf dem Krankenhausflur und höre so schreckliche Sachen wie »jeden Tag eine neue Beule«, »Beeinträchtigung des Sehvermögens«, »Wasser in der Lunge«, »offene Wunden von der Bestrahlung«. Jedes Wort trifft mich schutzlos in meinem Innersten. Ich weiß nicht, was ich sagen soll. Als sie mir sagt, dass sie seit Wochen hier sind, verblasst mein Glück der letzten Zeit. Dann spricht sie das aus, was ausgesprochen noch grausamer ist. Das Mädchen wird sterben. Es gibt keinen Zweifel. Sie hat es den beiden großen Schwestern bereits gesagt.

Zum ersten Mal befinde ich mich in dieser Situation hier auf Station. Neben mir eine Mutter, die unabdingbar das weiß, was wir anderen um jeden Preis verdrängen wollen. Trotz ihres Schmerzes wirkt sie so gefasst und nicht anders als eine Mutter, deren Tochter sich einer Blinddarm-OP unterziehen musste.

Sie ist so einfühlsam, mich kurz darauf alleine zu lassen. Sie weiß, dass ich den Abstand brauche, um für Helen da sein zu können. Wenn auch auf rücksichtsvolle Art vermittelt, hat mir das neue Wissen den gesamten Wahnsinn wieder vor Augen geführt. Und nicht nur den Wahnsinn, unser Kind verlieren zu können, sondern auch den Wahnsinn eines grausamen Sterbens.

Wir sind eben doch nicht nur mal kurz hier zu einem leichten Eingriff. Nein, unsere Tochter hat noch immer diesen Tumor, und auch wenn es gerade gut läuft, kann sie bald das nächste Kind sein, das so hilflos daliegt. Ich schwöre mir, dass Helen das eben Gehörte nie erleben soll. Keine ständigen Wechsel zwischen Intensiv- und Normalstation, kein Ringen um Atem, kein Verlust von Sinneswahrnehmungen, keine unendlichen Schmerzen, kein hoffnungsloses Dahinvegetieren. Ich habe keine Ahnung, was ich tun werde, aber diesen Weg wird Helen definitiv nicht gehen müssen.

Zum Glück dürfen wir abends schon gehen und müssen nicht über Nacht bleiben. Ich kann fliehen vor der Mutter und ihrer Tochter, deren bloße Anwesenheit mich so sehr ängstigt.

Zu Hause erzähle ich Frank alles, aber es berührt ihn nicht. Oder er zeigt es mir nicht. Er hat seinen Schutzschild aufgestellt. Alles, was keine Bedeutung für uns hat, prallt daran ab. Mir zuliebe hört er sich alle Details an, lässt mich weinen und Angst haben, aber spendet keinen Trost. Warum auch? Helen geht es doch gut. Ihre OP war erfolgreich. Wir sind auf dem richtigen Weg. WIR SIND AUF DEM RICHTIGEN WEG. Dass es anderen schlechtgeht, wissen wir doch, warum sollten wir uns gerade jetzt damit belasten.

Er hat recht, es bringt nichts, jetzt zusammenzubrechen. Ich muss weiter daran glauben, dass Helen es schaffen wird.

***

Die OP-Wunde schmerzt Helen noch ein paar Tage. Der Port zeichnet sich unter ihrer Haut deutlich ab. Zumindest werden die Ärzte nie ein Problem haben, das Ding ordentlich anzustechen, übersehen kann man es nicht. Zu den Narben, die die bisherigen Zugänge und die große Kopf-OP hinterlassen haben, ist jetzt noch eine weitere hinzugekommen. Noch immer schmerzt mich der Anblick dieser roten Linien auf ihrer blassen und weichen Kinderhaut.

Dennoch vermissen wir keine Sekunde das Netz zum Verstauen des Kabels an Helens Körper. Keine Sekunde das Pflaster auf ihrer Brust, das den alten Zugang schützte.

Eine so große Freude wie beim ersten Mal, als Helen ganz auf einen Zugang verzichten konnte, will sich nicht einstellen. Als sie aber das erste Mal seit über einem Jahr wieder in der geliebten Wanne liegt und sich das Wasser vorsichtig über Bauch und Brust laufen lässt, bin ich doch sehr gerührt und labe mich an ihrer Freude.

***

Kurz bevor wir in die Reha fahren, habe ich Geburtstag. Ich werde 41 Jahre alt. Letztes Jahr habe ich die Feier zu meinem runden Geburtstag abgesagt, weil Helen den Rückfall bekam. Spontan entschließe ich mich, diesen Geburtstag zu etwas Besonderem zu erklären und mit Familie und Freunden zu feiern. Meine Freundin aus frühester Kindheit hat vor zwei Wochen ein Café eröffnet, und ich möchte dort ein Frühstück ausrichten.

Wieder einmal packen wir Vorhaben für einen Monat in ein einziges Wochenende. Samstag werden wir aus Paris wiederkommen, Sonntag die Feier ausrichten, und Dienstag schon geht es ab in die Reha. Dazwischen liegen dann noch Koffer ein- und auspacken, waschen und Sachen wieder packen für vier Wochen Wechselwetter zwischen Spätsommer, Herbst und möglicherweise schon Winter. Aber Programm pumpt Adrenalin in meine Venen und lässt mich aufblühen.

Der Geburtstag ist wunderschön. Es konnten alle kommen. Kinder springen herum, malen und basteln. Die Erwachsenen quatschen, essen und trinken und freuen sich, bei mir zu sein. Denn alle wissen, nur wenn es Helen gutgeht, mache ich so etwas wie heute.

Helen hat sich ganz besonders fein gemacht. Sie trägt einen grauen mehrlagigen Rock mit rosa Stickereien, ein rosa Shirt und ihre kleine Jeansweste, die sie für das coolste Stück schlechthin hält. Nicht fehlen dürfen die silbernen Glitzerballerinas, die Susanne ihr geschenkt hat.

Einzig ihr Ohr macht uns mal wieder Sorgen. Seit gestern tropft es. Die Flüssigkeit ist klar, sie hat keine Schmerzen, es riecht nicht seltsam. Aber es stört Helen und macht uns nervös. Wir reden uns ein, dass es ein gutes Zeichen ist. Der Tumor im Ohr geht zurück. Vielleicht läuft jetzt das ab, was dort schon lange war und nie heraus konnte. Wir sind Meister im Schöndenken.

***

Das Ohr tropft und fließt weiter. Hoffentlich geht das bald vorbei. Jetzt hat Helen schon den neuen Zugang und kann womöglich wegen einer Entzündung im Ohr nicht schwimmen.

Mit gewohntem Gepäck und voller Vorfreude auf vier Wochen Sport und Erholung reisen wir nach Bad Oeynhausen. Sehen uns erneut dem leitenden Arzt gegenüber, der so gerne unzensiert plaudert. Bevor er unangenehm fragen kann, stellt Frank die aktuellen Fakten zu Helens Zustand in knappen Worten vor. Er interessiert sich sehr für das Ohr und lässt unsere Vermutung hinsichtlich des Tumorrückgangs im Gehörgang unkommentiert im Raum stehen.

Gleich macht sich Unruhe bei mir breit. Vielleicht ist das doch was Schlimmes und gar kein gutes Zeichen? Aber natürlich frage ich erst gar nicht.

Als wir schon denken, unbeschadet das Gespräch überstanden zu haben, kommen die klassischen Fragen zum Gesundheitszustand von Frank und mir. Bei der Frage nach dem üblichen Alkoholkonsum schweift er auf einmal ab in die Geschichte eines Mädchens, das vor ein paar Wochen zusammen mit ihrem Vater hier war.

Unheilbar erkrankt, gönnte sich der Teenager jeden Tag mehrere Gläser Wein, und der Vater machte sich deswegen Sorgen.

Mit freundlichem Lächeln erklärt uns der Arzt, dass der Alkohol natürlich wesentlich besser war als die ansonsten notwendigen Opiumdosen. Und dass die Einschätzung der vernünftigen Alkoholmenge so für jeden Menschen doch ganz unterschiedlich zu betrachten sei. Das Mädchen sei kurz nach der Reha gestorben, und man freue sich, ihr hier noch eine schöne Zeit bereitet zu haben.

Mit Helen auf dem Schoß sehe ich Frank kurz vor der Explosion. Ich atme auch ganz tief durch und überspiele diese ärztlichen Weisheiten in der Hoffnung, dass Helen nichts davon auf ihren Zustand bezieht.

Die Situation ist dieses Mal vertraut und dennoch ganz anders für uns. Wir kennen alle Räume, Abläufe und Therapeuten und fühlen uns wie in einem Urlaubshotel, das man zum zweiten Mal besucht. Gleichzeitig fehlt uns die Zuversicht des letzten Aufenthaltes, als Helen vermeintlich gesund aus der Therapie entlassen war und wir einer unbeschwerten Zukunft entgegenstrebten. Jetzt blicken wir zwar auf einen guten aktuellen Stand, aber der ist ungewiss. Keinen Moment kann ich meinen Blick von dem tropfenden Ohr und seinem dunklen Knubbel abwenden. Ich glaube, er ist gewachsen. Nein, ich bin mir ganz sicher. Frank sagt, nein, das wäre nicht so, und ich solle ihn nicht damit verrückt machen. Das will ich auch nicht. Ich sehe ein, dass ich mit meiner Erkenntnis eh nichts ändern kann, außer mich selbst in den Wahnsinn zu treiben, der sich schon sein Bettchen ganz in meiner Nähe herrichtet.

Es kommt immer mehr Flüssigkeit, und wir wissen nicht, wie wir den Fluss stoppen können. Alle halbe Stunde müssen wir den Stopfen wechseln, da die klare Flüssigkeit ansonsten aus Helens Ohr rinnt und auf ihre Schulter tropft. Wir tüfteln einen Versorgungsplan aus, um Helen während ihrer Aktivitäten immer wieder mit einem neuen Stopfen ausstatten zu können. So kommt es vor, dass einer von uns »Bauch, Beine, Po« oder den Rückenkurs kurz unterbricht, um schnell zu Helen gehen zu können. Lösung gefunden, wird einfach in den neuen Tagesablauf übernommen.

Bisher haben wir kein geeignetes Material gefunden, das die Mengen wirkungsvoll aufnehmen kann. Zu Helens großem Entsetzen und unter Protest haben wir Teile von Kinderwindeln probiert, alle Formen von Mullbinden und sonstiges Verbandszeug. Geholfen hat nichts. Nachts läuft das Ohr so aus, dass wir Helen wecken müssen, um das Kissen zu wechseln, auf dem sie liegt.

Noch lassen wir die Erkenntnis nicht zu, dass erneut etwas Unkontrollierbares seinen Platz in unserem Leben sucht. Noch wollen wir alle Vorzeichen ignorieren und stürzen uns auf die Bekämpfung der Symptome. Wir lassen Helen in dem Glauben, dass alles normal und gut ist, und wollen uns das auch selber glauben machen.

Dann passiert in einer Nacht etwas, das uns aufrüttelt und wonach es uns sehr viel Kraft kostet, die Anzeichen weiterhin zu unseren Gunsten zu deuten.

Durch die ständige Nässe am Ohr kratzt sich Helen nachts unbewusst genau an dieser Stelle. Da, wo der kleine Knubbel sitzt und die Haut eh sehr dünn ist. Immer wieder stehen wir auf und halten ihr die Hand im Schlaf fest, aber natürlich fängt sie wieder an. Und einmal, als Frank zufällig zu ihr hochgeht, um nach dem Rechten zu schauen, liegt ihr Kopf in einer Blutlache. Sie hat es geschafft, den Juckreiz durch ihr stetiges Kratzen zu unterbinden, und schläft einfach weiter. Ihr ganzes Kissen und die Schutztücher, die wir untergelegt hatten, sind tiefrot.

Als ich merke, dass etwas nicht stimmt, renne ich die steilen Stufen hoch und höre Frank sagen: »Alles in Ordnung. Sieht schlimmer aus, als es ist.« Ich will nur schreien, so erschreckend finde ich die ganze Szene, und bin doch wie versteinert.

Zwei Filme laufen zeitgleich in meinem Kopf ab und überlagern sich. Der erste zeigt sofort die praktischen Probleme. Wie holen wir Helen aus der Situation, ohne dass sie Angst bekommt? Wie bekomme ich das Blut aus der Wäsche? Wir sind ja nicht zu Hause. Der zweite Film hat gleich die ganz existenziellen Fragen parat. Was tut sich da am Ohr? Wächst der Tumor wieder? Was machen wir, wenn wir nicht mehr nach Paris dürfen?

Zum Glück habe ich Frank an meiner Seite, der in aller Ruhe Helen nach unten in unser Bett trägt und ihr sagt, dass sie noch ein bisschen schlafen kann. Ich erwache aus meinem Schock und tauche in den ersten Film ab. Bett abziehen. Raus auf den Flur und in der Wäschekammer neue Sachen holen. Die routinierten Bewegungen übernehmen die Herrschaft über meine Gedanken und überlassen sie nicht der aufkeimenden Panik.

Als nichts mehr auf den nächtlichen Vorfall hinweist, schlüpfe ich zu den beiden ins Bett. Irgendwann dösen wir ein und werden tatsächlich erst am nächsten Morgen wieder wach.

In den wenigen Stunden bei uns hat Helen wieder gekratzt und die gerade provisorisch verschlossene Wunde geöffnet. Jetzt ist auch unsere Bettdecke mit einem großen Blutfleck versehen. Das war also doch kein böser Traum heute Nacht, sondern schlichtweg die neue Realität. Als Helen, nun wach, die Decke sieht, erschrickt sie und weint.

Welche Filme laufen jetzt wohl in ihrem Kopf ab? Ich vermute, die werden inhaltlich nicht weit entfernt von meinen sein.

Um sie und uns zu trösten, bagatellisieren wir den Vorfall. Versichern ihr immer wieder, dass es nicht ihre Schuld ist. Dass sie einfach im Schlaf gekratzt hat, weil es so gejuckt hat. Dass wir das nicht verhindern konnten. Neben der Frage, ob sie etwas falsch gemacht hat, betrübt sie vor allem die glasklare Einsicht, dass sie in dieser Reha nicht mehr schwimmen kann. Ja, das stimmt wohl, und wir können nichts beschönigen.

Frank packt das Ohr wieder in seine professionellen Verbandsmaterialien, die wir doch eigentlich schon für immer verbannt haben wollten.

Die hiesigen Ärzte sagen nichts. Was sollen sie auch tun? Zunächst steht noch eine Behandlung in Paris an, und danach haben wir schon wieder ein MRT. Dann wird man sehen. So ist der Lauf der Dinge für einen Onkologen. Spekulationen helfen niemandem, und zum Trösten sind sie nicht da. Aber natürlich wissen wir, dass alles, was Außergewöhnliches an der Tumorstelle passiert, meistens nichts Gutes verspricht.

***

Ab jetzt trägt Helen wieder einen Verband. Sie hat keine Schmerzen, das ist schon mal gut. Die Nächte werden für mich zur Qual, denn in dem offenen Raum höre ich Helen an ihrer dicken Schutzschicht über der Wunde arbeiten. Das leise Rascheln des Verbandsstoffes lässt mein Herz rasen, kleine Panikwellen schwappen über mich. Aber ich schaffe es tatsächlich immer, bis zum Morgen die Ängste unter einem Dämmerschlaf zu verdrängen und mit Freude und Neugierde in den Tag zu starten.

Ich lasse mich so von den fröhlichen Erlebnissen der Reha mitreißen, dass mir erst ein Gespräch mit einem anderen Vater wieder den Boden unter den Füßen wegreißt. Als zur Sprache kommt, dass Helen einen Rückfall hatte, sagt er: »Dann genießt die Zeit hier aber ganz besonders.« Und ich frage ihn: »Wie meinst du das?« – »Na ja, ein Rückfall ist ja nie gut. Da weiß man nicht, wie viel Zeit einem noch bleibt.«

Ich bin völlig perplex. Sehe Helen und uns jetzt durch die Augen der anderen. Denken das alle über uns? Glauben alle, das war's? Auch zu Hause? Sind wir die Einzigen, die sich so erfolgreich vormachen können, dass uns noch alle Chancen offenstehen?

Was machst du dir für unsinnige Gedanken, höre ich Frank schon sagen, ohne ihm überhaupt von dem Vorfall berichtet zu haben. Ist doch völlig egal, was andere denken. Ja, schon. Aber die Gedanken der anderen spiegeln mir die Realität wider, die wir so erfolgreich verdrängen, und lassen mich zweifelnd zurück.

In der dritten Woche reisen wir direkt aus der Rehaklinik nach Paris. Mit einer Sondergenehmigung dürfen wir die Maßnahme unterbrechen. Die Fahrt zieht sich, wir kommen praktisch bei uns zu Hause vorbei und haben dann noch die ganze übliche Strecke zu bewältigen. Außerdem beschleicht mich ein ungutes Gefühl, wenn ich an die Reaktion der Ärztin in Paris auf die Veränderungen am Ohr nachdenke. Auch sie wird nichts sagen, keine Vermutungen äußern und geduldig das nächste MRT abwarten. Aber alleine das Nichtentkräften unserer Befürchtungen macht mir Angst.

Zum Glück ist unsere behandelnde Ärztin auf einem Kongress, und die Vertretung macht nur ihren Job. Schließt Helen an und fragt den üblichen Katalog nach dem Befinden ab. Nein, keine Schmerzen. Kein Fieber. Das Ohr tut auch nicht weh, aber es tropft. Alleine das ist schon schwierig in einer fremden Sprache zu erläutern. Auch wenn die Ärztin Englisch spricht, so reicht der Austausch dann doch nicht zu detaillierten Einzelheiten. Sie kann uns aber eh nicht helfen. Wir müssen weiter auf die nächste Bildgebung warten.

Am nächsten Morgen starten wir früh und machen einen Zwischenstopp bei uns zu Hause. Helen trifft Shirley und tankt gute Laune und Freundinnen-Kraft. Ich wasche mal eben zwei Maschinen durch, und dann geht es auch schon zurück.

***

Wir nehmen in Bad Oeynhausen das ganze Programm mit. Besuchen wieder den Zoo in Hannover, gehen ins Kino und ins Varieté-Theater im historischen Kurhaus. Außerdem bekommen wir Besuch von Susanne und meinen Eltern.

Carsten kommt auch. Gemeinsam mit ihm haben wir uns

zur Traumstunde angemeldet. Das ist eine »Sich emotional gehenlassen«-Therapie, die in einem Raum mit Bällebad und Wasserbett stattfindet. Carsten zögert kurz, ist dann aber voll dabei und ganz der »lustige Onkel«. Noch nicht richtig im Raum angekommen, tauchen Frank und sein Bruder schon im Bällebad unter. Die bunten Kugeln schwappen angesichts der hinzugekommenen Massen munter über den Beckenrand, und ich übernehme den Aufräumjob. Helen ist ebenfalls im turbulenten Familienbad verschwunden, und ich sehe nur Hände und Füße und höre entspanntes Lachen. Halt! Die Welt soll stehenbleiben! Es soll immer genauso leicht und schön sein wie jetzt. Aber niemand zeigt mir den geheimen Pause-Knopf, und so rinnt die Zeit dahin. Die Brüder toben mit Helen auf allen Spielgeräten, schwitzen wie die Ochsen angesichts der spielwarmen Raumtemperatur, und am Ende fallen Frank, Helen und ich auf das Wasserbett. Kuscheliges Licht und Massagebälle führen nach Lachen und Toben zu einer inniglichen Erholung.

So fühlt sich Glück an. Wird sofort konserviert für schlechte Zeiten.

***

Die vier Wochen sind schneller rum, als uns lieb ist. Wieder stehen wir mit einem Zettel und einem Luftballon in der Hand beim Abschiedsritual. Wieder haben wir den einen und immer gleichen Wunsch, dass Helen gesund wird und für immer bleibt. Dieses Mal bin ich gewappneter gegen die Sentimentalität dieser Aktion. Es ist ein schöner Abschluss, mehr auch nicht. Genau wie im letzten Jahr steigen wir, nachdem alle Ballons aus unserem Sichtfeld verschwunden sind, ins Auto und reisen ab. Ob wir noch ein drittes Mal kommen können werden?

****

Kaum zurück, bietet die Woche weitere Highlights. Im Guten und im Schlechten. Am Freitag steht das nächste MRT an, und das langersehnte Kommunionswochenende wird eingeläutet. Zwei Tage und Nächte in einer Art Jugendherberge ein paar Kilometer von uns entfernt.

Natürlich soll Helen an dem unbeschwerten Vergnügen teilhaben können, genau wie ihre Freundinnen. Gleichzeitig müssen wir aber den gesundheitlichen Anforderungen gerecht werden. Sie kann eigentlich nicht alleine irgendwo übernachten. Wir können keinem ambitionierten Betreuer die Verantwortung überlassen. Außerdem besteht jede Nacht die Gefahr, dass Helen sich das Ohr blutig kratzt.

Daher leben wir vordergründig große Gelassenheit und planen den Aufenthalt dennoch akribisch. Frank wird ein Gästezimmer im Haus bekommen und somit vor Ort sein. Er kann morgens und abends das Ohr versorgen und für den möglichen Notfall in der Nacht da sein.

***

Helen ist so aufgeregt, dass sie die anstehende Untersuchung weitestgehend verdrängt und nur als lästige Zeitverschwendung auf dem Weg in das große Abenteuer sieht.

Am Morgen bin ich ein Nervenbündel und gleichzeitig, vor Helen, Oscar-würdige Darstellerin großer Gelassenheit. Im Krankenhaus interpretiere ich in jeden Blick eines Kittelträgers mir vorenthaltenes Wissen, das ich doch eigentlich gar nicht erfahren möchte.

Seit dem Rückfall vor einem Jahr wird nicht nur der Schädel, sondern auch der Kiefer und die Halswirbelsäule untersucht. Der ganze Vorgang dauert zwischen fünfundvierzig und neunzig Minuten, je nachdem, wie schnell die Sequenzen abgearbeitet werden können. Seitdem nehmen wir auch den Narkosearzt in Anspruch, um Helen das lange Verharren in absoluter Regungslosigkeit zu ersparen. Keine Bibi Blocksberg der Welt und auch keine Mama-Geschichte kann diese endlos scheinende Zeit wegzaubern. Auch ich wünsche mir, diese Unendlichkeit nicht ertragen zu müssen, allerdings steht mir die Narkose natürlich nicht zu.

Ich weiß, es sitzt dort niemand im Behandlungszimmer, der Helens Schädel auswendig kennt. Niemand hat den Tumor exakt vor Augen. Es sind nicht mal die alten Bilder auf dem Monitor zum Vergleich. Nicht umsonst warten wir jedes Mal grauenhaft lange Tage, bis sich jemand an die Auswertung setzt.

Und dennoch weiß ich es immer besser. Wenn ich hier im Wartebereich sitze und auf die graue Tür starre. Wenn ich nach oben blicke, auf diese Uhr, die immer anders getaktet ist als alle anderen Zeitmesser. Dann weiß ich voller Überzeugung: Dort drinnen stimmt etwas nicht. Sonst würden die nicht so lange brauchen. Ich sage es einmal zu Frank, und er winkt ab. Ich sage es ein weiteres Mal und sehe schon den Anflug von wohlwollend unterdrückter Genervtheit in seinem Blick. Er hat bestimmt recht. Aber warum dauert das so lange? Ich kralle mich in Helens Kuscheltier, das ich während der Untersuchung behüte und das meinen zusammengeballten Händen eine flauschige Umgebung bietet.

Jedes Mal, wenn sich die Tür öffnet, setzt mein Herz einen Schlag aus. So, als käme ein Arzt und würde mir direkt hier zurufen, dass der Tumor nicht nur gewachsen, sondern gleich gestreut hat und Helen außerdem die Narkose nicht gut überstanden hat.

Natürlich passiert nichts von alldem, und als sich die Tür öffnet und der Narkosearzt mich anlächelt, ist meine Welt für diesen kurzen Moment erst mal wieder im Lot. Ich stürze zu Helen. Guckt der Arzt anders? Mitleidig? Ich glaube, alle sind auffallend nett zu uns. Das ist doch immer verdächtig.

Die Bilder sollen hier in Köln begutachtet werden. Gleichzeitig senden wir aber eine CD nach Paris, denn wir wollen schon in einer Woche wieder dorthin.

Als die CD bei der Post ist, will ich mich dem anstehenden fröhlichen Wochenende öffnen. Nachdem Helen die Narkose-Müdigkeit überwunden hat, brennt sie auf die Zeit mit ihren Freunden.

Eigentlich habe ich die Angst vor dem Ergebnis mit dem Schließen der Parkschranke hinter mir gelassen. Aber ich merke schon den Anflug von Zweifel in mir wachsen. Vielleicht nimmt sich ein Arzt ausgerechnet heute schon Helens Bilder vor, und wir werden noch am Abend mit dem Anruf konfrontiert. Die Gefahr ist noch nicht gebannt. Wie lange arbeiten die wohl? Ich würde sagen, spätestens ab 19.00 Uhr kann ich mich locker machen. Dann wird bis Montagmittag nichts passieren.

***

Am Nachmittag packen wir Helens rosa Reisetrolley in den Wagen. Eine dreiviertel Stunde später fahren wir einen einsamen Weg hoch und sehen ein Haus mitten im Wald. Viele Kinder und ihre Eltern sind schon da. Taschen und Koffer, Kuscheltiere und Süßigkeiten stapeln sich im Aufenthaltsraum. Helen ist schon im Haus unterwegs und erkundet mit ihren Freundinnen die Zimmer. Die Frage, wo und mit wem sie heute nächtigen wird, bestimmt einzig ihr Denken.

Hat dieses Kind noch vor wenigen Stunden in Narkose gelegen und eine neunzigminütige Untersuchung über sich ergehen lassen? Man sieht es ihr nicht an. Hätte sie lange Haare, wäre sie flinker und weniger vorsichtig beim Herumtoben im Haus, man würde keinen Unterschied erkennen.

Welcher Erwachsene würde nach solch einem Eingriff eine Wochenendreise antreten? Niemand! Wieder einmal überwältigt mich meine Grundsorge, Helen zu überfordern. Aber ihr die Zeit hier zu verbieten wäre schlimmer als prophylaktische Schonbehandlung. Außerdem ist Frank nachts da, und die Betreuer melden sich, sobald es Helen tagsüber nicht gutgehen sollte.

Meine Tochter schläft oben in dem Etagenbett, wie ich früher immer. Sie stellt die Taschenlampe auf ein kleines Nachtbrettchen und richtet ihre Bettwäsche. Sie strahlt und ist ganz aufgeregt. Gerüchte machen die Runde, dass die Jungs kommen, wenn die Betreuer schlafen. Wir halten uns dezent im Hintergrund, so, als wären wir nicht da. Kein Hinweis zu Schlafenszeiten, die notwendig wären, zu Zähneputzen und Pantoffeln auf kaltem Fußboden.

Ich verabschiede mich von meiner Tochter und wünsche ihr allen Spaß der Welt. Dann fahren Frank und ich nach Bergisch Gladbach ins Kino. Das ist die nächstgelegene Stadt, und es fühlt sich fremd an, hier zu sein. Beim Blick auf die Uhr bin ich erleichtert. Definitiv wird heute niemand mehr aus dem Krankenhaus anrufen. Mindestens sechzig Stunden angstfreie Zeit stehen mir bevor. Herrliche Aussicht!

Kurz vor Mitternacht bringe ich Frank zurück zur Jugendherberge. Mir scheint, in Helens Zimmer flackert noch ein kleines Licht. Ich muss grinsen. Ob die angekündigte wilde Party stattgefunden hat?

Noch nie habe ich Frank in der Nacht irgendwo abgesetzt und bin alleine nach Hause gefahren. Wir sind aus unseren Kinderzimmern aus- und zusammengezogen, und seitdem wohnen wir unter einem Dach. Natürlich waren wir getrennt durch Dienstreisen und Krankenhausaufenthalte. Aber noch nie fühlte es sich so komisch an wie heute. Erst jetzt wird mir klar, dass ich durch unbeleuchtete Waldgegenden und ohne Navigationsgerät meinen Rückweg finden muss. Immerhin habe ich diese Sorge jetzt erst ganz spontan bekommen und habe mir damit nicht den schönen Abend versaut.

Eine kurze Nacht später blicke ich sofort auf mein Handy. Kein Anruf von Frank. Ob die Nacht wohl ruhig war? Ob es Helen gutgeht? Ich gehe erst einmal duschen und zwinge mich dazu, nicht sofort anzurufen. Ich schaffe es keine zwanzig Minuten und sende eine Nachricht. Und? Alles gut bei euch? Ja, alles prima. Kurz freue ich mich, dann wird mir klar, dass Frank auch niemals etwas Gegenteiliges berichten würde. Hätte sie vor Schmerz geschrien und die halbe Nacht bei Frank verbracht, würde er mich trotzdem nicht anrufen. Warum auch, würde er sagen. Warum soll ich dich damit beunruhigen. So konnte wenigstens einer schlafen, und ich berichte pflichtschuldig, wenn wir uns sehen.

Da Frank ja quasi undercover vor Ort ist, verabreden wir uns zum Frühstück. Ich erfahre, dass Helen sich das Ohr in der Nacht tatsächlich aufgekratzt hat und in einer beängstigenden Blutlache aufgewacht ist. Frank hat in seiner ruhigen Art Kind und Bett versorgt, die anderen Mädchen beruhigt und getan, als wäre alles normal.

Vor dem morgendlichen Eingriff wurde die Nacht tatsächlich zum Tag gemacht, und unsere Helen war mittendrin. Von Müdigkeit, Schmerzen oder gar Überforderung keine Spur. Als Frank mir noch berichtet, dass sich die Betreuer über den großen Hunger von Helen und ihre vertilgten Mengen unterhalten haben, ist meine Welt perfekt.

Die zweite Nacht ist ruhig. Keine nächtlichen Besuche von Jungs, kein aufgekratztes Ohr.

***

Montag. Schule. Normalität. Wenn nur das MRT-Ergebnis nicht wäre. Kein Anruf.

Dienstag. Schule. Kein Anruf. Noch drei Tage, dann wollen wir wieder nach Paris. Ab Donnerstag ist unsere Ärztin auf einem Kongress und will daher unbedingt vorher die Bilder persönlich begutachten. Da bleiben nur Mittwoch oder Donnerstagvormittag. Die Luft wird dünn für mich. Kein Anruf.

Mittwoch. Ein Bürotag. Soll ich lieber zu Hause bleiben? Was ist, wenn wir eine schlechte Nachricht bekommen? Wenn ich zusammenbreche, mich nicht im Griff habe, falls der Tumor weitergewachsen sein sollte. Ich will nicht, dass die Kollegen irgendetwas mitbekommen. Wir verabreden, dass Frank mich nicht im Büro anruft und wir erst zu Hause sprechen. Da er immer die Anrufe bekommt, bin ich aus der Schusslinie.

Im Büro. Mein Telefon klingelt. Ich sehe die französische Vorwahl. 0033. Mich durchzuckt eine Panik, wie ich sie noch nie erlebt habe. Mein Kopf dröhnt vor Leere. Ich bin zu keiner Reaktion fähig. Jetzt ist der Moment gekommen, den ich die letzten Tage immer wieder durchgespielt habe.

Variante a: grenzenlose Erleichterung, selbst bei Stagnation des Tumors, ist mir scheißegal.

Variante b: Herzstillstand, Ohnmacht, Leere, aber bitte keine dieser Anzeichen vor Helen, falls sie in meiner Nähe wäre.

Meine Kollegin sitzt mir gegenüber. Die Tür zum Nachbarbüro ist offen. Jeder kann hören, was ich sage. Aber ich sage gar nichts, denn ich gehe nicht ans Telefon. Nach scheinbar endlosem Klingeln starrt mich das Display stumm an. Ein entgangener Anruf. Ich sammele mich, notiere die Nummer und eile in den großen Konferenzraum. Ich lehne mich an das Sideboard und wähle Franks Nummer. Er nimmt sofort ab, und ich erzähle von dem Anruf. Und was hat sie gesagt, fragt er. Ich bin nicht rangegangen, bitte ruf du zurück. Ich sehe ihn nicht, kann mir aber vorstellen, dass er den Kopf schüttelt. Ist doch egal, ob die Ärztin mir das sagt oder ihm und er dann fünf Minuten später mir. Ja, aber ich bin so gelähmt vor Angst, dass ich nicht denken kann und auch nicht aufnahmefähig bin. Da ich davon ausgehe, dass wir keine gute Nachricht bekommen, werden Erklärungen folgen, wie es weitergeht mit der Therapie. Und ich bin mir sicher, dass ich das nicht mehr verstehen würde. Dass die schlechte Nachricht alles blockieren würde und ich etwas verpassen könnte.

Wir vereinbaren, dass Frank in Paris anruft und mich danach informiert. Jetzt kann ich nicht mehr warten, bis ich heute Abend zu Hause bin. Jetzt bin ich sowieso vollkommen neben der Spur.

Ich halte das Handy in der Hand und zähle die Sekunden, dann die Minuten. Je länger es dauert, desto sicherer bin ich, dass der Tumor gewachsen sein muss. Eine gute Nachricht wäre ein kurze.

Niemand kann sich vorstellen, wie weh Angst tun kann. In diesen wenigen Minuten verkrampft mein Körper. Mein Magen schmerzt. Mein Innerstes scheint zu implodieren. Ich glaube, so fühlt sich Todesangst an. Nur stehe ich hier in einem Bürogebäude und hänge nicht an einer Klippe. Mir fehlt das Adrenalin, ich befürchte, die Angst wird meine Atmung lähmen. Das Wissen, dass sich jetzt das Schlimmste bewahrheitet, dass meine größten Befürchtungen wahr werden, rollt wie ein ungebremster Lkw über mich. Es sind die Sekunden, wenn das rasende Fahrzeug auf einen zukommt und man weiß, dass man nicht mehr ausweichen kann.

Als das Telefon klingelt, höre ich sofort Franks Worte. »Er ist gewachsen. Wir können nicht mehr nach Paris.« Der Lkw überrollt mich. Ich bin tot.

»Wie viel ist er gewachsen?«, will ich wissen. Will wenigstens hören, dass es unter den schlimmen Möglichkeiten nicht die allerschlimmste ist. »Nur ein ganz kleines bisschen.« Verrückt, aber es hilft mir, am Leben zu bleiben, meine Fassung zu wahren und zu funktionieren.

Wir wollen uns sofort zu Hause treffen. Ich renne in mein Büro, schnappe meine Tasche und werfe Susanne nur mühsam, unter aufkeimenden Tränen einen Infobrocken hin. Ob sie mich fahren soll? Nein. Das schaffe ich alleine. Ich will nicht zusammenbrechen, und nach Hause kommen ist jetzt meine erste Programmierung.

Daheim brauche ich die Tränen nicht mehr zurückzuhalten. Zum Glück ist Helen bei Oma und Opa. Ich breche in Franks Armen zusammen und will nur getröstet werden. Er leiert die Informationen wieder und wieder runter. Der Tumor ist gewachsen. Wir können nicht mehr nach Paris. Nein, wir können nicht noch eine Infusion hinterherschieben, in der Hoffnung, dass es vielleicht doch noch wirkt. Wachsen ist ein Ausschlusskriterium aus der Studie. Nein, der Tumor ist nicht riesig und droht nicht Helens Kopf zu sprengen. Nein, es wurden keine Metastasen gesehen, obwohl das MRT die halbe Lunge mit abgebildet hat.

Frank hat die Empfehlung der Ärztin für eine leichte Chemo, die Helen jetzt nehmen soll. So eine Art Erhaltungstherapie, wie viele Kinder mit Leukämie sie bekommen. Leicht verträglich, die Haare fallen nicht aus. Ich wage kaum zu fragen und tue es dennoch. Ist das jetzt eine palliative Behandlung, oder kann Helen noch gesund werden? Er sagt, dass die Ärztin meint, auch von dieser Therapie sind schon Kinder geheilt worden und wir beschreiten damit nicht Helens letzten Weg.

***

Frank macht einen Termin in der Kölner Uniklinik, denn ab jetzt werden wir wieder dort behandelt. Bei einem Gesprächstermin am kommenden Montag will er die Möglichkeiten ausloten. Was bleibt uns jetzt wohl noch im Arzneimittel-Köcher übrig?

Wie in Trance erlebe ich die Übermittlung der Nachricht an meine Eltern und an unsere engsten Vertrauten. Als wir selber gefasst sind, können wir auch Helen die Situation erklären. Mangels umfassender Kenntnis ihrer bedrohlichen Situation nimmt sie die Neuigkeiten gelassen auf. Wir erklären ihr, dass das bisherige Mittel aus Frankreich nicht gut genug war, um den Tumor wirklich wegzubekommen, und dass wir ab nächster Woche ein anderes Medikament bekommen. Nein, keine stationären Aufenthalte und vor allem kein Haarausfall. Damit ist für Helen die Sache erledigt, und sie wendet sich wieder ihrem Buch zu.

Unser Traum jedoch ist geplatzt. Der Traum von dem ganz

besonderen Mittel, das wir entdeckt haben und das unser Kind für immer geheilt hat. Peng. Vorbei.

***

Das Gespräch in der Uniklinik ergibt wenig Neues. Der Rat der Ärztin aus Paris wird befolgt. Ab Freitag soll es losgehen. Dann werden Frank und Helen in die Tagesklinik fahren und die Medikamente bekommen. Sie müssen eigens für Helens Körpergröße und Gewicht angefertigt werden. Noch haben wir keine Ahnung, wie die Darreichungsform ist und wie Helen auf die Einnahme reagieren wird.

In dem Gespräch hat Frank die Auslotung aller Möglichkeiten erbeten. Helen soll erneut bei der Tumorkonferenz vorgestellt werden. OP, Bestrahlung, alternative Studien, alles soll überprüft werden.

Niemand hat uns gesagt, dass unser Kind sterben wird. Niemand hat gesagt, dass sie austherapiert ist. Auch auf dem vollständigen Röntgenbild sind keine Metastasen in der Lunge zu sehen. Sie klagt nicht über Schmerzen und hat keine Beeinträchtigungen außer dem wunden Ohr.

Aus diesem Scherbenhaufen bastele ich meine neue Sicht der Dinge. Noch ist nichts verloren. Keine Endgültigkeit wurde ausgesprochen. Und sollte die Wahrscheinlichkeit noch so gering sein, wir haben eine Chance. Der Köcher ist definitiv nicht leer!

***

Am Freitag kommen Frank und Helen mit einer Tüte Oralspritzen und diversen Tabletten nach Hause. In den Plastikspritzen ist eine klare Flüssigkeit aufgezogen. Wie wird sie wohl schmecken? Das ist mein erster Gedanke. Hoffentlich kann Helen sie nehmen. Schreckliche Erinnerungen an qualvolle Stunden durchzucken mich.

Das ganze Paket Spitzen wird in unserem Kellerkühlschrank deponiert. Ich habe sofort klargemacht, dass ich den Anblick nicht bei jedem Griff zu Butter & Co. ertragen kann. Ab diesem Zeitpunkt haben wir also nicht nur eine Regalwand voller Verbandsmaterialien, sondern auch einen Medikamentenkühlschrank mit Chemo im Haus.

Am Abend zelebrieren wir Gelassenheit und messen der Einnahme der Medikamente keine große Bedeutung zu. Zumindest vor Helen. In diesem Moment weiß ich jedoch genau, dass Frank innerlich erbittert darum fleht, dass Helen die durchsichtige Flüssigkeit problemlos nehmen kann und wir keine Dramen durchleben müssen.

Frank ist ein Fuchs. Ein cleverer Mann, der intuitiv das Richtige macht, um seinen beiden Mädels die Ängste zu nehmen. So hat er aus dem Krankenhaus eine leere Spritze mitgebracht, um die Einnahme zu üben, ohne die wertvolle Chemo zu verlieren, falls es nicht gleich klappt.

Er füllt die Spritze mit Wasser, und Helen kann erst mal den technischen Ablauf lernen. Wie sie ihren Mund halten muss, wie sie den Kolben drückt. Auch wenn die Gesichtslähmung viel besser geworden ist, kann Helen ihren Mund nicht vollständig spitzen. Saugen aus einem Strohhalm klappt nur, wenn sie den betroffenen Mundwinkel mit Daumen und Zeigefinger zukneift. Helen ist ehrgeizig und will es gut machen, und bald klappt der Testlauf mit Wasser und Apfelsaft. Stellt sich nur die große Frage, wie schmeckt die Chemo? Der Arzt meint, es schmeckt nach Wasser. Aber das ist, glaube ich, nur eine Standardfloskel, die sich auch schon bei anderen Medikamenten als platte Lüge herausgestellt hat.

Helen setzt die Spritze an und drückt den Kolben. Sie schluckt einmal, zweimal, und dann ist das Zeug drin. Mit tellergroßen Augen starre ich sie an und erwarte, dass sie brechen muss oder sagt, das würde sie niemals mehr nehmen. »Das schmeckt einfach ekelhaft, und ich weiß nicht, was der Arzt für Wasser hat«, bemerkt sie ganz trocken und nimmt auch noch die restlichen Tabletten ein.

Wir feiern sie gebührend ab und sind dankbar für die unkomplizierte Situation.

***

Helen kann die neuen Medikamente gut nehmen und hat keinerlei Nebenwirkungen. Wäre nicht das Wissen um die letzten MRT-Bilder, das Leben würde einfach seinen gewohnten Gang gehen.

Wir erleben eine schöne Zeit und machen dem Glück die Tür sperrangelweit auf. Helen hat Freude an ihrer Kommunionsvorbereitung. Kann zur Schule gehen. Freunde treffen. Und sogar an einem Weihnachtsprojekt teilnehmen.

Ein Krippenspiel soll Heiligabend aufgeführt werden, und für den Chor werden Kinder gesucht. Vier Vorbereitungsnachmittage sind eingeplant und die große Aufführung am 24.12. Das ist eine Zeitspanne, der wir zuversichtlich entgegensehen und bei der es Helen gutgehen wird.

Also bringe ich Helen und Shirley zur ersten Probe und warte unentdeckt im Vorraum, falls Helen wider Erwarten Hilfe benötigt. Dank meines E-Book-Readers kann man mich überall hinstellen, und ich bin dankbar für die gewonnene Zeit, die ich versunken in einer Geschichte verbringen kann.

Ich höre die Kinder singen und lasse mich fünf Wochen vor Weihnachten mit dem Festtagsvirus infizieren. Wie schön, dass Helen dabei sein kann. Wie schön, wenn die ganze Familie zusammen in die Kirche gehen und Helen zujubeln wird.

Auf der Rückfahrt habe ich mir schon den ersten Ohrwurm des modernen Stückes eingefangen und genieße die hellen Mädchenstimmen von der Rückbank.

***

Es wird eines der schönsten Weihnachtsfeste, die wir mit Helen erleben dürfen. Endlich, nach den langen Jahren von Diagnose, Therapie und Rückfall, feiern wir ein Fest, bei dem es Helen richtig gutgeht. Wir blenden die ungewisse Zukunft einfach aus und lassen uns in den schönen Moment fallen.

Am 23.12. schmücken Helen und ich den Baum und überlassen den nächtlichen Engeln nur noch die Feinheiten. Das ganze Haus ist dekoriert, und an Helens Kleiderschrank hängt ein goldener (!) Kleinmädchentraum von Tante Susanne, der Spezialistin für Geschenke, die Mütter niemals machen und die nur Patentanten vorbehalten sind.

An Heiligabend dekorieren Helen und ich den Tisch. Liebevoll und geduldig legt sie Hunderte kleine silberne Sternchen auf die schwarzen Filzsets. Ein loses Hinwerfen kommt für sie nicht in Frage. Jeder Stern wird einzeln ausgerichtet. Ich halte den Moment fest, wie sie lächelnd dasteht und versunken ihrer Tätigkeit nachgeht.

Wir sind früh in der Kirche. Die Vorfreude und die festliche Stimmung katapultieren mich in einen Glückszustand, der unbeschreiblich ist. Die ganze Familie ist hier. Vor uns Shirleys Familie, etwas hinter uns Freunde, deren Tochter ebenfalls im Chor mitsingt. Ich fühle mich so aufgehoben und umarmt von der Gemeinschaft. Es geht mir einfach gut.

Helen und ihre beste Freundin stehen ganz vorne, denn sie gehören zu den Kleinen im Chor. Mit ihrer dunklen Jeans, dem weißen Shirt mit Pailletten-Stern, der roten Strickjacke und den silbernen Susanne-Ballerinas sieht Helen jedoch alles andere als klein aus. Der Chor stimmt sich ein, und die Kirche füllt sich. Helen hat das ernste Gesicht, das mir ihre Aufregung signalisiert.

Aber als es losgeht, singt und tanzt sie alle Lieder mit, und nach einiger Zeit schenkt sie uns sogar ein genervtes Lächeln ob des glückseligen Gaffens aus unserer Bank. Während ich den Gottesdienst inhaliere wie ein Popkonzert, legt das Christkind (in Person unseres Nachbarn) die Geschenke unter den opulent geschmückten Baum. Musste er in den letzten Jahren Mini-Einbauküchen und Fahrräder aus dem Keller hochschleppen, so sind wir jetzt im Zeitalter der kleinen digitalen Geschenke angekommen. Helen wird den langersehnten und bisher von uns ignorierten Gameboy bekommen.

Die Aufführung wird ein voller Erfolg. Maria und Josef finden mit Unterstützung des Chors eine Unterkunft. Das Kind kann geboren und die Ohrwürmer der letzten Woche können punktgenau dargeboten werden.

Zu Hause erstrahlt das Haus in festlichem Glanz. Fast möchte ich selber glauben, dass das Christkind gerade erst aus der Terrassentür verschwunden ist. Reihum werden Geschenke verteilt, bestaunt, und über alles legt sich eine Stimmung, die ich nur noch aus der Erinnerung kenne. Woher ich die Kraft nehme, an diesem Abend alle Sorgen und Ängste abzulegen, weiß ich nicht. Aber ich fühle mich berauscht von Licht und Musik, von der Festlichkeit und dem ganzen Kitsch darum herum.

Die Realität macht eine kurze Stippvisite bei uns in Form der einzunehmenden Medikamente, verzieht sich aber schnell wieder diskret und zeigt sich an diesem Abend dankenswerterweise auch nicht mehr.

Ich möchte meine Schublade mit Tupperdosen aufreißen und das große Glück in kleinen Vorratsgrößen festhalten. Für die schlimmen Zeiten.

Aber heute ist heute, und heute war einfach perfekt. Bestimmt werde ich in den nächsten Wochen immer wieder einzelne Silbersterne finden, die den Weg vom Esstisch auf den Boden gefunden haben. Dann werde ich kurz innehalten und mich an das allerschönste Weihnachtsfest erinnern.

2013

Das neue Jahr beginnt mit großer Aufregung. Als Kommunionskind kann Helen dieses Jahr als Sternsinger mitgehen und in der Nachbarschaft Geld für einen guten Zweck sammeln. Wir bringen sie zum Pfarrhaus und warten draußen, dass die Kinder in ihren Kostümen zur Kirche gehen. Ganz hinten kommt Helen mit ihren Freundinnen. Mit Krone und Umhang aus Vorhangstoff. Wie immer bin ich begeistert und mache Bilder von ihr.

Während der Messe kommt der Pfarrer zu mir und bietet mir an, im Mittelgang weitere Fotos von den Kindern zu machen. Da hätte ich doch eine bessere Sicht. Einen kurzen Moment hadere ich zwischen Schämen und dem Wunsch nach der festgehaltenen Erinnerung. Wie immer siegt der Drang in mir, die Zeit einzufangen in einem Motiv, das mir niemand mehr nehmen kann.

Ich stehe also auf und gehe durch die Bank zum Mittelgang. Knie mich hin, damit ich möglichst wenig Angriffsfläche für die neugierigen oder mitleidigen Blicke der anderen biete. Bestimmt denken alle daran, dass meine Tochter todkrank ist. Der Pfarrer schiebt Helen diskret neben sich und postiert sie so optimal für mein Bild. Bis gerade war ich mir nicht mal sicher, dass er überhaupt weiß, wer mein Kind ist. Aber natürlich, alle wissen von uns. Auch wenn wir Normalität leben und einfordern, haben wir doch einen Sonderstatus. Wir sind die mit dem Krebs.

Nach dem Gottesdienst gehen die Kinder in kleinen Gruppen los. Ich werde angesprochen, ob ich die Bilder für das Gemeindeblatt zur Verfügung stellen kann. Ja, sehr gerne sogar. Jetzt habe ich die perfekte Ausrede. Allen, die ich noch in der Kirche treffe, berichte ich davon, dass ich als Karla Kolumna im Dienst war und deshalb auch mitten in der Messe fotografiert habe. Ob die anderen mir das glauben, weiß ich nicht, aber schon nach kurzer Zeit hört sich die Geschichte auch für mich sehr realistisch an.

Als wir Helen am Nachmittag nach einer langen Tour an der Kirche abholen, hat sie bereits das Ergebnis der ersten Hochrechnung. Mehrere tausend Euro haben die Kinder gesammelt. Sie ist so stolz darauf, anderen Kindern helfen zu können. Das Geld geht an ein Krankenhaus in Afrika, und mein Hals wird eng bei ihrer Bemerkung, dass die Kinder dort sehr krank seien und jetzt vielen mit dem Geld geholfen werden wird. Ich glaube, sie hat völlig vergessen, dass sie selber sehr krank ist, und das macht mir den Moment nicht leichter.

Ich erinnere mich an einen ähnlichen Moment vor knapp zwei Jahren. Helen war gerade mit der Chemobehandlung fertig. Hatte noch den Zugang und kaum Haare, als in Haiti das Erdbeben tobte. In den Kindernachrichten von Kika sah sie Kinder, die ihre Eltern verloren hatten oder deren Haus zerstört war. Als der Spendenaufruf kam, hat sie sofort verkündet, zwei Euro spenden zu wollen. Das war ihr damaliges Taschengeld eines ganzen Monats und für sie unfassbar viel Geld. Genau wie heute hat mich ihre selbstlose Art angesichts ihrer eigenen Beeinträchtigungen unendlich berührt.

Wieder einmal bin ich dankbar, dass Frank und ich uns für diesen Weg entschieden haben. Dass wir Helen gegenüber die Krankheit nicht dramatisieren. Dass wir es tatsächlich schaffen, ihr trotz aller widrigen Umstände ein Gefühl von Normalität zu geben. Dass wir die Krankheit nicht bagatellisieren, sie aber nicht zum Zentrum unseres Lebens machen. Nur so kann Helen sich zurücknehmen und sogar anderen ihr Mitgefühl entgegenbringen, ohne das Anrecht auf den immerwährenden Mittelpunkt einzufordern. Ja, das haben wir bisher gut gemacht. Ich bin mit uns zufrieden.

***

Ein weiteres MRT. Stagnation des Tumors. Lieber den Spatz in der Hand als die Taube auf dem Dach.

Frank nimmt Kontakt zu zwei Bestrahlungskliniken auf, die mit besonderen Methoden arbeiten. Wir wissen, dass es dauern kann, bis wir eine Antwort bekommen.

***

Karneval kündigt sich an, und die traditionelle Kinderparty will geplant werden. Das Motto steht bereits seit Monaten fest: »Hanni und Nanni«. Helen und Shirley sind natürlich die Zwillinge und müssen entsprechend ausgestattet werden. Mit kurzen braunen und langen blonden Haaren laufen die Mädchen bisher nicht Gefahr, verwechselt zu werden. Aber dank entsprechender Perücken und Kostümen, die mit Hilfe von Shirleys Oma gezaubert werden, sehen sie tatsächlich ziemlich ähnlich aus. Die Vorbereitung ist Teil der ganzen Sause und wird entsprechend zelebriert. Einladungen werden gebastelt und stolz an die Auserwählten in der Schule verteilt. Dekorationen für das »Internat Lindenhof«, das sich in unserem Keller befindet, werden gebastelt. Aus Frank wird unter dem Kichern der Mädchen »Mademoiselle Bertoux«, und ich verwandele mich in die strenge »Frau Mägerlein«.

Wie jedes Jahr genieße ich den Spaß vermutlich selbst am meisten. Beim Anblick des tanzenden Partyvolks sehe ich nur in glückliche Gesichter mit hochroten Wangen. Das letzte Spiel des Nachmittags findet im imaginären »Schlafsaal des Internats« statt. Wir sitzen alle auf dem Boden, und Helen schreibt mit der Taschenlampe ein Wort an die Wand, das von den anderen erraten werden muss. Nach einer wilden Party ist es jetzt mucksmäuschenstill. Der Raum ist dunkel, nur die Discokugel wirft weiter ihre bunten Punkte an die Decke.

Ein magischer Moment, der nicht einmal durch die nach und nach hereinkommenden Eltern gestört wird. Als würden alle das

Ende dieses Nachmittags hinauszögern wollen, sitzen am Ende Eltern und Kinder zusammen und raten gemeinsam die Worte, die nur für den kurzen Moment des Lichtstrahls Bestand haben.

***

Am Montag nach der großen Fete kommen zwei der geladenen Kinder nicht in die Schule. Im Laufe der nächsten Tage breitet sich ein Infekt in der Klasse aus. Mittwoch hat sich auch Helen etwas eingefangen. Ich bin am Boden zerstört. Morgen ist Weiberfastnacht, und in der Schule wird groß gefeiert. Das Zwillingskostüm will doch allen Klassenkameraden vorgeführt werden und macht ohne Helen wenig Sinn.

Aber die Meldungen aus der Schule bestätigen unsere Vermutung. Nicht nur die paar Kinder, die uns bekannt sind, sind betroffen. Nein, es scheint eine richtige Welle über die Schule zu rollen. Wir hören von langanhaltendem Fieber, Kopfschmerzen und Durchfällen. Können wir alles nicht gebrauchen. Bei aller Leichtigkeit, die wir im Moment verspüren, ist Helen noch immer ein anfälliges Kind, das eine Chemotherapie macht. Angesicht ihrer rosa Pausbacken und der Locken, die mittlerweile ihren Kopf bedecken, kann man das übersehen, aber jetzt heißt es einfach vorsichtig sein.

Seltsamerweise ist Helen zwar traurig, aber nicht so verzweifelt, wie ich es an ihrer Stelle wäre. Sie zehrt noch von der großen Party und hat ihr Karnevals-Depot für dieses Jahr offensichtlich schon ausreichend gefüllt.

***

Knappe zwei Wochen später sind wir mit Fieber auf Station. Der Infekt hat auch vor Helen nicht haltgemacht. Die Temperatur ist zu hoch, und uns bleibt nichts anderes übrig, als eine Antibiotikum-Kur zu machen.

Seit der Operation, bei der Helen den neuen Zugang bekommen hat, waren wir nicht mehr hier. Das sind jetzt mehr als fünf Monate. In unserem Metier ein kleines Wunder. Jetzt kennen wir tatsächlich niemanden mehr. Selbst Ärzte und Schwestern sind uns vielfach unbekannt.

Natürlich hasse ich jeden Moment hier in vollen Zügen. Den Geruch, die bekannten Abläufe, einfach alles. Aber ich rede mir immer wieder gut zu, dass wir ja nur wegen einer Grippe hier sind. Nichts wirklich Schlimmes. Fünf Tage, und wir sind wieder durch die Tür. Aber die hier gelebte Realität holt mich ein Stück weiter aus meinem Wolkenschloss. Kratzt den Putz von meiner zurechtgezimmerten Wahrheit.

Schon nach zwei Tagen kann eine deutliche Absenkung der Entzündungswerte festgestellt werden. Das Antibiotikum wirkt, und wir sind, wie geplant, nach fünf Nächten weg von hier.

Nervös macht mich eigentlich nur, dass in dieser Zeit die Chemo unterbrochen werden muss. Als Nebenwirkung senkt sie die Abwehrkräfte des Körpers, und gerade die benötigt Helen jetzt, um den Infekt zu bekämpfen. Wie schnell wachsen die Zellen wohl, wenn ihnen die Chemiekeule keinen Einhalt gebietet?

***

Es sind noch knappe zehn Wochen bis zu ihrer Kommunion. Ich kann kaum glauben, dass ich Helen vor fünf Monaten dazu angemeldet habe. Damals haben wir gehofft, dass sie auch wirklich daran teilnehmen können wird, und jetzt sieht es ganz danach aus. Natürlich können uns Infekte oder sonstige böse Überraschungen auch in letzter Minute dazwischenkommen, aber die Wahrscheinlichkeit steigt mit jedem Tag, den wir dem großen Ereignis näher kommen. Das nächste MRT steht erst nach der Kommunion an, wir blicken also eigentlich in eine aussichtsreiche Zukunft.

Noch vor Weihnachten habe ich ein Kommunionskleid entdeckt und gekauft. Ich war hin- und hergerissen, ob ich damit das Schicksal heraufbeschwören könnte, aber ich habe mich dennoch mutig durchgerungen, es zu tun. Denn ich wusste sofort, dass es genau das richtige Kleid für Helen ist. Knöchellang, mit einem bauschigen Tüllrock. Ein schlichtes ärmelloses Oberteil mit kleinen aufgenähten Perlen. Ich bin mir ganz sicher, dass sie das Kleid lieben wird.

Gekauft habe ich es nicht nur, weil es bezaubernd ist, sondern auch, weil wir in einem Dilemma stecken. Zwar geht Helen zur Kommunionsvorbereitung, und im Kleinen kommentieren wir auch das anstehende Ereignis, aber wir überhöhen das Thema nicht. Unter normalen Umständen hätten wir schon vor Wochen ein Kleid gekauft, über Hochsteckfrisuren nachgedacht und die Dekoration im Haus leidenschaftlich diskutiert. Jetzt aber halten wir alles so lange wie möglich unter Verschluss, denn wir wissen nicht, ob Helens Teilnahme tatsächlich klappen wird. Wenn wir sie schon seit Monaten völlig verrückt machen würden, wäre eine Absage noch unerträglicher, als ich es mir unter den gegebenen Umständen schon ausmalen kann.

Die Hysterie der anderen Mütter färbt dennoch langsam auf mich ab. Ob wir denn schon Schuhe hätten? Die seien ja so schwer zu bekommen! Ich war eigentlich davon ausgegangen, diese kurz vorher anhand der aktuellen Größe zu kaufen, muss mich aber eines Besseren belehren lassen. Der Markt an weißen Schuhen in der Größe 30–35 wird vermutlich in den nächsten zwei Monaten quasi zusammenbrechen. Die Mütter mit größeren Töchtern sprechen aus Erfahrung.

Ich sondiere heimlich das Angebot. Meine Güte, gibt es schreckliche Schuhe. Mit Absatz und Flamenco-Optik. Ich weiß, Helen würde sich über »Klackerabsätze« sehr freuen, aber das kommt nicht in Frage. Mir schweben eher schlichte weiße Ballerinas vor. Das dürfte nicht so schwer sein.

Füße in Größe 28 sind aber offensichtlich nicht Standard im

Kommunionsuniversum, also scanne ich das Angebot im Internet und bestelle drei Modelle in jeweils zwei Größen. Als der große Karton ein paar Tage später ankommt, inszeniere ich die Schuhanprobe in großem Stil. Glücklicherweise passen gleich zwei Modelle, und Helens Wahl fällt auf sehr schlichte Ballerinas mit grauen Wildlederblütenblättern. Ich bin begeistert. Jetzt warte ich nur noch auf den passenden Tag für die Kleidanprobe.

Hinsichtlich der Feier sind Frank und ich uns einig, dass wir das große Fest mit der Familie zu Hause ausrichten werden. Sollte es Helen nicht so gutgehen, dann kann sie sich hier am besten ausruhen. Die Kommunion findet Ende April statt. Vor meinem inneren Auge sehe ich eine reichlich geschmückte weiße Tafel in unserem Garten. Ein Koch serviert ein köstliches Dreigängemenü, und die Kerzen flackern im lauen Abendwind. Helen strahlt mit uns um die Wette. Der Tag ist perfekt.

***

Sonntag. Noch genau sechs Wochen bis zur Kommunion. Der große Moment ist gekommen. Ich überrasche Helen mit der Neuigkeit, dass wir bereits ein Kleid gekauft haben, und frage sie, ob sie es anprobieren möchte. Als ich den Traum aus Tüll zu Tage bringe, leuchten ihre Augen.

Wir verschwinden in ihrem Zimmer und lassen Frank im Wohnzimmer zurück. Sie zieht alles an: Strumpfhose, Kleid, Kranz, Schuhe. Ich leihe ihr meine goldene Kette, die ich zur Kommunion bekommen habe, und sie dreht sich stolz vor dem Spiegel. Sie schwebt mit gerafftem Rock die Treppe hinunter und fühlt sich wie eine Prinzessin.

Als sie vom Flur ins Wohnzimmer schreitet, erwartet Frank sie mit liebevollem Blick. Nach wenigen Sekunden übermannen ihn seine Gefühle. Helen in diesem Kleid zu sehen, ihr Strahlen und die Tatsache, dass wir es tatsächlich bis zu diesem Tag geschafft haben, rühren Frank zu Tränen. Helen bezieht es einzig und allein auf ihr unfassbar gutes Aussehen und will das Kleid selbstverständlich behalten. Unerwähnt bleibt, dass wir zu diesem Zeitpunkt keine Alternative mehr haben.

Schnell schüttele ich den Schmelz des zuckersüßen Moments ab und greife nach der Kamera. Die Szene will festgehalten werden für die spätere Dokumentation. Und wer weiß, ob es Helen in sechs Wochen überhaupt gutgeht oder wie sie an dem Tag aussieht? Was ich im Kasten habe, kann mir keiner mehr nehmen!

Also starten wir die Fotosession »Kommunion, die Erste«. Geduldig drapiert Helen sich samt bauschigem Rock auf der Galerie, den Treppen, auf dem weißen Sessel. Kaum einen Ort, der genügend Platz und Licht bietet, lassen wir aus. Sie lächelt, schaut beglückt und, der Situation einer Kommunion angemessen, auch ernst. Ich komme mir vor wie bei einer Homestory der »Bunten«, bei der im Oktober schon die Weihnachtsdekoration des Stars für die Dezember-Ausgabe abgelichtet wird. Wenn ich uns von außen betrachte, kann ich über mich selber lachen, so unwirklich ist das Ganze. Aber besondere Situationen erfordern eben besondere Maßnahmen. Und niemand, dessen Leben nicht wie unseres von der Hand in den Mund funktioniert, wird das auch nur ansatzweise nachvollziehen können.

***

Der Countdown läuft. Noch drei Wochen bis zur Kommunion. Unser Ziel, das noch vor Monaten in weiter und unklarer Ferne schien, rückt immer näher. Bei all unseren Sorgen scheint dieser Tag fast irrelevant, aber mir liegt er sehr am Herzen. Vielleicht habe ich auch noch meine eigene Aussage im Kopf, als Helen bei der Erstdiagnose fragte, wann sie wieder lange Haare hätte. Und ich voller Überzeugung sagte: »Bis zu deiner Kommunion sind sie auf jeden Fall wieder gewachsen.« Wer hätte damals ahnen können, dass sie in der Zwischenzeit ein zweites Mal ihre Haare verlieren musste und diese jetzt gerade erst auf dem Weg zu einer etwas längeren Mädchenfrisur sind.

***

Ganz jahreszeitentypisch tauchen vermehrt Erkältungen und Fieber in Helens Umfeld auf. Sie selbst ist gelegentlich schlapp und zeigt Anzeichen von Infekten. Wir sind übervorsichtig. Lassen sie lieber mal ein paar Tage zu Hause, statt sie in die Schule zu schicken.

Den Unterricht übernehmen wir dann in Eigenregie. Das Engagement der bisherigen Lehrerin vermissen wir sehr, hangeln uns durch Arbeitsblätter und nehmen den Stoff auf unsere eigene Art durch.

Helens Noten lassen uns entspannt mit der schulischen Situation umgehen. Selbst ambitionierter Mutti-Unterricht in Kleinstdosen scheint auszureichen, um mit zu den Klassenbesten zu gehören.

Das Basteln der Kommunionskerze im Pfarrhaus gehört auch zu den Aktionen, die wir umgestalten, um das momentane Ansteckungsrisiko gering zu halten. Es findet daher kurzerhand bei uns zu Hause statt. Eine der Katechetinnen kommt mit einem Korb voll Material, guten Ideen und noch besserer Laune zu uns. Shirley schließt sich samt Mutter unserer Mini-Bastelrunde an, und so vermisst Helen nicht eine Sekunde den Trubel des Pfarrsaals.

Ihre Taufkerze wird nun unter fachkundiger Anleitung zur Kommunionskerze umgestaltet. Natürlich sucht sie sich das kleinteiligste Motiv aus. Ein Lamm umgeben von Blättern, die alle eine stecknadelgroße Form haben. Wie immer erfreut Helen sich an der filigranen Arbeit und ist stolz auf ihr Ergebnis.

Als ich die Katechetin zu ihrem Auto begleite, kommen wir

auf ihre Behinderung zu sprechen. Sie geht gebeugt und benötigt zwei Krücken zum Gehen. Ich hatte schon Gerüchte gehört, dass auch sie an einem Knochentumor erkrankt war.

Nun berichtet sie mir von ihrer Erkrankung und der dadurch gefühlten Nähe zu Helen. Man habe ihr mit Ende zwanzig die Diagnose gestellt und ihr damals gleich empfohlen, ihre beiden Kinder zur Adoption freizugeben. Sie ist zwar körperlich eingeschränkt, hat aber überlebt. Sie ist dankbar für jeden Tag, an dem sie ihre Kinder sehen kann.

Das Vertrauen in Gott habe ihr geholfen. Zunächst habe sie ihn verflucht, warum er so etwas zulassen konnte, aber dann hätte sie seine Unterstützung gespürt. Ihr Leitsatz aus dieser Zeit sei folgender: Wenn du die Fußspuren deines Lebens ansiehst, dann wirst du neben dir immer ein zweites Paar sehen. Nur in den Zeiten, in denen es dir schlechtgeht, ist nur eines zu sehen, denn dann hat Gott dich getragen.

Hilfe! Ich will weg. Das geht mir zu weit. Was haben die Helen in der Vorbereitung wohl alles erzählt? Ich überschlage im Kopf alle seltsamen Fragen der letzten Monate. Mir kommt nichts Auffälliges in den Sinn, und ich mache mich wieder locker.

Ich verlasse die Katechetin mit einem seltsamen Gefühl aus Dankbarkeit für ihr Engagement und Distanz zu ihrer Sichtweise. Es will mir nicht in den Kopf, dass jemand angesichts seines schlimmen Zustandes die Sache noch mit Hilfe von Gott schönreden kann. Was muss der für eine miese Sau sein, wenn er Müttern und Kindern so eine Krankheit zukommen lässt? Soll man einem Gott dankbar sein dafür, dass er einen zwar nicht hat sterben lassen, aber mit einer schlimmen Behinderung zurücklässt? Ist das Glück? Oder doch eigentlich nur ein ganz schlimmes Schicksal, für das es keinerlei Entschuldigung gibt.

Ich muss schnell zu Helen zurück und vom Gedankenkarussell abspringen. Das bringt ja nichts, wie Frank immer sagt.

***

Der Traum vom Fest in Weiß im grünen Garten platzt angesichts winterlicher Temperaturen von zehn Grad. Unser Esszimmer wird ausgeräumt. Die große Tafel im Wohnzimmer nimmt Formen an. Unser Haus mutiert zur Eventlocation. Ich bin in meinem Element und rücke und schiebe, dekoriere und optimiere. Ich hole die bestellten Rosen in Zartrosa und Grün und versehe jeden Blütenkopf mit einer Perle. Alles wirkt leicht und zart. Wir haben es fast geschafft.

Das Kleid hängt gebügelt und auf Helens zierliche Maße angepasst im Büro. Strickjacke, Schmuck, Schuhe, Kerze, alles steht bereit.

Helen schläft heute Nacht in unserem Bett. Sie soll sich nicht im Schlaf noch das Ohr aufkratzen und womöglich vor Aufregung Alpträume bekommen. Aber davon ist sie weit entfernt, denn sie findet ganz einfach gar nicht in den Schlaf. Sie ist so nervös, wie ich sie noch vor keiner Operation erlebt habe. Sie hat Angst, etwas zu vergessen, womöglich einen Fehler zu machen. Ich beruhige sie, nehme der Sache die Wichtigkeit und versichere ihr, dass alle anderen bestimmt genauso aufgeregt sind. Ich gebe ihr mein Handy, und sie schickt eine Nachricht an Shirley. Das langwierige Tippen alleine entfaltet schon entspannende Wirkung. Die beiden schicken ein paar Nachrichten hin und her, und dann sehe ich ein Lächeln auf Helens Gesicht, das Ruhe und Zuversicht andeutet. Das Beste-Freundinnen-Mittel hat gewirkt. Jetzt kann Helen schlafen.

Am Morgen mache ich Helen die Haare, so schön es geht. Föhne sie in Form und kaschiere geschickt die Narbe und die Stellen, an denen die Bestrahlung nichts mehr wachsen lässt. Frank macht ihr ein extrakleines Pflaster für ihr Ohr. Während Helens Freundinnen stundenlang Frisurenträume gedreht und gesteckt bekommen, sind wir schnell durch, genießen aber dennoch jede Sekunde. Zur Feier des Tages tusche ich ihre langen Wimpernspitzen ein kleines bisschen. Wie erwachsen das macht! Unfassbar.

Wir sind fertig. Helen ist wunderschön und stolz darauf. Sie beklagt sich keine Sekunde über das, was nicht ist, sondern freut sich über alles, was uns möglich ist.

Getreu meinem Credo »Nimm mit, was geht« bitte ich Helen, schon jetzt ein paar Bilder von ihr machen zu dürfen. Das Licht ist gut, und in dem ganzen Trubel nach der Messe bleibt bestimmt keine Zeit für Fotos.

Voller Begeisterung plaziere ich Helen an der gewünschten Stelle und mache die ersten Motive. Plötzlich sagt sie einen Satz, der die Freude des Tages mit einem Schlag zunichtemacht: »Mir tut das Lachen weh. Ich kann meinen Mund nicht richtig bewegen. So, wie das schon einmal war.« Der Satz hallt in meinem Kopf nach und löst eine eiskalte Gewissheit in mir aus. Der Tumor muss gewachsen sein. Die Gesichtslähmung ist wieder in ihrer alten Form da. Ich gehe zu Helen und spiele natürlich ihre Sorgen runter. »Zeig doch mal bitte«, sage ich ganz unaufgeregt, während mein Innerstes rebelliert. Tatsächlich sind ihr Mund und die gesamte Gesichtshälfte mit einem Mal deutlich verkrampfter. Das war definitiv gestern noch nicht da, und vor wenigen Minuten im Badezimmer habe ich auch nichts davon bemerkt.

Meine Erfahrung aus drei langen Jahren mit dieser hinterhältigen Krankheit lässt nur die glasklare Erkenntnis zu, dass hier etwas Schlimmes passiert. Aber die gleiche Erfahrung erlaubt mir auch, direkt nach anderen Erklärungen zu suchen und mich daran für den Zeitraum der Ungewissheit aufbauen zu können.

»Das kommt bestimmt davon, weil du heute so aufgeregt und angespannt bist. Das geht wieder weg.« Ich lüge Helen nicht an. Ich will das ja selber glauben. Verdränge die erste Eingebung, die sich eigentlich immer als die richtige erwiesen hat, und lasse das Aggregat für Notfälle anspringen.

Ich rufe Frank und zeige ihm die Bilder, die wir bisher gemacht haben. Nebenbei teile ich ihm die beängstigende Neuigkeit mit und schiebe gleich meine offizielle Erklärung nach, die ich heute noch häufig verwenden werde.

Als wir mit der ganzen Familie in der Kirche sitzen und sich die große Tür öffnet, laufe ich emotional auf Hochtouren. Die Kinder kommen in zwei Reihen herein, und ihre Kerzen werden am Eingang entzündet. Ich sehe Helen, und die Tränen steigen in mir hoch. Ich höre die eine oder andere Mutter leise schluchzen, aber bei mir ist es nicht Rührung. Mich überrollen meine ganze Liebe zu Helen und meine Angst um sie. Der festliche Moment ist nur der Katalysator für alle Emotionen, die ich ansonsten sorgsam im Zaun halte, um nicht von ihnen übermannt zu werden. Um die Kontrolle aufrechthalten zu können.

Mir laufen die Tränen. Ich falle auf. Alle wissen, wer ich bin, und denken bestimmt, ich sei besonders ergriffen und sentimental. Zwei Katechetinnen kommen zu mir, und selbst der Pfarrer wirft mir einen tröstenden Blick zu. Das will ich nicht. Es ist mir peinlich. Ich schüttele den Kopf zur Erklärung, dass ich mich im Griff habe, und als Helen dann an mir vorbeizieht, umhülle ich sie mit einem Blick voller Zuneigung, der ihr Mut machen soll.

Als ich beim feierlichen Knicks die einstudierte Choreographie erkenne, die vor wenigen Tagen bei uns zu Hause geprobt wurde, ist der beklemmende Moment für mich vorbei. Ich kichere stumm in mich hinein und sehe dem Rest des Programms entspannt entgegen. Der Pfarrer spricht, die Kinder singen und lesen Texte vor. Jedes steht einmal im Rampenlicht. Bei allen sehe ich Aufregung und Anspannung. Aber nur bei Helen macht sich diese in ihrem leicht verzogenen Mund für mich sichtbar. Keine Sekunde lasse ich sie aus den Augen.

Geschafft! Alle Kinder sind jetzt anständige Christen aus freiem Glauben. Nun ja. Zumindest ist die Messe ohne Vorfälle über die Bühne gegangen. Das Publikum stürmt raus. Hände werden geschüttelt, es wird sich umarmt, und Bilder werden gemacht.

Zu Hause angekommen, wird Helen umringt von allen. Jeder will sie drücken und beglückwünschen und ihr etwas Schönes überreichen. Sie freut sich offensichtlich, aber ich merke, dass es ihr nicht gutgeht dabei. Als alle Geschenke verteilt sind und wir uns an die lange Tafel setzen, sagt sie, dass sie Kopfschmerzen habe. Lange sind wir von diesen Schmerzen verschont gewesen, und jetzt sind sie wieder da. Es muss wirklich schlimm für Helen sein, sonst würde sie es niemals sagen, dafür kenne ich sie zu gut. Ich nehme sie an die Hand, und wir verabschieden uns nach oben. Sie schlüpft aus ihrem Kleid und legt sich aufs Bett. Ich massiere ihren Kopf und bettele stumm darum, dass die Pein heute noch weggeht.

Das Hantieren des Kochs in unserer Küche lockt auch Helen wieder nach unten. Sie findet alles spannend und schaut sich zaghaft das Spektakel aus der Nähe an.

Der erste Gang wird serviert. Es schmeckt köstlich, auch wenn heute alles einen bitteren Beigeschmack hat. Dann hat Frank die rettende Idee. Er holt die Heliumflasche hervor, die wir ausgeliehen hatten, um später am Abend weiße Ballons aufsteigen zu lassen. Aber mit Helium kann man auch ganz herrliche Partyspiele machen. Er füllt das Gas in einen Ballon und atmet tief ein. Als er mit Mickey-Maus-Stimme spricht, ist die Stimmung sofort gelöst.

Helen scheint alles zu vergessen, was sie bisher bedrückt hat, und lacht beglückt. Sie kennt den Effekt nicht und kann nicht genug davon bekommen. Onkel Carsten, Tante Susanne, die Cousinen, Oma und Opa, alle machen mit. Als sich Helen endlich selber traut, durchzuckt mich gleich der Gedanke, ob das wohl gesund ist? Aber ungetrübte Freude scheint mir in diesem Moment das Beste zu sein und keine schädlichen Nebenwirkungen zu haben.

Den restlichen Abend geht es ihr gut. Nicht blendend, aber gut genug, um Spaß zu haben. Bevor der Tag zu Ende ist, gehen wir alle in den Garten. Jeder bekommt einen der Ballons, an dessen langem Band eine Wunderkerze befestigt wird. Wie kleine Feuerwerke funkeln die Lichter am dunklen Abendhimmel und nehmen die besten Wünsche für das Kommunionskind mit sich.

Für Helen war es ein anstrengender und zugleich schöner Tag. Nicht einmal heute konnte uns die Krankheit in Ruhe lassen. Aber ich bin trotzdem dankbar. Sie konnte dabei sein und hat viel erlebt. Sie kann in den nächsten Tagen mitreden und steht nicht außen vor, wenn sich alles um die Kommunionserlebnisse dreht. Sie ist überwältigt von den vielen Geschenken, die sie bekommen hat, und führt genau Buch über ihre neuen Reichtümer, mit denen sie nicht gerechnet hat.

Frank würde sagen, na und, sie hat sich zwischendurch ein bisschen ausgeruht, was soll's. Ich fand den Tag auch anstrengend. Alles okay.

***

Der Kommunionstrubel geht mit dem Dankgottesdienst am Montag zu Ende, die verstärkte Gesichtslähmung bleibt. Und auch wenn ich weiß, dass uns dieser Zustand noch lange erhalten bleibt, so hatte ich doch ein bisschen an meine eigene Theorie glauben wollen, dass mit Ende des Kommunionswahnsinns auch dieser Irrsinn vorüber ist. Noch vier Tage, dann geht es wieder zum MRT. Es ist Ende April, und die letzte Bildgebung war im Januar. Erneut ist alles möglich. Sollte jetzt, nach Erreichen meines persönlichen Etappenziels, das Ende kommen?

Es fehlt mir dieses Mal die Kraft, um mich richtig in die Angst hineinzusteigern. Ich bin mir einfach ganz sicher, dass der Tumor in Helens Kopf schon riesig groß ist und die Ärzte nur noch abwinken werden.

Der Tumor ist aber nicht riesig, die Ärzte haben auch nicht kopfschüttelnd Helens Akte geschlossen. Es hätte sich nicht viel getan. Die Form sei etwas verändert. Ob das Volumen insgesamt größer geworden sei, könne dadurch schwer beurteilt werden.

Vielleicht sei der Tumor gewachsen, vielleicht stagniere er auch. Es gibt keine klare Erkenntnis.

Wir bleiben bei der bisherigen Chemo, ein zusätzliches Medikament aus der Rheumabehandlung kommt hinzu, das dem Tumor die Nahrung entziehen soll. Was ist sonst noch im Köcher? Was können wir machen? Stagnation ist schön und für den Moment eine Erleichterung, aber so kann es ja nicht weitergehen.

Frank sagt, es gäbe weitere Mittel und neue Kombinationen. Ich drücke mich vor der Wahrheit und frage nicht detailliert nach.

Er verleiht den Anfragen bei den beiden alternativen Bestrahlungsmethoden Nachdruck. Beides macht mir Angst, und ich bin eigentlich dankbar dafür, im Moment keine Entscheidung treffen zu müssen.

Die Protonenbestrahlung könnte Helen in Essen machen. Dabei wird der Strahl so punktuell gesetzt, dass nur das betroffene Gewebe erfasst werden soll. Die Gefahr bei weiteren konventionellen Bestrahlungen liegt in der Streuung, das weiß ich. Es würde definitiv auch das Gewebe erfasst, das schon bei Bestrahlung 1 und 2 in Mitleidenschaft gezogen wurde. Dann wären die zu erwartenden Schäden höher als der mögliche Nutzen.

Die andere Methode flößt mir dagegen richtig Angst ein. Da brauche ich nicht einmal Detailinformationen. Kleine Stäbchen werden in direkter Nähe zum Tumor in Helens Kopf plaziert und sollen dort für einige Zeit ihre Wirkung direkt vor Ort entfalten. Ich sehe Bohrer, die feinste Kanäle in den Kopf meiner Tochter treiben, um dann irgendwelche Metalle dort reinzustecken.

Ich verhandele mit dem Schicksal und würde gerne einen Platz in Essen anfordern.

***

Im Mai reiht sich ein langes Wochenende an das nächste. Knappe drei Wochen nach der Kommunion lösen wir Helens Geschenk von Susanne ein. Wir fahren nach Holland und beziehen für drei Nächte ein gemeinsames Haus mit Hund und Patentante.

Mittlerweile hat sich der Schmerz wieder seinen Platz in unserem Leben gesucht. Immer wieder wacht Helen nach kurzem Schlaf auf und quält sich mit endlosen Kopfschmerzen, die durch kein Medikament wirklich gut bekämpft werden können. Und auch nach Holland reist der Schmerz unaufgefordert mit und macht unsere Abende und Nächte zu bedrückenden Momenten, in denen wir nur hilflos zusehen können und so unfassbar traurig werden.

Frank und Helen schlafen zusammen in einem Zimmer, und ich verachte mich dafür, mich vor dem Leid meiner Tochter zu verstecken. Wenn sie mitten in der Nacht vor Schmerzen wimmert, zerreißt es mich, aber ich kann ihr einfach nicht helfen. Pflichtschuldig gehe ich zu den beiden und will etwas tun. Wenn sie aber trotz Mama-Geschichten und Massagen nicht zur Ruhe kommt, dann macht meine eigene Hilflosigkeit mich ungeduldig und wütend. Ich bin dann nicht gut als Trösterin, gehe wieder und weine hinter der geschlossenen Tür.

Das Wochenende ist fern davon, leicht und unbeschwert zu sein. Auch tagsüber hat Helen immer wieder Schmerzen.

In guten Phasen haben wir aber Momente des stillen Glücks und erleben sie umso intensiver. Als wir alle dick eingepackt am Strand sind und Drachen steigen lassen. Als Helen ihre Füße in den Sand einbuddelt, der wärmer ist als die vom Wind gekühlte Luft. Als sie barfuß mit Susanne Hand in Hand über die kleinen Wellen springt und ich diesen Augenblick der Leichtigkeit unauslöschlich auf die digitale und emotionale Speicherkarte brenne.

Bei einem unserer Spaziergänge mit Susannes Hund Lou entdecken Helen und ich einen phantastischen Kletterbaum. Wir erobern die alten, tiefhängenden Äste und suchen uns hier neue Lieblingsplätze. Wie ein Faultier hängend, liegt Helen auf einem besonders dicken Ast und streckt Arme und Beine von sich. Sie scheint mit sich im Reinen zu sein. Gerade jetzt ist alles gut für sie. Als die Sonne durch die umliegenden Bäume bricht und sich zu einem Lichterkranz direkt über Helen formiert, ist der Anblick nahezu magisch für mich.

Von solchen Momenten zehren wir, wenn es mal nicht auszuhalten ist und wir Antrieb brauchen und die Aussicht, dass auch wieder ein wunderbares Erlebnis oder nur die schöne Normalität auf uns wartet.

***

Aus Essen kommt eine Absage. Helen wird als Patientin nicht angenommen. Das andere Verfahren kann nach genauer Prüfung ebenfalls nicht bei Helen eingesetzt werden. Zwei Chancen sind vertan. Wir haben keine Alternative in Aussicht.

***

Der Sommer zwingt uns seine Unbeschwertheit auf und verscheucht erfolgreich die trüben Gedanken. Wir verbringen eine wechselhafte Zeit zwischen Sonne, Sorgen und Schmerzen.

***

Wir steuern auf den zweiten Höhepunkt des Jahres hin. Helen wird in wenigen Wochen neun Jahre alt. Mit fünf ist der Tumor bei ihr entdeckt worden, und jetzt wird sie schon neun. Ich weiß nicht, wie ich das finden soll. »Immerhin schon so viele Jahre geschafft« oder »So viele Jahre krank, wie schrecklich«.

Seit Jahren wünscht sich Helen schon Rollschuhe. Da so gut wie alle Kinder beim Üben damit hinfallen, sind sie für Helen viel zu gefährlich. Dachten wir bisher. Jetzt weichen unsere Prinzipien auf, und wir wollen ihr den Herzenswunsch erfüllen. Das Paket mit den regenbogenbunten und glitzernden Rollschuhen im Retrostil der 80er kommt nicht pünktlich an, so sehr haben wir die Entscheidung verschoben.

Dennoch ist ihr Geburtstag ein wundervoller Tag. Dank des Feiertages sind wir alle drei zu Hause und können das Ereignis gebührend feiern.

Helen freut sich über den Sitzsack, der zu ihrer kuscheligen Leseoase wird. Ebenso freut sie sich über den Gutschein für die Rollschuhe und erklärt die zusätzliche Wartezeit einfach zur verlängerten Vorfreude. Ganz typisch für meine Tochter.

Die Freude an den kleinen Dingen hat sie trotz überwältigender Kommunionsgeschenke und ständiger Mitbringsel nicht verloren. Sie packt eine übergroße Vorrichtung für Seifenblasen aus und läuft noch im Schlafanzug in den Garten, um die schillernden Kugeln zu produzieren und sich für jede einzelne zu begeistern.

Am Nachmittag kommt die Familie zu Besuch. Alle benehmen sich wie immer. Als wäre es ein ganz normaler Geburtstag. Wir halten die Informationen zu Helens Zustand zurück. Auf Nachfrage berichten wir in abgeschwächter Form von den Schmerzen. Das Pflaster ist für alle sichtbar größer geworden. Niemand behelligt uns mit zudringlichem Wissensdurst, und wir sind froh darüber. Die Frage, die unweigerlich im Raum stünde, könnten wir sowieso nicht beantworten. Wir wissen nicht, wie es weitergeht. Ob es besser oder vermutlich schlechter wird und welche Maßnahmen wir ergreifen werden. WIR WISSEN ES NICHT.

***

Mittlerweile geht Helen nicht mehr regelmäßig in die Schule. Die starken Schmerzmittel und die unterbrochenen Nächte fordern ihren Tribut. Zumeist ist sie morgens zu erschöpft. Nach Absprache mit den Lehrern bringe ich Helen zur Schule, wann immer es in unseren Zeitplan passt. Sie soll vor allem am sozialen Leben der Klasse weiter teilhaben können. Den Unterrichtsinhalt schaffen wir zwei sowieso wesentlich effizienter zu Hause.

Helen schläft jetzt dauerhaft in unserem Schlafzimmer. Abwechselnd übernachten Frank und ich bei ihr. Wegen der nächtlichen Wachphasen lasse ich sie morgens lange schlafen. Ich verschiebe den Zeitpunkt des Weckens von Minute zu Minute. Ich habe Angst. Jeder Morgen ist für mich eine unkalkulierbare Zitterpartie. Wie wird Helen aufwachen? Wird sie Kopfschmerzen haben? Da ich nichts dagegen machen kann, bin ich hilflos und fühle mich schuldig. Könnte ich mit Streicheln, Kochen oder Reden irgendetwas bewegen, ich würde alles ohne Unterbrechung tun. Aber ich habe kein verlässliches Mittel, dass Milderung verschafft. Ich kann nur den Tag so schön wie möglich für sie gestalten und darauf hoffen, dass die Ablenkung ihre Wirkung zeigt und die Schmerzen verschwinden. Erstaunlicherweise geschieht das immer wieder. Kein Tag ist voller Schmerzen, irgendwann gibt es immer einen Ausstieg. Es gelingt uns aber nicht, den Weg dahin verlässlich vorherzusagen. Weder Tageszeiten noch Rituale oder besondere Speisen, frische Luft, Spaß oder Entspannung können wir als Heilmittel identifizieren. Der Schmerz ist wie ein schlüpfriger Wurm, den wir einfach nicht packen können.

***

Ich wecke Helen. Sie lächelt. Keine Schmerzen. Ein Glückstag. Der Wurm bleibt heute in der Erde verborgen.

Aber morgen, was kommt morgen?

Jeden Tag quälen mich die gleichen Gedanken. Was geht heute, was können wir machen? Was ist zu viel für sie, was ist genau richtig, um Abwechslung zu schaffen? Wir haben die letzten Jahre von Tag zu Tag gelebt, im Moment verkürzen wir den Planungshorizont auf nur wenige Stunden.

Aber wie lebt man in völliger Ungewissheit? Über den nächsten Tag und über das weitere Leben des Kindes? Wie kann man morgens die Kraft finden, sich diesem steten Zweifel zu stellen?

Es geht ganz einfach: ausblenden und loslegen. Alltag leben in der Form, die gerade möglich ist. Dennoch verspüre ich eine große Sehnsucht nach Sorglosigkeit und dem Ende der Ungewissheit. Aber wenn ich ehrlich zu mir bin, dann werden wir niemals mehr die absolute Gewissheit erlangen. Wir werden uns ein Leben lang um Helens Gesundheit sorgen. Ich möchte so gerne nur über schlechte Noten nachdenken müssen. Wenn es hochkommt, über den Job oder Geldsorgen. Wie verlockend das klingt.

Wenn Frank bei Helen schläft und ich in ihrem Kinderzimmer übernachte, dann genieße ich den kurzen Moment nach dem Aufwachen, in dem sich die Realität noch den Weg ins Bewusstsein sucht. Dann sonne ich mich diese wenigen Sekunden in dem Gefühl, dass bei uns alles gut ist. Keiner ist krank, alles ist normal. Manchmal zwinge ich den Zustand in einen Tagtraum, den ich ein wenig länger halten kann, bevor ich mich der Wirklichkeit stelle. Aber dann heißt es auch wieder ausblenden und loslegen.

***

Helen nimmt jetzt regelmäßig morgens und abends eine Morphintablette. Das Rumexperimentieren mit der Dosierung nach Bedarf hat nichts gebracht. Der anfängliche Schrecken darüber, dass meine Tochter Morphium nehmen muss, verblasst mit der Zeit. Krebs und Morphium, das ist eine andere Liga, dazu gehören wir doch nicht! Aber ich gewöhne mich bald an den Anblick der kleinen blauen Tabletten auf Helens buntem Medikamententellerchen und verdränge deren Bedeutung erfolgreich.

***

Die regelmäßige Schmerzmitteldosis verschafft uns ruhigere Zeiten. Keine wirklich entspannten, aber immerhin sind die schmerzfreien Zeiten deutlich verlängert worden. Schon nach wenigen Tagen hat Helen die anfängliche bleierne Müdigkeit überwunden, und wir stellen keine weiteren Nebenwirkungen fest. Der Planungshorizont erweitert sich stündlich. Wir gehen mit Oma und Opa in den Zirkus Roncalli und bescheren uns allen einen wundervollen Nachmittag. Mit rosa Zuckerwatte und einer Leichtigkeit, die wir lange vermisst haben.

***

Eine Einladung zu einem Kindergeburtstag, eine Kletterpartie in einem Indoor-Hochseilgarten, setzt mich akut unter Druck. Für Helen hat sie größte Bedeutung, nicht hingehen zu können wäre eine bittere Enttäuschung. Ich schlucke angesichts der Herausforderung und drücke dennoch die Daumen, dass es Helen an diesem Tag gutgeht. Ich biete mich als Shuttle-Fahrerin an und bin somit wieder »ganz zufällig« vor Ort. Die anderen Kinder toben herum und sind aufgekratzt. Bei Helen sehe ich die Mühe, die ihr die Lebhaftigkeit bereitet. Meine Güte, dieses Kind hat schon seine Schmerzmittel intus, hat Chemo in der Blutbahn und will dennoch nicht nachgeben. Vermutlich gilt für sie ganz intuitiv das Gleiche wie für Frank und mich: ausblenden und loslegen.

Während die anderen sich mit Gummibärchen und Salzstangen beschäftigen, macht sich Helen schon Gedanken über den Kletterparcours. Sie ist sich nicht sicher, ob sie sich das tatsächlich traut. Mein Kind wirkt so viel ernster als die anderen. Aber vielleicht empfinde ich das auch nur so, da ich sie zwar möglichst unauffällig, aber dennoch beständig beobachte.

Ich biete ihr an, den Parcours mit ihr gemeinsam zu gehen. Lasse dabei meine eigene Angst nicht unerwähnt, um ihr zu zeigen, dass Furcht nicht peinlich ist. Auch andere Kinder sind skeptisch, und ich würde jetzt auch lieber da unten sitzen und gemütlich einen Kakao schlürfen.

Als ich dann angeseilt und mit Helm auf der ersten Plattform stehe, muss ich meine eigene Angst abschütteln und mache das, was ich am besten kann: für Helen stark sein. Ich spreche ihr gut zu, denn ich weiß, dass sie am Ende glücklich über ihren Mut sein wird oder umgekehrt ein Nichtausprobieren sie noch Tage verfolgen wird. Wir zwei zittern uns von Plattform zu Plattform. Ich fasse ihre kleinen Hände und ebne ihr den Weg so einfach es geht. Ich stütze sie, geleite sie und ermutige sie, fast wie in unserem sonstigen Leben. Hier oben fühle ich mich so zu Hause in meiner Rolle als Mutter. Ich bin für sie da. Ich kann etwas tun. Und wenn es auch nur ein völlig sinnfreier Gang über einen Kletterparcours auf einem Kindergeburtstag ist.

Nach der Hälfte der Strecke übermannt Helen dann doch die Angst. Als der Weg über ein schmales Drahtseil geht und keine Absicherung durch mich möglich ist, da will sie nicht mehr weiter. Sie wird abgeseilt und ist froh, wieder unten zu sein. Aber nicht Ärger über das Versäumnis, sondern Stolz auf das, was sie geschafft hat, erfüllt sie. Auf der Rückfahrt erklärt sie mir, dass sie in Kürze mit Papa hierhermüsse, um dann den ganzen Parcours zu schaffen.

***

Daraus wird aber kurzfristig nichts, denn wenige Tage später müssen wir stationär ins Krankenhaus. Bei der üblichen Blutkontrolle wurden extrem erhöhte Entzündungswerte festgestellt, die auf einen Keim im Blut schließen lassen. Das ist neu für uns. In der ganzen Zeit haben wir nur bei anderen davon gehört und wissen, dass es sich um eine langwierige Angelegenheit handeln kann.

Diverse kleine Flaschen werden mit Blutproben gefüllt und daraus Zellkulturen angelegt. Sofort beginnt die Behandlung mit einem Antibiotikum. Wenn wir Glück haben, dann ist es das richtige für »unseren« Keim. Wenn wir Pech haben, dann erfahren wir in drei Tagen aus den Ergebnissen der Zellkulturen, dass wir auf das falsche Pferd gesetzt haben. Dann werden wir das Mittel wechseln und nochmals von vorne beginnen. So lange, bis die Werte runterfallen und normal werden. Nach dem ersten inneren Aufbäumen füge ich mich der Situation und arrangiere mich mit dem Klinikalltag, der mir so verhasst ist.

Antibiotikum Nr. 1 hilft nicht.

Wir wechseln nach drei Tagen und fangen mit dem nächsten Mittel an. Noch bin ich in dem Stadium, dass ich mich nur darum sorge, hier so schnell wie möglich wegzukommen. Helen geht es nicht schlechter als zu Hause. Sie hat gute Zeiten, die wir, auch dank der engagierten Kunsttherapeutin, sinnvoll und schön nutzen können. Und sie hat Schmerzen und Unwohlsein, wie sonst auch gelegentlich. Also, alles so weit normal. Diese Entzündungswerte sind daher nur ein irrealer Fakt, der lästig ist, aber keine Auswirkung auf Helen hat.

Ich befinde mich in einem Zustand der Durchreise und bin mir sicher, hier bald weg zu sein. Ja, wir haben schon von anderen Kindern gehört, bei denen sich ein Keim zu einem wochenlangen Ärgernis oder gar zu einer ernsthaften Gefahr ausgeweitet hat. Aber sosehr ich eigentlich empfänglich bin für die Annahme der schlimmsten Möglichkeit, so immun bin ich in diesem Fall. Helen geht es gut. Sie ist aktiv und im Rahmen der hiesigen Möglichkeiten fröhlich. Also geht es ihr auch nicht schlecht. Ich weiß, sobald sich ihr Befinden ändert, die Schmerzen zunehmen, sie nicht mehr essen will oder sonstige Probleme bekommt, fällt mein Kartenhaus sofort zusammen.

Nach sieben Nächten sind wir draußen.

***

Den notwendigen Zwischenstopp im Krankenhaus haben wir schon auf der Rückfahrt vergessen und freuen uns auf die kommende Woche. Wir sind Mitorganisatoren unseres Straßen-Sommerfestes.

Am großen Tag scheint die Sonne gebührend, und wir bereiten unsere Mitbringsel vor. Frank und Helen backen Mini-Mini-Gugelhupfe am laufenden Band. Helen und ich haben extra Etageren gekauft, um die kleinen Kunstwerke richtig in Szene zu setzen. Wir freuen uns sehr auf den schönen Tag. Nach der Keimgeschichte bin ich jedoch angesichts von Ansteckung und Hygiene wieder zurück auf einem Hysterie-Level der mittleren Ebene. Man hatte uns zwar erklärt, dass der Keim vermutlich aus Helens eigenem Organismus entstanden ist, aber ich hege da natürlich meine Zweifel.

Ich habe von einer Nachbarin gehört, dass deren Tochter, die in Helens Alter ist, bis gestern hohes Fieber und Ausschlag hatte. Dann wird sie wohl nicht kommen, bin ich mir sicher und streiche weitere Gedanken daran. Frank habe ich während unserer Vorbereitungen mitgeteilt, dass diese Familie vermutlich wegen des kranken Kindes nicht teilnehmen kann, und habe erwartet, dass die Info irgendwo zwischen Rührschüssel und Ohr versanden wird.

Aber als Frank nur wenige Stunden später im Trubel der allgemeinen Feierlichkeiten auf die betroffene Familie stürzt, die sich gerade auf dem Weg zum Fest befindet, da stelle ich fest, dass nichts versandet ist. Wie sie sich erlauben könnten, mit ihrem kranken und ansteckenden Kind auf ein solches Fest zukommen, spricht er sie mit lauter Stimme an. Sie wüssten schließlich, dass

Helen sich nicht anstecken darf. Als die Nachbarin das einzig Falsche sagt, flippt Frank aus, und wir können den Disput bis zum Festplatz hören. »Wir sollen zu Hause bleiben mit unserem kranken Kind?«, höre ich ihn brüllen. »Wir haben das Fest organisiert, und ihr seid eingeladen. Wer sollte dann wohl zu Hause bleiben?« Die Nachbarin versichert, dass ihre Tochter laut Auskunft des Kinderarztes nicht mehr ansteckend sei, aber das beruhigt Frank kein bisschen. Sie weist noch darauf hin, dass sie selber jahrelang mit ihrem Frühchen zu Hause gesessen habe, während andere gefeiert haben, und dass wir nun mal zurückstecken müssten. Ich fürchte um Franks Contenance und sehe ihn schon handgreiflich werden. Sosehr er die Ruhe selbst sein kann, so schnell brennen seine Sicherungen durch, wenn er sich in Helens Sinn ungerecht behandelt fühlt.

Die Nachbarn entziehen sich im richtigen Moment der Situation und plazieren sich am äußersten Ende des Festes. Helen bekommt die Anweisung, von der Tochter Abstand zu halten, und die Gemüter beruhigen sich wieder. Das Tuscheln vom anderen Ende des Festes begleitet uns den ganzen Tag über.

Aber das kümmert uns nicht weiter. Wir gestatten uns einen ganz langen und unbeschwerten Sommertag. Es ist schon elf Uhr abends, als Frank uns nach Hause begleitet, um Helens Verband zu wechseln. Der laue Sommerabend lässt die Erwachsenen noch lange nicht an ein Ende denken, und so schicke ich Frank zum Weiterfeiern zurück.

Als ich im Garten seltsame Geräusche höre, gehe ich runter. Bestimmt schleichen betrunkene Jugendliche aus der Nachbarschaft ums Haus, denke ich. Aber nein, es ist Frank. Die sommerliche Stimmung, das kühle Bier und die dargereichten Schnäpse fordern ihren Preis. Hat der angeschlagene Mann da vorne noch vor zwanzig Minuten einen perfekten Verband für seine Tochter erstellt? Wie so oft sehe ich die unfassbaren Dinge, die man leisten kann, wenn es darauf ankommt, und den Moment, wenn alles von einem abzufallen scheint.

Ich bette Frank aufs Wohnzimmersofa und plaziere einen wohlgemeinten Eimer neben ihm. Was für ein Tag. Eine echte Achterbahnfahrt der Emotionen.

***

Keine Woche später kehren wir wieder ein ins Krankenhaus. Erneut sind die Entzündungswerte erhöht. Innerhalb von vier Wochen sind wir bereits zum zweiten Mal hier. Langsam mache ich mir Sorgen, ob Helens Immunsystem ernsthaften Schaden genommen hat und keinen Widerstand mehr leisten kann. Fängt jetzt das an, was die meisten anderen Kinder hier während ihrer ganzen Therapie erleben? Raus aus dem Krankenhaus, rein ins Krankenhaus. Die Station als Normalität und das Draußen als begehrenswerte Ausnahme?

Nein, sagt Frank bestimmt. Das ist jetzt nur mal so und wird auch wieder besser. Die Station ist heillos überlaufen. Mittlerweile ist es üblich, dass Patienten im eigentlichen Untersuchungsraum untergebracht werden. Mit einem Krankenbett ausgestattet und einem freundlich gemeinten, aber wenig effizienten Paravent, wird ein reguläres Zimmer mit Durchgangsverkehr geschaffen. Ärzte und Schwestern kommen und gehen, um an Medikamente und Einrichtungen für die Station zu kommen. Ein Badezimmer gibt es natürlich nicht für dieses Behelfszimmer, und so führt der Weg mit dem verkeimten Kind über den Flur in die für alle zugängliche Besuchertoilette. Duschen ist bei dieser Raumplanung nicht vorgesehen. Ob das der allgemeinen Hygiene dienlich ist, bezweifele ich, aber was sollen die Ärzte und Schwestern auch anderes machen angesichts des permanenten Raummangels?

Überhaupt hat sich die Situation auf Station spürbar verändert, gar verschlechtert. Ganz offensichtlich wird an der Personalschraube gedreht, während gleichzeitig vermehrt lukrative Patienten aus dem Ausland behandelt werden. Ich kann das nur anhand unserer Beobachtungen vermuten, aber der Verdacht einer ökonomieorientierten Unternehmensstrategie drängt sich auf. Ausbau der gewinnträchtigen Geschäftszweige bei gleichzeitiger Senkung der laufenden Kosten. So oder so ähnlich wird das hier laufen. Alle Ärzte und Schwestern sind genauso engagiert wie in den letzten dreieinhalb Jahren, ihnen kann man nichts vorwerfen. Aber es liegt ein allgemeines Gehetztsein und ein immerwährendes Improvisieren in der Luft.

Als uns dann auch noch mitgeteilt wird, dass die regelmäßigen Blutentnahmen nicht mehr seitens der Labormitarbeiter auf Station durchgeführt werden, sondern die Kinder selber ins Labor gehen müssen, müssen wir über Einsparungen nicht mehr spekulieren. Lebensbedrohlich kranke und anfällige Kinder sollen sich in eine Warteschlange zusammen mit anderen Kindern aus der regulären Notaufnahme stellen. Da hustet also der eine unkontrolliert in Richtung eines glatzköpfigen Kindes, während dahinter der Junge mit dem seltsamen Ausschlag steht.

Zeit für Frank. Auftritt für den Löwenpapa. Kurze Ansprache, und es ist klar, dass die Blutabnahmen hier oben von einem Arzt gemacht werden. Mein Mann. Dafür liebe und bewundere ich ihn.

Als Ausgleich für die Unannehmlichkeiten des Zimmers bekommen wir die mobile Wii-Station in den ohnehin schon vollen Raum geschoben. Begeistert verspielen wir den kompletten Aufenthalt, da wir zu Hause nicht über ein derartiges Gerät verfügen. Für Helen werden die Tage damit zum Trainingslager, um beim nächsten Spiel mit den Nachbarsjungen besser abschneiden zu können.

Dieses Mal haben wir Glück. Die Werte gehen gleich runter, und wir können schon nach zwei Nächten gehen. Die restlichen Antibiotikumgaben können wir zu Hause machen. Noch eine Tablette mehr auf dem täglichen Medikamententeller.

***

Helens Schulleben ist seit nunmehr drei Jahren alles andere als üblich. Das zeigt sich auch daran, dass ihre Lehrerin am ersten Ferientag zu uns nach Hause kommt. Da wir dieses Halbjahr kaum Gelegenheit hatten zum regulären Schulbesuch, fand der Unterricht zu großen Teilen in Eigenregie statt. Und da die Klasse in diesem Jahr weniger nach Lehrbuch, sondern mehr interaktiv und gruppendynamisch unterrichtet wurde, kann ich Helens Wissensstand nicht genau einschätzen. Die wenigen Arbeiten, die sie geschrieben hat, waren alle sehr gut, aber gerade die letzten Wochen gab es wenig Rückmeldung. Angesichts Helens ungewisser Zukunft könnte mir die Schule eigentlich auch egal sein, wir haben definitiv wichtigere Probleme. Aber nein, so ticke ich nicht. Wir wissen nicht, was kommt. Und solange es Helen gutgeht, soll sie lernen wie alle anderen auch. Sie soll keinen Nachteil erleiden und schlechter abschneiden, nur weil sie krank ist. Außerdem müssen wir in einem halben Jahr entscheiden, auf welche Schule sie nach der vierten Klasse wechseln soll. Im Ganzen betrachtet ist das alles nicht wichtig. In unserer angestrebten Normalität hat es durchaus seinen Stellenwert.

Und so steht Helens Lehrerin wie abgemacht vor unserer Tür und bringt einen Stapel Unterlagen mit. Die Ergebnisse der VERA-Tests, den Vergleichsarbeiten der Grundschulen. In Deutsch schneidet sie überragend gut ab, trotz mangelnder Prüfungsroutine. Mathe hat sie ebenfalls überdurchschnittlich gemeistert. Respekt. Und das alles unter hoher Schmerzmittelgabe.

Jetzt soll sie die letzte Klassenarbeit hier zusammen mit der Lehrerin schreiben, um ein direktes Feedback hinsichtlich des Klassenniveaus zu erhalten. Was für ein Alptraum, schießt es mir durch den Kopf. Jetzt sitzt die arme Maus hier am Esstisch, rechts die Lehrerin, links die Mutter, und soll rechnen.

Nach kurzer Zeit entspannt sich Helen und rechnet sich tapfer und klug durch die lange Arbeit. Am Ende bekommt sie eine 2+ und wir beide das Feedback, den Hausunterricht optimal gestaltet zu haben. Wenig Aufwand, großer Nutzen. Ich bin beruhigt. Helen hat nichts verpasst. Jetzt können auch für uns die Ferien beginnen.

***

Erste Ferienwoche. Das nächste MRT steht an. Dieses Mal findet es mittwochs statt, und wir beschließen, ohne Frank auszukommen. Wir nehmen meine Mutter zur Unterstützung mit. Ein narkosemüdes Kind, zwei Aktenordner voller Unterlagen und jede Menge Taschen sind zu viel für mich. Da ich mich beharrlich weigere, Helen in einen Rollstuhl zu setzen, brauche ich Hilfe. Zum ersten Mal ist Frank bei einer geplanten Bildgebung nicht dabei, und ich habe gleich ein schlechtes Gefühl. In dieser Rollenverteilung aber bin ich die starke Tochter, die die ganze Aufregung locker meistert, und lasse mich daher nicht so gehen, als wäre Frank dabei.

***

Das Ergebnis kommt relativ schnell. Wenig Änderung zu sehen. Eher gewachsen, definitiv nicht kleiner geworden. Kurz denke ich, es wäre besser gewesen, Frank wäre mitgekommen. Ein kindischer Gedanke, den ich schnell verwerfe.

***

Es wird nicht dramatisch schlimmer, aber es tut sich auch nichts. Zwar haben wir die Schmerzen einigermaßen im Griff, aber noch immer erleben wir viele durchweinte Nächte. Das Glas ist definitiv halb leer und nicht halb voll. Wohin führt uns dieser Weg? Was sollen wir machen?

***

Die Richtung bleibt. Es sollen keine Experimente erfolgen. Scheinbar erachtet man Helens Zustand bereits als Erfolg. Aber unser Ziel ist immer noch vollständige Heilung und nicht Optimierung von Lebensqualität. Ob Frank mir etwas vorenthält? Redet er hinter den Kulissen mit den Ärzten über ganz andere Sachen und lässt mich in dem Glauben, es könne noch alles gut werden? Frank ist empört über meine Vermutungen und fordert mich auf, ihn zu dem nächsten Gespräch zu begleiten. Er sagt es so vehement, dass ich ihm einfach glauben muss.

Kaum ist das MRT-Ergebnis amtlich, hat er schon wieder einen Gesprächstermin mit den Ärzten. Er ist wirklich unglaublich, und ich bin ihm dafür so dankbar. Seit dem Rückfall gibt es für Helen keinen protokollarischen Weg, und alles scheint nach Gutdünken zu laufen. Wurde in der ersten Therapie noch alles in die Waagschale geworfen, so fühlt sich die Behandlung jetzt eher nach Reaktion denn massiver Aktion an. Durch Franks ununterbrochenes Engagement habe ich dennoch den Eindruck, das Beste für Helen zu bekommen. Er fordert wieder und wieder neue Erkenntnisse ein und hinterfragt alle Möglichkeiten. Da kann kein Schlendrian einkehren, das lässt er einfach nicht zu.

Wir fahren mit der bisherigen Behandlung fort und ergänzen den Chemiecocktail um ein weiteres Medikament, das alle drei Wochen intravenös verabreicht wird. Bei Erwachsenen hat es bereits gute Wirkungen gezeigt. Ich habe nicht richtig verstanden, ob es überhaupt für Kinder schon zugelassen ist oder wir uns in der Phase einer Studie befinden. Aber, was soll es. Über solche Details lohnt es nicht, sich Sorgen zu machen. Aus der Phase sind wir schon lange heraus.

***

Allen schlechten Aussichten zum Trotz beschließen wir, Helens Zimmer zu modernisieren. Also einen ersten Schritt vom rosa Traum zu einem Jungmädchenzimmer zu gehen. Einerseits fällt es Helen schwer, sich vom Gewohnten und Liebgewonnenen zu trennen, andererseits hat sie Spaß an der Aktion. So tauschen wir nur Teile des Mobiliars und setzen Akzente in Lila und Petrol.

Davor müssen aber die alten Möbel ausgeräumt werden, und ich staune nicht schlecht, was sich an Büchern und Spielen und Krimskrams angesammelt hat. Jedes Teil wird einzeln betrachtet, und nur ein Bruchteil kann schweren Herzens aussortiert werden. Beim Aufbau der neuen Schränke ist Helen ganz in ihrem Element. Sie hört das neue Album von Cro und befestigt mit Hilfe des Akkubohrers gekonnt Schrauben und Scharniere, als würde sie nebenbei ihr Taschengeld auf der Baustelle aufbessern. Sie schleppt und montiert und putzt und räumt ein. Am Ende eines brütend heißen Tages stehen die neuen Möbel, hängen die Regale und liegen die Kissen und Decken. Hatten wir am Morgen noch ein kleines Mädchen beherbergt, so scheint nun ein sehr junger Teenager eingezogen zu sein. Wie immer fühle ich Wehmut für das endgültig Verlorene, aber auch Freude über die sichtbare Weiterentwicklung, die bei uns mehr bedeutet als nur ein neues Zimmer.

***

In knapp einer Woche wollen wir in Urlaub fahren. Da unser Reisehorizont noch immer begrenzt ist, entscheiden wir uns erneut für einen Aufenthalt in Holland. Holland ist schön und gut und in unserer Situation bereits ein Sehnsuchtsort. Dennoch ersetzt es die sonnigen Urlaube der gesunden Jahre nicht annähernd, und wir beschließen, die Zeit dort zu etwas ganz Besonderem zu machen. Helen und ich werden dort regelmäßig reiten gehen. Ein Highlight für uns beide! Bei mir liegen die letzten Erfahrungen diesbezüglich mehr als fünfundzwanzig Jahre zurück und endeten mit einem Beinbruch, aber das soll mich nicht abhalten.

***

Helen bekommt die erste Dosis der neuen Medikation. Da es keine Chemo ist, erwarten wir keine schlimmen Nebenwirkungen. Wie immer stellt das Anstechen des Ports die größte Herausforderung dar. Obwohl sie den Zugang seit fast einem Jahr hat, kann Helen sich nicht daran gewöhnen. Noch kein einziges Mal hat sie die Prozedur entspannt über sich ergehen lassen können. Sie schreit dermaßen, dass sie in den wenigen Minuten von der Ankündigung des Stichs bis zum Befestigen des Verbandsstreifens schweißnass ist. Das Haar klebt ihr am Kopf, das Unterhemd am Rücken. Ihr kleines Herz rast so sehr, dass ich meine, es durch die Brust klopfen zu sehen.

***

Noch einmal fahren wir zur Kontrolle ins Krankenhaus und lassen die Blutwerte checken. Alles ist in Ordnung. Bisher merken wir weder positive noch negative Änderungen mit dem neuen Medikament. Noch immer treten völlig unvorhersehbar Schmerzen auf und gehen wieder.

Dem Urlaub steht also nichts im Weg, was wir nicht auch zu Hause haben, und so fahren wir los in Richtung Holland. Wie schon in den letzten Ferien trauen wir uns noch immer nicht weiter als in dieses so beruhigend nahe liegende Land, das uns einerseits Sicherheit und anderseits auch Urlaubsgefühle vermittelt. Dieses Mal haben wir uns ein kleines Haus in einer Ferienanlage ausgesucht, die absolut auf Kinder ausgerichtet ist. Direkt vor der Tür unseres Urlaubsdomizils liegt ein Spielplatz, und schon kurz nach unserer Ankunft geht Helen dort hin. Ich beobachte sie aus dem Fenster und bin völlig verblüfft, dass sie ganz mutig ein fremdes Mädchen anspricht. Schon vor der Abreise hatte sie uns mitgeteilt, dass ihr größter Wunsch eine Urlaubsfreundin wäre. Das hat sie sich also vorgenommen und setzt es gleich in die Tat um. Ich freue mich für sie, als ich die beiden Mädchen im Gespräch versunken auf der Wippe sehe.

Das schützende Ohrpflaster ist mittlerweile riesig groß, um die darunter befindliche nässende Wunde einen ganz Tag lang zu schützen. Helen bietet damit eine Breitseite für neugierige Fragen, die sie eigentlich unangenehm findet. Aber das alles scheint sie nicht aufzuhalten, zum Zwecke der Freundinnen-Gewinnung ihre eigentliche Schüchternheit Fremden gegenüber auf Eis zu legen.

Schon nach wenigen Minuten kommt sie strahlend angerannt und berichtet von ihrer Eroberung. Das Mädchen müsse jetzt weg, aber sie seien für später schon wieder auf dem Spielplatz verabredet. Na, der Urlaub fängt ja bestens an.

Wir richten uns in diesem wunderschönen Haus ein und beschließen, den Reiterhof zu suchen und gleich für morgen die ersten Stunden zu buchen.

Der Ort ist nicht groß, und auch die umliegenden Höfe sind nicht allzu weitläufig verteilt. Dennoch gelingt es uns nicht, den entscheidenden Reiterhof zu finden. Auf Nachfrage kann uns auch niemand zu dem Gestüt führen, das wir vorzufinden erwarten. Wie Terrier bleiben wir aber an dem Thema und fragen uns bis zu einem Sammelsurium aus heruntergekommenen landwirtschaftlichen Schuppen, einer Werkstatt und tatsächlich Ställen durch. Wir suchen einen Eingang in dem verwinkelten Gebäude und gehen in die Stallung. Mindestens zehn Pferde aller Arten und Größen stehen in Boxen. Es riecht nach Heu und Pferd. Ein Mann kommt auf uns zu, und wir tasten uns an die Möglichkeiten des hiesigen Hofes ran. Was wir denn machen wollen?, fragt der offenkundige Besitzer. Reiten lernen, und zwar jeden Tag. Kein Problem, antwortet er und bietet uns tägliche Stunden auf dem hinter dem Haus befindlichen Reitplatz an. Ganz exklusiv, nur Helen und ich. Wir vereinbaren gleich für den nächsten Tag unsere erste Stunde und freuen uns riesig.

Helen geht zeitig ins Bett. Sie will unbedingt mit dem anderen großen Highlight der Ferien beginnen. Endlich ist sie alt genug und darf den ersten Teil von Harry Potter lesen. Noch vor wenigen Tagen haben wir die begehrte Urlaubslektüre erworben, und nun kuschelt sie sich genüsslich in ihre Kissen und beginnt mit dem Lesen.

Sie schläft an diesem Abend ruhig ein, und auch wir gehen zu Bett. Ich kann nicht einschlafen, denn ich habe wie immer große Angst davor, dass Helen schreiend wach wird und damit der Beginn einer schmerzhaften Nacht eingeläutet wird.

Es dauert auch nicht lange, und ich höre sie wimmern. Sofort springen wir auf und gehen in ihr Zimmer. Aber sie sitzt nicht weinend im Bett, sondern gibt im Halbschlaf unverständliche Geräusche von sich. Sie kratzt am Ohr, und es ist nicht klar, ob sie ganz wach ist. Mit Streicheln und leisem Flüstern können wir sie einlullen, und tatsächlich schläft sie ein und bis zum Morgen durch. Für unsere Verhältnisse war das eine phantastische Nacht.

Der erste Blick am Morgen streift das Pflaster. Kein Blut. Keine Auffälligkeiten. Helen leiert uns noch eine halbe Stunde Lesezeit aus den Rippen, bevor ich mit ihr gemeinsam zum Brötchenholen gehe. Ab morgen möchte sie diesen Dienst alleine übernehmen. Ohne Eltern Brötchen zu kaufen ist für Helen ganz großes Kino. Wann immer sich das im Urlaub einrichten lässt, kann sie den Job gerne übernehmen.

Wir fahren an den Strand und hoffen inständig, noch in diesen Ferien mit Sonnenwetter verwöhnt zu werden, um hier ohne wärmende Fleecejacke hingehen zu können.

Endlich ist die lange Zeit bis zum Nachmittag vorbei, und wir fahren in unserer Reitmontur Richtung Hof. Welche Pferde wir wohl bekommen? Das Pony für Helen, die sich eigentlich schon zu alt für das kleine Tier fühlt, das aber nie zugeben würde. Und ich? Muss ich auf den ganz großen Schwarzen? Jetzt, da wir uns den Pferden nähern, durchzuckt mich leise Sorge. Ein gebrochenes Bein können weder Helen noch ich gebrauchen, was habe ich mir nur bei diesem Programmpunkt für den Urlaub gedacht. Drachen steigen lassen ist doch auch nett. Und vor allem so ungefährlich. Aber kaum habe ich diese wundervollen Geschöpfe vor Augen, bin ich nicht mehr nur Mutter, sondern auch wieder ein pferdeverrücktes Mädchen.

Helen bekommt eine kleine fuchsrote Stute gesattelt. Beatrix heißt das Pferd, das perfekt zu ihr passt. Es ist zart und grazil, ganz wie Helen. Mein Pferd dagegen ist deutlich größer und stabiler und auch ganz schön hoch, wenn man einmal oben sitzt.

Ob der Reitlehrer gesehen hat, dass Helen das riesige Pflaster hat und ihr Gesicht beim Lachen etwas anders aussieht? Falls ja, dann lässt er sich zumindest nichts anmerken, und darüber bin ich sehr froh.

Auf diesem heruntergekommenen niederländischen Reitplatz ziehen wir unter wirklich fachmännischer Anleitung unsere Runden. Zu meiner großen Überraschung kann Helen die Anweisungen intuitiv besser umsetzen als ich. Schon nach einer halben Stunde tut mir alles weh, aber ich strahle vor Glück, wenn ich meine Tochter vor mir reiten sehe. Als der Reitlehrer mir anbietet, ein paar Runden zu traben, während Helen an der Longe ist, befällt mich schon nach den ersten schnellen Schritten des Pferdes eine unfassbare Angst. Die Angst ist völlig unbegründet angesichts der eigentlich langsamen Bewegung. Offensichtlich erzeugt jeder kurzweilige Kontrollverlust solche Reaktionen in mir. Ich zittere und gebe zu verstehen, dass ich im Moment mit den Übungen im Schritt völlig zufrieden bin.

Am nächsten Tag kann Helen ganz eigenständig und ohne Führung am Seil mit mir ihre Bahnen ziehen. Eine Stunde lang trotten wir kreuz und quer und üben Antreiben und Lenken. Keine wirklich aufregende Sache, aber uns beide beglückt die Stunde vollkommen.

Schon an diesem Abend spüre ich Muskeln, die ich nicht kenne. Das Haus riecht angenehm nach Pferd, und wir fühlen uns wirklich angekommen in einem tollen Familienurlaub.

***

Die Ferien werden garniert durch schmerzfreie Nächte. Nach drei Tagen müssen wir schon von einer Serie ausgehen und drücken uns die Daumen, dass diese nicht abreißt.

Wir haben tatsächlich Glück. Die Schmerzen sind dieses Mal zu Hause geblieben. Sogar die Wunde am Ohr wird kleiner und damit auch das notwendige Pflaster. Nicht mit einem großen Knall zeigen sich die wundervollen Veränderungen, nein, es sind eher kleine Beobachtungen, die Frank und ich machen. Kaum trauen wir uns, sie anzusprechen, so sehr fürchten wir uns davor, dass wir uns vielleicht täuschen. Sollte das neue Mittel tatsächlich helfen?

Wir erleben eine so unbeschwerte Woche in Holland, dass wir den Aufenthalt um drei Tage verlängern. Mehr geht leider nicht, da uns der mitgebrachte Chemovorrat ausgeht.

Bis dahin aber schöpfen wir aus dem Vollen: reiten immer besser, trauen uns sogar zu traben und belächeln Franks erste Versuche hoch zu Ross. Wir liegen in der Sonne am Strand und sammeln eimerweise Muscheln, gehen essen, lesen und bekommen von Harry Potters Abenteuer berichtet. Die Sommerfreundin erweist sich als treue Begleitung, mit der Helen unbefangen spielen kann, und der Brötchenexpress erfüllt täglich zufrieden seine selbstgewählte Aufgabe.

***

Zurück und zu Hause, sind wir angereichert mit Hoffnung. Darauf, dass es Helen bessergeht und noch besser gehen wird. Und darauf, dass wir vielleicht ein neues Mittel gegen den Tumor gefunden haben.

Im Fahrwasser der allgemeinen Leichtigkeit begleite ich Helen zu ihrem ersten Friseurbesuch nach drei Jahren. Seit dem letzten Haarausfall sind immerhin fast achtzehn Monate vergangen, und die Locken frönen ein nahezu formloses Dasein auf Helens Kopf. Sie lässt sich aber nur zu einem Kürzen des Ponys überreden.

Mein Friseur zaubert noch etwas mit dem Föhn herum, um der ganzen Aktion mehr Gewicht zu verleihen. Helen ist zufrieden, und ich bin happy.

Ich schüttele den Gedanken ab, dass sie hier vor einer gefühlten Ewigkeit nur einen Stuhl weiter saß und mit einem kräftigen Schnitt den blonden, geflochtenen Zopf abgeschnitten bekam. Damals habe ich ihr versprochen, dass wir eines Tages erneut hierherkommen werden, wenn sie wieder lange Haare hat. Und dass wir dann garantiert immer nur noch Spitzen schneiden lassen.

Ich habe mein Versprechen eingelöst, wenn es sich auch nicht so gut anfühlt, wie ich es mir damals ausgemalt habe.

***

Die Ferien neigen sich dem Ende, und Helen sieht endlich ihre beste Freundin wieder. Haben wir das Ende des letzten Schuljahres praktisch herbeigesehnt, um Helen sechs lange Wochen Erholung gönnen zu können, so kommen wir jetzt völlig überraschend in den Genuss eines fast normalen Schülerlebens. Wer hätte das gedacht? Ich ganz sicher nicht! Dass sich in sechs Wochen Helens Allgemeinzustand so verbessern würde, habe ich nicht zu hoffen gewagt.

Vom ersten Tag an kann Helen am Unterricht in der Klasse teilnehmen. Völlig beseelt begleite ich sie den kurzen Fußweg durch unsere Siedlung und an den Wiesen vorbei. Möchte die ganze Welt umarmen dafür, dass wir zwei hier Hand in Hand an der Ecke auf die Klassenkameraden warten, die ebenfalls zu Fuß gehen. Mögen die anderen auch dem Ferienende nachtrauern, den Alltagstrott verfluchen oder sich zurück in ferne Länder sehnen, für mich ist dieser Weg die schönste Strecke, die es nur geben kann.

Aber nicht nur die Freiheit der Schule hat sich Helen zurückerobert, nein, ihre alte Lehrerin hat das Sabbatical beendet und ist wieder da. Helens Freude kennt praktisch keine Grenzen. Zurück in der Klasse und zu ihrer geliebten Lehrerin. So einfach kann Glück sein.

In drei Wochen findet die Abschlussfahrt der vierten Klasse statt, und so, wie unsere Aktien im Moment stehen, wird Helen daran teilnehmen können.

Wie immer bei diesen besonderen Events haben wir kaum gewagt, es zu thematisieren, aus Angst, dass Helen nicht teilnehmen kann. Ein immer gleicher Prozess, der uns bestens bekannt ist. Genau wie immer haben wir auch dieses Mal hinter den Kulissen bereits die Optionen geprüft, die wir haben. Dass Helen tatsächlich mitfahren könnte, schien aber so unwahrscheinlich, dass wir nun selber überrollt werden von den Vorbereitungen, die wir zu treffen haben.

Völlig klar ist, dass Frank mitfahren muss. Da ich in den letzten zwei Jahren nicht ein einziges Mal die Wunde am Ohr versorgt habe und auch weiterhin deren Anblick vehement verweigere, bleibt ihm keine Wahl. Zum Pendeln liegt die Jugendherberge zu weit entfernt, und auch wenn die nächtlichen Schmerzen nahezu der Vergangenheit angehören, gibt es immer ein Restrisiko. Der Undercover-Papa wird also wieder mitreisen.

Während Helen sich genüsslich der Vorfreude widmen kann, läuft die interne Planung an: Die Urlaubstage werden unkompliziert genehmigt und ein weiteres Betreuerzimmer gebucht. Die Frage danach, wie vor Ort die Chemo zu lagern ist, beschäftigt uns dagegen ein paar Tage länger. Dann ist die Lösung aber ganz einfach. Wir kaufen einen knallroten kleinen Reisekühlschrank.

Während sich Frank und Helen in ihre Reisepläne vertiefen, frage ich mich, was ich mit den freien Tagen anstellen könnte. Die beiden werden bestens beschäftigt sein, und statt das Haus zu hüten, sollte ich die Gelegenheit beim Schopfe greifen, auch etwas Nettes zu machen.

Susanne bietet sich als spontane Reisebegleitung an, und wir beschließen kurzerhand, die Tage auf Mallorca zu verbringen. Zunächst ist die ganze Idee eher eine Formulierung im Konjunktiv. Zu viele Fragezeichen verstellen mir den Blick auf eine einfache Entscheidung. Was ist, wenn Helen doch nicht fahren kann? Was denkt sie wohl, wenn ich in die Sonne fliege?

Ich schließe einen Pakt mit mir und lege die Entscheidung in die unberechenbaren Hände des Schicksals. Sollte es Helen weiterhin so gutgehen und sie mit auf Klassenfahrt gehen können, dann fahre ich kurzerhand.

Mein potenzieller Aufenthalt auf der Insel ringt Helen nur ein kurzes Lächeln ab. »Ja, da möchte ich auch bald hin« ist alles, was sie zu meinen Plänen zu sagen hat. Den Schulbesuch mit allen Vorbereitungen für die große Fahrt findet sie definitiv aufregender.

***

Aufregend ist momentan fast alles für sie, denn so vieles ist ihr im letzten Halbjahr verwehrt worden. Als Helen und Shirley ein paar Tage später laut schreiend den Weg zu unserem Haus einschlagen, bin ich sofort in Alarmbereitschaft. Aber kein gesundheitliches Problem ist aufgetreten, sondern die beiden bekleiden nun wichtige Klassenämter. Shirley wurde zur stellvertretenden Klassensprecherin gewählt. »Und ich bin Klassenrat«, sagt meine Tochter. Ich bin völlig perplex. Weder weiß ich, was ein Klassenrat ist, noch wie Helen den Mut aufgebracht hat, sich für irgendetwas wählen zu lassen. Für den Moment kapiere ich nur, beide Mädchen sind gleichermaßen stolz und überaus aufgeregt und glücklich.

Ein paar Tage später ruft mich die Klassenlehrerin an, mit der mich seit dem Hausunterricht ein vertrauensvolles Verhältnis verbindet. Ich frage sie nach Helens Befindlichkeit in der Schule. Wirkt sie erschöpft? Immerhin nimmt sie weiterhin die Morphintabletten, wenn auch in kleinerer Dosis. Dazu kommen die

Chemomittel und die begleitenden Medikamente. Nein. Helen wirke genauso fit oder müde wie alle anderen Kinder auch. Sie braucht bei allem etwas länger, sei es beim Anziehen der Jacke oder beim Auspacken der notwendigen Hefte, aber das kennen wir ja. Ansonsten wolle sie eigentlich nur anfragen, ob Helen als Klimabotschafterin der Klasse an den jeweiligen Aktivitäten teilnehmen könne.

Die Lehrerin erklärt mir, falls das für Helen zu viel wäre, könne es auch ein anderes Kind machen. Sie wolle aber vorher mit mir sprechen, da die entsprechende AG nach der fünften Stunde stattfinden würde. Dafür liebe ich diese kluge und empathische Lehrerin. Bevor sie Helen einer möglichen Enttäuschung aussetzt, weil wir zu diesem Zeitpunkt vielleicht immer einen Arzttermin haben, stimmt sie sich kurz mit mir ab. Wir haben nichts anderes vor, und Helen bekommt im Handumdrehen einen zusätzlichen wichtigen Titel verliehen.

Klassenrat und Klimabotschafterin, wer hätte das noch vor wenigen Wochen gedacht? Beides steht für Helens guten Zustand, in dem sie sich gerade befindet. Es krönt ihre Rückkehr in die Klasse und katapultiert sie dahin, wo sie altersgemäß hingehört, aber aufgrund ihrer Erkrankung lange nicht sein konnte.

***

Einen Tag vor der Klassenfahrt habe ich Geburtstag. Am Morgen überreicht mir Helen ihr Geschenk: ein grau-weißer Schmuckanhänger aus Marmor. Das kleine Herz hat sie bei einer Edelsteinausstellung entdeckt, die sie mit Oma und Opa besucht hat. Ein Glück für mich, denn mich begeistert nicht nur ihr guter Geschmack, sondern auch der Gedanke, etwas Immerwährendes von Helen geschenkt bekommen zu haben.

****

Der große Tag ist gekommen. Klassenfahrt, und meine Tochter ist dabei! Frank und ich bringen Helen gemeinsam zum Bus. Auch seine Tasche ist gepackt, der kleine Kühlschrank im Kofferraum und diverse Medikamente und Verbandszeug eingesteckt.

Ich sauge die Momente vor dem Bus in mich auf. Das hektische Gewusel der Mädchen mit ihren Rucksäcken und Kuscheltieren. Das Plappern und Planen, das Kichern und die Aufregung. Ich mache Bilder und kann nicht glauben, dass dieses strahlende Kind mit dem wilden Lockenkopf unsere Helen ist. Ich weiß, dass sie die Zeit ganz intensiv genießen wird. Heimweh ist ihr völlig unbekannt, und die Lust auf das Unbekannte begleitet sie ebenfalls auf diese Reise.

Ich drücke sie ganz fest und gönne ihr von Herzen unbelastete Tage. Als die Wunschplätze im Bus erobert sind, bin ich schon fast vergessen. Pflichtschuldig winkt Helen mir zu. Ich weiß, dass sie in Gedanken bei all den Abenteuern ist, die sie erwarten.

***

Entgegen Franks ansonsten eher nachrichtenscheuer Art werde ich jetzt konstant auf dem Laufenden gehalten. Alle sind gut angekommen, die Zimmer sind bezogen. Frank hat sich als Concierge vor Ort bewährt, um Koffer zu befördern, die schwerer schienen als die Besitzerinnen. Danach verschwand er gleich in der Unsichtbarkeit. Selbst im Speisesaal sitzt er nicht mit den Kindern zusammen, sondern hat sich einen Platz in einem separaten Raum gesucht.

Muss ich wohl Mitleid mit ihm haben? Nein, ich glaube nicht. Er macht es gerne. Könnte ich das Ohr versorgen, wäre ich selbstverständlich gefahren. Aber so darf er immerhin Helen vier Tage beobachten, wie sie mit Gleichaltrigen zusammen agiert. Das sehen wir ja eher selten. Und dann bin ich doch meist diejenige, die dabei ist. Also, er ist bestimmt ganz glücklich, dass er vor Ort sein kann.

***

Völlig schwerelos fliege ich nach Mallorca. Und genauso leicht und leicht verrückt, wie ich mich beim Singen dieses Neue-Deutsche-Welle-Hits immer gefühlt habe, so empfinde ich die Auszeit jetzt. Natürlich bin ich in Gedanken bei Helen und Frank und drücke die Daumen, dass alles klappt. Aber ich weiß sie in so guten Händen, dass ich mich auf diese paar Tage Sonne, Sand und Shoppen mit Susanne perfekt einlassen kann.

In dem Moment, als wir das Verdeck unseres gemieteten Cabrios auffahren lassen, durchströmt mich ungebremste Lebensfreude. Fast vergessene Sorglosigkeit erfasst mein Gemüt. Auch wenn ich weiß, dass Helen krank und unsere Zukunft ungewiss ist, parke ich diese Gedanken ganz hinten in meinem Kopf.

Wenige Stunden später liegen wir bereits am Strand. Als ich am Abend von meinem V-Mann vor Ort den aktuellen Bericht erfahre, bin ich satt und zufrieden von Tapas und guten Nachrichten.

***

Täglich wird mir berichtet, dass Helen bei allem dabei ist. Die Nächte sind kurz, aber nicht aufgrund von Schmerzen, sondern von jugendherbergsspezifischen Aktivitäten. Die Walkie-Talkies, die Helen und Frank zur einfachen Kommunikation in der Nacht dabeihaben, werden als lustiges Spielzeug missbraucht, um Frank zu ärgern. Helen isst und trinkt genug. Sie macht bei allen Ausflügen mit und wandert Strecken, bei denen andere Kinder ins Straucheln geraten.

***

Kaum zurück von der Klassenfahrt, geht es für Helen am Montag gleich zu ihrem Workshop für Klimabotschafter. Natürlich habe ich die Teilnahme entsprechend kommentiert, Oma und Opa sind informiert, und wir alle messen dem Ereignis große Bedeutung bei. Helen soll sich groß und wichtig vorkommen. Bei aller positiven Bestätigung mache ich mir spätestens an der Bushaltestelle Sorgen, ob Helen sich wirklich wohl fühlen wird. Auf Klassenfahrt mit bekannten Kindern zu gehen ist doch etwas ganz anderes. In dem Klimamuseum, wo die Veranstaltung stattfinden wird, kommen Vertreter verschiedener Grundschulen zusammen. So eine Art Mini-Klimagipfel. Helen kennt niemanden außer ihrem Freund Erik, der ebenfalls Klimabotschafter ist. Wird den anderen auffallen, dass Helen etwas anders ist? Sind sie nett zu ihr? Ist das Ganze bei aller Euphorie um die Möglichkeit nicht einfach zu viel für Helen? Bevor ich mich in Selbstzweifeln verliere, kommt schon der Bus, und weg ist Helen.

Am Abend erzählt sie von dem Tag, als berichte ich von einem Kongress. Die meiste Sorge bereitet ihr die Aufgabe, den Kindern ihrer Klasse die Notwendigkeit vom Ausschalten des Stand-by-Schalters zu erläutern. Das habe sie nicht ganz verstanden. Die Verantwortung für den globalen Klimaschutz scheint auf ihren schmalen Schultern zu ruhen. Sie nimmt die Aufgabe wirklich ernst, ich bin beeindruckt.

***

Auf dem Klassenfoto, das am nächsten Tag entsteht, ist Helen ganz selbstverständlich dabei. In den letzten drei Jahren war es mir zumindest zweimal gelungen, sie an genau diesem Tag in die Schule zu bringen. Es war mir wichtig, dass sie sich als ganz normaler Teil der Klasse sieht, und dazu gehörte das Bild, das anschließend immer in ihrem Zimmer aufgestellt wurde. Jetzt also ist sie ganz dabei wie alle anderen Kinder auch. Auf diesem

Foto muss sie keine Mütze tragen, denn ihre Haare legen kein Zeugnis ihrer Krankheit ab.

Da wir Helens tatsächlichen Zustand nur den engsten Vertrauten gegenüber verbalisieren, werden die anderen Eltern beim Betrachten des Bildes denken, dass Helen längst gesund ist. Ihr häufiges Fehlen und zartes Aussehen führen sie bestimmt auf die Nachwirkungen der Chemo zurück. Aber die Haare sind ein scheinbar eindeutiger Beweis für oder gegen den Krebs. Wir haben keinen Grund zur Aufklärung. Im Gegenteil, wir genießen die Normalität, die uns entgegenschlägt und viel leichter zu ertragen ist als besorgte oder beschämte Mitleidsblicke.

***

Noch vier Wochen bis zu den Herbstferien. Wir beschließen, erneut nach Holland zu fahren. Shirleys Großeltern haben ganz in der Nähe unseres Sommer-Reithofes ein Ferienhaus, und so wollen wir die Zeit gemeinsam mit Helens bester Freundin und ihrer Familie verbringen. Nur ein paar Gehminuten von deren Ferienhaus entfernt buchen wir spontan eines für uns.

***

Der immer gleiche Weg nach Holland scheint mir mit jedem Mal kürzer zu werden. Wir schaffen es kaum, das neue Hörbuch zu beenden, da sind wir schon da. In diesem Park waren wir noch nicht. Insgeheim hoffe ich inständig, dass wir bald wieder die Tür eines südländischen Hotelzimmers öffnen können, aber im Moment ist Holland nun mal unser aktuelles nasskaltes Paradies.

Bis zur Ankunft der anderen verleben wir intensive Familientage mit stürmischen Besuchen am Strand, Stadtbummel und gemütlichen Kuschelstunden. Im Urlaub gelten andere Regeln, und so schauen wir beim Abendessen deutsches Kinderfernsehen. Es läuft eine Dokumentation über sechs Kinder, die alle eine Besonderheit mitbringen und gemeinsam an einem Tanzprojekt arbeiten. Das Mädchen im Rollstuhl und der verhaltensauffällige Junge berühren mich nicht. Aber das Mädchen mit dem entstellten Gesicht macht mir Angst. Ihre rechte Gesichtshälfte ist deformiert und scheint bewegungslos. Sofort weiß ich, dass Helen das Mädchen ebenfalls mit anderen Augen betrachtet. Ich kann körperlich spüren, wie gleich eine unangenehme Situation entstehen wird. Umzuschalten oder darüber hinwegplappern ist keine Lösung. Ich weiß, dem kann ich mich nicht entziehen. »Warum macht Gott, dass es solche Krankheiten gibt?«, sagt Helen da schon, obwohl ich noch völlig ungeschützt für einen solchen Angriff bin. Bevor ich antworten muss, fragt sie weiter: »Hat das Mädchen das Gleiche wie ich?« Ich könnte losschreien und weinen über so viel Ungerechtigkeit. Warum muss Helen sich über so etwas Gedanken machen? Ihre Fragen treffen mich im Innersten, und es zerreißt mich vor Traurigkeit. Meine ganze Kraft ist erforderlich, um dem Impuls zu widerstehen, hier eine Brandrede zu halten und Helen damit zu verwirren oder gar zu ängstigen. Ich bleibe bei meiner bisherigen Strategie: Ruhe bewahren und Zuversicht ausstrahlen. »Ich habe keine Ahnung, warum Gott so etwas zulässt, darauf kann ich dir keine Antwort geben, denn ich weiß es wirklich nicht.« Sage ich mit liebevoller Stimme, die Helen umarmen soll, ohne der Situation zu viel Bedeutung beizumessen. »Das Mädchen hatte diese Behinderung schon, als sie geboren wurde. Dein Gesicht wird aber wieder gut, wenn der blöde Tumor endlich weg ist«, fahre ich fort. Ich erinnere sie daran, wie gut das Lächeln schon klappt und wie schlecht es mal gewesen ist, und beschwöre wieder Geduld als unser immerwährendes Credo hervor.

Sie belässt es bei den beiden Fragen, aber ich bin mir sicher, dass sie das Thema weiterhin beschäftigt. Den Sendeplatz präge ich mir gut ein und ändere ab morgen die Zeit für das Abendessen.

***

Zwei Tage später reist Shirley mit ihrer Familie an. Eigentlich sollte Helen schon seit Jahren diesen traditionellen Herbsturlaub begleiten, aber ihre Krankheit hat es bisher nicht zugelassen. Wieder einmal sind Frank und ich also nur als Fallnetz für eventuelle Notfälle da, und natürlich als Krankenpfleger und Apotheker. Aber in der Rolle fühlen wir uns mittlerweile heimisch. Sie soll ihre Freundschaft pflegen und mit Shirley und ihren Schwestern Spaß unter Gleichaltrigen erleben können.

Das Highlight der Ferien sind die gemeinsamen Ausflüge zu »unserem« Reiterhof. Mit Stolz präsentiert Helen den heruntergekommenen Stall und spricht wie ein alter Hase von den Pferden. Natürlich reitet sie wieder auf »ihrer« Beatrix und hat ganz offensichtlich nicht viel von dem Erlernten der Sommerferien vergessen. Sie macht wirklich eine gute Figur, hat Körperspannung und Selbstbewusstsein.

Das kleine Segelboot von Shirleys Großeltern entpuppt sich als wundervolle alte Jolle, mit der wir einen tollen Ausflug machen. Dick eingepackt mit Mützen und Schwimmwesten, fahren wir auf das Ijsselmeer hinaus. Zunächst noch ängstlich, klettert Helen bald hinter ihrer Freundin her auf den Bug des Schiffes.

Im Hafenbecken leitet Shirleys Opa die Mädchen als Hilfskapitäne an. Gemeinsam drehen sie das Boot, das dank Motor und Steuerpaddel sehr folgsam ist. Die Freundinnen agieren Hand in Hand ohne viel Abstimmung. Ein intuitives Miteinander zeigt sich in dieser Handlung, stellvertretend für eine ganz besondere Beziehung zweier kleiner Mädchen, die trotz belastender Rahmenbedingungen immer zueinander halten.

***

Am letzten Abend schläft Shirley bei uns im Ferienhaus. So im direkten Vergleich sehe ich Helens ganz anderen Alltag, den wir für uns momentan so glücklich normal definieren. Sie braucht für alles viel länger. Anziehen, waschen, essen, alles geht langsamer, und ich bezweifele, dass es sich dabei nur um einen Charakterzug handelt.

Die vielen Medikamente und der Verband werden mir umso mehr bewusst, als Shirley in der entsprechenden Wartezeit spielt und malt. Wie viel Zeit Helen für Dinge aufbringen muss, die andere mit schönen Beschäftigungen verbringen können! In unserer eigenen Wahrnehmung blende ich viel aus, orientiere mich nur an dem, was uns möglich ist, und lasse in dieser Blase wenig Verlangen nach mehr zu. Ist vermutlich eine gesunde Einstellung und schützt mich vor Verzweiflung und Ungeduld. Ich werde also nichts daran ändern!

***

Zurück in Deutschland verbringen wir entspannte Ferientage zu dritt. Wir planen am Wochenende einen Besuch bei unseren Frankfurter Freunden. Da es Helen so gutgeht, scheint jetzt der ideale Zeitpunkt zu sein.

Ein Sturz von Helen durchkreuzt unsere Pläne. Auf dem Rückweg von einer in direkter Nachbarschaft wohnenden Freundin ist Helen mit ihrem Roller hingefallen. Wir waren nicht dabei, eine Nachbarin trägt unsere schreiende Tochter die paar Meter nach Hause. Je eine blutende Schürfwunde an der Stirn und ihrem Hüftknochen sind zu sehen. Nachdem sie sich beruhigt hat, scheint die Situation weniger bedrohlich. Es ist eigentlich eine ganz normale Sache, die tausend anderen Kindern auch passiert. Aber tausend andere Kinder haben keinen Tumor im Schädel und nehmen keine Chemo.

Was kann passiert sein? Müssen wir ins Krankenhaus? Muss Helen untersucht werden? Während bei mir bereits das ganz große Drama abläuft, bleibt Frank die Ruhe selbst. Da Helen weder Kopfschmerzen hat, noch Blitze sieht oder Schwindel hat, geht er davon aus, dass nichts passiert ist, das eine Notfallaktion rechtfertigt. Wir werden sie genau beobachten, und sollte etwas Auffälliges passieren, dann sind wir in dreißig Minuten im Krankenhaus. Er hat ja recht. Außer genau die Fragen zu stellen, die wir selber schon abgeklärt haben, und jede Stunde per Taschenlampe die Pupillenreflexe zu überprüfen, werden sie in der Uniklinik auch nichts anderes machen. Zur Sicherheit werden sie uns außerdem ganz bestimmt dabehalten, das muss ja nicht sein. Unser ganz privater Chefarzt kann die Lage eindeutig abgeklärter beurteilen als ich.

Helen ist mittlerweile putzmunter und macht sich über meine Sorgen lustig. »Willst du noch mal die Wunde an der Hüfte sehen?«, sagt sie schelmisch lachend und hat das Shirt schon in der Hand. Sie weiß genau, dass mich jeder Kratzer an ihr mehr erschreckt als alles andere auf der Welt.

Ich spiele das Spiel mit und nehme die Rolle der überängstlichen Mutter ein, die alleine gegen die mutige Tochter und deren völlig relaxten Vater antritt. Da ich in meinem Innersten nicht weit weg bin von ebenjener Rolle, fällt mir die Darbietung zum Spaß aller Beteiligten sehr leicht und entlockt uns fortwährendes Gelächter. Es scheint alles gut zu sein.

***

Nicht gut habe ich allerdings meine Gedanken im Griff. Müssen wir Helen in Zukunft noch mehr schützen? Ist es unsere Pflicht, sie möglichst vor allen Gefahren zu bewahren? War es richtig, sie die paar Meter alleine fahren zu lassen? Ich quäle mich mit den immer gleichen Fragen. Dann aber rufe ich mir ins Bewusstsein, was Frank und ich immer als Maxime für uns festgelegt haben. Normalität in allen Ausprägungen ist das oberste Gebot, um Helen und uns die beste Lebensqualität zu ermöglichen. Wenn wir sie in Watte packen und alles verbieten, was altersgerecht ist, dann wird sie unter ihrer Krankheit mehr leiden, als nötig wäre.

***

Helen klagt über Unwohlsein. Selbst die üblichen Miniportionen werden zu einer Herausforderung für sie. Nicht selten erbricht sie wenige Minuten nach dem Essen die spärliche Ration. Meine Nerven sind zum Zerreißen gespannt.

***

Zum Unwohlsein kommen Kopfschmerzen hinzu. Helen klagt außerdem über Schmerzen in den Beinen. Sie kränkelt. Aber kränkelt sie normal, oder bahnt sich hier etwas an? Da die Symptome nicht gravierend sind, halten Frank und ich es für einen Anflug einer ganz normalen Grippe mit Kopf- und Gliederschmerzen. Wir nehmen unser »Krank-zu-Hause-Programm« auf, und ich bin dankbar für jeden Bissen, der in meiner Tochter bleibt. Ich bin mir sicher, wenn das überstanden ist, brauchen wir Slim-Slim-Jeans für extradünne Beine.

***

Es wird nicht besser. Die Übelkeit hat Helen fest im Griff. Die übrigen Symptome bleiben, sind aber beherrschbar. Wir entschließen uns zur Kontrolle im Krankenhaus. Wollen die Blutwerte überprüfen lassen. Möglicherweise treibt ein Keim sein Unwesen und belästigt Helen mit seinem Schaffen. Aber nein. Die Blutwerte sind in Ordnung. Es gibt keine Erklärung für ihr Befinden. Ich berichte vom Sturz, der aber mittlerweile fast zwei Wochen zurückliegt. Da scheint es keinen kausalen Zusammenhang zu geben. Wie so oft wissen die Ärzte auch nicht, ob sie einfach so mal krank ist oder ob der Tumor sein Unwesen treibt.

Eine gläserne Kontrollklappe in Helens Schädel wäre ideal. Natürlich hübsch kaschiert mit vielen Haaren, damit ich den Anblick nicht ertragen muss.

Wir fahren ohne eine Erklärung nach Hause. Wie so oft zieht die Ungewissheit bei uns ein und macht sich breit.

***

Trotz beständiger Beschwerden möchte Helen unbedingt am Martinssingen teilnehmen. Sie will mit ihren Freunden von Haus zu Haus ziehen, über das beste Lied beratschlagen und die Tüte aufhalten.

Wir warten auf Shirley, dann ziehen die Mädchen los. Sollte Helen irgendwelche Beschwerden haben, so ist davon nichts mehr zu sehen. Mit Begeisterung steuert sie die Haustüren der Nachbarn an und singt aus vollem Halse. Schon immer war Sankt Martin ihr großes Thema. Trotz ihrer ausgeprägten Schüchternheit spielte sie dabei immer groß auf. Wäre es nach ihr gegangen, dann hätte sie jedes einzelne Haus in unserem Gebiet abgeklappert. Weder Dunkelheit noch Regen konnten sie jemals aufhalten. Stets musste ich der Spielverderber sein, der den abendlichen Spaß beendete.

Zum Ritual der vergangenen Jahre und so auch heute gehört die anschließende Sichtung und Sortierung der erbeuteten Waren. Obwohl ihr Süßigkeiten noch nie am Herzen lagen und das meiste den Weg in Franks und meinen Magen finden wird, ist jedes Teil ein Schatz für Helen. Sortiert wird nach Schokolade, Riegeln, Fruchtgummi, Lakritz (immer für die Oma) und Sonstigem.

Dann sitzen wir am späten Abend am Esstisch und verteilen die ersten Genüsse. Für jedes kalorienreiche Teil, das Helen sich einverleibt, esse ich gerne zwei mit, um das Spiel am Laufen zu halten. Aber statt zu den Riegeln mit viel Fett und Zucker greift sie zu einzelnen Bonbons oder kleinsten Tüten mit Gummibärchen. Egal, Helen hatte einen schönen Abend. Die Beschwerden waren für kurze Zeit vergessen, und das ist mehr wert als ein paar Extragramm auf ihren Rippen.

***

Es wird schlimmer, keinesfalls besser. Definitiv nicht. Die Übelkeit, die Schmerzen in den Beinen und im Kopf. Die meiste Zeit verbringt Helen im Wohnzimmer auf dem Sofa. Wenn sie dort gemütlich sitzt, geht es besser. Der Weg zur Toilette wird aber beschwerlicher. Irgendetwas ist mit ihren Beinen.

Ein weiterer Termin im Krankenhaus bringt keine Klarheit. Die Werte sind okay. Wir kehren ohne Antworten nach Hause zurück.

***

Es wird nicht besser. Im Krankenhaus empfiehlt man uns, stationär zu bleiben, um den Grund für das anhaltende Unwohlsein, die Schmerzen und das seltsame Gefühl in den Beinen zu finden. Wir checken ein mit unserem Standardgepäck und erwarten, bald wieder gehen zu können.

Am nächsten Tag habe ich einen nicht verschiebbaren Termin als Gesellschafterin unserer Agentur, und ich hatte Frank schon vor Wochen gebeten, sich für diesen Tag Urlaub zu nehmen. Nur für alle Fälle. Nur für den unwahrscheinlichen Fall, dass es Helen genau an diesem Tag nicht gutgehen würde. Vor wenigen Wochen schien das noch eine unbegründete Vorsichtsmaßnahme zu sein, jetzt bin ich froh darüber.

Ich lasse die beiden im Krankenhaus zurück. In vierundzwanzig Stunden bin ich wieder da und werde meiner Tochter nicht mehr von der Seite weichen.

***

Die beruflichen Gedanken schieben sich in den Vordergrund und überlagern die aufkeimenden Sorgen. Heute bin ich Geschäftsfrau und werde diese Aufgabe gut meistern. Es ist nur ein weiteres Mal, dass Frank auf Helen aufpasst. Nichts Ungewöhnliches also.

Das Meeting wird bis in den späten Nachmittag gehen, und ich habe mir fest vorgenommen, nicht im Krankenhaus anzurufen. Stelle keine Fragen, deren Antwort du nicht hören willst. Ruf nirgendwo an, wenn dir die Stimme am anderen Ende etwas sagen kann, das dich den restlichen Tag nicht überstehen lässt.

Um ein Uhr halte ich es nicht mehr aus. Will kurz hören, wie es Helen geht. Ich möchte eigentlich nur beruhigt werden, dass alles gut ist und ich nichts zu befürchten habe.

Nach kurzem Klingeln geht Helen ans Telefon. Beim Klang ihrer Stimme bin ich schon glücklich. »Mama, wir machen heute Abend ein CT von meinem Kopf«, höre ich sie voller Begeisterung sagen, als spräche sie von einem Besuch des Reiterhofes. Warum?, schießt es mir sofort durch den Kopf. Was vermuten die Ärzte? Ein CT braucht man nicht, um einen Keim zu finden oder sonst eine Entzündung. Ich bitte sie, mir Frank zu geben, und frage nach. Er mimt den Gelassenen. Ja, ein CT eben. Die Ärzte wollen nur ausschließen, dass eine Ansammlung der Hirnflüssigkeit die Beschwerden verursacht. Alles halb so schlimm, denn sie werden ja nichts finden.

Wie kann er nur so zuversichtlich sein? Nichts scheint ihn zu erschüttern. Wenn diese Möglichkeit ausgeschlossen werden soll, dann gibt es doch auch den gegenteiligen Fall. Dass nämlich genau dieser Fall eingetreten ist. Und dann? Meine Gedanken fahren wieder ICE, rasen los, überholen sich und bringen das ganze Netz durcheinander. »Mach dir keine Sorgen. Bring den Job zu Ende und komm nachher zu uns. Wir gehen heute Abend alle zum CT, und dann ist die Sache vom Tisch. Du wirst sehen.«

Angestrengt schaffe ich es, gedanklich wieder im Job anzukommen, und bin die nächsten vier Stunden über dankbar für die neutralen Themen, die ich hier bedienen darf. Niemand merkt etwas, denn ich habe keinem erzählt, dass Helen im Krankenhaus ist und ich voller Sorge bin. Denn dann würde ich nicht als Geschäftsfrau teilnehmen, sondern als bemitleidenswerte Mutter. Meine Kompetenz wäre unwichtig, mein persönliches Schicksal würde alles überstrahlen.

Ich tue gut daran, die Dinge getrennt zu halten.

Auf dem Weg ins Parkhaus bröckelt die Distanz, die ich mir auferlegt habe. Jeder Schritt zum Auto scheint mir ewig, und dennoch ist der Weg zu kurz. Nur noch die wenigen Kilometer zwischen Düsseldorf und Köln trennen mich vom Zentrum meiner Angst.

Im Schutze meines Wagens rufe ich erneut an. Es gehe ihr gut, sagt Frank. Und meint doch, dass die Schmerzen und Symptome noch immer da sind. Ich solle vorsichtig fahren, sie würden sich auf mich freuen.

Im Krankenhaus erwartet mich eine fröhliche Helen, die ich sofort in meine Arme schließe. Sie berichtet vom Tag, was die beiden gelesen und gespielt haben. Meine ich das nur oder spricht Helen undeutlich? Mit dem einem Tag Abstand betrachte ich sie eingehender. Als ich sie zur Toilette begleite, muss ich sie stützen, da ihr die Beine so schmerzen.

In Sekunden ist der Tag mit all seiner Distanz vergessen. Ich bin angekommen.

Am frühen Abend gehen wir mit Helen zum geplanten CT. Sie sitzt im Rollstuhl, denn das Gehen fällt ihr schwer. Im Wartebereich vor dem Untersuchungsraum, ausgeleuchtet vom Licht der Neonröhren, sieht sie krank aus. Sie hat seit zwei Wochen kaum richtig gegessen und ist noch blasser und zarter als sonst. Nur ihre Pausbacken gaukeln dem unbedarften Betrachter ein gewisses Wohlbefinden vor.

Übelkeit plagt sie. Die unbekümmerte Ausgelassenheit vom Nachmittag ist einer anstrengenden Müdigkeit gewichen.

Endlich sind wir dran und gehen in den Raum. Das CT ist schnell gemacht, nicht vergleichbar mit einem MRT. Ich warte vor der Tür und bedränge Frank, genau auf den Monitor zu schauen. Vielleicht kann er schon etwas erkennen? Aber wollen wir nicht genau das verhindern? Dass wir etwas sehen? Mittlerweile verhandele ich schon mit dem Schicksal, mache mich mit dem Gedanken vertraut, dass man etwas findet.

Vielleicht ist das ja sogar gut? Einmal punktiert, und zack! sind die Schmerzen weg. Ist vielleicht sogar besser, als weiter im Dunkeln zu tappen. Die Maschinerie in meinem Kopf läuft an. Solange ich Entscheidungen treffen kann, gibt es Möglichkeiten, und das gibt mir Kraft. Solange ICH die Entscheidung treffe, bin ich Herrin der Situation, und sei es nur in meinen Hirngespinsten.

Wir bekommen noch am selben Abend eine Rückmeldung. Keine Hirnflüssigkeit. Die ungewohnte Schnelligkeit des Resultats macht mich stutzig und zeigt mir die Wahrscheinlichkeit, mit der man ein anderes Ergebnis erwartet hat. Also keine Punktion. Zum Glück. Ich schwenke sofort auf die positive Seite der Neuigkeit. Helen muss nicht bei Nacht und Nebel am Kopf operiert werden.

Nach der täglichen Untersuchung am nächsten Morgen fällt zum ersten Mal der Begriff »neurologische Beeinträchtigungen«. Helens Nervenbahnen versorgen die Beine nicht ausreichend mit Impulsen. Das Gleiche gelte für die Aussprache, die tatsächlich immer undeutlicher wird. Was schleicht sich hier an? Was nimmt da Oberhand im Körper meiner Tochter? Als der Arzt zu Protokoll gibt, dass die beiden Pupillen unterschiedlich geweitet sind, tut sich mir ein Abgrund auf. Das ist definitiv kein Keim, keine Entzündung. Nichts, was morgen wieder weg ist.

Während Helen vom Besuch bespaßt wird, können Frank und ich auf dem Flur offen reden. Das mit den Pupillen habe Helen schon eine ganze Weile, sagt er. Das kann nicht sein! Ich habe es nie, nie gesehen, bis der Arzt mich darauf hinwies. Was habe ich noch übersehen oder wollte es gar nicht wahrhaben?

»Meinst du, das geht alles wieder weg? Wird sie wieder gesund und so wie vorher?«, frage ich. Wie vorher. Also vor zwei Wochen. Wie verrückt das klingt, merke ich selber.

Ich ersehne den Zustand zurück, den Helen vor den aktuellen Beschwerden hatte. Also mit Tumor, aber ohne Schmerzen und Einschränkungen. Ist das schon die Zensur meiner selbst? Traue ich mich nicht, uneingeschränkt die vollkommene Heilung herbeizuwünschen, aus Angst, undankbar zu sein? Will ich mich bescheiden geben, oder fehlt mir schlichtweg die Hoffnung, dass alles wieder gut wird? Natürlich kann Frank mir keine Antwort geben, und wir vermeiden jegliche Fragen dieser Art an die Ärzte. Was sollen sie sagen? Solange die Ursache nicht gefunden ist, können sie auch keinen Ausblick auf eine Rehabilitation geben. Zum Trösten sind die hier ja nicht da, es geht um Fakten. Um sonst nichts.

Wir können zusehen, wie sich Helens Zustand verschlechtert. Zwar ist sie noch immer schlagfertig und verbreitet damit Unbekümmertheit und gute Laune, aber das ist nur punktuell. Wenn kein Besuch da ist, sehen wir, wie erschöpft sie ist.

Mit jedem Mal fällt ihr der kurze Gang zur Toilette schwerer.

Nach vier Tagen ohne Stuhlgang muss sie mit Hilfe eines Klistiers abführen. Unter größtem Protest lässt sie die Prozedur über sich ergehen. Mit zusammengekniffenen Pobäckchen, die Frank mittlerweile leicht mit einer Hand halten kann, trägt er sie rüber ins angrenzende Badezimmer.

Von jetzt an wird er sie immer tragen.

Wir erklären Helen, dass der Zustand nur vorübergehend ist und wir ganz sicher sind, dass nach Auffinden der Ursache alles wieder gut wird. Sie glaubt uns. Stellt nicht in Frage, je wieder laufen zu können, sondern lässt sich aus ihrer Sicht für den Moment helfen, in Erwartung baldiger Genesung.

Ich ahne, dass hier etwas Irreparables vor sich geht, gestatte dem Gedanken aber keinen Raum. Noch schließe ich ihn ganz weit hinten ein und lasse mich nicht von ihm beirren.

Fragen über Helens Zustand bedrängen uns. Shirley möchte unbedingt mit Helen spielen, und die Lehrerin hat neue Aufgaben für uns. Ich antworte ausweichend und spiele auf Zeit. Lasse durchblicken, dass wir gerade keine gute Zeit haben, verschweige aber Helens wirklichen Zustand. Zu sagen, dass sie nicht mehr laufen und auf Toilette gehen kann, dass wir uns konzentrieren müssen, ihre Worte zu verstehen, bringe ich nicht über mich. Ich will den Tatsachen keine Endgültigkeit gewähren, will sie selber als vorübergehenden Zustand betrachten, für dessen Besserung wir einfach nur Geduld brauchen.

Haben wir gestern noch mit Helen im Zimmer Wii gespielt, so wird ihr das heute zu anstrengend. Selbst Hörspielen, Fernsehen und Geschichten kann sie nur kurze Aufmerksamkeit schenken. Sie döst viel. Wir massieren ihre schmerzenden Beine.

Am Freitag soll ein MRT gemacht werden. Nicht nur vom Schädel, sondern auch von der Wirbelsäule.

Mittlerweile haben wir ein Zimmer im Elternhaus und sind ununterbrochen zusammen bei Helen. Wir spüren, das hier ist anders als die anderen Klinikaufenthalte.

Ich habe schreckliche Angst. Nicht davor, Helen zu verlieren, das ist keine Variante in meinem Schreckensportfolio. Nein, davor, dass Helen nachfragt und ungeduldig wird. Dass sie reflektiert, welche Fähigkeiten sie verliert. Ich habe so schrecklich Angst vor dem Moment, wenn sie vielleicht nicht mehr ihre Blase kontrollieren kann. Eine Windel wäre schlicht inakzeptabel für Helen und würde einen Damm von Fragen aufreißen, dem ich mich nicht stellen möchte. Denn ich habe keine Antwort. Keinen Weg. Kann nur meine eigene Hoffnung in Worte fassen, dass alles wieder gut wird.

Kein Arzt äußert uns gegenüber eine Vermutung. Wir machen ganz normal mit der Chemo weiter.

Freitag.

Auf dem Weg zum MRT müssen wir Helen in eine Art Liegerollstuhl betten. Sie hat Schmerzen. Die kontinuierliche Morphingabe muss genau berechnet werden, um sie während der langen Untersuchung ausreichend zu versorgen. Frank lässt den Weg ins andere Gebäude wie einen unbekümmerten Ausflug dastehen. Helen freut sich auf die Narkose. Sie sagt, das fühle sich immer so schön an, wenn sie in meinen Armen einschläft.

Eine erdrückende Gewissheit, dass wir an einem Punkt angekommen sind, von dem es keine Besserung geben wird, dämpft meine Panik, die ich angesichts der Untersuchung verspüren müsste. Wieder meine ich in jedem Blick der Schwestern und Ärzte Mitleid zu sehen, eine stumme Resignation vor dem Unabwendbaren.

Zurück auf Station, beginnt die Zeit des Wartens. Ich erwarte kaum, dass wir heute oder am Wochenende eine Rückmeldung bekommen. Möchte es auch nicht. Ersehne mir Erlösung durch eine positive Rückmeldung, dass nichts gefunden wurde, und wünsche mir gleichzeitig süßes Unwissen und damit verbundene Hoffnung.

Am Nachmittag gerate ich ganz zufällig in ein intensives Gespräch mit der Kunsttherapeutin. Aus dem Zusammenhang gerissen, streift sie unvermittelt die Themen Tod und Verlust, und ich erstarre. Was will sie mir sagen? Bin ich – sind wir – so blind, dass wir nicht sehen, was mit Helen los ist, während alle anderen schon ihr Urteil gefällt haben? Ich treffe völlig aufgelöst auf Frank, der mich auffängt und wiederholt, dass nichts, gar nichts bewiesen sei.

Um der Ungewissheit keinen fruchtbaren Boden zu überlassen, bitte ich die Therapeutin um ein weiteres Gespräch. Ich frage sie, ob sie etwas über Helens Zustand weiß, das uns nicht bekannt ist, und sehe sie erschüttert. Nein, sie wisse nichts und sei bestürzt, mich so aufgewühlt zu sehen. Plötzlich bricht so viel Ungesagtes aus mir heraus. Meine Angst, wie es weitergehen soll. Dass wir vielleicht ab jetzt eine Einbahnstraße betreten. Und auch, dass mich die Ungewissheit um Helens Zukunft verrückt macht. Dass ich mich mit so banalen Gedanken quäle, auf welche Schule wir Helen nach Abschluss des Schuljahres gehen lassen können. Und dass ich mich in den Sorgen um die kleinen Dinge verstricke, weil ich vielleicht keinen Platz für die ganz große Sorge lassen möchte.

Zum allerersten Mal in den vier Jahren der Behandlung lasse ich meinen Gefühlen hier freien Lauf und weine nicht nur, sondern spreche schmerzhafte Gedanken aus. Es tut nicht gut. Nein. Es tut scheißweh und macht es keinen Deut besser. Von wegen, darüber reden hilft. Ich bin bisher deutlich besser damit gefahren, die Wahrheit für mich so angenehm wie möglich zu gestalten. Meine Ängste ausgesprochen zu hören, macht sie realer und noch unerträglicher.

***

Samstag.

Wochenende. Vermutlich wird nichts passieren. Während ich das Unwissen bevorzuge, drängt Frank auf Ergebnisse. Ja, vielleicht kann die diensthabende Ärztin später einen Blick auf die Bilder werfen, sichert sie ihm zu.

Als am Nachmittag mein Vater zu Besuch ist, klopft sie tatsächlich an die Tür. Helen schläft, aber Frank geht vorsichtshalber zu ihr auf den Flur. Als er mich kurz danach rauswinkt, kann ich die Nachricht kaum glauben. Nicht unzählige Metastasen verursachen die Schmerzen, wie ich es ganz fest erwartet habe. Nein, beim ersten Blick auf die Bilder kann sie keine Auffälligkeiten feststellen. Mir scheinen die Beine wegzusacken, all meine Kraft verlässt mich. So fest war ich von einem gegenteiligen Ergebnis überzeugt, dass ich das nun Gehörte nicht glauben kann. Zwar haben wir noch immer keine Ursache für Helens Beschwerden gefunden, aber das scheint mir in diesem glückseligen Moment unwichtig.

Metastasen bedeuten für mich das Ende der Hoffnung auf vollständige Heilung. Der Gegner wäre zu groß für uns, die

Hürden zu hoch. Aber alles andere können wir in den Griff bekommen, davon bin ich fest überzeugt.

Ich schleiche mich leise in unser Zimmer und nicke meinem Vater zu. Flüstere leise: »Sie haben nichts gefunden.« Kurz darauf liegen wir uns in den Armen und weinen. Mein Vater weint genauso erschüttert und gleichzeitig erleichtert wie ich. Abrupt halten wir inne, als Helen sich in ihrem Bett bemerkbar macht. Sie fragt, warum ich weine, und lächelnd, mit tränennassem Gesicht berichte ich von dem Ergebnis. Sage, dass es gut ist und ich mich darüber sehr freue. Dass meine Tränen einfach Freudentränen sind.

Auch jetzt akzeptiert sie meine Antwort, ohne weitere Fragen zu stellen. Ja, wenn alles gut ist, warum kann ich dann nicht laufen und bekomme alle drei Tage einen Einlauf?, könnte sie fragen. Zu Recht. Und ich hätte keine Antwort darauf.

Sonntag.

Zweifel nagen an der euphorischen Freude über das Nichtauffinden von Metastasen. Vielleicht hat die Ärztin nicht richtig geschaut?

Montag.

Die Station nimmt ihren geschäftsmäßigen Gang wieder auf. Seit nunmehr einer Woche sind wir hier. Es geht Helen zusehends schlechter. Keine Ursache ist auffindbar. Wir haben keinen Plan und kein Ziel, auf das wir hinarbeiten. Nicht wie sonst können wir die Tage runterzählen, bis wir endlich das Krankenhaus verlassen können. Wir leben in einem unbestimmten Vakuum.

Und wir haben ein Einzelzimmer. Seit sieben Tagen. Das ist mehr als verdächtig, denn die Station ist ansonsten voll. Die Schwestern nehmen sich Zeit, wenn sie bei uns sind. Plaudern wohlwollend mit uns. Vielleicht machen sie das immer so. Vielleicht haben wir bisher auch immer angedeutet, auf dem Sprung zu sein. Jetzt aber wissen wir nicht, wie lange wir hierbleiben müssen, vielleicht ändert das auch unser Verhalten.

Am Abend kommt Susanne zu mir. Wir treffen uns im Zimmer des Elternhauses. Vordergründig, um Weihnachtskarten für die Firma zu unterschreiben. Eigentlich jedoch, um in Ruhe reden zu können. Nicht auf dem Flur der Station, wo jeden Moment fremde Leute vorbeilaufen. Wo ich mit einem Ohr bei Helen bin, auch wenn ich Frank in ihrer Nähe weiß.

Ganz ruhig sage ich ihr, dass ich glaube, dass nun endgültig der Moment gekommen sei, an dem wir unsere Zuversicht begraben müssen, dass Helen wieder gesund wird. Ich bin dabei gefasst, obwohl ich diese Worte zum allerersten Mal ausspreche. Als würden wir noch über Belange der Firma sprechen, sitzen wir uns gegenüber an einem Tisch, und ich resümiere laut meine Gedanken. Ziehe Bilanz der Ereignisse und komme zu diesem Schluss. Ich sage nicht, dass ich glaube, Helen wird sterben. Für mich gibt es da einen festen Stufenplan. Und nach Herabsteigen vom Sockel der Hoffnung bleibt noch ein langer Weg bis zum endgültigen Ende. Dass dieser vielleicht grausam und schmerzhaft sein wird, klammere ich in meiner Betrachtung völlig aus. Im Moment arrangiere ich mich lediglich mit dem Gedanken, keine Hoffnung mehr zu haben. Ich erlaube mir nur einen Schritt nach dem anderen.

Morgen soll Frank ein Gespräch mit dem neuen Professor haben, der uns seit langem als Oberarzt bekannt ist und den ich wegen seiner rücksichtslosen Offenheit fürchte.

Dienstag.

Ich weiß nicht, wann Frank den Termin hat. Wir klammern ihn einfach aus und kümmern uns liebevoll um Helen, als würde keine Nachricht der Welt unser Familienleben beeinträchtigen können. Am frühen Nachmittag verschwindet Frank für einige Zeit. Er behauptet, etwas in der Firma klären zu müssen, und es klingt glaubwürdig.

Ich vermute den Termin am Abend, wenn die Tagesarbeit erledigt ist und Zeit und Raum für schwierige Gespräche ist. Und schwierig wird es bestimmt. Was erwarte ich eigentlich? Wenn ich tief in mich reinhorche und ganz ehrlich zu mir selbst bin, dann bin ich überzeugt davon, dass wir heute endgültig erfahren werden, unsere Tochter zu verlieren. Nicht jetzt und gleich, aber auch nicht erst in vielen Jahren.

Je länger Frank wegbleibt, desto sicherer werde ich mir, dass er genau jetzt in diesem Gespräch sitzt. Aber es ist doch erst vier Uhr. Das passt nicht in meine Vorstellung. Ich hatte noch ein bisschen Schonfrist erhofft. Wie dumm eigentlich. Sich an wenige Stunden des Unwissens zu klammern. Was macht das für einen Unterschied?

Als Frank kurz darauf zurückkommt und sich an Helens Bett setzt, versuche ich, irgendetwas in seinem Gesicht zu lesen. Helen ist wach, und über ihren Kopf hinweg frage ich stumm, ob das Gespräch erfolgt ist. Er nickt. Mehr will ich nicht wissen. Wäre alles gut, würde er lächeln, aber er tut es nicht. Solange Helen nicht schläft, werden wir nicht miteinander sprechen. Wir wissen beide, dass dieses Gespräch nicht mit ein paar weggewischten Tränen enden wird. Dass wir nicht mal eben auf dem Flur die Neuigkeiten austauschen werden, kurz durchatmen und dann wieder zu Helen gehen können.

Es erfordert eine unmenschliche Disziplin, die nächsten Stunden Normalität walten zu lassen. Wir massieren, erzählen, begleiten die winzigen Happen ihres Abendessens, waschen Helen und tragen sie zur Toilette. Als wüssten wir beide genau, was uns erwartet, und doch verharren wir in dem Alltäglichen.

Sie kann nicht einschlafen. Ich weiß nicht, ob sie etwas spürt. Oder ob sie einfach schon zu viel an diesem Tag geschlafen hat und putzmunter ist. Wir versuchen die alte Strategie, die schon so oft zum Erfolg geführt hat. Sagen, dass wir uns auf den Flur setzen, und lassen die Tür einen Spalt auf. Machen das Licht aus und schauen alle paar Minuten nach ihr. Spätestens nach dem zweiten Mal bleiben wir ganz draußen, und üblicherweise schläft Helen dann ein.

Wir setzen uns am Ende des Flures auf die harte Holzbank. Suchen einen privaten Raum und sitzen dennoch ungeschützt vor aller Augen. Frank wartet noch das Vorbeigehen einer Mutter ab, die ihrem Kind eine späte Mahlzeit bringt, dann platzt es aus ihm heraus. Unter Tränen sagt er: »Sie können Helen nicht mehr helfen.« Sein Gesicht ist vor Schmerz verzerrt. So habe ich ihn noch nie erlebt. Bis zu diesem heutigen Gespräch hat er nicht eine Sekunde daran gezweifelt, dass seine Tochter gesund wird. Egal, wie unwahrscheinlich das auch sein mochte, er hat nie, nie über die Alternative nachgedacht. Die geballte Wucht des Unausweichlichen, dem auch er sich jetzt stellen muss, lässt in ihm etwas brechen. Ich spüre es und habe Angst um ihn.

Ich gönne uns eine Zeit des blanken Entsetzens und führe ihn dann auf gewohnte Pfade zurück. Fakten, gib mir Fakten, das ist dein sicheres Terrain. Beim detaillierten Betrachten der Bilder haben sie Tumorzellen entdeckt, die durch die Hirnhaut in das Rückenmark eingedrungen sind, erklärt er mir, und wir funktionieren wieder. Man werde Helen nicht mehr heilen können. Alles, was jetzt noch kommt, dient nur der Linderung von Schmerzen auf dem Weg in ein sicheres Ende. Den genauen Zeitpunkt kann uns niemand sagen. Vielleicht geht es ganz schnell, vielleicht dauert es auch noch viele Wochen.

Helen ruft aus ihrem Zimmer. Warum wir weinen würden. Ich gehe nur kurz an ihre Tür, reiße mich zusammen und flüstere in den Raum, dass alles okay sei und sie weiterschlafen solle. Jetzt reingehen, sie küssen und durch ihre Haare streicheln kann ich nicht. Dann werde ich nie mehr rausgehen und mich dem stellen, was noch zwischen Frank und mir zu besprechen ist.

Zurück bei ihm, frage ich alles, was mir in den Sinn kommt. Obwohl es doch momentan völlig sinnlos ist. Wir werden unser

Kind verlieren, unsere über alles geliebte Tochter wird sterben müssen. Was interessiert der Rest?

Aber auch jetzt können wir nicht aus unserer Haut. Lassen der Trauer und dem Entsetzen nicht viel Platz. Wir werden die Dinge in die Hand nehmen und alles tun, um es für Helen so leicht wie möglich zu machen.

Wir sind uns einig, dass wir keine weiteren Mittel oder Bestrahlungen wollen, um das Ende hinauszuzögern. Dass wir sofort nach Hause wollen und dass sie bei uns sterben soll. Keine Minute länger wollen wir hier unnötig verbringen.

Wir werden Helen nichts von alldem sagen. Wir sind uns ganz sicher, dass wir dank ihres grenzenlosen Vertrauens in uns die verbleibende Zeit bestmöglich gestalten können. Warum sie also verrückt machen mit einem Wissen, das ihr keine Hilfe ist und ihr keine andere Option lässt außer Unsicherheit und Angst? Obwohl wir nie zuvor über diese Dinge gesprochen haben, brauchen wir nicht viele Worte.

Ab jetzt haben wir wieder einen Plan und ein Ziel. Quasi unsere letzte Mission für Helen. Das gibt uns Kraft und Stärke.

Es ist schon spät, als ich rüber in das Elternhaus gehe. Ich bin erstaunt, wie gefasst ich trotz allem bin. Natürlich weine ich und bin tieftraurig. Aber es steht in keinem Verhältnis zur Bedeutung der Geschehnisse. Im Zimmer lasse ich mir wieder und wieder meinen Gute-Nacht-Gruß von Helen vorspielen, den sie mir noch vor wenigen Tagen auf mein Handy gesprochen hat. »Ich liebe dich, Mama«, höre ich sie sagen und kann einfach nicht fassen, dass sich unsere Welt heute endgültig geändert hat.

Mittwoch.

Frank schlüpft zurück in seine alte Rolle. Als hätte es den gestrigen Abend nicht gegeben, geht er unbekümmert mit Helen um und leitet die weiteren Maßnahmen ein. Ich lasse mich auch zu gerne in das gewohnte Fahrwasser gleiten und verliere nur die Fassung, als die Visite anklopft. Ich zische Frank zu, dass ich sie alle nicht mehr sehen will und die versammelte Mannschaft vor der Tür bleiben soll. Was wäre das für eine lausige Vorstellung, so zu tun, als würde mich noch irgendetwas interessieren. Sie können Helen nicht mehr helfen, dann sollen sie sie auch nicht angaffen. Ich weiß, ich bin ungerecht, aber es ist mir egal. Ich brauche ein Ventil für meine Wut.

Ich muss es heute meinen Eltern sagen. Sie werden zusammenbrechen, und ich habe große Angst davor. Genau wie wir haben sie sich am Hier und Jetzt festgeklammert und waren für jeden schönen Moment mit Helen dankbar. Die Endgültigkeit meiner Nachricht wird sie in eine Realität holen, die sie nicht für möglich gehalten hätten. Zumindest nicht jetzt, wo es Helen vor nicht einmal vier Wochen noch blendend ging.

Ich fühle mich so eingesperrt hier. Brauche Platz für mich und meine Gefühle. Aber wir sind auf einer vollbelegten Station mit Kindern, die auf dem Flur Bobbycar fahren und ein Recht auf laute Fröhlichkeit haben.

Mir kommt es wie Hohn vor, das Glück der anderen hören zu müssen. Aber Glück? Waren wir nicht auch vier Jahre auf dem Sprung und häufig gut gelaunt? Und wo stehen wir jetzt? Mit ganz viel Glück wird vielleicht jeder zweite dieser Bobbycarfahrer in drei Jahren noch leben. Der momentane Spaß sei ihnen also von Herzen vergönnt. Aber nicht Neid ist es, der so schmerzt, sondern das Gefühl, dass einfach alles seinen gewohnten Gang weitergeht. Als wäre der Tag heute wie gestern oder vorgestern und nicht Tag 1, an dem wir wissen, dass wir unser Kind verlieren werden.

Frank und ich sind uns einig, dass wir für Helen die Illusion von Normalität aufrechterhalten wollen. Wir sagen ihr, dass wir vermutlich in zwei Tagen nach Hause fahren werden. Und das wir sehr viel Geduld brauchen, bis es ihr wieder gutgeht. Dass wir es zu Hause kuscheliger haben und es uns da schön machen.

Und zu dieser Illusion gehört auch, dass sie weiterhin eine »Chemo« nehmen soll. Eine neue. Denn die bisherigen oralen

Spritzen wird sie nicht mehr nehmen. Sosehr Helen uns vertraut, so wenig dumm und naiv ist sie. Wie soll der Tumor weggehen, wenn nicht mit einer Chemo?

Als wir die Ärzte um kleine, gut schluckbare Pillen ohne Nebenwirkung bitten, schaut man uns erstaunt an. Wofür wir das Theater aufrechterhalten wollen? Sie raten uns ganz dringend, mit Helen ein offenes Gespräch zu führen. Ihr zu sagen, dass sie sterben wird. Spinnen die eigentlich? Sie ist neun Jahre alt, und für sie ist der Tod keine Option. Sie weiß nur bedingt um die tödlichen Gefahren einer Krebserkrankung, kann nichts ableiten daraus, dass es ihr gerade schlechtgeht. Das hat sie so oft erlebt, und jedes Mal ging es nach einiger Zeit wieder bergauf. Das hat sie verinnerlicht. Geduld und die Bereitschaft, fiese Dinge über sich ergehen zu lassen, haben bisher immer zum Erfolg geführt. Warum sollen wir ihr diese beruhigende Illusion rauben? Zu welchem Zweck? Sie ist nicht erwachsen, muss keine Dinge regeln, sich von Leuten verabschieden. Alle Herzenswünsche, die sie haben könnte, kennen wir und werden sie auch so erfüllen.

Da wir bei den Ärzten kein Verständnis für unseren Weg und auch keine Tabletten bekommen werden, brauchen wir eine andere Lösung. Ich beschließe, auf dem Weg zu meinen Eltern bei Aldi vorbeizufahren. Dort habe ich schon diverse bunte Pillen für schöne Haare, feste Nägel und eine straffe Haut gesehen. Aus diesem Sortiment werde ich die kleinsten heraussuchen, die dann unsere Pseudo-Chemo werden.

Vielleicht verhilft mir diese Aufgabe zur nötigen Kraft und Ruhe, zu meinen Eltern fahren zu können.

Als ich in die Discounterfiliale trete, sehe ich im Augenwinkel meine Mutter an der Kasse stehen. Sofort verschwinde ich hinter einem Regal und hoffe, dass sie mich nicht gesehen hat. Was soll ich ihr sagen, hier in aller Öffentlichkeit? Alleine mein Anblick würde ihre Alarmglocken schrillen lassen. Nein, für meine Eltern will ich den bestmöglichen Schonraum für diese schlimmste aller Nachrichten. Wenn ich weg bin, sollen sie hemmungslos weinen und schreien können, sich Alkohol einflößen und taumelnd im Bett zusammenbrechen.

Als meine Mutter bezahlt und den Laden verlassen hat, wende ich mich dem Regal mit den bunten Pillen zu. Ich öffne alle Packungen und überprüfe den Inhalt auf bestmögliche Schluckbarkeit. Was mache ich hier eigentlich? Würde mir jemand diese Geschichte erzählen, ich würde es nicht glauben und ihn für völlig verrückt halten.

Ich entscheide mich für die kleinen Roten. Die, die dicke Haare machen, und erlaube mir den geschmacklosen Kalauer, dass dicke Haare auf jeden Fall erstrebenswerter für Helen sind als ein besseres Gedächtnis.

Ich klingele, und meine Eltern öffnen. Ich habe zwei Etagen Zeit, mich dem Unvermeidlichen zu stellen, das jetzt kommen wird. Ich wünschte, sie würden in einem Hochhaus wohnen und der Aufzug wäre defekt. Viel zu schnell stehe ich ihnen gegenüber, und schon im Flur kommen mir die Tränen und ich stammele: »Helen wird nie wieder gesund. Sie können nichts mehr für sie machen.« Meine unfassbare Ruhe, die mich hierhergeführt hat, ist mit einem Schlag verflogen. Meine Mutter schreit auf, mein Vater blickt entsetzt, aber noch ungläubig. Wir gehen ins Wohnzimmer, und ich berichte von dem letzten Gespräch. Sie sprechen alles aus, was wir nie gesagt haben. Sie verfluchen die ganze Welt und sind von diesem Moment an nie mehr die Gleichen.

Meine Mutter möchte mich an sich ziehen und trösten, aber ich will keinen Trost. Es gibt für mich einfach keinen Trost. Kein liebgemeintes Wort der Welt kann mir helfen. Nur ich selber kann mich mit Disziplin und Aufgaben für Helen am Leben erhalten. Kann dann weiterfunktionieren und den schrecklichen Gedanken nicht Oberwasser gewinnen lassen. Das alleine kostet mich so viel Kraft, die mir die erdrückenden Umarmungen meiner Mutter rauben. Ich weiß, ich tue ihr weh mit meinem Verhalten, aber ich darf mich jetzt nicht gehenlassen.

Meinen Vater zu trösten, fällt mir hingegen leichter. An seine Knie gelehnt, lasse ich meinen Tränen freien Lauf und streichele ihn gleichzeitig beruhigend. Hier bin ich die Tochter, die Halt sucht und sich in selbstbestimmter Intensität ausweinen kann, ohne die Kontrolle zu verlieren.

Es gibt keinen positiven Abschluss meines Besuches. Keinen Ausblick auf ein neues Medikament oder eine bessere Therapie. Alleine meine Zusage, für Helen alles zu machen, damit sie nicht leiden muss.

Ich fahre zurück ins Krankenhaus. Aufgewühlt, aber auch erleichtert, es hinter mich gebracht zu haben. Es fällt mir nicht schwer, sicher Auto zu fahren. Die dreißig Minuten bis ins Krankenhaus nutze ich, um mich zu sammeln und für Helen da zu sein. Ab jetzt zählt jede Minute, und ich möchte keine verpassen.

Donnerstag.

Das Krankenhaus hat ein Palliativteam gefunden, das Kinder betreut und zu uns nach Leverkusen kommt. Alleine wegen der Morphinpumpe brauchen wir Unterstützung. Ansonsten fürchten wir uns vor nichts. Man spricht uns Anerkennung aus, aber ich weiß nicht, wofür. Wir werden Helen einfach so lange pflegen, bis sie friedlich in unseren Armen einschläft. Das ist meine Vorstellung. Genauso habe ich es bei meiner Oma erlebt und habe es als friedliche Erinnerung bewahrt. Ja, ich weiß, dass es Krämpfe und Atemnot geben kann, aber ich bin mir sicher, dass Helen davon verschont bleiben wird. Was können wir schon groß falsch machen? Ein Infekt, wenn Frank die Morphinpumpe wechselt? Ist doch egal. Wir gehen schließlich zum Sterben nach Hause. Und alles ist besser, als die letzten Tage hier verbringen zu müssen.

In einem ruhigen Moment besprechen wir Dinge, die Eltern niemals sagen müssen sollten. Darüber, dass wir uns einig sind, Helen unter allen Umständen nicht leiden zu lassen. Und dass wir beide zu allem bereit sind, um sie davor zu bewahren. Das

Wort Sterbehilfe fällt nicht, aber wir wissen beide, wovon wir reden, auch wenn es nicht ausgesprochen wird.

So seltsam das auch klingen mag, das Wissen um unsere gefällte Entscheidung ist eine große Beruhigung für mich. Ich habe keine konkrete Vorstellung, wie wir das tatsächlich realisieren würden, aber alleine der Gedanke daran hilft. Dass Frank und ich uns einig sind und dass wir, wenn es nötig sein sollte, eine gute Lösung finden werden.

Nicht eine Sekunde denken wir daran, Helen für uns länger am Leben zu erhalten. Um sie noch ein bisschen mehr streicheln zu können oder ihren Kindergeruch einzuatmen. So verlockend die Vorstellung ist, so grausam wäre es doch.

Eine Bestrahlung würde uns vielleicht noch drei Monate schenken. Aber um welchen Preis? Dass sie mit offenen Wunden qualvolle Schmerzen erleidet, und das alles ohne Aussicht auf Besserung. Nein, nein, nein!

Ich bin so dankbar dafür, dass Frank und ich den Mut haben, uns den Dingen zu stellen. Nicht den bequemen Weg suchen und die Entscheidung an die Ärzte abgeben. Nicht egoistisch festhalten wollen, wenn Gehenlassen der bessere Weg für unser Kind ist.

Am Abend kommt Susanne zu uns ins Krankenhaus. Da ich tags zuvor nicht angerufen hatte, weiß sie, dass sich meine Befürchtungen bewahrheitet haben. Dennoch will es ausgesprochen werden.

Ich leihe mir den Schlüssel für die Dachterrasse auf dem Klinikgebäude, und wir gehen hoch. Hier oben haben wir in Liegestühlen sitzend auf die erlösende Nachricht aus dem Operationssaal gewartet. Hier oben haben wir mit Helen Silvester gefeiert, als wir nicht wussten, wie es weitergehen sollte. Als wir nicht wissen konnten, dass wir trotz des Rückfalls noch zwei wundervolle Jahre mit ihr verbringen werden. Jetzt aber ist hier kein Platz mehr für Hoffnungen. Es gibt kein Vielleicht mehr, sondern nur noch Gewissheit. Als ich Susanne berichte, was wir jetzt wissen und wie es weitergehen wird, kämpfen wir beide mit den Tränen. Ich bin mir sicher, sie unterdrückt den Impuls, mich zu umarmen und mir einen Halt für einen Zusammenbruch anzubieten. Und so ist es genau richtig. Ich brauche die Distanz und auch die Abgeklärtheit, um überhaupt reden zu können. Nur ein Stockwerk tiefer liegt Helen im Bett und schaut eine Kindersendung. In einer knappen halben Stunde bin ich wieder die lächelnde Mama, die Zuversicht und Wohlbefinden ausstrahlt. Hier gibt es keinen Fluchtraum für mich, in dem ich mich langsam wieder aufbauen kann. Susanne weiß das, und es zeugt von großer Stärke, dem naheliegenden Impuls nicht nachzugeben.

***

Freitag.

Wir können nach Hause. Nicht Vorfreude auf bessere Zeiten, sondern reine Flucht lässt uns die Sachen in aller Eile zusammenpacken. Ich bin mir sicher, dass wir nie mehr hierherkommen werden, und schließe mit dem Kapitel ab.

Frank hat einen Leihrollstuhl organisiert. Ein Punkt, in dem wir uns einmal nicht einig sind. Er sieht Helens Zukunft noch immer durch seine rosa Papa-Brille, selbst zu diesem Zeitpunkt. Er glaubt tatsächlich, mit Helen zu Hause spazieren gehen zu können, und macht ihr das Gefährt schmackhaft wie eine Luxuskarosse. Demonstriert ihr die Hebel und Funktionen und erwartet freudigen Applaus von uns. Aber wir beide sehen den Rollstuhl als sichtbares Zeichen von Helens verlorenen Fähigkeiten und möchten das am liebsten ausblenden. Außerdem möchte ich keine unnötigen Fragen der Nachbarschaft aufwerfen, wenn wir damit durch die Straßen ziehen. Ich will meine Ruhe und keine neugierigen Blicke.

Als wir den grünen Heliumballon am Rollstuhl befestigen, verhöhnt mich dessen Aufschrift, und ich muss eisern um Fassung ringen. »Gute Besserung« steht fröhlich auf dem glitzernden Geschenk von Oma und Opa. Er ist schon eine Woche alt und stammt aus der Zeit »davor«. Als wir noch nicht wussten, dass dieser fromme Wunsch für Helen nicht mehr in Erfüllung gehen wird.

Helen liegt auf der Rückbank und beklagt die mangelnden Sicherheitsvorkehrungen, da sie nicht im Kindersitz ist. Ein Satz, der schneidend in mein Innerstes eindringt. Würden wir auf der Rückfahrt einen Unfall haben, wäre es mir jetzt egal. Solange sichergestellt wäre, dass keiner von uns überlebt.

Die letzte Fahrt nach Hause. Erinnerungen an die erste Fahrt nach der Diagnose kommen hoch. Ich fühlte mich wie in einer Blase eingesperrt. Konnte nicht verstehen, dass die Welt sich einfach so weiterdreht. Genauso ist es jetzt wieder. Bei der Einfahrt in unsere Straße ist alles so wie immer. Natürlich, warum auch nicht. Wir waren ja nicht einmal zwei Wochen weg. Wie ein Urlaub eigentlich. Danach sieht auch immer alles erstaunlich gleich aus, obwohl man selber – angereichert mit neuen Erlebnissen – das Gegenteil erwartet.

Wir betten Helen auf der Liege im Wohnzimmer. Sie ist schwach, und alles fällt ihr schwer. Am Abend soll das erste Mal der Hospizdienst kommen. Bis dahin haben wir noch ausreichend Morphin. Ich hoffe, sie werden pünktlich sein.

In zwei Tagen fängt der Dezember an, und natürlich soll Helen einen Adventskalender bekommen. Außerdem wollen wir das Haus schmücken, es soll ja schön sein für uns drei. Susanne kommt zu Besuch, und gemeinsam dekorieren wir unter den spärlichen Kommentaren, zu denen Helen sich in der Lage sieht. Glücklicherweise habe ich schon eine Weile kleine Präsente für den Kalender gesammelt. Ich hänge alle Tüten auf, kann sie aber nur bis zum 16. füllen, da ich die restlichen Sachen noch kaufen wollte. Ein weiterer brennender Stich. Wird sie die alle öffnen können? Soll ich mir das wünschen, oder wäre es besser, wenn alles ganz schnell ginge?

Als am Abend die Leute vom Hospizdienst kommen, schüttele ich nur kurz deren Hände und gehe sofort zu Helen, die jetzt in ihrem geliebten Zimmer liegt. Ein paar Seiten darf ich vorlesen, dann döst sie immer wieder ein. Wir haben ihr erklärt, dass die Leute eine Art mobile Kinderstation sind, die uns für eine Weile zu Hause behandeln, damit wir nicht immer ins Krankenhaus müssen.

Während ich Helens Beine massiere, höre ich den gedämpften Stimmen aus dem Esszimmer zu. Schnappe aber nur Bruchstücke auf und beschließe, die Zusammenfassung von Frank abzuwarten. Nach einer Ewigkeit kommen der Arzt und die begleitende Schwester in Helens Zimmer, um sie zu untersuchen. Was wollen die wohl dabei entdecken, was noch irgendeine Relevanz hat?

Das Wichtigste bei allem ist das Morphin, dessen lindernde Wirkung ich für Helen nicht missen möchte. Sie haben ein kleines Gerät dabei, nicht größer als ein Walkman. Es wird angeschlossen und Frank in die Betätigung eingewiesen. Ich habe einen Höllenrespekt davor und würde freiwillig keinen der Knöpfe drücken. Frank aber, mit seinem unfassbaren Willen, die Dinge für Helen bestmöglich zu wissen und zu machen, saugt alle Details auf. Mit einem breiten Grinsen packt er das kleine Gerät, das mich furchtbar ängstigt, in eine hellbraune Kuschelhandtasche von Helen. Er ist begeistert von seiner tollen Lösung, den Anblick damit zu verhindern und gleichzeitig eine optimale Tragefunktion geschaffen zu haben.

Als wir am späten Abend alleine sind, können wir reden. Endlich.

Wir sitzen in Helens Zimmer auf ihrem Bett. Sie schläft bei uns im Doppelbett und einer von uns wird immer bei ihr sein. Die Gewissheit dessen, was uns erwarten wird, überrollt uns emotional. Bisher waren wir damit beschäftigt, alle zu informieren und unsere Rückkehr zu organisieren. Jetzt sind wir angekommen, und es gibt nichts mehr zu tun. Ich bitte ihn, davon zu berichten, was da im Esszimmer so lange besprochen wurde. Es ging vor allem darum, dass auch dieser Arzt uns sehr nahelegt, Helen aufzuklären. Dass es ganz wichtig für sie sei, zu wissen, dass sie sterben wird.

Warum nur wollen uns das alle einreden? Das mag sicherlich die Lehrbuchmeinung sein, aber wie würden sie wohl bei ihren eigenen Kindern entscheiden? Und wie stellen sich diese Wahrheitsvertreter das in der Umsetzung vor? Dass wir uns morgen bei Helen ans Bett setzen und sagen: »Mama und Papa müssen dir etwas Wichtiges mitteilen. Leider kannst du nicht mehr gesund werden und wirst sterben. Aber das ist nicht so schlimm, da muss man nicht traurig sein. Und wann das passieren wird, wissen wir nicht, aber entspann dich bis dahin. Mama liest jetzt etwas vor.« Oder gar: »Hast du denn noch einen besonderen Wunsch? Ins Phantasialand fahren? Eis essen gehen? Mit deinen Freunden toben? Nein, mein Schatz, das kannst du ja leider alles nicht mehr. Aber sollen wir vielleicht zusammen ein schönes Bild für deinen Sarg aussuchen?« Wir schaukeln uns im Verriss der grenzenlos dummen Ideen hoch und fühlen uns gestärkt in unserer eigenen Sichtweise.

Ich frage, warum Helen nicht an den mitgebrachten Tropf angeschlossen wurde. Sie trinkt doch so wenig, und essen tut sie schon seit Tagen gar nichts mehr. Frank erklärt mir die Empfehlung des Arztes, auf die künstliche Zufuhr zu verzichten. Es belaste den Organismus unnötig in seinem natürlichen Prozess. Will heißen, wir wollen Helen nicht länger zum Leben zwingen als unbedingt notwendig. »Aber dann verdurstet sie«, platzt es aus mir heraus, und die Vorstellung finde ich grausam. Nein, nach deren Erfahrung wird Helen in kleinen Mengen trinken. Genau so viel, wie sie braucht. Gut, ich möchte das glauben. Und sollten wir damit kein gutes Gefühl haben, können wir sie jederzeit doch anschließen.

Eine Frage muss raus aus meinem Kopf. Ich kann sie nicht mehr zurückhalten, will das abgehakt wissen und hoffe auf die gleiche schnelle Übereinkunft wie in allen anderen Themen bisher. Den Rollstuhl einmal ausgenommen.

»Wie, denkst du, soll Helen beerdigt werden? Also im Sarg oder in einer Urne?« Es fällt mir schwer. Ist es herzlos, über solche Themen zu sprechen, während Helen nebenan schläft? Es fühlt sich jedenfalls wie schlimmer Verrat an. Aber ich will die Dinge erledigt wissen, bevor wir von dem Ereignis überrollt werden. Und dann vielleicht zusammenbrechen. Nicht mehr funktionieren und Entscheidungen im Affekt treffen, die für unser ganzes weiteres Leben von Bedeutung sein werden.

»Urne«, sagt Frank mit einer traurigen Stimme. Ich bin froh, denn alles andere hätte mich gedanklich verfolgt. Die Vorstellung, was da in einem Sarg unter der Erde mit ihr passiert, wäre für mich nicht auszuhalten. Bei jedem Regen hätte ich Sorge, es würde nass bei Helen. Bei jeder Delle im Erdreich würde meine Phantasie mit mir durchgehen. Der Akt der Verbrennung raubt mir ebenfalls den Atem, aber ich weiß, dass ich das verdrängen werden kann. Das kommt in ein Hirnkästchen, dessen Schlüssel ich ganz weit wegwerfe.

Wir besprechen alles.

Das wir nur eine kleine Feier mit Familie und engen Freunden wollen. Einen Platz auf dem Friedhof um die Ecke. Oben auf dem Hügel. Keinen Pfarrer, keine Kirche. Die kleine Kapelle wäre schön, aber bekommen wir sie ohne kirchlichen Beistand? Ich zeige ihm das Bild, das ich für die Traueranzeige und die Karten ausgewählt habe. Der schlimme Verrat kennt keine Grenzen.

Aber es verschafft mir Ruhe, die Dinge aus dem Kopf zu haben, und gestattet es mir, mich voll und ganz auf Helen zu konzentrieren. Wir werden Susanne um Unterstützung bitten, die Dinge für uns vorzubereiten.

Samstag.

Wir haben Kirsch- und Ananassaft in dünnen Stäbchen eingefroren und Käsesuppe von meiner Mutter bekommen. Meine

Eltern wollen helfen und können doch nichts machen. So mutieren sie zu unserem täglichen Speiselieferanten, damit Frank und ich bei Kräften bleiben.

Und tatsächlich, wie der Arzt vom Hospizdienst prophezeit hatte, verlangt Helen nach Speisen und Getränken. Zwar in mikroskopisch kleinen Portionen, aber immerhin. Wir feiern jeden Bissen, als würden wir damit dem Leben einen Dispo einräumen. Mittlerweile fällt es uns schwer, sie zu verstehen. Die Zunge gehorcht ihr nicht richtig. Aber es ist ihr auch zu anstrengend, viel zu sprechen. Den Tag verbringen wir in ihrem Zimmer oder auf dem Sofa. Wir massieren, erzählen und streicheln. Jeden Tag kommen meine Eltern vorbei und wollen ihr nahe sein. Helen mag es aber nicht, von ihnen, der anderen Oma oder Carsten angefasst zu werden. Zum großen Leidwesen meiner Eltern, die sich nach den Berührungen verzehren, äußert sie bestimmt ihren Willen. Auch wenn sie nicht mehr viel sagt, so formuliert sie doch ihre Wünsche sehr präzise.

Am Abend sitzen wir zu dritt auf dem Sofa und zelebrieren unser Familienkino. Eine Tradition, die ansonsten auf den Freitagabend beschränkt war, um das Wochenende einzuläuten. Jetzt ist bei uns jeden Abend Freitag. Solange Helen die Kraft und die Lust hat, werden wir drei hier sitzen.

Sonntag.

Das erste Adventspäckchen kann geöffnet werden. Ein Festtag in den letzten Jahren und mit großer Begeisterung von Helen erwartet. Heute fällt es ihr schwer, sich dafür zu interessieren. Am liebsten möchte sie einfach im Bett liegen bleiben. Frank macht den gnadenlosen Animateur und setzt sie auf den Bürostuhl, der mit Rollen versehen ist. Sie mag es eigentlich nicht, zu sitzen. Ihre Bewegungen sind schwerfällig und sehen mühevoll aus. Trotzdem packt sie das Päckchen aus. Vielleicht will sie uns einen Gefallen tun, vielleicht haben wir sie auch angesteckt mit dem Wunsch, noch einmal alles so wie früher zu machen.

Montag.

Der Hospizdienst kommt. Sie bringen eine neue Morphinampulle mit. Frank hat alle Zeiten und Einheiten notiert, um Helens Bedarf zu regulieren. Er ist perfekt im Thema, und wir beschließen, dass wir keine weiteren Besuche benötigen. Die nächsten Ampullen können wir nach einigen Schriftwechseln über unsere Apotheke beziehen.

Wir brauchen weder psychologische Betreuung noch eine Kinderkrankenschwester, die alle zwei Tage Fieber misst und den Puls kontrolliert. Wir haben im Griff, was wir im Griff haben können. Ein Schreiben ist vorbereitet, das wir bei emotionalem Zusammenbruch dem Notarzt übergeben können. Darin steht, dass wir keine Wiederbelebung wünschen und auch keine Überstellung ins Krankenhaus.

Ich finde, wir machen das gut. Wir sind auf alle Eventualitäten vorbereitet.

Dienstag.

Dachte ich, die Fahrt zurück aus dem Krankenhaus wäre die schlimmste meines Lebens, so werde ich heute eines Besseren belehrt. Ich fahre mit Susanne zu einem Bestattungsinstitut. Finde mein Handeln bedacht und ekele mich gleichzeitig vor mir selber, das tun zu können. Welche Mutter macht das, während ihr Kind noch lebt? Wahrscheinlich keine einzige.

Aber ich habe so dermaßen Angst davor, was nach Helens Tod mit mir passiert, dass ich die Abscheu billigend in Kauf nehme.

Dort angekommen, bin ich ein Nervenbündel und kann der Beratungsdame kaum meine Wünsche formulieren. Als vor dem Fenster des kleinen Wintergartens ein Toter auf einer Bahre vorbeigeschoben wird, ist es um meine Fassung geschehen. Zum Glück habe ich in ruhigen Gesprächen Susanne gegenüber meine Gedanken im Zustand der Besonnenheit unterbreiten können. So fungiert sie als Dolmetscherin zwischen einer weinenden Mutter und einer professionellen Bestattungsangestellten, für die der Tod Geschäftsgrundlage ist.

Ich kann gerade noch deutlich machen, dass ich auf gar keinen Fall in einen Raum mit Mustersärgen gehen werde, bevor die Dame den Katalog mit den selbigen zuschlägt. Die Urnen kann ich mir angucken. Das ist so abstrakt, als würde ich mir Blumenvasen anschauen. Eine weiße Urne mit einer einzelnen zierlichen lila Blume wähle ich aus. Alles andere wird Susanne für uns regeln. Wir besprechen die Möglichkeit, aus Helens Asche zwei Diamanten pressen zu lassen. Es entspricht Franks und meiner Vorstellung, sie damit immer bei uns tragen zu können. Der Prozess würde lange dauern und ein kleines Vermögen kosten, aber das wäre es uns wert. Wir müssen es jetzt nicht entscheiden, und darüber bin ich sehr froh. Auf dem Weg nach draußen kann ich in den Abschiedsraum blicken, der gerade hergerichtet wird. Die eingebrachten Elemente der tradierten Zeremonie erschrecken mich in ihrer Realität. Was ich eben alles bestellt habe, ist doch nicht wirklich für uns? Ich bin doch nicht in echt hier und organisiere die Beerdigung meiner Tochter?

Ich will sofort nach Hause zu Helen. Habe solche Angst, dass sie vielleicht gestorben ist, während ich hier war, und erkundige mich mit zitternder Stimme bei Frank. Alles gut zu Hause. Ab jetzt habe ich keinen einzigen Termin mehr, der mich von ihr trennen wird. Die panische Angst, nicht da zu sein, wenn ES passiert, verfolgt mich ab diesem Moment.

Mit dem Wissen, dass es Helen so weit gutgeht, erlaube ich uns einen kurzen Besuch auf dem Friedhof, auf dem Helen einmal beerdigt werden soll. Er ist ganz klein. Vielleicht so groß wie ein Fußballfeld und schmiegt sich an einen Hügel. Es gibt keine Mauer, kein Tor, keinen Blumenladen oder Steinmetz. Es ist einfach ein ganz ruhiger, stiller Ort, den wir in zehn Minuten zu Fuß erreichen können und der uns Besuche bei Helen zu jeder Tages- und Nachtzeit gestatten wird.

Ich bin hier, um den richtigen Platz für mein Kind auszusuchen. Ich bin mir sicher, dass ich hier viel Zeit verbringen werde, und möchte daher das optimale Fleckchen an diesem Ort finden, an dem Helen eigentlich gar nichts zu suchen hat. Schüttele alle Befindlichkeiten ab und scanne die Flächen ab. Ein Teil des Friedhofes ist vor kurzem erweitert worden und recht modern angelegt. Mit Betonplatten und einem Kreuz aus rostigem Stahl. Das gefällt mir. Ganz oben auf dem neuen Teil ist eine Reihe für Urnengräber, und eines liegt direkt an einem jungen Baum. Gegenüber dem Grab sind große Findlinge wie eine steinerne Sitzbank angeordnet. Sofort weiß ich, dass ich den besten Platz gefunden habe. Der Baum wird wachsen, wie Helen es nicht konnte. Und er wird mir Gelegenheiten bieten, mich kreativ auszutoben im Bestreben, es für Helen schön zu machen. Vor meinem geistigen Auge sehe ich Ostereier und Weihnachtsbaumkugeln und im Mai bunte Kreppbänder.

Mittwoch.

Die Tage plätschern dahin. Ich bin ständig auf der Hut und sehe überall Zeichen, dass ES jetzt passiert. Schläft sie nicht schon besonders lange? Ist sie nicht immer öfter abwesend? Sind ihre Hände kälter? Sobald am Nachmittag der letzte Besucher gegangen ist, starre ich Helen unablässig an. Sie kann ihre Augenlider nicht mehr richtig schließen, und ich weiß nie, ob sie in einem Dämmerschlaf ist oder ihre Umgebung wahrnimmt. Ich möchte mich in Aktionismus überschlagen und zwinge mich auch zur Ruhe. Mache den Adventskranz und andere Kerzen an und lege schöne Musik auf. Ich bin getrieben von der fixen Idee, den Moment, wenn ES passiert, optimal zu gestalten. Damit es für Helen schön ist und auch in unserer Erinnerung einen beruhigenden Effekt erzielen kann.

Donnerstag.

Frank ist davon überzeugt, dass wir einen weiteren Einlauf bei Helen machen müssen. Unter ihrem nicht vorhandenen Bäuchlein spürt er Kotknubbel und will ihr daraus resultierende Schmerzen ersparen. Eigentlich möchte ich ihr die von ihr gehasste Prozedur nicht zumuten, aber ich füge mich. Wir haben keine Ahnung, ob ES jetzt oder erst in ein paar Wochen passiert, und wir haben die Aufgabe, sie richtig zu pflegen. Wir wollten das alleine machen, und jetzt können wir uns nicht abwenden, wenn es weh tut.

Sie beschwert sich lautstark. Ich könnte heulen, so sehr schmerzt mich der Anblick ihrer entsetzten Augen und ihres Unvermögens, ihrer Mimik und Sprache Herrin zu werden.

Eingekuschelt in bunte Decken und gelagert auf niedlichen Kissen, kann ich den Anblick ihres Körpers gut ertragen. Niemals aber ziehe ich Leggins und Shirt zusammen aus, um nicht von dem Anblick ihres ausgemergelten Körpers überwältigt zu werden. Frank hingegen ist der geborene Krankenpfleger. Er findet seine Tochter immer wunderschön und lässt sich nicht von der trockenen, gräulichen Haut und den herausstehenden Knochen ängstigen. Also überlasse ich ihm wieder das Feld, sie zu waschen und umzuziehen.

Nikolaus hat keine Bedeutung mehr für sie. Den mitgebrachten Geschenken kann sie keine Beachtung entgegenbringen. Ich ziehe die Übergabe des einzigen Weihnachtsgeschenkes vor, das ich schon gekauft hatte und das sie wahrscheinlich in drei Wochen nicht mehr gebrauchen kann. Der zweite Teil von Harry Potter. So sehnsüchtig hatte sie darauf gewartet, dass ich mir sicher war, sie in den Weihnachtsferien ausschließlich lesend vorzufinden. Ein Leuchten sehe ich in ihren Augen bei der feierlichen Übergabe, aber auch Resignation. Sie weiß, dass sie es nicht selber lesen kann. Ob sie über den Tod nachdenkt? Ob unser Weg vielleicht doch völlig falsch ist?

Samstag.

Nein, ich glaube es nicht. Als sie am nächsten Morgen wach wird, fragt sie mich, wann sie wieder in die Schule gehen kann.

Das zeigt mir doch, dass sie nicht an den Tod denkt. Oder ist das nur ihre kindliche Formulierung der Frage, ob sie jemals wieder gesund wird. Nein. Ich will mich nicht verrückt machen lassen. Bisher haben wir intuitiv immer alles richtig entschieden. Ich werde mich weiterhin auf mein Bauchgefühl verlassen.

Am Abend schauen wir den letzten gemeinsamen Film. Es sind nur die Anfangsminuten von »Wenn der Weihnachtsmann vom Himmel fällt« vergangen, als Helen sagt: »Ich verstehe das nicht mehr.«

Frank schläft jetzt jede Nacht ab elf Uhr bei ihr. Dann wechsle ich in Helens Kinderzimmer und versuche zu schlafen, denn in Helens Gegenwart komme ich nicht zur Ruhe. Ich stelle mir den Wecker auf vier Uhr, schleiche in unser Schlafzimmer und höre auf ihren Atem. Jede Nacht überfällt mich grenzenlose Angst, dass sie einfach so sterben könnte, während Frank neben ihr schläft. Das ist alles so krank und abartig. Niemand sollte das ertragen müssen!

Sonntag.

Als Helen wach wird, können wir uns nicht mehr verständigen. »Ich kann hören, was ihr sagt, aber ich verstehe es nicht.« Ich versuche es mit Wörtern, die ich auf Zettel schreibe. Milch? Sie schüttelt den Kopf und sagt wieder, sie verstehe uns nicht. Ich bekomme Angst vor dem, was passiert, und fühle, dass Helen uns durch die Finger gleitet. Sie weint aber nicht. Auch macht sie nicht den Eindruck, Angst zu haben. Es scheint eine Art Feststellung für sie zu sein.

Bei telefonischer Rückfrage erklärt uns der Arzt, dass es sich um eine typische Reaktion auf die Morphingabe handelt. Die Wahrnehmung würde verschwimmen.

Sind wir an dem Punkt, an dem wir etwas unternehmen müssen? Ich frage Frank, was passiert, wenn wir Helen eine Überdosis des Morphins geben. Sie wird doch dann vermutlich einfach einschlafen, oder? Der Gedanke daran ist so unerträglich wie der Gedanke an das, was noch kommen mag. Wir sind uns einig, dass es ihr den Umständen entsprechend gutgeht. Sie hat, wenn auch selten, klare Momente und kann ihre Wünsche artikulieren. Sie zeigt keine Anzeichen von Schmerzen und muss noch immer keine Windeln tragen. Sie leckt an ihren Eisstäbchen und wird nicht verhungern.

Montag.

Helen sagt ihren letzten Satz. »Ananassaft bitte.« Selbst in dieser Situation ist sie höflich.

Dienstag.

Wir betten sie am späten Vormittag in ihrem Zimmer. Sitzen wie immer bei ihr und streicheln sie.

Um drei Uhr sage ich Frank, dass ich sie gerne in meinen Armen liegen hätte. Ich möchte sie ganz nah spüren. Die letzten Tage haben wir das aus Rücksicht auf sie nicht gemacht. Sie fühlte sich am wohlsten, wenn sie flach auf dem Rücken liegen konnte. Jetzt aber scheint sie mir weiter weg zu sein, und ich kann nicht anders.

Ich setze mich auf ihr Bett, Frank legt sie an meine Brust. Gestützt von Kissen und gepolstert von Decken, bin ich mir sicher, dass es ihr auch gefällt oder zumindest nicht unangenehm ist. Es klingelt. Meine Eltern kommen zu ihrem täglichen Besuch. Ich sage Frank, er soll sie wegschicken. Ich will niemanden hierhaben. Sie kommen kurz hoch und schauen in das Kinderzimmer. Sehen, wie ich Helen in meinen Armen halte. Meine Mutter schlägt die Hände vor ihr Gesicht und unterdrückt einen Aufschrei. Sie streicheln kurz Helens Hand und gehen in der Gewissheit, ihre Enkelin nie mehr lebend zu sehen.

Ja, jetzt bin ich mir sicher. ES beginnt. Das Sterben beginnt. Ihre Hände sind so seltsam gelblich und die Fingernägel bläulich. Frank prüft mit der Taschenlampe ihre Pupillenreflexe. Nichts. Wie man uns gesagt hat.

Helen atmet ruhig, und wir wissen nicht, was sie noch mitbekommt. Drei Stunden streichele ich sie. Halte ihre Hände. Küsse ihr Haar. Meine Beine schlafen ein. Ich muss dringend auf die Toilette. Aber ich traue mich nicht. Habe Angst, dass sie genau in diesem Moment ihren letzten Atemzug macht, wenn ich nicht da bin. Diesen letzten großen Wunsch will ich dem verdammten Scheißleben abtrotzen, das unser Kind einfach so mit neun Jahren sterben lässt.

Frank überzeugt mich, dass ich gehen kann, dass ganz sicher nichts passieren wird in der einen Minute.

Ich will nicht klammern. Helen nicht davon abhalten, einfach friedlich einzuschlafen. Wie oft hat man gehört, dass Menschen erst gehen konnten, wenn die Familie weg war. Nur weil sich alle egoistisch an den Sterbenden klammern und ihm einflüstern, ohne ihn nicht leben zu können. Die Bürde will ich Helen nicht auferlegen. Ich singe alle unsere Schlaflieder und erzähle Geschichten. Von einer Reise, die sie macht. Dass sie darin fliegen kann und über unser Haus schwebt. Dass sie Papa und mich sehen kann, wie wir ihr zuwinken und ihr alles Gute wünschen. Wie sie über das Haus ihrer Freundin Shirley fliegt und bei Oma und Opa vorbeischaut. Wie sie Berge übersteigt und zum Meer kommt. Dass sie Delphine sehen kann und zu den Sternen aufsteigt. Dass sie dann da oben sitzt und ihre Beinchen über die Kante baumeln lässt. Dass sie alle von oben sehen kann.

Ich weiß, Helen würde sie lieben. Es ist meine letzte Nele-Geschichte. Nur dieses Mal heißt das Mädchen nicht Nele, sondern Helen. Zu einem anderen Zeitpunkt hätte sie mir die kleinen Details geliefert und wir hätten die Geschichte gemeinsam ausgeschmückt.

Jetzt bin ich alleine, und niemand wird mir sagen, welche Farbe die Blumen auf dem Feld da unten haben, wie viele Delphine im Meer schwimmen und welchen Pullover Shirley gerade trägt.

Frank rückt zu mir. Nimmt uns beide in den Arm. Lange sind wir ruhig. Alles ist gesagt.

Wir legen ihre erste CD ein. Der Mondbär. Sie liebt das Lied. Wir haben immer gelacht, wenn die kleinen Frösche in den Song einstimmen. Vielleicht kann sie es nicht verstehen, aber vielleicht hört sie auch nur einfach ein vertrautes Geräusch.

Es ist mittlerweile 22.00 Uhr. Noch immer dürfen wir ihre Wärme spüren und ihren Atem hören. Plötzlich stockt er. Setzt für einen Moment aus. Genauso habe ich es bei meiner Oma erlebt. Es macht mir keine Angst. Jetzt kann ich sicher sein, Helen wird friedlich einschlafen. Und ich darf bei ihr sein. Mit einem Moment Verzögerung setzt der Atem wieder ein. Uns bleiben noch ein paar Momente. Immer wieder stockt die Atmung und setzt doch wieder ein. Immer länger werden die Pausen. Dann holt sie noch einmal ganz tief Luft und lässt anschließend alles aus sich herausströmen. Es fühlt sich an, als würde sie in völlige Entspannung sinken und langsam von uns wegtauchen. Die Pause wird zur Unendlichkeit.

23.06 Uhr.

Das war der letzte Atemzug meiner Tochter.

Silvester 2013.

Ich packe eine heiße Wärmflasche in den Rucksack und zwei Decken. Wir ziehen uns dick an. Um halb zwölf gehen wir in Richtung Friedhof. Unterwegs treffen wir lachende Menschen mit großen Tüten voll Feuerwerk. Angekommen, setzen wir uns, fest eingewickelt in die mitgebrachten Decken, gegenüber Helens Grab. Um Mitternacht nehmen wir uns in die Arme. Wir sind beide traurig und vermissen schmerzhaft unsere Tochter. Aber wir sind durchflutet von der Gewissheit, dass unser Leben für uns noch viele schöne Überraschungen bereithalten wird. Wir zünden unsere Raketen und senden tausend glühende Küsse zu Helen.

2014

Wir gehen unser Leben ohne Helen ganz langsam an. Lassen uns Zeit. Der Gedanke, dass unser Alltag, unser ganzes Leben einfach so weitergehen wird, als wäre nichts gewesen – als hätte es unsere Tochter niemals gegeben –, ängstigt mich. Das kann doch nicht sein, das darf doch nicht sein! Das erste Mal im Supermarkt, beim Tanken oder Bäcker, jeder Moment schreit mich laut an. Es fühlt sich einfach zu normal an, und das will ich nicht. Ich will fühlen, dass etwas anders ist. Die Stadt, die Welt soll es fühlen und mir dokumentieren. Aber nein. Nur meine kleine Welt hat sich schlagartig verändert, für den Rest geht alles seinen gewohnten Gang einfach weiter.

Ich bitte Frank, zusammen mit mir noch etwas länger an dem Leben mit Helen festzuhalten, bevor wir den Weg zurück in den Alltag gehen. Knapp acht Wochen klinken wir uns völlig aus. Gehen weder arbeiten, noch folgen wir Einladungen oder beantworten Anrufe. Allen signalisieren wir, dass es uns gutgeht. Und das stimmt ja auch. Wir wollen nur den Moment verlängern, diesen Schwebezustand zwischen dem alten und dem neuen Leben. Wollen uns nicht hetzen lassen von dem eigenen Anspruch, wieder funktionieren zu müssen.

Und so igeln wir uns ein in unserer Zweisamkeit, die uns stärkt und beglückt. Wir wappnen uns für das, was jetzt kommen wird. Der zerreißende Spagat zwischen Loslassen und Bewahren.

Noch immer sind wir beglückt davon, dass Helen friedlich in unseren Armen sterben durfte. Das hat uns beruhigt zurückgelassen. Ich werde nicht von Alpträumen geplagt, in denen Helen weinend nach mir ruft. Für jede Nacht, in der ich von ihr träumen darf, bin ich dankbar und wache zufrieden auf.

Tatsächlich schlafen wir viel, als würden wir verlorene Nächte nachholen. Wir kochen täglich und gehen lange spazieren. Nie ist uns langweilig. Nie sitzen wir schweigend am Tisch. Ich habe es gehofft, und tatsächlich ist es uns gelungen: Wir können Helens Erinnerung unverkrampft am Leben erhalten. Kleine Anekdoten, ein augenzwinkernder Kommentar, ja sogar liebgewonnene Rituale finden ihren Platz im Alltag, ohne immerwährenden Schmerz und Trauer auszulösen.

Zwar gehen Frank und ich völlig unterschiedlich mit unserer eigenen Sehnsucht nach Helen um, aber für uns zusammen haben wir einen perfekten Weg gefunden. Einen Weg, der die Freude an der Erinnerung sucht und sie potenziert in den Bildern und Worten des anderen.

Und dennoch gibt es auch jene Momente, in denen wir sprachlos sind. Wenn meine Sehnsucht mich übermannt und Frank keine Worte hat. Wenn sich in mir die Wut anbahnt, dass wir nicht einfach so tun können, als wäre alles gut. Wenn ich nicht verstehe, wie Frank eigentlich trauert. Ich sehe ihn nie weinen. Immer bin ich es, die zu Helen möchte. Die Blumengestecke macht und Kerzen aufstellt. Die in ihrem Zimmer liest und im Kleiderschrank wühlt. Er sagt, er müsse nicht weinen. Das ist schwer für mich zu verstehen, weiß ich doch, wie sehr er seine Tochter liebt. Aber so sehr wir uns in unserer Liebe zu uns und der gemeinsamen Erinnerung an Helen einig sind, so grundverschieden gehen wir mit der Trauer um. Und ich werde das genauso akzeptieren, wie es ist. Werde nichts in Frage stellen oder Wertigkeiten ableiten.

Und während ich mich vor dem Tag fürchte, an dem ich wieder ins Büro gehe, sieht Frank dem ohne sichtbare Regung entgegen. Einerseits freue ich mich auf die Ablenkung und die Aufgaben, die mich erwarten. Andererseits habe ich Angst vor der Reaktion der Kollegen. Noch immer erstarre ich innerlich, wenn ich Bekannte auf der Straße treffe. Die Frage »Wie geht es dir?« ist für mich jedes Mal eine Herausforderung. Was ist damit gemeint? »Hey, auch hier?« Oder: »Wie geht es dir nach Helens

Tod, kommst du zurecht?« Die Bandbreite ist riesig und wird sich jetzt auch auf die Kollegen erstrecken. Wenn alle so tun, als käme ich aus einem langen Urlaub zurück, dann sind sie ignorante Idioten in meinen Augen. Und wenn sie mich mitleidig anschauen und mit belegter Stimme nach meinem Wohlbefinden fragen, dann werde ich sie dafür auch hassen. Ich weiß selber eigentlich nicht, was richtig ist. Eine schwere Aufgabe für mich und die anderen – so viel ist sicher.

Und da ich in meinem persönlichen Kopfkino bereits alle Varianten durchgespielt habe, trifft mich die Realität, ohne zu schmerzen. Die häufigste Reaktion auf mein Wiedererscheinen in der Agentur ist ein wissendes Nicken, gefolgt von einem aufmunternden Lächeln. Unspektakulär und ausreichend und ganz nach meinem Geschmack.

Susanne schafft es wieder einmal, den genau richtigen Ton zu treffen. Die Freude über meine Rückkehr und das Wissen um meine zwiespältigen Gefühle hält sie gekonnt in der Waage. Nach vier langen Jahren der Unplanbarkeit und Abwesenheiten heißt sie mich willkommen und bietet mir dennoch Rückzugsmöglichkeiten. Zunächst werde ich nur ein paar Stunden in der Woche arbeiten. Ich brauche noch Zeit. Für mich, für Bewegung und für meine Erinnerung an Helen. Ich bin mir ganz sicher, dass meine behutsame Herangehensweise eine gute Investition in die Zukunft ist.

Und tatsächlich brenne ich darauf, Dinge zu machen, die irgendwie mit Helen zu tun haben. Will sie unbedingt in meinen Alltag integrieren und festhalten. Gleichzeitig drängt es mich, ihre Sachen zu ordnen und zu strukturieren.

Wir beschließen, Helens Bücher, Spiele, Kassetten und Filme an die Bücherei und die Kinderonkologie zu spenden. Als die Formalien geklärt und die Lieblingssachen zum Verbleib bei uns aussortiert sind, beginnen wir mit unserer Aktion.

Jedes Buch und jedes Teil mit ausreichend Fläche bekommt einen handtellergroßen Engel-Stempel. Im zweiten Arbeitsschritt versehen wir den Engel mit dem geschwungenen Schriftstempel »Helen«. In ihrem Zimmer geht es zu wie in einer Druckerei. Frank und ich stempeln und pusten und klappen und stapeln und freuen uns darüber, dass ein Teil von Helen bei jeder Betrachtung eines Buches lebendig werden wird.

Schwerer fällt mir zunächst das Aussortieren ihrer Kleidung. Auch hier brauche ich eine Brücke für mich. Das Leverkusener Flüchtlingsheim sucht immer Kleidung für ankommende Kinder. Gewiss wird es dort genauso zarte Mädchen mit Bambibeinen geben, die sich über bunte Röhrenjeans und tolle Oberteile freuen. Dem folgen Schuhe, Jacken, Schlafanzüge, Socken, Kissen, Decken und Kuscheltiere.

Ich schlage zu beim Dispo meines Gefühlslebens. Einmal probiert, reize ich die Möglichkeiten voll aus. Zurück bleibt nur, was mir wirklich am Herzen liegt. Selbst das füllt noch immer locker ihren kleinen Kleiderschrank.

Warum tue ich mir das an? Es ist noch keine drei Monate her, dass Helen nicht mehr bei uns ist, und ich verschenke einen Großteil ihrer Sachen? Warum? Andere halten ein Leben lang daran fest, warum ich nicht?

Ich will meine Grenzen ausloten und sehen, was geht. Will die Weichen für die Zukunft stellen und mich nicht von Dingen und Ritualen erdrücken lassen.

Ganz bewusst gehe ich auch mal einen Tag nicht auf den Friedhof. Kämpfe gegen das aufkeimende Gefühl an, eine schlechte Mutter zu sein und mein Kind zu vernachlässigen. Kann nur mit all meiner Ratio diese Emotionen vertreiben und erkenne stolz, dass ich mich nicht von selbstauferlegten Regeln einzwängen lasse.

***

Zusammen mit Frank überlege ich, was wir mit Helens eisern erspartem Geld machen sollen. Seit der Kommunion sind ein paar Hundert Euro zusammengekommen, und es ist völlig klar, dass wir das Geld nicht für uns verwenden werden.

Mit solchen Gedanken verbringe ich viel Zeit. Gerne beim Laufen oder Autofahren. Es ist für mich Helen-Zeit und macht mich glücklich.

Nach eingehenden Überlegungen habe ich die perfekte Lösung. Helen soll Patin des Ziegengeheges im Leverkusener Wildpark werden. Was »Sanitär Meier« und »Möbel Schmitz« können, das wäre für uns doch auch eine super Idee.

Ich nehme Kontakt zum Park auf, und unser Wunsch wird uns unbürokratisch erfüllt. Lasse ein Schild anfertigen mit dem Schriftzug »Helens Ziegen-Paradies«. Ein wirklich cooles Foto von ihr zusammen mit Sternchen und dem poppigen Text lassen keine Vermutung zu, warum ein neunjähriges Mädchen ab jetzt die Patenschaft für dieses Gehege übernimmt.

Wir sind uns sicher, das Geld in Helens Sinne einzusetzen. Haben wir doch hier unzählige Stunden zugeschaut, wie sie die stinkenden Ziegen liebevoll und völlig ohne Scheu gefüttert hat. Noch von dem Hygienewahnsinn der Chemotherapie verschont, musste ich mich schon immer zur Gelassenheit ermahnen angesichts der begierig leckenden Ziegenmünder an den Händen meiner Tochter.

Am Tag der offiziellen Schildübergabe und Befestigung empfängt uns der »Zoodirektor« persönlich. Ich schüttele alle Gedanken ab, warum wir dieses Geld eigentlich spenden, und lasse mich ganz auf die Freude ein, etwas für Helen und damit auch für uns zu tun. Wieder ein Ort mehr, an dem der Gedanke an Helen lebendig bleibt und den wir ansteuern können, wann immer uns danach ist.

***

Ich schaffe Landmarken für sie in Büchern, bei den Tieren und auch auf dem Schulhof in Form eines von uns gespendeten Baumes. Selbst hier gelingt es uns, die geballte Attacke auf unsere Gefühle – in Form von dreißig Mitschülern, die beim Pflanzen helfen – in ein freudiges Erlebnis zu lenken. Wir backen Muffins für alle und dekorieren sie mit kleinen Blüten aus Esspapier. Helens Lieblingsdeko natürlich.

Ich drucke dreißig große Blumenbilder aus, und Frank schneidet sie mit der Nagelschere passgenau zu. Keine noch so ausufernde Aktion kann ihm ein Stöhnen entlocken! Meine Begeisterung ist sein Balsam.

Einlaminiert und an bunten Bändern befestigt, bitten wir die Kinder, sich Blumen auszuwählen und ihre Namen daraufzuschreiben, um diese an den noch kahlen Baum zu hängen.

Das freudige Gewusel und die tatkräftige Unterstützung beim Graben des Loches überdecken den eigentlichen Grund unseres Hierseins. Die direkten Fragen und Kommentare der Kinder zeigen unverblümt ihre Anteilnahme. Sie vermissen Helen, und ich suhle mich in diesem Gefühl. Selbst der größtmögliche Frontalangriff auf unseren Gemütszustand – ein auf Helen gedichteter Kanon – kann mich nicht erschüttern. Wir erfreuen uns ganz einfach an der neuen Landmarke und einem weiteren Helen-Ziel auf unserer Spazierstrecke.

***

Ich vergesse etwas. Nicht im Supermarkt. Nein, etwas, das mit Helen zu tun hat. Was war der letzte Kinofilm, den wir mit ihr gesehen haben? Ich versuche, mir die Bilder vor Augen zu führen. Wann war das ungefähr? Welche Jahreszeit? War Shirley dabei? Ich steigere mich in das verzweifelte Graben in meinen Erinnerungen hinein. Beiße mich an dem Gedanken fest und erkunde gefährliches Terrain. Mich überfällt grenzenlose Angst. Angst vor dem Vergessen. Panisch rekonstruiere ich die Umstände des Filmbesuchs und google die laufenden Filme zu jenem Zeitpunkt. Da – »Die Schlümpfe 2«. Genau. Das war der letzte Film mit Helen im Kino. Erleichtert archiviere ich die Erinnerung.

Es hat mich aufgewühlt, mehr als alles andere der letzten Wochen. Spontan beschließe ich, die Erinnerungen an die letzten vier Jahre aufzuschreiben. Sie zu Papier zu bringen, bevor ich etwas vergesse oder auch verdränge. Ja, auch die schlimmen Ereignisse will ich für mich festhalten.

An einem Sonntagnachmittag fange ich an. Beginne mit dem Moment, der schon so weit entfernt scheint und doch keine drei Monate her ist. Ich schreibe und schreibe und denke keine Sekunde nach. Die Gedanken stehen wie Bilder vor meinen Augen. Verwandeln sich in Worte. Ich bringe sie in Sicherheit, schnell, ohne nachzudenken. Mir laufen die Tränen über die Wangen. Die Hände verlassen die Tastatur nur kurz, um Taschentücher zu greifen.

***

Wir wagen einen weiteren Schritt zurück in ein verändertes Leben, das auch so viel mit der Zeit vor Helens Geburt zu tun hat.

Frank und ich hatten viele tolle Jahre als Paar, bis wir fanden, dass es Zeit für Nachwuchs wurde. Schon damals haben wir gerne die Welt bereist und die schönsten Flecken der Erde besucht. Haben New York und Hongkong erkundet, einen Raketenstart in Florida nur knapp verpasst und die Malediven als riesiges Aquarium erlebt. Dort entdeckten wir die Unterwasserwelt für uns und tauchten seitdem in all unseren Urlauben, bis Helen zu uns kam. Und aus den Malediven familienfreundliche Hotels mit Kinderdisco wurden. Keine Sekunde haben wir unser Leben als Weltenbummler vermisst und zogen aus jedem uringetränkten Planschbeckenbesuch mit Helen mehr Zufriedenheit, als es jemals ein Tauchgang hätte schaffen können.

Jetzt aber sind wir an den Planschbecken der Welt nicht mehr zu Hause. Da gehören wir einfach nicht mehr dazu. Wir müssen unseren Platz neu finden. Aber können wir an die alte Begeisterung anknüpfen? Wie wird sich das anfühlen, zu reisen, ohne Kind, ohne Verpflichtung? Werden wir uns darüber freuen können, oder zeigt es uns nur den Verlust, die Lücke, die immer da sein wird?

Ich lasse den Gedanken einfach mal zu und stöbere durchs Netz, auf der Suche nach idyllischen Bildern von weißen Stränden und bunten Fischen. Erzähle Frank davon. Er ist da einfach und unkompliziert. Kurz überlegt und entschieden: Ja, Malediven und Tauchen wäre klasse. Was beneide ich ihn um diese Klarheit!

Mich quält die Vorstellung, ob ich den Luxus ertragen kann, angesichts unserer Situation. Hat das nicht etwas Geschmackloses, so ein paar Monate nach dem Tod des eigenen Kindes einen Traumurlaub zu machen?

Ein paar Wochen später fliegen wir tatsächlich ins Paradies. Alle haben uns zugestimmt, uns bestärkt und gut zugeredet, dass wir genau das Richtige machen. Aber was sollen sie auch anderes sagen? Vielleicht denken unsere Freunde schon, dass wir ein wenig seltsam sind. Nein, ich glaube, sie wissen, dass wir Helen über alles lieben und sie immer sehnsuchtsvoll vermissen werden. Und dass das eine das andere nicht ausschließt. Vielleicht bewundern sie auch ein wenig unseren Mut, so vehement nach Freude zu streben und nicht für die nächsten Jahre in eine Art Schreckstarre zu fallen.

Ich beschließe, das alles einfach zurückzulassen. Zwei Wochen abzutauchen und Ruhe zu tanken.

Voller Vorfreude steige ich in den Flieger. Wie immer, nein – wie früher – suchen wir sofort das Bordprogramm nach den neuesten Kinofilmen ab. Wir lachen, ziehen die Kopfhörer über und verschwinden in den Blockbustern. Als das Essen serviert wird, ist es wieder einmal ein völlig überraschender Moment, der mich in die Knie zwingt. Ein winzig kleiner, putziger Dessertlöffel gehört zum Besteck und lässt meine Augen feucht werden. Mir schnürt es beim Anblick den Hals zu, der Schmerz krallt sich fest in meiner Kehle. Die Trauer greift mich unerwartet an. Ein Löffel, mehr nicht. Der bloße Gedanke, wie süß Helen ihn gefunden hätte, bringt mich aus der Fassung. Die Tränen laufen mir übers Gesicht. Frank nimmt meine Hand. In seinen Augen sehe ich Verständnis. Er weiß genau um meine Gedanken und umarmt mich mit seinem Lächeln. Ich sehe diesen verliebten Papa-Blick, der mir sagt, ja, den hätte sie auf jeden Fall bezaubernd gefunden. Mich durchströmt ein warmes Gefühl von Liebe und Nähe zu Frank. Egal, was kommt, wir werden das schaffen.

Die ersten Tage verbringe ich noch im Wechsel zwischen Ablehnung und Freude. Ablehnung, weil ich eigentlich mit meiner Tochter an ein Planschbecken gehöre und die ganze Wut über diese verdammte Ungerechtigkeit nur mühsam im Zaum halten kann. Und Freude, weil wir aus dem Bett direkt an den Strand fallen und die Fische schon mit bloßem Auge sehen können. Türkisblaues Meer und grüne Palmen vereinen sich zu einem perfekten Prospektmotiv.

Und dann lasse ich die Freude zu. Und Ruhe überkommt mich. Ich muss nichts machen, keine Entscheidungen treffen. Ein bisschen wie in der Reha. Wir planschen in badewannenwarmem Wasser und suchen Muscheln für Helen.

Unser erster Tauchgang nach zehn Jahren gleicht einem Abenteuer. Wir tasten uns zurück an unser Wissen und benehmen uns wie aufgeregte Teenager. Hand in Hand tauchen wir von der Oberfläche in die Stille. Kurz halte ich inne, als meine Uhr mir dreißig Meter Wasser über uns anzeigt. Den Bruchteil einer Sekunde bekomme ich Panik, als mir klarwird, wie hilflos ich hier unten eigentlich bin. Ganz bewusst muss ich atmen, es ist sogar ein bisschen anstrengend. Doch dann fällt alles von mir ab. Was kann mir noch passieren? Nichts! Wir haben das Schlimmste erlebt, das Eltern passieren kann, und sind dennoch zusammen und haben ein Leben. Was soll mir also passieren? Mit Frank an meiner Seite fühle ich mich vollkommen. Ich lächele durch meine Tauchermaske und zwinkere ihm zu. Mache Quatsch und bringe ihn zum Lachen. Gefährlich hier unten – aber halt – ab jetzt habe ich ja keine Angst mehr.

Vielleicht nur so ein klitzekleines bisschen ab und an mal.

Mai 2015

In ein paar Tagen ist Helens elfter Geburtstag. Schon seit vielen Monaten weiß ich ganz genau, was wir an diesem besonderen Tag machen werden. Ich bleibe meinem Erfolgsrezept treu: Alles, was ich steuern kann, überrumpelt mich nicht. Und ein langer Tag mit liebgemeinten Anrufen und Besuchen von Freunden und Familie ist definitiv nicht zu steuern und schon in der bloßen Vorstellung für mich erschreckend. Ich will nicht traurig sein müssen. Will an diesem Tag in schönen Erinnerungen schwelgen und mir ein Wohlfühl-Programm auferlegen, das den zu erwartenden Schmerz in seine Schranken verweist.

Also wird unsere Reise ins 100 Kilometer entfernte Dülmen in Westfalen gehen. Dort gibt es die letzte Wildpferdeherde Europas. Über 300 Tiere leben hier weitestgehend frei und unabhängig vom Menschen. Helen und ich haben gemeinsam einen Bericht über den jährlichen Fang der kleinen Hengste gesehen und waren uns gleich einig, dass wir dies unbedingt einmal live erleben müssen. Immer am letzten Samstag im Mai, findet das große Ereignis in diesem Jahr ausgerechnet an Helens Geburtstag statt. Ich bin dankbar und glücklich für den Zufall. So habe ich einen Plan für den Tag. Etwas, worauf ich mich freuen kann und das mich in Gedanken ganz intensiv mit unserer Tochter verbinden wird.

Ich bin mir sicher, dass Frank und ich eng nebeneinander auf der Tribüne sitzen werden und uns fest bei den Händen halten. Dass ich tief durchatmen muss, wenn die klassische Musik erklingt. Und dass ich neben der großen Hand meines Mannes eine kleine, zierliche spüren kann, die mich aufgeregt drückt, wenn die Hufe der herangaloppierenden Pferde zu hören sind.

Die ungebremste Lebenskraft der Herde wird mich tief berühren. Der Anblick der zarten und dennoch kraftvollen Fohlen wird mich schlucken lassen. Ich werde Helen schmerzlich vermissen und mich ihr gleichzeitig ganz nahe fühlen.

Frank und ich werden zusammen und doch nie alleine sein. Es wird traurig und schön und bittersüß werden.

Dank

Dass aus meinem ganz persönlichen Schatz der Erinnerung ein Buch wurde, habe ich meiner Agentin Franka Zastrow und dem Droemer Verlag zu verdanken. Beide haben in unserer Geschichte mehr als die pure Tragik gesehen und mir damit geholfen, von Helens Lebensfreude und der Suche nach unserem Glück erzählen zu können.* Dass wir dieses Glück auch unter schwierigen Bedingungen immer wieder finden konnten, haben wir ganz besonderen Menschen zu verdanken:

- Meinen Eltern, die immer, immer für uns da sind. Die gerne so viel mehr gemacht hätten, um uns zu helfen. Die ihre Enkelin über alles lieben und schmerzlich vermissen.
- Susanne, die genau weiß, wie ich ticke, und uns bei allem zur Seite steht.
- Carsten, der so mutig war, auch in den schwierigsten Situationen zu uns zu kommen.
- Familie Gerlach mit Shirley, die trotz aller widrigen Umstände vier Jahre lang eine innigliche Freundschaft ermöglichten. Die Helen wie ein Kind und eine Schwester aufgenommen und uns unendlich viele Momente der Normalität und damit größten Glücks erlaubt haben.
- Frau Bacic, die es mit ihrem Engagement und ihrer überlegten und unaufgeregten Art geschafft hat, dass Helen sich als Teil der Klasse fühlen konnte. Die Helen gefördert und herausgefordert und ihr damit Begeisterung und Selbstbewusstsein beschert hat.
- Herr Weidmann, der uns durch seine unbürokratische Art geholfen hat, Franks Arbeitszeiten unserer jeweiligen Familiensituation anzupassen. Ohne diese Unterstützung wäre

vieles, das uns gestärkt und gutgetan hat, nicht möglich gewesen.
- Frau Dr. Geörger, die uns mit der Teilnahme an der Studie das große Abenteuer Paris sowie wertvolle und unbeschwerte Zeit geschenkt hat.
- Karen Harmsen und Wonne, dem Krankenhausclown, die für Helen und uns immer ein Lichtblick im Klinikalltag waren.

All diese Menschen und noch viele mehr waren für uns da, haben uns begleitet, abgelenkt, erfreut und geholfen. Einer jedoch ist der wichtigste für mich. Er hat mich ungefiltert erlebt, hat meine Ängste vor die Füße geworfen bekommen und musste herhalten als Tröster, Hoffnungsformulierer, Dolmetscher, Prellbock, Freund und Partner. Mit ihm bleiben meine Erinnerungen an Helen lebendig.

Du bist mein Glück. Ich liebe dich, Frank.

* An dieser Stelle ist ein Versprechen einzulösen: Mein Dank gilt natürlich auch meinen Erstlektorinnen und Freundinnen Bettina, Claudia und Santina, die das erste Kapitel in einer Nacht-und-Nebel-Korrektur für den Versand an meine Agentur aufpoliert haben.